HEINLEIN

Tradução
Edmo Suassuna

✕
ALEPH

UM ESTRANHO NUMA TERRA ESTRANHA

UM ESTRANHO NUMA TERRA ESTRANHA

TÍTULO ORIGINAL:
Stranger in a strange land

COPIDESQUE:
Matheus Perez

REVISÃO:
Denis Araki
Raquel Nakasone
Pausa Dramática
Giselle Moura

PROJETO GRÁFICO E DIAGRAMAÇÃO:
Desenho Editorial

CAPA:
Pedro Inoue

ILUSTRAÇÃO:
Guma

TRADUÇÃO DE PARATEXTOS:
Ana Resende
Marcela Vieira

DIREÇÃO EXECUTIVA:
Betty Fromer

DIREÇÃO EDITORIAL:
Adriano Fromer Piazzi

DIREÇÃO DE CONTEÚDO:
Luciana Fracchetta

EDITORIAL:
Daniel Lameira
Andréa Bergamaschi
Renato Ritto
Débora Dutra Vieira
Luiza Araujo
Mateus Duque Erthal*
Katharina Cotrim*
Bárbara Prince*

COMUNICAÇÃO:
Nathália Bergocce

COMERCIAL:
Giovani das Graças
Lidiana Pessoa
Roberta Saraiva
Gustavo Mendonça
Pâmela Ferreira

FINANCEIRO:
Roberta Martins
Sandro Hannes

* equipe original da primeira edição

Copyright © Robert A. Heinlein, 1961
Copyright © Editora Aleph, 2017
(edição em língua portuguesa para o Brasil)

Todos os direitos reservados.
Proibida a reprodução, no todo ou em parte, através de quaisquer meios.

EDITORA ALEPH
Rua Tabapuã, 81, cj. 134
04533-010 – São Paulo – SP – Brasil
Tel.: (55 11) 3743-3202
www.editoraaleph.com.br

DADOS INTERNACIONAIS DE CATALOGAÇÃO NA PUBLICAÇÃO (CIP)
ANGÉLICA ILACQUA CRB-8/7057

Heinlein, Robert A.
Um estranho numa terra estranha / Robert A. Heinlein; tradução de Edmo Suassuna. - São Paulo : Aleph, 2017.
576 p.

ISBN 978-85-7657-304-3
Título original: Stranger in a strange land

1. Ficção norte-americana I. Título II. Suassuna, Edmo

16-0070   CDD 813

ÍNDICES PARA CATÁLOGO SISTEMÁTICO:
1. Ficção norte-americana

Todos os homens, deuses e
planetas nesta história são imaginários.
Qualquer coincidência de nomes é lamentável.

R.A.H.

Para
Robert Cornog
Frederic Brown
Phillip José Farmer

Introdução a Um estranho numa terra estranha
por Neil Gaiman

Um estranho numa terra estranha é considerado, e costuma ser descrito dessa forma, o arquétipo de um romance de ficção científica dos anos 1960. Afinal de contas, ele não foi de fato uma parte essencial da contracultura da época? Não contém filosofias e modos de vida que as pessoas tentaram incorporar no cotidiano? Não ajudou a criar a onda do pensamento e do amor livres? Bem, sim. Mas suas atitudes, e a época do texto, estão solidamente enraizadas nos anos 1950.

Quando escreveu o *Estranho*, Robert A. Heinlein era o mais importante autor dos "juvenis de FC", livros de ficção científica voltados para jovens leitores, nos Estados Unidos (os marcianos e o planeta Marte de *Estranho* tiveram sua origem, na verdade, em um livro juvenil de 1949, chamado *O planeta vermelho*). Heinlein queria escrever um romance que fosse "adulto", e que faria dele muito mais do que um autor de livros juvenis. Então decidiu mirar em questões que teria sido impossível tratar em romances para jovens leitores: seus alvos seriam o monoteísmo e a monogamia.

Valentine Michael Smith, o herói de *Estranho*, é como o Mogli de Kipling, mas foi criado não por lobos e outros animais da floresta, e sim por "Anciãos" marcianos. Smith vê as coisas como um marciano as veria, compreende os eventos como um marciano o faria. Ele precisa aprender o que é ser humano e, como os marcianos lhe dão habilidades e poderes muito além da norma dos terráqueos, precisa aprender o que significa ser mais do que humano.

O mundo de *Estranho* é fundamentalmente o dos anos 1950. Claro, contraceptivos orais — "as pastilhas malthusianas"— existem, mas são panaceia de charlatões. Táxis voam sem motoristas, jornais são lidos em telas nas quais o texto flui, e a televisão é 3D, mas esse é um mundo de megaigrejas e atrações de circo, em que as relações sociais entre homens e mulheres são as mesmas de muito tempo atrás. (Mas, diabos, essas relações podem até mesmo voltar a valer. A história se repete, e o mesmo acontece com as atitudes sociais.)

Publicado em 1961, o livro, assim como as filosofias e atitudes nele presentes, causaram um efeito imenso nos anos 1960. *Estranho* alimentou a contracultura. As pessoas tentaram levar a cabo os preceitos de Heinlein, com resultados variados. (As afirmações de que esse livro inspirou a família Manson parecem totalmente infundadas, mas ele com certeza inspirou algumas comunas e, no mínimo, uma igreja.)

A versão original de Heinlein tinha 60 mil palavras a mais. Para ser publicado, o autor teve que cortar muita coisa, e o que acabou extirpando foram personagens e notas em geral ornamentais, além de algum material potencialmente polêmico, fazendo que esse fosse mais claramente um romance de ideias — mais precisamente, e na maior parte do livro, um romance dialógico, ou mesmo de diálogos socráticos. Duas pessoas conversam, e ao fim uma delas se torna esclarecida. (Frequentemente, a parte sábia do diálogo é o autor idoso e mal-humorado Jubal Harshaw.)

O aparato pode ser de ficção científica, mas, em seu cerne, *Estranho* é uma fantasia sobrenatural. É uma comédia de redenção que deve muito às comédias obscenas de James Branch Cabell, bem como ao editor John W. Campbell, da *Astounding Science Fiction*.

O livro foi um "best-seller alternativo". E Heinlein alcançou seu objetivo: escreveu uma obra que conseguiu questionar o status quo, contribuindo para mudá-lo, e que ajudou a estabelecê-lo como um dos escritores mais respeitados de FC de sua época.

PARTE UM
Sua origem maculada

CAPÍTULO I

Era uma vez um marciano chamado Valentine Michael Smith.

A tripulação da primeira expedição humana à Marte foi selecionada com base na teoria de que o maior perigo para o homem é o próprio homem. Naquela época, oito anos terráqueos depois da fundação da primeira colônia humana em Luna, viagens interplanetárias tinham de ser feitas por órbitas em queda livre; da Terra a Marte, 258 dias terráqueos; o mesmo tempo para voltar, mais 455 dias esperando em Marte enquanto os planetas se arrastavam de volta às posições para a órbita de retorno.

A *Envoy* conseguiu realizar a jornada apenas depois de reabastecer na estação espacial. Uma vez em Marte, ela poderia voltar; se não batesse em nada, se houvesse água para encher seus tanques de reação, se mil coisas não dessem errado.

Aqueles oito humanos, espremidos juntos por quase três anos terráqueos, tinham que se entender muito melhor do que os humanos geralmente se entendiam. Uma tripulação inteiramente masculina foi vetada por ser insalubre e instável. Quatro casais foi a composição considerada ótima, desde que as especializações necessárias pudessem ser encontradas em tal combinação.

A Universidade de Edimburgo, a principal encarregada na execução do projeto, subcontratou a tarefa de seleção da equipe ao Instituto de Estudos Sociais. Depois de descartar os voluntários que seriam inúteis devido à idade, saúde, mentalidade, treinamento ou temperamento, o Instituto obteve 9 mil candidatos aproveitáveis. As posições necessárias eram astronavegador, médico, cozinheiro, mecânico, comandante da nave, linguista, engenheiro químico, engenheiro eletrônico, físico, geólogo, bioquímico, biólogo, engenheiro nuclear, fotógrafo, hidroponicista, engenheiro de foguetes. Havia centenas de combinações de oito voluntários com essas funções; surgiram três combinações adequadas de casais casados; porém, em todos os três casos, os especialistas em psicodinâmica jogaram as mãos para o alto, horrorizados. Quando a encarregada principal sugeriu que a meta de compatibilidade fosse baixada, o Instituto ameaçou devolver seus honorários simbólicos de um dólar.

As máquinas continuaram revisando os dados que se alteravam com mortes, desistências, novos voluntários. Capitão Michael Brant, M.S., Com. D. F. da Reserva, piloto e veterano aos trinta da missão à Lua, tinha um contato dentro do Instituto, alguém que descobriu para ele os nomes de voluntárias que poderiam, com o capitão, completar uma tripulação. Em seguida, vinculou o próprio nome aos delas e rodou simulações nas máquinas para determinar se uma combinação seria aceitável. Isso resultou num voo até a Austrália e num pedido de casamento do capitão à dra. Winifred Coburn, uma solteirona nove anos mais velha que ele.

Luzes piscaram, cartões perfurados foram cuspidos, e uma tripulação foi encontrada:

Capitão Michael Brant, piloto-comandante, astronavegador, cozinheiro de reserva, fotógrafo de reserva, engenheiro de foguetes;

Dra. Winifred Coburn Brant, 41 anos, linguista, enfermeira prática, oficial intendente, historiadora;

Sr. Francis X. Seeney, 28 anos, oficial executivo, segundo piloto, astronavegador, astrofísico, fotógrafo;

Dra. Olga Kovalic Seeney, 29 anos, cozinheira, bioquímica, hidroponicista;

Dr. Ward Smith, 45 anos, médico e cirurgião, biólogo;

Dra. Mary Jane Lyle Smith, 26 anos, engenheira nuclear, técnica eletrônica e de energia;

Sr. Sergei Rimsky, 35 anos, engenheiro eletrônico, engenheiro químico, mecânico prático e instrumentador, especialista em criologia;

Sra. Eleanora Alvarez Rimsky, 32 anos, geóloga e selenóloga, hidroponicista.

A tripulação tinha todas as especialidades necessárias – algumas delas haviam sido adquiridas somente após treinamento intensivo nas semanas anteriores à decolagem. E, mais importante, todos eram mutuamente compatíveis.

A *Envoy* partiu. Durante as primeiras semanas, seus relatórios eram ouvidos por radioamadores. Conforme o sinal foi ficando mais fraco, passou a ser repetido pelos satélites de rádio da Terra. A tripulação parecia saudável e feliz. A frieira foi a pior enfermidade que o dr. Smith teve de tratar; a tripulação se adaptou à microgravidade, e as drogas antienjoo não foram mais necessárias depois da primeira semana. Se o capitão Brant enfrentara problemas de disciplina, não os relatou.

A *Envoy* alcançou um trajeto estável dentro da órbita de Fobos e passou duas semanas num levantamento fotográfico. Enfim, o capitão Brant mandou a seguinte mensagem:

"Vamos pousar amanhã às 1200 GST, logo ao sul de Lacus Soli".

Nenhuma mensagem foi recebida posteriormente.

CAPÍTULO II

Um quarto de século terrestre se passou antes que Marte fosse visitado novamente por seres humanos. Seis anos depois que a *Envoy* se calou, a sonda não tripulada *Zombie*, patrocinada por La Société Astronautique Internationale, cruzou o vazio e assumiu uma órbita durante o período de espera, retornando em seguida. Fotografias do veículo robô revelaram uma paisagem nada atraente pelos padrões terráqueos; seus instrumentos confirmaram que a atmosfera marciana era rarefeita e inadequada à vida humana.

Por outro lado, as fotos da *Zombie* mostraram que os "canais" eram obras de engenharia, e outros detalhes foram interpretados como ruínas de cidades. Uma expedição tripulada teria sido organizada se a Terceira Guerra Mundial não tivesse ocorrido.

Mas a guerra e o atraso acabaram resultando numa expedição mais forte que aquela da *Envoy* perdida. A *Federation Ship Champion*, com uma tripulação completamente masculina de dezoito astronautas e transportando 23 pioneiros homens, fez a travessia impelida por um propulsor Lyle em dezenove dias. A *Champion* aterrissou ao sul de Lacus Soli, pois o capitão Van Tromp queria encontrar a *Envoy*. A segunda expedição mandava relatórios diários; três dos despachos foram de interesse especial. O primeiro foi:

"Nave Foguete *Envoy* localizada. Sem sobreviventes."

O segundo foi: "Marte é habitado".

O terceiro: "Correção ao despacho 23-105: um sobrevivente da *Envoy* localizado".

CAPÍTULO III

O capitão Willem van Tromp era um indivíduo muito humano. Mandou uma mensagem antes mesmo de chegar: "Meu passageiro não pode ser submetido a uma recepção pública. Vamos precisar de um transporte de baixa gravidade, maca, ambulância e uma guarda armada".

Mandou junto o médico da nave para se assegurar de que Valentine Michael Smith fosse instalado numa suíte do Centro Médico Bethesda, transferido para uma cama hidráulica e protegido de contato externo. No meio-tempo, Van Tromp compareceu a uma sessão extraordinária do Alto Conselho da Federação.

Enquanto Smith era posto na cama, o Alto Ministro da Ciência afirmou, impaciente:

– Admito, capitão, que sua autoridade como comandante do que era, todavia, uma expedição científica, lhe dá o direito de mandar que o serviço médico proteja um indivíduo que esteve temporariamente sob seus cuidados. Porém, não vejo por que agora o senhor presume poder interferir em meu departamento. Ora, Smith é um baú do tesouro de conhecimento científico!

– Imagino que seja, senhor.

– Então por quê... – O ministro da ciência se virou para o Alto Ministro da Paz e Segurança. – David? Você poderia dar instruções aos seus funcionários? Afinal de contas, não posso manter o professor Tiergarten e o dr. Okajima, sem falar em todos os outros, esperando sentadinhos.

O ministro da paz deu uma olhada para o capitão Van Tromp, que meneou a cabeça.

– Mas por quê? – exigiu saber o ministro da ciência. – Você admite que ele não está doente.

– Dê uma chance ao capitão, Pierre – aconselhou o ministro da Paz. – Bem, capitão?

– Smith não está doente, senhor – confirmou o capitão Van Tromp. – Só que ele não está bem. Nunca esteve num campo de 1 G. Ele agora pesa duas vezes e meia o quanto estava acostumado, e seus músculos não estão à altura. Ainda não se acostumou à pressão normal da Terra. Não se acostumou a *nada* por aqui, e o esforço é demasiado. Pelos círculos do inferno, cavalheiros, eu também estou exausto, e nasci neste planeta.

O ministro da ciência parecia desdenhoso.

– Se a fadiga da aceleração preocupa o senhor, permita-me assegurar-lhe, meu caro capitão, que nós antecipamos a questão. Afinal, eu já estive lá fora também. Sei como é. Esse homem Smith deve...

O capitão Van Tromp decidiu que estava na hora de dar um chilique. Ele poderia justificar o ato com a fadiga, que de fato sentia. Era como se tivesse pousado em Júpiter. Portanto, interrompeu.

– Hm! "Esse homem Smith..." Esse "*homem*"! Vocês não entendem que ele *não é*?

– Hein?

– Smith... não... é... um... *homem*.

– Hã? Explique-se, capitão.

– Smith é uma criatura inteligente com a ascendência de um homem, mas ele é mais marciano que humano. Até nossa chegada, ele jamais tinha visto um homem. Smith pensa como um marciano, sente como um marciano. Ele foi criado por uma espécie que não tem *nada* em comum conosco; eles nem têm *sexo*. É um homem pela ascendência, um marciano pelo ambiente. Se você quer tanto enlouquecê-lo e desperdiçar esse "baú de tesouro", pode chamar os seus professores cabeçudos. Vá em frente, negue a Smith uma chance de se acostumar a este planeta de loucos. Não é problema meu; já fiz meu trabalho.

O silêncio foi rompido pelo secretário-geral Douglas.

— E foi um ótimo trabalho, capitão. Se este homem, ou homem-marciano, precisa de alguns dias para se ajustar, tenho certeza de que a ciência pode esperar; então pegue leve, Pete. O capitão Van Tromp está cansado.

— Só que há algo que não vai esperar — observou o ministro da informação pública.

— O quê, Jock?

— Se nós não mostrarmos o Homem de Marte nos tanques estéreos logo, logo, o senhor terá de lidar com tumultos, senhor secretário.

— Humm, você está exagerando, Jock. Teremos histórias de Marte nos jornais, é claro. Eu condecorando o capitão e sua tripulação; amanhã, acho. Capitão Van Tromp contando suas experiências... depois de uma noite de descanso, capitão.

O ministro balançou a cabeça.

— Não basta, Jock?

— O público esperava que eles trouxessem de volta um marciano vivo de verdade. Já que não trouxeram, precisamos de Smith e precisamos muito.

— Marcianos vivos? — O secretário-geral Douglas se virou para o capitão Van Tromp. — Vocês têm filmes de marcianos?

— Dezenas de rolos.

— Eis aí sua resposta, Jock. Quando os eventos ao vivo perderem a graça, comece a passar os rolos de filme. Agora, capitão, quanto à extraterritorialidade: você diz que os marcianos não se opuseram?

— Bem, não, senhor, mas também não foram a favor.

— Não entendi.

O capitão Van Tromp mordeu o lábio.

— Senhor, conversar com um marciano é como conversar com um eco. Você não entra numa discussão, mas também não consegue resultados.

— Talvez você devesse ter trazido aquele fulano, o seu linguista. Ou ele está esperando do lado de fora?

— Mahmoud, senhor. O dr. Mahmoud não está se sentindo bem. Hum... um leve colapso nervoso, senhor. — Van Tromp refletiu que "bêbado como um gambá" era o equivalente moral.

— Mal do espaço?

— Um pouco, talvez.

— Esses malditos toupeiras!

— Bem, traga ele aqui quando estiver se sentindo melhor. Imagino que esse rapaz Smith será útil, também.
— Talvez — respondeu Van Tromp, duvidoso.

* * *

Esse rapaz Smith estava ocupado se mantendo vivo. Seu corpo, insuportavelmente comprimido e enfraquecido pelo estranho formato do espaço neste lugar inacreditável, foi finalmente aliviado pela maciez do ninho no qual esses outros o colocaram. Abandonou o esforço de sustentá-lo e voltou seu terceiro nível à respiração e ao bater do coração.

Viu que estava prestes a se consumir. Os pulmões batiam tão forte quanto faziam em casa, e o coração se desgastava distribuindo o influxo, tudo numa tentativa de lidar com o espremer do espaço; esse esforço todo se dava enquanto ele era abafado por uma atmosfera venenosamente rica e perigosamente quente. Smith tomou providências.

Quando o ritmo cardíaco chegou a vinte por minuto e a respiração ficou quase imperceptível, Smith observou por tempo suficiente para se assegurar de que não desencarnaria enquanto sua atenção estivesse noutro lugar. Depois que se deu por satisfeito, deixou uma porção do seu segundo nível vigiando, e retirou o resto de si. Era necessário rever as configurações destes muitos novos eventos, de modo a adequá-los a si mesmo, e então apreciá-los e elogiá-los — para que eles não o engolissem.

Por onde começar? Pelo momento em que deixou o lar, abraçando estes outros que agora eram seus irmãos de ninho? Ou pela chegada neste espaço esmagado? Smith foi subitamente atacado pelas luzes e sons daquela chegada, sentindo-os com uma dor de estremecer a mente. Não, ele ainda não estava pronto para abraçar aquela configuração — voltar! voltar! voltar para além da sua primeira visão daqueles outros que agora eram seus. Para além até da cura que se seguira ao primeiro grokar de que ele não era como seus irmãos de ninho... voltar ao próprio ninho.

Nenhum de seus pensares ocorria em símbolos da Terra. Inglês elementar ele tinha recém-aprendido a falar, sendo mais fácil entender um hindu usando esta língua para negociar com um turco. Smith usava inglês como alguém que usava um livro de códigos, com tradução tediosa e imperfeita. Agora seus pensamentos, abstrações de meio milhão de anos de uma cultura violentamente alienígena, viajavam tão longe da experiência humana a ponto de serem intraduzíveis.

No aposento ao lado, o dr. Thaddeus jogava baralho com Tom Meechum, o enfermeiro especial de Smith. Thaddeus mantinha um olho nos mostradores e medidores. Quando uma luz tremeluzente mudou de 92 pulsações por minuto para menos de vinte, ele correu para o quarto de Smith com Meechum na cola.

O paciente flutuava na pele flexível da cama hidráulica. Parecia estar morto. Thaddeus exclamou:

– Traga o dr. Nelson!

– Sinsenhor! – respondeu Meechum, em seguida acrescentando: – E o equipamento de choque, doutor?

– *Traga o dr. Nelson!*

O enfermeiro saiu correndo. O médico examinou o paciente, sem tocá-lo. Um médico mais velho chegou, andando da forma trabalhosamente desengonçada de um homem que passara muito tempo no espaço e ainda não se reajustara à alta gravidade.

– Bem, doutor?

– A respiração, temperatura e pulsação do paciente caíram de súbito há mais ou menos dois minutos, senhor.

– O que você fez?

– Nada, senhor. Suas instruções…

– Ótimo. – Nelson deu uma olhada em Smith, estudou os instrumentos atrás da cama, gêmeos daqueles na sala de observação. – Me avise se houver qualquer mudança. – Ele começou a sair.

Thaddeus parecia espantado.

– Mas, doutor…

– Sim, doutor? – respondeu Nelson. – Qual é o seu diagnóstico?

– Não quero dar palpites no seu paciente, senhor.

– Eu pedi o seu diagnóstico.

– Muito bem, senhor. Choque; atípico, talvez… – Ele foi evasivo. – Mas choque, levando ao falecimento.

Nelson concordou com a cabeça.

– Razoável. Mas este não é um caso razoável. Já vi o paciente nesta condição uma dúzia de vezes. Observe. – Nelson ergueu o braço do paciente e soltou. Ficou onde tinha sido deixado.

— Catalepsia? — indagou Thaddeus.

— Pode chamar assim, se quiser. Basta evitar que ele seja incomodado e me chamar se houver alguma mudança. — Nelson colocou o braço de volta no lugar e saiu.

Thaddeus olhou o paciente, balançou a cabeça e voltou à sala de observação. Meechum pegou as cartas.

— Mais uma partidinha?

— Não.

— Doutor, se você quiser saber minha opinião, aquele lá vai pro saco antes do amanhecer — acrescentou Meechum.

— Ninguém quer saber sua opinião. Vá fumar um cigarro com os guardas. Quero pensar.

Meechum encolheu os ombros e se juntou aos guardas no corredor; estes se endireitaram, viram quem era e relaxaram. O fuzileiro mais alto perguntou:

— O que foi aquela confusão toda?

— O paciente pariu quíntuplos, e nós estávamos discutindo como batizá-los. Qual de vocês gorilas tem um fumo? E um isqueiro?

O outro fuzileiro puxou um maço de cigarros.

— Quanto tempo você tem pra fumar?

— Só uns minutos. — Meechum enfiou o cigarro na boca. — Deus que me perdoe, cavalheiros, mas eu não sei absolutamente nada sobre esse paciente.

— Qual é a história dessa ordem de "absolutamente nenhuma mulher"? Ele é um maníaco sexual?

— Só sei que o trouxeram da *Champion*, e que deve permanecer em silêncio absoluto.

— A *Champion*! — exclamou o primeiro fuzileiro. — Isso explica tudo.

— Explica o quê?

— Faz todo sentido. Ele não teve nenhuma mulher, não viu nenhuma, não tocou nenhuma... por meses. E tá doente, né? Se pusesse as mãos em alguma, eles têm medo que ele se mataria. — O soldado piscou. — Eu aposto que eu ia.

* * *

Smith tomou ciência dos doutores, mas grokou que suas intenções eram benignas; não seria necessário que a parte principal dele fosse puxada de volta.

No horário matinal, quando enfermeiros humanos estapeiam os rostos dos pacientes com panos frios e molhados, Smith retornou. Acelerou o coração, aumentou a respiração e tomou nota do ambiente, considerando-o com serenidade. Examinou o quarto, notando com louvor todos os detalhes. Ele o via pela primeira vez, pois não estivera em condições de abraçá-lo quando fora trazido ali. Este quarto não era ordinário para ele; não havia nada do gênero em Marte, e também era bem diferente dos compartimentos de metal em forma de cunha na *Champion*. Após reviver os eventos que conectavam seu ninho a este lugar, ele estava agora preparado para aceitá-lo, elogiá-lo e, até certo ponto, apreciá-lo.

Smith ficou ciente de outra criatura vivente. Uma pequena aranha de pernas compridas fazia a jornada desde o teto, tecendo sua teia ao descer. Smith observou com deleite e se perguntou se ela seria um filhotinho de homem.

Dr. Archer Frame, o residente que rendeu Thaddeus, entrou naquele momento.

– Bom dia – disse ele. – Como você se sente?

Smith examinou a pergunta. A primeira frase ele reconheceu como um som formal, que não exigia resposta. A segunda estava listada em sua mente com várias traduções. Se o dr. Nelson a usasse, significava uma coisa. Se o capitão Van Tromp a usasse, era um som formal.

Ele sentiu o desalento que tão frequentemente o dominava quando tentava se comunicar com essas criaturas. Mas forçou seu corpo a permanecer calmo e arriscou uma resposta.

– Sinto bom.

– Que bom! – ecoou a criatura. – Dr. Nelson chegará a qualquer instante. *Vai* um café da manhã?

Todos os símbolos constavam no vocabulário de Smith, mas ele teve dificuldades em acreditar que tinha ouvido direito. Ele sabia o que era comida, mas não como "uma comida *iria*". Também não recebera nenhum aviso de que poderia ser selecionado para tal honraria. Não estava ciente de que o suprimento de alimento encontrava-se num nível tal que seria necessário reduzir o grupo encarnado. Sentiu um pesar moderado, já que ainda havia tanto para se grokar dos novos eventos, mas nenhuma relutância.

Porém, Smith foi poupado do esforço de traduzir uma resposta pela chegada do dr. Nelson. O médico da nave inspecionou Smith e o painel de mostradores, e então se voltou a Smith.

– Evacuou hoje?

Smith entendeu; Nelson sempre fazia a pergunta.
— Não.
— Vamos cuidar disso. Mas antes você vai comer. Servente, traga-me aquela bandeja.

Nelson lhe deu três colheradas, e em seguida exigiu que segurasse a colher e se alimentasse sozinho. Era cansativo, mas lhe concedeu uma sensação de alegre triunfo, pois era sua primeira ação não assistida desde que chegara a este espaço estranhamente distorcido. Limpou a tigela e se lembrou de perguntar:

— Quem é isto? — para que pudesse enaltecer seu benfeitor.

— O que é isso, você quer dizer — respondeu Nelson. — É uma geleia sintética nutritiva; e agora você sabe tanto quanto já sabia antes. Terminou? Muito bem, desça dessa cama.

— Com licença? — Era um símbolo de atenção útil quando a comunicação falhava.

— Eu disse para sair daí. Levante-se. Ande por aí. Claro, você está fraco como um gatinho, mas nunca vai ganhar músculo flutuando nessa cama. — Nelson abriu uma válvula, e a água foi drenada. Smith conteve um sentimento de insegurança, sabendo que Nelson o apreciava. Logo ele jazia no colchão vazio com a coberta à prova d'água amarrotada ao seu redor.

— Dr. Frame, pegue o outro cotovelo dele — acrescentou Nelson.

Com o encorajamento de Nelson e a ajuda dos dois médicos, Smith cambaleou sobre a beira da cama.

— Firme. Agora se levante — instruiu Nelson. — Não tenha medo. Vamos pegá-lo se necessário.

Ele fez o esforço e se levantou sem ajuda — um jovem magro com músculos subdesenvolvidos e peito superdesenvolvido. Os cabelos foram cortados na *Champion*, e as suíças removidas e inibidas. Sua característica mais forte era o rosto suave de bebê — marcado com olhos que pareceriam adequados num homem de 90 anos.

Ficou de pé sozinho, tremendo de leve, e então tentou andar. Conseguiu três passos arrastados e abriu um sorriso infantil e ensolarado.

— Bom menino! — aplaudiu Nelson.

Tentou mais um passo, começou a tremer e subitamente desabou. Eles quase não conseguiram deter sua queda.

— Droga! — praguejou Nelson. — Ele entrou nessa de novo. Aqui, me ajude a colocá-lo na cama. Não; encha-a primeiro.

Frame cortou o fluxo quando o colchão estava com quinze centímetros de altura. Eles o colocaram em cima, desajeitadamente, porque tinha se paralisado na posição fetal.

– Coloque um apoio de pescoço sob a nuca dele – instruiu Nelson. – E me chame se precisar de mim. Vamos andar com ele de novo esta tarde. Em três meses, ele estará balançando de galho em galho como um macaco. Não há nada de realmente errado com ele.

– Sim, doutor – respondeu Frame, duvidoso.

– Ah, sim, quando ele sair dessa, ensine-o a usar o banheiro. Peça ajuda ao enfermeiro; não quero que Smith caia.

– Sim, senhor. Hum, algum método particular… quero dizer, como…

– Hein? Mostre a ele! Smith não vai entender muita coisa do que você disser, mas é muito inteligente.

Smith almoçou sem ajuda. Logo um servente apareceu para remover a bandeja. O homem se inclinou para perto.

– Escuta – disse o sujeito em voz baixa. – Tenho uma oferta da boa pra você.

– Com licença?

– Um acordo, um jeito de você faturar dinheiro rápido e fácil.

– Dinheiro? Que é *dinheiro*?

– Deixa a filosofia pra lá; todo mundo precisa de dinheiro. Vou falar rápido porque não posso ficar muito tempo; precisei de muitos acertos para chegar aqui. Represento a Peerless Features. Pagamos 60 mil pela sua história, e você nem precisa se aborrecer; temos os melhores ghost writers do ramo. Você só responde às perguntas, eles juntam a coisa toda. – O homem puxou um papel. – É só assinar isso.

Smith aceitou o papel, fitando-o de cabeça para baixo. O homem abafou uma exclamação.

– Ai, meu Deus! Você não lê inglês?

Smith entendeu essa frase o suficiente para responder.

– Não.

– Bem… Aqui, vou ler pra você, aí você marca o seu dedão no retângulo e eu testemunho. "Eu, o subscrito, Valentine Michael Smith, às vezes conhecido como o Homem de Marte, concedo e designo a Peerless Features, Limitada, todos e exclusivos direitos à minha história real e verídica a ser intitulada *Eu fui um prisioneiro em Marte* em troca de…"

– Servente!

O dr. Frame estava à porta; o papel tinha desaparecido nas roupas do homem.

– Estou indo, senhor. Vim buscar esta bandeja.

– O que você estava lendo?

– Nada.

– Eu vi tudo. O paciente não pode ser perturbado. – Os dois saíram; dr. Frame fechou a porta. Smith ficou deitado imóvel por uma hora e, por mais que se esforçasse, não conseguia grokar nada.

CAPÍTULO IV

Gillian Boardman era uma enfermeira competente, e seu hobby era homens. Ela estava de serviço naquele dia como supervisora do andar onde Smith se encontrava. Quando a rede de fofocas contou que o paciente na suíte K-12 nunca tinha visto uma mulher na vida, ela não acreditou. Decidiu conferir o estranho paciente.

Ela sabia da regra de "nada de visitas femininas" e, por mais que não se considerasse uma visita, se esgueirou sem tentar usar a porta guardada; os fuzileiros tinham o hábito enfadonho de interpretar ordens literalmente. Em vez disso, ela foi à sala de observação adjacente.

Dr. Thaddeus ergueu o olhar.

– Ora, se não é a menina das covinhas! Olá, querida, o que traz você aqui?

– Estou fazendo a minha ronda. Como vai seu paciente?

– Não preocupe essa sua cabecinha linda, meu docinho; ele não é responsabilidade sua. Olhe no seu livro de ordens.

– Eu já li. Quero vê-lo.

– Numa só palavra: não.

– Ah, Tad, não me venha com regras.

Ele encarou as unhas.

— Se eu deixar você colocar o pé por aquela porta adentro, vou parar na Antártida. Não gostaria nem que o dr. Nelson a flagrasse aqui, nesta sala de observação.

Ela se levantou.

— E o dr. Nelson vai passar aqui agora?

— Não, a não ser que eu o chame. Está dormindo para aliviar a fadiga da baixa gravidade.

— Então por que diabos você está agindo tão certinho?

— Isso é tudo, enfermeira.

— Muito bem, doutor! — ela acrescentou. — Dedo-duro.

— Jill!

— E estraga-prazeres também.

Ele suspirou.

— Ainda vamos nos ver sábado à noite?

Ela encolheu os ombros.

— Acho que sim. Não dá para ser muito exigente hoje em dia. — Ela voltou ao seu posto e pegou a chave-mestra. Ela fora frustrada, mas não derrotada, pois a suíte K-12 tinha uma porta que a conectava a uma sala além, um aposento usado como sala de estar quando a suíte era ocupada por um alto oficial. Não estava sendo usada naquele momento. Jill se deixou entrar. Os guardas não deram a menor atenção, pois não sabiam que tinham sido flanqueados.

Gillian hesitou à porta entre os dois quartos, sentindo a mesma emoção que experimentava quando saía escondida do alojamento da escola de enfermagem. Destrancou a porta e olhou lá dentro.

O paciente estava na cama e olhou para a enfermeira quando a porta se abriu. A primeira impressão de Gillian foi de que aquele era um paciente doente demais para se importar. Sua falta de expressão parecia demonstrar a apatia dos desesperadamente enfermos. Então, notou que os olhos dele estavam vivos de interesse; será que seu rosto estava paralisado?

Gillian assumiu suas maneiras profissionais.

— Bem, como estamos hoje? Sentindo-se melhor?

Smith traduziu as perguntas. A inclusão de ambos no questionamento o confundia; ele decidiu que poderia simbolizar um desejo de apreciá-lo e de se aproximar. A segunda parte correspondia às construções frasais de Nelson.

— Sim — respondeu ele.

— Ótimo! — Além da estranha falta de expressão, Gillian não notou nada de esquisito no rapaz; e se as mulheres eram algo desconhecido para ele, estava escondendo muito bem. — Tem alguma coisa que eu possa fazer? — Ela notou que não havia um copo na prateleira ao lado da cama. — Você gostaria de uma água?

Smith notou imediatamente que esta criatura era diferente das outras. Ele comparou o que estava vendo às imagens que Nelson lhe mostrara na viagem de casa até este lugar; imagens cuja tarefa era explicar uma configuração enigmática daquele grupo de pessoas. Isto, então, era "mulher".

Ele se sentiu tanto estranhamente excitado quanto desapontado. Suprimiu os dois sentimentos de modo a poder grokar mais profundamente, e seu sucesso foi tamanho que dr. Thaddeus não percebeu mudança alguma nos mostradores da sala ao lado.

Porém, ao traduzir a última pergunta, sentiu uma onda tão grande de emoção que quase permitiu que sua pulsação se acelerasse. Controlou o impulso e se repreendeu como se fosse um filhote indisciplinado. Então revisou sua tradução.

Não, ele não tinha se enganado. Aquela criatura mulher tinha lhe oferecido água. Queria se aproximar.

Com grande esforço, buscando com dificuldade significados adequados, ele tentou responder com a devida cerimônia.

— Agradeço-lhe pela água. Que você sempre beba profundamente.

A enfermeira Boardman parecia espantada.

— Nossa, que fofo! — Ela encontrou um copo, encheu-o e entregou a ele.

— Você bebe — disse o rapaz.

Será que ele acha que eu quero envená-lo?, ela se perguntou. Mas havia uma qualidade convincente no pedido dele. Ela deu um gole, ao que ele tomou outro também, em seguida parecendo feliz em se reclinar, como se tivesse realizado algo de importante.

Jill disse a si mesma que, enquanto aventura, aquilo tinha sido um fiasco.

— Bem, se você não quiser mais nada, preciso voltar ao meu trabalho — disse ela.

Foi em direção à porta.

— Não! — exclamou ele.

Ela parou.

— Hein?

– Não vai embora.

– Bem... eu terei que ir, logo, logo. – Ela voltou. – Você quer alguma coisa?

Ele a olhou de cima a baixo.

– Você é... "mulher"?

A pergunta espantou Jill Boardman. Seu impulso foi responder com petulância. Só que o rosto sério de Smith e seus olhos estranhamente perturbadores a detiveram. Jill se tornou emocionalmente consciente de que o fato impossível sobre este paciente era verdade: ele não sabia o que era uma mulher.

– Sim, eu sou uma mulher – respondeu ela com cuidado.

Smith continuou encarando. Jill começou a ficar envergonhada. Ela já esperava ser olhada por um homem, mas isto era como ser examinada num microscópio. Ela se mexeu.

– Bem? Eu pareço uma mulher, não pareço?

– Eu não sei – respondeu Smith lentamente. – Como mulher parece? O que faz você mulher?

– Ai, pelo amor de Deus! – Essa conversa estava mais fora de controle do que qualquer uma que ela tivera com um homem desde o décimo segundo aniversário. – Você não espera que eu tire minhas roupas e mostre, né?

Smith parou para examinar esses símbolos e traduzi-los. O primeiro grupo ele não conseguia grokar de jeito nenhum. Poderia ser um daqueles sons formais que essas pessoas usavam... Porém, tinha sido dito com tanta força, que era como se fosse uma última comunicação antes de um retraimento. Talvez ele tivesse compreendido a conduta ao se lidar com uma criatura mulher de forma tão profundamente errada que ela estaria pronta para desencarnar.

Ele não queria que a mulher morresse naquele momento, mesmo que fosse o direito dela, e possivelmente sua obrigação. A mudança abrupta da afinidade do ritual de água a uma situação em que um irmão de água recém-conquistado poderia estar considerando um retraimento ou desencarnação o teria lançado num pânico, caso ele não estivesse conscientemente suprimindo tal perturbação. Mas Smith decidiu que, se ela morresse agora, ele deveria morrer imediatamente também – não poderia grokar aquilo de qualquer outra maneira, não depois da dádiva da água.

A segunda metade continha símbolos que ele já encontrara antes. Ele grokou a intenção de forma imperfeita, mas parecia haver um meio de evitar a crise – aceitando o desejo sugerido. Talvez, se a mulher tirasse as roupas, nenhum dos dois precisaria desencarnar. Ele sorriu alegremente.

— Por favor.

Jill abriu a boca, depois fechou. Abriu de novo:

— Bem, macacos me mordam!

Smith era capaz de grokar violência emocional e sabia que tinha oferecido uma resposta errada. Começou a compor sua mente para a desencarnação, saboreando e apreciando tudo que ele fora e vira, com atenção especial a esta criatura mulher. Então ele ficou ciente de que a mulher estava se curvando sobre ele e soube, de alguma forma, que ela não estava a ponto de morrer. Ela olhou seu rosto.

— Corrija-me se eu estiver enganada — disse ela —, mas você estava me pedindo para tirar minhas roupas?

As inversões e abstrações exigiram uma tradução cuidadosa, mas Smith conseguiu.

— Sim — respondeu ele, esperando que não fosse provocar uma nova crise.

— Foi isso que eu pensei que você tinha dito. Irmão, você não está doente.

A palavra "irmão" ele considerou primeiro — a mulher estava lembrando a ele que os dois tinham se unido na água. Ele pediu a ajuda dos seus irmãos de ninho, para que pudesse estar à altura do que quer que fosse que aquele novo irmão desejasse.

— Não estou doente — concordou ele.

— Se bem que eu não faço a mínima ideia do que está errado com você. Não vou tirar minha roupa. E tenho que ir embora. — Ela se endireitou e se virou para a porta lateral, em seguida parando e olhando para trás com um sorriso enigmático. — Você pode me pedir isso de novo, de um jeito bem lindinho, sob outras circunstâncias. Estou curiosa para saber como eu reagiria.

A mulher se foi. Smith relaxou e deixou o quarto desaparecer. Sentia um triunfo contido por ter, de alguma forma, se comportado de tal maneira que não fosse necessário que os dois morressem... mas havia muito a se grokar. A última fala da mulher continha símbolos novos para ele, e aqueles que não eram novos tinham sido organizados em jeitos que não eram fáceis de entender. Mesmo assim, ele estava feliz que o sabor tinha sido adequado para a comunicação entre irmãos de água; ainda que tocado por algo perturbador e assustadoramente prazeroso. Smith pensou no novo irmão, a criatura mulher, e sentiu formigamentos estranhos. A sensação o lembrava da primeira vez que ele teve permissão de estar presente numa desencarnação, e se sentiu feliz sem saber por quê.

Smith desejou que seu irmão dr. Mahmoud estivesse ali. Havia tanto a se grokar, e tão pouco de onde se grokar.

* * *

Jill passou o resto do turno atordoada. O rosto do Homem de Marte não saía da sua cabeça, e ela ruminou as coisas loucas que ele dissera. Não, não "loucas" – ela tinha trabalhado um período na ala psiquiátrica, e estava certa de que os comentários dele não tinham sido psicóticos. Ela decidiu que "inocente" era o termo; em seguida decidiu que a palavra não era adequada. Sua expressão era inocente, seus olhos, não. Que tipo de criatura tinha um rosto como aquele?

A enfermeira uma vez trabalhou num hospital católico; ela subitamente viu o rosto do Homem de Marte cercado pelo véu de uma das irmãs, uma freira. A ideia a perturbou, não havia nada de feminino no rosto de Smith.

Ela estava trocando o uniforme pelas roupas normais quando outra enfermeira enfiou a cabeça no vestiário.

– Telefone, Jill.

Jill aceitou a chamada, som sem visão, enquanto ainda se vestia.

– É Florence Nightingale*? – indagou uma voz de barítono.

– Ela mesma. É você, Ben?

– O valoroso defensor da liberdade de imprensa em pessoa. Pequenina, você está ocupada?

– No que você está pensando?

– Estou pensando em lhe pagar um bife, amaciá-la com alguns drinques e lhe fazer uma pergunta.

– A resposta ainda é "não".

– Não *essa* pergunta.

– Ah, você conhece outra? Pode me falar.

– Mais tarde. Quero amolecer você primeiro.

– Bife de verdade? Nada de sintéticos?

– Garantido. Espete um garfo, e ele fará muu.

– Eles devem ter liberado sua verba de ajuda de custos, Ben.

---

* Enfermeira britânica, que atuou na Guerra da Crimeia. É conhecida como "Pioneira da Enfermagem". [N. do E.]

— Isso é irrelevante e ignóbil. Então, vamos lá?

— Você me convenceu.

— Teto do centro médico. Dez minutos.

Jill guardou as roupas que tinha colocado de volta no armário e pôs um vestido que mantinha ali para emergências. Era recatado, quase translúcido, com anquinhas e enchimento de busto tão sutis que meramente recriavam o efeito que ela produziria ao não vestir nada. Jill se olhou com satisfação e tomou o tubo de salto até o telhado.

Ela procurava por Ben Caxton quando o atendente do telhado tocou seu braço.

— Há um carro chamando a senhorita, senhorita Boardman, daquele restaurante Talbot.

— Obrigada, Jack. — Ela viu o táxi preparado para decolagem, com a porta aberta. Entrou, e estava a ponto de fazer um elogio sarcástico a Ben quando percebeu que ele não estava ali. O táxi estava no automático; a porta se fechou e o carro alçou voo, deixando o círculo e cruzando o rio Potomac. Parou num campo de pouso em Alexandria e Caxton entrou; o carro partiu logo em seguida. Jill deu uma boa olhada em Caxton.

— Nossa, como você é importante! Desde quando manda robôs buscar suas mulheres?

Ele lhe deu tapinhas amistosos no joelho e respondeu, gentilmente:

— Há muitos motivos, pequenina. Não posso ser visto buscando você...

— Ora!

— ... e você não pode se permitir ser vista comigo. Então sossegue, pois foi necessário.

— Hum... qual de nós dois é leproso?

— Ambos. Jill, sou um jornalista.

— Eu estava começando a pensar que você era outra coisa.

— E você é uma enfermeira no hospital onde eles estão mantendo o Homem de Marte.

— Isso me torna indigna de conhecer sua mãe?

— Você quer que eu desenhe, Jill? Há mais de mil repórteres nesta região, além de agências de notícias, reclamões, fofoqueiros profissionais do estilo Walter Winchell, comentaristas políticos tipo Lippmann e todo o estouro de boiada que apareceu por aqui quando a *Champion* aterrissou. Cada um deles andou tentando entrevistar o Homem de Marte, e nenhum conseguiu.

Você acha que seria inteligente que nós dois fôssemos vistos saindo juntos do hospital?

– Não sei por que isso faz diferença. Eu não sou o Homem de Marte.

Ele a olhou de cima a baixo.

– Certamente que não. Mas você vai me ajudar a vê-lo, e foi por isso que eu não lhe busquei pessoalmente.

– O quê? Ben, você andou tomando muito sol na cabeça. Puseram um esquadrão de fuzileiros em volta dele.

– Pois é. E vamos conversar sobre isso.

– Não vejo o que haveria para se conversar.

– Mais tarde. Vamos comer.

– Agora você foi racional. A sua ajuda de custo cobre o preço do New Mayflower? Você *recebe* ajuda de custo, não?

Caxton franziu o cenho.

– Jill, eu não arriscaria um restaurante mais perto que Louisville. Este calhambeque levaria duas horas para chegar tão longe. Que tal jantar no meu apartamento?

– "Disse a aranha à mosca." Ben, estou cansada demais para essas atividades.

– E ninguém lhe pediu que participasse de nada. Juro por Deus e pela minha mãezinha.

– Isso não me pareceu muito melhor. Se estou segura com você, é porque devo estar perdendo meu charme. Bom, tudo bem, já que você jurou pela sua mãezinha.

Caxton apertou botões; o táxi, que tinha ficado circulando sob um comando de "suspensão", acordou e seguiu para o apartamento no hotel onde Ben vivia. Ele digitou um número de telefone e perguntou a Jill:

– Quanto tempo você quer passar bebendo, docinho? Vou mandar a cozinha preparar os bifes.

Jill considerou a pergunta.

– Ben, sua ratoeira tem uma cozinha particular?

– Mais ou menos. Posso grelhar um bife.

– Eu cuido do bife. Me dá o telefone. – Ela deu ordens, parando para se assegurar de que Ben gostava de endívia.

O táxi os deixou no telhado e os dois desceram até o apartamento. Era antiquado, e seu único luxo era um gramado vivo na sala de estar. Jill parou, tirou os sapatos, pisou descalça na sala de estar e remexeu os dedos entre as frescas folhas verdes. Ela suspirou.

– Nossa, como isso é bom. Meus pés estão doendo desde que entrei na faculdade.

– Sente-se.

– Não, quero que meus pés se lembrem disso amanhã.

– Como preferir. – Ele foi à despensa e preparou drinques.

Jill logo o seguiu e pôs mãos à obra. O bife estava no elevador de entregas, acompanhado de batatas pré-cozidas. Ela misturou a salada, entregou-a ao refrigerador, preparou uma combinação para grelhar o bife e aquecer as batatas, mas não iniciou o ciclo.

– Ben, esse forno não tem controle remoto?

Ele estudou o aparelho e ativou um botão.

– Jill, o que você faria se tivesse que cozinhar numa fogueira?

– Eu me sairia muito bem, fui escoteira. E quanto a você, espertinho?

Eles foram à sala de estar; Jill se sentou aos pés dele, e os dois se concentraram nos martinis. Diante da poltrona havia um tanque de estereovisão disfarçado de aquário; Caxton o ligou, guppies e tetras deram lugar ao rosto do famoso comentarista Augustus Greaves.

– ... pode ser declarado peremptoriamente – dizia a imagem – que o Homem de Marte está sendo mantido drogado para que não possa revelar tais fatos. O governo acharia isso extremamente...

Caxton desligou o aparelho.

– Gus, meu velho – comentou Ben agradavelmente. – Você não sabe porcaria nenhuma que eu também não saiba. – Ele franziu o cenho. – Se bem que você pode estar certo quanto ao governo estar drogando o sujeito.

– Não, eles não estão – afirmou Jill subitamente.

– Hein? O que você disse, pequenina?

– O Homem de Marte não está tomando hipnóticos. – Depois de ter deixado escapar mais do que gostaria, acrescentou: – Ele está sendo monitorado por um médico em tempo integral, mas não há ordem alguma para sedação.

– Tem certeza? Você não é uma das enfermeiras dele?

– Não. Hum... na verdade, há uma ordem para manter mulheres longe dele, e alguns fuzileiros durões para garantir.

Caxton concordou com a cabeça.

– Foi o que eu ouvi. Mas o fato é que você não sabe se ele está sendo drogado ou não.

Jill mordeu o lábio. Ela teria que se denunciar para comprovar o que tinha dito.

— Ben? Você não me entregaria?

— Como?

— De absolutamente maneira nenhuma.

— Hum… isso cobre situações demais, mas vou aceitar.

— Muito bem. Sirva mais um. — Ben o fez, e Jill continuou: — Sei que eles não estão deixando o Homem de Marte todo doidão porque eu falei com ele.

Caxton assoviou.

— Eu sabia. Quando acordei hoje cedo, comentei comigo mesmo, "Vá falar com Jill. Ela é o ás na sua manga". Moça bonita, tome mais um drinque. Tome mais seis. Aqui, fique com a jarra.

— Calma lá!

— O que você quiser. Posso massagear seus pobres pés cansados? Moça, você vai ser entrevistada. Como…

— Não, Ben! Você prometeu. Se você me citar eu perco o emprego.

— Hum… Que tal "de uma fonte geralmente confiável"?

— Eu ficaria com medo.

— Então? Você vai me deixar morrer de frustração e comer aquele bife todo sozinho?

— Ah, eu vou falar. Só que você não vai poder usar. — Ben continuou calado; Jill descreveu como tinha flanqueado os guardas.

Ele a interrompeu:

— Ei! Você acha que poderia fazer isso de novo?

— Hein? Acho que sim, mas não vou. É arriscado.

— Então você poderia me botar para dentro escondido por aquela porta? Olha, eu me visto como eletricista; macacão, crachá do sindicato, caixa de ferramentas. Você me passa a chave discretamente, e…

— Não!

— Hein? Olha só, garotinha, seja razoável. Esta é a história de interesse humano mais importante desde que Colombo convenceu Isabela a botar suas joias no prego. A única coisa que me preocupa é a possibilidade de esbarrar com outro eletricista…

— A única coisa que me preocupa sou *eu* — interrompeu Jill. — Para você é uma história, para mim é a minha carreira. Eles me tomariam minha touca de enfermeira, meu distintivo e me poriam para fora da cidade no primeiro trem.

— Humm... tem isso.

— Certamente que tem.

— Madame, você está prestes a receber uma oferta de suborno.

— Uma oferta de quanto? Vou precisar de muita grana para levar o resto da minha vida confortavelmente no Rio.

— Bem... você não pode esperar que eu pague melhor que a Associated Press ou a Reuters. Que tal cem?

— O que você pensa que eu sou?

— Isso nós já decidimos, estamos regateando o preço. Cento e cinquenta?

— Você pode olhar o número da Associated Press para mim, querido?

— Capitol 10-9000. Jill, você quer se casar comigo? É o máximo que posso oferecer.

Ela parecia espantada.

— O que você disse?

— Você quer se casar comigo? Então, quando eles puserem você para fora da cidade no primeiro trem, eu estarei esperando por você no limite do município para lhe tirar dessa existência sórdida. Você voltará para cá e refrescará seus dedinhos no meu gramado, nosso gramado, e esquecerá sua ignomínia. Só que você terá que me colocar para dentro daquele quarto primeiro.

— Ben, você está soando quase sério. Se eu chamar uma testemunha imparcial, você diria isso de novo?

Caxton suspirou.

— Pode convocar uma testemunha.

Jill se levantou.

— Ben – disse ela baixinho. – Não vou obrigar você a cumprir sua palavra. – Ela o beijou. – Não brinque sobre casamento com uma solteirona.

— Eu não estava brincando.

— Será que não? Limpe o batom e eu contarei tudo que eu sei, e depois nós pensamos como você poderia usar essas coisas sem que eu seja colocada naquele trem. Está bom assim?

— Está bom assim.

Jill fez um relato detalhado dos eventos.

— Tenho certeza de que ele não estava drogado. Tenho igual certeza de que ele era racional; ainda que ele falasse de um jeito estranhíssimo e tenha me feito as perguntas mais bizarras.

— Seria muito mais estranho se ele não falasse de um jeito estranho.

— Hein?

— Jill, não sabemos muita coisa sobre Marte, mas sabemos que os marcianos não são humanos. Imagine que você apareceu numa tribo tão perdida nas profundezas da selva que eles nunca viram sapatos antes. Você saberia participar de toda a conversa fiada que só é aprendida após uma vida inteira imersa naquela cultura? E essa é uma analogia fraca; a verdade é pelo menos 60 milhões de quilômetros mais estranha.

Jill concordou com a cabeça.

— Eu entendi a questão, por isso desconsiderei os comentários estranhos dele. Não sou burra.

— Não, você é muito esperta, apesar de ser mulher.

— Você quer ficar com o cabelo cheio de martini?

— Peço desculpas. Mulheres são mais espertas que os homens; isso está provado pelo nosso acordo. Me dá o copo, vou enchê-lo.

Jill aceitou a oferta de paz e continuou:

— Ben, a tal ordem de não permitir que ele veja mulheres é ridícula. Ele não é um tarado.

— Sem dúvida não querem que ele passe por choques demais de uma vez só.

— Ele não estava chocado, estava apenas... interessado. Não era como ter um homem olhando para mim.

— Se você tivesse lhe concedido o pedido de uma olhadinha, teria ficado com as mãos cheias.

— Acho que não. Imagino que tenham contado a ele sobre homem e mulher; ele só queria ver qual é a diferença entre os dois.

— *Vive la différence!* — respondeu Caxton com entusiasmo.

— Não seja vulgar.

— Eu? Estava sendo irreverente. Dando graças ao fato de ter nascido humano, e não marciano.

— Fale sério.

— Eu nunca falei tão sério.

— Então se cale. Ele não teria me criado problemas. Você não viu aquele rosto, eu vi.

— E o que tem de mais, o rosto dele?

Jill parecia intrigada.

— Ben, você já viu um anjo?

— Só você, meu querubim. Não vi mais nenhum outro.

— Bom, nem eu; mas era isso que o rosto dele parecia. Ele tinha olhos velhos e sábios num rosto completamente plácido, uma face de inocência que não era deste mundo. — Ela estremeceu.

— "Não era deste mundo" é a expressão certa — respondeu Ben lentamente. — Eu gostaria de vê-lo.

— Ben, por que eles o estão mantendo calado? Ele não machucaria uma mosca.

Caxton juntou as pontas dos dedos.

— Bom, eles querem protegê-lo. Ele cresceu na gravidade de Marte; provavelmente está fraco como um gato.

— Só que a fraqueza muscular não é perigosa; miastenia grave é muito pior e nós lidamos bem com ela.

— Querem evitar que ele pegue alguma doença também. É como aqueles animais experimentais em Notre Dame; ele nunca foi exposto.

— Claro, claro, nada de anticorpos. Porém, pelo que eu andei ouvindo no refeitório, dr. Nelson, o médico na *Champion*, cuidou disso na viagem de volta. Transfusões mútuas até que mais ou menos metade do sangue foi substituída.

— Posso usar isso, Jill? É notícia.

— É só não me citar. Eles também lhe deram injeções para tudo que existe, incluindo unha encravada e espinhela caída. Só que eles não precisam de guardas armados para protegê-lo de infecções.

— Hummm... Jill, eu captei alguns rumores que você pode não estar sabendo. Não posso usá-los num artigo porque preciso proteger minhas fontes. Porém, posso lhe contar, é só você não falar com ninguém.

— Não vou.

— É uma longa história. Quer mais um drinque?

— Não, vamos começar com o bife. Cadê o botão?

— Aqui mesmo.

— Ora, então aperte.

— Eu? Você se ofereceu para preparar o jantar.

— Ben Caxton, eu ficarei aqui deitada e morrerei de fome, mas não vou me levantar para apertar um botão a quinze centímetros do seu dedo.

— Como quiser. — Ele apertou o botão. — Mas não se esqueça de quem cozinhou o jantar. Agora, voltando a Valentine Michael Smith. Há sérias dúvidas que ele tenha direito ao sobrenome Smith.

— O quê?

— Querida, seu amiguinho é o primeiro bastardo interplanetário na história.

— Cacete, como?

— Por favor, seja uma dama. Você lembra alguma coisa sobre a *Envoy*? Quatro casais casados. Dois deles eram o capitão e a sra. Brant, o doutor e a sra. Smith. Seu amigo com carinha de anjo é o filho da sra. Smith com o capitão Brant.

— Como é que eles sabem? E quem se importa? É muita baixeza desenterrar um escândalo desses depois de tanto tempo. Eles estão mortos, deixem eles em paz!

— Quanto a como é que eles sabem, provavelmente nunca houve um grupo de oito pessoas tão completamente medido e analisado. Tipo sanguíneo, fator RH, cor dos cabelos e dos olhos, todas essas coisas genéticas... você entende disso melhor que eu. É certo que Mary Jane Lyle Smith era sua mãe e Michael Brant, seu pai. Isso deixa Michael com uma bela hereditariedade; o pai tinha um QI de 163, e a mãe 170, sendo que ambos eram os melhores em suas áreas. Já quanto a quem se importa — continuou Ben —, muita gente se importa, e muito mais gente vai se importar, uma vez que a situação se desenvolver. Já ouviu falar no propulsor Lyle?

— Claro, foi esse que a *Champion* usou.

— E todas as outras naves espaciais, hoje em dia. Quem foi que o inventou?

— Eu não... Espere aí! Você quer dizer que *ela*...

— Um charuto para a madame aqui! Dra. Mary Jane Lyle Smith. Ela o criou antes de partir, mesmo que ainda restasse algum trabalho a ser feito. Então ela deu entrada em algumas patentes básicas e deixou a coisa toda com um truste; *não* com uma corporação sem fins lucrativos; em seguida cedendo o controle e os lucros que fossem gerados nesse ínterim à Fundação Científica. No fim, o governo obteve controle; mas seu amigo é dono do motor. Vale milhões, talvez centenas de milhões; não tenho como estimar.

Eles trouxeram o jantar. Caxton puxou mesas retráteis do teto para proteger o gramado; baixou uma até sua cadeira e outra, à altura de uma mesa japonesa, para que Jill pudesse comer sentada no gramado.

— Está macio? — perguntou.

— *Araviloso!* — respondeu Jill de boca cheia.

— Obrigado. Lembre-se, eu que fiz.

— Ben — começou ela, depois de engolir. — E quanto a Smith ser um... quero dizer, ilegítimo? Ele pode herdar?

— Ele não é ilegítimo. Dra. Mary Jane trabalhava em Berkeley; as leis da Califórnia negam o conceito de bastardia. O mesmo vale para o capitão Brant, a Nova Zelândia tem leis civilizadas. Já no estado natal do dr. Ward Smith, o marido de Mary Jane, um filho nascido de um casamento é legítimo, chova ou faça sol. Temos aí, Jill, um homem que é filho legítimo de três pais.

— Hein? Espere aí, Ben; ele não pode ser. Não sou advogada, mas...

— Certamente que não é. Esse tipo de ficção não incomoda um advogado. Smith é legítimo de formas diferentes em jurisdições diferentes; mesmo que seja um bastardo de fato. Então ele herdará. Além disso, além de a mãe dele ser rica, os pais também estavam bem de vida. Brant despejou a maior parte do seu escandaloso salário de piloto da missão à Lua na Lunar Enterprises. Você sabe como essas coisas cresceram extraordinariamente nos últimos tempos, acabaram de declarar mais dividendos. Brant tinha um vício, o jogo; mas o sujeito vencia regularmente e investia essa grana também. Ward Smith tinha dinheiro de família. Smith é herdeiro de ambos.

— Uau!

— E isso não é da missa a metade, meu bem. Smith é herdeiro da tripulação inteira.

— Hein?

— Todos os oito assinaram um contrato de "Aventureiros Cavalheiros", fazendo deles herdeiros uns dos outros; todos eles *e* seus descendentes. Eles o prepararam com todo cuidado, usando como modelo contratos dos séculos 16 e 17 que resistiram a todos os esforços para rompê-los. Eram pessoas poderosas; todos juntos eram incrivelmente ricos. O legado inclui uma quantidade considerável de ações da Lunar Enterprises, aliás, além do que Brant já tinha. Smith pode até ser dono de uma participação majoritária, ou, pelo menos, um bloco-chave.

Jill pensou na criatura infantil que tinha feito uma cerimônia tão tocante com um copo d'água e sentiu pena dele. Caxton continuou:

— Eu queria dar uma olhada no diário de bordo da *Envoy*. Eles o recuperaram, mas duvido que seja divulgado.

— Por que não, Ben?

— É uma história horrível. Consegui extrair pelo menos esse tanto antes que meu informante ficasse sóbrio. O dr. Ward Smith fez o parto da sua esposa por meio de uma cesárea, e ela morreu na mesa de cirurgia. O que o doutor fez em seguida demonstra que ele sabia o que tinha acontecido; com o mesmo bisturi, cortou a garganta do capitão Brant, depois a própria. Desculpa, meu bem.

Jill estremeceu.

— Eu sou enfermeira. Sou imune a essas coisas.

— Você é uma mentirosa e eu te amo por isso. Eu passei três anos na ronda da página policial, Jill; nunca me insensibilizei.

— O que aconteceu com os outros?

— Se nós não arrancarmos aquele diário das mãos dos burocratas, nunca vamos descobrir; e eu sou um foca ingênuo que acredita que precisamos fazê-lo. Segredos geram tirania.

— Ben, ele pode ficar melhor se for enganado e acabar sem a herança. Ele é muito... hum, nada mundano.

— Essa é a expressão exata, certamente. Ele também não precisa de dinheiro; o Homem de Marte jamais ficará sem uma refeição. Qualquer governo e milhares de universidades e institutos ficariam maravilhados em tê-lo como convidado permanente.

— Seria melhor ele assinar um papel doando tudo e esquecer.

— Não é tão fácil. Jill, você conhece o famoso caso da General Atomics contra Larkin e companhia?

— Hum, você quer dizer a Decisão Larkin? Estudei na escola, assim como todo mundo. O que ela tem a ver com Smith?

— Pense bem. Os russos mandaram a primeira nave à Lua, ela explodiu. Os Estados Unidos e o Canadá se uniram para mandar outra; ela voltou, mas não deixou ninguém na Lua. Então, enquanto os EUA e a Commonwealth britânica se preparavam para enviar uma nave de colonização sob o patrocínio da Federação, e a Rússia fazia a mesma coisa por conta própria, a General Atomics passou a perna em todo mundo e lançou um foguete de uma ilha alugada do Equador; e seus homens estavam lá, esperando bonitinhos e sorrindo arrogantes quando a nave da Federação apareceu, seguida pela russa.

Caxton continuou a história:

— Então a General Atomics, uma corporação suíça com controle americano, reivindicou a Lua. A Federação não poderia jogá-los para escanteio e se apossar da Lua, os russos não teriam ficado quietos. Então o Supremo Tribunal decidiu que uma pessoa jurídica, uma mera ficção legal, não poderia ser dona de um corpo celeste, e os verdadeiros donos eram os homens que mantinham a ocupação, Larkin e companhia. Portanto, eles foram reconhecidos como uma nação soberana e absorvidos pela Federação; com uma fatia gorda dedicada a quem já estava dentro e concessões à General Atomics e sua empresa subsidiária, Lunar Enterprises. Isso não agradou ninguém, e o Supremo Tribunal da Federação não era todo-poderoso, naquela época; mas eram concessões que todos poderiam engolir. O resultado foram regras para a colonização de planetas, todas baseadas na Decisão Larkin, com a intenção de evitar banhos de sangue. E funcionou; a Terceira Guerra Mundial *não* foi resultado de conflitos sobre viagens espaciais e coisas do gênero. Então a Decisão Larkin é lei e se aplica a Smith.

Jill balançou a cabeça.

– Não vejo a conexão.

– Pense, Jill. Pelas nossas leis, Smith é uma nação soberana; e o único proprietário do planeta Marte.

CAPÍTULO V

Jill arregalou os olhos.

— Martinis demais, Ben. Poderia jurar que você disse que o paciente é dono de Marte.

— E ele é. Ocupou o planeta pelo período necessário. Smith é o planeta Marte; rei, presidente, único corpo civil, o que você quiser. Se a *Champion* não tivesse deixado colonos, o direito de Smith poderia prescrever. Mas eles estão lá, e isso dá seguimento à ocupação, mesmo que Smith tenha vindo à Terra. Mas ele não terá de dividir o direito com os colonos, eles são meros imigrantes até que ele lhes conceda cidadania.

— Que coisa mais inacreditável.

— Só que legal. Querida, você entende agora por que as pessoas estão interessadas em Smith? E por que o governo o mantém debaixo do tapete? O que eles estão fazendo não é legal. Smith também é um cidadão dos Estados Unidos e da Federação; é ilegal manter um cidadão, mesmo um criminoso condenado, totalmente isolado em qualquer lugar da Federação. Além disso, por toda a história da humanidade foi considerado hostil se confinar um monarca visitante, coisa que ele *é*, e não deixá-lo ver pessoas, especialmente a imprensa, ou seja, *eu*. Você continua não querendo me colocar para dentro?

– Hein? Você me deixou completamente apavorada. Ben, se eles tivessem me flagrado, o que poderiam ter feito?

– Humm... nada de muito duro. Trancado você numa cela acolchoada, com um certificado assinado por três médicos, e permitido que você recebesse cartas em anos bissextos alternados. Estou me perguntando o que eles vão fazer a *ele*.

– O que eles *poderiam* fazer?

– Bem, ele pode morrer... de fadiga gravitacional, digamos.

– Você quer dizer *assassiná-lo*?

– Tsc, tsc! Não use palavras feias como essa. Não acho que vá acontecer. Em primeiro lugar, ele é uma mina de informação. Em segundo lugar, ele é uma ponte entre nós e a única outra raça civilizada que jamais encontramos. Como você anda com os clássicos? Já leu *A guerra dos mundos* de H. G. Wells?

– Há muito tempo, na escola.

– Imagine que os marcianos são malvados. Eles podem ser, e não fazemos ideia do tamanho do tacape que vão usar. Smith pode ser o intermediário que tornaria a Primeira Guerra Interplanetária desnecessária. Mesmo que isso tudo seja improvável, o governo não pode ignorar. A descoberta de vida em Marte é algo que, politicamente, eles ainda não resolveram.

– Então você acha que ele está seguro?

– Por enquanto. O secretário-geral tem que adivinhar direito o que fazer. Como você sabe, o governo dele está estremecido.

– Não presto atenção em política.

– Pois deveria. É apenas um pouco menos importante que o bater do seu próprio coração.

– Não presto atenção nisso também.

– Não me interrompa enquanto estou discursando. A precária maioria comandada por Douglas pode desmoronar da noite para o dia; o Paquistão sairia correndo por conta de uma tossida nervosa. Haveria uma moção de censura, e o sr. secretário-geral Douglas voltaria a ser um advogado barato. O Homem de Marte pode significar a salvação ou o fim dele. Você vai me botar para dentro?

– Eu vou é entrar para um convento. Tem mais café?

– Vou ver.

Os dois se levantaram. Jill se espreguiçou e comentou:

– Ah, meus velhos ossos! Deixa o café para lá, Ben; eu tenho um dia difícil amanhã. Me leve para casa, por favor. Ou melhor, me mande para casa, assim é mais seguro.

– Tudo bem, mesmo que a noite seja uma criança. – Caxton foi até o quarto e voltou com um objeto do tamanho de um isqueiro. – Você não vai me botar para dentro?

– Olha, Ben, eu *quero*, mas...

– Deixa para lá. É perigoso, e não só para a sua carreira. – Caxton mostrou o objeto a Jill. – Você quer botar uma escuta nele?

– Hã? O que é isso?

– O maior presente aos espiões desde o "boa noite cinderela". Um gravador microminiaturizado. A escuta é à base de molas, então nao pode ser localizado por um circuito detector. As entranhas estão envoltas em plástico, você poderia jogá-lo de um táxi. A fonte de força contém mais ou menos a mesma radioatividade de um mostrador de relógio, mas é blindada. A escuta roda por 24 horas, aí você tira a fita e coloca outra; a mola é parte da fita.

– Isso explode? – perguntou Jill, nervosa.

– Você poderia assá-lo dentro de um bolo.

– Ben, você me deixou com medo de entrar no quarto dele.

– Você pode entrar no quarto ao lado, não pode?

– Acho que sim.

– Esse negócio tem orelhas de mula. Prenda o lado côncavo contra uma parede com uma fita adesiva, e ele pegará tudo no quarto do outro lado.

– Eles vão me notar se eu ficar entrando e saindo daquele quarto. A suíte dele tem uma parede comum com um quarto em outro corredor. Isso vai funcionar?

– Perfeito. Você vai colocar para mim?

– Humm... me dê esse negócio. Vou pensar no assunto.

Caxton limpou o objeto com o lenço.

– Ponha suas luvas.

– Por quê?

– A simples posse é suficiente para garantir férias atrás das grades. Use luvas, e não seja flagrada com ele.

– Você pensa nas coisas mais lindas!

– Quer pular fora?

Jill suspirou longamente.

– Não.

– Boa menina! – Uma luz se acendeu, Caxton olhou para cima. – Deve ser seu táxi. Chamei um quando fui buscar isto aqui.

– Ah. Ache meus sapatos, por favor. Não venha ao telhado. Quanto menos eu for vista com você, melhor.

– Como preferir.

No que Caxton se endireitou depois de calçar os sapatos, Jill tomou-lhe a cabeça nas duas mãos e o beijou.

– Ben, meu querido! Nada de bom vai sair disso, e eu não tinha percebido que você era um criminoso; mas você cozinha bem desde que eu cuide da programação... Talvez me case com você se conseguir obrigá-lo a me pedir de novo.

– A oferta continua de pé.

– Os gângsteres se casam com suas bonecas? Ou seriam brotos? – Ela partiu apressada.

* * *

Jill instalou a escuta sem problemas. A paciente do quarto no corredor ao lado estava confinada à cama; Jill frequentemente passava por ali para fofocar. Ela colou o aparelho na parede sobre uma prateleira de armário, enquanto tagarelava sobre como as faxineiras simplesmente *nunca* tiravam a poeira das prateleiras.

Trocar as fitas no dia seguinte foi fácil; a paciente estava adormecida. Acordou quando Jill estava em pé numa cadeira; mas Jill a distraiu com uma fofoca apimentada daquela ala.

Jill mandou a gravação pelo correio, pois o sistema postal parecia ser mais seguro que qualquer estratagema de espionagem. Porém, ela acabou com tudo na sua tentativa de instalar uma terceira fita. Esperou pacientemente que a paciente estivesse dormindo, mas assim que subiu na cadeira, a paciente acordou.

– Ah, olá, srta. Boardman.

Jill ficou paralisada.

– Olá, sra. Fritschlie – ela conseguiu responder. – Tirou uma boa soneca?

– Mais ou menos – respondeu a mulher, rabugenta. – Estou com dor nas costas.

— Eu faço uma massagem.

— Não adianta. Por que você está sempre remexendo no meu armário? Tem alguma coisa errada?

Jill tentou engolir o coração, que tinha lhe subido à boca.

— Camundongos — respondeu ela.

— Camundongos? Ah, vou ter que mudar de quarto!

Jill soltou a escuta e a meteu no bolso, pulando para o chão.

— Não se preocupe, sra. Fritschlie, eu estava só olhando para ver se havia ninhos de camundongos. Não achei nenhum.

— Tem *certeza*?

— Absoluta. Agora vamos massagear essas costas. Vire-se.

Jill decidiu arriscar o quarto vazio que fazia parte de K-12, a suíte do Homem de Marte. Ela pegou a chave-mestra.

Porém, deparou-se com a porta destrancada e mais dois fuzileiros no outro quarto; a guarda tinha sido dobrada.

— Procurando alguém?

— Não. Não se sentem na cama, rapazes — disse ela decisivamente. — Se vocês precisarem de cadeiras, nós mandamos buscar. — O guarda se levantou relutante; Jill foi embora, tentando esconder o quanto tremia.

A escuta ainda estava em seu bolso quando o turno terminou; decidiu devolvê-la a Ben Caxton. Uma vez no ar, a caminho do apartamento de Ben, ela respirou aliviada. Telefonou para ele em pleno voo.

— Caxton falando.

— É Jill, Ben. Quero ver você.

Ele respondeu devagar.

— Não acho que seja uma boa ideia.

— Ben, eu preciso. Estou a caminho.

— Ah, tudo bem, se precisa ser assim.

— Quanto entusiasmo!

— Olha só, meu bem, não que eu não...

— Tchau! — Jill desligou, se acalmou e decidiu não descontar em Ben; os dois estavam lidando com forças muito maiores que eles. Pelo menos, ela estava; deveria ter se mantido longe da política.

Sentiu-se melhor ao se aninhar nos braços de Caxton. Ben era tão querido, talvez ela devesse se casar com ele. Quando tentou falar, ele pôs a mão em sua boca e sussurrou:

– Não fale. Eu posso estar grampeado.

Jill assentiu com a cabeça, pegou o gravador e entregou a Caxton. Este ergueu as sobrancelhas, mas não falou nada. Em vez disso, entregou a ela uma cópia do *Post* daquela tarde.

– Viu o jornal? – indagou ele numa voz natural. – Você pode dar uma olhada enquanto eu lavo as mãos.

– Obrigada. – No que Jill pegou o jornal, ele apontou uma das colunas e então saiu, levando o gravador consigo. A coluna era do próprio Ben:

O NINHO DO CORVO
por Ben Caxton

Todos sabem que cadeias e hospitais têm uma coisa em comum: pode ser muito difícil sair deles. Em alguns aspectos, um presidiário está menos isolado que um paciente; um presidiário pode chamar um advogado, exigir uma testemunha imparcial, evocar *habeas corpus* e pedir a quem o prendeu que comprove a causa em tribunal aberto. Porém, basta um sinal de VISITAS PROIBIDAS, por ordem de um dos pajés da nossa estranha tribo, para condenar um paciente de hospital a um esquecimento mais absoluto que aquele sofrido pelo Homem da Máscara de Ferro.

Certamente, os parentes próximos de um paciente não podem ser barrados; entretanto, o Homem de Marte parece não ter nenhum parente próximo. A tripulação da malfadada *Envoy* tinha poucos laços na Terra; se o Homem da Máscara de Ferro – perdão, quis dizer o "Homem de Marte" – tem algum parente zelando por seus interesses, alguns milhares de jornalistas foram incapazes de verificar.

Quem fala pelo Homem de Marte? Quem ordenou que uma guarda armada fosse posta ao seu redor? Que doença horrenda ele sofre que não pode ser vislumbrado por ninguém, nem ouvir uma pergunta? Falo com *você*, sr. secretário-geral; a explicação sobre "fraqueza física" ou "fadiga gravitacional" não cola; se essa fosse a resposta, uma enfermeira de cinquenta quilos serviria tão bem quanto um guarda armado.

Poderia ser essa doença de natureza financeira? Ou (vamos perguntar de mansinho) seria política?

O artigo continuava no mesmo tom; Jill percebeu que Ben estava provocando o governo, tentando forçá-lo a abrir o jogo. Ela achava que Caxton assumia um sério risco ao desafiar as autoridades, mas não fazia ideia do tamanho do perigo, nem da forma que poderia tomar.

Jill folheou o jornal. Estava carregado de matérias sobre a *Champion*, fotos do secretário-geral Douglas distribuindo medalhas, entrevistas com o capitão Van Tromp e seus bravos companheiros, imagens de marcianos e cidades em Marte. Havia muito pouco sobre Smith, apenas um boletim afirmando que ele melhorava lentamente dos efeitos da jornada.

Ben voltou e largou folhas de papel vegetal no colo dela.

– Eis outro jornal. – Ele saiu de novo.

Jill viu que o "jornal" era a transcrição do que a primeira fita da escuta tinha captado. Estava marcada com *primeira voz*, *segunda voz* e assim por diante, mas Ben tinha escrito os nomes de quem ele fora capaz de identificar. Anotara no alto: "Todas as vozes são masculinas".

A maioria dos itens simplesmente mostrava que Smith fora alimentado, lavado, massageado e fizera exercícios sob a supervisão de uma voz identificada como "dr. Nelson" e outra marcada como "segundo doutor".

Uma passagem não tinha nada a ver com o tratamento do paciente. Jill a releu:

DR. NELSON: Como você está se sentindo, rapaz? Forte o bastante para falar?

SMITH: Sim.

DR. NELSON: Um homem quer falar com você.

SMITH: (pausa) Quem? (Caxton tinha anotado: Todas as falas de Smith são precedidas de pausas.)

NELSON: Este homem é o nosso grande (palavra gutural incompreensível – marciano?). Ele é o nosso Ancião mais velho. Você quer falar com ele?

SMITH: (pausa muito longa) Estou grande feliz. O Ancião vai falar, e eu vou ouvir e crescer.

NELSON: Não, não! Ele quer lhe fazer perguntas.

SMITH: Eu não posso ensinar um Ancião.

NELSON: O Ancião assim deseja. Você vai deixar que ele lhe faça perguntas?

smith: Sim.
(sons de fundo)
nelson: Por aqui, senhor. Estou com o dr. Mahmoud de prontidão para traduzir.

Jill leu "nova voz". Caxton tinha riscado isso e escrito: "secretário-geral Douglas!!!"

secretário-geral: Não vou precisar dele. Você disse que Smith entende inglês.
nelson: Bem, sim e não, Vossa Excelência. Ele sabe um certo número de palavras mas, como Mahmoud disse, ele não tem nenhum contexto cultural no qual pendurá-las. Pode ser confuso.
secretário-geral: Ah, nós vamos nos entender, tenho certeza disso. Quando eu era jovem, mochilei pelo Brasil inteiro, sem saber uma única palavra de português quando comecei. Agora, se você por favor puder nos apresentar, e em seguida nos deixar a sós.
nelson: Senhor? É melhor que eu fique com o meu paciente.
secretário-geral: É mesmo, doutor? Temo que eu tenha que insistir. Lamento.
nelson: E eu temo que *eu* tenha que insistir. Me desculpe, senhor, ética médica...
secretário-geral: (interrompendo) Como advogado, conheço alguma coisa de jurisprudência médica; então não me venha com esse blá-blá-blá de "ética médica". Este paciente por acaso escolheu o senhor?
nelson: Não exatamente, mas...
secretário-geral: Ele teve a oportunidade de selecionar médicos? Duvido. Seu status é de tutelado do Estado. Estou agindo como seu parente mais próximo, *de facto*, e, como o senhor vai descobrir, *de jure* também. Gostaria de conversar com ele a sós.
nelson: (longa pausa, muito rigidamente) Já que o senhor coloca nesses termos, Vossa Excelência, eu me retiro do caso.
secretário-geral: Não leve isso assim tão a sério, doutor. Não estou questionando seu tratamento. Mas o senhor não tentaria impedir uma mãe de ver seu filho sozinha, tentaria? Está com medo que eu possa machucá-lo?

NELSON: Não, mas...

SECRETÁRIO-GERAL: Então qual é a sua objeção? Vamos lá, apresente-nos e vamos logo com isso. Esse rebuliço todo pode constranger o seu paciente.

NELSON: Vossa Excelência, eu vou apresentá-lo. Depois, o senhor terá que escolher outro médico para o seu... tutelado.

SECRETÁRIO-GERAL: Lamento, doutor, lamento muito. Não posso aceitar isso como... Vamos discutir isso mais tarde. Agora, por favor?

NELSON: Venha cá, senhor. Filho, este é o homem que deseja ver você. Nosso grande Ancião.

SMITH: (incompreensível)

SECRETÁRIO-GERAL: O que foi que ele falou?

NELSON: Uma saudação respeitosa. Mahmoud disse que a tradução é: "Sou apenas um ovo". Mais ou menos. De qualquer maneira, é amistosa. Filho, fale em língua de gente.

SMITH: Sim.

NELSON: E é melhor o senhor usar palavras simples, se eu puder oferecer um último conselho.

SECRETÁRIO-GERAL: Ah, eu usarei.

NELSON: Adeus, Vossa Excelência. Adeus, filho.

SECRETÁRIO-GERAL: Obrigado, doutor. Até mais tarde.

SECRETÁRIO-GERAL: (continuando) Como você se sente?

SMITH: Sinto bom.

SECRETÁRIO-GERAL: Ótimo. Qualquer coisa que você quiser, é só pedir. Queremos que você seja feliz. Agora, tem uma coisa que quero que você faça por mim. Você sabe escrever?

SMITH: "Escrever"? O que é "escrever"?

SECRETÁRIO-GERAL: Bem, sua impressão do polegar também serve. Quero ler um papel para você. Este papel tem muita falação de advogado, só que basicamente afirma que você concorda que, ao deixar Marte, você renunciou; quero dizer, desistiu; de quaisquer reivindicações que possa ter lá. Você me entende? Você as cede todas ao governo.

SMITH: (sem resposta)

SECRETÁRIO-GERAL: Bem, vamos colocar desta forma; você não é dono de Marte, é?

smith: (pausa meio longa) Eu não entendo.
secretário-geral: Humm... vamos tentar de novo. Você quer ficar aqui, não quer?
smith: Eu não sei. Fui mandado pelos Anciãos. (Longa fala incompreensível, soa como um sapo-boi brigando com um gato.)
secretário-geral: Inferno, eles já deveriam ter lhe ensinado mais inglês a esta altura. Veja aqui, filho, você não precisa se preocupar. É só me dar a sua impressão do dedão no pé desta página. Deixe-me pegar sua mão direita. Não, não se revire desse jeito. *Pare quieto!* Não vou machucar você... *Doutor!* Dr. Nelson!
segundo doutor: Sim, senhor?
secretário-geral: Traga o dr. Nelson.
segundo doutor: Dr. Nelson? Mas ele foi embora, senhor. Disse que o senhor o tirou do caso.
secretário-geral: Nelson disse isso? *Maldito* seja! Bem, *faça* alguma coisa. Aplique respiração artificial nele, ou dê uma injeção. Não fique só parado aí; você não vê que o homem está morrendo?
segundo doutor: Não acredito que haja nada a ser feito, senhor. Basta deixá-lo em paz até que ele saia dessa. Era o que o dr. Nelson sempre fazia.
secretário-geral: Ao inferno com o dr. Nelson!

A voz do secretário-geral não reapareceu, nem a do dr. Nelson. Jill deduziu, pela fofoca que tinha captado, que Smith tinha entrado em um de seus episódios de retraimento cataleptiforme. Havia mais dois registros. Um dizia: "Não precisa sussurrar, ele não pode ouvir você". O outro dizia: "Leve essa bandeja. Vamos alimentá-lo quando ele sair dessa".

Jill estava relendo quando Ben apareceu. Tinha mais folhas de papel vegetal, mas não as ofereceu. Em vez disso, perguntou:

– Está com fome?

– Passando mal.

– Vamos matar uma vaca.

Ele não disse nada enquanto os dois foram ao telhado e tomaram um táxi, mantendo-se calado durante o voo até a plataforma Alexandria, onde trocaram de carro. Ben escolheu um com placa de Baltimore. Uma vez no ar, ele programou o destino para Hagerstown, Maryland, e finalmente relaxou.

— Agora podemos conversar.

— Ben, por que o mistério?

— Desculpa, moça bonita. Eu não *sei* se o meu apartamento está grampeado; só sei que, se eu consigo fazer isso com eles, eles conseguem fazer comigo. Da mesma forma, por mais que não seja provável que um táxi chamado do meu apartamento tenha um microfone, a possibilidade ainda existe; os esquadrões do Serviço Especial são meticulosos. Mas este táxi... – ele deu tapinhas no assento. – Eles não podem grampear milhares de táxis. Um escolhido ao acaso deve estar seguro.

Jill estremeceu.

— Ben, você não acha que eles iriam... – ela deixou a frase no ar.

— Claro que acho! Você viu minha coluna. Entreguei aquele texto há nove horas. Você acha que o governo vai deixar que eu os chute no estômago sem chutar de volta?

— Mas você sempre fez oposição a esse gabinete.

— Oposição não é problema. Isto é diferente; eu os acusei de manter um prisioneiro político. Jill, um governo é um organismo vivo. Como todas as coisas viventes, sua característica primária é o instinto de sobrevivência. Você bate nele, ele contra-ataca. Desta vez eu bati *de verdade*. – Então ele acrescentou: – Mas eu não deveria ter envolvido você.

— Não tenho medo. Não desde que devolvi a você aquela geringonça.

— Você está associada a mim. Se as coisas ficarem feias, isso pode ser suficiente.

Jill ficou calada. Era difícil engolir a ideia de que ela, que nunca tinha passado por nada pior que algumas palmadas quando criança e alguma ocasional agressão verbal quando adulta, pudesse estar em perigo. Como enfermeira, tinha visto as consequências da brutalidade; mas esse tipo de coisa não poderia acontecer com *ela*.

O táxi estava circulando, aguardando para pousar, quando Jill finalmente rompeu o silêncio carregado.

— Ben? Suponha que o paciente morra. O que acontece então?

— Hum? – Caxton franziu o cenho. – Essa é uma ótima pergunta. Se não houver mais nenhuma pergunta, a turma está dispensada.

— Não seja engraçadinho.

— Bom... Jill, passei noites acordado tentando encontrar uma resposta. Aqui estão as melhores opções que encontrei: se Smith morrer, sua reivindicação de posse sobre Marte desaparece. Provavelmente, o grupo que a *Champion* deixou por lá iniciaria uma nova reivindicação; e tenho quase certeza de que o governo fechou um acordo com eles antes que deixassem a Terra. A *Champion* é uma nave da Federação, mas é possível que tal acordo deixe todas as cartas na mão do secretário-geral Douglas. Isso poderia mantê-lo no poder por um longo tempo. Por outro lado, também pode não significar nada.

– Ué? Por quê?

– A Decisão Larkin pode não ser aplicável. Luna não era habitada, mas Marte *é*... pelos marcianos. No momento, marcianos legalmente não são nada. Porém, o Supremo Tribunal pode considerar a situação política corrente e decidir que a ocupação humana não tem significado algum num planeta habitado por não humanos. Então os direitos sobre Marte teriam de ser adquiridos dos marcianos.

– Mas Ben, esse seria o caso de qualquer maneira. A noção de um único homem *possuindo* um planeta... é fantasiosa!

– Não use essa palavra com um advogado; coar um mosquito enquanto se engole um camelo é uma das disciplinas obrigatórias nas faculdades de direito. Além disso, há precedente. No século 15 o Papa dividiu o hemisfério ocidental entre Espanha e Portugal, e ninguém deu a mínima para o fato do terreno estar ocupado pelos indígenas com suas próprias leis, costumes e direitos de propriedade. A concessão foi efetiva, também. Olhe no mapa e note onde se fala espanhol no mundo, e onde se fala português.

– Tudo bem, só que... não estamos mais no século 15, né?

– Estamos sim, para um advogado. Jill, se o Supremo Tribunal sentenciar que a Decisão Larkin é aplicável, Smith estará em posição de distribuir concessões com valor na casa dos milhões, mais provavelmente dos bilhões. No caso de ele ceder seu direito ao governo, então o secretário Douglas controlará a galinha dos ovos de ouro.

– Mas por que alguém iria querer tanto poder?

– Por que a mariposa vai atrás da luz? Porém, a fortuna e as posses de Smith são quase tão importantes quanto sua posição como rei-imperador nominal de Marte. O Supremo Tribunal pode até invalidar seus direitos de posseiro, mas duvido que qualquer coisa possa abalar sua propriedade do propulsor Lyle e de uma bela porção da Lunar Enterprises. O que acontece se ele morrer? Mil supostos primos aparecerão, obviamente, mas a Fundação

Científica já vem combatendo esses parasitas sanguessugas há anos. Parece possível que, se Smith morrer sem um testamento, sua fortuna se reverterá ao Estado.

– Você quer dizer a Federação ou os Estados Unidos?

– Mais uma pergunta à qual não tenho resposta. Seus pais vêm de dois países membros da Federação e ele nasceu fora de todos eles... e isso fará uma diferença crucial àquelas pessoas que votam por essas ações e licenciam essas patentes. Não será Smith; ele não saberia diferenciar um procurador corporativo de uma multa de trânsito. Provavelmente será quem conseguir agarrá-lo e mantê-lo por perto. Duvido que as seguradoras aceitem lhe fazer uma apólice de seguro de vida; ele me parece ser um péssimo risco.

– O pobre bebê! O pobre, pobre menino!

CAPÍTULO VI

O restaurante em Hagerstown tinha "atmosfera"; mesas espalhadas por um gramado que descia até um lago, e mais mesas nos galhos de três enormes árvores. Jill queria comer numa árvore, mas Ben subornou o maître para que lhes montasse uma mesa junto à água, e em seguida pediu que um tanque estéreo fosse colocado ao lado.

Jill ficou aborrecida.

– Ben, por que pagar tão caro se não podemos comer nas árvores e temos que aturar essa caixa de fazer malucos?

– Paciência, pequenina. As mesas nas árvores precisam ter microfones, são necessários para o serviço. Esta mesa não está grampeada, ou assim espero, pois vi o garçom pegá-la numa pilha. Quanto ao tanque, não só é antiamericano comer sem um estéreo, mas a barulheira também interfere com microfones direcionais, se os investigadores do sr. Douglas estiverem interessados.

– Você realmente acha que eles estão nos seguindo por aí? – Jill estremeceu. – Não nasci para uma vida de crime.

– Isso é tolice e uma completa bobagem! Quando eu estava investigando os escândalos da General Synthetics, eu nunca dormia duas noites no mesmo lugar, e não comia nada além de comida enlatada. Você aprende a gostar, sabe; estimula o metabolismo.

— Meu metabolismo vai bem, obrigada. Só preciso de um único paciente idoso e rico.

— Não vai se casar comigo, Jill?

— Depois que o meu futuro marido bater as botas, vou sim. Ou talvez eu fique tão rica que poderei manter você como meu bichinho de estimação.

— Que tal começar hoje?

— *Depois* que ele bater as botas.

Durante o jantar, o programa musical que estivera martelando seus ouvidos finalmente terminou. A cabeça de um locutor preencheu o tanque; ele sorriu e começou:

— RNM, a Rede Novo Mundo, e sua patrocinadora, as Pastilhas Maltusianas Garota Sabida, têm a honra de ceder seu tempo a uma transmissão histórica do Governo da Federação. Lembrem-se, amigos, todas as garotas sabidas usam Garota Sabida. Fáceis de carregar, agradáveis de se tomar, eficácia garantida e aprovada para venda sem receita, de acordo com a Lei Pública 1 312. Por que correr o risco com métodos antiquados, feios e perigosos? Por que correr o risco de perder o amor e o respeito dele? — O belo e lupino locutor deu uma olhada para o lado e apressou o comercial: — Eu lhes deixo com a Garota Sabida que, por sua vez, os deixará com o secretário-geral!

A imagem 3D cortou para uma jovem, tão sensual, tão mamífera, tão sedutora a ponto de deixar qualquer homem insatisfeito com as mulheres ao seu redor. Ela se espreguiçou e balançou e disse, numa voz de alcova:

— Eu sempre uso Garota Sabida.

A imagem se dissolveu, e uma orquestra tocou "Salvem a paz soberana".

— *Você* usa Garota Sabida? — indagou Ben.

— Não é da sua conta! — retrucou Jill, toda exaltada, acrescentando em seguida: — É um placebo charlatão. De qualquer maneira, o que o faz pensar que eu precisaria dessas coisas?

Caxton não respondeu; o tanque tinha sido preenchido pelas feições paternais do secretário-geral Douglas.

— Amigos — começou ele —, companheiros cidadãos da Federação, tenho hoje uma honra e um privilégio únicos. Desde o retorno triunfante da nossa pioneira *Champion*... — Ele continuou a congratular os cidadãos da Terra pelo seu contato bem-sucedido com outro planeta, outra espécie. Conseguiu insinuar que o feito era uma conquista pessoal de cada cidadão, que cada um deles poderia ter comandado a expedição se não estivesse ocupado com trabalho sério; e que ele, secretário Douglas, tinha sido o humilde instrumento a executar a vontade deles. Tais conceitos nunca foram declarados diretamente, sustentados pela crença de que o homem comum era equivalente a qualquer um e melhor que a maioria, e que o velho e bom Joe Douglas era a encarnação desse homem comum. Até sua gravata bagunçada e penteado "vaca lambeu" tinham um quê de "sujeito do povo".

Ben Caxton se perguntou quem tinha escrito aquilo. Jim Sanforth, provavelmente; Jim tinha o toque mais astuto de qualquer membro da equipe de Douglas na hora de selecionar adjetivos carregados para fazer cócegas e tranquilizar; ele tinha sido redator publicitário antes de entrar para a política e não tinha escrúpulos. Sim, aquela parte sobre a "mão que balança o berço" era coisa de Jim, o tipo de cara que seduziria uma garotinha com doces.

— Desligue isso! — reclamou Jill.

— Silêncio, moça bonita, preciso ouvir.

— ...e, portanto, amigos, tenho a honra de trazer a vocês o nosso companheiro cidadão Valentine Michael Smith, o Homem de Marte! Mike, sabemos que você está cansado e não andou se sentindo muito bem, mas você poderia dizer algumas palavras para os seus amigos?

A cena no estéreo cortou para um semiclose de um homem numa cadeira de rodas. Pairando atrás dele estava Douglas, e, do outro lado, uma enfermeira, rígida, engomada e fotogênica.

Jill se espantou.

— Fique quieta! — sussurrou Ben.

O liso rosto de bebê do homem na cadeira se abriu num sorriso tímido; ele olhou para a câmera e falou:

— Olá, pessoal. Desculpem-me por ficar sentado. Ainda estou fraco. — Ele parecia falar com dificuldade, e num dado momento a enfermeira tomou seu pulso.

Respondendo a perguntas de Douglas, ele fez elogios ao capitão Van Tromp e sua tripulação, agradeceu a todos pelo seu resgate, disse que todo mundo em Marte estava incrivelmente empolgado com o contato com a Terra, e que ele esperava ajudar na criação de um relacionamento amistoso entre os dois planetas. A enfermeira interrompeu, mas Douglas indagou gentilmente:

– Mike, você se sente forte o bastante para mais uma pergunta?
– Claro, sr. Douglas, se eu souber respondê-la.
– Mike, o que você acha das garotas aqui na Terra?
– *Caramba!*

O rosto de bebê pareceu espantado, enlevado e corado. A câmera fechou na cabeça e ombros do secretário-geral.

– Mike me pediu para lhes dizer – continuou ele em tons paternais – que ele voltará a vê-los assim que puder. Precisa ganhar mais músculos, sabe. Provavelmente aparecerá semana que vem se os médicos disserem que está suficientemente forte. – A cena cortou para as pastilhas Garota Sabida, e um esquete deixou claro que uma garota que não as usasse não estava só louca, mas também era uma sem-vergonha, e os homens atravessariam a rua para evitá-la. Ben mudou de canal e em seguida, se virando para Jill, comentou taciturno:

– É, posso rasgar a coluna de amanhã. Douglas está com o rapaz na palma da mão.

– Ben!

– Hein?

– *Aquele não é o Homem de Marte!*

– O quê? Querida, você tem *certeza*?

– Ah, era parecido com ele. Só que não era o paciente que eu vi no quarto vigiado.

Ben argumentou que dúzias de pessoas já tinham visto Smith; guardas, residentes, enfermeiros, o capitão e a tripulação da *Champion*, provavelmente outros. Muitos destes devem ter assistido a este pronunciamento, e o governo teria de presumir que alguns deles notariam uma substituição. Não fazia sentido, era um risco grande demais.

Jill simplesmente fez beicinho e insistiu que a pessoa no estéreo não era o paciente que ela tinha conhecido.

– Então tá, acredite no que você quiser! *Homens!* – ela finalmente explodiu.

– Ora, Jill...

– Por favor, me leve para casa.

Ben foi procurar um táxi. Não o pediu no restaurante, mas escolheu um estacionado num hotel do outro lado da rua. Jill permaneceu fria com ele no voo de volta. Ben pegou as transcrições e as releu, ficando pensativo por algum tempo.

– Jill?

— Pois não, sr. Caxton?

— Vou lhe mostrar quem é senhor aqui! Olha, Jill, peço desculpas. Eu estava errado.

— E como você chegou a essa conclusão?

Ben bateu com os papéis na palma da mão.

— Isto aqui. Smith não poderia ter demonstrado este comportamento ontem e em seguida dado a entrevista desta noite. Ele teria pirado... entrado num daqueles transes dele.

— Estou grata que você finalmente tenha percebido o óbvio.

— Jill, você poderia me fazer o favor de me chutar e então deixar isso para lá? Você sabe o que isto quer dizer?

— Quer dizer que usaram um ator para se passar por ele. Eu lhe disse isso há uma hora.

— Claro, um ator, e um dos bons, cuidadosamente escolhido e preparado. Mas isso implica algo mais. Ao meu ver, existem duas possibilidades. A primeira é que Smith esteja morto, e...

— Morto! — Jill subitamente estava outra vez naquela curiosa cerimônia de beber água e sentiu o sabor estranho, caloroso e inocente da personalidade de Smith, o sentimento acompanhado de uma tristeza insuportável.

— Talvez. Nesse caso, este dublê vai ficar "vivo" pelo tempo que for necessário. Então o dublê "morrerá" e será despachado para longe, provavelmente reprogramado hipnoticamente de forma tão poderosa que se sufocaria com asma se tentasse contar alguma coisa; ou talvez até mesmo passe por uma lobotomia. Porém, se Smith estiver morto, podemos esquecer do caso todo; jamais provaremos a verdade. Então vamos presumir que ele esteja vivo.

— Ah, assim espero.

— O que é Hécuba para você, ou você para Hécuba? — Caxton citou erroneamente a fala de Hamlet. — Se ele estiver vivo, pode ser que não haja nada de sinistro na situação. Afinal de contas, personalidades públicas realmente usam dublês. Talvez, em duas ou três semanas, nosso amigo Smith estará pronto para aguentar o esforço das aparições públicas, e enfim eles o exibirão por aí. Mas eu duvido.

— Por quê?

— Pense bem. Douglas já fracassou em uma tentativa de espremer de Smith o que ele quer. Só que Douglas não pode arcar com o preço do fracasso. Portanto, acredito que vá enterrar Smith ainda mais fundo... e nós jamais veremos o verdadeiro Homem de Marte.

– *Matá-lo?* – indagou Jill lentamente.

– Por que ser tão bruto? Basta trancafiá-lo em algum asilo privado e nunca deixar que fique sabendo de nada.

– Ah, coitado! Ben, o que nós vamos *fazer*?

Caxton fez uma careta de raiva.

– Eles são os donos da bola e do campo, e podem inventar as regras. Mas eu vou aparecer lá com uma testemunha imparcial e um advogado durão e exigir que me deixem ver Smith. Talvez possa revelar toda a sujeira.

– Eu estarei logo atrás de você!

– Mas nem em sonho. Como você mesma já comentou, isso acabaria com a sua carreira.

– Só que você precisará de mim para identificar Smith.

– Cara a cara eu conseguirei diferenciar um homem que foi criado por não humanos de um ator fingindo que é tal coisa. Entretanto, se algo der errado, você será o ás na minha manga, uma pessoa que sabe que eles estão fazendo sacanagem e que tem acesso ao interior do Centro Bethesda. Querida, se você não ouvir notícias minhas, você estará por conta própria.

– Ben, mas eles não machucariam *você*?

– Estou boxeando fora da minha categoria, menina.

– Não gosto nada disso, Ben. Olha, se você conseguir entrar e vê-lo, o que você vai fazer?

– Vou perguntar se ele gostaria de deixar o hospital. Se ele disser sim, vou convidá-lo a vir comigo. Eles não teriam coragem de detê-lo na presença de uma testemunha imparcial.

– Hum. E depois? Ele precisa de cuidados médicos, Ben; não é capaz de tratar de si mesmo.

Caxton fez mais uma careta.

– Andei pensando nisso. Não tenho como cuidar dele. Poderíamos levá-lo para meu apartamento...

– E eu cuidaria dele. Vamos lá, Ben!

– Calma lá. Douglas puxaria algum coelho da cartola e Smith voltaria ao bolso dele. E provavelmente nós dois também. – Caxton franziu a testa. – Eu sei de um homem que poderia se safar com isso.

– Quem?

– Já ouviu falar em Jubal Harshaw?

– Hein? Quem nunca?

– Essa é uma das vantagens dele; todo mundo o conhece. Isso o torna difícil de ser intimidado. E, como é tanto médico quanto advogado, ele fica três vezes mais difícil de se intimidar. Porém, acima de tudo, ele é tão durão e tão individualista que enfrentaria a Federação inteira com um mero canivete, se assim lhe conviesse; e *isso* faz dele oito vezes mais difícil de se intimidar. Nós nos conhecemos durante os julgamentos de alienação; é um amigo com quem posso contar. Se eu conseguir tirar Smith de Bethesda, vou levá-lo à casa de Harshaw nas montanhas Poconos, e aí eu quero ver aqueles babacas tentarem pegá-lo de volta! Juntando a minha coluna com o amor que Harshaw tem por uma boa briga, nós vamos acabar com eles.

CAPÍTULO VII

Apesar de ter se deitado tarde, Jill começou dez minutos adiantada seu turno de enfermeira encarregada. Pretendia obedecer às ordens de Ben e se manter fora de sua tentativa de ver o Homem de Marte, mas queria estar por perto. Ben poderia precisar de reforços.

Não havia guardas no corredor. Bandejas, medicamentos e dois pacientes cirúrgicos a mantiveram ocupada por duas horas; Jill só teve tempo de verificar a porta da suíte K-12. Estava trancada, assim como a porta da sala de espera. Considerou a possibilidade de se esgueirar pela sala de espera, agora que não havia mais guardas, mas teve de adiar o plano; estava ocupada demais. Mesmo assim, prestou muita atenção em todos que passaram por seu andar.

Ben não apareceu, e uma rodada de perguntas discretas à assistente na mesa telefônica lhe garantiu que nem Ben nem nenhuma outra pessoa tinham entrado na suíte K-12 enquanto Jill estivera ocupada. Isso a deixava confusa; Ben não tinha marcado uma hora exata, mas pretendia invadir a fortaleza bem cedo de manhã.

Agora, só lhe restava bisbilhotar. Num momento de calmaria, Jill bateu à porta da sala de observação, meteu a cabeça e fingiu surpresa.

— Ah! Bom dia, doutor. Achei que o dr. Frame estava aqui.

O médico à mesa de observação sorriu ao olhar para ela.

— Eu não o vi, enfermeira. Sou o dr. Brush. Posso ajudar?

Diante da típica reação masculina, Jill relaxou.

— Nada de especial. Como vai o Homem de Marte?

— Hein?

Ela sorriu.

— Não é segredo para os funcionários, doutor. O seu paciente... — ela apontou a porta interna.

— Hum? — O doutor parecia espantado. — Eles estavam com *ele* aqui?

— Ele não está aqui agora?

— De forma alguma. É a sra. Rose Bankerson, paciente do dr. Garner. Nós a trouxemos para cá hoje cedo.

— É mesmo? E o que aconteceu ao Homem de Marte?

— Não faço a mínima. Diga, eu deixei mesmo de ver Valentine Smith assim por um triz?

— Ele estava aqui ontem.

— Uns com tanto, outros com tão pouco. Olhe só com o que estou empacado. — Ele ligou o monitor acima da escrivaninha; Jill viu nele uma cama d'água; flutuando nela, uma pequena senhora idosa.

— Qual é o problema dela?

— Humm... Enfermeira, se ela não tivesse tanta grana para torrar, diríamos que é demência senil. Mas já que tem, está internada para repouso e um check-up.

Jill conversou um pouco mais com ele, depois fingiu ver uma luz de chamada. Foi até a própria escrivaninha, onde procurou o registro de operações noturnas. Sim, lá estava: *V.M. Smith, K-12 – transferência*. Abaixo disso, havia: *Rose S. Bankerson (sra.)* – vermelho K-12 (*dieta cznha instr p/dr. Garner – sem ordens – ndr n. rspnsvl*).

Por que eles tinham transferido Smith à noite? Para evitar intrusos, provavelmente. Mas aonde ele fora levado? Geralmente Jill ligaria para a recepção, só que as opiniões de Ben e o falso marciano no tanque estéreo tinham deixado a enfermeira assustada; decidiu esperar e ver o que conseguia captar na rede de boatos.

Entretanto, primeiro Jill foi ao telefone público daquele andar e ligou para Ben. O escritório dele lhe informou que o sr. Caxton tinha saído da cidade. Jill ficou sem palavras, assustada; em seguida se recompôs e deixou um recado, pedindo que Ben lhe telefonasse.

Ela ligou para a casa dele. Ben não estava; ela gravou a mesma mensagem.

* * *

Ben Caxton não perdeu tempo algum. Contratou James Oliver Cavendish. Mesmo que qualquer testemunha imparcial servisse, o prestígio de Cavendish era tamanho que um advogado mal era necessário; o velho cavalheiro tinha testemunhado várias vezes perante o Supremo Tribunal, e dizia-se que os testamentos trancados em sua mente representavam bilhões. Cavendish recebera o treinamento de lembrança total do grande dr. Samuel Renshaw, e o aprendizado de hipnose com um membro da Fundação Reno. Sua tarifa por um dia de trabalho era mais do que Ben ganhava em uma semana, mas Ben esperava colocar a despesa na conta da agência do *Post*; o melhor não era bom demais para esse serviço.

Caxton buscou o Frisby Júnior do escritório Biddle, Frisby, Frisby, Biddle & Reed, em seguida os dois convocaram a testemunha Cavendish. A silhueta esguia do sr. Cavendish, embrulhada no manto branco da profissão, lembrava Ben da Estátua da Liberdade; e era quase tão conspícua quanto. Ben explicara a Mark Frisby o que ele pretendia tentar (e Frisby lhe apontara que ele não tinha nenhum direito) antes de chamarem Cavendish; uma vez na presença da testemunha imparcial, eles se conformaram ao protocolo e não discutiram o que ele poderia ver e ouvir.

O táxi os deixou no Centro Bethesda; desceram até o gabinete do diretor. Ben entregou seu cartão e pediu para ver o diretor.

Uma mulher autoritária perguntou se eles tinham hora marcada. Ben admitiu que não.

– Então a sua chance de ver o dr. Broemer é muito pequena. Você gostaria de informar o motivo da sua visita?

– Diga a ele – respondeu Caxton em voz bem alta, para que todos em volta ouvissem – que Caxton do *Ninho do Corvo* está aqui com um advogado e uma testemunha imparcial para entrevistar Valentine Michael Smith, o Homem de Marte.

Ela ficou espantada, mas se recuperou e respondeu com frieza:

– Vou informá-lo. Vocês poderiam se sentar, por favor?

— Obrigado, vou esperar aqui.

Frisby abriu um charuto, Cavendish aguardava com a paciência sossegada de alguém que já vira toda forma de bem e mal, Caxton se remexia, agitado.

Finalmente, a rainha da neve anunciou:

— O sr. Berquist verá vocês.

— Berquist? Gil Berquist?

— Acredito que o nome dele seja sr. Gilbert Berquist.

Caxton pensou no fato; Gil Berquist era membro do pelotão de capangas de Douglas, um de seus "assistentes executivos".

— Não quero falar com Berquist; quero o diretor.

Mas Berquist já estava saindo do gabinete, com a mão estendida, e o sorriso de boas-vindas estampado no rosto.

— Benny Caxton! Como vai, meu camarada? Continua escrevinhando aquelas mesmas calúnias de sempre? — Ele deu uma olhada de relance na testemunha.

— As mesmas calúnias de sempre. O que você está fazendo aqui, Gil?

— Se eu algum dia conseguir largar o serviço público, vou arranjar uma coluna dessas para mim também... Basta mandar umas mil palavras de boatos e tirar o resto do dia de folga. Eu te invejo, Ben.

— Eu perguntei o que você está fazendo aqui, Gil. Quero ver o diretor, depois o Homem de Marte. Não vim aqui para a sua enrolação de alto nível.

— Ora, Ben, não venha com essa atitude. Estou aqui porque o dr. Broemer ficou maluco com o assédio da imprensa, então o secretário-geral me mandou para assumir o fardo.

— Ótimo. Quero ver Smith.

— Ben, meu velho, todos os repórteres, correspondentes especiais, colunistas, comentaristas, freelancers e jornalistas de colunas sentimentais querem a mesma coisa. Polly Peepers esteve aqui há vinte minutos. *Ela* queria entrevistá-lo sobre sua vida amorosa dentre os marcianos. — Berquist jogou as duas mãos para cima.

— Quero ver Smith. Posso, ou não posso?

— Ben, vamos a algum lugar onde a gente possa conversar com um drinque. Aí você pode me perguntar qualquer coisa.

— Não quero lhe perguntar nada; quero ver Smith. Este é o meu advogado, Mark Frisby. — Como era de costume, Ben não apresentou a testemunha imparcial.

— Nós já nos conhecemos — admitiu Berquist. — Como vai seu pai, Mark? Ainda sofrendo com sinusite?

— Mesma coisa.

— É este clima horrível. Venha, Ben. Você também, Mark.

— Espere — disse Caxton. — Quero ver Valentine Michael Smith. Estou representando a agência *Post* e indiretamente representando 200 milhões de leitores. Eu poderei vê-lo? Caso contrário, diga isso em voz alta e declare sua autoridade legal para a recusa.

Berquist suspirou.

— Mark, dá para você falar para esse bisbilhoteiro barato que ele não pode simplesmente invadir o quarto de um homem doente? Smith fez uma aparição ontem à noite contra as recomendações do médico dele. O homem tem o direito de querer paz e quietude, e uma chance de ganhar forças.

— Há rumores — afirmou Caxton — de que a aparição da noite passada foi falsificada.

Berquist parou de sorrir.

— Frisby — disse ele friamente —, você quer aconselhar seu cliente quanto à calúnia?

— Pegue leve, Ben.

— Conheço a legislação de calúnia, Gil. Mas quem eu estou caluniando? O Homem de Marte? Ou alguma outra pessoa? Diga um nome. Eu repito — continuou ele, erguendo a voz. — Ouvi que o homem entrevistado no 3D ontem à noite não era o Homem de Marte. Quero vê-lo e perguntar por quê.

A sala de recepção lotada ficou bem silenciosa. Berquist lançou um olhar à testemunha imparcial, em seguida controlou a expressão facial e respondeu, sorrindo:

— Ben, é possível que sua argumentação tenha lhe conquistado uma entrevista... e também um processo. Espere um momento.

O homem desapareceu e voltou logo em seguida.

— Muito bem, está tudo acertado — anunciou ele, soando cansado. — Mesmo que você não mereça, Ben. Venha. Só você. Mark, lamento, mas não podemos ter uma multidão, Smith é um homem doente.

— Não — retrucou Caxton.

— Hein?

— Todos os três, ou nenhum.

— Ben, não seja ridículo; você está recebendo um privilégio especial. Vamos fazer assim; Mark pode vir e esperar do lado de fora. Mas você não precisa *dele*. — Berquist indicou Cavendish com um gesto da cabeça; a testemunha parecia não ouvir.

— Talvez não. Mas a minha coluna dirá esta noite que o governo se recusou a permitir que uma testemunha imparcial visse o Homem de Marte.

Berquist encolheu os ombros.

— Vamos lá. Ben, espero que o processo de calúnia acabe com você.

Eles tomaram o elevador em deferência à idade de Cavendish, em seguida pegaram uma esteira rolante que passava por laboratórios, salas de terapia, enfermarias e mais enfermarias. Foram parados por um guarda que telefonou para avisar, e enfim foram levados a uma sala de observação de dados fisiológicos usada para monitorar pacientes em estado crítico.

— Este é o dr. Tanner — anunciou Berquist. — Doutor, sr. Caxton e sr. Frisby. — Obviamente, ele não apresentou Cavendish.

Tanner parecia preocupado.

— Cavalheiros, preciso lhes avisar uma coisa. Não façam ou digam *qualquer coisa* que possa excitar meu paciente. Ele está numa condição extremamente neurótica e cai muito facilmente num estado de retraimento patológico, um transe, se você preferir chamar assim.

— Epilepsia? — indagou Ben.

— Um leigo poderia confundir com isso. É mais como catalepsia.

— O senhor é um especialista, doutor? Psiquiatra?

Tanner lançou um olhar para Berquist.

— Sim — admitiu ele.

— Quando foi que você fez a sua especialização?

Berquist interrompeu.

— Ben, vamos ver o paciente. Você pode interrogar o dr. Tanner mais tarde.

— Certo.

Tanner deu uma olhada nos mostradores, depois ativou um botão e fitou o monitor. Destrancou a porta e os conduziu a um quarto adjacente, levando um dedo aos lábios.

O quarto estava numa penumbra.

— Mantemos semiobscurecido porque seus olhos não estão acostumados aos nossos níveis de claridade — explicou Tanner em voz baixa. Foi a uma cama hidráulica no centro do aposento. — Mike, trouxe alguns amigos para vê-lo.

Caxton se aproximou. Flutuando, meio escondido pela forma como seu corpo afundava na superfície plástica e coberto pelo lençol até as axilas, havia um jovem. Ele olhou para eles mas nada disse; seu rosto liso e redondo não tinha expressão alguma.

Até onde Ben poderia dizer, aquele era o mesmo homem que aparecera no estéreo noite passada. Ficou com uma sensação nauseante de que Jill tinha lhe jogado uma granada prestes a explodir; um processo de calúnia que poderia levá-lo à falência.

— Você é Valentine Michael Smith?

— Sim.

— O Homem de Marte?

— Sim.

— Você apareceu no estéreo ontem à noite?

O homem não respondeu.

— Não acho que ele tenha entendido — comentou Tanner. — Mike, você se lembra do que fez com o sr. Douglas ontem à noite?

O rosto parecia petulante.

— Luzes fortes. Doeu.

— Sim, as luzes machucaram seus olhos. O sr. Douglas fez você dizer oi às pessoas.

O paciente sorriu um pouco.

— Passeio longo na cadeira.

— Certo — concordou Caxton. — Já entendi. Mike, eles estão tratando você direito?

— Sim.

Você não precisa ficar aqui. Pode andar?

— Agora veja bem, sr. Caxton... — disse Tanner apressadamente, antes de ser interrompido quando Berquist pôs a mão no seu braço.

— Posso andar... um pouco. Cansado.

— Vejo que você tem uma cadeira de rodas. Mike, se você não quiser ficar aqui, eu posso levar você aonde quiser.

Tanner se soltou da mão de Berquist.

— Não posso permitir que você interfira no tratamento do meu paciente!

— Ele é um homem livre, não é? — insistiu Caxton. — Ou é um prisioneiro?

— É claro que ele é livre! — respondeu Berquist. — Fique quieto, doutor, deixe o tolo cavar a própria sepultura.

— Obrigado, Gil. Você o ouviu, Mike. Pode ir a qualquer lugar que você quiser.

O paciente olhou assustado para Tanner.

— Não! Não, não, não!

— Tudo bem, tudo bem.

— Sr. Berquist, isso aqui já foi longe demais! — explodiu Tanner.

— Certo, doutor. Ben, já chega.

— Hum... só mais uma pergunta. — Caxton pensou com força, tentando encontrar o que mais ele poderia tirar daquilo. Aparentemente, Jill tinha se enganado; porém, ela *não* tinha se enganado, ou pelo menos assim parecera na noite passada.

— Mais uma pergunta — cedeu Berquist.

— Obrigado. Ah, Mike, na noite passada o sr. Douglas lhe fez algumas perguntas. — O paciente não fez nenhum comentário. — Vamos ver, ele perguntou o que você achava das garotas aqui na Terra, não perguntou?

O rosto do paciente se abriu num grande sorriso.

— Caramba!

— Certo. Mike... *Quando e onde você viu essas garotas?*

O sorriso sumiu. O paciente olhou para Tanner, depois se enrijeceu; seus olhos se reviraram, e ele se recolheu na posição fetal, joelhos levantados, cabeça inclinada, braços cruzados.

— Fora daqui agora! — explodiu Tanner, movendo-se rapidamente e sentindo o pulso do paciente.

— Essa foi a gota d'água! — vociferou Berquist. — Caxton, dá para você sair? Ou vou ter que chamar os guardas?

— Ah, nós estamos de saída — concordou Caxton. Todos menos Tanner deixaram o quarto, e Berquist fechou a porta.

— Só uma coisinha, Gil — insistiu Caxton. — Vocês mantiveram ele todo isolado... então, afinal, *onde* ele viu essas garotas?

— Hein? Não seja ridículo. Ele viu muitas garotas. Enfermeiras... técnicas de laboratório. Você sabe.

— Só que eu não sei. Entendi que ele não teve nada além de enfermeiros homens, e que visitas femininas foram rigidamente excluídas.

— O quê? Não diga absurdos. — Berquist pareceu irritado, depois subitamente sorriu. — Você viu aquela enfermeira com ele no estéreo ontem à noite.

— Ah. Realmente vi. — Caxton se calou.

Eles não falaram no assunto até que os três estavam no ar. Então Frisby comentou.

– Ben, não acho que o secretário-geral vá processar você. De qualquer maneira, se você tiver uma fonte para aquele rumor, é melhor perpetuar a prova.

– Esqueça, Mark, ele não vai processar. – Ben olhava furioso para o chão. – Como podemos saber se aquele era o Homem de Marte?

– Hein? Deixa isso para lá, Ben.

– Como podemos *saber*? Vimos um homem com a idade mais ou menos certa numa cama de hospital. Temos a palavra de Berquist como prova... E Berquist começou na política fabricando negações. Vimos um estranho, supostamente um psiquiatra, e quando eu tentei descobrir onde ele tinha estudado, fui barrado. Sr. Cavendish, o senhor viu alguma coisa que tenha lhe convencido que aquele sujeito era o Homem de Marte?

– Não é minha função formar opiniões – respondeu Cavendish. – Eu vejo, eu escuto; é só.

– Desculpa.

– Você ainda precisa de mim na minha capacidade profissional?

– Hã? Ah, não. Muito obrigado, sr. Cavendish.

– Eu que *lhe* agradeço, senhor. Uma tarefa muito interessante. – O velho cavalheiro tirou o manto que o separava dos mortais comuns. Ele relaxou, e suas feições se suavizaram.

– Se eu pudesse ter trazido ao menos um membro da tripulação da *Champion* – persistiu Caxton. – Eu poderia ter encerrado a questão.

– Tenho que admitir – comentou Cavendish – que fiquei surpreso com a única coisa que o senhor não fez.

– Hein? O que foi que eu deixei passar?

– Calos.

– Calos?

– Certamente. A história de um homem pode ser lida nos seus calos. Certa vez fiz uma monografia sobre eles para o *Testemunha Quinzenal*. Esse jovem de Marte, já que nunca usou nosso tipo de sapatos e viveu numa gravidade de mais ou menos um terço da nossa, deveria exibir calos nos pés consonantes com seu ambiente anterior.

– Droga! Sr. Cavendish, por que o senhor não fez essa sugestão?

– Senhor? – O idoso se endireitou e suas narinas se dilataram. – Sou uma testemunha imparcial, senhor. Não um participante.

– Desculpa. – Caxton franziu o cenho. – Vamos voltar. Nós vamos olhar os pés dele, ou eu acabo com aquele lugar!

– Você terá que encontrar outra testemunha... considerando minha imprudência ao discutir a questão.

– Ah, sim, tem isso.

– Acalme-se, Ben – aconselhou Frisby. – Você já está encrencado demais. Pessoalmente, estou convencido de que aquele era o Homem de Marte.

Caxton deixou os dois em suas paradas, depois colocou o táxi para pairar enquanto pensava. Tinha conseguido entrar uma vez, com um advogado e com uma testemunha imparcial. Exigir acesso ao Homem de Marte uma segunda vez na mesma manhã seria excessivo, e lhe seria negado.

Só que ele não tinha conseguido uma coluna com distribuição nacional empacando diante dos obstáculos. Caxton pretendia voltar.

Como? Bem, ele sabia onde o suposto "Homem de Marte" estava sendo mantido. Se vestir de eletricista? Óbvio demais; ele nem chegaria ao tal "dr. Tanner".

Será que Tanner era um médico mesmo? Médicos costumavam se manter afastados de sacanagens contrárias ao seu código de ética. O médico da nave, por exemplo, Nelson. Tinha lavado as mãos do caso simplesmente porque...

Espere um minuto! O dr. Nelson poderia dizer se aquele jovem rapaz era o Homem de Marte, sem precisar conferir calos ou coisa assim. Caxton tentou ligar para o dr. Nelson, por meio do consultório dele, já que não sabia onde ele estava. O assistente de Ben, Osbert Kilgallen, também não sabia, mas o arquivo de pessoas importantes da agência *Post* afirmava que se encontraria no hotel New Mayflower. Alguns minutos depois, Caxton estava falando com ele.

Dr. Nelson não tinha visto a transmissão. Sim, tinha ouvido falar nela; não, não tinha motivo algum para achar que fora falsificada. Se o dr. Nelson sabia que tinha havido uma tentativa de coagir Smith a ceder seus direitos sob a Decisão Larkin? Não, e ele não estaria interessado se fosse verdade; era absurdo falar em qualquer pessoa "possuindo" Marte; Marte pertencia aos marcianos. Então? Vamos propor uma pergunta hipotética, doutor; se alguém estivesse tentando...

Dr. Nelson desligou. Quando Caxton tentou ligar de novo, uma gravação declarou:

– O assinante suspendeu o serviço temporariamente. Se você quiser gravar...

Caxton fez declarações questionáveis quanto à identidade dos pais do dr. Nelson. O que ele fez em seguida foi muito mais imprudente. Ele telefonou para o Palácio Executivo, exigindo falar com o secretário-geral.

Em seus anos como bisbilhoteiro, Caxton tinha aprendido que frequentemente os segredos podiam ser desvendados indo direto ao topo e, chegando lá, se comportando de forma insuportavelmente desagradável. Sabia que era perigoso cutucar a onça com vara curta; entendia a psicopatologia do grande poder tão completamente quanto Jill Boardman não compreendia; mas se fiava na própria posição como mercador de outro tipo de poder quase tão universalmente intimidador.

O que ele tinha esquecido era que, ao telefonar para o Palácio de um táxi, não o fazia publicamente.

Caxton falou com meia dúzia de subalternos e ficou mais agressivo com cada um. Estava tão ocupado que não percebeu quando seu táxi deixou de pairar.

Quando finalmente notou, era tarde demais; o táxi se negava a obedecer ordens. Caxton percebeu com amargura que tinha se deixado capturar por um método que não teria funcionado nem com um marginal de quinta; sua ligação tinha sido rastreada, seu táxi, identificado; seu piloto robô, posto sob o controle de uma frequência policial prioritária; e o táxi estava sendo usado para buscá-lo, discretamente e sem confusão.

Caxton tentou ligar para o advogado.

Ainda tentava quando o táxi pousou num pátio, cujas paredes cortaram o sinal. Tentou sair do veículo, viu que a porta não se abria, e não ficou surpreso ao descobrir que perdia a consciência rapidamente...

CAPÍTULO VIII

Jill disse a si mesma que Ben tinha partido atrás de outra pista e se esquecera de avisá-la. Só que ela não acreditava nisso. Ben devia seu sucesso à atenção meticulosa aos detalhes humanos. Ele se lembrava de aniversários, e teria preferido deixar de pagar uma dívida de pôquer a omitir um bilhete de agradecimento. Independentemente de onde ele tivesse ido, ou da urgência, ele poderia – ele *teria* – conseguido dois minutos no ar para lhe gravar uma mensagem.

Ele *tem* que ter deixado um recado! Jill ligou para o escritório dele no horário do almoço e falou com o pesquisador e chefe de redação dele, Osbert Kilgallen. Este insistiu que Ben não tinha deixado nenhuma mensagem para ela, e nenhum recado chegara desde a última ligação dela.

– Ele disse a que horas estaria de volta?
– Não, mas sempre temos colunas guardadas para publicar quando essas coisas acontecem.
– Bem... de onde ele ligou para você? Ou isso é bisbilhotar demais?
– De forma alguma, srta. Boardman. Ele não ligou; foi um fax, enviado da estação Paoli na Filadélfia.

Jill teve que se satisfazer com aquilo. Almoçou no refeitório das enfermeiras e ficou cutucando a comida com o garfo. Não era, ela disse a si mesma, como se alguma coisa estivesse errada... ou como se ela estivesse apaixonada pelo pateta...

— Ei, Boardman! Acorda desse transe!

Jill ergueu o olhar e se deparou com Molly Wheelwright, a nutricionista daquela ala, olhando para ela.

— Desculpa.

— Eu estava perguntando desde quando o seu andar bota pacientes de caridade nas suítes de luxo?

— Desde nunca.

— K-12 não é no seu andar?

— K-12? Aquela não é caridade, é uma senhora rica, tão rica que pode pagar para um médico ficar olhando enquanto ela respira.

— Humf, ela deve ter ficado rica da noite para o dia então. Esteve na ala beneficente do asilo geriátrico pelos últimos dezessete meses.

— Deve ser algum engano.

— Não meu; não permito enganos na minha cozinha. Aquela bandeja dela é complicada; dieta sem gordura nenhuma e uma longa lista de sensibilidades, além de medicamentos ocultos. Acredite em mim, querida, uma prescrição de dieta pode ser tão individual quanto uma impressão digital. – A srta. Wheelwright se levantou. — Preciso ir, meninas.

— Do que que a Molly estava reclamando? – indagou uma enfermeira.

— Nada de mais, ela se confundiu. – Ocorreu a Jill que ela poderia localizar o Homem de Marte conferindo as cozinhas de pacientes. Mas ela logo descartou a ideia; levaria dias para visitar todas elas. O Centro Bethesda tinha sido um hospital naval nos tempos em que as guerras ocorriam nos oceanos, e já era enorme naquela época. Tinha sido transferido ao controle da Saúde, Educação & Previdência e fora expandido; agora, pertencia à Federação e era uma pequena cidade.

Só que havia algo de estranho com o caso da sra. Bankerson. O hospital aceitava todas as classes de pacientes, privados, caridade e governamentais; o andar de Jill geralmente recebia pacientes do governo, e suas suítes eram reservadas para senadores da Federação e outros altos oficiais. Era incomum que pacientes particulares ficassem naquele andar.

A sra. Bankerson poderia ser um excedente, se a parte do Centro aberta ao público pagante estivesse sem suítes disponíveis. É, provavelmente tinha sido isso.

Jill ficou atolada demais depois do almoço para continuar pensando no assunto, ocupada com a admissão de novos pacientes. Logo ela precisou de uma cama elétrica. A rotina seria telefonar pedindo uma, mas o almoxarifado ficava no subsolo a quatrocentos metros dali, e Jill queria a cama para agora. Lembrou de ter visto a cama elétrica da suíte K-12 estacionada na respectiva sala de visitas; lembrava de ter mandado os fuzileiros se levantarem dela. Aparentemente, tinha sido empurrada para lá quando a cama de flutuação fora instalada.

Provavelmente, ainda estaria lá e, nesse caso, Jill poderia usá-la imediatamente.

A porta da sala de visitas estava trancada, e Jill descobriu que sua chave-mestra não funcionava ali. Fazendo uma nota de avisar à manutenção, foi à sala de observação da suíte, com a intenção de perguntar sobre a cama elétrica ao doutor que cuidava da sra. Bankerson.

O médico era o mesmo que ela tinha encontrado mais cedo, dr. Brush. Ele não era residente ou parte do departamento, mas tinha sido trazido ali para cuidar daquela paciente, segundo o que ele dissera, pelo dr. Garner. Brush ergueu o olhar assim que Jill enfiou a cabeça pela porta.

— Srta. Boardman! Exatamente a pessoa que eu precisava.

— Por que o senhor não ligou? Como vai sua paciente?

— Ela está bem — respondeu ele, olhando o monitor. — Mas eu *não*.

— Alguma emergência?

— Uma de mais ou menos cinco minutos. Enfermeira, você poderia me doar esse tanto do seu tempo? E ficar de boca calada?

— Acho que sim. Deixe-me usar seu telefone e dizer à minha assistente onde estou.

— Não! — exclamou ele com urgência. — Olha, é só você trancar a porta depois que eu sair e não abrir até me ouvir batucando "parabéns a você" na porta, como uma boa menina.

— Muito bem, senhor — aceitou Jill, duvidosa. — Preciso fazer alguma coisa com a sua paciente?

— Não, não, basta ficar sentada e observá-la na tela. Não a perturbe.

— Bem, se acontecer algo, onde o senhor estará? Na sala de descanso dos médicos?

— Estarei no lavatório masculino mais adiante no corredor. Agora cale-se, por favor, isto é *urgente*.

O médico saiu, e Jill trancou a porta. Em seguida verificou a paciente pelo monitor e passou os olhos pelos mostradores. A mulher estava adormecida, e os indicadores expunham uma pulsação forte e respiração estável e normal. Jill se perguntou por que uma "vigília de morte" era necessária.

Então ela decidiu ver se a cama estava na outra sala. Por mais que não estivesse de acordo com as instruções do dr. Brush, ela não perturbaria a paciente dele – Jill sabia como andar num quarto sem acordar um paciente! – e tinha aprendido anos atrás que os médicos não se aborreciam sobre coisas que não sabiam. Abriu a porta silenciosamente e entrou.

Uma olhada lhe assegurou que a sra. Bankerson dormia o típico sono dos senis. Caminhando silenciosamente, Jill foi até a sala de visitas. Estava trancada, mas sua chave-mestra lhe deixou entrar.

Viu que a cama elétrica estava lá. Depois viu que a sala estava ocupada; sentado numa poltrona com um livro de figuras no colo estava o Homem de Marte.

Smith ergueu o olhar e lhe lançou o sorriso luminoso de um bebê deleitado.

Jill se sentiu tonta. Valentine Smith estava aqui? Não poderia ser; ele fora transferido, o registro assim demonstrava.

As consequências horríveis logo se fizeram claras… o falso "Homem de Marte" no estéreo… a mulher idosa, prestes a morrer, mas no meio-tempo encobrindo o fato de que havia outro paciente ali… a porta que não se abria para a chave dela – e um pesadelo com a maca do necrotério sendo levada dali uma noite qualquer, com um lençol escondendo o fato de que carrega não só um, mas dois cadáveres.

No que todas essas coisas lhe passaram pela mente, elas trouxeram medo, consciência do perigo criado por essa descoberta acidental.

– Irmão de água! – exclamou Smith, se levantando desajeitado da poltrona e estendendo as duas mãos.

– Oi. Hã… Como está você?

– Estou bem. Estou feliz. – Ele acrescentou algo numa fala estranha e engasgada, corrigiu-se e falou cuidadosamente: – Você está aqui, meu irmão. Você estava longe. Agora está aqui. Bebo profundamente de ti.

Jill se sentiu inescapavelmente dividida entre duas emoções: uma que derretia seu coração, e o medo gélido de ser pega. Smith não percebeu. Em vez disso, continuou falando.

— Vê? Eu ando! Fico forte. — Deu alguns passos, triunfante, sem fôlego e sorridente.

— Estamos fazendo progresso, não estamos? — Jill se obrigou a sorrir. — Você está cada vez mais forte, esse é o espírito! Só que eu preciso ir, só passei para dar um oi.

A expressão dele mudou para a aflição.

— Não vá!

— Ah, eu preciso!

Smith parecia desolado.

— Eu te machuquei você — acrescentou com certeza trágica. — Eu não sabia.

— Me machucou? Ah, não, de forma alguma! Mas eu preciso sair, e rápido!

O rosto de Smith não tinha expressão.

— Leve-me com você, meu irmão — declarou ele, mais afirmando que pedindo.

— O quê? Ah, eu *não posso*. E *tenho* que sair, imediatamente. Olha, não conte a ninguém que eu estive aqui, por favor!

— Não contar que meu irmão de água esteve aqui?

— Sim. Não conte a *ninguém*. Hã... eu voltarei. Seja um bom menino, espere e não conte a ninguém.

Smith digeriu isso, parecendo sereno.

— Eu vou esperar. Eu não vou contar.

— Ótimo! — Jill se perguntou como ele poderia manter sua promessa. Ela compreendia agora que a fechadura "quebrada" não tinha se quebrado, e seu olhar se dirigiu à porta do corredor. Aí a enfermeira entendeu por que não tinha conseguido entrar. Um trinco de ferrolho tinha sido aparafusado na porta. Como era sempre o caso, portas de banheiros e quaisquer outras que pudessem ser trancadas podiam também ser abertas por chaves-mestras, para evitar que pacientes se trancassem do lado de dentro. Aqui, a fechadura mantinha Smith preso do lado de dentro, e um trinco do tipo proibido em hospitais mantinha até mesmo aqueles com chaves-mestras do lado de fora.

Jill abriu o trinco.

— Você espere. Eu voltarei.

— Eu esperar.

Quando Jill voltou à sala de observação, ela ouviu o sinal *Toc! Ti-toc, toc! Toc, toc!* que Brush falou que usaria; ela se apressou para deixá-lo entrar.

O homem irrompeu sala adentro.

— Onde você estava, enfermeira? — inquiriu ele selvagemente. — Eu bati três vezes. — Ele olhou desconfiado para a porta interna.

— Eu vi sua paciente se virar — mentiu Jill agilmente. — Estava arrumando o travesseiro dela.

— Droga, eu mandei você ficar só na minha mesa!

Jill percebeu de repente que o homem estava assustado; ela contra-atacou.

— Doutor — respondeu ela friamente. — Sua paciente não é responsabilidade minha. Porém, já que você a confiou a mim, fiz o que achei necessário. Como o senhor questiona minha ação, vamos chamar o superintendente da ala.

— Hein? Não, não, esqueça.

— Não, senhor. Uma paciente tão idosa pode se sufocar numa cama d'água. Algumas enfermeiras aceitam qualquer bronca de um médico, mas eu não. Vamos chamar o superintendente.

— O quê? Olhe, srta. Boardman, eu explodi sem pensar. Peço desculpas.

— Muito bem, doutor — cedeu Jill rigidamente. — Mais alguma coisa?

— Hã? Não, obrigado. Agradeço por você ter me ajudado com essa. Só... bem, não fale disso com ninguém, está bem?

— Não vou comentar nada. — Pode apostar sua vidinha ridícula que eu não vou! Mas o que eu faço agora? Ah, queria que Ben estivesse na cidade!

Jill foi até a própria escrivaninha e fingiu examinar a papelada. Finalmente se lembrou de telefonar para pedir a cama elétrica de que precisava. Em seguida mandou a assistente cuidar de alguma tarefa em outro lugar e tentou pensar.

Onde estaria Ben? Se ele estivesse em contato, ela tiraria dez minutos de folga, ligaria para ele e passaria a preocupação toda aos seus ombros largos. Só que Ben, maldito seja, estava por aí passeando e deixando que ela carregasse a bola.

Ou será que não? Uma pequena preocupação que tinha ficado enterrada no subconsciente dela finalmente emergiu. Ben não sairia da cidade sem avisá-la do resultado de sua tentativa de ver o Homem de Marte. Como sua colega de conspiração, era um direito dela, e Ben *sempre* jogava limpo.

Jill conseguia ouvir na cabeça algo que ele dissera: "... se alguma coisa der errado, você será o ás na minha manga... Querida, se você não ouvir notícias minhas, você estará por conta própria".

Ela não tinha pensado naquelas palavras antes, pois não acreditara que qualquer coisa pudesse acontecer a Ben. Agora, Jill pensou nelas. Há certos momentos na vida de todo ser humano em que é preciso decidir se vale a pena arriscar "sua vida, sua fortuna e sua sagrada honra" numa chance duvidosa. Jill Boardman se deparou com seu desafio e resolveu aceitá-lo às 15h47 daquela tarde.

O Homem de Marte se sentou quando Jill saiu. Não pegou o livro de figuras, simplesmente esperou de uma maneira que poderia ser descrita como "paciente" apenas porque a linguagem humana não abarca as atitudes marcianas. Manteve-se imóvel com felicidade silenciosa porque seu irmão tinha lhe dito que voltaria. Estava preparado para aguardar, sem se mover, sem fazer qualquer coisa, por vários anos.

Ele não fazia uma ideia clara de quanto tempo tinha se passado desde que compartilhara da água com seu irmão; não apenas porque este lugar era curiosamente distorcido em tempo e forma, com sequências de visões e sons ainda não grokadas, mas também porque a cultura do seu ninho tinha uma compreensão do tempo diferente daquela que é humana. "É mais tarde do que você pensa" não poderia ser exprimido em marciano, assim como "a pressa é inimiga da perfeição" também não, só que por motivos diferentes: a primeira noção era inconcebível, enquanto a segunda era um princípio básico não verbalizado dos marcianos, tão desnecessário quanto aconselhar a um peixe que tome banho. Entretanto, "como era no princípio, agora e sempre" era tão marciano em tom que poderia ser traduzido mais facilmente que "dois mais dois é igual a quatro", que por sua vez não era um truísmo em Marte.

Smith esperou.

Brush entrou e olhou para ele; Smith não se moveu, e Brush foi embora.

Quando Smith ouviu uma chave na porta externa, lembrou que tinha ouvido esse barulho alguns momentos antes da última visita de seu irmão de água, então alterou seu metabolismo em preparação, para o caso de a sequência ocorrer novamente. Ele ficou espantado quando a porta exterior se abriu, e Jill se esgueirou para dentro, pois ele não estivera ciente de que aquilo era uma porta. Mas Smith grokou o fato imediatamente e se entregou à plenitude prazenteira que só é possível na presença dos irmãos de ninho, dos irmãos de água e (sob certas circunstâncias) na presença de um dos Anciãos.

Sua alegria foi embaçada pela consciência de que seu irmão não a compartilhava; ele parecia mais aflito do que seria possível exceto em alguém prestes a desencarnar por uma deficiência ou fracasso vergonhosos. Porém, Smith tinha aprendido que essas criaturas eram capazes de suportar sofrimentos medonhos de se contemplar e não morrer. Seu irmão Mahmoud experimentava agonia espiritual cinco vezes por dia e não só não morreu, como também urgiu a agonia em si como uma coisa necessária. Seu irmão capitão Van Tromp sofria espasmos aterrorizantes imprevisivelmente, sendo que qualquer um deles deveria, pelos padrões de Smith, ter causado desencarnação imediata para encerrar o conflito. Porém, aquele irmão ainda estava encarnado, até onde ele sabia.

Então ele ignorou a agitação de Jill.

Jill lhe entregou uma trouxa.

– Aqui, vista isso. Rápido!

Smith aceitou a trouxa e esperou.

– Ah, céus! – exclamou Jill, olhando para ele. – Tudo bem, tire suas roupas. Eu vou ajudar.

Ela foi forçada tanto a despi-lo quanto a vesti-lo. Smith vestia uma camisola de hospital, roupão de banho e chinelos, não porque quisesse, mas porque assim lhe mandaram. Já conseguia lidar com eles, mas não rápido o bastante para Jill; ela o pelou velozmente. Como ela era enfermeira e ele jamais fora apresentado ao tabu da nudez – que também não teria compreendido –, os dois não foram atrapalhados por irrelevâncias. Smith ficou deliciado com as falsas peles que Jill lhe puxou sobre as pernas. Ela não lhe deu chance de apreciá-las e colou as meias longas às coxas dele com fita adesiva, na falta de uma cinta-liga. O uniforme de enfermeira que ela vestiu nele tinha sido emprestado por uma colega mais corpulenta, com a desculpa de que uma prima precisaria para um baile à fantasia. Jill prendeu uma capa de enfermeira no pescoço de Smith e considerou que ela cobria a maior parte das diferenças de sexo, ou pelo menos assim esperava. Os sapatos foram difíceis; não serviam bem, e Smith já achava complicado caminhar nesta gravidade mesmo descalço.

Mas ela finalmente o cobriu e prendeu um chapéu de enfermeira na cabeça dele.

– Seus cabelos não são muito longos – comentou Jill, ansiosa. – Mas são tão longos quanto algumas garotas têm usado, e vai ter que servir assim. – Smith não respondeu pois não tinha compreendido totalmente o comentário. Tentou fazer seu cabelo crescer com o pensamento, mas percebeu que levaria algum tempo.

– Agora – disse Jill –, escute com atenção. Não importa o que acontecer, não diga uma palavra. Você entendeu?

— Não falar. Não vou falar.

— Basta vir comigo, vou segurar sua mão. Se você conhecer alguma oração, *reze*!

— Rezar?

— Deixa para lá. É só vir junto e não falar. — Jill abriu a porta exterior, olhou para fora e o levou ao corredor.

Smith achou as muitas configurações estranhas extremamente aflitivas; foi atacado por imagens que não conseguia focalizar. Cambaleou cegamente atrás de Jill, com olhos e sentidos quase desconectados para se proteger do caos.

Jill o levou até o fim do corredor e subiu numa esteira rolante que passava na transversal. Smith tropeçou e teria caído se ela não o tivesse amparado. Uma camareira olhou para eles, ao que Jill praguejou em voz baixa — tomando um cuidado especial para ajudá-lo a sair da esteira. Pegaram um elevador para o telhado, pois Jill tinha certeza de que jamais conseguiria pilotá-lo num tubo de salto.

Lá os dois se depararam com uma crise, mesmo que Smith não estivesse ciente dela. Ele passava pelo deleite agudo do céu; não via o céu desde Marte. Este era brilhante e colorido e jubiloso — um típico dia nublado de Washington. Jill procurava um táxi. O telhado estava deserto, como ela esperava, já que as enfermeiras que terminavam o turno com ela já estavam a caminho de casa e os visitantes vespertinos já tinham ido embora. Só que os táxis também tinham sumido. Jill não arriscaria tomar um ônibus aéreo.

Estava prestes a telefonar para pedir um táxi quando um se aproximou para pousar.

— Jack, esse táxi já tem dono? — perguntou ela ao atendente do telhado.

— É o que eu chamei para o dr. Phipps.

— Ah, céus! Jack, veja quão rápido você consegue chamar outro, por favor? Esta é minha prima Madge, que trabalha na ala sul, sabe, e ela está com laringite e precisa sair desta ventania.

O atendente coçou a cabeça.

— Bem... já que é para você, srta. Boardman, pode pegar este e eu chamo outro para o dr. Phipps.

— Ah, Jack, você é um querido! Madge, não fale; deixe que eu agradeço. Ela está sem voz, sabe, vou curar com rum quente.

— É, isso deve resolver. Remédios à moda antiga são os melhores, minha mãe sempre dizia. — Jack foi até o táxi e digitou de memória a combinação para a casa de Jill e em seguida os ajudou a entrar. Jill entrou na frente e acobertou a falta de familiaridade de Smith com esse cerimonial.

– Obrigada, Jack. De verdade.

O táxi decolou, e Jill respirou fundo.

– Você já pode falar agora.

– O que eu deveria dizer?

– Hein? Qualquer coisa que você quiser.

Smith ponderou tais palavras. O escopo desse convite conclamava por uma resposta à altura, digna de irmãos. Pensou em várias, descartando-as porque não conseguiu traduzi-las, escolhendo uma que comunicava, mesmo nesta linguagem achatada e estranha, um pouco do calor que irmãos que se aproximavam deveriam experimentar.

– Que nossos ovos compartilhem do mesmo ninho.

– Hein? O que você disse? – Jill parecia espantada.

Smith se sentiu aflito com o fracasso em responder adequadamente, e o interpretou como sendo um fracasso dele mesmo. Concluiu com grande infelicidade que, vezes e mais vezes, ele trazia agitação a essas criaturas quando seu objetivo era fomentar a união. Tentou de novo, reorganizando seu vocabulário esparso para abarcar o pensamento de forma diferente.

– Meu ninho é seu, e seu ninho é meu.

Desta vez Jill sorriu.

– Nossa, mas que fofo! Meu querido, não sei bem se compreendo você, mas essa foi a oferta mais generosa que recebi num longo tempo. – Ela acrescentou: – Só que, neste instante, estamos com problemas até aqui, ó, então vamos esperar, tudo bem?

Smith entendeu Jill pouco mais do que Jill o entendeu, mas captou o sentimento de satisfação do seu irmão e compreendeu a sugestão de esperar. Esperar era algo que ele fazia sem esforço; se reclinou, feliz que estivesse tudo bem entre ele e seu irmão, e aproveitou a paisagem. Era a primeira que ele via, e por todos os lados havia uma riqueza de novas coisas para se tentar grokar. Ocorreu-lhe que o processo de aporte utilizado em casa não permitia essa contemplação deliciosa do que havia no meio. Isso quase o levou a uma comparação de métodos marcianos e humanos que não seria favorável aos Anciãos, mas sua mente se afastou de tal heresia.

Jill se manteve calada e tentou pensar. Subitamente notou que o táxi estava no trecho final em direção ao prédio onde morava – e se tocou de que sua casa era o último lugar aonde deveria ir, pois seria o primeiro onde eles a procurariam uma vez que deduzissem quem tinha ajudado Smith a escapar. Por mais que ela nada soubesse de métodos policiais, supôs que devia ter deixado impressões digitais no quarto de Smith, sem falar que várias pessoas tinham visto os dois saindo. Era até possível (ou ela tinha ouvido) que um técnico lesse a fita no sistema de pilotagem do táxi e soubesse quais viagens ele tinha feito e onde e quando.

Ela digitou rapidamente e apagou a instrução de ir ao seu apartamento. O táxi subiu, saindo da rota, e pairou. Aonde ela poderia ir? Onde poderia esconder um homem crescido e meio idiota que não sabia nem se vestir sozinho? Sem falar que era o homem mais procurado do globo. Ah, se ao menos Ben estivesse aqui! Ben... *onde está você?*

Jill pegou o telefone e, completamente sem esperança, digitou o número de Ben. Ela se animou quando uma voz de homem respondeu, mas depois se entristeceu ao perceber que não era Ben, mas seu assistente.

— Ah, desculpa, sr. Kilgallen. Aqui é Jill Boardman. Achei que tinha ligado para a casa do sr. Caxton.

— Você ligou. Desvio as chamadas dele para o escritório quando ele fica fora por mais de 24 horas.

— Então ele ainda não voltou?

— Não. Posso ajudar com alguma coisa?

— Há, não. Sr. Kilgallen, não é estranho que Ben tenha desaparecido do planeta assim? Você não está preocupado?

— Hein? De forma alguma. A mensagem dizia que ele não sabia quanto tempo ia ficar fora.

— E isso não é *estranho*?

— Não na linha de trabalho do sr. Caxton, srta. Boardman.

— Bom... *Eu* acho que há alguma coisa *muito* estranha na ausência dele! Eu acho que você deveria dar queixa. Deveria espalhar a história por todos os serviços de notícias do país... do mundo!

Mesmo que o telefone do táxi não tivesse circuito de visão, Jill sentiu Osbert Kilgallen se aprumando.

— Temo, srta. Boardman, que eu deva interpretar as instruções do meu empregador eu mesmo. Há... honestamente, sempre aparece uma "grande amiga" telefonando freneticamente atrás do sr. Caxton toda vez que ele está fora.

Alguma sirigaita querendo botar Ben numa chave de braço, interpretou Jill enfurecida – esse sujeito acha que eu sou a mais recente. Isso acabou com qualquer vontade que ela tinha de pedir ajuda a Kilgallen. Desligou.

Aonde ela poderia ir? Uma solução surgiu na sua mente. Se Ben estava sumido, e as autoridades tinham um dedo nisso, então o último lugar onde eles esperariam encontrar Valentine Smith seria no apartamento de Ben... a não ser que eles a conectassem a Ben, o que parecia improvável.

Eles poderiam pegar um lanche na despensa de Ben, e ela poderia pegar emprestado algumas roupas para sua criança oligofrênica. Jill digitou a combinação do prédio de Ben; o táxi escolheu a rota e mergulhou nela.

Diante da porta de Ben, Jill aproximou o rosto do interfone e declarou:

– Karthago delenda est!

Nada aconteceu. Ah, *droga*!, disse ela a si mesma; ele mudou a senha. Jill ficou ali parada, com os joelhos trêmulos, escondendo o rosto de Smith. Então ela falou de novo no interfone. O mesmo circuito abria a porta ou anunciava visitas; ela se identificou na esperança fútil que Ben tivesse voltado.

– Ben, aqui é Jill.

A porta se abriu.

Eles entraram, e a porta se fechou. Jill pensou que Ben tivesse deixado os dois entrarem, só que em seguida percebeu que tinha adivinhado sem querer a nova senha da porta... criada, ela deduziu, como um elogio. Ela teria dispensado o elogio para evitar aquele pânico horrível.

Smith ficou quieto à beira do espesso gramado verde e observou. Eis aqui um lugar tão novo a ponto de não ser grokado de uma só vez, mas ele se sentiu imediatamente satisfeito. Era menos empolgante que o lugar móvel onde eles tinham estado, porém mais adequado ao envolvimento do eu. Smith contemplou com interesse a janela panorâmica, mas não a reconheceu como tal, confundindo com uma imagem viva como aquelas em casa... Sua suíte em Bethesda não tinha janelas, pois ficava numa nova ala; ele nunca adquirira o conceito de "janela".

Notou com aprovação que a simulação de profundidade e movimento naquela "imagem" era perfeita; algum artista muito notável devia tê-la criado. Até aquele momento, Smith não vira nada que lhe fizesse pensar que aquelas pessoas tivessem arte; seu grokamento deles foi incrementado por esta experiência, e ele se sentiu enternecido.

Um movimento lhe chamou atenção; Smith se virou e percebeu seu irmão removendo peles falsas e sapatos de suas pernas.

Jill suspirou e mexeu os dedos dos pés na grama.

– Céus, como doem os meus pés! – ela ergueu o olhar e notou que Smith observava com aquele olhar fixo curiosamente perturbador no rostinho de bebê. – Faça você também. Vai amar.

– Como faz? – Ele piscou os olhos.

– Eu sempre esqueço... Venha cá, vou ajudar. – Ela o descalçou, soltou a fita das meias e as tirou. – Pronto, não é gostoso?

Smith remexeu os dedos dos pés na grama.

– Mas esses vivem? – indagou ele timidamente.

– Claro, está viva, é grama de verdade. Ben pagou muito caro para conseguir que fosse assim. Nossa, só os circuitos especiais de iluminação já custam mais do que eu ganho num mês. Então ande por aí, e deixe que seus pés curtam.

Smith não entendeu quase nada, mas compreendeu que a grama era composta de seres vivos, e que ele estava sendo convidado a andar neles.

– Andar em coisas vivas? – indagou ele com horror incrédulo.

– Hã? Por que não? Não machuca a grama; ela foi desenvolvida especialmente para tapetes domésticos.

Smith foi forçado a se lembrar de que um irmão de água não poderia levá-lo a uma ação errônea. Deixou-se ser encorajado a andar por ali; e descobriu que realmente se deleitava no ato, e que as criaturas vivas não protestavam. Configurou sua sensibilidade para o mais alto que pôde; seu irmão tinha razão, aquele era o ser apropriado daquelas criaturas; ser pisado. Smith resolveu envolver e louvar o fato, um esforço parecido com aquele de um humano tentando apreciar os méritos do canibalismo; sendo este um costume que Smith considerava apropriado.

– Tenho que parar de brincar – afirmou Jill com um suspiro. – Não sei por quanto tempo estaremos seguros.

– Seguros?

– Não podemos ficar aqui. Eles podem estar conferindo tudo que saiu do Centro. – Ela franziu o cenho, pensativa. O apartamento dela não serviria, este lugar não serviria, e Ben tinha falado em levar Smith a Jubal Harshaw. Mas Jill não conhecia Harshaw pessoalmente, nem sabia onde ele vivia; em algum lugar das Poconos, Ben comentara. Enfim, ela teria de descobrir; não tinha mais ninguém a quem recorrer.

– Por que você não está feliz, meu irmão?

Jill acordou do devaneio e olhou Smith. Ora, o pobre menino não sabia que havia algo de errado! Ela tentou considerar a situação do ponto de vista dele. Não conseguiu, mas percebeu que Smith não fazia ideia de que eles estavam fugindo de... de quê? Da polícia? Das autoridades do hospital? Ela não sabia bem o que tinha feito, que leis havia quebrado; sabia apenas que tinha se posicionado contra os grandões, os chefes.

Como poderia explicar ao Homem de Marte o que eles estavam enfrentando quando ela mesma não sabia? Será que havia polícia em Marte? Metade do tempo, falar com Smith era como discutir com uma estátua de mármore.

Céus, será que eles tinham estátuas em Marte? Ou mármore?

— Não se preocupe — respondeu ela seriamente. — É só você fazer o que eu lhe disser.

— Sim.

Era uma aceitação ilimitada, uma eterna concordância. Jill subitamente sentiu que Smith pularia pela janela se ela mandasse, e ela tinha razão; ele teria pulado, se deleitado com cada segundo da queda de vinte andares e aceitado sem surpresa ou ressentimento a desencarnação com o impacto. Nem se tratava do caso de Smith não conhecer o fato de que a queda o mataria; o medo da morte era uma ideia além dele. Se um irmão de água tivesse selecionado para ele uma desencarnação tão estranha, ele teria apreciado e tentado grokar.

— Bom, não podemos ficar aqui. Tenho que nos alimentar, vestir roupas diferentes em você, e então vamos embora. Tire esse uniforme. — Ela foi examinar o armário de Ben.

Escolheu um terno de viagem, uma boina, camisa, roupas de baixo, sapatos e então voltou. Smith estava emaranhado como um gatinho no tricô; um dos braços estava preso, e o rosto embrulhado na saia. Ele não tinha removido a capa antes de tentar tirar o vestido.

— Ah, céus! — exclamou Jill, correndo para ajudar.

Jill libertou Smith das roupas, metendo-as em seguida no tubo da lixeira do prédio. Ela pagaria um uniforme novo a Etta Schere mais tarde, e não queria que a polícia achasse aqueles trajes, por via das dúvidas.

— Você vai ter que tomar um banho, meu bom homem, antes que eu lhe vista nas roupas limpas de Ben. Eles andaram negligenciando você. Venha comigo.

Como era enfermeira, Jill era imune aos cheiros ruins, só que (como era enfermeira) era fanática por água e sabão também... e, pelo jeito, ninguém tinha dado banho naquele paciente recentemente. Por mais que Smith não estivesse fedendo, ele chegava a lembrar Jill de um cavalo num dia quente.

Com deleite ele assistiu enquanto ela enchia a banheira. Havia uma banheira na suíte K-12, mas Smith não chegara a usá-la; só tomara banhos de esponja, e não muitos; seus períodos de retraimento tinham interferido.

Jill testou a temperatura.

– Muito bem, pode entrar.

Smith parecia confuso.

– Rápido! – exclamou ela. – Entre na água.

As palavras constavam de seu vocabulário humano, e Smith fez o que lhe tinha sido ordenado, tremendo de emoção. Seu irmão queria que ele colocasse *o corpo inteiro* na água da vida! Nunca uma honra tão grande lhe fora conferida; até onde ele sabia, tamanho privilégio jamais fora oferecido a ninguém. Porém, Smith agora começava a entender que estes outros de fato tinham maior familiaridade com a matéria da vida... um fato não grokado, mas que ele tinha que aceitar.

Colocou um pé trêmulo na água, depois outro... e escorregou até que a água o cobriu completamente.

– Ei! – gritou Jill, puxando a cabeça dele de volta para fora, e ficou chocada ao perceber que parecia estar lidando com um cadáver. Bom Deus! Ele não poderia ter se *afogado,* não naquele tempo tão curto. Só que isso a assustou, e ela o chacoalhou.

– Smith! Acorde! Saia já dessa.

De muito longe, Smith ouviu seu irmão chamar, e voltou. Seus olhos deixaram de ficar vidrados, o coração se acelerou, ele voltou a respirar.

– Está tudo bem? – inquiriu Jill.

– Está tudo bem. Estou muito feliz... meu irmão.

– Você me assustou. Olha, não vá para debaixo d'água de novo. Fique sentado, do jeito que você está agora.

– Sim, meu irmão. – Smith acrescentou alguma coisa num coaxar sem sentido para Jill, ergueu as mãos em concha cheias de água como se fosse uma pilha de joias preciosas e as levou aos lábios. Sua boca tocou a água, que ele ofereceu em seguida a Jill.

– Ei, não beba a água do banho! E eu também não quero.

– Não bebe?

A mágoa indefesa dele era tamanha que Jill ficou sem saber o que fazer. Primeiro hesitou, depois baixou a cabeça e tocou os lábios na oferenda.

— Obrigada.

— Que você jamais tenha sede!

— Espero que você nunca fique com sede também. Mas agora já chega. Se você quiser beber água, eu lhe trarei um copo. Não beba mais desta aqui.

Smith pareceu satisfeito e ficou sentado quietinho. A essa altura, Jill já percebera que ele jamais tomara um banho de banheira e não sabia o que era esperado. Certamente, ela poderia orientá-lo... mas eles estavam perdendo um tempo precioso.

Ah, paciência! Não era tão ruim quanto cuidar de pacientes perturbados nas alas beneficentes. A blusa de Jill tinha ficado molhada até os ombros depois de puxar Smith do fundo da banheira; ela a tirou e pendurou para secar. Estava vestida para a rua, e usava uma saia plissada que lhe flutuava ao redor dos joelhos. Jill olhou para baixo. Por mais que o plissado fosse permanente, não fazia sentido molhar. Encolheu os ombros e abriu o zíper, ficando de calcinha e sutiã.

Smith a fitava com os olhos interessados de um bebê. Jill notou que estava corando, o que a surpreendeu. Acreditava que estava livre de pudor mórbido; lembrou de repente que tinha ido à sua primeira festa de nadar pelada aos quinze anos. Mas este encarar infantil a incomodava. Decidiu lidar com a roupa de baixo molhada e fazer o óbvio.

Encobriu o embaraço com vigor.

— Vamos botar mãos à obra e esfregar esse couro.

Ajoelhou-se ao lado da banheira, espirrou sabão nele, e começou a fazer espuma.

Foi então que Smith estendeu a mão e tocou a glândula mamária direita dela. Jill se afastou apressada.

— Ei! Nada disso!

Smith a olhou como se tivesse levado um tapa.

— Não? — indagou tragicamente.

— Não — concordou ela com firmeza, em seguida olhando no rosto dele e acrescentando gentilmente: — Está tudo bem. Só não me distraia, estou ocupada.

Jill encurtou o banho, deixando a água escoar e fazendo Smith ficar de pé para que ela lhe aplicasse uma ducha. Em seguida, se vestiu enquanto o secador trabalhava em Smith. O ar quente o assustou, e ele começou a tremer; Jill lhe disse para não ter medo e o fez segurar o corrimão de apoio. Ajudou-o a sair da banheira.

— Pronto, você está cheiroso e aposto que se sente melhor.

— Sinto bom.

— Ótimo. Agora vamos vesti-lo. — Jill levou Smith ao quarto de Ben. Porém, antes que pudesse explicar, demonstrar ou ajudá-lo a vestir a cueca samba-canção, uma voz de homem a assustou quase ao ponto do desmaio.

— ABRA JÁ A PORTA!

Jill soltou a cueca. Será que eles sabiam que tinha alguém ali dentro? Sim, tinham que saber, senão não teriam vindo até ali. Aquele maldito táxi robô deve ter entregado os dois!

Ela deveria responder? Ou se fingir de morta?

O grito pelo interfone se repetiu.

— *Fique aqui!* – sussurrou ela a Smith, indo em seguida à sala de estar. – Quem é? – perguntou ela, tentando manter a voz normal.

— Abra em nome da lei!

— Abrir em nome de que lei? Não seja ridículo. Diga-me quem você é antes que eu chame a polícia!

— Nós *somos* a polícia. Você é Gillian Boardman?

— Eu? Sou Phyllis O'Toole e estou esperando pelo sr. Caxton. Vou chamar a polícia e denunciar uma invasão de privacidade.

— Srta. Boardman, temos um mandado para sua prisão. Abra a porta, ou vamos pegar pesado com você.

— Não sou "srta. Boardman" e vou chamar a polícia!

A voz não respondeu. Jill esperou, engolindo. Logo sentiu calor irradiando em seu rosto. A fechadura da porta começou a incandescer em vermelho, depois branco; alguma coisa foi esmagada e a porta se abriu. Havia dois homens ali; um deles entrou, sorrindo.

— Eis a garota! Johnson, reviste o apartamento e o encontre.

— Certo, sr. Berquist.

Jill tentou bloquear a passagem. O homem chamado Johnson a empurrou para o lado e foi até o quarto.

— Cadê o seu mandado? Isto é um ultraje! – exclamou ela, estridente.

— Não seja difícil, belezoca – respondeu Berquist, em tom tranquilizante. – Comporte-se, e talvez eles peguem leve com você.

Jill chutou a canela dele, mas Berquist recuou agilmente.

— Que menina malcriada, muito malcriada – ralhou ele. – Johnson! Você o encontrou?

— Está aqui, sr. Berquist. Pelado como veio ao mundo. Três chances de adivinhar o que eles estavam aprontando.

— Deixe isso para lá. Traga-o aqui.

Johnson reapareceu, empurrando Smith à sua frente, torcendo seu braço para controlá-lo.

— Ele não quis vir.

— Ele virá!

Jill se esquivou de Berquist e se jogou contra Johnson, que a afastou para o lado com um tapa.

— Não vem não, vadia!

Johnson não deveria ter batido nela. Ele não bateu em Jill tão forte quanto costumava bater na esposa, antes que ela o deixasse, e nem se comparava com a força com a qual ele surrava os prisioneiros que se recusavam a falar. Até então, Smith não demonstrara nenhuma expressão e não dissera nada; simplesmente se deixara levar à força. Não entendia o que acontecia, e tentou não fazer absolutamente nada.

Quando viu seu irmão de água sendo agredido por esse outro, ele girou, se libertou, estendeu a mão para Johnson...

E Johnson desapareceu.

Apenas folhas de grama, se endireitando onde os grandes pés dele tinham estado, demonstravam que ele estivera ali. Jill encarou o local e sentiu que poderia desmaiar.

Berquist fechou a boca e a abriu de novo.

— O que você fez com ele? — perguntou, roufenho, olhando para Jill.

— Eu? Eu não fiz *nada*.

— Não me venha com essa. Você tem um alçapão ou coisa assim?

— Aonde ele *foi*?

Berquist lambeu os lábios.

— Eu não sei. — Ele sacou uma arma de dentro do casaco. — Mas nem tente seus truques comigo. Você fica aqui; ele vem comigo.

Smith tinha recaído em seu estado de espera passiva. Sem entender o que acontecia, fez o mínimo que precisava fazer. Mas ele já tinha visto armas nas mãos dos homens em Marte, e não gostou nada da expressão de Jill ao ver uma delas apontada para si. Grokou que este era um daqueles momentos críticos no crescimento de um ser nos quais a contemplação tem que provocar a ação correta de forma a permitir mais crescimento. Ele agiu.

Os Anciãos tinham lhe ensinado bem. Smith deu um passo na direção de Berquist; a arma girou para cobri-lo. Estendeu a mão... e Berquist não estava mais lá.

Jill gritou.

O rosto de Smith estava sem expressão. Agora se tornava tragicamente aflito pois percebeu que havia provavelmente tomado a decisão errada naquele momento crítico. Lançou um olhar de súplica a Jill e começou a tremer. Seus olhos se reviraram; ele desabou lentamente, se enrolando numa bola e ficando imóvel.

A histeria de Jill cessou. Um paciente precisava dela; não tinha mais tempo para emoções, para se perguntar como os homens tinham desaparecido. Caiu de joelhos e examinou Smith.

Não conseguiu detectar respiração nem pulso; pressionou a orelha no peito dele. Pensava que o coração tinha parado, mas, após um longo tempo, ouviu um *tum-tum* preguiçoso, seguido quatro ou cinco segundos depois por outro.

A condição a lembrava de uma retração esquizoide, mas ela nunca tinha visto um transe tão profundo, nem mesmo em demonstrações de hipnoanestesia em aulas. Ouvira falar em tais estados similares à morte entre faquires hindus, mas jamais acreditara nos relatos.

Ordinariamente, Jill não tentaria acordar um paciente em tal estado, preferindo chamar um médico. Mas aquelas não eram circunstâncias ordinárias. Longe de abalar sua resolução, os eventos recentes a tinha deixado ainda mais determinada a evitar que Smith caísse de volta nas mãos das autoridades. Porém, dez minutos tentando tudo que conhecia a convenceu de que não poderia acordá-lo.

No quarto de Ben ela encontrou uma surrada mala de viagem, grande demais para ser bagagem de mão, pequena demais para ser um baú. Jill a abriu, ela continha uma máquina de transcrição, uma nécessaire, uma muda de roupas, tudo que um repórter ocupado poderia precisar se fosse chamado para viajar; até um link de áudio licenciado para se conectar ao sistema telefônico. Jill refletiu que esta mala arrumada demonstrava que a ausência de Ben não era o que Kilgallen imaginava, mas ela não perdeu tempo com isso; esvaziou a mala e a arrastou até à sala de estar.

Smith era mais pesado que ela, mas a força física adquirida pelo manejo de pacientes com o dobro do seu tamanho permitiu que ela o despejasse dentro da mala. Teve que redobrá-lo para poder fechá-la. Os músculos resistiam à força, mas sob pressão constante e gentil podiam ser reposicionados como massa de modelar. Acolchoou os cantos com algumas das roupas de Ben e tentou fazer furos para o ar, mas a mala era de fibra de vidro. Decidiu que ele não sufocaria com a respiração tão mínima e uma taxa metabólica tão baixa quanto possível.

Jill mal podia levantar a mala fechada se esforçando com as duas mãos, e não poderia carregá-la. Mas a mala era equipada com rodinhas *Red Cap*. Elas cortaram marcas feias no tapete relvado de Ben até chegar ao piso de parquet da entrada.

Ela não foi ao telhado; outro táxi era a última coisa que ela queria. Saiu pela porta dos fundos no porão. Não havia ninguém lá exceto um rapaz conferindo uma entrega de cozinha. Ele se afastou e permitiu que ela puxasse a mala até a calçada.

– Oi, parceira. O que tá levando nesse pacote?

– Um corpo – estourou ela.

Ele encolheu os ombros.

– Faça uma pergunta idiota, receba uma resposta idiota. Eu já deveria saber.

PARTE DOIS
Sua herança absurda

CAPÍTULO IX

O terceiro planeta a partir do Sol continha hoje 230 mil humanos a mais do que ontem; dentre os 5 bilhões de terráqueos, tal aumento não foi perceptível. O Reino da África do Sul, associado à Federação, foi novamente citado perante o Supremo Tribunal pela perseguição à sua minoria branca. Os senhores da moda, reunidos no Rio, decretaram que as barras iriam descer e umbigos seriam cobertos. Estações de defesa da Federação giravam no céu, prometendo morte a qualquer um que perturbasse a paz do planeta; estações espaciais comerciais perturbavam a paz com o clamor sem fim de infinitos bens de consumo com marcas registradas. O número de lares móveis que tinham migrado e se instalado às margens da baía de Hudson aumentou em mais de meio milhão em relação à mesma data um ano antes; o cinturão do arroz na China foi declarado uma área emergencial de desnutrição pela Assembleia da Federação; Cynthia Duchess, conhecida como "a garota mais rica do mundo", terminou de pagar seu sexto marido.

O reverendo dr. Daniel Digby, supremo bispo da Igreja da Nova Revelação (Fosterita), anunciou que tinha nomeado o Anjo Azreel para guiar o senador da Federação, Thomas Boone, e que esperava confirmação celeste ainda hoje; os serviços de notícias publicaram a nota como uma matéria séria, pois os fosteritas já tinham destruído redações de jornais antes. O sr. e a sra. Harrison Campbell VI ganharam um filho e herdeiro da mãe de aluguel no Hospital Pediátrico de Cincinnati enquanto os felizes pais gozavam de férias no Peru. Dr. Horace Quackenbush, professor de Artes do Lazer na Escola de Teologia de Yale, pregou um retorno à fé e ao cultivo de valores espirituais; um escândalo de apostas envolveu metade dos profissionais do time de futebol americano de West Point; três químicos de guerra bacteriana foram suspensos em Toronto por instabilidade emocional e anunciaram que levariam seus casos ao Supremo Tribunal. O Supremo Tribunal reverteu a Suprema Corte dos Estados Unidos em primeira instância envolvendo deputados da Federação no caso de *Reinsberg vs. o Estado de Missouri*.

Sua Excelência, o Mui Honorável Joseph E. Douglas, secretário-geral da Federação Mundial de Estados Livres, cutucava seu desjejum e se perguntava por que não era possível conseguir uma xícara de café decente. Seu jornal matinal, preparado pelo turno da noite de sua equipe de informação, passava diante de seus olhos na velocidade de leitura do secretário numa tela de feedback. As palavras fluiriam enquanto ele olhasse naquela direção. Douglas as fitava agora, mas apenas para evitar os olhos da sua chefe do outro lado da mesa. A sra. Douglas não lia os jornais; tinha outras formas de descobrir as coisas.

– Joseph...

Ele a encarou, a máquina parou.

– Sim, minha querida?

– Você está preocupado com algo.

– Hein? O que a faz dizer isso, minha querida?

– Joseph! Eu venho cerzindo suas meias, mimando e mantendo você fora de encrencas há 35 anos! *Eu* sei quando tem alguma coisa lhe preocupando.

O pior de tudo é que, ele admitiu, ela realmente sabia. Fitou a mulher e se perguntou por que ele a deixara intimidá-lo a aceitar um contrato sem direito de rescisão. Ela fora sua secretária, lá nos "bons velhos tempos", quando Douglas ainda era deputado estadual. O primeiro contrato dos dois tinha sido um acordo de coabitação de noventa dias, para economizar fundos de campanha com contas de hotel; ambos tinham concordado que seria uma mera conveniência, com a "coabitação" consistindo apenas na vida sob o mesmo teto... E nem naquela época ela cerzira suas meias!

Tentou se lembrar como aquilo mudara. A biografia da sra. Douglas, *Sombra da grandeza: a história de uma mulher*, afirmava que ele tinha feito o pedido de casamento durante as apurações de sua primeira eleição e que suas necessidades românticas eram tamanhas que nada serviria além de um casamento à moda antiga, "até que a morte os separe".

Bem, não adiantaria nada discutir com a versão oficial.

– Joseph! Responda!

– Hein? Nada demais, minha querida. Eu só passei uma noite insone.

– Eu sei. Quando eles o acordam no meio da noite, eu não fico sabendo? Douglas refletiu que a suíte dela ficava do outro lado do Palácio, a 50 metros da suíte dele.

– E como você fica sabendo, minha querida?

– Hã? Intuição feminina. Qual foi a mensagem que Bradley lhe trouxe?

– Por favor, minha querida... preciso terminar de ler as notícias antes da reunião do Conselho.

– Joseph Edgerton Douglas, não se esquive de mim.

Ele suspirou.

– Perdemos de vista aquele mendigo do Smith.

– Smith? Você quer dizer o Homem de Marte? O que você quer dizer com "perdemos de vista"? Ridículo!

– Seja como for, minha querida, ele se foi. Desapareceu do quarto de hospital ontem.

– Absurdo! Como pôde?

– Disfarçado de enfermeira, aparentemente.

– Mas... Deixa para lá. Ele se foi, isso que é importante. Que tramoia de meia tigela vocês vão usar para trazê-lo de volta?

– Bem, temos pessoas procurando. De confiança. Berquist...

– *Aquele* cabeça de bagre? Quando você deveria estar usando todos os policiais da Federação, até o mais baixo inspetor de colégio, você manda *Berquist!*

– Só que, minha querida, você não entende a situação. Nós não *podemos*. Oficialmente ele não está perdido. Veja bem, tem... bem, aquele *outro* camarada. O, hum, "Homem de Marte oficial".

– Ah... – ela batucou com os dedos na mesa. – Eu lhe disse que esse plano de substituição ia nos criar problemas.

– Mas, minha querida, você quem sugeriu.

— Não fui eu não. E não me contradiga. Hummm… Mande chamar Berquist.

— Hã, Berquist está seguindo a trilha de Smith. Ainda não se apresentou de volta.

— Hã? Berquist já deve estar a meio caminho de Zanzibar por agora. Ele nos vendeu. Nunca confiei naquele homem. Eu avisei, quando você o contratou que…

— Quando *eu* o contratei?

— Não me interrompa. Eu avisei que qualquer homem que aceite dinheiro de dois lugares aceitará de três. — Ela franziu o cenho. — Joseph, a Coalizão Oriental está por trás disto. Você pode esperar uma articulação de moção de confiança na Assembleia.

— Hein? Não vejo por quê. Ninguém está sabendo.

— Ah, pelo amor de Deus! Todo mundo vai saber; a Coalizão Oriental vai cuidar disso. Fique calado e me deixe pensar.

Douglas se calou. Leu que a Assembleia de Vereadores do Condado de Los Angeles fez uma petição à Federação solicitando ajuda com seu problema de smog, com base no fracasso do Ministério da Saúde em fornecer alguma coisa qualquer; Douglas teria que lhes fazer alguma concessão, pois Charlie teria muitas dificuldades em se reeleger agora que os fosteritas tinham um candidato próprio na disputa. Lunar Enterprises subiu dois pontos no fechamento…

— Joseph.

— Sim, minha querida?

— O nosso "Homem de Marte" é o único; aquele que a Coalizão Oriental vai exibir é falso. Assim que deve ser.

— Só que, minha querida, não podemos fazer essa história colar.

— Como assim, não podemos? Nós *temos* que fazer.

— Mas *não podemos*. Os cientistas notariam a substituição imediatamente. Eu tive uma trabalheira dos diabos tentando mantê-los longe dele por tanto tempo.

— Cientistas!

— Mas eles podem notar, sabia?

— Não sei de nada disso. Cientistas, ora! Metade adivinhação, metade superstição. Eles deveriam ser presos; deveriam ser proibidos por lei. Joseph, já lhe disse repetidamente, a única ciência verdadeira é a astrologia.

— Bem, eu não sei, minha querida. Não estou menosprezando a astrologia…

— Acho melhor que não esteja mesmo! Depois de tudo que ela fez por *você*.

— ... mas esses professores de ciência são bem astutos. Um deles estava me contando no outro dia sobre uma estrela que pesa 6 mil vezes mais que chumbo. Ou seria 70 mil vezes? Deixe-me ver...

— Tolice! Como eles poderiam saber uma coisa dessas? Fique quieto, Joseph. Não admitimos nada. O homem deles é falso. Enquanto isso, podemos fazer bom uso dos nossos Esquadrões de Serviços Especiais e pegá-lo de volta, se possível antes que a Coalizão Ocidental faça sua revelação. Se medidas mais extremas se fizerem necessárias e esse tal desse Smith levar um tiro resistindo à prisão ou algo assim, bem, seria uma pena. Ele vem sendo um incômodo desde o começo.

— Agnes! Você sabe o que está sugerindo?

— Não estou sugerindo nada. Pessoas se machucam todos os dias. Este assunto precisa ser resolvido, Joseph, para todos os envolvidos. O bem maior da maioria, como você está sempre dizendo.

— Não quero que o rapaz se machuque.

— Quem falou em machucá-lo? Você precisa tomar decisões firmes, Joseph; é o seu dever. A história vai justificar seus atos. O que é mais importante? Manter as coisas estáveis para 5 bilhões de pessoas, ou ser mole e ficar todo sentimental com um homem que nem é um cidadão de verdade?

Douglas não respondeu. A sra. Douglas se levantou.

— Bem, não posso perder tempo argumentando questões intangíveis; preciso mandar Madame Vesant fazer um novo mapa astral. Não dediquei os melhores anos da minha vida a colocar você onde você está para jogar tudo fora porque você é frouxo. Limpe o ovo do seu queixo. — Ela foi embora.

O chefe do Executivo do planeta ficou para mais duas xícaras de café até que sentiu vontade de ir à Câmara do Conselho. Pobre, velha Agnes! Douglas supôs que fora uma decepção para ela... e, sem dúvida, a mudança de vida não estava facilitando as coisas. Bem, pelo menos ela era leal, da cabeça aos pés... e todos nós temos defeitos; provavelmente ela estava tão farta dele quanto ele dela... que diferença fazia?

Douglas se endireitou. De uma coisa ele tinha certeza! Não deixaria que pegassem pesado com aquele rapaz, Smith. Ele era um incômodo, de fato, mas era muito cativante, de uma forma indefesa e meio burra. Agnes deveria ter visto como ele se assustava com facilidade, então ela não falaria assim. Smith apelaria ao que havia de maternal nela.

Mas será que Agnes tinha qualquer coisa de maternal? Quando ela apertava os lábios, era difícil de ver. Ah, puxa, todas as mulheres tinham instintos maternais; a ciência tinha provado isso. Bem, tinha, não tinha?

De qualquer maneira, ao inferno com Agnes, ele não ia deixar que ela o intimidasse. Ficava toda hora o lembrando que ela o colocara no topo, mas ele sabia que não era verdade... E a responsabilidade era só dele. Levantou-se, endireitou os ombros e foi até o Conselho.

O dia inteiro Douglas aguardou que o escândalo estourasse. Mas ele não veio. Foi forçado a concluir que o desaparecimento de Smith era um segredo bem guardado por sua equipe, por mais improvável que isso parecesse. O secretário-geral queria fechar os olhos e esquecer completamente toda aquela confusão horrível, mas os eventos não permitiriam. Nem a mulher dele.

Agnes Douglas não esperou pela ação do marido no caso do Homem de Marte. A equipe do secretário-geral recebia ordens dela tão prontamente quanto recebiam dele, ou até mais. Ela mandou buscar o assistente executivo para informação civil, como o assessor de imprensa do sr. Douglas era chamado, e em seguida se voltou à necessidade mais urgente, um mapa astral novo em folha. Havia uma linha privada criptografada da suíte dela ao estúdio de Madame Vesant; o rosto gorducho da astróloga apareceu na tela imediatamente.

— Agnes? O que foi, querida? Estou com uma cliente.

— Seu circuito é silenciado?

— É claro.

— Livre-se da cliente.

Madame Alexandra Vesant não demonstrou aborrecimento.

— Só um momento. — Seu rosto se apagou, sendo substituído pelo sinal de "aguarde". Um homem entrou e parou junto à escrivaninha da sra. Douglas, que notou tratar-se de James Sanforth, o assessor de imprensa que ela mandara chamar.

— Você ouviu notícias de Berquist? — inquiriu a sra. Douglas.

— Hein? Eu não estava cuidando disso; é coisa do McCrary.

Ela ignorou o comentário.

— Você precisa desacreditá-lo antes que ele fale.

— Você acha que Berquist nos vendeu?

— Não seja ingênuo. Você deveria ter conferido comigo antes de usá-lo.

— Mas eu não usei. Era uma tarefa do McCrary.

— Você tem a obrigação de saber o que está acontecendo. Eu... — O rosto de Madame Vesant reapareceu na tela. — Espere ali — comandou a sra. Douglas a Sanforth. Ela se voltou à tela. — Allie, querida, quero novos mapas astrais para Joseph e para mim, imediatamente.

— Muito bem. — A astróloga hesitou. — Eu poderei lhe ser mais útil, querida, se você me contar a natureza da emergência.

A sra. Douglas tamborilou na mesa.

— Mas você precisa saber?

— Claro que não. Qualquer um que possua o treinamento rigoroso, a habilidade matemática e o conhecimento das estrelas pode calcular um mapa astral, sem saber nada além da hora e lugar de nascimento do cliente. Você mesma poderia aprender... se não estivesse sempre tão incrivelmente ocupada. Porém, lembre-se: as estrelas se inclinam, mas não compelem. Para fazer uma análise detalhada para aconselhá-la numa crise, preciso saber em que setor me concentrar. Estamos mais preocupadas com a influência de Vênus? Ou talvez Marte? Quem sabe...

A sra. Douglas decidiu.

— Com Marte — interrompeu. — Allie, quero um terceiro mapa astral.

— Muito bem. De quem?

— Hã... Allie, posso confiar em você?

A Madame Vesant pareceu ofendida.

— Agnes, se você não confia em mim, melhor não me consultar. Outras podem lhe oferecer leituras científicas. Não sou a única estudante de conhecimentos antigos. O professor Von Krausemeyer tem boa reputação, mesmo que seja inclinado a... — ela deixou a voz morrer.

— Por favor, por favor! Eu não pensaria em deixar ninguém mais fazer um mapa para mim. Agora escute. Ninguém pode ouvir do seu lado da linha?

— Claro que não, querida.

— Quero um horóscopo para Valentine Michael Smith.

— Valentine Mich... o Homem de Marte?

— Sim, sim. Allie, ele foi sequestrado. *Precisamos encontrá-lo.*

Duas horas mais tarde, Madame Alexandra Vesant se afastou da escrivaninha com um empurrão e suspirou. Mandara a secretária cancelar todas as consultas; folhas cobertas com diagramas e contas e um almanaque náutico surrado eram testemunhas dos seus esforços. Alexandra Vesant diferia de alguns astrólogos no sentido em que realmente tentava calcular as "influências" dos corpos celestes, usando um livro em brochura chamado *A ciência arcana da astrologia judicial e chave da Pedra de Salomão* que tinha pertencido ao seu finado marido, professor Simon Magus, mentalista, hipnotizador de palco e ilusionista, além de estudante do arcano.

Ela confiava no livro como tinha confiado no marido; não havia ninguém capaz de fazer um mapa astral como Simon, quando ele estava sóbrio; metade das vezes nem precisara do livro. Ela sabia que nunca alcançaria aquele nível de perícia; sempre precisava do almanaque e do manual. Seus cálculos às vezes eram meio vagos; Becky Vesey (como tinha sido conhecida) nunca dominara completamente as tabelas de multiplicação e tinha inclinação em confundir setes com noves.

Mesmo assim, seus mapas astrais eram eminentemente satisfatórios; a sra. Douglas não era sua única cliente ilustre.

Vesant ficou um tanto quanto em pânico quando a sra. Douglas exigiu um mapa astral para o Homem de Marte; sentiu-se do mesmo jeito como se sentia quando algum idiota do público reamarrava sua venda logo antes do professor lhe fazer as perguntas. Porém, ela tinha descoberto, tantos anos atrás, quando era uma garota, que tinha o talento da resposta certa; ela suprimia o pânico e seguia com o show.

Então exigiu de Agnes a hora, data e local exatos de nascimento do Homem de Marte, pois tinha certeza de que os dados não eram sabidos.

Só que, após uma curta demora, a informação precisa foi fornecida pelo diário da *Envoy*. A essa altura, a astróloga não estava mais em pânico, simplesmente aceitou os dados e prometeu ligar mais tarde com os mapas astrais.

Porém, depois de duas horas de aritmética dolorosa, mesmo que tivesse completado os mapas do sr. e da sra. Douglas, ela não tinha nada para Smith. O problema era simples e insuperável. Smith não tinha nascido na Terra.

Sua bíblia astrológica não incluía tal ideia; seu autor anônimo tinha morrido antes do primeiro foguete à Lua. Vesant tentou encontrar alguma solução ao dilema, baseada na tese de que os princípios não mudavam e ela teria de corrigir pelo deslocamento. Entretanto, se perdeu num labirinto de relacionamentos não familiares; não sabia ao certo se os signos do Zodíaco seriam os mesmos de Marte... e o que ela poderia fazer sem os signos do Zodíaco?

Seria mais fácil extrair uma raiz cúbica, o obstáculo que a fizera abandonar a escola.

Vesant pegou um tônico que mantinha guardado para ocasiões difíceis. Tomou uma dose rapidamente, serviu mais uma, e pensou no que Simon teria feito. Podia até ouvir seus tons constantes: "Confiança, garota! Tenha confiança, e os caipiras confiarão em você. Você deve isso a eles".

A astróloga se sentiu muito melhor e começou a escrever os horóscopos dos Douglas. Acabou que foi fácil escrever um para Smith; ela percebeu, como sempre, que as palavras no papel provavam a si mesmas; eram tão lindamente *verdadeiras*! Estava acabando bem quando Agnes Douglas ligou de novo.

– Allie? Você não acabou ainda?

– Acabei de acabar – respondeu Madame Vesant apressadamente. – Você percebe que o mapa astral do jovem Smith apresentou um problema incomum e difícil à ciência. Nascido como nasceu em outro planeta, todos os aspectos tiveram de ser recalculados. A influência do Sol é diminuída; aquela de Diana é quase nula. Júpiter é lançado num aspecto novo e, poderia dizer, "único", como sei que você verá. Essa computação exigida de…

– Allie! Tanto faz isso tudo. Você sabe as respostas?

– Naturalmente.

– Ah, graças a Deus! Achei que você estava me dizendo que era demais para você.

Madame Vesant demonstrou dignidade ferida.

– Minha cara, a ciência nunca se altera, só as configurações são alteradas. Os métodos que predisseram o nascimento de Cristo, que disseram a Júlio Cesar o momento e método de sua morte… como poderiam falhar? A Verdade é a Verdade, imutável.

– Sim, é claro.

– Você está pronta?

– Deixe-me iniciar a gravação… vá em frente.

– Muito bem. Agnes, este é um período muito crítico na sua vida; jamais os céus se reuniram numa configuração tão forte. Acima de tudo, você precisa estar calma, não apressada, e pensar bem nas coisas. No geral, os portentos estão ao seu favor… desde que você evite ações impensadas. Não deixe sua mente se afligir com aparências superficiais… – Ela seguiu dando conselhos. Becky Vesey sempre deu bons conselhos e os dava com convicção porque acreditava neles. Tinha aprendido com Simon que, mesmo quando as estrelas parecessem mais sombrias, sempre haveria alguma forma de amaciar o golpe, algum aspecto que o cliente poderia usar em direção à felicidade.

O rosto tenso na sua tela se acalmou e começou a assentir com a cabeça conforme ela apresentava seus argumentos.

– Então, veja bem – concluiu ela. – A ausência de Smith é uma necessidade, sob as influências unificadas de três mapas astrais. Não se preocupe; ele vai voltar, ou você ouvirá notícias dele muito em breve. O mais importante é não tomar ações drásticas. Fique calma.

– Sim, eu entendo.

– Só mais uma coisa. O aspecto de Vênus está muito favorável e potencialmente dominante sobre o aspecto de Marte. Vênus simboliza você, claro, mas Marte é tanto seu marido quanto o jovem Smith; como resultado das circunstâncias únicas do nascimento dele. Isso lança um fardo duplo em seus ombros e você terá que reagir ao desafio; precisará demonstrar aquelas qualidades, sabedoria, calma e comedimento, que são peculiares das mulheres. Terá que sustentar seu marido, guiá-lo pela crise e tranquilizá-lo. Terá que supri-lo com as fontes calmas de sabedoria da mãe-terra. É o seu gênio especial... você precisa usá-lo.

A sra. Douglas suspirou.

– Allie, você é simplesmente maravilhosa! Não sei como agradecer.

– Agradeça aos mestres antigos de quem sou uma humilde estudante.

– Não posso agradecer a eles, então agradecerei a você. Isto não foi coberto pela mensalidade, Allie, você receberá um presente.

– Não, Agnes, é meu privilégio servir.

– E é privilégio meu apreciar esse serviço. Sem mais uma palavra, Allie!

Madame Vesant se deixou ser convencida, e então desligou, sentindo o contentamento caloroso de ter oferecido uma leitura que sabia estar bem certa. Pobre Agnes! Era um privilégio aplainar sua trilha, reduzir um pouco o peso dos seus fardos. Ela se sentia bem em ajudar Agnes.

Era uma sensação boa para Madame Vesant ser tratada como quase uma igual pela esposa do secretário-geral, por mais que não pensasse nisso desse jeito, pois não era esnobe. Mas a jovem Becky Vesey tinha sido tão insignificante que o representante distrital nunca se lembrava do seu nome, mesmo que notasse seu busto. Becky Vesey não ficara ressentida; Becky gostava de pessoas. Ela gostava de Agnes Douglas.

Becky Vesey gostava de todo mundo.

Ficou sentada por algum tempo, desfrutando da sensação boa e mais um golinho de tônico, enquanto seu cérebro sagaz começou a organizar os pedaços de informação que ela tinha captado. Por fim ligou para o corretor de ações e mandou vender a descoberto as ações da Lunar Enterprises.

– Allie, essa dieta de emagrecimento está mexendo com a sua cabeça – fungou ele.

– Escute só, Ed. Quando tiver caído dez pontos, você me cobre, mesmo que ainda esteja descendo. Então, quando recuperar três pontos, compre de novo... E por fim venda quando chegar de volta ao fechamento de hoje.

Houve um longo silêncio.

– Allie, você sabe de alguma coisa. Conte para o titio Ed.

– As estrelas me contaram, Ed.

Ed fez uma sugestão que era astronomicamente impossível.

– Muito bem, se você não quiser contar, paciência. Humm... Eu nunca tive o bom senso de ficar fora de um jogo sujo. Você se importa se eu a acompanhar?

– De forma alguma, Ed. Só não pegue pesado demais para não ficar óbvio. Esta é uma situação delicada, com Saturno equilibrado entre Virgem e Leão.

– Como você quiser, Allie.

A sra. Douglas botou as mãos à obra imediatamente, feliz que Allie tivesse confirmado todos os seus julgamentos. Deu ordens a respeito da campanha de destruição da reputação de Berquist, o desaparecido, depois de requisitar seu dossiê. Convocou o comandante Twitchell, dos Esquadrões de Serviços Especiais, que saiu com uma cara infeliz e fez da vida do seu segundo em comando um inferno na terra. Instruiu Sanforth a colocar no ar outra transmissão estéreo do "Homem de Marte" com um rumor "de uma fonte próxima ao governo" de que Smith estava prestes a ir, ou provavelmente já tinha ido, a um sanatório bem alto nos Andes, que lhe ofereceria um clima o mais parecido com Marte quanto possível. Por fim, ela pensou em como assegurar os votos do Paquistão.

Ligou para o marido e urgiu que ele apoiasse a reivindicação do Paquistão sobre uma grande porção do território da Caxemira. Como ele já queria fazer isso mesmo, não foi difícil de convencer, mesmo se irritando com a presunção dela de que tinha sido contra. Com esse assunto resolvido, a sra. Douglas saiu para fazer uma palestra às Filhas da Segunda Revolução sobre "Maternidade no novo mundo".

CAPÍTULO X

Enquanto a sra. Douglas falava livremente sobre um assunto que mal conhecia, Jubal E. Harshaw, bacharel em direito, doutor em medicina, doutor das ciências, *bon vivant*, gourmet, sibarita, autor popular extraordinário e filósofo neopessimista, estava sentado à beira da piscina em sua casa nas Poconos, coçando o pelame grisalho em seu peito e observando suas três secretárias brincando na água. Todas eram incrivelmente belas; também eram secretárias incrivelmente capazes. Na opinião de Harshaw, o princípio do menor esforço exigia que a utilidade e a beleza fossem combinadas.

Anne era loira, Miriam era ruiva, e Dorcas, morena; elas variavam, gradativamente, de agradavelmente cheinha a deliciosamente esguia. Suas idades se distribuíam num intervalo de quinze anos, mas era difícil determinar qual era a mais velha.

Harshaw trabalhava duro. A maior parte de seu ser observava garotas bonitas fazendo coisas bonitas com sol e água; num compartimento pequeno, estanque e à prova de som, ele compunha. Afirmava que seu método de escrita era deixar suas gônadas em paralelo com seu tálamo e desconectar o cérebro; seus hábitos concediam credibilidade à teoria.

Um microfone na mesa estava ligado a uma máquina de transcrição, mas ele só o usava para anotações. Quando estava pronto para escrever, usava uma taquígrafa e observava suas reações. Ele estava pronto agora.

– À frente! – gritou.

– Anne está "à frente" – respondeu Dorcas. – Eu escrevo. Aquele espirro de água foi Anne.

– Mergulhe e busque ela. – A morena cortou as águas; momentos depois, Anne saiu da piscina, vestiu um robe e se sentou à mesa. Não disse nada nem fez preparativos; Anne tinha memória total.

Harshaw pegou um copo com gelo, em que conhaque tinha sido servido, e tomou um gole.

– Anne, tenho uma história doce de enjoar. É sobre um gatinho bebê que entra perdido numa igreja, na véspera de Natal, para se aquecer. Além de estar morrendo de fome e frio e perdido, o gatinho está, sabe Deus por quê, com uma patinha machucada. Muito bem, comece: "A neve estava caindo desde...".

– Qual pseudônimo?

– Humm... use "Molly Wadsworth", esse é bem sentimentaloide. O título é *A outra manjedoura*. Comece de novo. – Harshaw continuou falando enquanto a observava. Quando as lágrimas começaram a escorrer dos olhos fechados de Anne, ele sorriu de leve e fechou os próprios. Ao término da história, lágrimas desciam livres pelos rostos dos dois, ambos banhados na catarse do melodrama.

– Estou com sede – anunciou ele. – Assoe o nariz. Despache essa história e, pelo amor de Deus, não me deixe vê-la.

– Jubal, você nunca sente vergonha?

– Não.

– Algum dia eu vou chutar você bem nessa barriga gorda por causa de uma história dessas.

– Eu sei. Leve essa bundinha para dentro e cuide disso antes que eu mude de ideia.

– Sim, chefe.

Anne beijou-lhe a careca ao passar por trás da cadeira.

– À frente! – gritou Harshaw, e Miriam veio até ele. Um alto-falante montado na parede ganhou vida.

– Chefe!

Harshaw exclamou uma certa palavra, e Miriam deu uma risadinha.

— Sim, Larry? — acrescentou ele.

— Tem uma dona aqui no portão — respondeu o alto-falante. — E ela tem um *cadáver* com ela.

Harshaw considerou a questão.

— Ela é bonita?

— Hã... Sim.

— Então por que você está aí chupando o dedo? Deixe ela entrar. — Harshaw se reclinou. — Comece — comandou. — Panorâmica de cidade se dissolvendo num plano médio de interior. Um policial está sentado numa cadeira, sem quepe, colarinho aberto, rosto coberto de suor. Vemos as costas de outro vulto, entre nós e o policial. O vulto ergue a mão e a leva para trás, quase saindo do tanque estéreo. Ele estapeia o policial com um som pesado, substancial. — Um carro subia a colina até a casa.

Jill dirigia; havia um homem jovem ao seu lado. No que o carro parou, o homem saltou imediatamente, como se estivesse feliz em se afastar.

— Aí está ela, Jubal.

— Estou vendo. Bom dia, garotinha. Larry, cadê o cadáver?

— Banco de trás, chefe. Debaixo do cobertor.

— Mas ele *não* é um cadáver — protestou Jill. — É... Ben disse que você... Quero dizer... — Ela baixou a cabeça e soluçou.

— Calma, minha querida — disse Harshaw gentilmente. — Poucos cadáveres valem suas lágrimas. Dorcas, Miriam, cuidem dela. Tragam-lhe um drinque e lavem seu rosto.

Harshaw foi ao banco de trás e ergueu o cobertor. Jill se soltou do braço de Miriam.

— Vocês precisam me ouvir! — exclamou ela, estridente. — Ele não está morto. Pelo menos espero que não. Ele... ah, céus! — Jill começou a chorar de novo. — Estou tão suja... e tão assustada!

— Parece um cadáver — ponderou Harshaw. — Temperatura corporal igual à temperatura do ar, me parece. Rigor não típico. Há quanto tempo ele está morto?

— Mas ele não está! Não podemos tirá-lo dali? Foi terrível trazê-lo para cá.

— Claro. Larry, me ajude... e pare de ficar verde; se você vomitar, você vai limpar.

Eles tiraram Valentine Michael Smith do carro e o deitaram no gramado; seu corpo continuou rígido e contraído. Dorcas trouxe o estetoscópio do dr. Harshaw, colocou-o no chão, ligou e aumentou o volume.

Harshaw meteu os fones nos ouvidos e começou a procurar o batimento cardíaco.

– Temo que você esteja enganada – disse gentilmente a Jill. – Este aqui está além da minha ajuda. Quem era ele?

Jill suspirou.

– Ele era o Homem de Marte – respondeu ela, com rosto e voz desprovidos de expressão. – Eu me esforcei tanto.

– Tenho certeza que sim... O *Homem de Marte?*

– Sim. Ben... Ben Caxton disse que eu deveria procurar por você.

– Ben Caxton, é? Aprecio a confiança... *shhh!* – Harshaw pediu silêncio com um gesto. Parecia confuso, e então a surpresa lhe irrompeu no rosto. – Atividade cardíaca! Macacos me mordam! Dorcas, andar de cima, na clínica, terceira gaveta na parte trancada da geladeira; o código é "bons sonhos". Traga a gaveta e uma seringa de 1 cc.

– É para já!

– Doutor, nada de estimulantes!

– Hein? – Harshaw se virou para Jill.

– Desculpe-me, senhor. Sou só uma enfermeira... só que este caso é diferente. Eu *sei*.

– Humm... ele é meu paciente agora, enfermeira. Mas há uns quarenta anos eu descobri que não era Deus, e dez anos depois descobri que não era nem Esculápio. O que você quer tentar?

– Quero tentar acordá-lo. Se você fizer qualquer coisa a ele, ele vai se afundar ainda mais.

– Humm... Vá em frente. Só não use um machado. Depois tentaremos meus métodos.

– Sim, senhor. – Jill se ajoelhou e começou a tentar endireitar os membros de Smith. Harshaw ergueu as sobrancelhas quando ela conseguiu. Jill apoiou a cabeça de Smith em seu colo. – Por favor, acorde – pediu ela baixinho. – Aqui é seu *irmão de água*.

Lentamente, o peito dele subiu. Smith soltou um longo suspiro e abriu os olhos. Fitou Jill e sorriu seu sorriso de bebê. Olhou em volta, e o sorriso sumiu.

– Está tudo bem – disse Jill rapidamente. – Eles são amigos.

– Amigos?

– Todos eles são seus amigos. Não se preocupe, e não vá embora de novo. Está tudo bem.

Smith ficou deitado com olhos abertos, fitando tudo à sua volta. Parecia feliz como um gato no colo de seu dono.

Vinte e cinco minutos depois, os dois pacientes estavam na cama. Jill tinha contado a Harshaw, antes que a pílula que ele lhe deu fizesse efeito, o suficiente para que ele soubesse que segurava um touro pelos chifres. Contemplou o carro de serviço em que Jill tinha chegado. Na lateral estava escrito: READING RENTALS – Equipamento Terrestre Permanentemente Energizado – "Negocie com o Holandês!".

– Larry, a cerca está ligada?

– Não.

– Então ligue. Depois limpe cada impressão digital daquela lata velha. Quando escurecer, leve o carro até o outro lado de Reading, melhor chegar quase a Lancaster, e largue numa vala. Depois vá para a Filadélfia, pegue o transporte de Scranton e volte para casa de lá.

– Pode deixar, Jubal. Me diz uma coisa, ele é *mesmo* o Homem de Marte?

– Melhor esperar que não. Se for, e eles te pegarem antes que você se livre daquele carro, vão interrogá-lo com maçaricos.

– Saquei. Quer que eu roube um banco no caminho de volta?

– Provavelmente é a coisa mais segura que você pode fazer.

– Beleza, chefe – Larry hesitou. – Você se importa se eu passar a noite na Filadélfia?

– Como preferir. Mas o que diabos um homem pode fazer à noite na Filadélfia? – Harshaw lhe deu as costas. – À frente!

Jill dormiu até a hora do jantar e acordou descansada e alerta. Farejou o ar que vinha da grade acima e conjecturou que o médico tinha compensado o tranquilizante com um estimulante. Enquanto ela dormia, alguém tinha removido suas roupas sujas e rasgadas e deixado um vestido de noite e sandálias. O vestido lhe servia bem, Jill concluiu que deveria pertencer àquela chamada Miriam. Tomou banho, maquiou-se, escovou os cabelos e desceu à sala de estar se sentindo uma nova mulher.

Dorcas estava enrodilhada numa poltrona, bordando; ela acenou com a cabeça como se Jill fizesse parte da família e voltou ao trabalho manual. Harshaw misturava algo numa jarra gelada.

– Drinque? – perguntou ele.

– Hã, sim, obrigada.

Ele serviu duas grandes taças de coquetel até a borda, e entregou uma a Jill.

— O que é isto? — indagou ela.

— Receita própria. Um terço de vodca, um terço de ácido muriático, um terço de água de bateria; duas pitadas de sal e um pouco de besouro em conserva.

— Melhor tomar um uísque com soda — aconselhou Dorcas.

— Cuide da sua vida — retrucou Harshaw. — O ácido clorídrico ajuda na digestão; o besouro acrescenta vitaminas e proteínas. — Ergueu a taça e proclamou, solenemente: — Aos nossos espíritos nobres! Só restam muito poucos de nós.

Ele bebeu tudo.

Jill tomou um golinho, depois um maior. Quaisquer que fossem os ingredientes, o drinque parecia ser bem o que ela precisava; uma onda de bem-estar se espalhou do centro de seu corpo até as extremidades. Bebeu metade e deixou Harshaw completar de novo.

— Já deu uma olhada em nosso paciente?

— Não, senhor. Não sabia onde ele estava.

— Conferi há alguns minutos. Dormindo como um bebê. Acho que vou rebatizá-lo de Lázaro. Ele gostaria de descer para o jantar?

Jill parecia pensativa.

— Doutor, eu não sei.

— Bem, se ele acordar, eu saberei. Ele pode se juntar a nós ou levar uma bandeja. Aqui é o "salão da liberdade", minha querida. Todo mundo faz o que quiser... Então, se alguém fizer alguma coisa e eu não gostar, eu boto na rua. O que me faz lembrar, não gosto de ser chamado de "doutor".

— Senhor?

— Ah, não fico ofendido. Porém, depois que eles começaram a distribuir doutorados para dança folclórica comparativa e pescaria com caniço avançada, eu fiquei orgulhoso demais para usar o título. Não toco uísque aguado e não toco diplomas aguados. Me chame de Jubal.

— Ah. Mas o diploma de medicina não foi aguado.

— Está na hora de chamar de outra coisa, para que não seja confundido com supervisores de parquinhos. Garotinha, qual é o seu interesse nesse paciente?

— Hein? Eu já lhe contei, dout... Jubal.

— Você me contou o que aconteceu; não me contou por quê. Jill, eu vi a forma como você falou com ele. Está apaixonada?

Jill se espantou.

— Como assim? Isso é ridículo!

— De forma alguma. Você é uma menina; ele é um menino, é uma bela combinação.

— Mas... Não, Jubal, não é isso. Eu... bem, ele era um prisioneiro, e eu pensei, ou Ben pensou, que ele estava em perigo. Queríamos garantir que ele tivesse seus direitos respeitados.

— Humm... minha querida, sou desconfiado do interesse desinteressado. Você parece estar com equilíbrio glandular normal, então meu palpite é que se trata de Ben, ou desse pobre menino de Marte. É melhor você examinar suas motivações, então julgar para que lado você vai. Enquanto isso, o que quer que *eu* faça?

O escopo da pergunta a tornava difícil de responder. Desde o momento em que Jill cruzara seu Rubicão, ela não pensara em nada além da fuga. Não tinha planos.

— Eu não sei.

— Achei que não. Presumindo que você quisesse proteger sua licença, eu tomei a liberdade de mandar uma mensagem de Montreal à sua chefe de enfermagem. Você pediu uma licença por conta de doença na família. Tudo bem?

Jill sentiu um alívio súbito. Tinha enterrado toda preocupação com o próprio bem-estar; mesmo assim, bem no fundo havia um nó pesado provocado pelo que ela tinha feito à própria carreira.

— Ah, Jubal, obrigada! — ela acrescentou. — Ainda não estou em falta com a escala de serviço; hoje foi meu dia de folga.

— Ótimo. O que você quer fazer?

— Não tive tempo para pensar. Hum, eu deveria entrar em contato com o meu banco e sacar algum dinheiro... — Ela parou, tentando se lembrar do saldo. Nunca fora muito grande, e às vezes ela se esquecia de...

Jubal a interrompeu.

— Se você o fizer, vai acabar com policiais amontoados até suas orelhas. Não seria melhor você ficar aqui até que as coisas se acalmem?

— Hã, Jubal, eu não queria abusar da sua boa vontade.

— Você já abusou. Não se preocupe, criança; estou acostumado com aproveitadores por aqui. Ninguém abusa da minha boa vontade contra a minha vontade, então relaxe. Agora, quanto ao seu paciente, você disse que queria garantir os "direitos" dele. Estava esperando que eu a ajudasse?

— Olha... Ben disse... Ben parecia achar que você ajudaria.

— Ben não fala por mim. Não estou interessado nos supostos direitos desse rapaz. Sua reivindicação sobre Marte é conversa fiada de advogado;

como advogado, eu mesmo não preciso respeitá-la. Quanto à riqueza que supostamente pertence a ele, a situação resulta das paixões de outras pessoas e dos nossos costumes tribais estranhos, ele não conquistou nada dela. Seria sorte dele se lhe tomassem tudo com fraudes e trapaças, mas eu nem olharia um jornal para descobrir. Se Ben esperava que eu lutasse pelos "direitos" de Smith, você veio à casa errada.

– Ah. – Jill se sentiu desamparada. – Acho melhor eu preparar nossa partida.

– Ah, não! A não ser que você assim deseje.

– Mas você disse...

– Eu disse que não estava interessado em ficções legais. Só que um convidado sob o meu teto é outra questão. Ele pode ficar, se preferir. Eu só queria deixar claro que não tenho intenção de me meter com política para promover noções românticas que você ou Ben Caxton possam ter. Minha querida, um dia eu já pensei que estava servindo à humanidade... E me deleitava com essa ideia. Porém, descobri que a humanidade não quer ser servida; pelo contrário, ela se ressente de qualquer tentativa de serviço. Então agora eu faço o que agradar a Jubal Harshaw. – Ele deu as costas. – Hora da janta, não é, Dorcas? Tem alguém preparando alguma coisa?

– Miriam. – Dorcas pousou o bordado e se levantou.

– Nunca descobri como essas meninas dividem as tarefas.

– E como você poderia, chefe? Somos nós que fazemos todo o trabalho. – Dorcas lhe deu tapinhas amistosos na barriga. – Mas você nunca perde nenhuma das refeições.

Um gongo soou, e eles foram comer. Se Miriam tinha preparado o jantar, o fizera com todas as conveniências modernas; estava sentada ao pé da mesa parecendo tranquila e bela. Além das secretárias, havia um homem um pouco mais velho que Larry chamado Duke, que tratava Jill como se ela sempre tivesse vivido ali. O serviço ficava por conta de máquinas não androides, controladas do lado de Miriam da mesa. A comida era excelente e, até onde Jill poderia saber, nada dela era sintética.

Porém, a refeição não estava agradando a Harshaw. Ele reclamou que a faca estava cega, que a carne estava dura; acusou Miriam de servir sobras. Ninguém parecia estar escutando, só que Jill estava se sentindo constrangida por Miriam quando Anne pousou o garfo.

– Ele mencionou a comida da mãe dele – afirmou ela.

– Está começando a achar que é o chefe de novo – concordou Dorcas.

– Quanto tempo desde a última vez?

– Uns dez dias.

– Tempo demais. – Anne olhou para Dorcas e Miriam e as três se levantaram. Duke continuou comendo.

– Garotas, não durante uma refeição! – exclamou Harshaw apressadamente. – Esperem até... – O trio foi até ele; uma máquina saiu do caminho. Anne agarrou os pés dele, as outras pegaram um braço cada. Portas francesas foram abertas e Harshaw foi carregado para fora, guinchando.

Os guinchos terminaram num *splash*.

As mulheres voltaram, nem um pouco amarrotadas. Miriam se sentou e se virou para Jill.

– Mais salada?

Harshaw reapareceu de pijama e robe, em vez de um paletó. Uma máquina tinha coberto seu prato quando ele fora arrastado; após o descobrir, Harshaw continuou comendo.

– Como eu estava dizendo... – comentou Harshaw. – Uma mulher que não sabe cozinhar é um desperdício como ser humano. Se eu não for servido agora, vou trocar vocês todas por um cachorro e atirar no cachorro. Qual é a sobremesa, Miriam?

– Tarteletes de morango.

– Ah, aí sim. Suas sentenças estão suspensas até quarta-feira.

Depois do jantar, Jill foi à sala de estar com a intenção de assistir às notícias na estereovisão, ansiosa pra descobrir se seria citada. Não encontrou um aparelho, nem nada que pudesse esconder um. Pensando bem, ela não lembrava ter visto um. Nem quaisquer jornais, ainda que houvesse muitos livros e revistas.

Ninguém se juntou a ela. Jill começou a se perguntar que horas seriam. Tinha deixado o relógio no quarto, então procurou um pela sala. Não achou nada, então vasculhou sua memória e recordou não ter visto nenhum relógio ou calendário em nenhum dos aposentos onde estivera. Decidiu então que seria melhor ir para a cama; achou uma fita de *Histórias assim*, de Kipling, e a levou feliz para o andar de cima.

A cama em seu quarto era tão moderna quanto possível, com automassagem, máquina de café, controle climático, máquina de leitura etc.; mas o circuito de alarme estava ausente. Jill decidiu que provavelmente não dormiria demais, deitou-se, instalou a fita na máquina de leitura, deitou-se e leu as palavras que corriam pelo teto. Até que o controle caiu de seus dedos relaxados, as luzes se apagaram e ela dormiu.

Jubal Harshaw não conseguiu adormecer tão facilmente; estava irritado consigo mesmo. Seu interesse tinha esfriado, e a reação se instalara. Cinquenta anos atrás ele fizera um poderoso juramento de que nunca mais adotaria outro gato vira-lata; e agora, que Deus o perdoasse, pelas múltiplas tetas de Vênus Generatrix, ele tinha pegado dois de uma vez... não, três, se ele contasse Caxton.

Ele não se aborrecia de ter quebrado esse juramento mais vezes do que a quantidade de anos que se passaram; Harshaw não se deixava amarrar pela consistência. Também não se incomodava em ter mais dois dependentes debaixo do seu teto; economizar centavos não era coisa dele. Em quase um século de uma vida levada com gosto e vigor, ele esteve falido muitas vezes, e frequentemente fora mais rico do que era agora; considerava ambos como variações no clima, e nunca contara seus trocados.

Mas o bafafá que certamente aconteceria quando os homens alcançassem essas crianças o desagradava. Considerava certo que eles alcançariam; aquela criança ingênua da Gillian deixaria uma trilha como a de uma vaca manca!

E, consequentemente, pessoas invadiriam seu santuário, fazendo perguntas, listando exigências... e Jubal teria que tomar decisões e agir. Estava convencido de que toda ação era fútil, portanto tal possibilidade o irritava.

Não esperava uma conduta razoável dos seres humanos. A maioria das pessoas era candidata à interdição e à internação. Ele só queria que elas o deixassem em paz! – todas menos aquelas poucas que ele escolhia como companheiras de brincadeiras. Harshaw estava convencido de que, se pudesse ter ficado sozinho, já teria alcançado o nirvana há muito... mergulhado no próprio umbigo e desaparecido de vista, como aqueles camaradas hindus. Por que eles não podiam deixar um homem *em paz?*

Por volta da meia-noite, Harshaw apagou seu vigésimo sétimo cigarro e se sentou; as luzes se acenderam.

– À frente! – gritou ele no microfone.

Dorcas apareceu, vestindo robe e chinelos.

– Sim, chefe? – indagou ela, depois de bocejar.

– Dorcas, pelos últimos vinte ou trinta anos eu não fui nada além de um parasita imprestável.

Ela bocejou de novo.

— Todo mundo sabe disso.

— Esqueça os elogios. Chega uma hora na vida de todo homem em que ele precisa deixar de ser sensato, uma hora em que ele precisa ter coragem e assumir suas responsabilidades, dar um golpe em nome da liberdade, castigar o iníquo.

— Humm...

— Então pare de bocejar, chegou a hora.

Dorcas olhou para baixo.

— Talvez seja melhor eu me vestir.

— Sim. Acorde as outras meninas também, vamos ter muita coisa para fazer. Jogue um balde d'água em Duke e mande ele tirar a poeira da máquina de falação e colocá-la para funcionar no escritório. Quero as notícias.

— Você quer *estereovisão*? — exclamou Dorcas, parecendo espantada.

— Você me escutou. Diga a Duke que, se o troço estiver quebrado, é para ele escolher uma direção e sair andando. Agora vá; vamos ter uma noite movimentada.

— Tudo bem — concordou Dorcas. — Mas eu devia tirar sua temperatura primeiro.

— Paz, mulher!

Duke instalou o aparelho a tempo de permitir que Harshaw assistisse a uma reprise da segunda entrevista falsa com o "Homem de Marte". O comentário incluía um rumor sobre a mudança de Smith para os Andes. Jubal somou dois mais dois, e a seguir passou o resto da madrugada telefonando para pessoas. Ao amanhecer, Dorcas lhe trouxe o café da manhã, seis ovos batidos com conhaque. Ele os sorveu enquanto refletia que a única vantagem de uma vida longa era que, no fim, você já conhecia quase todo mundo importante; e podia ligar para eles num toque.

Harshaw tinha preparado uma bomba, só que não pretendia ativá-la até que os donos do poder o obrigassem. Percebeu que o governo poderia arrastar Smith de volta ao cativeiro com a justificativa de que ele era incompetente. Sua impressão imediata era de que Smith era legalmente insano e, do ponto de vista médico, psicopata sob todos os padrões normais, a vítima de uma psicose situacional dupla de extensão única e monumental, primeiro por ter sido criado por não humanos, segundo por ter sido atirado numa outra sociedade alienígena.

Porém, ele considerava tanto a noção legal de sanidade quanto a noção médica de psicose como irrelevantes. Este animal humano tinha passado por uma adaptação profunda e aparentemente bem-sucedida à sociedade não humana, mas como uma criança maleável. Será que agora poderia, como um adulto com hábitos formados e pensamento canalizado, efetuar uma nova adaptação igualmente radical e muito mais difícil para um adulto? Dr. Harshaw pretendia descobrir; era a primeira vez em décadas que ele sentia interesse real pela prática da medicina.

Além disso, ele se sentia ouriçado com a ideia de provocar os donos do poder. Tinha mais que sua dose daquele traço de anarquia que era o direito de nascença de todos os americanos; enfrentar o governo planetário o enchia de um vigor mais impetuoso do que ele tinha sentido em uma geração.

CAPÍTULO XI

Ao redor de uma estrela menor do tipo G, na periferia de uma galáxia de tamanho médio, planetas giravam como tinham girado por bilhões de anos, sob influência de uma lei do quadrado inverso modificada que moldava o espaço. Quatro eram grandes o bastante, enquanto planetas, para serem perceptíveis; o resto não passava de pedregulhos, escondidos nas saias flamejantes da estrela ou perdidos na imensidão de trevas do espaço. Todos, como é sempre o caso, estavam infectados com aquela excêntrica forma de entropia distorcida chamada vida. No terceiro e quarto planetas, a temperatura da superfície variava ao redor do ponto de congelamento do monóxido de hidrogênio. Consequentemente, tinham desenvolvido formas de vida suficientemente similares para permitir um grau de contato social.

No quarto pedregulho, os marcianos ancestrais não foram perturbados pelo contato com a Terra. Ninfas quicavam alegremente pela superfície, aprendendo a viver, oito em cada nove delas morrendo no processo. Marcianos adultos, enormemente diferentes das ninfas em corpo e mente, amontoavam-se em cidades feéricas e graciosas, e se mantinham tão calados quanto as ninfas eram ruidosas. Porém, estavam ainda mais ocupados e levavam uma rica vida mental.

Os adultos não estavam livres de trabalho no senso humano; tinham um planeta a supervisionar. Precisavam dizer às plantas quando e onde brotar. Tinham que reunir, apreciar e fertilizar aquelas ninfas aprovadas no período de aprendizado por terem sobrevivido. Necessitavam apreciar e contemplar os ovos resultantes para que fossem encorajados a amadurecer de forma apropriada. Precisavam persuadir as ninfas consumadas a abandonar as coisas infantis e metamorfoseá-las em adultos. Tudo isso precisava ser feito, mas a "vida" em Marte não se resumia a tais tarefas, assim como passear duas vezes por dia com o cachorro não resume a "vida" de um homem que preside uma multinacional global entre os dois passeios... mesmo que, para um ser de Arcturus III, esses passeios possam parecer a atividade mais significativa do empresário, como escravo do cachorro.

Marcianos e humanos são duas formas de vida sencientes, mas seguiram em direções vastamente diferentes. Todo comportamento humano, todas as motivações humanas, todos os medos e esperanças do homem eram coloridos e controlados pelo trágico e estranhamente belo padrão de reprodução da humanidade. O mesmo era verdade em Marte, mas num corolário espelhado. Marte tinha o eficiente padrão bipolar tão comum naquela galáxia, mas os marcianos o tinham numa forma tão diferente da terrestre, que aquilo teria sido "sexo" apenas para um biólogo, e enfaticamente não teria sido "sexo" para um psiquiatra humano. Ninfas marcianas eram fêmeas, todos os adultos eram machos.

Porém, apenas em função, não em psicologia. A polaridade homem-mulher que controlava as vidas humanas não existia em Marte. Não existia possibilidade de "casamento". Adultos eram enormes, fazendo os primeiros humanos que os viram se lembrarem de naus quebra-gelo com velas infladas; eram fisicamente passivos, mentalmente ativos. Ninfas eram esferas gordas e peludas, cheias de movimento e energia sem consideração. A bipolaridade humana era tanto força unificadora quanto energia motriz para todo comportamento humano, dos sonetos às equações nucleares. Se houver qualquer criatura achando que os psicólogos humanos exageram ao afirmar tal coisa, deixe que vasculhe os escritórios de patentes, bibliotecas e galerias de arte da Terra atrás das criações dos eunucos.

Marte, essencialmente diferente da Terra, prestara pouca atenção à *Envoy* e à *Champion*. Os eventos eram recentes demais para serem significantes; se os marcianos usassem jornais, uma edição por século terráqueo seria suficiente. Contato com outras raças não era nenhuma novidade para os marcianos; já acontecera antes, aconteceria de novo. Quando uma nova raça era completamente grokada, então (em um milênio terráqueo, mais ou menos) chegava a hora de agir, se necessário.

Em Marte, o evento de importância corrente era de natureza diferente. Os Anciãos desencarnados tinham decidido quase distraidamente mandar o filhote humano para grokar o que pudesse do terceiro planeta, voltando em seguida sua atenção a assuntos sérios. Pouco antes, por volta da época do imperador terráqueo César Augusto, um artista marciano estivera compondo uma obra de arte. Poderia ter sido chamada de poema, composição musical ou tratado filosófico; era uma série de emoções organizadas numa necessidade trágica e lógica. Considerando que só poderia ser experimentada por um ser humano no senso em que um homem cego de nascença poderia compreender uma explicação do pôr do sol, a categoria à qual a obra seria designada não é importante. A parte importante era que o artista tinha desencarnado acidentalmente antes de terminar sua obra-prima.

A desencarnação inesperada era rara em Marte, o gosto marciano nesses assuntos pedia que a vida fosse um todo bem-acabado, com a morte física ocorrendo no instante escolhido apropriado. Este artista, porém, tinha ficado tão concentrado no trabalho que se esqueceu de entrar para escapar do frio; quando sua falta foi percebida, seu corpo mal estava em condições de ser comido. Ele não notara a desencarnação e continuou compondo sua sequência.

A arte marciana era dividida em duas categorias: aquela criada por adultos vivos, vigorosa, frequentemente radical, e primitiva; e aquela dos Anciãos, geralmente conservadora, extremamente complexa e da qual se exigia um nível técnico muito mais elevado. Os dois tipos eram julgados separadamente.

Por quais padrões deveria esta obra ser julgada? Ela fazia a ponte entre encarnada e desencarnada; sua forma final tinha sido desenvolvida por um Ancião, porém o artista, com o distanciamento de todos os artistas por toda parte, não tinha notado a mudança em seu status e continuara trabalhando como se encarnado. Seria aquele um novo tipo de arte? Seria possível que mais obras assim poderiam ser produzidas pela desencarnação inesperada de artistas enquanto trabalhavam? Os Anciãos vinham discutindo as excitantes possibilidades numa harmonia ruminante há séculos, e todos os marcianos encarnados aguardavam ansiosos pelo veredicto.

A questão era de interesse maior porque a obra era de arte religiosa (no sentido terráqueo) e fortemente emocional: descrevia o contato entre a raça marciana e o povo do quinto planeta, um evento que acontecera havia muito, mas ainda era vivo e importante aos marcianos da mesma forma que uma certa morte por crucificação permanecia viva e importante para os seres humanos depois de dois milênios terráqueos. A raça marciana tinha encontrado o povo do quinto planeta, grokado-os completamente e então agido; ruínas de asteroides eram tudo que restava, exceto que os marcianos continuavam a apreciar e elogiar o povo que tinham destruído. Esta nova obra de arte era uma de muitas tentativas de grokar toda aquela bela experiência em toda sua complexidade num só *opus*. Entretanto, antes que ela pudesse ser julgada, era necessário grokar como julgá-la.

Tratava-se de um lindo problema.

No terceiro planeta, Valentine Michael Smith não estava preocupado com essa questão palpitante; nunca tinha ouvido falar nela. Seu guardião marciano e os irmãos de água dele não zombavam de Smith com assuntos que ele não poderia entender. Smith sabia da destruição do quinto planeta assim como qualquer escolar humano aprende sobre Troia e Colombo, mas ele não tinha sido exposto à arte que não poderia grokar. Sua educação fora única, enormemente maior que a de seus irmãos de ninho, enormemente menor que aquela de um adulto; seu guardião e os conselheiros dele dentre os Anciãos tinham assumido um interesse passageiro em descobrir o quanto e que tipo de coisa este filhote alienígena poderia aprender. Os resultados tinham lhes ensinado mais sobre a raça humana do que a própria raça já tinha aprendido sobre si mesma, pois Smith tinha grokado prontamente coisas que nenhum outro ser humano jamais aprendera.

No presente momento, Smith estava curtindo a vida. Tinha conquistado um novo irmão de água em Jubal, tinha feito muitos novos amigos e se deleitava com novas experiências em quantidades tão caleidoscópicas que não tivera tempo para groká-las, só podia arquivá-las para serem revividas com mais calma.

Seu irmão Jubal lhe disse que ele poderia grokar este belo e estranho lugar mais facilmente se aprendesse a ler, então Smith tirou um dia para fazê-lo, com Jill apontando palavras e as pronunciando. O aprendizado tinha significado ficar fora da piscina naquele dia, o que era um grande sacrifício, pois nadar (uma vez que ele conseguiu enfiar na cabeça que era *permitido*) não era só um deleite, mas um êxtase religioso quase insuportável. Se Jill e Jubal não mandassem, ele jamais sairia da piscina.

Como não tinha permissão de nadar à noite, ele lia a madrugada inteira. Estava voando pela *Enciclopédia Britânica* e provando amostras das bibliotecas de direito e medicina de Jubal como sobremesa. Seu irmão Jubal o viu folheando um dos livros, então parou e o interrogou sobre o que tinha lido. Smith respondeu com cuidado, pois aquilo o lembrava dos testes aos quais os Anciãos o submetiam. Seu irmão pareceu ficar chateado com as respostas, e Smith sentiu necessidade de entrar em meditação; tinha certeza de que respondera com as palavras do livro, mesmo que não as grokasse em nenhum aspecto.

Porém, Smith preferia a piscina aos livros, especialmente quando Jill e Miriam e Larry e o resto ficavam jogando água uns nos outros. Não aprendeu a nadar imediatamente, mas descobriu que era capaz de fazer algo que os outros não conseguiam. Foi até o fundo e ficou lá, imerso em êxtase, e consequentemente seus amigos o carregaram para fora com tamanha agitação que Smith quase foi forçado a se retrair, se não tivesse ficado claro que eles estavam preocupados com seu bem-estar.

Mais tarde, Smith demonstrou o feito a Jubal, ficando no fundo um tempo delicioso, e tentou ensinar ao irmão Jill, mas ela ficou perturbada e ele desistiu. Foi a primeira vez que Smith entendeu que havia coisas que ele poderia fazer e seus novos amigos não. Pensou nisso por um longo tempo, tentando grokar sua plenitude.

* * *

Smith estava feliz; Harshaw, não. Continuou com a vagabundagem de sempre, misturada com a observação casual do seu animal de laboratório. Não desenvolveu nenhum cronograma para Smith, nenhum currículo de estudo nem exames físicos, deixando o rapaz correr livre, como um cachorrinho num rancho. O pouco de supervisão que Smith recebia vinha de Gillian; mais do que seria suficiente, na opinião ranzinza de Jubal. Ele via com maus olhos a criação de homens por mulheres.

Entretanto, Gillian fez pouco mais que treinar Smith em comportamento social. Ele comia à mesa agora, vestia a si mesmo (ou pelo menos Jubal pensava que sim; fez nota de perguntar a Jill se ela ainda o ajudava); se conformou aos costumes informais da casa e lidava com novas experiências num esquema "macaco de imitação". Smith iniciou sua primeira refeição à mesa usando apenas uma colher, e Jill cortou sua carne. Pelo fim do almoço, ele estava tentando comer como os outros comiam. Na refeição seguinte, suas maneiras eram uma imitação precisa das de Jill, incluindo maneirismos supérfluos.

Nem a descoberta de que Smith tinha se ensinado a ler com a velocidade de um scanner eletrônico e parecia ter memória absoluta de tudo que lia tentou Jubal a transformar seu hóspede num "projeto", com controles, medidas e uma curva de progresso. Harshaw tinha a humildade arrogante de um homem que aprendera tanto a ponto de se tornar ciente da própria ignorância; não via sentido em "medidas" quando não sabia o que estaria medindo.

Porém, por mais que Harshaw gostasse de observar este animal único se desenvolvendo numa cópia mimética de um ser humano, seu prazer não lhe garantia nenhuma felicidade.

Assim como o secretário-geral Douglas, Harshaw estava esperando o inevitável.

Após ter sido coagido à ação por esperar que algo fosse acontecer contra si, Harshaw se irritava com o fato de que nada tinha acontecido. Diabos, será que os policiais da Federação eram tão burros a ponto de não conseguir rastrear uma garota simplória arrastando um homem inconsciente pelo interior? Ou será que eles seguiram o rastro dela até ali, e agora mantinham sua propriedade sob tocaia? A ideia era de enfurecer; a possibilidade do governo estar espiando sua casa, seu castelo, era tão repulsiva quanto a de ter sua correspondência aberta.

E eles poderiam estar fazendo isso também! Governo! Três quartos de parasitagem, e o resto não passava de trapalhadas burras. Ah, Harshaw admitia que o homem, um animal social, não podia evitar os governos, tanto quanto um indivíduo não teria como escapar da servidão às próprias entranhas. Mesmo assim, o simples fato de um mal ser inescapável não era razão para dizer que ele era "bom". Desejou que o governo fosse passear e se perdesse!

Era possível, até mesmo provável, que Douglas e seus capangas soubessem onde o Homem de Marte se escondia, e que escolhessem deixar tudo como estava.

Se fosse o caso, por quanto tempo isso duraria? E por quanto tempo Jubal poderia manter sua "bomba" armada e pronta?

E onde diabos estava aquele moleque idiota do Ben Caxton?

* * *

Jill Boardman o forçou a sair de seu devaneio espiritual improdutivo.
— Jubal?
— Hein? Ah, é você, moça bonita. Desculpe-me, eu estava absorto. Sente-se. Quer um drinque?
— Hum, não, obrigada. Jubal, estou preocupada.
— Normal. Aquele foi um lindo mergulho de cabeça. Vamos ver outro igual.
Jill mordeu o lábio, parecendo ter doze anos.
— Jubal! Por favor, escute! Estou terrivelmente preocupada.
Ele suspirou.
— Nesse caso, é melhor você se secar. A brisa está fria.
— Estou suficientemente aquecida. Hã, Jubal? Estaria tudo bem se eu deixasse Mike aqui?
Harshaw piscou.
— Certamente. As meninas cuidarão dele, não dará trabalho nenhum. Você está de partida?
Ela desviou o olhar.
— Sim.
— Humm... você é bem-vinda aqui. Mas também pode ir embora sem problemas, quando bem quiser.
— Hein? Mas, Jubal, eu não *quero*!
— Então não vá.
— Mas eu *preciso*!
— Vamos repassar essa parte. Não entendi direito.
— Você não *entende*, Jubal? Eu gosto daqui, você foi maravilhoso para nós dois! Mas eu não posso ficar. Não enquanto Ben estiver sumido. Eu *tenho* que procurar por ele.
Harshaw soltou um palavrão, acrescentando:
— Como você planeja procurar por ele?
— Não sei — respondeu Jill, franzindo o cenho. — Só sei que não posso ficar por aí, descansando e nadando, enquanto Ben está desaparecido.
— Gillian, Ben é um rapaz crescido. Você não é a mãe dele, nem a esposa. Não tem nenhuma obrigação de sair procurando por ele, tem?
Jill revirou um dedão do pé na grama.
— Não — admitiu. — Eu não tinha nada de sério com Ben. É só que eu sei... se *eu* tivesse sumido... Ben procuraria por mim até me achar. Então *eu* tenho que ir atrás *dele*!

Jubal sussurrou uma maldição contra todos os deuses envolvidos na insensatez da raça humana.

– Muito bem, vamos colocar um pouco de lógica nessa questão. Você planeja contratar detetives?

Jill parecia infeliz.

– Imagino que seja o melhor jeito. Hum, eu nunca contratei um detetive. Eles são caros?

– Deveras.

Jill engoliu seco.

– Eles me deixariam pagar, hum, em parcelas mensais?

– Dinheiro adiantado é a forma de pagamento preferida deles. Tire essa tristeza do rosto, menina; levantei essa questão para dispensá-la. Já contratei o melhor dos detetives para tentar encontrar Ben. Você não precisará botar seu futuro no prego para contratar o segundo melhor.

– Você não me contou!

– Não havia necessidade.

– Mas, Jubal, o que eles descobriram?

– Nada – admitiu ele. – Então não havia necessidade de deprimir você contando. – Jubal fez uma careta. – Eu achava que você estava se estressando desnecessariamente com a situação de Ben; tinha presumido a mesma coisa que o assistente dele, o tal de Kilgallen, que Ben tinha saído farejando alguma trilha e reapareceria depois que tivesse apurado a história. – Ele suspirou. – Agora não penso mais assim. Aquele palerma do Kilgallen até tem uma mensagem arquivada dizendo que Ben passaria um tempo fora; meu detetive viu, conseguiu tirar uma foto e conferiu. A mensagem foi mandada.

Jill parecia confusa.

– Por que Ben não me mandou uma mensagem, também? Não é típico dele. Ben é muito atencioso.

Jubal reprimiu um grunhido.

– Use a cabeça, Gillian. Só porque um pacote tem escrito "cigarros" não quer dizer que ele contenha cigarros. Você chegou aqui na sexta, os códigos de envio no fax mostram que ele foi mandado da Filadélfia, da plataforma de pouso da estação Paoli, às dez e meia da manhã do dia anterior: 10h30, quinta-feira. Foi transmitida e recebida imediatamente, o escritório de Ben tem um aparelho de fax particular. Muito bem, *você* explique para *mim* por que Ben mandou um fax ao próprio escritório, durante horário comercial, em vez de telefonar?

— Ora, não acho que ele faria isso. Pelo menos eu não. O telefone é o método normal...

— Você não é Ben. Consigo pensar em uma dúzia de motivos para um homem no ramo de Ben fazer isso. Para evitar problemas de ruído. Para garantir um registro nos arquivos da I.T.&T. com fins legais. Para mandar uma mensagem com atraso programado. Muitos motivos. Kilgallen não viu nada de estranho, e o fato de Ben arcar com o custo de uma máquina de fax em seu escritório demonstra que ele a usa.

Jubal continuou:

— Entretanto, aquela mensagem colocava Ben na estação Paoli às 10h34 de quinta-feira. Jill, ela não foi mandada de lá.

— Mas...

— Um momento. Mensagens são entregues pessoalmente ou por telefone. Quando são entregues direto no balcão, o cliente pode transmitir a própria caligrafia e a assinatura... Porém, se são ditadas por telefone, precisam ser datilografadas antes de serem inseridas na máquina.

— Sim, é claro.

— Isso não lhe sugere nada, Jill?

— Hã... Jubal, estou tão preocupada que não consigo pensar.

— Chega desse drama; isso também não teria me sugerido nada. Mas o profissional que está trabalhando para mim é um sujeito sorrateiro; foi até Paoli com um fax falsificado a partir da foto que tirou debaixo do nariz de Kilgallen, e com credenciais que faziam parecer que ele era "Osbert Kilgallen", o destinatário. Então, com seus modos paternais e rosto sincero, convenceu uma mocinha a lhe contar coisas que só poderia ter revelado sob mandado judicial, um ato muito feio. Geralmente ela não se lembraria de uma mensagem dentre centenas; entram pelos seus ouvidos, saem pelas pontas dos dedos e somem, exceto pelos microfilmes arquivados. Porém, esta moça era uma das fãs de Ben e lia suas colunas todas as noites, um vício horrendo. — Jubal piscou os olhos. — *À frente!*

Anne apareceu, pingando.

— Me lembre — pediu Jubal a ela — de escrever um artigo sobre a leitura compulsiva de jornais. O tema será que a maioria das neuroses pode ser ligada ao hábito nocivo de chafurdar nos problemas de 5 bilhões de estranhos. O título será "Fofoca ilimitada"; não, melhor chamar de "Fofoca descontrolada".

— Chefe, você está ficando mórbido.

— Eu não, todo mundo. Cuide para que eu escreva semana que vem. Agora suma, estou ocupado. — Ele se virou para Gillian. — Ela tinha notado o nome de Ben, empolgada em estar falando com um de seus heróis... mas ficou chateada porque Ben não pagou pela transmissão de vídeo além de voz. Ah, ela se lembrou... e lembrou que o serviço foi pago em dinheiro numa cabine pública, em Washington.

— Em Washington? — repetiu Jill. — Por que Ben ligaria de...

— É claro — concordou Jubal, rabugento. — Se ele estava numa cabine em Washington, poderia ter voz e visão para falar com seu assistente de forma mais barata, fácil e rápida que telefonar para mandar uma mensagem de *volta* a Washington a 160 quilômetros de distância. Não faz sentido. Ou faz, sob um certo ponto de vista. Foi um estratagema. Ben está tão acostumado a usar estratagemas quanto uma noiva a dar beijos. Ele não se tornou o melhor fofoqueiro do ramo jogando com cartas à mostra.

— Ben não é um fofoqueiro, é um comentarista político!

— Me desculpe, sou daltônico para essas distinções. Ele poderia ter pensado que seu telefone estava grampeado, mas a máquina de fax não. Ou suspeitou que ambos estariam grampeados e usou esse método complicado para convencer quem quer que estivesse escutando que ele estava fora e não voltaria tão cedo. — Jubal franziu o cenho. — Neste caso, nós não lhe faríamos favor algum ao encontrá-lo. Poderíamos até colocar sua vida em risco.

— Jubal, não!

— Jubal, sim! — retrucou ele, cansado. — Aquele rapaz anda na corda bamba sem rede de proteção, foi assim que construiu sua reputação. Jill, Ben nunca enfrentou uma história tão perigosa. Se ele desapareceu voluntariamente... você quer chamar atenção ao fato? Kilgallen está dando cobertura, a coluna de Ben aparece todo dia. Tomei o cuidado de verificar.

— Colunas enlatadas!

— É claro. Ou talvez Kilgallen esteja escrevendo. De qualquer maneira, Ben Caxton oficialmente ainda está no seu palanque. Talvez ele tenha planejado tudo isso, minha querida, por que estava em tamanho perigo que não ousou entrar em contato nem com você. Então?

Gillian cobriu o rosto com as mãos.

— Jubal... Eu não sei o que fazer!

— Pare com isso! — retrucou ele rispidamente. — O pior que pode acontecer a ele é morrer... é o que aguarda a todos nós, seja em questão de dias, semanas ou anos. Converse com Mike. Ele considera a "desencarnação" algo menos assustador que uma bronca. Ora, se eu dissesse a Mike que iríamos assá-lo para o jantar, ele me agradeceria pela honra, com a voz embargada de gratidão.

– Eu sei – concordou Jill com voz vacilante. – Mas não compartilho da atitude filosófica dele.

– Nem eu – admitiu Harshaw alegremente. – Mas estou começando a entender, e é uma atitude consoladora para um homem da minha idade. Uma capacidade de se deleitar com o inevitável... Ora, vim praticando isso minha vida inteira. Mas esta criança, que mal tem idade para votar e é simplório demais para sair da frente das carroças, me convenceu de que eu cheguei apenas ao jardim de infância. Jill, você me perguntou se Mike era bem-vindo. Minha filha, quero manter o menino aqui até descobrir o que ele sabe e eu não sei! Essa coisa de "desencarnação"... Não se trata do desejo de morte freudiano, nada daquela conversa de "até mesmo o rio mais cansado"... Parece mais o "alegre vivi e alegremente morri, fui deitar-me deixando um legado" de Stevenson! Suspeito que Stevenson estivesse apenas fingindo coragem, ou gozando a euforia da tuberculose, mas Mike está quase me convencendo de que realmente sabe do que fala.

– Eu não sei – respondeu Jill inexpressiva. – Estou apenas preocupada com Ben.

– Eu também estou – concordou Jubal. – Jill, não acho que Ben esteja se escondendo.

– Mas você disse que...

– Desculpa. Meus bisbilhoteiros não se limitaram ao escritório de Ben e à estação Paoli. Na manhã de quinta, Ben esteve no Centro Médico Bethesda com um advogado e uma testemunha imparcial, James Oliver Cavendish, no caso de você acompanhar essas coisas.

– Não acompanho, lamento.

– Não importa. O fato de Ben ter chamado Cavendish demonstra sua seriedade; você não caça coelhos com armas para elefantes. Eles foram levados para ver o "Homem de Marte"...

Jill arfou, espantada.

– Isso é impossível!

– Jill, você está contestando uma testemunha imparcial... e não é qualquer testemunha imparcial. Se Cavendish diz que foi assim, então é a palavra de Deus.

— Não dou a mínima se ele é um dos doze apóstolos! Não esteve no meu andar na manhã da última quinta!

— Você não me ouviu. Não disse que eles foram levados para ver Mike, disse que foram levados ao "Homem de Marte". O falso, obviamente, aquele camarada que eles estereovisionaram.

— Ah, é claro. E Ben os pegou no flagra!

Jubal parecia atormentado.

— Garotinha, Ben não os pegou. Mesmo Cavendish não flagrou, ou pelo menos ele não o diz. Você sabe como as testemunhas imparciais se comportam.

— Bem... não, não sei. Nunca estive com uma.

— Sério? *Anne!*

Anne estava no trampolim, virou-se para eles.

— Aquela casa no alto do morro – gritou Jubal. – Você consegue ver de que cor eles pintaram?

Anne olhou a casa.

— É branca deste lado – respondeu.

Jubal se virou de volta a Jill.

— Viu só? Não passa pela cabeça de Anne deduzir que o outro lado da casa é branco também. Nem existe neste mundo força capaz de obrigá-la a se comprometer, a não ser que ela fosse até lá e olhasse. E, mesmo assim, ela não presumiria que a casa continuaria branca depois que ela voltasse.

— *Anne* é uma testemunha imparcial?

— Graduada, com licença ilimitada, admissível a testemunhar perante o Supremo Tribunal. Pergunte a ela algum dia por que ela desistiu do atendimento ao público. Mas não planeje mais nada nesse dia; a desgraçada vai recitar toda a verdade e nada mais que a verdade, o que leva tempo. Voltando ao sr. Cavendish; Ben o contratou para testemunho aberto, divulgação completa, sem gozo de privacidade. Então, quando Cavendish foi interrogado, ele respondeu, em detalhes tediosos. A parte interessante é o que ele *não* diz. Nunca declara que o homem que eles viram *não* era o Homem de Marte... mas nem uma única palavra indica que Cavendish tenha aceitado o sujeito como sendo o Homem de Marte. Se você conhecesse Cavendish, isso seria conclusivo. Se Cavendish tivesse visto Mike, teria relatado o encontro com tamanha exatidão que você e eu *saberíamos* que ele tinha visto Mike. Por exemplo, Cavendish relatou o formato das orelhas do sujeito... e não corresponde às orelhas de Mike. Ou seja, como queríamos demonstrar, eles viram um farsante. Cavendish sabe disso, mesmo que seja profissionalmente impedido de dar opiniões.

— Eu lhe disse. Eles nunca passaram perto do meu andar.

— Só que isso nos diz mais ainda. Isso ocorreu horas antes de você executar sua fuga da prisão; Cavendish afirma que eles chegaram ao farsante às 9h14 da manhã de quinta. Então o governo tinha Mike no bolso nesse momento; poderiam ter exibido Mike. Porém, correram o risco de oferecer um farsante à testemunha imparcial mais conhecida do país. Por quê?

— Você está perguntando a mim? — indagou Jill. — Eu não sei. Ben me disse que pretendia perguntar a Mike se ele queria deixar o hospital, e ajudá-lo se ele dissesse sim.

— O que Ben tentou, com o farsante.

— E daí? Mas, Jubal, eles não poderiam ter sabido o que Ben queria fazer... E, de qualquer maneira, Mike não teria saído com Ben.

— Ele saiu com você mais tarde.

— Sim, mas eu era o "irmão de água" dele, assim como você é agora. Ele tem essa ideia maluca de que pode confiar em qualquer pessoa com quem tenha compartilhado um copo de água. Com um "irmão de água" ele é dócil... com qualquer outra pessoa, é teimoso como uma mula. Ben não poderia ter convencido Mike. — Então ela acrescentou: — Pelo menos era assim que ele agia semana passada. Está mudando incrivelmente rápido.

— Está mesmo. Rápido demais, talvez. Nunca vi tecido muscular se desenvolver tão rápido. Deixe isso para lá e voltemos a Ben; Cavendish relata que Ben deixou ele e o advogado, um camarada chamado Frisby, às 9h31, e Ben ficou com o táxi. Uma hora depois ele, ou alguém dizendo ser Ben, telefonou para a estação Paoli para mandar aquela mensagem.

— Você não acha que foi Ben?

— Não, não acho. Cavendish relatou o número do táxi, e os meus espiões tentaram dar uma olhada na fita de corridas diárias. Se Ben usou o cartão de crédito, o número apareceria na fita; mas, mesmo que tivesse inserido moedas no taxímetro, a fita mostraria os lugares onde o táxi esteve.

— E então?

Jubal encolheu os ombros.

— Os registros afirmam que o táxi estava no conserto e que não foi usado na quinta-feira de manhã. Assim, ou uma testemunha imparcial se lembrou erroneamente do número do táxi, ou alguém adulterou o registro. — Ele acrescentou: – Talvez um júri pudesse decidir que até uma testemunha imparcial é capaz de ler errado um número, especialmente se não tivessem lhe pedido para lembrar-se dele; só que *eu* não acredito nisso, não quando essa testemunha é James Oliver Cavendish. Se ele não tivesse certeza, seu relatório não mencionaria o número.

Harshaw fez uma careta.

– Jill, você está me obrigando a enfiar o nariz nesse assunto, e eu não gosto nada disso! Certo, por mais que Ben pudesse ter mandado a mensagem, é muito mais improvável que ele tenha adulterado o registro do táxi... e ainda menos crível que ele tivesse motivo para fazê-lo. Ben foi a algum lugar, e alguém com acesso aos registros de um transporte público teve um trabalhão para esconder onde ele foi parar... e mandou uma mensagem falsa para evitar que alguém percebesse que ele tinha desaparecido.

–"Desaparecido"! Sequestrado, você quer dizer!

– Calma, Jill. "Sequestrado" é um palavrão.

– É a única palavra! Jubal, como você pode ficar aí sentado quando deveria estar gritando dos...

– Pare, Jill! Em vez de sequestrado, Ben pode estar morto.

Gillian deixou os ombros descaírem.

– Pode – ela concordou inexpressivamente.

– Só que vamos presumir que não está, até vermos seus ossos. Jill, qual é o maior perigo num sequestro? É o clamor público, pois um sequestrador assustado quase sempre mata sua vítima.

Gillian parecia angustiada.

– Sou forçado a dizer que provavelmente Ben está morto – Harshaw continuou gentilmente. – Ele já está sumido há muito tempo. Porém, concordamos em presumir que ele está vivo. Agora você pretende procurar por ele. Gillian, como você o fará? Sem falar no risco de que Ben seja morto pelas pessoas desconhecidas que o sequestraram.

– Hã? Mas nós sabemos quem eles são!

– Sabemos mesmo?

– É claro! As mesmas pessoas que mantiveram Mike prisioneiro, o governo!

Harshaw balançou a cabeça.

– Isso é uma hipótese apressada. Ben fez muitos inimigos com sua coluna, e nem todos estão no governo. Entretanto – Harshaw franziu o cenho –, essa sua hipótese é a única possibilidade que podemos seguir. Só que é muito abrangente. "O governo" consiste em vários milhões de pessoas. Precisamos nos perguntar: de quem são os calos que foram pisados? De quais indivíduos?

– Ora, Jubal, eu já lhe falei, assim como Ben me falou. O próprio secretário-geral.

– Não – discordou Harshaw. – Não importa quem tenha feito o quê, se for violento ou ilegal, não terá sido o secretário-geral, mesmo que ele se beneficie. Ninguém poderia provar nem que ele sabia. É provável que ele *não* saiba, não das coisas violentas. Jill, precisamos descobrir quais tenentes, dentre a equipe de capangas do secretário-geral, cuidaram desta operação. Isso não é tão impossível quanto parece, eu acho. Quando Ben foi levado para ver o farsante, um dos assistentes de Douglas estava com ele, e tentou convencê-lo a desistir, depois foi junto. Agora parece que esse mesmo capanga de alto nível também desapareceu de vista na quinta passada. Não acho que seja coincidência, já que ele parecia estar a cargo do "Homem de Marte" falsificado. Se nós o encontrarmos, podemos encontrar Ben. Gilbert Berquist era seu nome, e tenho motivos para...

– *Berquist?*

– É esse o nome. Tenho motivos para... Jill, qual é o problema? Não desmaie ou eu jogo você na piscina!

– Jubal, esse "Berquist". Tem mais de um Berquist?

– Hein? Ele me parece ser um belo dum bastardo; pode só haver um. Quero dizer, só um na equipe executiva. Você o conhece?

– Não sei. Mas, se for o mesmo... Não acho que devemos procurar por ele.

– Humm... fale, garota.

– Jubal... por favor, me desculpe... mas eu não lhe contei tudo.

– As pessoas raramente contam. Muito bem, bote para fora.

Hesitando e gaguejando, Gillian contou sobre os homens que desapareceram.

– E isso é tudo – concluiu ela tristemente. – Eu gritei e assustei Mike... e ele entrou naquele transe, e eu tive uma trabalheira *horrível* para trazê-lo até aqui. Isso eu lhe contei.

– Humm... sim. Queria que você tivesse me contado essa parte também.

Jill ficou vermelha.

– Não achei que alguém acreditaria em mim. E eu estava assustada. Jubal, eles podem fazer alguma coisa conosco?

– Hein? – Jubal parecia surpreso.

— Mandar a gente para a cadeia, ou coisa assim?

— Ah, minha querida, não é crime estar presente num milagre, nem executar um. Só que essa questão tem mais aspectos do que um gato tem pelos. Deixe-me pensar.

Jubal ficou parado por mais ou menos dez minutos. Então abriu os olhos e falou.

— Não vejo sua criança problemática. Ele provavelmente está no fundo da piscina...

— Está sim.

— ...então mergulhe e vá buscá-lo. Leve-o ao meu escritório. Quero ver se Mike consegue repetir o feito... e não queremos uma audiência. Aliás, precisamos de uma. Diga a Anne para vestir seu manto de testemunha, quero sua presença em termos oficiais. Quero Duke também.

— Sim, chefe.

— Você não tem o privilégio de me chamar de chefe; você não é dedutível no imposto de renda.

— Sim, Jubal.

— Humm... Queria que tivéssemos alguém que não fosse fazer falta a ninguém. Será que Mike pode fazer esse truque com objetos inanimados?

— Eu não sei.

— Vamos descobrir. Puxe ele para fora e o acorde. — Jubal piscou os olhos. — Que ótima oportunidade para nos livrarmos de... não, não posso cair em tentação. Vejo você no andar de cima, garota.

CAPÍTULO XII

Alguns minutos mais tarde, Jill se apresentou no escritório de Jubal. Anne estava lá com o manto branco de sua corporação; ergueu os olhos, não disse nada. Jill achou uma cadeira e se manteve calada, pois Jubal ditava alguma coisa a Dorcas. Ele continuou, sem erguer os olhos.

– ... sob o corpo esparramado, encharcando um canto do tapete e escorrendo até uma poça vermelho-escura na lareira, onde atraía a atenção de duas moscas desocupadas. A srta. Simpson levou a mão à boca. "Céus!", exclamou ela numa voz aflita. "O tapete favorito de papai!... e papai também, creio eu." Fim de capítulo, Dorcas, e fim do primeiro episódio. Bote no correio. Bora.

Dorcas saiu, levando a máquina de taquigrafia e sorrindo para Jill.

– Cadê Mike? – indagou Jubal.

– Se vestindo – respondeu Jill. – Ele vai chegar logo.

– "Se vestindo"? – repetiu Jubal, irritado. – Não sabia que era uma festa formal.

– Mas ele precisa se vestir.

– Por quê? Não faz a menor diferença se vocês crianças vestirem nada ou sobretudos. Vá buscá-lo.

— Por favor, Jubal, ele precisa aprender.

— Humpf! Você está forçando-o a aprender sua própria moralidade tacanha de classe média judaico-cristã.

— Não estou não! Estou só ensinando a ele os costumes necessários.

— Costumes, moralidade... tem diferença? Mulher, temos aqui, pela graça de Deus e um golpe de sorte, uma personalidade intocada pelos tabus psicóticos da nossa tribo; e *você* quer transformá-lo numa cópia de todos aqueles conformistas de quarta categoria nesta terra apavorada! Por que não fazer logo o serviço completo? Compre uma maleta para ele.

— Não estou fazendo nada disso! Só estou tentando mantê-lo longe de problemas. É para o bem dele.

Jubal fungou.

— Foi essa desculpa que deram ao gato vadio antes de sua operação.

— Ah! — Jill pareceu contar até dez. — Esta é sua casa, dr. Harshaw, e nós devemos muito ao senhor. Vou buscar Michael imediatamente. — Ela se levantou.

— Espere, Jill.

— Senhor?

— Sente-se; e pare de tentar ser tão ruim quanto eu; você não tem meus anos de prática. Agora vamos deixar uma coisa bem clara: vocês não estão em dívida comigo. Impossível, porque eu não faço nada que não queira fazer. Nem ninguém mais, só que no meu caso eu sei disso. Então, por favor, não invente uma dívida que não existe, ou logo você tentará sentir gratidão; e esse é o traiçoeiro primeiro passo em direção à degradação moral completa. Grokou?

Jill mordeu o lábio e depois sorriu.

— Não sei direito o que "grokar" quer dizer.

— Nem eu. Pretendo continuar tendo aulas com Mike até saber. Mas eu estava falando sério. "Gratidão" é um eufemismo para o ressentimento. Não dou a mínima para o ressentimento da maioria das pessoas mas, quando ele vem de garotinhas lindas, é desagradável.

— Ora, Jubal, eu não estou ressentida com você, isso é ridículo.

— Espero que não esteja mesmo. Mas vai ficar se não livrar sua mente dessa ilusão de que tem algum débito comigo. Os japoneses têm cinco maneiras de dizer "obrigado", e todas elas podem ser traduzidas como ressentimento, em vários graus. Quisera eu que o inglês tivesse essa mesma sinceridade! Em vez disso, o inglês define sentimentos que o sistema nervoso humano é incapaz de experimentar, como "gratidão", por exemplo.

— Jubal, você é um velho cínico. Eu me sinto agradecida a você, e vou continuar me sentindo assim.

— E você é uma jovem sentimental. Isso nos faz um par complementar. Vamos a Atlantic City passar um fim de semana de libertinagem ilícita, só nós dois.

— Ora, Jubal!

— Você vê até onde vai sua gratidão?

— Ah. Estou pronta. Quando partimos?

— Hummmph! Deveríamos ter partido quarenta anos atrás. O segundo ponto é que você tem razão; Mike precisa aprender os costumes humanos. Tem que tirar os sapatos numa mesquita, vestir o chapéu numa sinagoga e cobrir sua nudez quando o tabu exige, ou nossos xamãs vão queimá-lo por ser um desviado. Só que, criança, pelas miríades de aspectos de Arimã, não lhe faça lavagem cerebral. Assegure-se de que ele seja cínico quanto a tudo isso.

— Hum, não sei se consigo. Mike parece não ter nenhum cinismo em si.

— E daí? Bem, eu darei uma mão. Ele já não deveria estar vestido?

— Vou ver.

— Só mais um momento. Jill, eu expliquei por que não estou ansioso para acusar ninguém de ter sequestrado Ben. Se Ben estiver ilegalmente detido, para dizê-lo do jeito mais suave, nós ainda não pressionamos ninguém a se livrar das provas dando um fim em Ben. Se ele estiver vivo, ainda tem uma chance de continuar vivo. Mas eu tomei outras providências na primeira noite que você esteve aqui. Você conhece bem a Bíblia?

— Hã, não muito bem.

— Ela merece estudo, pois contém conselhos práticos para a maioria das emergências. "Pois todo aquele que pratica o mal odeia a luz…", João alguma coisa, Jesus a Nicodemos. Eu estava aguardando uma tentativa de tomarem Mike de nós, pois não parecia provável que você tivesse coberto seus rastros. Mas este é um lugar isolado, e não temos nenhuma artilharia pesada. Há uma arma que poderia detê-los. A luz. Os holofotes cegantes da publicidade. Então armei para que qualquer confusão aqui recebesse publicidade. Não só um pouquinho que pudesse ser abafado, mas grandes quantidades, no mundo todo e tudo de uma vez. Os detalhes não vêm ao caso, onde as câmeras foram montadas e que conexões foram estabelecidas, mas, se uma briga começar por aqui, será vista por três redes de estereovisão, e mensagens prioritárias serão enviadas a uma coleção de VIPs, sendo que todos eles adorariam flagrar nosso honorável secretário-geral com as calças na mão.

Harshaw franziu o cenho.

– Só que eu não posso manter tudo montado indefinidamente. Quando armei o esquema, minha preocupação era agir com velocidade suficiente, pois esperava problemas imediatamente. Agora acho que vamos ter que forçar ação, enquanto eu ainda consigo manter um holofote sobre nós.

– Que tipo de ação, Jubal?

– Estive preocupado com isso nos últimos três dias. Você me deu um vislumbre de abordagem com aquela história sobre o que aconteceu no apartamento de Ben.

– Peço desculpas por não ter contado antes, Jubal. Não achei que alguém fosse acreditar em mim, e me sinto melhor sabendo que você acredita.

– Eu não disse que acreditava em você.

– O quê? Mas você...

– Eu acho que você disse a verdade, Jill. Mas um sonho é um tipo de experiência verdadeira, assim como a ilusão hipnótica. Só que qualquer coisa que acontecer nesta sala pela próxima hora será vista por uma testemunha imparcial e por câmeras que estão – ele apertou um botão – rodando agora. Não acredito que Anne possa ser hipnotizada enquanto está a serviço, e eu aposto que as câmeras também não. Vamos descobrir com que tipo de verdade estamos lidando, e depois poderemos considerar como forçar os donos do poder a mostrar que cartas têm na mão... e talvez descobrir um jeito de ajudar Ben, também. Vá buscar Mike.

* * *

O atraso de Mike não era misterioso. Ele tinha amarrado o cadarço do sapato esquerdo ao cadarço do sapato direito; em seguida se levantou, tropeçou, caiu e puxou os nós até que ficassem impossivelmente apertados. Passou o resto do tempo analisando sua situação complicada, lentamente desamarrando o emaranhado e atando os cadarços corretamente. Não percebera que tinha demorado tanto, mas estava aborrecido de ter fracassado em repetir corretamente algo que Jill lhe ensinara. Confessou a derrota mesmo que a tivesse corrigido quando Jill veio lhe buscar.

Ela o acalmou, escovou seu cabelo e o levou ao escritório.

– Oi, filho – disse Harshaw, erguendo o olhar. – Sente-se.

– Oi, Jubal – respondeu Valentine Michael Smith, com seriedade. Ele se sentou e esperou.

— Bem, rapaz, o que você aprendeu hoje?

Smith sorriu alegremente e então respondeu:

— Eu hoje aprendi a fazer um mergulho mortal e meio. Isso é uma pulação, um mergulho, para entrar na água...

— Eu sei, eu vi. Mantenha os dedões esticados, os joelhos retos e os pés juntos.

Smith parecia infeliz.

— Eu direitamente não aquilo fiz?

— Você fez muito direitamente, para uma primeira vez. Observe Dorcas.

Smith considerou a resposta.

— A água groka Dorcas. Aprecia ele.

— "Ela". Dorcas é "ela", não "ele".

"Ela" — corrigiu Smith. — Então meu falar foi falso? Eu li no *Novo dicionário internacional Webster da língua inglesa*, terceira edição, publicado em Springfield, Massachusetts, que o gênero masculino inclui o feminino no falar. Em *Lei dos contratos* de Hagworth, quinta edição, Chicago, Illinois, 1978, na página 1.012, está dito...

— Pode parar — exclamou Harshaw apressado. — Formas masculinas de fato incluem o feminino, quando se fala em geral; mas não quando falamos de uma pessoa específica. Dorcas é sempre "ela", nunca "ele".

— Eu vou lembrar.

— É melhor que lembre, ou vai acabar provocando Dorcas a provar o quão feminina ela é. — Harshaw piscou os olhos, pensativo. — Jill, o rapaz está dormindo com você? Ou com alguma de vocês?

Ela hesitou, e respondeu sem emoção.

— Até onde eu sei, Mike não dorme.

— Você se esquivou da minha pergunta.

— Então você pode presumir que foi de propósito. Entretanto, ele não está dormindo *comigo*.

— Hummm... Diabos, meu interesse é científico. Mike, o que mais você aprendeu?

— Aprendi dois jeitos de amarrar meu sapato. Um deles só é bom para deitar. O outro é bom para andar. E eu aprendi conjugações. Eu sou, tu és, ele é, nós somos, vós sois, eles são, eu era, tu eras...

— Certo, já basta. O que mais?

Mike sorriu, deleitado.

– Para ontem eu estou aprendendo a dirigir o trator, brilhante, brilhante e com beleza.

– Hein? – Jubal se virou para Jill. – Quando foi isso?

– Ontem, enquanto você estava tirando uma soneca, Jubal. Está tudo bem; Duke tomou cuidado para não deixar que ele se machucasse.

– Humm... Bem, obviamente ele não se machucou. Mike, você andou lendo?

– Sim, Jubal.

– O quê?

– Eu li – recitou Mike – mais três volumes da enciclopédia, Maryb a Mushe, Mushr a Ozon, P a Planti. Você me disse para não ler muito da enciclopédia de uma vez, então eu parei. Então li a tragédia de *Romeu e Julieta*, do mestre William Shakespeare de Londres. Então li as *Memórias de Jacques Casanova*, de Seingalt, conforme traduzidas ao inglês por Arthur Machen. Então li *A arte do interrogatório cruzado*, por Francis Wellman. Então tentei grokar o que li até que Jill me disse que eu precisava descer para o café da manhã.

– E você grokou?

Smith parecia preocupado.

– Jubal, eu não sei.

– Tem alguma coisa incomodando você?

– Não groko toda plenitude do que leio. Na história escrita pelo mestre William Shakespeare, fiquei cheio de felicidade com a morte de Romeu. Depois continuei lendo e descobri que ele tinha desencarnado cedo demais, ou pelo menos achei que tinha grokado assim. Por quê?

– Ele era um garoto completamente idiota.

– Com licença?

– Eu não sei, Mike.

Smith considerou isso. Depois murmurou em marciano, e acrescentou:

– Sou apenas um ovo.

– Hein? Você diz isso quando quer pedir um favor, Mike. O que foi?

Smith hesitou, depois falou de uma vez:

– Jubal, meu irmão, você poderia por favor perguntar a Romeu por que ele desencarnou? Não posso perguntar a ele; sou apenas um ovo. Mas você pode, e então poderia me ensinar a grokação disso.

Jubal entendeu que Mike acreditava que Romeu tinha sido uma pessoa viva, e conseguiu compreender que Mike esperava que ele conjurasse o fantasma de

Romeu e exigisse explicações para seu comportamento ao vivo. Porém, explicar que os Capuleto e os Montéquio nunca tiveram existência encarnada era outra questão. O conceito de ficção estava além da experiência de Mike; não havia nada sobre o que construir o conhecimento. As tentativas de Jubal de explicar deixaram Mike tão aflito que Jill ficou com medo que ele se enrolasse numa bola.

Mike notou quão perigosamente perto estava daquela necessidade e tinha aprendido que não deveria recorrer àquele refúgio na presença de amigos, porque, com a exceção de seu irmão dr. Nelson, os outros ficavam emocionalmente perturbados. Portanto, ele fez um imenso esforço, reduziu o ritmo do coração, acalmou as emoções e sorriu.

– Eu vou esperando até que um grokar apareça de si mesmo.

– Ótimo – concordou Jubal. – Daqui em diante, antes que você leia qualquer coisa, pergunte a mim ou a Jill para saber se é ou não ficção. Não quero que você se confunda.

– Vou perguntar, Jubal. – Mike decidiu que, quando grokasse essa estranha ideia, ele teria que relatar sua plenitude aos Anciãos... e começou a se perguntar se os Anciãos sabiam da "ficção". A incrível ideia de que poderia haver algo que fosse tão estranho aos Anciãos quanto era para ele era tão mais revolucionária que o estranho conceito de ficção, que Smith a colocou de lado para esfriar, para uma meditação posterior.

– Mas eu não – dizia seu irmão Jubal – o chamei aqui para discutir teoria literária. Mike, você recorda aquele dia em que Jill tirou você do hospital?

– "Hospital"? – repetiu Mike.

– Eu não sei bem, Jubal – interrompeu Jill –, se Mike sabia que aquilo era um hospital. Deixe-me tentar.

– Vá em frente.

– Mike, você se lembra de onde você estava, quando você vivia sozinho num quarto, antes que eu vestisse você e levasse você embora?

– Sim, Jill.

– Depois nós fomos a outro lugar e eu despi você e lhe dei um banho.

Smith sorriu com a lembrança.

– Sim. Foi grande felicidade.

– Depois eu sequei você, e dois homens vieram.

O sorriso de Smith se apagou. Ele começou a tremer e se encolher em si mesmo.

– Mike! Pare com isso! Não ouse ir embora! – exclamou Jill.

Mike assumiu o controle de seu ser.

— Sim, Jill.

— Escute, Mike, quero que você pense naquele tempo, mas você não pode ficar aflito. Havia dois homens, um deles o puxou à sala de estar.

— A sala com a grama jubilosa — concordou ele.

— Isso mesmo. Ele puxou você à sala com o piso de grama, e eu tentei impedi-lo. Ele bateu em mim. Então ele desapareceu. Você se lembra?

— Você não está brava?

— O quê? Não, não, de forma alguma. Um homem desapareceu, depois o outro apontou uma arma para mim; e então ele sumiu. Eu fiquei assustada; mas não fiquei brava.

— Você não está brava comigo agora?

— Mike, querido, eu *nunca* fiquei brava com você. Jubal e eu queremos saber o que aconteceu. Aqueles dois homens estavam lá; você fez alguma coisa... e eles sumiram. O que foi que você fez? Você pode nos dizer?

— Eu vou dizer. O homem, o homem grande, bateu em você... e eu assustei também. Então eu... — ele coaxou em marciano, parecendo confuso. — Eu não sei palavras.

— Mike, você pode explicar um pouco de cada vez? — indagou Jubal.

— Vou tentar, Jubal. Alguma coisa está diante de mim. É uma coisa ruim e não pode ser. Então eu estendo a mão e... — Ele parecia perplexo. — É uma coisa fácil. Amarrar cadarços é mais difícil. Mas as palavras são não. Eu lamento muito. — Smith considerou a questão. — Talvez as palavras estejam em Plants a Raym, ou em Rayn a Sarr, ou em Sars a Sorc. Lerei esses volumes esta noite, e lhes explicarei no café da manhã.

— Talvez — admitiu Jubal. — Espere um minuto, Mike. — Ele foi até um canto e voltou com uma caixa vazia de conhaque. — Você pode fazer isto aqui desaparecer?

— Isso é uma coisa errada?

— Bem, vamos presumir que sim.

— Mas, Jubal, eu preciso *saber* que isso é uma coisa errada. Isso é uma caixa. Não groko que ela exista erradamente.

— Humm, suponha que eu pegue a caixa e a jogue em Jill?

— Jubal, você não faria isso a Jill — respondeu Smith com uma tristeza gentil.

— Hã... droga, acho que não. Jill, você jogaria a caixa em mim? Com força suficiente para machucar minha careca, pelo menos, se Mike não me proteger.

— Jubal, não gosto dessa ideia.

— Ah, vamos lá! Pelo bem da ciência... e de Ben Caxton.

— Mas... — Jill agarrou a caixa e a jogou na cabeça de Jubal. Este pretendia se manter firme, mas o reflexo venceu, e ele se abaixou.

— Errou — disse ele. — Maldita seja, eu não estava olhando. Queria ter mantido meus olhos na caixa. — Jubal olhou para Smith. — Mike, isso é o... Qual é o problema, rapaz?

O Homem de Marte estava tremendo e parecia infeliz. Jill o abraçou.

— Calma, calma, está tudo bem, querido! Você foi muito bem. A caixa nunca tocou Jubal. Ela simplesmente desapareceu.

— Parece que sim — admitiu Jubal, olhando em volta e mastigando o dedão. — Anne, você estava observando?

Sim.

— E o que você viu?

— A caixa não desapareceu simplesmente. O processo durou pelo menos algumas frações de segundo. De onde estou sentada, ela pareceu encolher, como se desaparecesse ao longe. Mas ela não saiu da sala; pude ver a caixa até o instante em que desapareceu.

— Aonde ela foi?

— Isso é tudo que eu posso relatar.

— Humm... vamos rever as filmagens depois; mas estou convencido. Mike...

— Sim, Jubal?

— Cadê aquela caixa?

— A caixa está... — Smith fez uma pausa. — De novo não tenho palavras. Desculpe.

— Estou confuso. Filho, você pode estender a mão e puxá-la de volta?

— Com licença?

— Você a fez ir embora; agora faça voltar.

— Como posso? A caixa *não é*.

Jubal parecia pensativo.

— Se esse método ficar popular, vai mudar as regras de corpo de delito. "Tenho uma listinha... ninguém nunca sentirá falta deles." Mike, quão perto você precisa estar?

— Com licença?

— Se você estivesse no corredor, e eu lá atrás perto da janela... digamos, dez metros. Você poderia ter impedido a caixa de me atingir?

Smith parecia um tanto surpreso.

– Sim.

– Humm... Venha até a janela. Supunha que Jill e eu estivéssemos do outro lado da piscina, e você estivesse aqui. Você poderia ter detido a caixa?

– Sim, Jubal.

– Bem... suponha que Jill e eu estivéssemos lá no portão, a quatrocentos metros daqui. É longe demais?

Smith hesitou.

– Jubal, não é a distância. É não ver. É saber.

– Humm. Deixe-me ver ser eu groko. Não importa quão longe. Você não precisa nem ver. Se você souber que uma coisa ruim está acontecendo, você pode deter essa coisa. Certo?

Smith parecia perturbado.

– Quase é certo. Mas eu não sou fora do ninho muito tempo. Para saber eu preciso visão. Um Ancião não precisa de olhos para saber. Ele sabe. Ele groka. Ele age. Me desculpa.

– Não sei por que você está se desculpando – respondeu Jubal bruscamente. – O supremo ministro da paz teria declarado você *confidencial* dez minutos atrás.

– Com licença?

– Deixa para lá. – Jubal voltou à escrivaninha, pegou um cinzeiro pesado. – Jill, não mire na minha cara. Certo, Mike, fique no corredor.

– Jubal... meu irmão... *por favor* não!

– Qual é o problema? Quero mais uma demonstração; e desta vez não vou tirar meus olhos da coisa.

– Jubal...

– Sim, Jill?

– Eu groko o que está incomodando Mike.

– Bem, então me diga.

– Fizemos um experimento no qual eu estava prestes a ferir você com aquela caixa. Mas nós somos os irmãos de água dele; portanto minha mera tentativa aborreceu Mike. Acho que há algo de muito antimarciano numa situação assim.

Harshaw franziu o cenho.

– Talvez isso devesse ser investigado pelo Comitê de Atividades Antimarcianas.

— Não estou brincando, Jubal.

— Nem eu. Muito bem, Jill, vou repensar o teste. — Harshaw entregou o cinzeiro a Mike. — Sinta como é pesado, filho. Veja esses cantos pontiagudos.

Smith examinou o objeto cautelosamente. Harshaw continuou falando.

— Vou jogá-lo para cima, e deixar que acerte minha cabeça quando cair.

Mike fitou Jubal.

— Meu irmão... você vai agora desencarnar?

— Hein? Não, não! Só que vai me machucar, a não ser que você o detenha. Lá vamos nós! — Harshaw atirou o objeto direto para cima, a centímetros do teto.

O cinzeiro alcançou o ápice de sua trajetória e parou.

Harshaw contemplou o cinzeiro, sentindo-se congelado num fotograma de filme.

— Anne. O que você está vendo? — grasnou ele.

— Aquele cinzeiro está a 12,5 centímetros do teto — respondeu ela numa voz neutra. — Não vejo nada que o esteja sustentando — acrescentou. — Jubal, eu *acho* que é isso que estou vendo... Porém, se as câmeras não mostrarem a mesma coisa, eu vou rasgar minha licença.

— Hum. Jill?

— Está flutuando...

Jubal foi até a escrivaninha e se sentou sem tirar os olhos do cinzeiro.

— Mike, por que você não fez ele desaparecer? — perguntou.

— Mas Jubal — disse Mike, em tom de desculpas —, você mandou deter; não mandou fazer sumir. Quando eu fiz a caixa sumir, você queria que ela fosse de novo. Eu fiz erradamente?

— Ah. Não, você fez exatamente certo. Fico esquecendo que você entende tudo literalmente. — Harshaw recordou alguns insultos comuns em seus anos de juventude e lembrou a si mesmo de *jamais* usá-los com Mike; se ele mandasse o rapaz cair morto ou sumir, Harshaw tinha certeza de que resultaria no efeito literal.

— Eu estou contente — declarou Smith com seriedade. — Lamento que não pude fazer a caixa ser de novo. Lamento duas vezes que eu desperdicei comida. Então era uma necessidade. Ou assim eu grokei.

— Hein? Que comida?

— Ele está falando daqueles homens, Jubal — explicou Jill apressadamente. — Berquist e o outro.

— Ah, sim. — Harshaw refletiu que ainda tinha conceitos antimarcianos de comida. — Mike, não se preocupe em ter desperdiçado aquela "comida". Duvido que um inspetor do Ministério da Agricultura teria aprovado aqueles dois. De fato — acrescentou, lembrando-se do regulamento da Federação relativo à carne humana —, teriam sido declarados impróprios para o consumo. Além disso, foi um ato necessário. Você grokou a plenitude e agiu corretamente.

— Eu estou muito confortado — respondeu Mike com voz aliviada. — Apenas um Ancião pode ter certeza de uma ação certa num ponto crítico... E eu ainda tenho muito aprendizado a aprender e muito crescimento a crescer antes de poder me juntar aos Anciãos. Jubal? Posso mover? Estou cansando.

— Você quer fazê-lo sumir? Vá em frente.

— Mas eu não posso.

— Hein? Por que não?

— Sua cabeça não está mais embaixo dele. Não groko erroneidade em ser dele, onde está.

— Ah. Muito bem. Mova-o. — Harshaw continuou observando o cinzeiro, esperando que ele flutuasse para o ponto agora acima de sua cabeça, assim recuperando sua "erroneidade". Em vez disso, o objeto desceu numa diagonal até chegar perto da escrivaninha, pairou e então pousou.

— Obrigado, Jubal — disse Smith.

— Hein? Obrigado *a você*, filho! — Jubal pegou o cinzeiro. Continuava corriqueiro como sempre. — Sim, muito *obrigado*. Pela experiência mais incrível que eu tive desde que a faxineira me levou para o sótão. — Ele ergueu o olhar. — Anne, você foi treinada no Reno.

— Sim.

— Já viu levitação antes?

Ela hesitou.

— Já vi o que foi chamado de telecinese com dados... mas não sou matemática, e não posso testemunhar que foi telecinese.

— Diabos, você não testemunharia que o sol nasceu se o dia estivesse nublado.

— Como o faria? Alguém poderia estar fornecendo iluminação artificial detrás da camada de nuvens. Um dos meus colegas de turma aparentemente era capaz de levitar objetos com mais ou menos a massa de um clipe de papel, mas ele tinha que estar bêbado de três drinques. Eu não fui capaz de examinar de perto o bastante para testemunhar... Porque tinha bebido também.

– Você nunca viu nada assim.
– Não.
– Humm... Não preciso mais dos seus serviços por hoje. Se você quiser ficar, pendure o manto e puxe uma cadeira.
– Obrigada, vou puxar. Só que, depois do seu discurso sobre mesquitas e sinagogas, vou me trocar no meu quarto.
– Como preferir. Acorde Duke e diga-lhe que quero que ele verifique as câmeras.
– Sim, chefe. Não deixe nada acontecer até eu voltar. – Anne foi em direção à porta.
– Não posso prometer nada. Mike, sente-se à minha escrivaninha. Agora, você pode levantar aquele cinzeiro? Mostre-me.
– Sim, Jubal. – Smith estendeu a mão e pegou o cinzeiro.
– Não, não!
– Eu fiz erradamente?
– Não, foi erro meu. Quero saber se você é capaz de levantar *sem* tocá-lo?
– Sim, Jubal.
– Bem, você está cansado?
– Não, Jubal.
– Então qual é o problema? Ele precisa ter uma "erroneidade"?
– Não, Jubal.
– Jubal – interrompeu Jill. – Você não lhe *mandou* fazer, você só perguntou se ele conseguiria.
– Ah. – Jubal parecia envergonhado. – Mike, você poderia, por favor, sem tocá-lo, erguer o cinzeiro mais ou menos trinta centímetros acima da escrivaninha?
– Sim, Jubal. – O cinzeiro se ergueu e flutuou acima da mesa. – Você pode medir, Jubal? – indagou Mike, ansioso. – Se eu fiz erradamente, vou movê-lo.
– Está ótimo! Você consegue segurá-lo? Se ficar cansado, me avise.
– Eu vou avisar.
– Você pode erguer alguma outra coisa, também? Digamos, este lápis? Se você puder, faça.
– Sim, Jubal. – O lápis se posicionou ao lado do cinzeiro.
A pedido de Harshaw, Mike acrescentou outros itens aos objetos flutuantes. Anne voltou, puxou uma cadeira e observou silenciosamente. Duke chegou carregando uma escada, deu uma olhada, não disse nada e montou a escada. Mike finalmente falou, inseguro:

– Não tenho certeza, Jubal. Eu... – Ele parecia procurar uma palavra. – Sou um idiota nessas coisas.

– Não se desgaste com isso.

– Posso pensar mais um. Espero. – Um peso de papel estremeceu, se ergueu; e os doze objetos flutuantes todos caíram. Mike parecia prestes a chorar. – Jubal, lamento maximamente.

Harshaw lhe deu tapinhas no ombro.

– Você deveria estar orgulhoso. Filho, o que você acabou de fazer é... – Jubal procurou uma comparação dentro da experiência de Mike. – O que você fez é mais difícil que amarrar cadarços, mais maravilhoso que dar um mergulho mortal e meio perfeito. Você o fez, ãh, "brilhante, brilhante e com beleza". Grokou?

Mike parecia surpreso.

– Eu não deveria sentir vergonha?

– Você deveria se sentir orgulhoso.

– Sim, Jubal – respondeu ele, contente. – Eu me sinto orgulhoso.

– Ótimo. Mike, eu não posso erguer nem um cinzeiro sem tocá-lo.

Smith parecia espantado.

– Você não pode?

– Não. Você pode me ensinar?

– Sim, Jubal. Você... – Smith parou, parecendo envergonhado. – Eu novamente não tenho palavras. Eu vou ler e ler e ler, até encontrar palavras. Então eu vou ensinar ao meu irmão.

– Não se dedique muito a isso.

– Desculpa?

– Mike, não fique desapontado se não encontrar as palavras. Elas podem não existir na língua inglesa.

Smith considerou isso.

– Então eu vou ensinar ao meu irmão a linguagem do meu ninho.

– Você pode ter chegado com cinquenta anos de atraso.

– Eu agi erradamente?

– De forma alguma. Você pode começar ensinando sua língua a Jill.

– Aquilo machuca minha garganta – protestou Jill.

– Tente gargarejar aspirina. – Jubal olhou para ela. – É uma desculpa muito fraca, enfermeira. Você está contratada como assistente de pesquisa para linguística marciana... o que incluirá deveres adicionais conforme necessário. Anne, ponha ela na folha de pagamento; e se assegure de incluir tudo na declaração de impostos.

— Ela andou ajudando bastante na cozinha. Faço a admissão retroativa?

Jubal encolheu os ombros.

— Não me incomode com detalhes.

— Só que, Jubal — argumentou Jill —, não acho que eu *possa* aprender marciano!

— Você pode *tentar*.

— Mas...

— O que foi aquilo que você falou de "gratidão"? Você aceita o emprego?

Jill mordeu o lábio.

— Eu aceito. Sim... chefe.

Smith timidamente tocou a mão dela.

— Jill... eu vou ensinar.

Jill deu tapinhas amistosos na mão dele.

— Obrigada, Mike. — Ela olhou para Harshaw. — Vou aprender só por despeito!

Jubal sorriu.

— Esse motivo eu groko; você vai aprender. Mike, o que mais você pode fazer que nós não podemos?

Smith parecia confuso.

— Eu não sei.

— Como ele poderia saber — protestou Jill —, quando ele não sabe o que podemos e não podemos fazer?

— Humm... Sim. Anne, mude aquele título para "assistente para linguística, cultura e técnicas marcianas". Jill, ao aprender a língua deles, você certamente vai se deparar com coisas que são diferentes, muito diferentes; quando isso acontecer, me conte. E, Mike, se você notar qualquer coisa que você possa fazer e nós não, me conte.

— Eu vou contar, Jubal. Que coisas serão essas?

— Eu não sei. Coisas como o que você acabou de fazer... e conseguir ficar no fundo da piscina mais tempo que nós. Humm... Duke!

— Chefe, tô com as mãos cheias de filme.

— Você pode falar, não pode? Notei que a água da piscina está turva.

— Vou botar clarificador esta noite e passar o aspirador de manhã.

— Como está a qualidade da água?

— Está boa, a água está limpa o bastante para servir à mesa. Só está com uma cara ruim.

— Então deixe estar. Eu aviso quando quiser que seja limpa.

— Diabos, chefe, ninguém gosta de nadar em água de lavagem.

— Quem ficar de frescura pode ficar seco. Pare de tagarelar, Duke. O filme está pronto?

— Cinco minutos.

— Ótimo. Mike, você sabe o que é uma arma de fogo?

— Uma arma de fogo — respondeu Mike cuidadosamente — é uma peça de armamento que lança projéteis com a força de algum explosivo, como pólvora, consistindo num tubo ou cano fechado numa das extremidades, onde...

— Certo, certo. Você as groka?

— Eu não tenho certeza.

— Você já viu uma arma de fogo?

— Eu não sei.

— Ora, certamente que viu — interrompeu Jill. — Mike, pense naquele momento de que falamos, na sala com o chão de grama, mas não fique aflito! Um dos homens bateu em mim.

— Sim.

— O outro apontou alguma coisa contra mim.

— Ele apontou uma coisa ruim para você.

— Aquilo era uma arma de fogo.

— Eu tinha pensado que a palavra para aquela coisa ruim poderia ser "arma de fogo". O *Novo dicionário internacional Webster da língua inglesa*, terceira edição, publicado em...

— Está bem, filho — disse Jubal, apressado. — Agora escute. Se alguém apontar uma arma a Jill, o que você fará?

Smith pausou por mais tempo que o normal.

— Você não ficará bravo se eu desperdiçar comida?

— Não. Sob essas circunstâncias, ninguém ficaria bravo com você. Só que eu quero saber outra coisa. Você poderia fazer a arma sumir, sem fazer o homem sumir?

Smith considerou o que fora dito.

— Economizar a comida?

— Hã, não é isso que eu quero dizer. Você poderia fazer a arma sumir sem machucar o homem?

— Jubal, ele não machucaria. Eu faria a arma sumir, e o homem eu apenas deteria. Ele não sentiria dor. Ele simplesmente desencarnaria. A comida não estragaria.

Harshaw suspirou.

— Sim, tenho certeza de que seria dessa forma. Mas você seria capaz de fazer sumir apenas a arma? Não "deter" o homem, não matá-lo, apenas deixá-lo continuar vivendo?

Smith considerou a situação.

— Isso seria mais fácil que fazer as duas coisas ao mesmo tempo. Só que, Jubal, se eu deixá-lo encarnado, ele ainda poderia ferir Jill. Ou assim eu groko.

Harshaw parou para se lembrar de que este bebê inocente não era nem bebê nem inocente; era de fato sofisticado numa cultura que Jubal estava começando a perceber ser muito mais avançada que a cultura humana de maneiras misteriosas... e que esses comentários ingênuos vinham de um super-homem; ou de alguém que passaria por um super-homem. Respondeu a Smith, escolhendo cuidadosamente as palavras, pois tinha em mente um experimento perigoso.

— Mike, se você alcançar... um ponto crítico... quando você tiver que fazer alguma coisa para proteger Jill, faça o que for necessário.

— Sim, Jubal, eu farei.

— Não se preocupe com o desperdício de comida. Não se preocupe com mais nada. Proteja Jill.

— Sempre eu vou proteger Jill.

— Ótimo. Porém, suponha que um homem aponte uma arma de fogo, ou que ele simplesmente a tenha em sua mão. Suponha que você não queira matá-lo... mas precise fazer a arma sumir. Você poderia fazê-lo?

Mike fez uma pausa breve.

— Acho que eu groko. Uma arma é uma coisa errada. Mas pode ser necessário que o homem permaneça encarnado. — Mike pensou um pouco. — Eu posso fazê-lo.

— Ótimo. Mike, eu vou lhe mostrar uma arma de fogo. Uma arma é uma coisa errada.

— Uma arma é uma coisa errada. Eu vou fazer ela sumir.

— Não faça a arma sumir assim que você a vir.

— Não?

– Não. Vou levantar a arma e apontá-la para você. Antes que eu consiga apontar, faça ela sumir. Mas não me detenha, não me machuque, não me mate, não faça *nada a mim*. Não me desperdice como comida, também.

– Ah, eu jamais o faria – respondeu Mike sinceramente. – Quando você desencarnar, meu irmão Jubal, espero ter permissão de comer de você eu mesmo, enaltecendo-o e o apreciando em cada mordida... até que eu o groke em plenitude.

Harshaw controlou um reflexo e respondeu com seriedade.

– Obrigado, Mike.

– Sou eu que tenho que agradecer a você, meu irmão. E se for o caso de eu ser selecionado antes de você, espero que você me ache digno de ser grokado. Compartilhando eu com Jill. Você me compartilharia com Jill? Por favor?

Harshaw deu uma olhada em Jill e notou que ela mantinha o rosto sereno; refletiu que provavelmente era uma enfermeira veterana e sólida como uma rocha.

– Vou compartilhar de você com Jill – respondeu Jubal solenemente. – Só que, Mike, nenhum de nós será comido tão cedo. Vou lhe mostrar esta arma; você vai esperar até eu mandar... E então será muito cuidadoso, porque eu tenho muitas coisas para fazer antes que eu esteja pronto para desencarnar.

– Eu serei cuidadoso, meu irmão.

– Muito bem. – Harshaw abriu uma gaveta. – Olhe aqui dentro, Mike. Vê a arma? Vou pegá-la. Mas não faça nada até eu mandar. – Harshaw pegou a arma, um idoso revólver calibre .38, e a tirou da gaveta. – Prepare-se, Mike. *Agora*! – Harshaw fez o possível para apontar o revólver para Smith.

Sua mão estava vazia.

Jubal percebeu que estava tremendo, então parou.

– Perfeito! – exclamou. – Você sumiu com a arma antes que eu estivesse mirando com ela.

– Eu estou feliz.

– E eu também. Duke, a câmera pegou isso?

– Pegou.

– Ótimo. – Harshaw suspirou. – Por hoje é só, crianças. Podem cair fora.

– Chefe? – perguntou Anne. – Você vai me contar o que os filmes mostram?

– Quer ficar e ver?

– Ah, não, eu não poderia, não as partes que eu testemunhei. Mas eu queria saber, mais tarde, se eles mostram ou não que eu perdi um parafuso.

– Tudo bem.

CAPÍTULO XIII

Depois que todos saíram, Harshaw começou a dar ordens a Duke, em seguida perguntando, mal-humorado:

– Por que você está com essa cara azeda?

– Chefe, quando vamos nos livrar daquele papa-defuntos?

– "Papa-defuntos"? Ora, seu caipira tosco!

– Tudo bem, então eu sou do Kansas. Nunca tivemos canibalismo no Kansas. Vou comer na cozinha até ele ir embora.

– É isso? Anne terá seu cheque pronto em cinco minutos – retrucou Harshaw gelidamente. – Não deve levar mais que dez para empacotar suas revistas em quadrinhos e sua outra camisa.

Duke estivera montando o projetor. Ele parou.

– Ah, eu não quis dizer que estava me demitindo.

– É isso que o que você disse significa para mim, filho.

– Mas… que diabos? Eu já comi na cozinha um monte de vezes.

– Circunstâncias diferentes. Ninguém debaixo do meu teto se recusa a comer à minha mesa por não aceitar comer com as outras pessoas presentes. Sou de uma raça quase extinta, o cavalheiro à moda antiga, o que significa que posso ser um filho da puta irredutível quando me convém. E me convém sê-lo agora mesmo... Ou seja, nenhum caipira ignorante, supersticioso e preconceituoso tem permissão de me dizer quem pode ou não pode comer à *minha* mesa. Se janto com taberneiros e pecadores, isso é problema meu. Não divido meu pão com fariseus.

– Eu deveria lhe acertar um soco – respondeu Duke lentamente. – E acertaria, se você fosse da minha idade.

– Não deixe que isso atrapalhe. Posso ser mais durão do que você pensa. Se não for, a confusão vai atrair os outros. Você acha que pode com o Homem de Marte?

– *Ele*? Posso parti-lo em dois com uma só mão!

– Provavelmente... Se conseguir botar a mão nele.

– Hein?

– Você viu quando apontei um revólver contra ele. Duke, *cadê aquele revólver*? Encontre o revólver. Então me diga se ainda acha que pode partir Mike em dois. Mas ache o revólver primeiro.

Duke continuou montando o projetor.

– Algum truque de prestidigitação. A filmagem vai mostrar.

– Duke, pare de mexer nisso – respondeu Harshaw. – Sente-se. Vou cuidar de tudo depois que você for embora.

– Hein? Jubal, não quero que você mexa no projetor. Você sempre deixa ele todo descalibrado.

– Eu falei para você se sentar.

– Mas...

– Duke, eu arrebento esse troço todo se eu quiser. Não aceito serviço de um sujeito depois que ele pediu demissão.

– Diabos, eu não pedi demissão! Você ficou nervoso e me demitiu, sem motivo nenhum!

– Sente-se, Duke – repetiu Harshaw em voz baixa. – E deixe-me tentar salvar sua vida; ou vá embora daqui o mais rápido que puder. Não pare para fazer as malas. Pode não viver o bastante para isso.

– O que diabos você quer dizer com isso?

– Exatamente o que estou falando. Duke, é irrelevante se você pediu demissão ou foi demitido; seu vínculo empregatício foi rompido quando você anunciou que não comeria à minha mesa. Mesmo assim, eu acharia desagradável que você fosse morto na minha propriedade. Então, sente-se e eu farei meu melhor para evitar isso.

Duke se sentou, parecendo espantado.

– Você é irmão de água de Mike? – continuou Harshaw.

– Hein? Claro que não. Ah, ouvi falar nessas coisas. É bobagem, se você quiser saber o que eu acho.

– Não é bobagem e ninguém quer saber o que você acha; você não tem competência para ter uma opinião. – Harshaw franziu o cenho. – Duke, eu não quero mandar você embora; você mantém as geringonças funcionando e me poupa de aborrecimentos por palhaçadas mecânicas. Mas eu preciso tirar você daqui em segurança, e então descobrir quem mais não é irmão de água de Mike... e cuidar para que se tornem tal coisa, ou mandá-los embora também. – Jubal mordeu o lábio. – Talvez seja suficiente extrair uma promessa de Mike de não machucar ninguém sem a minha permissão. Hummm... não, acontece muita brincadeira bruta por aqui, e Mike é predisposto a interpretar mal as coisas. Digamos, se você, ou Larry, já que você não estará mais aqui... pegasse Jill e a jogasse na piscina, Larry poderia acabar onde aquele revólver foi parar, antes que eu pudesse explicar a Mike que Jill não estava em perigo. Larry tem o direito de viver a própria vida sem que esta seja encerrada por causa de um descuido meu. Duke, eu acredito no direito de cada pessoa de cavar a própria cova, mas isso não é desculpa para se dar uma banana de dinamite a um bebê.

– Chefe, você ficou biruta – respondeu Duke lentamente. – Mike não machucaria ninguém. Puxa, essa conversa de canibalismo me deu vontade de vomitar, mas não me leve a mal; ele é um selvagem, não sabe de nada. Mas é gentil como uma ovelhinha, nunca machucaria ninguém.

– Você acha mesmo?

– Tenho certeza.

– Então, você tem armas no seu quarto. Eu lhe digo que ele é perigoso. A temporada de caça aos marcianos está aberta, escolha uma arma, vá até a piscina e o mate. Não se preocupe com a lei, eu lhe garanto que você não será indiciado. Vá em frente!

– Jubal... você não está falando sério.

– Não. Não de verdade. Porque você *não poderia*. Se tentasse, sua arma iria parar onde meu revólver foi, e se você o estressasse muito, você iria junto. Duke, você não sabe com o que está se metendo. Mike *não é* "gentil como uma ovelhinha", e *não é* um selvagem. Suspeito que nós sejamos os selvagens. Você já criou cobras?

– Hum... não.

– Eu criei, quando era criança. Um certo inverno, lá na Flórida, eu peguei o que achei que fosse uma cobra escarlate. Você sabe como é o aspecto delas?

– Não gosto de cobras.

– Preconceito, de novo. A maioria das cobras é inofensiva, útil e divertida de criar. A cobra escarlate é linda; vermelha, negra e amarela; dócil, um ótimo bicho de estimação. Acho que aquela mocinha gostava de mim. Eu sabia como manusear as cobras, como não alarmá-las e não lhes dar uma chance de morder; mesmo a mordida de uma cobra não peçonhenta é um aborrecimento. Aquela belezinha era a minha favorita. Eu a levava para todo canto, exibindo-a para as pessoas, segurando-a pela parte de trás da cabeça e deixando que se enrolasse no meu pulso.

Harshaw continuou:

– Tive uma chance de mostrar minha coleção a um herpetólogo do zoológico de Tampa; eu lhe mostrei minha preferida primeiro. Ele quase teve um treco. Meu bichinho de estimação não era uma cobra escarlate; era uma jovem cobra coral. A mais letal em toda América do Norte. Duke, você entende a moral da história?

– Que criar cobras é perigoso? Eu poderia ter lhe dito isso.

– Ah, pelo amor de Deus! Eu tive cascavéis e outras cobras venenosas, também. Uma cobra peçonhenta *não é* perigosa, não mais que uma arma carregada; nos dois casos você precisa manusear com cuidado. O que tornou aquela cobra perigosa foi que eu não sabia o que ela poderia fazer. Se, na minha ignorância, eu a tivesse manuseado com desleixo, ela teria me matado tão casual e inocentemente quanto um gatinho arranhando. É isso que estou tentando lhe explicar quanto a Mike. Ele parece um rapaz humano ordinário, bem subdesenvolvido, desajeitado, abismalmente ignorante, mas brilhante e dócil e empolgado em aprender. Só que, como a minha cobra, Mike é mais do que parece ser. Se Mike não confiar em você, ele pode ser mais mortífero que aquela cobra coral. Especialmente se ele achar que você está ferindo um dos irmãos de água dele, como Jill ou eu.

Harshaw balançou a cabeça.

– Duke, se você tivesse cedido ao seu impulso de me acertar uma porrada, e Mike estivesse ali naquela porta, você teria morrido antes que pudesse perceber, rápido demais para que eu pudesse impedir. Mike teria então pedido desculpas pelo "desperdício de comida", no caso a sua carcaça parruda. Só que ele não sentiria culpa por ter matado você; isso teria sido uma necessidade que você forçou... e não seria de grande importância, nem para você mesmo. Veja bem, Mike acredita que sua alma é imortal.

– Hein? Bem, diabos, eu também. Mas...

– Você acredita mesmo? – indagou Jubal, desolado. – Não sei não.

– Ora, certamente que sim! Ah, não vou muito à igreja, mas fui criado direito. Tenho fé.

– Ótimo. Se bem que eu nunca entendi como Deus poderia esperar que suas criaturas escolhessem a única religião verdadeira pela fé, me parece um jeito desleixado de se administrar um universo. Entretanto, já que você acredita na imortalidade, não precisamos nos incomodar com a probabilidade dos seus preconceitos causarem o seu falecimento. Você quer ser cremado ou enterrado?

– Ah, tenha santa paciência, Jubal, pare de tentar me aborrecer.

– De forma alguma. Não posso garantir sua segurança, já que você insiste em achar que a cobra coral é uma cobra escarlate inofensiva... qualquer vacilo pode ser o seu último. Mas eu prometo que não vou deixar Mike comer você.

O queixo de Duke caiu. Em seguida ele respondeu, explosiva, profana e incoerentemente. Harshaw escutou e então disse, impaciente:

– Muito bem, sossegue o facho. Faça qualquer combinação com Mike que você quiser. – Harshaw se dobrou sobre o projetor. – Quero ver as imagens. Diabos! – acrescentou. – Essa coisa maldita me mordeu.

– Você tentou forçá-la. Aqui... – Duke completou o ajuste que Harshaw tinha escangalhado e inseriu uma fita. Nenhum dos dois reabriu a questão da continuidade do emprego de Duke. O projetor era um tanque de mesa, com um adaptador para receber filme de visão-e-som-sólidos de quatro milímetros. Logo eles estavam assistindo aos eventos que levaram ao desaparecimento da caixa vazia de conhaque.

Jubal viu a caixa voar contra sua cabeça, viu a caixa sumir em pleno ar.

– Anne vai ficar feliz em saber que as câmeras lhe dão respaldo. Duke, vamos repetir isso em câmera lenta.

– Certo. – Duke rebobinou a fita, anunciando em seguida: – Isto é dez vezes mais lento.

A cena era a mesma, mas o som em velocidade reduzida era inútil. Duke o desligou. A caixa flutuou das mãos de Jill em direção à cabeça de Jubal, em seguida cessando sua existência. Porém, em câmera lenta, era possível ver que encolhia, ficando cada vez menor até não estar mais lá.

— Duke, você pode deixar ainda mais lento?

— Só um segundo. Alguma coisa desconjuntou a imagem estéreo.

— O quê?

— Não faço a mínima ideia. Parecia tudo bem na velocidade normal. Mas quando eu deixei mais lento, o efeito de profundidade se inverteu. A caixa se afastou de nós, muito rápido, mas sempre parecia mais perto que a parede. Paralaxe trocada, é claro. Mas eu nunca tirei aquele cartucho do leitor.

— Ah. Espere aí, Duke. Rode o filme da outra câmera.

— Hum... Entendi. Isso nos dará um ponto de vista cruzado a noventa graus, e nós veremos direito mesmo se eu tiver estrumbicado este filme. — Duke trocou os cartuchos. — Correr pela primeira parte, depois reduzir no final?

— Vá em frente.

A cena era idêntica, exceto pelo ângulo. Quando a imagem de Jill pegando a caixa passou, Duke colocou em câmera lenta e novamente eles observaram a caixa sumir.

Duke xingou.

— Alguma coisa estrumbicou a segunda câmera também.

— E daí?

— Estava filmando lateralmente, assim a caixa deveria ter saído do quadro para um dos lados. Em vez disso, se afastou diretamente de nós outra vez. Você viu.

— Sim — concordou Jubal. — Se afastou diretamente de nós.

— Mas *não é possível*, não dos dois ângulos.

— O que você quer dizer com "não é possível"? Aconteceu! — Harshaw acrescentou: — Se tivéssemos usado radar Doppler em vez de câmeras, eu me pergunto o que teríamos visto.

— Como eu poderia saber? Vou desmontar essas câmeras.

— Não se incomode.

— Mas...

— Duke, as câmeras estão bem. O que está a noventa graus de tudo mais?

— Não sou bom com charadas.

— Não é uma charada. Eu poderia mandar você falar com o sr. A. Quadrado, da Planolândia, mas vou responder. O que está perpendicular a tudo mais? Resposta: dois corpos, um revólver, e uma caixa vazia.

— Do que diabos você está falando, chefe?

— Nunca falei mais claramente na minha vida. Tente acreditar na evidência em vez de insistir que as câmeras devem estar com defeito porque você viu algo inesperado. Vamos ver os outros filmes.

Estes não acrescentaram nada que Harshaw já não soubesse. O cinzeiro, quando próximo do teto, tinha ficado fora do enquadramento, mas sua descida lenta tinha sido gravada. A imagem da arma no tanque era pequena mas, até onde podia se ver, o revólver tinha encolhido na distância sem se mover. Como Harshaw o estivera segurando com força quando ele saiu da sua mão, ficou satisfeito; se é que "satisfeito" era a palavra.

— Duke, quero cópias de todas essas fitas.

Duke hesitou.

— Eu ainda estou trabalhando aqui?

— O quê? Ah, diabos! Você não pode comer na cozinha, isso está fora de questão. Duke, tente esquecer seus preconceitos e escute.

— Vou escutar.

— Quando Mike pediu o privilégio de comer minha velha carcaça cheia de nervuras, ele me concedeu a maior honra que conhece, pelas únicas regras que conhece. O que ele aprendeu "com sua mãezinha", por assim dizer. Estava me oferecendo o maior elogio possível, e requisitando uma dádiva. Não importa o que eles pensam no Kansas; Mike usa os valores que aprendeu em Marte.

— Prefiro o Kansas.

— Bem — admitiu Jubal —, eu também. Só que não se trata de uma escolha livre para mim, nem para você, e muito menos para Mike. É quase impossível apagar o seu treinamento mais primitivo. Duke, você consegue enfiar nessa sua cabeça que, se *você* tivesse sido criado por marcianos, você teria a mesma atitude em relação a comer e ser comido que Mike tem?

Duke balançou a cabeça.

— Não engulo essa, Jubal. Claro, na maioria das questões foi só o azar que Mike teve de não ter sido criado na civilização. Mas isso é diferente, isso é instinto.

— Instinto? Bobagem!

— Mas é sim. Eu não fui "treinado pela minha mãezinha" para não ser um canibal. Diabos, sempre soube que era um pecado, dos feios. Ora, o mero pensamento revira meu estômago. É um instinto básico.

Jubal grunhiu.

– Duke, como você pode ter aprendido tanto sobre maquinaria e jamais ter aprendido nada sobre como você mesmo funciona? Sua mãe não teve que dizer "não pode devorar seus amiguinhos, querido, não é educado" porque você absorveu isso da nossa cultura, assim como eu. Piadas sobre canibais e missionários, desenhos animados, contos de fadas, histórias de horror, fontes incontáveis. Droga, filho, não poderia ser instinto; o canibalismo é, historicamente, um costume muito arraigado em todos os ramos da raça humana. Seus ancestrais, meus ancestrais, todo mundo praticava.

– *Seus* ancestrais, talvez.

– Hum. Duke, você não me falou que tinha sangue nativo?

– Hein? Sim, um oitavo. E daí?

– Então, ainda que nós dois tenhamos canibais nas nossas árvores genealógicas, os seus provavelmente estão várias gerações mais próximos porque...

– Ora, seu velho careca...

– Calma lá! O canibalismo ritual era comum dentre as culturas nativas americanas, pode pesquisar. Além disso, como norte-americanos, temos uma chance maior do que a média de termos um toque de sangue africano sem sabermos... e aí está o canibalismo de novo. Entretanto, mesmo que fôssemos de pura linhagem do norte da Europa (um conceito ridículo, pois a bastardia casual é muito mais comum do que jamais se admitiu), mesmo que fôssemos, tal ancestralidade apenas nos diria de *quais* canibais nós descendemos... Porque *todos* os ramos da raça humana apresentaram canibalismo. Duke, é tolice falar que uma prática é "contra o instinto", quando centenas de milhões a seguiram.

– Só que... tudo bem, eu já deveria saber que não poderia discutir com você, Jubal; você distorce as coisas. Mas vamos supor que realmente viemos de selvagens que não sabiam das coisas... E daí? Somos civilizados agora. Ou pelo menos *eu* sou.

Jubal sorriu.

– Insinuando que eu não sou. Filho, além do meu próprio reflexo condicionado contra mastigar um pernil assado de... bem, seu, por exemplo... além desse preconceito entranhado, eu considero nosso tabu contra o canibalismo uma excelente ideia... porque nós *não* somos civilizados.

– Hein?

– Se nós não tivéssemos um tabu tão forte a ponto de você achar que é instinto, eu poderia pensar numa longa lista de pessoas a quem eu jamais daria as costas, não com o preço da carne de boi como anda hoje. Hein?

Duke deu um sorriso relutante.

– Eu não correria o risco com a minha ex-sogra.

– E quanto ao nosso charmoso vizinho ao sul, com sua atitude tão casual quanto ao gado alheio durante a temporada de caça? Quer apostar quanto que eu e você iríamos parar no freezer dele? Só que em Mike eu confio, porque ele é civilizado.

– Hein?

– Mike é absolutamente civilizado, à moda marciana. Duke, eu já conversei o bastante com Mike para saber que a prática marciana não é "bicho come bicho"... ou "marciano come marciano". Eles comem os mortos, em vez de enterrá-los, queimá-los ou entregá-los aos abutres; mas o costume é formalizado e profundamente religioso. Um marciano nunca é esquartejado contra sua vontade. De fato, o assassinato não parece ser um conceito marciano. Um marciano morre quando decide fazê-lo, depois de debater o assunto com os amigos e receber o consentimento dos fantasmas de seus antepassados para se juntar a eles. Tendo decidido morrer, ele o faz, tão facilmente quanto você fecha os olhos; sem violência, sem doença, nem mesmo uma overdose de pílulas para dormir. Num segundo ele está vivo e bem, no segundo seguinte, ele é um fantasma. Então seus amigos comem o que não tem mais utilidade alguma para ele, "grokando-o", como Mike diria, e enaltecendo suas virtudes enquanto passam mostarda. O fantasma participa do banquete; é uma cerimônia de bar mitzvah ou crisma na qual o fantasma alcança o status de "Ancião"; um estadista idoso, pelo que entendi.

Duke fez uma careta.

– Deus, que lixo supersticioso!

– Para Mike é uma cerimônia religiosa solene, mas alegre.

Duke fungou.

– Jubal, você não acredita nessa conversa de fantasmas. É só canibalismo combinado com superstição grosseira.

– Bem, eu não iria tão longe. Acho esses "Anciãos" difíceis de engolir; só que Mike fala deles como nós falamos da quarta-feira passada. Quanto ao resto... Duke, em qual igreja você foi criado? – indagou Jubal, e Duke respondeu. Jubal continuou: – É, achei que fosse essa; no Kansas a maioria das pessoas frequenta a sua, ou alguma outra tão parecida, que você precisa olhar a placa para saber a diferença. Conte-me, como você se sentia quando participava do canibalismo simbólico que desempenha um papel tão importante nos rituais da sua igreja?

Duke o encarou.

– Do que diabos você está falando?

Jubal piscou solenemente de volta.

– Você era um membro? Ou só ia na missa de domingo?

– Hein? Ora, eu certamente era um membro, e ainda sou, mesmo que não frequente muito.

– Achei que talvez você não tivesse direito de receber. Bem, você saberá do que eu estou falando se parar para pensar. – Jubal se levantou. – Não vou ficar discutindo as diferenças entre um tipo de canibalismo e outro. Duke, não posso perder mais tempo tentando libertar você do preconceito. Você vai embora? Se for, é melhor eu escoltar você até o portão. Ou você prefere ficar? Ficar e comer com o resto de nós, canibais?

Duke franziu o cenho.

– Acho que vou ficar.

– Então eu lavo minhas mãos. Você viu as filmagens; se não for completamente idiota, já entendeu que esse homem marciano pode ser perigoso.

Duke concordou com a cabeça.

– Não sou tão burro quanto você pensa, Jubal. Mas não vou deixar Mike me expulsar daqui. – Ele acrescentou: – Você diz que ele é perigoso. Só que eu não vou provocá-lo. Puxa vida, Jubal, eu *gosto* do carinha, com algumas exceções.

– Hummm. Droga, você ainda o subestima, Duke. Veja bem, se você se sentir amistoso em relação a ele, a melhor coisa que pode fazer é lhe oferecer um copo de água. Entendeu? Virar um "irmão de água" dele.

– Hã... Vou pensar nisso.

– Mas, Duke, não finja. Se Mike aceitar sua oferta, ele será absolutamente sério. Confiará absolutamente em você. Então não faça isso a não ser que esteja disposto a confiar nele e ficar ao lado dele, não importando o quão difíceis fiquem as coisas. É para valer, ou não é para ser.

– Eu entendi. Por isso falei que ia pensar.

– Certo. Não demore muito para decidir... Acho que as coisas ficarão difíceis muito em breve.

CAPÍTULO XIV

Em Laputa, de acordo com Lemuel Gulliver, nenhuma pessoa importante ouvia ou falava sem a ajuda de um "climenole"; ou "matraca", na tradução para o português; pois esse servo era responsável por matraquear a boca e as orelhas do mestre com uma bexiga sempre que, *na opinião do servo*, fosse desejável que o mestre falasse ou ouvisse. Sem o consentimento do respectivo matraca, era impossível conversar com qualquer laputiano da classe dos mestres.

O sistema de matracas era desconhecido em Marte. Os Anciãos marcianos precisavam tanto deles quanto cobras precisariam de sapatos. Marcianos ainda encarnados poderiam ter usado os matracas, mas não o faziam; o conceito se opunha ao modo de vida deles.

Um marciano que precisasse parar por alguns minutos ou anos de contemplação simplesmente o fazia; se um amigo desejasse falar com ele, o amigo esperaria. Com a eternidade ao seu dispor, não havia motivo para se apressar; "pressa" não era um conceito marciano. Rapidez, velocidade, simultaneidade, aceleração e outras abstrações do padrão da eternidade eram parte da matemática marciana, mas não da emoção marciana.

Por outro lado, a correria incessante da existência humana não vinha de necessidades matemáticas do tempo, mas da urgência frenética implícita na bipolaridade sexual humana.

No planeta Terra o sistema de matracas se desenvolveu lentamente. Houve um tempo em que qualquer soberano terráqueo manteria uma corte aberta, para que até o indivíduo mais baixo pudesse aparecer diante dele sem um intermediário. Traços dessa prática persistiram por muito tempo depois dos reis se tornarem escassos; um inglês poderia "gritar pelo rei!" (por mais que nenhum o fizesse), e os chefões mais espertos das cidades deixavam a porta aberta a qualquer trabalhador ferroviário ou mendigo até pelo menos o século 20. Um resquício do princípio foi embalsamado na primeira e na nona emendas da Constituição norte-americana, mesmo que tenham acabado obsoletas pelos Artigos da Federação Mundial.

Quando a *Champion* retornou de Marte, o princípio do acesso ao soberano estava morto de fato, independentemente da forma nominal de governo, e a importância de uma personalidade poderia ser medida pelas camadas de matracas que a isolava da ralé. Eram conhecidos como assistentes executivos, secretários particulares, secretários dos secretários particulares, assessores de imprensa, recepcionistas, gerente de compromissos etc.; mas todos eram "matracas", pois detinham o veto arbitrário sobre a comunicação que viesse de fora.

Essas teias de oficiais resultavam outras "não oficiais", que matraqueavam o patrão sem permissão dos matracas oficiais, se aproveitando de ocasiões sociais, acessos pela "porta dos fundos" ou números de telefone sigilosos. As teias não oficiais eram compostas pelos chamados "colegas de golfe", "colegas de conselho", "lobistas", "estadistas veteranos", e assim por diante. E as não oficiais criavam teias também, até que fossem quase tão difíceis de alcançar quanto o patrão, e não oficiais secundários brotavam para contornar os matracas dos não oficiais primários. No caso de uma personalidade de importância vital, o labirinto de não oficiais era tão complexo quanto as falanges oficiais que cercavam uma pessoa "meramente" muito importante.

* * *

O dr. Jubal Harshaw, palhaço profissional, subversivo amador e parasita voluntário, tinha uma atitude quase marciana com relação à "pressa". Ciente de que tinha apenas um curto tempo de vida e não possuindo uma fé na imortalidade nem de Marte nem do Kansas, ele decidiu viver cada momento dourado como eterno; sem medo, sem esperança, com entusiasmo sibarítico. Para tanto, precisava de algo maior que o barril de Diógenes, mas menor que o domo de prazer de Kublai; sua propriedade era simples, alguns hectares cuja privacidade era mantida com uma cerca elétrica, uma casa de mais ou menos catorze quartos, com secretárias correntes e outras conveniências modernas. Para sustentar seu ninho austero e seus funcionários, ele fazia o mínimo de esforço pelo máximo retorno porque era mais fácil ser rico do que pobre; Harshaw queria viver em luxo preguiçoso, fazendo o que o divertisse.

Ele se sentia ressentido quando as circunstâncias forçavam nele uma necessidade de pressa, e jamais admitiria que estava se divertindo.

Naquela manhã ele precisou falar com o chefe do Executivo do planeta. Sabia que o sistema de matracas tornava tal contato praticamente impossível. Harshaw desdenhava se cercar de matracas adequados ao seu próprio nível; ele mesmo atendia o telefone se estivesse à mão, porque cada telefonema oferecia uma chance de ser rude com algum estranho por ter ousado invadir sua privacidade sem causa; sendo a "causa" definida pelo próprio Harshaw. Ele sabia que não encontraria essas condições no Palácio Executivo; o sr. secretário-geral não atenderia o próprio telefone. Mas Harshaw tinha anos de prática em ser mais esperto que os costumes humanos; ele se atracou alegremente com a tarefa, depois do café da manhã.

Seu nome o carregou lentamente por várias camadas de matracas. Ele era suficientemente VIP para que nunca desligassem. Foi passado de secretário em secretário e acabou falando com um homem jovem e educado que parecia disposto a ouvir infinitamente, não importando o que Harshaw dissesse; mas que não o iria passar ao honorável sr. Douglas.

Harshaw sabia que provocaria ação se afirmasse estar com o Homem de Marte, mas não achou que o resultado lhe seria vantajoso. Calculou que uma menção a Smith mataria qualquer chance de alcançar Douglas, ao mesmo tempo em que faria os subordinados reagirem, o que ele não queria. Com a vida de Caxton em jogo, Harshaw não poderia correr o risco de fracassar por causa da falta de autoridade ou excesso de ambição de um subalterno.

Mas essa rejeição delicada estava testando sua paciência. Finalmente, ele rosnou:

– Rapaz, se você não tem autoridade, deixe-me falar com alguém que tenha! Me ponha para falar com o sr. Berquist.

O lacaio subitamente perdeu o sorriso, e Jubal pensou alegremente que enfim o tinha desestabilizado. Então continuou pressionando.

– Então? Não fique aí sentado! Ligue para Gil na sua linha interna e diga-lhe que você fez Jubal Harshaw esperar.

O rosto jovial respondeu sem expressão:

– Não temos nenhum sr. Berquist aqui.

– Não me interessa onde ele está. Fale com ele! Se você não conhecer Gil Berquist, pergunte ao seu chefe. Sr. Gilbert Berquist, assistente pessoal do sr. Douglas. Se você trabalha pelo Palácio, já viu o sr. Berquist; 35 anos, 1,80 metro, 82 quilos, cabelo loiro ficando ralo, muitos sorrisos e dentes perfeitos. Se você não ousar perturbá-lo, largue o problema no colo do seu chefe. Pare de roer as unhas e mexa-se!

– Por favor, aguarde. Vou verificar – respondeu o rapaz.

– Eu certamente vou aguardar. Vá buscar Gil. – A imagem foi substituída por um padrão abstrato; uma voz dizia: "Por favor, aguarde enquanto sua ligação é completada. Esta espera não será cobrada em sua conta. Por favor, relaxe enquanto...". Música calmante começou a tocar; Jubal se reclinou e olhou em volta. Anne estava lendo, fora do ângulo de visão do telefone. Do outro lado, o Homem de Marte também estava escondido da câmera, assistindo a estereovisão com fones de ouvido.

Jubal refletiu que seria melhor devolver a caixa de fazer doidos ao porão.

– O que você está vendo, filho? – indagou, estendeu a mão e ligou o som.

– Eu não sei, Jubal – respondeu Mike.

O som confirmou o que Jubal temia: Smith estava ouvindo uma cerimônia religiosa fosterita; o pastor lia as seguintes notas: "... Nossa equipe júnior Espírito em Ação vai fazer uma demonstração, então chegue cedo para ver o pau comer! Nosso treinador, o irmão Hornsby, me pediu para avisar aos rapazes para trazerem apenas os capacetes, luvas e tacos; não vamos perseguir os pecadores desta vez. Entretanto, o Pequeno Querubim vai estar presente com o kit de primeiros-socorros para os casos de zelo excessivo". O pastor parou e sorriu largamente. "E agora uma notícia maravilhosa, meus filhos! Uma mensagem do anjo Ramzai para o irmão Arthur Renwick e sua boa esposa Dorothy. Sua prece foi aprovada, e vocês vão para o Céu ao amanhecer de terça-feira! Levante-se, Art! Levante-se, Dottie! Curvem-se!"

A câmera cortou para mostrar a congregação, centralizando no irmão e na irmã Renwick. Ao som de aplausos entusiásticos e gritos de *Aleluia!*, o irmão Renwick retribuía com cumprimentos, enquanto sua esposa corava e sorria e enxugava os olhos ao lado dele.

A câmera cortou de volta, no que o pastor ergueu as mãos pedindo silêncio. Ele continuou rapidamente: "A festa de *bon voyage* começa à meia-noite, quando as portas serão fechadas; então cheguem cedo e vamos fazer desta a festa mais animada que nosso rebanho já viu; estamos todos orgulhosos de Art e Dottie. O velório começará meia hora depois da alvorada, com um café da manhã acontecendo imediatamente em seguida para quem tiver que trabalhar cedo". O pastor subitamente ficou sério, e a câmera deu um close até que a cabeça dele encheu o tanque. "Depois da nossa última *bon voyage*, o sacristão encontrou uma garrafa vazia em um dos nossos quartos de Felicidade, de uma marca de destilados feitos por pecadores. Isso é um assunto morto e enterrado; o irmão que vacilou confessou e pagou penitência sete vezes, até mesmo recusando o tradicional desconto à vista. Tenho certeza que ele não vai repetir o erro. Mas, parem para pensar, meus filhos; vale apena arriscar a felicidade eterna apenas para economizar alguns centavos num artigo de mercadoria mundana? Sempre procurem o selo de aprovação sagrado e feliz com o rosto sorridente do bispo Digby. Não deixem os pecadores enganarem vocês com algo 'igualmente bom'. Nossos patrocinadores nos apoiam e merecem seu apoio. Irmão Art, lamento ter que tocar nesse assunto…"

"Tudo bem, pastor! Manda ver!"

"… num momento de tamanha felicidade. Mas não podemos nunca nos esquecer…" Jubal desligou o circuito de voz.

– Mike, isso não é nada do que você precise.

– Não é nada?

– Hum… – Raios, o rapaz teria que aprender sobre essas coisas. – Muito bem, vá em frente. Mas venha falar comigo depois.

– Sim, Jubal.

Harshaw estava prestes a oferecer conselhos para contrabalancear a tendência de Mike de entender literalmente tudo que ouvia. Mas a música de espera do telefone baixou até sumir, e a tela se encheu com uma imagem – um homem com uns quarenta anos que Jubal rotulou como "policial".

– Você não é Gil Berquist – acusou Jubal agressivamente.

– Qual é o seu interesse em Gilbert Berquist?

Jubal respondeu com paciência dolorosa.

— Eu quero falar com ele. Veja bem, meu bom homem, você é um funcionário público?

O homem hesitou.

— Sim. Você deve...

— Eu não "devo" nada! Sou um cidadão e meus impostos ajudam a pagar seu salário. Passei a manhã inteira tentando fazer um simples telefonema, que foi passado de um bovino com cérebro de borboleta a outro, todos eles se alimentando do cocho público. E agora *você*. Quero seu nome, cargo e número de folha de pagamento. Em seguida, vou falar com o sr. Berquist.

— Você não respondeu à minha pergunta.

— Ora, ora! Não tenho que responder; sou um cidadão particular. Você *não é*; e a pergunta que eu fiz pode ser exigida de qualquer servidor público. *O'Kelly versus Estado da Califórnia*, 1972. Exijo que você se identifique; nome, cargo, número.

O homem respondeu sem emoção.

— Você é o dr. Jubal Harshaw. Está ligando de...

— Então foi isso que demorou tanto? Que ridículo. Meu endereço pode ser obtido em qualquer biblioteca, agência de correio ou serviço de auxílio à lista. Quanto a quem eu sou, todo mundo sabe. Todo mundo que for alfabetizado. Você é alfabetizado?

— Dr. Harshaw, sou um policial e requisito sua cooperação. Qual é o motivo da sua...

— Bah, senhor! Sou advogado. Um cidadão só está obrigado a cooperar com um policial sob determinadas condições. Por exemplo, durante uma perseguição ativa e, nesse caso, o policial ainda pode ser obrigado a apresentar credenciais. Estamos numa "perseguição ativa", senhor? O senhor está prestes a mergulhar por este instrumento maldito? Em segundo lugar, um cidadão pode ser forçado a cooperar dentro de limites razoáveis e legais durante o curso de uma investigação policial...

— Esta é uma investigação.

— Do quê, senhor? Antes que você possa exigir minha cooperação, você tem que se identificar, me apresentar credenciais satisfatórias, declarar seu propósito e, se eu assim exigir, citar o código e demonstrar que existe "necessidade razoável". Você não fez nenhuma dessas coisas. Eu quero falar com o sr. Berquist.

Os músculos da mandíbula do homem estavam saltando, mas ele respondeu:

– Eu sou o capitão Heinrich da Agência S. S. da Federação. O fato de que você entrou em contato comigo ligando para o Palácio Executivo deve ser prova de que eu sou quem eu digo ser. Mesmo assim... – Ele pegou uma carteira, abriu e ergueu diante da câmera. Harshaw olhou a identificação.

– Muito bem, capitão – grunhiu Harshaw. – Você agora pode me explicar por que está me impedindo de falar com o sr. Berquist?

– O sr. Berquist não está disponível.

– Então por que vocês não disseram logo? Transfira minha ligação a alguém do nível de Berquist. Quero dizer, a uma das pessoas que trabalham diretamente com o secretário-geral, como Gil. Não estou falando em ser despejado para algum assistente júnior capacho sem autoridade para assoar o próprio nariz! Se Gil não estiver aí, então, pelo amor de Deus, me arranje alguém de importância igual!

– Você estava tentando telefonar para o secretário-geral.

– Precisamente.

– Muito bem, você pode explicar que assunto tem a tratar com o secretário-geral?

– Eu não posso, não. Você é um assistente confidencial do secretário-geral? Está a par dos segredos dele?

– Isso não vem ao caso.

– Isso é exatamente o caso. Como policial, você sabe muito bem que não é assim que funciona. Eu vou explicar a alguma pessoa que eu saiba que esteja autorizada a se inteirar de material confidencial e que seja da confiança do sr. Douglas, apenas o suficiente para que o secretário-geral fale comigo. Você tem certeza de que o sr. Berquist não pode atender?

– Absoluta.

– Então terá que ser outra pessoa do mesmo nível.

– Se se trata de um segredo, você não deveria estar telefonando.

– Meu bom capitão! Já que você rastreou esta chamada, sabe muito bem que meu telefone está equipado para receber um telefonema de retorno de segurança máxima.

O oficial do S. S. o ignorou e continuou falando:

– Doutor, vou ser direto. Até que você me explique o assunto, você não vai falar com mais ninguém. Se ligar de novo, vai ser transferido a este escritório. Ligue cem vezes, ou daqui a um mês. Vai dar no mesmo, até que você coopere.

Jubal sorriu alegremente.

– Não será mais necessário, pois você deixou escapar… sem querer, ou teria sido intencionalmente?… o único fragmento de informação necessário antes de agirmos. Se formos forçados. Posso contê-los o resto do dia… Mas a palavra-chave não é mais "Berquist".

– Do que diabos você está falando?

– Meu caro capitão, por favor! Não num circuito aberto… mas você sabe, ou deveria saber, que eu sou um filosofunculista sênior em atividade.

– Como assim?

– Você não estudou anfiguri? Jesus, o que eles andam ensinando nas escolas hoje em dia! Você pode voltar ao seu joguinho de baralho, não preciso mais de você. – Jubal desligou, configurou o telefone para rejeitar ligações por dez minutos, e disse: – Venham, crianças – e voltou ao seu lugar de vadiagem perto da piscina. Avisou Anne que deveria manter o manto de testemunha à mão, pediu a Mike que ficasse por perto e instruiu Miriam quanto ao telefone. Por fim, relaxou.

Harshaw não estava aborrecido. Não acreditava poder alcançar o secretário-geral imediatamente. A missão de reconhecimento tinha revelado um ponto fraco na muralha que cercava o secretário, e Jubal esperava que a peleja com o capitão Heinrich rendesse uma ligação posterior de um nível mais alto.

Caso contrário, pelo menos a troca de elogios com o policial do S. S. tinha sido recompensadora em si e tinha deixado Jubal com uma sensação calorosa de contentamento. Ele tinha para si a certeza de que certos pés foram feitos para serem pisados, de modo a melhorar a raça, promover o bem-estar geral e minimizar a tradicional insolência da autoridade; Jubal vira imediatamente que Heinrich tinha um desses pés.

Porém, ele se perguntou quanto tempo poderia esperar. Além do colapso iminente da "bomba" dele, e do fato de ter prometido a Jill que agiria em prol de Ben Caxton, havia mais uma coisa nova o incomodando. Duke tinha sumido.

Se sumido pelo dia, ou sumido de vez (ido ou fugido), Jubal não sabia. Duke tinha participado do jantar, mas não tinha aparecido para o café da manhã. Nenhuma das duas coisas era notável na casa de Harshaw, e ninguém parecia sentir a falta de Duke.

Jubal olhou para o outro lado da piscina. Observou Mike tentando mergulhar exatamente como Dorcas tinha acabado de fazer, e admitiu a si mesmo que não tinha perguntado sobre Duke naquela manhã, de propósito. A verdade era que ele não queria perguntar ao lobo mau o que ele tinha feito com a vovózinha. O lobo poderia responder.

Bem, só havia um jeito de lidar com a fraqueza.

– Mike! Venha cá.

– Sim, Jubal. – O Homem de Marte saiu da piscina e trotou até ele como um cachorrinho empolgado. Harshaw o olhou de cima a baixo e concluiu que o rapaz estava pesando uns dez quilos a mais que quando tinha chegado... e era tudo músculo.

– Mike, você sabe onde Duke está?

– Não, Jubal.

Bem, isso encerrava o assunto; o rapaz não sabia mentir – peraí, peraí! Jubal lembrou-se do hábito de computador de Mike, aquela coisa de responder apenas à pergunta feita... e Mike não parecia saber onde a maldita caixa tinha ido parar, depois que ela desapareceu.

– Mike, quando você o viu pela última vez?

– Eu vi Duke subindo quando Jill e eu descemos, esta manhã quando hora de cozinhar café da manhã. – Mike acrescentou, orgulhoso: – Eu ajudei cozinhar.

– E essa foi a última vez que você viu Duke?

– Eu não ver Duke depois, Jubal. Eu orgulhosamente queimei torrada.

– Aposto que sim. Você ainda vai ser um belo marido um dia, se não for cuidadoso.

– Ah, eu queimei muito cuidadoso.

– Jubal...

– Hein? Sim, Anne?

– Duke tomou café da manhã cedo e se mandou para a cidade. Achei que você soubesse.

– Bem – contemporizou Jubal –, eu achei que ele fosse embora depois do almoço. – Jubal subitamente sentiu um peso sumir dos seus ombros. Não que Duke significasse alguma coisa para ele, claro que não! Por anos ele tinha evitado deixar que qualquer ser humano fosse importante para ele; mas aquilo o teria incomodado. Um pouco, de qualquer maneira.

Que estatuto seria violado ao fazer alguém mudar noventa graus de tudo mais?

Não seria assassinato, desde que o rapaz usasse o truque apenas em legítima defesa, ou na defesa apropriada de terceiros, como Jill. As leis da Pensilvânia contra feitiçaria poderiam valer... mas seria interessante ver como o indiciamento seria redigido.

Um processo civil poderia mentir; será que poderiam interpretar o ato de abrigar o Homem de Marte como "manter um incômodo interessante"? Era provável que novas regras e leis tivessem que evoluir. Mike já tinha arrasado com a medicina e a física, mesmo que os praticantes das duas disciplinas já conhecessem o caos. Harshaw lembrava-se da tragédia que a relatividade tinha representado para muitos cientistas. Incapazes de digeri-la, eles tinham se refugiado na raiva contra Einstein. Tal refúgio fora um beco sem saída; tudo que a velha guarda inflexível pôde fazer foi morrer e deixar mentes mais jovens assumirem o comando.

O avô dele tinha lhe contado que a mesma coisa acontecera à medicina quando a teoria dos germes surgiu; médicos insistiram até no túmulo que Pasteur não passava de um mentiroso, um idiota ou coisa pior, sem examinar as provas que seu "senso comum" lhes dizia serem impossíveis.

Bem, ele já via que Mike ia causar mais confusão que Pasteur e Einstein combinados. O que o lembrou...

– Larry! Cadê Larry?

– Aqui, chefe – anunciou o alto-falante atrás dele. – Aqui embaixo, na oficina.

– Tá com o botão de pânico?

– Claro. Você mandou dormir com ele. Eu durmo.

– Dê um pulo aqui em cima e passe o botão para Anne. Anne, guarde o botão com seu manto.

Ela concordou com a cabeça.

– Imediatamente, chefe – respondeu Larry. – Contagem regressiva chegando?

– Basta vir até aqui. – Jubal percebeu que o Homem de Marte ainda estava diante dele, quieto como uma escultura. Escultura? Hum... Jubal vasculhou sua memória. O Davi de Michelangelo! Sim, até mesmo as mãos e pés de cachorrinho, o rosto serenamente sensual, o cabelo longo e bagunçado. – Isso é tudo, Mike.

– Sim, Jubal.

Só que Mike esperou.

– Alguma coisa em mente, filho? – indagou Jubal.

– Sobre quando eu estava vendo aquela maldita-caixa-barulhenta. Você disse "fale comigo depois".

— Ah. — Harshaw se lembrou do programa fosterita e estremeceu. — Sim, mas não chame aquela coisa de "maldita caixa barulhenta". É um aparelho de estereovisão.

Mike parecia confuso.

— Não é uma maldita-caixa-barulhenta? Eu não ouvi você direitamente?

— É de fato uma maldita caixa barulhenta. Mas *você* tem que chamá-la de aparelho de estereovisão.

— Eu vou chamar de "aparelho-de-estereovisão". Por quê, Jubal? Eu não groko.

Harshaw suspirou; já tinha escalado aquela montanha vezes demais. Qualquer conversa com Smith acabava se referindo a comportamentos humanos que não poderiam ser justificados logicamente, e as tentativas de fazê-lo levavam um tempo imenso.

— Eu também não groko, Mike — admitiu ele. — Mas Jill quer que você chame assim.

— Eu vou chamar, Jubal. Jill quer assim.

— Agora, conte-me o que você viu e ouviu, e o que você grokou dessas coisas.

Mike se lembrava de cada palavra e ação no tanque de baboseiras, incluindo todos os comerciais. Como já estava quase acabando de ler a enciclopédia, tinha lido artigos sobre *religião, cristianismo, islã, judaísmo, confucionismo, budismo* e assuntos relacionados. Não tinha grokado nada.

Jubal aprendeu que: (a) Mike não sabia que a cerimônia fosterita tinha sido religiosa; (b) Mike lembrava o que tinha lido sobre religiões, mas tinha arquivado as informações para meditação futura, pois não as entendera; (c) Mike tinha uma noção muito confusa do que "religião" significava, mesmo que pudesse citar nove definições do dicionário; (d) a língua marciana não continha nenhuma palavra que Mike pudesse equacionar a *qualquer* uma das definições; (e) os costumes que Jubal tinha descrito a Duke como sendo "cerimônias religiosas" não eram; para Mike, tais questões eram tão mundanas quanto comprar comida era para Jubal; (f) não era possível separar na língua marciana os conceitos humanos de religião, filosofia e ciência; e, já que Mike pensava em marciano, não era possível para ele diferenciá-los. Todas essas coisas eram "ensinamentos dos Anciãos". Nunca tinha ouvido falar em dúvida, nem em pesquisa (nem a palavra marciana para nenhum dos dois); as respostas para quaisquer perguntas estavam disponíveis com os Anciãos, que eram oniscientes e infalíveis, fosse em relação ao tempo de amanhã ou teleologia cósmica. Mike tinha visto uma previsão do tempo e presumido que se tratasse de uma mensagem de um Ancião humano para aqueles ainda encarnados. Presumia a mesma coisa em relação aos autores da *Enciclopédia britânica*.

Por último, e a pior coisa para Jubal, Mike tinha grokado que a cerimônia fosterita tinha anunciado a desencarnação iminente de dois humanos que se juntariam aos "Anciãos" terrestres; e Mike estava tremendamente empolgado. Tinha ele grokado direitamente? Mike sabia que seu inglês era imperfeito, que cometia erros por ignorância, pois era "apenas um ovo". Mas ele tinha grokado *isto* direitamente? Ele estivera esperando uma oportunidade de se encontrar com um "Ancião" humano, tinha muitas perguntas a fazer. Seria esta uma oportunidade? Ou ele precisaria de mais aprendizados antes que estivesse pronto?

Jubal foi salvo pelo gongo; Dorcas chegou com sanduíches e café. Jubal comeu em silêncio, o que servia muito bem a Smith, pois sua criação lhe ensinara que a hora de comer era uma hora de meditação. Jubal esticou a refeição enquanto ponderava, se amaldiçoando por ter deixado Mike assistir o estéreo. Ah, o garoto teria que lidar com religiões; não seria possível evitá-las se ele passasse a vida nesse planeta tonto. Mas, diabos, teria sido melhor esperar até que Mike estivesse acostumado ao padrão torto do comportamento humano... e que não fossem os *fosteritas* a primeira experiência dele!

Agnóstico devoto, Jubal classificava como iguais todas as religiões, do animismo dos bosquímanos do Kalahari à fé mais intelectualizada. Porém, emocionalmente, ele detestava algumas mais que outras, e a Igreja da Nova Revelação o irritava profundamente. A crença teimosa deles de que alcançavam a gnose por meio de uma linha direta com o Paraíso, sua intolerância arrogante, suas cerimônias estilo torcida de futebol/convenção de vendas; tudo isso o deprimia. Se as pessoas tinham que ir à igreja, por que diabos não poderiam fazê-lo com dignidade, como os católicos, cientistas cristãos ou quaker?

Se Deus existia (uma questão em que Jubal mantinha a neutralidade) e se Ele queria ser adorado (uma proposição que Jubal considerava improvável, ainda que possível em vista de sua própria ignorância), então parecia violentamente inverossímil que um Deus com potência para moldar galáxias fosse influenciado pelo nonsense barulhento que os fosteritas ofereciam como "adoração".

Porém, com honestidade desoladora, Jubal admitia que os fosteritas poderiam ser donos da Verdade, a exata Verdade, nada mais que a Verdade. O Universo era um lugar ridículo, na melhor das hipóteses... mas a explicação menos plausível para ele era a explicação vazia do acaso aleatório, o conceito de que coisas abstratas "por acaso" se tornaram átomos que "por acaso" se juntaram de maneiras que "por acaso" podiam ser definidas por leis consistentes; e algumas dessas configurações "por acaso" passaram a possuir autoconsciência; e que duas delas "por acaso" eram o Homem de Marte e um velho careca e rabugento com Jubal dentro.

Não, ele não conseguia engolir a teoria do "por acaso", por mais popular que ela fosse dentre os homens que se chamavam de cientistas. O acaso aleatório não era uma explicação suficiente para o Universo; o acaso aleatório não era suficiente para explicar o acaso aleatório; o jarro não poderia segurar a si mesmo.

O quê, então? "A hipótese mais simples" não merecia preferência; a navalha de Occam não poderia cortar o problema fundamental, a natureza da mente de Deus (melhor chamar assim logo, seu velho vigarista; é um monossílabo latino não banido por ser um palavrão e um rótulo tão bom quanto qualquer outro para aquilo que você não compreende).

Havia alguma razão para se preferir qualquer uma das hipóteses acima das outras? Quando não se entende nada: Não! Jubal admitiu que uma longa vida o tinha deixado sem entender os problemas básicos do Universo.

Os fosteritas poderiam estar certos.

Entretanto, ele lembrou a si mesmo violentamente que duas coisas permaneciam: seu gosto e seu orgulho. Se os fosteritas detivessem o monopólio sobre a Verdade, se o Paraíso estivesse aberto apenas aos fosteritas, então ele, Jubal Harshaw, cavalheiro, preferia aquela eternidade de danação cheia de dor prometida aos "pecadores" que recusavam a Nova Revelação. Ele não conseguia ver o rosto revelado de Deus... Mas sua visão era boa o bastante para localizar seus pares sociais, e aqueles fosteritas não estavam à altura!

Só que ele conseguia entender como Mike tinha sido enganado; a "ida para o Céu" com hora marcada realmente soava como a "desencarnação" voluntária que, Jubal não tinha dúvida, era a prática em Marte. Jubal suspeitava que um termo melhor para a prática fosterita seria "assassinato"; mas isso nunca tinha sido provado, e raramente insinuado. Foster tinha sido o primeiro a "ir para o Céu" no horário, morrendo no momento profetizado; desde então, isso tinha sido uma marca de graça especial... fazia anos desde que algum médico legista tivera a temeridade de se meter nessas mortes.

Não que Jubal se importasse; fosterita bom era fosterita morto.

Só que ia ser difícil explicar.

Não adiantava mais enrolar, outra xícara de café não facilitaria as coisas.
– Mike, quem fez o mundo?
– Com licença?
– Olhe ao seu redor. Tudo isto. Marte também. As estrelas. Tudo que existe. Você e eu e todo mundo mais. Os Anciãos lhe contaram quem fez?

Mike parecia confuso.
– Não, Jubal.
– Bem, você nunca se perguntou? De onde veio o Sol? Quem colocou as estrelas no céu? Quem começou tudo? Tudo, todas as coisas, o mundo inteiro, o Universo... Para que eu e você estivéssemos aqui, conversando. – Jubal fez uma pausa, surpreso consigo mesmo. Ele pretendera usar sua tradicional abordagem agnóstica... e acabou seguindo compulsivamente o treinamento legal, sendo um advogado honesto apesar de si mesmo, tentando apoiar uma crença religiosa que não era a dele, mas que era a fé da maioria dos seres humanos. Jubal descobriu que, querendo ou não, ele era um defensor das ortodoxias de sua própria raça contra... ele não sabia bem o quê. Um ponto de vista inumano. – Como os seus Anciãos respondem a tais perguntas?
– Jubal, eu não groko... que essas sejam "*perguntas*". Desculpa.
– Hein? Não groko sua resposta.

Mike hesitou.
– Eu vou tentar. Mas palavras são... *não* são... diretas. Não "colocando". Não "loucando". Um *agorando*. Mundo é. Mundo era. Mundo será. *Agora*.
– "Assim como era no princípio, agora e sempre, e pelos séculos dos séculos..."

Mike sorriu alegremente.
– Você groka!
– Eu não groko nada – respondeu Jubal, rabugento. – Estou citando algo que, hum, um "Ancião" falou. – Ele decidiu tentar outra abordagem. Deus o Criador não era o aspecto de deidade a ser usado como abertura; Mike não concebia a ideia de Criação. Bem, Jubal não tinha certeza de que ele entendia, também; há muito tempo fizera um pacto consigo mesmo de postular um Universo criado nos dias pares, e um Universo eterno-e-não-criado que engole o próprio rabo nos dias ímpares; já que cada hipótese, completamente paradoxal, evitava os paradoxos da outra; com um dia de folga em cada ano bissexto dedicado à pura libertinagem do solipsismo. Tendo arquivado essa questão irresolvível, ele não pensou mais nela por mais de uma geração.

Jubal decidiu explicar religião em seu sentido mais amplo e lidar com a noção de deidade e seus aspectos mais tarde.

Mike concordou que aprendizados vinham em vários tamanhos, desde pequenos aprendizados que um filhote poderia grokar até grandes aprendizados que apenas um Ancião seria capaz de grokar em sua plenitude. Porém, a tentativa de Jubal de traçar uma linha divisória entre pequenos e grandes aprendizados de forma que os "grandes aprendizados" significassem "questões religiosas" não teve sucesso; algumas questões religiosas não pareciam ser questões para Mike (tais como "Criação"), e outras lhe pareciam ser questões "pequenas", com respostas óbvias até para um filhote, tais como vida após a morte.

Jubal abandonou o tema e passou à multiplicidade de religiões humanas. Explicou que humanos têm centenas de formas de ensinar os "grandes aprendizados", cada uma com suas próprias respostas, e cada uma afirmando ser a verdade.

– O que é "verdade"? – indagou Mike.

("O que é Verdade?" indagou um juiz romano, e lavou suas mãos. Jubal desejou poder fazer a mesma coisa.)

– Uma resposta é verdade quando você fala direitamente, Mike. Quantas mãos eu tenho?

– Duas mãos. Eu vejo duas mãos – corrigiu Mike.

Anne ergueu os olhos da leitura.

– Em seis semanas eu poderia fazer dele uma testemunha.

– Calada, Anne. Isso aqui já está difícil o bastante. Mike, você falou direitamente; eu tenho duas mãos. Sua resposta é verdade. Suponha que você dissesse que eu tenho sete mãos.

Mike parecia perturbado.

– Não groko que eu poderia dizer isso.

– Não, não acho que você poderia. Não estaria falando direitamente se o fizesse; sua resposta não seria verdade. Só que, Mike, escute bem: cada religião afirma ser a verdade, afirma falar direitamente. Porém, suas respostas são tão diferentes quanto duas mãos e sete mãos. Fosteritas dizem uma coisa, budistas dizem outra, muçulmanos ainda outra; são muitas respostas, todas diferentes.

Mike parecia estar fazendo um grande esforço.

– Todas falam direitamente? Jubal, eu não groko.

– Nem eu.

O Homem de Marte parecia aflito, mas subitamente sorriu.

– Vou pedir aos fosteritas para perguntar aos seus Anciãos e então vamos saber, meu irmão. Como posso fazer isso?

Alguns minutos depois, Jubal descobriu, para seu desgosto, que tinha prometido a Mike uma entrevista com algum falastrão fosterita. Também tinha fracassado em contradizer a conclusão de Mike de que os fosteritas estariam em contato com os "Anciãos" humanos. A dificuldade de Mike era que ele não sabia o que era uma mentira; as definições de "mentira" e "falsidade" tinham sido arquivadas em sua mente sem nenhum traço de grokamento. Alguém poderia "falar erradamente" apenas por acidente. Então ele tinha aceitado a cerimônia fosterita como sendo verdadeira.

Jubal tentou explicar que *todas* as religiões humanas afirmavam estar em contato com os "Anciãos" de uma forma ou de outra; mesmo assim, suas respostas eram todas diferentes.

Mike parecia pacientemente aflito.

– Jubal, meu irmão, eu tento... mas não consigo grokar como isso pode ser fala direita. Com meu povo, os Anciãos sempre falam direitamente. Seu povo...

– Espere aí, Mike.

– Com licença?

– Quando você disse "meu povo", estava falando dos marcianos. Mike, você não é marciano, você é um homem.

– O que é "homem"?

Jubal grunhiu. Mike era capaz, disso ele tinha certeza, de citar as definições de dicionário. Porém, o rapaz nunca fazia uma pergunta para ser irritante; ele perguntava sempre em busca de informação, e esperava que Jubal fosse capaz de lhe dizer.

– Eu sou um homem, você é um homem, Larry é um homem.

– Mas Anne não é um homem?

– Hã... Anne é um homem, uma fêmea de homem. Uma mulher.

(– Obrigada, Jubal.

– Cale a boca, Anne.)

– Um bebê é um homem? Eu vi fotos, e na maldita ca... na estereovisão. Um bebê não tem a forma de Anne... e Anne não tem a sua forma... e você não tem a minha forma. Mas um bebê é um filhote de homem?

– Hã... sim, um bebê é um homem.

— Jubal... acho que groko que meu povo, "marcianos", são homem. Não é forma. Forma não é homem. Homem é grokar. Eu falo direitamente?

Jubal decidiu renunciar da Sociedade Filosófica e viver de artesanato! O que era "grokar"? Ele estava usando aquela palavra havia uma semana; e não a grokava. Mas o que era "Homem"? Um bípede implume? A imagem de Deus? Ou o resultado fortuito da "sobrevivência do mais apto" numa definição circular? O herdeiro da morte e dos impostos? Os marcianos pareciam ter derrotado a morte, e pareciam não ter dinheiro, propriedades ou governo em qualquer senso humano; então como poderiam ter impostos?

Entretanto, o rapaz tinha razão; a forma era irrelevante na definição de "homem", tão sem importância quanto a garrafa que continha o vinho. Você até poderia tirar um homem de sua garrafa, como aquele pobre sujeito que os russos tinham "salvado" ao colocar seu cérebro num recipiente de vidro e o enchendo de fios como uma central telefônica. Céus, que piada horrível! Ele se perguntou se o pobre diabo apreciava o humor na situação.

Mas *como*, do ponto de vista de um marciano, o Homem era diferente dos outros animais? Poderia uma raça capaz de levitação (e Deus sabe mais o quê) se impressionar com a engenharia? Se fosse o caso, o que ganharia a medalha de ouro, a Represa de Assuã ou mil quilômetros de barreiras de corais? A autoconsciência do homem? Pura arrogância, não havia como provar que os cachalotes ou as sequoias não eram filósofos ou poetas muito superiores a qualquer mérito humano.

Havia um campo em que o homem era insuperável; ele demonstrava engenhosidade ilimitada no desenvolvimento de formas maiores e mais eficientes de matar, escravizar, abusar e se tornar um incômodo insuportável de todas as formas possíveis de si mesmo para si mesmo. O homem era a piada mais grotesca para consigo mesmo. A própria fundação do humor era...

— O homem é o animal que ri — respondeu Jubal.

Mike considerou isso.

— Então eu não sou um homem.

— Hein?

— Eu não rio. Eu já ouvi risada e ela me assustou. Então eu grokei que ela não machucava. Eu tentei aprender... — Mike jogou a cabeça para trás e deu um cacarejo ruidoso.

Jubal cobriu os ouvidos.

— *Pare!*

– Você ouviu – concordou Mike, entristecido. – Eu não posso fazer direitamente. Então eu não sou homem.

– Espere um minuto, filho. Você simplesmente não aprendeu ainda... e nunca vai conseguir com essas tentativas. Só que você aprenderá, eu prometo. Se viver conosco por tempo suficiente, um dia verá como somos engraçados, e então você vai rir.

– Eu vou?

– Vai sim. Não se preocupe, é só deixar acontecer. Ora, filho, até um marciano riria depois que nos grokasse.

– Eu vou esperar – concordou Smith placidamente.

– E, enquanto você espera, não duvide de que é um homem. Você é. Homem nascido de mulher para o que der e vier... e algum dia você vai grokar sua plenitude e rir, porque o homem é o animal que ri de si mesmo. Quanto aos seus amigos marcianos, eu não sei. Mas groko que eles possam ser "homem".

– Sim, Jubal.

Harshaw achou que a conversa tinha se encerrado e se sentiu aliviado. Não se sentia tão envergonhado desde aquele dia muitos anos atrás quando seu pai viera ter "aquela conversa", sobre sementinhas e polinização... tarde *demais*.

Só que o Homem de Marte ainda não tinha se dado por satisfeito.

– Jubal, meu irmão, você me perguntar "quem fez o mundo?" e eu não tive palavras por que eu não grokei direitamente para ser uma pergunta. Eu estive pensando palavras.

– Então?

– Você me disse "Deus fez o mundo".

– Não, não! – exclamou Harshaw. – Eu lhe disse que, por mais que as religiões digam muitas coisas, a maioria delas diz "Deus fez o mundo". Eu disse a você que não groko a plenitude, mas que "Deus" era a palavra usada.

– Sim, Jubal. Palavra é "Deus". – Ele acrescentou: – Você groka.

– Preciso admitir que não groko.

– Você groka – repetiu Smith com firmeza. – Eu explicar. Eu não tinha a palavra. Você groka. Anne groka. Eu groko. As gramas sob meus pés grokam em beleza feliz. Mas eu precisava da palavra. A palavra é Deus.

– Vá em frente.

Mike apontou triunfante para Jubal.

– *Tu és Deus!*

Jubal deu um tapa na própria cara.

— Ah, Jesus... *O que foi que eu fiz?* Olha, Mike, pega leve! Você não me entendeu. Me desculpa. Me desculpa mesmo! Esqueça tudo que eu disse, e vamos começar de novo outro dia. Mas...

— Tu és Deus — repetiu Mike serenamente. — Aquilo que groka. Anne é Deus. Eu sou Deus. As gramas felizes são Deus. Jill groka em beleza sempre. Jill é Deus. Toda moldação e fazeção e criação juntos. — Ele coaxou algo em marciano e sorriu.

— Muito bem, Mike. Mas dê algum tempo. Anne! Você pescou isso tudo?

— Pode apostar que sim, chefe!

— Faça uma gravação. Vou ter que trabalhar nisso. Não *posso* deixar que fique assim. Tenho que... — Jubal deu uma olhada para cima e disse: — Ah, meu Deus! Alerta geral, todo mundo! *Anne!* Coloque o botão de pânico em "homem morto", e pelo amor de Deus, fique com o polegar nele, eles podem estar vindo para cá. — Ele deu outra olhada para o céu, dois carros voadores que se aproximavam pelo sul. — Temo que estejam vindo sim. Mike! Esconda-se na piscina! Lembre-se do que eu lhe disse, desça até a parte mais funda, fique lá, fique parado; não suba até eu mandar Jill.

— Sim, Jubal.

— Agora mesmo! *Mexa-se!*

— Sim, Jubal. — Mike correu os poucos passos que o separavam da piscina, mergulhou e sumiu. Ele manteve os joelhos unidos, os dedões esticados e os pés juntos.

— *Jill!* — Jubal chamou. — Mergulhe e saia. Você também, Larry. Se alguém viu Mike entrando, quero que fiquem confusos com a quantidade de pessoas usando a piscina. Dorcas! Saia rápido, menina, e mergulhe de novo. Anne... Não. Você está com o botão de pânico.

— Posso pegar meu manto e ir até a beira da piscina. Chefe, você quer um *timer* nessa configuração de "homem morto"?

— Hã, trinta segundos. Se eles pousarem, vista seu manto de testemunha e ponha o dedão de novo no botão. Depois espere, e se eu chamá-la até mim, deixe o balão subir. Não ousarei gritar "Lobo!" a não ser que... — Ele protegeu os olhos. — Um deles vai pousar... e tem aquela cara de camburão. Ah, diabos, achei que eles fossem negociar.

O primeiro carro pairou e desceu para uma aterrissagem no jardim que circundava a piscina; o segundo começou a circular a baixa altitude. Os carros eram do tamanho de transportes de tropa e exibiam uma pequena insígnia: o globo estilizado da Federação.

Anne pousou o retransmissor de rádio, vestiu rapidamente seu traje profissional, pegou o aparelho de novo e colocou o dedão no botão. A porta do primeiro carro se abriu assim que ele tocou o solo, e Jubal partiu para cima com a beligerância de um cão pequinês. Um homem desceu, Jubal rugiu:

– Tire esta maldita lata de sardinhas das minhas roseiras!

– Jubal Harshaw? – perguntou o homem.

– Mande aquele idiota levitar aquela banheira e movê-la *para trás*! Fora do jardim, no gramado! Anne!

– A caminho, chefe.

– Jubal Harshaw, eu tenho um mandado para...

– Não dou a mínima se você tiver um mandado para o rei da Inglaterra; tire aquela joça das minhas flores! Aí, Deus me ajude, eu vou processá-lo por... – Jubal deu uma olhada no homem, parecendo realmente vê-lo pela primeira vez. – Ah, então é *você* – disse ele com desprezo amargo. – Você nasceu burro, Heinrich, ou teve que estudar? Quando foi que asnos aprenderam a voar?

– Por favor, examine este mandado – pediu o capitão Heinrich com paciência cuidadosa. – Em seguida...

– Tire o seu kart do meu canteiro de flores ou eu entrarei com um caso de direito civil que vai lhe custar sua aposentadoria!

Heinrich hesitou.

– *Agora*! – berrou Jubal. – E mande aqueles caipiras que estão saindo prestarem atenção onde pisam! Aquele idiota dentuço está em pé na minha Elizabeth M. Hewitt premiada!

Heinrich virou a cabeça.

– Homens, cuidado com essas flores. Paskin, você está pisando numa delas. *Rogers*! Erga o carro e recue para fora do jardim. – Ele se voltou para Harshaw. – Assim está bom para você?

– Só depois que ele mudar aquilo de lugar... mas você ainda vai pagar o prejuízo. Vamos ver suas credenciais... Mostre-as à testemunha imparcial e declare alto e claro seu nome, patente, organização e número de registro.

– Você sabe quem eu sou. Eu tenho um mandado para...

– Eu tenho um mandado para pentear seu cabelo com uma escopeta a não ser que você faça as coisas legalmente e na ordem! *Eu* não sei quem você é. Você se parece com um sujeito arrogante que eu vi no telefone, mas eu não o identifico. *Você* precisa se identificar da forma especificada. *Código Mundial*, parágrafo 1.602, parte II, antes que possa apresentar um mandado. E isso vale para os outros gorilas também, e aquele parasita pitecantropo pilotando para você.

– Eles são policiais, agindo sob minhas ordens.

– *Eu* não sei quem eles são. Podem ter alugado esses trajes de palhaço mal ajambrados numa loja de fantasias. A letra da lei, senhor! Você chegou invadindo meu castelo. Você *diz* que é policial e alega que tem um mandado para essa intrusão. Mas *eu* digo que vocês são invasores até que provem o contrário... o que invoca meu direito soberano de usar força para expulsá-los; coisa que começarei a fazer em mais ou menos três segundos.

– Eu não recomendaria isso.

– Quem é *você* para recomendar? Se eu for ferido numa tentativa de defender esse meu direito, sua ação se torna uma agressão com armas letais, se essas coisas que suas mulas estão carregando são armas, como parecem ser. Ações civis e criminais também; ora, meu rapaz, vou usar seu couro de capacho na porta! – Jubal ergueu um braço magro e cerrou o punho. – *Fora* da minha propriedade!

– Espere, doutor. Vamos fazer do seu jeito. – Heinrich estava vermelho, mas manteve a voz sob controle. Ele ofereceu sua identificação, que Jubal olhou rapidamente, em seguida devolvendo a Heinrich para que ele mostrasse a Anne. Em seguida ele declarou o nome completo, disse que era capitão de polícia, Departamento de Serviço Secreto da Federação, e recitou seu número de registro. Um de cada vez, os outros soldados e o motorista passaram pela mesma lenga-lenga, seguindo as ordens que Heinrich dera com rosto impassível.

Depois que eles acabaram, Jubal indagou docemente:

– Então, capitão, como posso ajudá-lo?

– Tenho um mandado de prisão para Gilbert Berquist, mandado este que menciona esta propriedade, suas construções e terreno.

– Mostre para mim, depois mostre à testemunha.

– Eu o farei. Tenho outro mandado, semelhante ao primeiro, para Gillian Boardman.

– Quem?

– Gillian Boardman. A acusação é sequestro.

– Minha nossa!

— E outro para Hector C. Johnson... e um para Valentine Michael Smith... E um para *você*, Jubal Harshaw.

— Eu? Impostos de novo?

— Não. Cúmplice disso e daquilo... e testemunha importante em outras coisas... e eu lhe prenderia por obstrução da justiça se o mandado não tornasse isso desnecessário.

— Ah, vamos lá, capitão! Eu tenho sido absolutamente cooperativo desde que você se identificou e começou a se comportar de uma forma legal. E eu continuarei a ser. Obviamente, ainda vou processar você; além do seu superior imediato e do governo, pelos seus atos ilegais *anteriores* àquele momento... E não vou abrir mão de nenhum direito ou recurso com relação a qualquer coisa que qualquer um de vocês possa fazer de agora em diante. Hum... Uma bela lista de vítimas. Vejo por que você trouxe um camburão extra. Só que, pelos céus, tem alguma coisa estranha aqui. Essa, hum, sra. Barkmann? Vejo que ela foi acusada de sequestrar esse camarada Smith... Mas neste outro mandado *ele* parece estar sendo acusado de fuga de custódia. Estou confuso.

— São as duas coisas. Ele fugiu, e ela o sequestrou.

— Isso não é meio difícil de se executar? As duas coisas juntas, quero dizer? E sob qual acusação ele estava detido? O mandado não parece incluir.

— Como diabos eu poderia saber? Ele escapou, isso é tudo. É um fugitivo.

— Puxa vida! Acho que vou oferecer meus serviços advocatícios aos dois. Caso interessante. Se um erro, ou erros, foram cometidos, poderiam levar a outros assuntos.

Heinrich sorriu friamente.

— Não vai ser tão fácil assim. Você estará no xadrez também.

— Ah, não por muito tempo, tenho certeza. — Jubal ergueu a voz e virou a cabeça para a casa. — Acho que, se o juiz Holland estivesse ouvindo, a audiência de *habeas corpus*, para todos nós, seria bem rápida. E se a Associated Press calhasse de ter um courier aqui perto, ninguém perderia tempo tentando saber *onde* entregar os documentos de soltura.

— Sempre um charlatão, hein, Harshaw?

— Calúnia, meu caro senhor. Estou registrando.

— De grande ajuda isso lhe será. Estamos sozinhos.

— Será que estamos?

CAPÍTULO XV

Valentine Michael Smith nadou pela água turva até a parte mais turva, sob o trampolim, e se assentou no fundo. Ele não sabia por que seu irmão de água tinha mandado que se escondesse, não sabia que estava se escondendo. Jubal tinha lhe dito para fazer aquilo e ficar ali até que Jill viesse buscá-lo; era suficiente.

Mike se enrodilhou, deixou o ar sair dos pulmões, engoliu a língua, rolou os olhos para cima, reduziu o ritmo do coração, ficando efetivamente "morto" exceto pelo fato de não ter desencarnado. Escolheu esticar sua percepção de tempo até que os segundos fluíssem como horas, pois tinha muito o que meditar.

Fracassou novamente em alcançar a compreensão perfeita, a harmonia mutuamente consolidada – o grokar – que deveria existir entre irmãos de água. Ele sabia que a falha era dele, provocada por usar erradamente a estranhamente variável língua humana, porque Jubal tinha ficado aborrecido.

Mike sabia que seus irmãos humanos podiam sofrer emoção intensa sem dano, mas mesmo assim lamentava, melancólico, ter causado aborrecimento a Jubal. Tinha parecido que ele finalmente grokara uma palavra humana muito difícil. Ele deveria ter sabido que não seria tão simples pois, logo no começo de seus aprendizados com o irmão Mahmoud, Mike tinha descoberto que as palavras humanas longas raramente trocavam de significado, mas as palavras curtas eram escorregadias, mudando sem padrão. Ou assim ele parecia grokar. Palavras humanas curtas eram como tentar levantar água com uma faca.

Aquela tinha sido uma palavra bem curta.

Smith ainda sentia que tinha grokado direitamente a palavra humana "Deus" – a confusão tinha vindo de sua falha na seleção de outras palavras. O conceito era tão simples, tão básico, tão necessário, que um filhote no ninho poderia ter explicado – em marciano. O problema era encontrar palavras humanas que o deixassem falar direitamente, garantir que ele as organizasse para corresponder em plenitude como seria dito na língua do seu próprio povo.

Ele ficou confuso com o fato de que havia qualquer dificuldade em dizê-lo, mesmo em inglês, já que se tratava de algo que todo mundo sabia... caso contrário não conseguiriam grokar vivos. Possivelmente Mike deveria perguntar aos Anciãos humanos como dizê-lo, em vez de lutar com os significados mutantes. Nesse caso, ele deveria esperar até que Jubal organizasse o encontro, pois ele era apenas um ovo.

Sentiu uma rápida tristeza de não ter o privilégio de comparecer à desencarnação do irmão Art e da irmão Dottie.

Por fim ele sossegou para revisar o *Novo dicionário internacional Webster da língua inglesa*, terceira edição, publicado em Springfield, Massachusetts.

* * *

De muito longe, Smith foi despertado por uma consciência inquietante de que seus irmãos de água estavam com problemas. Ele pausou entre "sherbacha" e "sherbet" para ponderar sobre isso. Deveria ele deixar a água da vida e se juntar a eles para grokar e compartilhar os problemas? Em casa não teria havido dúvida; problemas são compartilhados, em proximidade alegre.

Só que Jubal tinha dito para ele esperar.

Mike revisou as palavras de Jubal, testando-as contra outras palavras humanas, assegurando-se de que tinha grokado. Não, ele grokara corretamente; tinha de esperar até que Jill viesse.

Mesmo assim, ele estava tão apreensivo que não poderia voltar à sua caça às palavras. Finalmente, chegou uma ideia que era tão cheia de ousadia alegre que ele teria tremido se seu corpo estivesse preparado.

Jubal tinha mandado que ele colocasse seu corpo debaixo d'água e o deixasse lá até que Jill viesse... Mas teria Jubal dito que *ele mesmo* tinha de esperar com o corpo?

Smith levou um longo tempo considerando a ideia, sabendo que as escorregadias palavras inglesas poderiam levá-lo a erros. Concluiu que Jubal não tinha mandado que ele ficasse com seu corpo... e isso lhe oferecia uma saída do estado de erro de não compartilhar os problemas do irmão.

Então Smith decidiu dar uma volta.

Ele estava atordoado com a própria audácia, pois, mesmo que já tivesse feito aquilo antes, ele nunca tinha "solado". Sempre um Ancião estivera com ele, tomando conta, garantindo que seu corpo permanecesse em segurança, evitando que ele ficasse desorientado, ficando com ele até que voltasse ao corpo.

Não havia nenhum Ancião para ajudá-lo agora. Mas Smith estava confiante de que podia fazer sozinho de uma forma que encheria seu professor de orgulho. Em seguida ele conferiu cada parte de seu corpo, assegurando-se de que este não seria ferido enquanto ele estivesse fora, e cuidadosamente saiu dele, deixando para trás aquela ninharia de si mesmo necessário como zelador.

Smith subiu e parou na beira da piscina, lembrando que deveria se comportar como se o corpo estivesse com ele, como precaução contra a desorientação, para não perder o rastro da piscina, corpo, tudo, e sair vagueando por lugares desconhecidos de onde ele não poderia encontrar o caminho de volta.

Ele olhou em volta.

Um carro estava aterrissando no jardim e seres debaixo dele estavam reclamando de injúrias e indignidades. Era esse o problema que Smith sentia? Gramas eram para ser pisadas, flores e arbustos não; aquilo era um erro.

Não, havia mais erro. Um homem saía do carro, com o pé prestes a tocar o chão, e Jubal corria até ele. Smith via a raiva que Jubal lançava contra o homem, uma explosão tão furiosa que, se um marciano a jogasse contra outro, os dois desencarnariam.

Smith registrou isso como algo a ponderar e, se aquele fosse um ponto crítico de necessidade, decidiu o que deveria fazer para ajudar o irmão. Em seguida, olhou para os outros.

Dorcas estava saindo da piscina; ela estava aflita, mas não muito. Smith sentia a confiança dela em Jubal. Larry estava na beirada e tinha acabado de sair; gotas de água que caíam dele estavam no ar. Ele estava empolgado e satisfeito; sua confiança em Jubal era absoluta. Miriam estava perto dele; seu humor estava no meio do caminho entre aquele de Dorcas e Larry. Anne estava parada próxima de todos, vestindo o longo traje branco que tinha carregado o dia inteiro. Smith não conseguia grokar completamente seu humor; sentiu nela a disciplina fria e implacável de um Ancião. Ele se espantou com isso, pois Anne era sempre suave e gentil e calorosamente amistosa.

Mike viu que ela observava Jubal atentamente e estava pronta para ajudá-lo. Assim como Larry!... e Dorcas!... e Miriam! Com uma erupção de empatia, Smith aprendeu que todos esses amigos eram irmãos de água de Jubal e, portanto, dele também. Essa libertação da cegueira o abalou tanto que quase perdeu a ancoragem. Acalmando-se, Mike parou para elogiar e apreciar todos eles, um de cada vez e todos juntos.

Jill tinha um dos braços sobre a beira da piscina e Smith sabia que ela tinha mergulhado bem fundo, para conferir sua segurança. Ele estivera ciente dela enquanto ela o fazia... mas agora sabia que Jill não tinha se preocupado apenas com a segurança dele; Jill sentia outro e grande problema, problema esse que não se aliviou ao conferir que seu protegido estava bem sob a água da vida. Isso o afligiu muito e Smith considerou ir até ela, para lhe fazer saber que ele estava com ela compartilhando o problema.

Teria feito assim se não fosse por um leve sentimento de culpa: não tinha certeza se Jubal queria que ele andasse por aí enquanto seu corpo ficava na piscina. Mike conciliou as demandas dizendo a si mesmo que compartilharia o problema deles e deixaria que soubessem que ele estava presente se fosse necessário.

Smith então olhou o homem que saía do carro, sentiu suas emoções e se afastou delas, forçando-se a examiná-lo cuidadosamente, por dentro e por fora.

Num bolso moldado preso na cintura dele, o homem carregava uma arma.

Smith tinha quase certeza de que era uma arma. Examinou-a em detalhes, comparando-a com as armas que tinha visto, conferindo com a definição do *Novo dicionário internacional Webster da língua inglesa*, terceira edição, publicado em Springfield, Massachusetts.

Sim, era uma arma, não apenas em forma mas também na erroneidade que a cercava e penetrava. Smith olhou para dentro do cano, viu como deveria funcionar, e a erroneidade o encarou de volta.

Deveria ele virá-la e deixá-la ir a outro lugar, levando sua erroneidade consigo? Fazê-lo antes que ele saísse totalmente do carro? Smith sentiu que deveria… porém, Jubal uma vez lhe mandara não fazer isso a uma arma até que ele lhe dissesse que estava na hora.

Sabia agora que aquele era de fato um ponto crítico de necessidade… mas decidiu se equilibrar no cume do ponto até que grokasse tudo, já que era possível que Jubal, sabendo que um ponto se aproximava, o tivesse mandado para debaixo d'água para evitar que Mike agisse erroneamente.

Ele iria esperar… mas iria vigiar esta arma. Não estando limitado aos olhos, capaz de ver tudo em volta se necessário, Smith continuou vigiando arma e homem enquanto este entrava no carro.

Mais erroneidade do que ele teria acreditado ser possível! Outros homens ali dentro, todos menos um se espremendo em direção à porta. Suas mentes cheiravam como uma matilha de khaugha que farejava uma ninfa distraída… e cada um segurava nas mãos algo cheio de erroneidade.

Como tinha dito a Jubal, Smith sabia que forma nunca era um determinante primário; era necessário ir além da forma, buscando a essência de modo a grokar. Seu próprio povo passava por cinco formas principais: ovo, ninfa, filhote, adulto e, por fim, Ancião, que não tinha forma. Porém, a essência de um Ancião estava configurada no ovo.

Estes algos pareciam armas. Mas Smith não presumiu que fossem; examinou uma delas com imenso cuidado. Era maior que qualquer arma que tivesse visto, sua forma era diferente, seus detalhes eram bem diferentes.

Era uma arma.

Ele examinou cada uma das outras com igual cautela. Eram armas.

O único homem ainda sentado tinha amarrada a si uma pequena arma.

O carro tinha embutidas em si duas enormes armas; além de outras coisas que Smith não podia grokar mas nas quais ele sentia erroneidade.

Considerou torcer o carro, com conteúdo e tudo, deixar que virassem para além. Porém, desconsiderando uma vida inteira contra o desperdício de comida, ele sabia que não grokava o que estava acontecendo. Era melhor agir lentamente, observar com cuidado, e ajudar e compartilhar do ponto crítico seguindo a liderança de Jubal… e se a ação correta fosse permanecer passivo, então voltar ao corpo quando o ponto crítico tivesse passado e conversar sobre o assunto com Jubal mais tarde.

Saiu do carro e observou e ouviu e esperou.

O primeiro homem a sair falou com Jubal sobre coisas que Smith só poderia arquivar sem grokar; estavam além de sua experiência. Os outros homens saíram e se espalharam; Smith espalhou sua atenção para vigiar todos eles. O carro subiu, recuou, parou de novo, o que aliviou os seres nos quais ele tinha pisado; Smith grokou com eles, tentando aliviar seus machucados.

O primeiro homem entregou papéis a Jubal; estes foram passados a Anne. Smith os leu com ela. Reconheceu as formações de palavras como relacionadas com rituais humanos de cura e equilíbrio, porém, como ele só tinha encontrado tais rituais na biblioteca de direito de Jubal, não tentou grokar os papéis, especialmente porque Jubal parecia imperturbado por eles; a erroneidade estava alhures. Ficou deleitado ao reconhecer o próprio nome humano em dois papéis; sempre sentia uma estranha empolgação ao lê-lo, como se estivesse em dois lugares ao mesmo tempo, por mais que isso fosse impossível a qualquer um que não fosse um Ancião.

Jubal e o primeiro homem se dirigiram à piscina, com Anne logo atrás. Smith relaxou sua percepção de tempo para deixar que se movessem mais rápido, mantendo-a esticada apenas o suficiente para que pudesse observar confortavelmente todos os homens de uma vez. Dois deles se aproximaram e flanquearam o grupo.

O primeiro homem parou perto dos amigos de Smith junto à piscina, olhou para eles, tirou uma foto do bolso, olhou para ela, olhou para Jill. Smith sentiu o medo dela crescer e ficou muito alerta. Jubal tinha lhe dito: "Proteja Jill. Não se preocupe com o desperdício de comida. Não se preocupe com mais nada. Proteja Jill".

Mike protegeria Jill de qualquer maneira, mesmo correndo o risco de agir erradamente. Só que era bom ter o apoio de Jubal, isso mantinha sua mente focada e tranquila.

Quando o homem apontou para Jill e os dois homens que o flanqueavam se apressaram na direção dela com suas armas de grande erroneidade, Smith estendeu a mão pelo seu doppelgänger e deu em cada um aquela torcidinha que fazia cair para longe.

O primeiro homem olhou para onde eles tinham estado e tentou pegar a arma... e sumiu também.

Os outros quatro começaram a se aproximar. Smith não queria torcê-los. Sentia que Jubal ficaria satisfeito se ele apenas os detivesse. Mas deter uma coisa, mesmo um cinzeiro, era trabalhoso, e Smith não tinha seu corpo. Um Ancião teria conseguido, mas Smith fez o que podia, o que tinha de fazer.

Quatro toques leves; eles sumiram.

Sentiu intensa erroneidade do carro no chão e foi até ele. Grokou uma decisão rápida; carro e piloto sumiram.

Ele quase ignorou o carro que voava em patrulha de cobertura. Smith começou a relaxar, quando subitamente sentiu a erroneidade crescer, e olhou para cima.

O segundo carro estava aterrissando.

Smith esticou o tempo até seu limite e foi até o carro no ar, inspecionou-o cuidadosamente, grokou que estava lotado de erroneidade... e mandou-o para a terra do nunca. Por fim, voltou ao grupo junto à piscina.

Seus amigos pareciam agitados; Dorcas soluçava e Jill a abraçava e acalmava. Anne apenas parecia intocada pelas emoções que Smith sentia fervilhar ao seu redor. Mas a erroneidade tinha sumido totalmente, e com ela o problema que tinha perturbado sua meditação. Dorcas, ele sabia, seria curada mais rapidamente por Jill que por qualquer outro; Jill sempre grokava um machucado completa e imediatamente. Perturbado pelas emoções ao seu redor, aflito com a possibilidade de que talvez não tivesse agido direitamente no ponto crítico, ou que assim Jubal poderia grokar, Smith decidiu que agora estava livre para partir. Voltou para dentro da piscina, encontrou seu corpo, grokou que estava como ele o tinha deixado, e entrou novamente.

Considerou contemplar os eventos do ponto crítico. Mas eles eram novos demais; Smith não estava pronto para abraçá-los, não estava pronto para enaltecer e apreciar os homens que fora forçado a mover. Em vez disso, voltou alegremente à tarefa que tinha abandonado. "Sherbet"... "Sherbetlee"... "Sherbetzide"...

Chegou a "tinwork" e estava prestes a considerar "tiny" quando sentiu que Jill se aproximava. Desengoliu a língua e se preparou, sabendo que seu irmão Jill não poderia ficar muito tempo debaixo d'água sem sofrer.

No que ela o tocou, Smith tomou seu rosto nas mãos e a beijou. Era uma coisa que tinha aprendido muito recentemente e ainda não grokava perfeitamente. Tinha a aproximação da cerimônia da água. Mas tinha uma outra coisa também... algo que ele queria grokar em perfeita plenitude.

CAPÍTULO XVI

Harshaw não esperou que Gillian pescasse seu garoto-problema da piscina; mandou que dessem sedativos a Dorcas e se apressou para o escritório, deixando que Anne explicasse (ou não) os eventos dos últimos dez minutos.

– *À frente*! – gritou ele por sobre o ombro.

Miriam o alcançou.

– Devo estar "à frente" – disse ela, sem fôlego. – Mas, chefe, o que…

– Garota, nem uma palavra.

– Mas, chefe…

– Calada, eu disse. Miriam, daqui a uma semana nós vamos nos sentar com Anne para que ela nos diga o que aconteceu. Porém, agorinha mesmo o mundo inteiro vai me telefonar e vão cair repórteres das árvores; e eu preciso fazer alguns telefonemas primeiro. Você é do tipo de mulher que desmorona quando precisam dela? Isso me lembra: faça uma anotação para suspender o pagamento de Dorcas pelo tempo que ela tiver perdido no ataque histérico.

– Chefe! – exclamou Miriam. – Se você ousar fazer uma coisa dessas, nós todas vamos embora!

– Bobagem.

– Pare de implicar com Dorcas. Ora, eu mesma estaria tendo um ataque histérico se ela não tivesse começado primeiro. Acho que vou ter um agora.

Harshaw sorriu.

– Faça isso que eu lhe dou umas palmadas. Tudo bem, anote um "adicional de insalubridade" para Dorcas. Anote adicionais para todo mundo. Principalmente para mim. *Eu* mereço.

– Muito bem. Quem paga o seu adicional?

– Os contribuintes. Vamos achar um jeito de cortar... Droga! – Eles chegaram ao escritório; o telefone já exigia atenção. Jubal se sentou e apertou o botão.

– Harshaw falando, quem diabos é você?

– Segura a onda, doutor – respondeu um rosto. – Você não me mete medo há anos. Como vão as coisas?

Harshaw reconheceu Thomas Mackenzie, gerente-chefe de produção da New World Networks; ele se acalmou um pouco.

– Nada mal, Tom. Mas estou tão atolado quanto é possível, então...

– *Você* está atolado? Devia tentar a minha jornada diária de 48 horas de trabalho. Você ainda acha que vai ter alguma coisa para nós? O equipamento não é muito problema, posso incluir nas despesas gerais, mas tenho que pagar três equipes só para ficar de prontidão esperando o seu sinal. Quero lhe fazer qualquer favor que eu puder, já usamos muitos dos seus scripts e esperamos usar mais no futuro, só que eu não sei mais o que dizer para o superintendente fiscal.

Harshaw encarou.

– Você não acha que essa cobertura ao vivo foi suficiente?

– Que cobertura ao vivo?

Logo Harshaw descobriu que a New World Networks não tinha visto nada dos eventos recentes na casa dele. Esquivou-se das perguntas de Mackenzie, porque tinha certeza que respostas honestas convenceriam Mackenzie de que o pobre e velho Harshaw tinha ficado gagá.

Em vez disso, concordaram que, se nada de interessante acontecesse nas próximas 24 horas, a New World poderia recolher as câmeras e o equipamento.

Assim que a tela se apagou, Harshaw deu a ordem:

– Traga Larry. Mande ele trazer aquele botão de pânico, está com Anne.

Ele fez mais dois telefonemas. Quando Larry chegou, Harshaw já sabia que nenhuma rede estivera assistindo quando os esquadrões do Serviço Secreto tentaram dar uma batida na casa dele. Não era necessário conferir as mensagens em espera; a entrega delas dependia do mesmo sinal que tinha fracassado em alcançar as redes.

Larry lhe ofereceu o link de rádio portátil do "botão de pânico".

– Era isso que você queria, chefe?

– Quero fazer cara de desprezo para ele. Larry, que isto lhe sirva de lição: nunca confie em máquinas mais complicadas que um garfo e uma faca.

– Certo. Mais alguma coisa?

– Tem algum jeito de checar essa trapizonga? Sem tirar três redes de estéreo da cama?

– Claro. O transceptor que eles montaram lá na oficina tem um interruptor para isso. Acione o interruptor, aperte o botão de pânico, e uma luz se acende. Para testar do outro lado, você telefona para eles do transceptor mesmo e diz que quer um teste quente até as câmeras e de volta às estações.

– E se o teste mostrar que as imagens não estão chegando lá? Você consegue descobrir qual é o problema?

– Talvez – respondeu Larry, duvidoso –, se for só um fio solto. Mas Duke é o cara da parte elétrica. Eu faço mais o tipo intelectual.

– Eu sei, filho; não sou muito brilhante com assuntos práticos também. Enfim, faça o melhor que puder.

– Mais alguma coisa, Jubal?

– Se você encontrar o sujeito que inventou a roda, mande-o para cá. *Intrometido*!

Jubal considerou a possibilidade de Duke ter sabotado o "botão de pânico", mas rejeitou o pensamento. Permitiu se perguntar o que realmente tinha acontecido no jardim, e como o rapaz tinha feito aquilo, submerso a três metros de profundidade. Ele não tinha dúvida de que Mike estava por trás daquelas peripécias impossíveis.

O que eles tinham visto no dia anterior naquele mesmo escritório fora intelectualmente espantoso; mas o impacto emocional não chegara perto. Um camundongo era um milagre da biologia tanto quanto um elefante; mesmo assim, havia uma diferença: um elefante era maior.

Ver uma caixa vazia, nada além de lixo, desaparecer em pleno ar implicava que um camburão cheio de soldados poderia desaparecer. Só que um desses eventos era um soco no estômago; o outro, não.

Bem, ele não iria gastar lágrimas com cossacos. Jubal admitia que policiais enquanto policiais não eram o problema; ele tinha conhecido policiais honestos... e nem mesmo um guarda corrupto merecia ser apagado. A Guarda Costeira era um exemplo do que os policiais deveriam ser e frequentemente eram.

Porém, para estar no S. S. um homem tinha que ter a rapinagem no coração e o sadismo na alma. Pura Gestapo. Tropa de choque de qualquer politiqueiro que estivesse no poder. Jubal sonhava com os tempos em que um advogado ainda podia citar a Declaração de Direitos sem ser derrotado por alguma trapaça legal da Federação.

Tanto fazia; o que iria acontecer agora? A força de Heinrich certamente tinha mantido contato de rádio com a base; *ergo*, sua perda seria notada. Mais soldados do S. S. viriam procurar, já estariam a caminho caso aquele segundo camburão tivesse sido evaporado no meio de um relatório de ação.

– Miriam...

– Sim, chefe.

– Quero Mike, Jill e Anne imediatamente. Então encontre Larry, ele deve estar na oficina, e vocês dois voltem para cá, tranquem todas as portas e janelas do térreo.

– Mais problemas?

– Mexa-se, garota.

Se os gorilas aparecessem – não, *quando* eles aparecessem –, se o seu líder decidisse arrombar uma casa trancada, bem, Jubal poderia ter que soltar Mike em cima deles. Só que essa guerra toda tinha que acabar. Isso significava que Jubal precisava falar com o secretário-geral.

Como?

Ligando para o Palácio? Heinrich provavelmente falara a verdade quando afirmou que outras tentativas simplesmente seriam transferidas para ele mesmo, ou qualquer chefão do S. S. que estivesse esquentando aquela cadeira. Bem? Eles ficariam surpresos se um homem para quem eles tinham enviado um esquadrão com mandado de prisão aparecesse inocentemente telefonando, cara a cara... Talvez assim Jubal conseguisse embromar até chegar ao topo. O comandante Fulano de Tal, um sujeito com cara de fuinha bem alimentada. Twitchell. O oficial-comandante dos patetas do S. S. teria acesso ao grande chefe.

Não adiantaria. Seria desperdício de ar dizer a um homem que acredita em armas que você tem coisa melhor. Twitchell continuaria jogando armas e homens contra Jubal até que as duas coisas acabassem; mas ele nunca admitiria não ser capaz de capturar um homem cuja localização era conhecida.

Bem, quando você não pode usar a porta da frente, você se esgueira pelos fundos; isso é política básica. Droga, ele precisava de Ben Caxton; Ben saberia quem estava com as chaves da porta dos fundos.

Mas a ausência de Ben era um dos motivos dessa barafunda toda. Já que Jubal não poderia perguntar a Ben, quem mais ele conhecia que poderia saber?

Pelas barbas do profeta, ele acabara de falar com essa pessoa! Jubal se virou para o telefone e tentou ligar para Tom Mackenzie, se deparando com três camadas de interferência, sendo que todos o conheciam e o passaram adiante. Enquanto ele falava ao telefone, sua equipe e o Homem de Marte chegaram; sentaram-se, e Miriam parou para escrever num bloco: *"Portas e janelas trancadas"*.

Jubal assentiu com a cabeça e escreveu embaixo: *"Larry, botão de pânico?"*, se virando então para a tela:

– Tom, me desculpe por incomodar você de novo.

– Um prazer, Jubal.

– Tom, se você quisesse falar com o secretário-geral Douglas, como você faria isso?

– Hein? Eu ligaria para o secretário de imprensa dele, Jim Sanforth. Não falaria com o secretário-geral, Jim cuidaria de tudo.

– Mas vamos supor que você quisesse falar com Douglas pessoalmente.

– Ora, eu deixaria Jim organizar uma data. Seria mais rápido contar meu problema a Jim, porém. Olha, Jubal, a rede é útil ao governo, e eles sabem disso. Mas nós não abusamos desse prestígio.

– Tom, suponha que você *realmente* tivesse que falar com Douglas. Nos próximos dez minutos.

As sobrancelhas de Mackenzie subiram.

– Bem... se eu realmente tivesse, eu explicaria a Jim por que era...

– Não.

– Seja razoável.

– É isso que eu não posso ser. Presuma que você flagrou Sanforth roubando a prataria, por assim dizer, de modo que você não poderia contar a *ele* qual é a emergência. Você teria que falar com Douglas imediatamente.

Mackenzie suspirou.

– Eu diria a Jim que eu precisava falar com o chefe e que, se ele não me passasse imediatamente, o governo jamais receberia qualquer apoio da rede novamente.

– Certo, Tom, pode fazer.

— Hein?

— Ligue para o Palácio de outro aparelho e esteja pronto para me incluir num instante. Eu *preciso* falar com o secretário-geral *agora mesmo*!

Mackenzie parecia aflito.

— Jubal, velho amigo...

— Ou seja, você não vai.

— Ou seja, eu não *posso*. Você sonhou uma situação hipotética na qual um, com licença, executivo sênior de uma rede global poderia falar com o secretário-geral. Só que eu não posso entregar essa brecha a ninguém mais. Olha, Jubal, eu respeito você. A rede odiaria perdê-lo e estamos dolorosamente cientes de que você não vai nos deixar prendê-lo com um contrato. Mas eu *não* posso fazer isso. Não se pode telefonar para o chefe do governo mundial a não ser que *ele* queira falar com *você*.

— E se eu assinar um contrato exclusivo de sete anos?

Mackenzie tinha uma cara de quem estava com dor de dente.

— Ainda assim eu não poderia. Perderia o *meu* emprego, e você ainda teria que cumprir seu contrato.

Jubal considerou chamar Mike até o campo de visão da câmera e identificá-lo. Mas os próprios programas de Mackenzie tinham transmitido as entrevistas falsas com o "Homem de Marte"; e Mackenzie ou tinha participado da farsa ou era honesto, como Jubal supunha, e não acreditaria que tinha sido enganado.

— Muito bem, Tom. Mas você sabe muito bem como manobrar o governo. Quem é que liga para Douglas sempre que tem vontade e consegue falar com ele? Não estou falando de Sanforth.

— Ninguém.

— Diabos, ninguém vive no vácuo! Devem existir pessoas que podem telefonar para ele e não serem rechaçadas por algum secretário.

— Alguns membros do gabinete, imagino. Não todos.

— Eu não conheço nenhum *deles* também. Não estou falando de políticos. Quem é que pode ligar para ele numa linha privada e chamá-lo para jogar pôquer?

— Hum... Você não quer pouca coisa, né? Bem, tem o Jack Allenby.

— Já o conheci. Ele não gosta de mim. Eu não gosto dele. Ele sabe disso.

— Douglas não tem muitos amigos íntimos. A mulher dele desencoraja seriamente... Diga, Jubal... o que você acha de astrologia?

— Não me meto com isso. Prefiro conhaque.

— Bem, isso é uma questão de gosto. Mas... veja bem, Jubal, se você algum dia deixar escapar que eu lhe disse isso, eu corto sua garganta mentirosa.

— Registrado. De acordo. Prossiga.

— Então, Agnes Douglas se mete *muito* com isso... e eu sei onde ela arranja a coisa. A astróloga dela pode ligar para a sra. Douglas a qualquer momento, e acredite em mim, a sra. Douglas tem muita influência sobre o secretário-geral. Você pode ligar para a pessoa que cuida dessas coisas para ela... e o resto é com você.

— Não me lembro de ter nenhum astrólogo na minha lista de cartões de Natal — respondeu Jubal, duvidoso. — Qual é o nome dele?

— Dela. O nome dela é Madame Alexandra Vesant, na central telefônica de Washington. É V-E-S-A-N-T.

— Anotado — afirmou Jubal alegremente. — Tom, você me prestou um grandessíssimo favor!

— Espero que sim. Alguma coisa para a rede?

— Só um minuto. — Jubal deu uma olhada no bilhete que Miriam tinha posto junto ao seu cotovelo. Estava escrito: *"Larry disse que o transceptor não trans. Não sabe por quê"*. Jubal continuou: — Aquela cobertura ao vivo falhou por um defeito no transceptor.

— Vou mandar alguém.

— Obrigado. Obrigado duplamente.

Jubal desligou, fez o telefonema pelo nome e instruiu a operadora a usar silenciador e misturador, se a linha do outro lado fosse equipada para tal. E era, não para sua surpresa. Logo as feições dignas de Madame Vesant apareceram na tela. Jubal sorriu para ela e chamou:

— Ei, Rube!

Ela pareceu espantada, depois o encarou.

— Ora, Doc Harshaw, seu velho patife! Deus lhe abençoe, é bom ver você. Onde você andou se escondendo?

— Estava fazendo isso mesmo, Becky, me escondendo. Os palhaços estão na minha cola.

— O que eu posso fazer por você? — respondeu Becky Vesey imediatamente. — Você precisa de dinheiro?

— Tenho dinheiro de sobra, Becky. Estou com problemas muito mais sérios que isso, e ninguém pode me ajudar além do próprio secretário-geral. Eu preciso falar com ele, imediatamente.

Ela permaneceu inexpressiva.

— Isso é uma missão difícil, Doc.

— Eu sei, Becky. Andei tentando falar com ele... e não consegui. Mas não quero botar você nisso. Garota, eu estou mais quente que fogueira no deserto. Liguei para você na esperança de você poder me aconselhar, me dar um número de telefone, talvez, com o qual eu poderia alcançá-lo. Mas não quero que você entre nessa pessoalmente. Você se machucaria, e eu nunca poderia olhar o professor nos olhos, Deus abençoe a alma dele.

— Eu sei muito bem o que o professor ia querer que eu fizesse! — retrucou ela rispidamente. — Pare com essas bobagens, Doc. O professor sempre jurou que você era o único esculápio bom o bastante para meter a faca nas pessoas. Ele nunca esqueceu aquela vez em Elkton.

— Ora, Becky, nem vamos falar nisso. Eu fui pago.

— Você salvou a vida dele.

— Não fiz nada disso. Foi a força de vontade dele, e os seus cuidados.

— Hã... Doc, estamos perdendo tempo. O quão quente você está?

— Estão me acusando de tudo que é crime... e vai sobrar também para qualquer um que estiver perto de mim. Tem um mandado de prisão, um mandado da Federação, em meu nome, e eles sabem onde eu estou, e eu *não posso* fugir. Vai ser cumprido a qualquer momento... E o sr. Douglas é a *única* pessoa que pode detê-lo.

— Você logo sai da cadeia, isso eu garanto.

— Becky, tenho certeza que sim. Mas isso pode levar algumas horas. É aquela "salinha dos fundos", Becky. Estou muito velho para uma sessão na sala dos fundos.

— Só que... Ah, céus! Doc, você não pode me dar mais detalhes? Eu deveria fazer um mapa astral, então saberia o que fazer. Você é Mercúrio, claro, porque é médico. Mas, se eu soubesse em qual casa olhar, eu poderia entender melhor.

— Garota, não temos tempo para isso. — Jubal pensou rápido. Em quem confiar? — Becky, só de saber dessas coisas você poderia se meter em tanto problema quanto eu.

— Me conte, Doc. Eu nunca deixei um amigo na mão, e você sabe muito bem disso.

— Tudo bem. Então eu sou "Mercúrio". Mas o problema está em Marte.

Ela o encarou intensamente.

– Como?

– Você viu nos jornais. O Homem de Marte supostamente está nos Andes. Bem, não está não. Isso foi só para enrolar os otários.

Becky não parecia tão surpresa quanto Jubal tinha esperado.

– E onde você se encaixa nisso, Doc?

– Becky, tem gente por todo este pobre planeta querendo botar as mãos naquele menino. Eles querem usá-lo, fazer um espetáculo. O rapaz é meu cliente, e não vou aceitar isso. Mas a minha única chance é falar com o sr. Douglas.

– O Homem de Marte é seu cliente? Você pode fazer ele aparecer?

– Só para o sr. Douglas. Você sabe como as coisas são, Becky, o prefeito pode até ser um cara legal, bom para as criancinhas e cachorrinhos. Mas ele não sabe de tudo que os seus palhaços da cidade fazem, especialmente se eles carregam um sujeito para a salinha dos fundos.

Ela concordou com a cabeça.

– Policiais!

– Assim sendo, eu preciso negociar com o sr. Douglas antes que eles me carreguem.

– Você só quer falar com ele?

– Isso. Anote aí o meu número, e eu fico esperando aqui, sentado, na esperança de um telefonema... até que eles venham me buscar. Se você não conseguir, bem, obrigado mesmo assim, Becky. Eu saberei que você tentou.

– Não desligue!

– Hein?

– Fique na linha, Doc. Se eu tiver sorte, eles poderão transferir para este telefone e poupar tempo. Então, espere aí. – Madame Vesant saiu da tela, ligou para Agnes Douglas. Falou com energia, calma e confiante, apontando que este era o desenrolar que fora previsto pelas estrelas, exatamente na hora marcada. Agora tinha chegado o momento crítico quando Agnes precisaria guiar seu marido, usando sua sabedoria e intuição femininas para garantir que ele aja bem e sem demora. – Agnes, querida, esta configuração não se repetirá em milhares de anos; Marte, Vênus e Mercúrio em perfeita tríade, bem quando Vênus alcança o meridiano, fazendo Vênus dominante. Assim você vê...

– Allie, o que as estrelas me mandam fazer? Você sabe que eu não entendo a parte científica.

Isso não era nada surpreendente, já que a relação descrita não existia. Madame Vesant não tivera tempo para computar um horóscopo e estava improvisando. Não se incomodava com isso; estava dizendo uma "verdade mais elevada", dando bons conselhos e ajudando seus amigos. Ajudar dois amigos ao mesmo tempo deixava Becky Vesey especialmente feliz.

– Querida, você entende sim, você tem um talento nato. Você é Vênus, como sempre, e Marte é reforçado, sendo tanto seu marido quanto aquele rapaz Smith pela duração da crise. Mercúrio é o dr. Harshaw. Para compensar o desequilíbrio causado pelo reforço de Marte, Vênus precisa sustentar Mercúrio até que a crise tenha passado. Mas você tem muito pouco tempo; Vênus cresce em influência até alcançar o meridiano, daqui meros sete minutos; e depois disso, sua influência diminuirá. Você precisa agir rapidamente.

– Você deveria ter me avisado.

– Minha querida, eu estive esperando ao lado do telefone o dia inteiro, pronta para agir imediatamente. As estrelas nos dizem a natureza de cada crise; elas nunca nos dão os detalhes. Mas ainda há tempo. Estou com o dr. Harshaw na outra linha; basta você colocá-los cara a cara, antes que Vênus alcance o meridiano.

– Então... Está bem, Allie. Preciso arrancar Joseph de uma conferência inútil. Me dê o número do telefone desse dr. Rackshaw... ou você pode transferir a chamada?

– Eu posso transferir daqui. É só você chamar o sr. Douglas. Rápido, querida.

– Estou indo.

Quando Agnes Douglas saiu da tela, Becky foi a outro telefone. Sua profissão exigia um amplo serviço telefônico; era o maior custo do negócio dela. Cantarolando alegremente, Becky ligou para seu corretor.

CAPÍTULO XVII

Quando Becky sumiu da tela, Jubal se inclinou para trás.

– À frente – chamou ele.

– Certo, chefe – atendeu Miriam.

– Esta é para o grupo "Experiências Reais". Especifique que a narradora deve ter uma voz sexy de contralto...

– Talvez eu devesse me candidatar, então.

– Não tão sexy assim. Pegue aquela lista de sobrenomes nulos que conseguimos com o Censo, escolha um e coloque um primeiro nome inocente e mamífero para o pseudônimo. Um nome de garota terminando em "a", isso sempre sugere um busto farto.

– Hein? Nenhuma de nós tem nome terminando em "a". Seu nojento!

– Mas que turma despeitada, vocês, hein? "Angela", o nome dela é "Angela". Título: "Eu casei com um marciano". Começo: Toda minha vida eu sonhei em ser uma astronauta. Parágrafo. Quando eu era só uma garotinha, com sardas no meu nariz e estrelas nos meus olhos, eu recortava as tampas das caixas de cereal que nem meus irmãos... e chorava quando minha mãe não me deixava dormir com meu capacete de cadete espacial. Parágrafo.

Nesses dias despreocupados da infância, eu ainda não sonhava com o destino agridoce e estranho que a minha ambição de moleca traria...

– Chefe!

– Sim, Dorcas?

– Lá vem mais duas levas.

– Aguarde a continuação, Miriam, sente-se ao telefone. – Jubal foi até a janela, viu dois carros voadores se preparando para pousar. – Larry, tranque esta porta. Anne, vista o manto. Jill, cole em Mike. Mike, faça o que Jill mandar.

– Sim, Jubal. Eu vou fazer.

– Jill, não solte as rédeas dele a menos que seja estritamente necessário. E eu acho bem melhor que ele suma com as armas que com as pessoas.

– Sim, Jubal.

– Essa liquidação indiscriminada de policiais precisa acabar.

– Telefone, chefe!

– Todo mundo fora da câmera. Miriam, anote outro título: "Eu me casei com uma humana". – Jubal se sentou e atendeu: – Sim?

– O secretário-geral vai falar com você.

– Certo.

A tela mudou para a imagem desgrenhada de Sua Excelência, o Honorável Joseph Edgerton Douglas, secretário-geral da Federação Mundial das Nações Livres.

– Dr. Harshaw? Eu soube que você precisa falar comigo.

– Não, senhor.

– Hein?

– Deixe-me reformular, senhor secretário. *Você* precisa falar *comigo*.

Douglas pareceu surpreso, e depois sorriu.

– Doutor, você tem dez segundos para provar isso.

– Muito bem, senhor. Eu sou o advogado do Homem de Marte.

Douglas parou de parecer desgrenhado.

– Como é?

– Sou o representante legal de Valentine Michael Smith. Pode ser útil pensar em mim como o embaixador *de facto* de Marte... No espírito da Decisão Larkin.

– Você deve estar completamente louco!

– De qualquer maneira, estou agindo em nome do Homem de Marte. E ele está disposto a negociar.

– O Homem de Marte está no Equador.

– Por favor, senhor secretário. Smith, o verdadeiro Valentine Michael Smith, não aquele que apareceu na estereovisão, escapou do Centro Médico Bethesda na última quinta-feira, na companhia da enfermeira Gillian Boardman. Ele manteve sua liberdade e continuará com ela. Se a sua equipe lhe contou algo diferente, então alguém andou mentindo.

Douglas parecia pensativo. Alguém falou com ele de fora da câmera. Finalmente, ele disse:

– Mesmo se as coisas que você disse fossem verdade, doutor, você não pode falar em nome do jovem Smith. Ele é tutelado pelo Estado.

Jubal balançou a cabeça.

– Impossível. A Decisão Larkin.

– Agora veja bem, como advogado, eu lhe asseguro de que...

– Como advogado também, preciso seguir minha opinião, e proteger meu cliente.

– Você é advogado? Achei que você se apresentava como procurador e rábula, em vez de advogado.

– Ambos. Sou advogado, qualificado para advogar diante do Supremo Tribunal. – Jubal ouviu um estrondo surdo vindo de baixo e olhou para o lado.

– *Acho que foi a porta da frente, chefe* – sussurrou Larry. – *Quer que eu dê uma olhada?*

Jubal balançou a cabeça.

– Senhor secretário, estamos ficando sem tempo. Seus homens, seus vândalos do S. S., estão arrombando minha casa. O senhor vai parar com esse incômodo? Para que possamos negociar? Ou será necessário lutar no Supremo Tribunal com toda barulheira correspondente?

Novamente o secretário pareceu consultar alguém fora de vista.

– Doutor, se a polícia do S. S. está tentando prendê-lo, é novidade para mim. Eu...

– Se o senhor prestar atenção, vai ouvi-los marchando escada acima! Mike! Anne! Venham até aqui. – Jubal empurrou a cadeira para trás para permitir que o ângulo os incluísse. – Senhor secretário-geral, eis o Homem de Marte! – Ele não podia apresentar Anne, mas ela e seu manto branco de probidade estavam visíveis.

Douglas encarou Smith; este olhou de volta e parecia apreensivo.

– Jubal...

— Só um momento, Mike. Bem, senhor secretário? Seus homens invadiram a minha casa; ouça, estão batendo na porta do meu escritório. — Jubal se virou para trás. — Larry, abra a porta. — Ele pousou a mão em Mike. — Não se empolgue, rapaz.

— Sim, Jubal. Aquele homem. Eu já conhecido ele.

— E ele conhece você. — Por cima do ombro, Jubal chamou. — Entre, sargento.

Um sargento do S. S. estava à porta, com a arma em riste.

— Major! Aqui estão eles! — gritou ele.

— Deixe-me falar com o oficial comandante, doutor — pediu Douglas.

Jubal ficou aliviado ao ver que o major apareceu com a pistola guardada no coldre; Mike estivera tremendo desde que a arma do sargento apareceu. Jubal não morria de amores pelos soldados, mas não queria que Smith mostrasse seus poderes.

O major olhou em volta.

— Você é Jubal Harshaw?

— Sim. Venha cá. Seu chefe quer falar com você.

— Nada disso. Você vem conosco. Também estou procurando...

— Venha *cá*! O secretário-geral quer dar uma palavra.

O major do S. S. pareceu espantado, entrou no escritório e notou a tela; olhou para ela e se colocou em posição de sentido, fazendo continência.

— Nome, patente e serviço — ordenou Douglas, assentindo com a cabeça.

— Senhor, major C. D. Bloch, Esquadrão Tim-Tim do Serviço Secreto, quartel do Enclave.

— Diga-me o que você está fazendo.

— Senhor, é bastante complicado. Eu...

— Então descomplique. Responda, major.

— Sim, senhor. Vim aqui seguindo ordens. O senhor vê...

— Não vejo nada.

— Bem, senhor, há uma hora e meia, um esquadrão voador foi mandado aqui para fazer várias prisões. Quando perdemos o contato de rádio com eles, fui enviado para cá para encontrá-los e prestar auxílio.

— Ordens de quem?

— Hã, do comandante, senhor.

— E você os encontrou?

— Não, senhor. Nem traço.

Douglas olhou para Harshaw.

– Doutor, você viu algum sinal do outro esquadrão?

– Não é meu dever tomar conta dos seus empregados, senhor secretário.

– Essa não foi exatamente uma resposta à minha pergunta.

– O senhor tem razão. Não estou sob interrogatório. Nem estarei, a não ser em caso de processo legal adequado. Estou agindo em nome do meu cliente; não sou babá dessas, hã... pessoas uniformizadas. Mas sugiro, pelo que vi, que eles não seriam capazes de encontrar um porco numa banheira.

– Humm... É possível. Major, reúna seus homens e volte.

– Sim, senhor! – o major bateu continência.

– Só um momento! – interrompeu Harshaw. – Esses homens invadiram minha casa. Exijo ver o mandado deles.

– Ah. Major, mostre a ele seu mandado.

Major Bloch ficou vermelho.

– Senhor, os mandados estavam com o oficial que veio antes.

Douglas o encarou.

– Jovem... você está me dizendo que arrombou a casa de um cidadão *sem um mandado*?

– Mas, senhor... o senhor não entende! Os mandados *existem*! Estão com o capitão Heinrich. Senhor.

Douglas parecia enojado.

– Volte para o quartel. Ponha-se em detenção. Nós nos veremos em breve.

– Sim, senhor!

– Espere – exigiu Jubal. – Eu exerço meu direito de fazer uma prisão de cidadão. Vou colocar este sujeito na nossa cadeia local. "Arrombamento e invasão com armas de fogo."

Douglas piscou.

– Isso é mesmo necessário?

– *Eu* acho que é. Estes camaradas parecem ser bem difíceis de achar... não quero que eles deixem nossa jurisdição local. Além das questões criminais, eu não tive oportunidade de avaliar os danos à minha propriedade.

– Você tem minha garantia, senhor, de que será totalmente compensado.

– Muito obrigado, senhor. Mas o que vai evitar que outro palhaço uniformizado apareça por aqui mais tarde? Eles nem precisariam derrubar a porta! Meu castelo continua violado, aberto a qualquer intruso. Senhor secretário, foram apenas os momentos de atraso conquistados pela minha outrora resistente porta que evitaram que este canalha me levasse embora arrastado antes que eu conseguisse alcançar o senhor... E o senhor ouviu quando ele falou que há outro igual por aí; e carregando, como *ele* disse, mandados.

– Doutor, eu não sei nada sobre tal mandado.

– Mandados, senhor. Ele disse "mandados para várias prisões". Talvez um termo melhor fosse "cartas de condenação sumária".

– Essa é uma imputação grave.

– Esta é uma questão grave.

– Doutor, não sei nada sobre esses mandados, se é que eles existem. Mas eu lhe ofereço minha garantia pessoal de que vou averiguar este assunto imediatamente, descobrir por que eles foram expedidos e agir conforme os méritos que possam aparecer. Posso dizer mais?

– O senhor pode dizer muito mais. Quero reconstruir por que esses mandados foram expedidos. Alguém a seu serviço, num excesso de zelo, fez um juiz maleável os expedir... com o propósito de apreender as pessoas de mim mesmo e meus convidados de modo a nos interrogar fora da sua vista. Fora da vista de *qualquer um*, senhor! Vamos discutir questões com *o senhor*... mas não seremos interrogados por gente *dessa categoria*... – Jubal apontou o polegar para o major – ... em alguma salinha dos fundos sem janelas! Senhor, espero por justiça pelas suas mãos... mas se esses mandados não forem cancelados imediatamente, se eu não receber garantias além de qualquer sombra de dúvida de que o Homem de Marte, a enfermeira Boardman e eu mesmo continuaremos imperturbados, livres para ir e vir, então... – Jubal encolheu os ombros. – Eu terei que procurar um defensor. Há pessoas e poderes fora do seu governo com profundo interesse nos assuntos relacionados ao Homem de Marte.

– Você está me ameaçando.

– Não, senhor, estou pleiteando com o senhor. Queremos negociar. Só que isso não será possível enquanto nós formos perseguidos. Eu lhe imploro, senhor, recolha seus cães de caça!

Douglas deu uma olhada para o lado.

– Aqueles mandados, se eles existirem, não serão mais cumpridos. Assim que eu puder rastreá-los, serão cancelados.

– Muito obrigado, senhor.

Douglas olhou para o major Bloch.

– Você ainda insiste em indiciá-lo?

— Ele? Ah, é só um idiota de uniforme. Vamos esquecer as indenizações também. O senhor e eu temos assuntos sérios a debater.

— Você está dispensado, major. — O oficial do S. S. bateu continência e saiu abruptamente. Douglas continuou: — Doutor, os assuntos que você menciona não podem ser debatidos pelo telefone.

— De acordo.

— Você e seu, hum, cliente serão meus hóspedes no Palácio. Vou mandar meu iate. Vocês podem ficar prontos em uma hora?

Harshaw balançou a cabeça.

— Obrigado, senhor secretário. Vamos dormir aqui... e, quando a hora chegar, eu arranjo um trenó de cães ou algo assim. Não há necessidade de mandar seu iate.

O sr. Douglas franziu o cenho.

— Ora, doutor! Como você mesmo comentou, nossa conversa será quase diplomática. Ao proferir o protocolo, eu aceitei isso. Portanto, preciso que me permitam oferecer hospitalidade oficial.

— Bem, senhor, meu cliente já teve demais da sua hospitalidade oficial e comeu o pão que o diabo amassou escapando dela.

O rosto de Douglas enrijeceu.

— Senhor, você está insinuando que...

— Não estou insinuando nada. Smith passou por muita coisa e não está acostumado a cerimônias de alto nível. Ele vai dormir melhor aqui. Assim como eu. Sou um idoso, senhor, prefiro minha própria cama. Também preciso apontar que as negociações podem ser abandonadas, e meu cliente então seria forçado a procurar outros interlocutores; e, nesse caso, seria constrangedor para nós sermos hóspedes sob o seu teto.

O secretário-geral estava muito sério.

— Ameaças de novo. Pensei que o senhor confiasse em mim. Escutei claramente quando você disse que "queria negociar".

— Eu confio no senhor — (... *com os dedos cruzados nas duas mãos!*) — e nós realmente queremos negociar. Só que eu digo "negociar" no sentido original, não neste significado modernoso de "apaziguamento". Entretanto, eu serei razoável. Mas nós não podemos iniciar as conversas imediatamente; nos falta um fator e precisamos esperar. Quanto tempo, eu não sei.

— Do que você está falando?

– Esperamos que o governo seja representado por qualquer delegação que o senhor escolher; e que nós tenhamos o mesmo privilégio.

– Certamente. Mas vamos manter a coisa simples. Vou cuidar disto pessoalmente, com um assistente ou dois. O procurador geral... nossos especialistas em direito espacial. Realizar transações de negócios exige grupos pequenos; quanto menores, melhor.

– Com toda certeza. Nosso grupo será pequeno. Smith, eu e uma testemunha...

– Ah, como assim?

– Uma testemunha não é obstáculo. Vamos levar mais uma ou duas pessoas, mas nos falta um homem. Tenho instruções de que um sujeito chamado Ben Caxton precisa estar presente... E eu não consigo encontrar o camarada.

Jubal, depois de ter passado horas manobrando em preparação para jogar esse comentário, esperou. Douglas o encarava.

– Ben Caxton? Você certamente não quer dizer aquele fofoqueiro barato?

– O Caxton ao qual me refiro tem uma coluna numa das agências de notícias.

– *Fora de questão*!

Harshaw balançou a cabeça.

– Então isto é tudo, senhor secretário. Minhas instruções não me deixam margem. Lamento ter desperdiçado seu tempo. Peço sua licença. – Estendeu a mão como se fosse desligar.

– Espere!

– Senhor?

– Não terminei de falar com você!

– Peço o perdão do secretário-geral. Vamos esperar até que o senhor nos dispense.

– Sim, sim, tanto faz. Doutor, você lê o lixo que é publicado por essas notícias do Capitólio?

– Deus me livre, não!

– Eu queria não ser obrigado. É absurdo falar em ter jornalistas presentes. Nós podemos vê-los depois que tudo for decidido. Mas, mesmo que fôssemos permitir sua participação, Caxton não seria um deles. O sujeito é venenoso... um bisbilhoteiro da pior qualidade.

– Senhor secretário, *nós* não temos objeções à publicidade. De fato, insistimos nisso.

— Ridículo!

— Provavelmente. Mas eu sirvo meu cliente da forma que considero melhor. Se alcançarmos um acordo afetando o Homem de Marte e o planeta que é seu lar, quero que cada pessoa na Terra saiba como foi feito e o que foi acordado. Caso contrário, se fracassarmos, o povo precisa saber como as negociações falharam. Não haverá um conselho secreto, senhor secretário.

— Diabos, eu não estava falando em conselhos secretos, e você sabe disso! Refiro-me a debates calmos e ordenados, sem acotovelamento!

— Então deixe a imprensa entrar, senhor, por meio de câmeras e microfones... mas com cotovelos do lado de fora. O que me lembra: seremos entrevistados, meu cliente e eu, nas redes de estereovisão hoje mais tarde, e eu vou anunciar que queremos debates públicos.

— *O quê?* Você não pode dar entrevistas *agora*. Ora, isso é contrário a todo o espírito desta discussão.

— Não vejo como poderia ser. O senhor está sugerindo que um cidadão precisa da sua permissão para falar com a imprensa?

— Não, claro que não, mas...

— Temo que seja tarde demais. Os arranjos já foram feitos, e a única maneira do senhor impedir as entrevistas seria mandando mais carroças de capangas. Estou mencionando este fato para que o senhor possa publicar um *press release* antes da entrevista, informando ao público que o Homem de Marte voltou e está de férias em Poconos. Assim evitaríamos a impressão de que o governo foi pego de surpresa. O senhor segue a minha lógica?

— Sigo. — O secretário-geral encarou Harshaw. — Por favor, aguarde. — Ele saiu da tela.

Harshaw chamou Larry com um gesto enquanto tampava o microfone com a mão.

— Olha, filho — sussurrou —, com aquele transceptor pifado, estou blefando num flush furado. Não sei se ele saiu para mandar fazer o release... ou se vai soltar os cachorros na gente de novo. Corra lá fora, coloque Tom Mackenzie em outro telefone e diga a ele que, se não botar esse sistema para funcionar, ele vai perder o maior furo desde a Queda de Troia. Aí tome cuidado na hora de voltar para casa; pode haver policiais.

— Como que eu ligo para o Mackenzie?

— Hã... Fale com Miriam.

Douglas estava de volta na tela.

— Dr. Harshaw, aceitei sua sugestão. Um release, bem como você ditou... com mais alguns detalhes. — Douglas sorriu amigavelmente, de acordo com sua usual persona pública. — Eu acrescentei que o governo planeja debater relações interplanetárias com o Homem de Marte, assim que ele tiver descansado de sua viagem, e o fará publicamente... *bem* publicamente. — O sorriso se tornou gélido, e ele deixou de parecer o bom e velho Joe Douglas.

Harshaw sorriu de admiração; ora, o velho safado tinha se esquivado do golpe e transformado a derrota numa jogada a favor do governo.

— Perfeito, senhor secretário! Vamos apoiá-lo até o fim!

— Obrigado. Agora, quanto a esse sujeito, Caxton... deixar a imprensa entrar não se aplica a ele. Caxton pode assistir à conferência na estereovisão e inventar suas mentiras a partir daí. Mas ele não estará presente.

— Então não haverá conferência, senhor secretário, não importando o que o senhor tenha dito à imprensa.

— Não creio que você tenha me entendido, doutor. Este homem me ofende. Privilégio pessoal.

— Tem razão, senhor. É uma questão de privilégio pessoal.

— Então não vamos mais falar nisso.

— *O senhor* não *me* entendeu. É de fato privilégio pessoal. Mas não seu. De Smith.

— Hein?

— O senhor tem o privilégio de escolher os próprios conselheiros e pode levar o diabo em pessoa que nós não vamos reclamar. Smith tem o privilégio de selecionar os próprios conselheiros e tê-los presentes. Se Caxton não for, nós não estaremos lá. Nós iremos a uma conferência muito diferente. Uma na qual o senhor não seria bem-vindo. Mesmo que falasse hindi.

Harshaw pensou clinicamente que um homem da idade de Douglas não deveria se entregar à raiva. Por fim, Douglas falou ao Homem de Marte.

Mike tinha ficado na tela, tão calado e paciente quanto a testemunha.

— Smith — disse Douglas —, porque você insiste nessa condição ridícula?

— Não responda, Mike! — exclamou Harshaw imediatamente. Depois, se virou para Douglas: — Tsc, tsc, senhor secretário! Os cânones! O senhor não pode perguntar por que meu cliente me instruiu assim. Os cânones seriam violados com injúria excepcional, pois meu cliente só aprendeu inglês recentemente e não é capaz de dar conta do senhor. Se o senhor aprender marciano, eu poderei permitir que o senhor lhe faça a pergunta... na língua *dele*. Mas não hoje.

Douglas franziu o cenho.

— Eu poderia perguntar de quais cânones *você* abusou, mas não tenho tempo; tenho um governo a conduzir. Eu me rendo. Mas não espere que eu aperte a mão desse Caxton!

— Como preferir, senhor. Agora, de volta ao primeiro tema: não consegui encontrar Caxton.

Douglas riu.

— Você insistiu num privilégio, um que eu considero ofensivo. Traga quem você quiser, mas arrebanhe-os você mesmo.

— Razoável, senhor. Mas você faria um favor ao Homem de Marte?

— Hein? Que favor?

— A conferência não vai começar até que Caxton seja localizado; isso não está sujeito a discussões. Só que eu não consegui encontrá-lo. Sou um mero cidadão particular.

— O que você quer dizer?

— Eu me referi injuriosamente aos esquadrões do Serviço Secreto; atribua isso à raiva de um homem cuja porta foi derrubada. Mas sei que eles podem ser incrivelmente eficazes... e que contam com a cooperação de forças policiais por toda parte. Senhor secretário, se o senhor chamar seu comandante do S. S. e lhe disser que quer encontrar um homem imediatamente... bem, senhor, causaria mais atividade em uma hora do que eu poderia causar em um século.

— Por que motivo nesta terra de Deus eu deveria alertar forças policiais por todos os lados para encontrar um repórter fofoqueiro?

— Não nesta "terra", meu caro senhor; por que motivo em Marte. Peço-lhe isso como favor ao Homem de Marte.

— Bem... é absurdo, mas vou cooperar. — Douglas olhou para Mike. — Como um favor a Smith. Espero cooperação semelhante quando sentarmos para negociar.

— O senhor tem minha garantia de que isso vai facilitar enormemente a situação.

— Bem, não posso prometer nada. Você diz que o sujeito está desaparecido. Ele pode ter caído na frente de um caminhão, pode estar morto.

Harshaw ficou muito sério.

— Vamos esperar que não, para o bem de todos nós.

— O que você quer dizer?

– Tentei apontar essa possibilidade ao meu cliente, mas ele não quer aceitar essa ideia. – Harshaw suspirou. – Caos, senhor. Se não conseguirmos encontrar Caxton, é isso que teremos: um caos.

– Bem... eu vou tentar. Não espere milagres, doutor.

– Não sou eu, senhor. É meu cliente. Ele vê as coisas de um jeito marciano... e espera *mesmo* milagres. Vamos rezar por um.

– Vocês terão notícias minhas. É tudo que posso dizer.

Harshaw se curvou sem se levantar.

– A vosso serviço, senhor.

No que a imagem de Douglas sumiu, Jubal se levantou e deparou-se com os braços de Gillian envolvendo-lhe o pescoço.

– Ah, Jubal, você foi *maravilhoso!*

– Ainda não resgatamos Ben, criança.

– Mas se qualquer coisa puder salvá-lo, foi o que você fez agora. – Ela o beijou.

– Ei, pare com isso! Larguei essas coisas antes que você tivesse nascido. Tenha a gentileza de demonstrar respeito à minha idade. – Ele a beijou cuidadosa e completamente. – Isso foi para tirar o gosto de Douglas... Depois de ficar chutando e beijando o sujeito por tanto tempo, eu estava ficando enjoado. Vá beijar Mike, ele merece, pois ficou parado enquanto ouvia minhas mentiras.

– Ah, eu vou! – Jill soltou Harshaw e abraçou o Homem de Marte. – Mentiras tão maravilhosas, Jubal! – Ela beijou Mike.

Jubal observou enquanto Mike iniciou uma segunda seção do beijo por conta própria, executando de forma solene, mas não tão inexperiente. Harshaw lhe deu nota 7,5, com um 10 pelo esforço.

– Filho – comentou ele –, você me espanta. Eu teria esperado que você se embrulhasse num dos seus desmaios.

– Eu assim fiz – respondeu Mike com seriedade, sem soltar Jill. – Na primeira vez de beijo.

– Ora! Parabéns, Jill. A.C. ou D.C.?

– Jubal, você é um chato, mas eu te amo de qualquer jeito e não vou deixar você me aborrecer. Mike ficou um pouco aflito uma vez, mas não fica mais, como você pode ver.

– Sim – concordou Mike. – É uma benevolência. Para irmãos de água, é uma aproximação. Eu vou lhe mostrar. – Ele soltou Jill.

Jubal ergueu a mão.

– Não.

– Não?

– Você ficaria decepcionado, filho. É uma aproximação entre irmãos de água apenas se elas forem garotas jovens e bonitas, como Jill.

– Meu irmão Jubal, você fala direitamente?

– Eu falo muito direitamente. Beije todas as garotas que você quiser, é muito melhor que jogar cartas.

– Com licença?

– É um belo jeito de se aproximar... de garotas... Humm... – Jubal olhou em volta. – Eu me pergunto se aquele fenômeno da primeira vez se repetiria. Dorcas, quero sua ajuda num experimento científico.

– Chefe, não sou uma cobaia! Vá pro inferno.

– Na hora certa, eu irei. Não seja difícil, garota; Mike não tem nenhuma doença transmissível ou eu não o deixaria usar a piscina. O que me faz lembrar: Miriam, quando Larry voltar, diga a ele que quero a piscina limpa; chega de turbidez. Bem, Dorcas?

– Como você poderia saber que era a *nossa* primeira vez?

– Humm, tem isso. Mike, você já beijou Dorcas alguma vez?

– Não, Jubal. Só hoje descobri que Dorcas é meu irmão de água.

– Ela é?

– Sim. Dorcas e Anne e Miriam e Larry. Eles são seus irmãos de água, meu irmão Jubal.

– Humm, sim. Essencialmente correto.

– Sim. É essência, o grokar; não o compartilhar de água. Eu falo direitamente?

– Muito direitamente, Mike.

– Eles são seus irmãos de água. – Mike fez uma pausa para pensar nas palavras. – Em conjunto concatenativo, são meus irmãos de água. – Mike olhou para Dorcas. – Para irmãos, aproximar é bom.

– Então, Dorcas? – indagou Jubal.

– Hein? Ah, céus! Chefe, você é o maior provocador do mundo. Mas Mike não está provocando. Ele é doce. – Ela foi até ele, ficou nas pontas dos pés, estendeu os braços. – Beije-me, Mike.

Mike a beijou. Por alguns segundos, eles "se aproximaram".

Dorcas desmaiou.

Jubal evitou que ela caísse no chão. Jill teve que falar rispidamente com Mike para evitar que ele se retirasse, tremendo. Dorcas se recuperou e assegurou a Mike que ela estava bem, e que se aproximaria dele de novo com muita alegria... mas que primeiro precisava recuperar o fôlego.

– *Uau*!

Miriam tinha assistido com olhos arregalados.

– Eu me pergunto se ouso correr o risco?

– Por ordem de idade, por favor – afirmou Anne. – Chefe, você ainda precisa de mim como testemunha?

– Por enquanto, não.

– Então segure meu manto. Quer apostar no beijo?

– Quais opções?

– Sete para dois que eu *não* desmaio, mas eu não me importaria em perder.

– Feito.

– Dólares, não centenas. Mike, querido... vamos nos aproximar *pra valer*.

Anne foi forçada a desistir por conta da hipóxia; Mike, com seu treinamento marciano, poderia ter ficado muito mais tempo sem oxigênio. Ela ofegou, sem fôlego, e comentou:

– Eu não estava preparada, chefe, vou lhe dar outra chance.

Ela começou a oferecer o rosto de novo, mas Miriam cutucou seu ombro.

– Fora.

– Não seja tão oferecida.

– Eu disse "fora". Volte para o fim da fila, guria.

– Ah, bem! – Anne abriu caminho. Miriam avançou, sorriu e não disse nada. Eles se aproximaram cada vez mais.

– *À frente*!

Miriam olhou em volta.

– Chefe, não dá para ver que eu estou *ocupada*?

– Tudo bem! Saia da frente; vou atender ao telefone eu mesmo.

– Honestamente, eu não tinha ouvido.

– Obviamente. Mas precisamos fingir que temos um mínimo de dignidade; pode ser o secretário-geral.

Era Mackenzie.

– Jubal, o que diabos está acontecendo?

– Algum problema?

– Recebi um telefonema de um sujeito que me urgiu a largar tudo e botar para quebrar, porque você tem alguma coisa para mim. Eu tinha mandado uma unidade móvel à sua casa...

— Nunca chegaram aqui.

— Eu sei. Eles ligaram, depois de vaguear ao norte de vocês. Nosso despachante lhes deu uma bronca, e eles devem estar chegando aí a qualquer momento. Eu tentei telefonar para você, mas deu ocupado. O que eu perdi?

— Nada ainda. — Inferno, ele deveria ter posto alguém para monitorar a caixa de baboseira. Douglas tinha se comprometido? Ou uma nova leva de policiais apareceria? Enquanto as crianças brincavam de médico! *Jubal, você está senil.* — Aconteceu algum boletim urgente nessa última hora?

— Ora, não... Ah, um item: o Palácio anunciou que o Homem de Marte voltou e estava descansando em... *Jubal*! Você está metido com *isso*?

— Só um momento. Mike, venha cá. Anne, vista seu manto.

— Certo, chefe.

— Sr. Mackenzie, eis o Homem de Marte.

O queixo de Mackenzie caiu.

— Peraí! Deixe-me colocar uma câmera nisso! Podemos captar do telefone e repetir em estéreo assim que esses meus brincalhões chegarem aí. Jubal... estou seguro com essa? Você não...

— Eu enganaria você com uma testemunha imparcial na minha cola? Não estou forçando esse furo para você. Deveríamos esperar e incluir Argus e Trans-planet na transmissão.

— Jubal! Você não pode fazer isso comigo.

— Nem farei. O acordo com todos vocês era monitorar as câmeras quando eu desse o sinal. E usar o material, se fosse digno de notícia. Não prometi não dar entrevistas adicionais. — Jubal acrescentou: — Não só você me emprestou o equipamento, mas você foi pessoalmente prestativo, Tom. Não posso expressar quanto.

— Você quer dizer, hã, aquele número de telefone?

— Certo! Mas nada de perguntas quanto *àquilo*, Tom. Pergunte-me em particular... ano que vem.

— Ah, eu não sonharia com isso. Você fica com seu bico fechado, que eu fico com o meu. Agora, não vá embora...

— Só mais uma coisa. Aquelas mensagens que você está guardando. Mande-as de volta para mim.

— Hein? Tudo bem, fiquei com elas na minha escrivaninha, você estava tão ansioso. Jubal, tenho uma câmera em você. Podemos começar?

— Manda bala.

— Vou fazer *esta* pessoalmente! — Mackenzie virou o rosto, aparentemente olhando para a câmera. — Boletim especial! Este é o seu repórter da NWNW na área com as notícias do momento! O Homem de Marte acabou de telefonar e quer falar com *você*! Corta. Monitor, insira cartela de boletim especial com chamada do patrocinador. Jubal, alguma coisa específica que eu deveria perguntar?

— Não pergunte nada sobre a América do Sul. Natação é o assunto mais seguro. Você pode me perguntar sobre os planos dele.

— Fim do corte. Amigos, vocês agora estão face a face e voz a voz com Valentine Michael Smith, o Homem de Marte! Como a NWNW, sempre a primeira, lhes disse mais cedo, o sr. Smith acabou de voltar da altitude dos Andes, e nós lhes damos as boas-vindas! Acene para os amigos, sr. Smith...

(— Acene para o telefone, filho. Sorria e acene.)

— Obrigado, Valentine Michael Smith. Estamos felizes em vê-lo tão saudável e bronzeado. Eu soube que você andou se exercitando e aprendendo a nadar?

— *Chefe*! Visitantes. Ou coisa assim.

— *Corta*! Depois da palavra "nadar". Que droga é essa, Jubal?

— Vou ver o que é. Jill, tome conta de Mike, pode ser outro alerta geral.

Mas era a unidade da NWNW pousando, mais uma vez estragando as roseiras; Larry voltando do telefonema para Mackenzie, e Duke chegando em casa. Mackenzie decidiu terminar a entrevista telefônica rapidamente, já que agora poderia ter profundidade e cor por meio da unidade móvel. Enquanto isso, sua equipe verificaria o maquinário emprestado a Jubal. Larry e Duke foram juntos.

A entrevista terminou com futilidades, Jubal respondeu às perguntas que Mike não entendia; Mackenzie se despediu prometendo que uma entrevista com cor e 3D se seguiria.

— Fiquem ligados nesta estação! — Ele aguardou o relatório dos técnicos, que foi oferecido prontamente pelo chefe de equipe.

— Nada errado com esta configuração de campo, sr. Mackenzie.

— Então o que estava errado antes?

O técnico deu uma olhada em Larry e Duke.

— Funciona melhor com energia. O disjuntor estava desarmado no quadro geral.

Harshaw interrompeu uma discussão sobre se Duke tinha ou não dito a Larry que o disjuntor precisava ser reiniciado para que o equipamento fosse usado. Jubal não dava a mínima em saber de quem era a culpa. Aquilo só vinha a confirmar a convicção dele de que a tecnologia tinha alcançado seu ponto mais alto com o Ford T e caíra em decadência desde então. Eles cuidaram da entrevista em cores e 3D. Mike mandou saudações a todos os amigos da *Champion*, incluindo uma ao dr. Mahmoud feita em marciano gutural.

Finalmente, Jubal colocou o telefone fora do ar por duas horas, se esticou e sentiu um enorme cansaço, se perguntando se estaria ficando velho.

— Cadê o jantar? Qual de vocês moçoilas estava encarregada de cozinhar esta noite? Jizuis, esta casa está desmoronando ao meu redor!

— Era a minha vez hoje — respondeu Jill —, mas...

— Desculpas, sempre desculpas!

— Chefe — Anne o interrompeu rispidamente —, como você esperava que alguém pudesse cozinhar se você manteve todo mundo entocado aqui a tarde toda?

— Isso não é problema meu — retrucou Jubal, sorumbático. — Se o apocalipse acontecer nesta propriedade, eu espero refeições servidas quentes e no horário até a última trombeta. Além disso...

— Além disso — completou Anne —, são só 19h40. Temos tempo mais que suficiente para estar com a janta servida às oito. Então pare de ganir. Bebê chorão.

— São só vinte para as oito? Parece que faz uma semana desde o almoço. Vocês não deixaram sobrar um tempo civilizado para um drinque antes do jantar!

— Pobrezinho.

— Alguém me sirva um drinque. Sirva um drinque a todo mundo. Vamos pular o jantar; estou com vontade de ficar duro e teso como uma corda esticada na chuva. Anne, como estamos de smörgåsbord?

— Temos muito.

— Por que não descongelar uns dezoito ou dezenove tipos e deixar todo mundo comer quando tiver vontade? Por que tanta discussão?

— É para já — concordou Jill.

Anne parou para dar um beijo na calva de Jubal.

— Chefe, você agiu com muita nobreza hoje. Vamos alimentá-lo, embebedá-lo e botá-lo para dormir. Espere, Jill, eu vou ajudar.

— Eu posso fazer ajudar também? — indagou Smith avidamente.

— Claro, Mike. Você pode carregar as bandejas. Chefe, o jantar vai ser à beira da piscina. Está uma noite quente.

— Onde mais? — Depois que todas saíram, Jubal perguntou a Duke: — Onde diabos você andou?

— Pensando.

— Não compensa. Deixa a gente descontente com a vida. Algum resultado?

— Sim — respondeu Duke. — Decidi que o que Mike come é problema dele.

— Parabéns! Um desejo de não se meter nos assuntos alheios é oitenta por cento de toda sabedoria humana.

— Você se mete nos assuntos alheios.

— Quem disse que *eu* sou sábio?

— Jubal, se eu oferecesse um copo d'água a Mike, ele inventaria aquele lance de culto?

— Acho que sim. Duke, a única característica humana de Mike é um desejo incontrolável de ser querido. Mas eu quero me assegurar de que você sabe o quão séria essa coisa toda é. Eu aceitei a irmandade de água com Mike antes de entendê-la e acabei profundamente atrelado nas responsabilidades do ato. Você estará se comprometendo a nunca mentir para ele, nunca enganá-lo, a ficar ao seu lado aconteça o que acontecer. Melhor pensar bem nisso.

— Eu *andei* pensando nisso. Jubal, tem algo em Mike que faz você *querer* tomar conta dele.

— Eu sei. Você provavelmente nunca encontrou honestidade antes. Inocência. Mike nunca provou o fruto da Árvore do Conhecimento do Bem e do Mal... então não entendemos como a cabeça dele funciona. Bem, espero que você nunca se arrependa. — Jubal ergueu o olhar. — Achei que você tinha parado para destilar a bebida.

— Não achei um saca-rolhas — respondeu Larry.

— Máquinas de novo. Duke, você encontrará copos atrás de *A anatomia da melancolia* ali em cima...

— Eu sei onde você os esconde.

— ... e vamos tomar umazinha antes de descermos para beber a sério. — Duke pegou os copos, Jubal serviu e ergueu o próprio. — Um brinde à irmandade alcoólica... mais adequada à frágil alma humana que qualquer outro tipo.

— Saúde.

— Tim-tim.

Jubal entornou seu drinque garganta abaixo.

— Ah! — exclamou ele, feliz, e arrotou. — Ofereça um pouco a Mike, Duke, e deixe ele saber como é bom ser humano. Me faz ficar criativo. À frente! Por que essas garotas nunca estão por perto quando eu preciso delas? *À frente*!

— Eu estou "à frente" — respondeu Miriam à porta. — Mas...

— Eu estava dizendo: ...com o destino agridoce e estranho que a minha ambição de moleca traria...

— Eu terminei *essa* história enquanto você estava de conversinha com o secretário-geral.

— Então você não está mais "à frente". Pode despachar.

— Você não quer ler? De qualquer maneira, eu tenho que revisá-la. Beijar Mike me deu um novo ponto de vista.

Jubal estremeceu.

— *Ler* a história? Bom Deus! Já é ruim demais escrever uma coisa dessas. E não pense em revisar, certamente não para encaixá-la nos fatos. Minha filha, uma história de confissão real jamais pode ser maculada pela corrupção da verdade.

— Certo, chefe. Anne os mandou descer à piscina para beliscar antes de comer.

— Não poderia pensar num momento melhor. Vamos transferir nossa reunião, cavalheiros?

A festa progrediu líquida, com iscas de peixe e outros comestíveis escandinavos disponíveis. A convite de Jubal, Mike experimentou conhaque. Achou o resultado inquietante, então analisou o problema, acrescentou oxigênio ao etanol num processo interno de fermentação reversa e o converteu em glicose e água.

Jubal ficara observando o efeito da bebida alcoólica no Homem de Marte; viu quando ele ficou bêbado, viu quando ele ficou sóbrio ainda mais rapidamente. Numa tentativa de entender, Jubal urgiu que Mike consumisse ainda mais conhaque, o que o rapaz aceitou, já que era seu irmão de água quem oferecia. Mike absorveu uma quantidade extravagante antes que Jubal admitisse que era impossível embebedá-lo.

O que não era o caso com o próprio Jubal, apesar de anos de embriaguez; manter-se sociável enquanto experimentava o conhaque com Mike o deixara com a guarda baixa. Assim, quando Harshaw perguntou a Mike o que este fizera, Mike achou que o irmão estava inquirindo sobre a batida do S. S.; evento sobre o qual Mike sentia uma culpa latente. Ele tentou se explicar e, se necessário, receber o perdão de Jubal.

Jubal o interrompeu quando entendeu do que o rapaz estava falando.

– Filho, não quero saber. Você fez o que era necessário. Simplesmente perfeito. Só que... – Jubal piscou como uma coruja. – Não me conte. Nunca conte a *ninguém*.

– Não?

– Não. A coisa mais extraordinária que eu vi desde que o meu tio de duas cabeças debateu economia consigo mesmo e se refutou. Uma explicação estragaria tudo.

– Eu não groko?

– Nem eu. Então vamos tomar outro drinque.

Repórteres começaram a chegar. Jubal os recebeu com cortesia, convidou-os a comer, beber e relaxar; mas pediu para que evitassem aborrecer a ele ou ao Homem de Marte.

Aqueles que desobedeciam eram jogados na piscina.

Jubal manteve Larry e Duke por perto para administrar esse batismo. Por mais que alguns ficassem bravos, outros se juntavam ao esquadrão de encharcamento com o entusiasmo de fanáticos religiosos; Jubal teve que impedir que eles jogassem o decano comentarista do *New York Times* uma terceira vez.

Mais tarde naquela noite, Dorcas procurou Jubal e sussurrou:

– Telefone, chefe.

– Anote o recado.

– Você tem que atender, chefe.

– Eu vou atender com um machado! Já estava com vontade de me livrar daquela Donzela de Ferro, e agora estou com a disposição necessária. Duke, me arranje um machado.

– Chefe! É aquele senhor com quem você conversou longamente esta tarde.

– Ah, por que você não disse antes? – Jubal subiu a escada lentamente, trancou a porta do escritório, foi até o telefone. Outro dos acólitos de Douglas estava na tela, mas foi substituído pelo chefe.

– Você demorou bastante para atender seu telefone.

– É o meu telefone, senhor secretário. Às vezes eu nem atendo.

– É o que parece. Por que você não me contou que Caxton é um alcoólatra?

– Ele é?

– Certamente que sim! Ele saiu numa farra. Estava dormindo para se recuperar numa pensão imunda em Sonora.

– Fico feliz em saber que ele foi encontrado. Muito obrigado, senhor.
– Ele foi detido por "vagabundagem". Não vamos indiciá-lo, ele será solto e entregue a você.
– Estou em dívida com o senhor.
– Ah, não é exatamente um favor! Mandei que lhe entregassem o sujeito como ele foi encontrado; imundo, barbado e, pelo que me informaram, fedendo como uma destilaria. Quero que você veja o vagabundo que ele é.
– Muito bem, senhor. Quando posso esperá-lo?
– Um mensageiro deixou Nogales há algum tempo. Voando à velocidade de Mach 4, ele deve chegar aí muito em breve. O piloto vai entregá-lo e pedir um recibo.
– Ele o terá.
– Agora, doutor, lavo minhas mãos sobre esse assunto. Espero que você e seu cliente apareçam, com aquele bêbado caluniador ou não.
– De acordo. Quando?
– Amanhã às dez?
– "Seria bom fazêmo-lo de pronto." De acordo.
Jubal desceu e saiu.
– *Jill*! Venha cá, minha filha.
– Sim, Jubal. – Ela trotou até ele, com um repórter em sua cola.
Jubal o dispensou com um aceno.
– Particular – disse ele com firmeza. – Assunto de família.
– Família de quem?
– Na sua, alguém morreu. Agora suma! – O jornalista sorriu e foi embora. Jubal se inclinou para frente e disse baixinho: – Ele está a salvo.
– Ben?
– Sim, está chegando daqui a pouco.
– Oh, Jubal! – Ela desatou a chorar. Jubal a segurou pelos ombros.
– Pare com isso. Vá para dentro até que recupere o controle.
– Sim, chefe.
– Vá chorar no travesseiro, depois lave o rosto. – Ele foi até a piscina. – Silêncio, pessoal! Tenho um anúncio a fazer. Curtimos muito a presença de vocês, mas a festa acabou.
– *Boo*!
– Joguem ele na piscina. Sou um homem idoso e preciso de descanso. Assim como minha família. Duke, feche as garrafas. Garotas, guardem a comida.

Houve resmungos, e os mais responsáveis calaram seus colegas. Em dez minutos, todos tinham ido embora.

Em vinte minutos, Caxton chegou. O oficial do S. S. que comandava o carro aceitou a assinatura e impressão de Harshaw num recibo preparado e foi embora enquanto Jill soluçava no ombro de Ben.

Jubal deu uma olhada no jornalista.

— Ben, ouvi falar que você andou embriagado por uma semana.

Ben praguejou, enquanto continuava a dar tapinhas nas costas de Jill.

— Tô bebão, mermo... mas num tomei nada.

— O que aconteceu?

— Eu não sei. Eu não *sei*!

Uma hora depois, Ben tinha passado por uma lavagem estomacal; Jubal também lhe deu injeções para contrabalancear o álcool e os barbitúricos. Ben foi banhado, barbeado, vestido em roupas emprestadas, apresentado ao Homem de Marte e recebeu uma atualização resumida da situação, enquanto comia e tomava leite.

Porém, ele mesmo foi incapaz de contar o que se passara. Para Ben, a semana não tinha acontecido; ele ficara inconsciente em Washington e fora chacoalhado para acordar no México.

— É claro que eu *sei* o que aconteceu. Eles me mantiveram dopado num quarto escuro... E me espremeram. Mas eu não posso provar *nada*. E tem o *jefe* da vila e o louco do boteco, além de outras testemunhas, certamente, para jurar como este gringo passou o tempo por lá. E não há nada que eu possa fazer quanto a isso.

— Então não faça — aconselhou Jubal. — Relaxe e seja feliz.

— O diabo que eu vou relaxar! Eu vou pegar aquele...

— Tsc, tsc! Ben, você está vivo... coisa que eu teria apostado um bom dinheiro contra. E Douglas fará exatamente o que nós queremos que faça, e vai gostar.

— Eu quero conversar sobre isso. Eu acho...

— Eu acho que você vai dormir. Com um copo de leite quente para esconder o ingrediente secreto do velho Doc Harshaw para bebedores secretos.

Logo Caxton estava roncando. Jubal estava a caminho da cama e encontrou Anne no hall de cima. Balançou a cabeça, cansado.

— Mas que dia, guria.

— Sim. Eu não gostaria de tê-lo perdido, mas também não quero que se repita. Vá dormir, chefe.

— Num momento. Anne? O que há de especial na forma que o rapaz beija?

Anne pareceu sonhar, depois sorriu, marcando covinhas.

— Você deveria ter tentado.

— Sou velho demais para mudar. Mas estou interessado em tudo no garoto. Ele faz alguma coisa diferente?

Anne ponderou.

— Sim.

— Como?

— Mike dá ao beijo sua atenção completa.

— Ah, raios! Eu também faço isso. Ou fazia.

Anne balançou a cabeça.

— Não. Eu já fui beijada por homens que faziam um ótimo trabalho. Mas eles não dão ao beijo sua atenção completa. Não *conseguem*. Não importa o esforço que façam, partes de suas mentes estão em outros lugares. Se ele vai perder o último ônibus, se vai conseguir a garota, se suas técnicas de beijo estão funcionando... ou talvez ele esteja preocupado com emprego, dinheiro, se o pai ou o marido delas vão flagrá-los. Mike não tem técnica... Mas quando ele te beija, não está fazendo *nada* mais. Você é o universo inteiro dele... e o momento é eterno porque ele não tem planos e não vai a lugar algum. Só está beijando você. — Ela tremeu. — É avassalador.

— Humm.

— Não me venha com "humm", seu velho safado! Você não entende.

— Não. Lamento dizer que nunca vou entender. Bem, boa noite. E, aliás... Eu mandei Mike trancar a porta do quarto dele.

Anne fez uma careta para Jubal.

— Estraga-prazeres!

— Ele já está aprendendo rápido demais. Não podemos apressá-lo.

CAPÍTULO XVIII

A conferência foi adiada por 24 horas, o que deu a Caxton uma chance de se recuperar, ouvir sobre a semana perdida e se "aproximar" do Homem de Marte. Pois Mike grokou que Jill e Ben eram "irmãos de água", consultou Jill e solenemente ofereceu água a Ben.

Jill tinha explicado tudo a Ben. A possibilidade o fez refletir seriamente. Ben estava incomodado por um sentimento inquietante: ele ficava irritado com a proximidade entre Mike e Jill. Suas atitudes de solteiro tinham sido mudadas pela semana de esquecimento zumbi; ele pediu Jill em casamento de novo, assim que conseguiu ficar sozinho com ela.

Jill olhou para o lado.

– Por favor, Ben.

– Por que não? Eu tenho um trabalho fixo, estou com boa saúde... ou estarei, assim que tirar todas essas drogas "da verdade" do meu sistema... E, já que ainda não tirei, sinto a compulsão de lhe dizer a verdade. Eu te amo. Quero me casar com você e massagear seus pobres pés cansados. Sou velho demais? Ou você está planejando se casar com outra pessoa?

— Não, nenhum dos dois! Ben, querido... Ben, eu te amo. Mas não me peça isso agora, eu tenho... responsabilidades.

Ele não conseguiu convencê-la.

Ben finalmente percebeu que o Homem de Marte não era um rival; ele era o paciente de Jill. E um homem que se casa com uma enfermeira precisa aceitar que enfermeiras têm um instinto maternal muito forte para com seus pacientes. Ele tinha que aceitar e gostar disso, pois, se Gillian não tivesse essa personalidade que fazia dela uma enfermeira, ele não a amaria. Não era a forma como seu bumbum perfeito se movia quando ela andava, nem a visão exuberante do outro lado; ele não era do tipo infantil, interessado apenas no tamanho das glândulas mamárias! Não, era ela mesmo que Ben amava.

Já que a essência de Jill exigiria que Ben assumisse o segundo lugar em relação aos pacientes que precisavam dela, então ele não iria, não senhor, ser nem um pouco ciumento! Mike era um bom garoto; tão inocente e sem malícia quanto Jill tinha descrito.

E o próprio Ben não estava oferecendo a Jill um mar de rosas; a esposa de um jornalista tinha que aturar muita coisa. Ele poderia ficar fora por semanas às vezes, e os horários eram sempre irregulares. Ben não gostaria se Jill reclamasse. Mas ela não faria isso.

Depois de alcançar essa conclusão, Ben aceitou a água de Mike com o coração aberto.

Jubal precisava do dia adicional para planejar.

— Ben, quando você largou isso tudo no meu colo, eu disse a Gillian que eu não levantaria um dedo para garantir os supostos "direitos" deste rapaz. Mudei de ideia. Não vamos deixar o governo ficar com o butim.

— Certamente não *este* governo.

— Nem nenhum outro; o próximo vai ser pior. Ben, você subestima Joe Douglas.

— Ele é um político barato, com moral à altura!

— Sim, e ignorante como uma porta. Só que ele também é um líder global bem escrupuloso; melhor do que o que nós merecemos. Eu curtiria jogar pôquer com ele... Joe não trapacearia, e me pagaria com um sorriso. Ah, ele é um FDP, mas isso também poderia querer dizer Fidalgo, Digno e Paladino. Ele é mais ou menos decente.

— Jubal, eu cada vez te entendo menos. Você me disse que tinha quase certeza de que Douglas tinha mandado me matar... e isso quase aconteceu! Você teve que fazer malabarismo com ovos só para me resgatar com vida, e Deus sabe que eu estou grato! Mas você espera que eu esqueça que Douglas estava por trás de tudo? Não é mérito algum dele que eu esteja vivo; ele preferiria me ver morto.

– Imagino que preferisse. Mas sim, é isso mesmo, esqueça tudo.

– O inferno que eu vou esquecer!

– Você seria tolo se não o fizesse. Não pode provar nada. E não tem a menor necessidade de você se sentir grato a mim. Não vou deixá-lo colocar esse fardo nas minhas costas. Não fiz nada por *você*.

– Hein?

– Fiz por uma garotinha que estava prestes a sair por aí à sua procura, e que talvez fosse morta por isso. Fiz porque ela era minha hóspede e eu estou fazendo o papel de pai dela. Fiz porque ela era toda coragem e bravura, mas era ignorante demais para brincar com essa motosserra. Mas você, meu camarada cínico e pecador, sabe tudo sobre motosserras. Se os seus descuidos fizeram você tropeçar numa delas, quem sou eu para mexer com o seu carma?

– Humm… Certo, Jubal, você pode ir para o inferno… por ter fuçado no meu carma. Se é que eu tenho um.

– É irrelevante. Os predestinadores e os livre-arbitrários terminaram o segundo tempo empatados, pelo que ouvi. De qualquer maneira, não tenho a menor vontade de perturbar um sujeito dormindo na sarjeta. Fazer o bem é como tratar a hemofilia; a verdadeira cura é deixar que os hemofílicos sangrem até morrer… antes que gerem mais hemofílicos.

– Você poderia esterilizá-los.

– E você quer que eu brinque de Deus? Enfim, fugimos do assunto. Douglas não mandou matar você.

– Quem disse?

– Disse o infalível Jubal Harshaw, falando de cátedra do próprio umbigo. Filho, se um assistente de xerife espanca um prisioneiro até a morte, pode apostar que o comissário do condado não teria permitido, se soubesse. Na pior das hipóteses, ele faz vista grossa, depois do ocorrido, em vez de fazer tumulto. Assassinato nunca foi uma política neste país.

– Posso lhe mostrar os bastidores de algumas mortes que eu investiguei.

Jubal dispensou com um aceno.

– Eu disse que não era uma política. Sempre tivemos assassinatos, desde alguns proeminentes como o de Huey Long até o de homens espancados até a morte que não mereceram nem um artigo de página oito. Mas nunca foi uma política, e o motivo de você estar vivo é que essa não é uma política de Joe Douglas. Eles o capturaram limpo, espremeram tudo que você sabia e poderiam ter se livrado de você com tanta discrição quanto se joga uma barata morta na privada e se dá a descarga. Mas o chefe deles não gosta que eles joguem tão pesado, e, se ele se convencesse de que eles o tinham feito, isso lhes custaria o emprego, se não o pescoço.

Jubal parou para um gole.

— Aqueles capangas são só uma ferramenta; não são uma Guarda Pretoriana que escolhe o César. Então quem você queria que fosse César? Joe dos tribunais, cuja doutrinação data do tempo em que este país era uma nação, e não uma satrapia num império poliglota... Douglas, que não tem estômago para assassinatos? Ou você prefere chutá-lo do poder? Nós podemos fazê-lo se o trairmos; chutá-lo para fora e alçar um secretário-geral de uma terra onde a vida é barata e o assassinato, uma tradição. Se você o fizer, Ben, o que acontecerá ao próximo repórter enxerido que entrar num beco escuro?

Caxton não respondeu.

— Como eu disse, o S. S. é só uma ferramenta. Sempre há homens de aluguel disponíveis que *gostam* de trabalho sujo. Quão sujo o trabalho ficará se você privar Douglas de sua maioria?

— Jubal, você está me dizendo que eu *não* deveria criticar o governo?

— Que nada. Os mosquitos irritantes são uma necessidade. Só que é bom olhar os próximos canalhas antes de enxotar os canalhas atuais. A democracia é um sistema ruim; a única coisa que pode ser dita a seu favor é que ela é oito vezes melhor que qualquer outro método. O maior defeito dela é que seus líderes refletem seus eleitores; um nível baixo, mas o que se poderia esperar? Então contemple Douglas e pondere que, na ignorância dele, na burrice e na ambição, ele se parece com seus compatriotas americanos, mas está um grau ou dois acima da média. Em seguida, olhe para o homem que vai substituí-lo quando seu governo cair.

— É tudo a mesma coisa.

— Nunca é a mesma coisa. Existe uma diferença entre "ruim" e "pior", muito mais aguda que entre "bom" e "melhor".

— Bem? O que você quer que eu faça?

— Nada — respondeu Harshaw. — Tocarei esse espetáculo eu mesmo. Espero que você evite esculhambar Joe Douglas quanto a esse acordo vindouro, talvez possa elogiá-lo por seu "comedimento de estadista".

— Vou acabar vomitando assim!

— Vomite no seu chapéu. Vou lhe dizer o que vou fazer. O primeiro princípio ao se cavalgar um tigre é agarrar-lhe as orelhas com força.

— Pare de ser pomposo. Qual é o negócio?

— Pare de ser obtuso e escute. Mike tem a desventura de ser o herdeiro de mais riqueza do que Creso poderia sonhar... além de uma reivindicação a poderes políticos sob um precedente político-judicial de estupidez sem paralelo desde que o secretário Fall foi condenado por receber um suborno que Doheny foi inocentado de ter pago. Não tenho interesse nessa bobageira de "verdadeiro príncipe". Nem considero aquela riqueza como sendo "dele"; Mike não a produziu. Mesmo que tivesse criado tudo aquilo, "propriedade" não é o conceito óbvio e natural que a maioria das pessoas presume.

— Como assim?

— A posse é uma abstração sofisticada, uma relação mística. Deus sabe que nossos teóricos legais complicam esse mistério, mas eu nem sonhava como poderia ser sutil até que eu entendi o viés marciano. Marcianos não possuem *nada*... nem os próprios corpos.

— Espere um minuto, Jubal. Até os animais têm propriedade. E os marcianos não são animais; são uma civilização, com cidades e todo tipo de coisas.

— Sim. "As raposas têm suas tocas, e as aves do céu têm seus ninhos." Ninguém entende *meus-et-tuus* melhor que um cão de guarda. Mas não os marcianos. A não ser que você considere a posse conjunta de tudo que há por milhões ou bilhões de cidadãos idosos; "fantasmas" para você, meu amigo. Como "propriedade".

— Diga, Jubal, e quanto a esses "Anciãos"?

— Você quer a versão oficial?

— Não, sua opinião.

— Eu acho que é baboseira pura, que serve apenas para botar criancinhas para dormir; superstição gravada no cérebro do rapaz tão cedo que ele não tem a menor chance de se libertar.

— Jill fala nisso como se acreditasse.

— Você me ouvirá falando como se acreditasse, também. Cortesia básica. Uma das minhas amigas mais queridas acredita em astrologia, eu jamais a ofenderia dizendo a ela o que *eu* penso. A capacidade dos seres humanos de acreditar no que me parece ser altamente improvável, desde sessões espíritas até na superioridade dos filhos deles, nunca foi esgotada. A fé me parece uma forma de preguiça intelectual, mas a fé de Mike nesses "Anciãos" não é mais irracional que a convicção de que a dinâmica do universo poderia ser posta de lado por meio de preces pela chuva.

— Hum, Jubal, eu confesso minha suspeita de que a imortalidade seja real; mas fico feliz que o fantasma do meu avô não mande em mim. Ele era um velho ranzinza.

— Assim como o meu. Assim como eu. Mas existe alguma razão para que um cidadão perca os seus privilégios só porque morreu? O distrito onde cresci tinha muitos eleitores defuntos quase marcianos. De qualquer forma, nosso rapaz Mike *não pode* possuir nada por que os "Anciãos" já são donos de tudo. Então tive dificuldades de explicar a ele que ele é dono de mais de 1 milhão de ações da Lunar Enterprises, além do propulsor Lyle, além de posses e haveres sortidos. O fato dos donos anteriores estarem mortos não ajuda, isso faz deles "Anciãos"; Mike jamais meteria o nariz nos assuntos dos "Anciãos".

— Hã... raios, ele é um incapaz.

— É claro. Ele não pode gerenciar propriedade porque não acredita na mística dela, não mais do que eu acredito nos fantasmas dele. Ben, tudo que Mike possui é uma escova de dentes, e ele não sabe que é dono dela. Se você a tomasse, ele presumiria que os "Anciãos" tinham autorizado a mudança.

Jubal encolheu os ombros.

— Ele é incapaz. Então não vou permitir que sua capacidade seja julgada, pois quem seria designado guardião?

— Hã... Douglas. Ou um de seus capangas.

— Tem certeza, Ben? Considere a composição do Supremo Tribunal. Não poderiam nomear Savvonavong? Ou Nadi? Ou Kee?

— Hum, você pode estar certo.

— Nesse caso, o rapaz poderia não viver muito. Ou poderia viver até uma idade avançada em algum jardim agradável mais difícil de escapar que o Hospital Bethesda.

— O que você planeja fazer?

— O poder que o rapaz possui nominalmente é perigoso demais. Então vamos nos livrar dele.

— Como que você se livra de tanto dinheiro?

— Você não se livra. Isso mudaria o equilíbrio de poder; qualquer tentativa levaria o garoto a ser examinado quanto à sua capacidade. Então, em vez disso, nós deixamos o tigre correr como louco enquanto agarramos as orelhas dele como se nossa vida dependesse disso. Ben, deixe-me delinear o que pretendo fazer... então você faça o seu melhor para encontrar buracos no plano. Não na legalidade; a equipe legal de Douglas vai escrever a falação e eu vou conferir. Quero que você fareje a praticalidade política dele. Agora, eis aqui o que nós vamos fazer...

CAPÍTULO XIX

A delegação diplomática marciana foi ao Palácio Executivo na manhã seguinte. O despretensioso pretendente ao trono marciano, Mike Smith, não se preocupou com o propósito da viagem e simplesmente a curtiu. Eles foram num ônibus voador alugado; Mike se sentou na cúpula de observação, com Jill de um lado e Dorcas do outro, e contemplou e contemplou enquanto as garotas apontavam vistas e tagarelavam. O assento fora criado para dois; o resultado foi uma aproximação calorosa. Ele se sentou com um braço em volta de cada moça e olhou e ouviu e tentou grokar e não poderia estar mais feliz nem se estivesse a três metros de profundidade na água.

Era sua primeira visão da civilização terráquea. Ele não tinha visto nada ao ser removido da *Champion;* tinha passado alguns minutos num táxi dez dias antes mas não grokara nada daquilo. Desde então, seu mundo fora limitado à casa e à piscina, jardim e grama e árvores; não tinha chegado nem ao portão de Jubal.

Só que agora Mike era sofisticado. Entendia janelas, percebia que a bolha que o cercava era para se olhar para fora, e que as vistas que via eram cidades. Ele encontrou, com ajuda das meninas, onde eles estavam no mapa que fluía na prancheta. Não soubera até recentemente que os humanos conheciam mapas. Tinha lhe causado uma pontada de saudades de casa a primeira vez que grokara um mapa humano. Era estático e morto, comparado aos mapas usados por seu povo, mas era um mapa. Até mesmo os mapas humanos eram marcianos em sua essência. Mike gostava deles.

Viu quase 320 quilômetros de paisagens, a maior parte composta da imensa metrópole mundial, e saboreou cada centímetro, tentando grokar. Ficou espantado com o tamanho das cidades humanas e sua atividade frenética, tão diferente das cidades jardins-monastério de seu próprio povo. Parecia a Mike que uma cidade humana deveria se desgastar quase imediatamente, tão carregada de experiências que apenas os Anciãos mais fortes poderiam aguentar uma visita às ruas desertas e grokar em contemplação eventos e emoções empilhados em camadas e mais camadas infinitas. Ele tinha visitado cidades abandonadas em casa em algumas ocasiões maravilhosas e terríveis, mas depois seus professores pararam com aquilo, grokando que Mike não era forte o bastante.

As perguntas feitas a Jill e Dorcas lhe permitiram grokar a idade da cidade; tinha sido fundada pouco mais de duzentos séculos humanos atrás. Já que as unidades de tempo terráqueas não lhe favoreciam em nada, ele converteu em anos marcianos e anos números-três-cheios-mais-três-esperando ($3^4 + 3^3 = 108$ anos marcianos).

Aterrorizante e belo! Ora, essas pessoas deviam estar se preparando para abandonar a cidade aos pensamentos dela antes que se estilhaçasse sob o esforço e *deixasse de ser*... Porém, por mera questão de tempo, a cidade era apenas-um-ovo.

Mike esperava ansioso voltar a Washington em um ou dois séculos para caminhar por suas ruas vazias e tentar se aproximar de sua dor e beleza infinitas, grokando sedento até que ele fosse Washington e a cidade fosse ele mesmo; isso se Mike fosse forte o bastante então. Arquivou os pensamentos, pois ele teria que crescer e crescer antes de se tornar capaz de elogiar e apreciar a poderosa angústia da cidade.

O motorista do ônibus virou para o leste em resposta a um redirecionamento de tráfego não programado (causado, sem que Mike soubesse, pela sua presença), e Mike viu o mar.

Jill teve que lhe dizer que era água; Dorcas acrescentou que era o Oceano Atlântico e traçou a linha costeira no mapa. Mike sabia desde o ninho que o próximo planeta mais perto do sol era quase inteiramente coberto com a água da vida e recentemente aprendera que essas pessoas aceitavam tal riqueza casualmente. Ele tinha enfrentado um obstáculo mais difícil de grokar: a ortodoxia marciana de que a cerimônia da água não exigia água. A água era símbolo de essência; bela, mas não indispensável.

Só que Mike descobriu que saber em abstrato não era o mesmo que em realidade física; o Atlântico o encheu de tanto espanto que Jill teve de dizer rispidamente:

– Mike! Não ouse!

Mike cortou a emoção e a armazenou. Em seguida, fitou a água que se estendia ao horizonte, tentou medi-la até que sua mente estava zumbindo com três e potências de três e superpotências de potências.

No que eles pousaram no Palácio, Jubal instruiu:

– Lembrem-se, garotas, formem um quadrado ao redor dele, não hesitem em dar um pisão ou acertar uma cotovelada. Anne, você vestirá o manto, mas isso não é motivo para não esmagar o pé de alguém, se eles a cercarem. Ou é?

– Pare de se preocupar, chefe; ninguém cerca uma testemunha. Além disso, estou usando salto agulha e peso mais do que você.

– Certo. Duke, mande Larry de volta com o ônibus assim que possível.

– Já grokei, chefe. Pare de se estressar.

– Eu me estresso com o que eu quiser. Vamos lá.

Harshaw, as quatro mulheres com Mike e Caxton saíram; o ônibus decolou. A plataforma de pouso não estava lotada, mas estava longe de estar vazia. Um homem se adiantou e falou empolgado:

– Dr. Harshaw? Sou Tom Bradley, assistente executivo sênior do secretário-geral. Você vai para o escritório do sr. Douglas. Ele o verá antes do começo da conferência.

– Não.

Bradley piscou os olhos.

– Acho que você não entendeu. Estas são as instruções do secretário-geral. Ah, ele disse que não teria problema se o sr. Smith fosse com você, o Homem de Marte, quero dizer.

– Não. Vamos para o salão de conferências. Mande alguém mostrar o caminho. Enquanto isso, tenho uma tarefa para você. Miriam, a carta.

– Mas, dr. Harshaw...

— Eu disse *não*! Você vai entregar esta carta ao sr. Douglas *imediatamente* e trazer este recibo para mim. — Harshaw assinou na aba de um envelope que Miriam lhe entregara, apertou a impressão do dedão sobre a assinatura e o estendeu a Bradley. — Diga-lhe que ele precisa ler isto de imediato, antes da reunião.

— Mas o secretário-geral deseja...

— O secretário-geral deseja ver essa carta. Rapaz, eu sou dotado de vidência e prevejo que você não estará aqui amanhã se demorar para levar a carta a ele.

— Jim, tome conta deles — disse Bradley, que foi embora com a carta. Jubal suspirou. Ele tinha dado duro naquilo, ele e Anne ficaram quase a noite toda preparando rascunhos e mais rascunhos. Jubal esperava alcançar um acordo aberto, mas não tinha a menor intenção de pegar Douglas de surpresa.

Um homem se adiantou em resposta à ordem de Bradley. Jubal o avaliou como sendo um dos espertos jovens-em-ascensão que gravitam até os poderosos e fazem seus trabalhos sujos.

— Meu nome é Jim Sanforth, doutor — anunciou o homem, sorrindo. — Sou o secretário de imprensa do chefe. Vou servir de intermediário para você de agora em diante, organizando entrevistas e coisas assim. Lamento dizer que a conferência não está pronta; no último minuto tivemos que mudar para um salão maior. Penso que...

— Eu penso que nós vamos àquele salão de conferências agora mesmo.

— Doutor, você não entende. Eles estão passando fios e instalando coisas, o salão está lotado de repórteres e...

— Muito bem, nós vamos conversar com eles.

— Não, doutor, eu tenho instruções...

— Menino, você pode pegar suas instruções, dobrá-las bem até que sejam só cantos pontudos e enfiá-las onde o sol não bate. Estamos aqui para um único fim: uma conferência pública. Se a conferência não está pronta, então vamos ver a imprensa no salão de conferência.

— Mas...

— Você está mantendo o Homem de Marte parado nessa ventania — Harshaw falou mais alto. — Tem alguém aqui inteligente o bastante para nos levar a esse salão de conferências?

Sanforth engoliu e disse:

— Siga-me, doutor.

O salão de conferências estava entupido de jornalistas e técnicos. Havia uma grande mesa oval, cadeiras e várias mesas menores. Mike foi notado, e os protestos de Sanforth não afastaram a multidão. A formação de amazonas voadoras de Mike o levou até a mesa grande; Jubal fez Mike se sentar diante dela com Dorcas e Jill ao seu lado e a testemunha e Miriam logo atrás dele. Em seguida, Jubal não fez o menor esforço para rechaçar perguntas ou fotos. Mike tinha sido informado de que as pessoas fariam coisas estranhas, e Jubal o avisara para não tomar ações súbitas (como fazer pessoas ou coisas irem embora ou ficarem paradas) a não ser que Jill o mandasse fazer.

Mike reagiu à confusão com seriedade; Jill segurava-lhe a mão e seu toque o tranquilizava.

Jubal queria fotos, quanto mais, melhor; quanto às perguntas, ele não as temia. Uma semana de conversas com Mike o convencera de que nenhum repórter conseguiria extrair nada de Mike sem ajuda de um especialista. O hábito de Mike de responder literalmente e parar nulificaria tentativas de interrogatório.

Mike respondeu à maioria das perguntas com "eu não sei" ou "com licença?".

Um correspondente da Reuters, antecipando uma luta sobre o status de Mike como herdeiro, tentou sorrateiramente testar ele mesmo a capacidade de Mike:

– Sr. Smith? O que você sabe sobre as leis de heranças?

Mike sabia que tinha dificuldades em grokar o conceito humano de propriedade e, em particular, as ideias de legado e herança. Então ele se ateve ao livro, que Jubal reconheceu como sendo *Ely sobre herança e legado*, capítulo um.

Mike recitou o que tinha lido, com precisão e sem expressão, por páginas e mais páginas, enquanto o salão se calava e o dono da pergunta engolia em seco.

Jubal deixou aquilo continuar até que todos os jornalistas ali soubessem mais do que gostariam sobre dotes e direitos de marido, consanguinidade e uterinidade, *per stirpes* e *per capita*. Por fim, Jubal declarou:

– Já está bom, Mike.

Smith parecia confuso.

– Tem mais.

– Deixe para depois. Alguém aí tem alguma pergunta sobre outro assunto?

Um repórter de um tabloide dominical londrino aproveitou para disparar uma pergunta benquista pela conta bancária do seu empregador:

– Sr. Smith, ficamos sabendo que o senhor gosta de garotas. Você já beijou uma garota?

– Sim.

– Você gostou do beijo?

– Sim.

– E o que você achou?

Mike mal hesitou.

– Beijar garotas é uma benevolência – explicou ele. – É muito melhor que jogar cartas.

O aplauso deles o assustou. Mas Mike sentia que Jill e Dorcas não estavam assustadas; estavam tentando restringir aquela expressão barulhenta de prazer que Mike não conseguia aprender. Então ele acalmou seu medo e esperou.

Foi salvo de mais perguntas e recebeu uma grande alegria; viu uma pessoa conhecida entrando por uma porta lateral.

– Meu irmão dr. Mahmoud! – Mike continuou falando com empolgação avassaladora, em marciano.

O semanticista da *Champion* acenou e sorriu, respondendo na mesma linguagem estridente enquanto vinha apressado até Mike. Os dois continuaram falando em símbolos inumanos, Mike numa torrente empolgada, Mahmoud com menos velocidade, e os sons pareciam um rinoceronte se arremessando contra um barracão de aço.

Os jornalistas aguentaram por algum tempo; aqueles que usavam som gravaram a conversa, e os escritores anotaram como caracterização.

– Dr. Mahmoud! – interrompeu um deles finalmente. – O que vocês estão dizendo?

Mahmoud respondeu num sotaque preciso de Oxford.

– Na maior parte do tempo eu estive dizendo: mais devagar, meu caro rapaz, por favor.

– E o que *ele* diz?

– O resto é pessoal, privado, de nenhum interesse a vocês. Saudações, sabe. Velhos amigos. – Ele continuou a conversar em marciano.

Mike estava contando ao amigo tudo que tinha acontecido desde que eles se viram pela última vez, para que eles pudessem grokar mais próximos; porém a abstração de Mike do que contar era marciana em conceito, consistindo primariamente nos novos irmãos de água e o saber de cada um... a água gentil que era Jill... a profundeza de Anne... o fato estranho e ainda não grokado de que Jubal ora tinha gosto como de um ovo, ora como de um Ancião, mas não era nenhum dos dois; a vastidão ingrokável do oceano...

Mahmoud tinha menos a contar, pois menos coisas tinham lhe acontecido, de acordo com padrões marcianos: um excesso dionisíaco do qual ele não se orgulhava; um longo dia passado com a cara no chão da mesquita Suleiman em Washington, cujos resultados ele ainda não grokara e não iria discutir. Nenhum novo irmão de água.

Mahmoud deteve Mike e estendeu a mão a Jubal.

– Você é o dr. Harshaw. Valentine Michael acha que me apresentou a você; e ele o fez, pelas regras dele.

Harshaw deu uma boa olhada no outro homem enquanto apertavam as mãos. O camarada parecia um clássico britânico caçador atirador esportista, das roupas dispendiosamente casuais de tweed ao bigode grisalho aparado... mas sua pele era morena e os genes daquele nariz tinham vindo de algum lugar perto do Levante. Harshaw não gostava de falsificações e sempre escolheria uma broa de milho fria em vez do mais perfeito "filé" sintético.

Só que Mike o tratava como amigo, então "amigo" ele seria, até provar o contrário.

Para Mahmoud, Harshaw parecia uma peça de museu, o que ele pensava ser um "ianque": vulgar, vestido informalmente demais para a ocasião, barulhento, provavelmente ignorante, e quase certamente provinciano. Um profissional liberal também, o que piorava tudo, pois, na experiência do dr. Mahmoud, os profissionais liberais americanos tinham educação formal deficiente e estreita, não passando de meros técnicos. Mahmoud cultivava um desgosto vasto por tudo que era americano. Sua incrível babel politeísta de religiões, sua culinária (*culinária!!!*), suas maneiras, sua arquitetura bastarda e artes doentias... e sua crença cega e arrogante na própria superioridade que persistia mesmo muito tempo depois de seu ocaso. Suas mulheres. Suas mulheres acima de tudo, suas mulheres imodestas e assertivas, com corpos esqueléticos e famélicos que mesmo assim o lembravam perturbadoramente das virgens do paraíso. Quatro delas se agrupavam ao redor de Valentine Michael, numa reunião que deveria ser apenas para homens...

Mas Valentine Michael oferecia aquelas pessoas, incluindo as criaturas femininas ubíquas, oferecia-as orgulhosa e ansiosamente como seus irmãos de água, assim impondo a Mahmoud uma obrigação mais compulsória que aquela que ele tinha em relação aos filhos do irmão do próprio pai, já que Mahmoud entendia o termo marciano para tal relacionamento acretivo pela observação de marcianos e não precisava traduzi-lo inadequadamente como "conjunto concatenativo", nem mesmo como "coisas iguais à mesma coisa são iguais entre si". Mahmoud tinha visto os marcianos no ambiente deles; conhecia a pobreza deles (pelos padrões terráqueos); tinha mergulhado, e deduzido ainda mais, na riqueza cultural deles; e grokado o valor supremo que os marcianos depositavam nos relacionamentos interpessoais.

Bem, não havia mais nada o que fazer; ele tinha compartilhado água com Valentine Michael e agora precisava justificar a fé do amigo em si... esperava que aqueles ianques não fossem completamente malcriados.

Portanto ele sorriu calorosamente.

– Sim, Valentine Michael me explicou, muito orgulhoso, que vocês estão todos numa... – (Mahmoud usou uma palavra marciana) – ... com ele.

– Hein?

– Irmandade de água. Você entende?

– Eu groko.

Mahmoud duvidava que Harshaw o fizesse, mas continuou sem hesitação:

– Já que eu estou na mesma relação com ele, preciso pedir para ser considerado um membro da família. Conheço seu nome, doutor, e já deduzi que este deve ser o sr. Caxton; já vi sua foto no cabeçalho da sua coluna, sr. Caxton. Mas deixe-me ver se eu consigo identificar corretamente as jovens damas. Esta deve ser Anne.

– Sim, mas ela veste o manto.

– Sim, claro, vou cumprimentá-la mais tarde.

Harshaw o apresentou às outras... e Jill causou espanto em Mahmoud ao se dirigir a ele com o honorífico correto para um irmão de água, pronunciando a palavra três oitavas acima do que a fala de qualquer marciano, mas com uma pureza de sotaque de garganta inflamada. Era um dos doze termos que ela conseguia falar, de mais ou menos cem que ela começava a entender, porém Jill dominava completamente este porque era usado para ela e por ela várias vezes todos os dias.

Os olhos do dr. Mahmoud se arregalaram; talvez aquelas pessoas não fossem meros bárbaros incircuncisos... afinal, o jovem amigo dele *tinha* uma forte intuição. Ele instantaneamente ofereceu a Jill o honorífico correto em reposta e se curvou sobre a mão dela.

Jill notou que Mike se deleitava; ela conseguiu coaxar a mais curta de nove formas com as quais um irmão de água responderia; entretanto, ela não a grokava, e jamais teria considerado sugerir (em inglês) o equivalente biológico humano mais próximo... certamente não a um homem que tinha acabado de conhecer!

Mahmoud, que de fato entendia a frase, tomou seu significado simbólico em vez do (humanamente impossível) sentido literal e falou direitamente em resposta. Jill tinha ultrapassado seu limite; não compreendera a resposta e não poderia ter continuado nem em inglês.

Porém, ela teve uma inspiração. Distribuídas pela mesa havia jarras de água, cada uma com seu respectivo grupo de copos. Jill tomou uma jarra e um copo e encheu este último. Olhou nos olhos de Mahmoud e disse com seriedade:

— Água. Nosso ninho é seu. — Levou a água aos lábios e entregou a Mahmoud.

O semanticista respondeu em marciano, viu que ela não entendera e traduziu:

— Quem compartilha água, compartilha tudo. — Deu um gole e começou a devolver; fez uma pausa e ofereceu o copo a Harshaw.

— Eu não sei falar marciano — afirmou Jubal —, mas agradeço a água. Que você nunca tenha sede. — Bebeu um terço do copo. — *Ah*! — Passou-o a Ben.

Caxton olhou para Mahmoud e disse sobriamente:

— Aproximação. Com água da vida nós nos aproximamos. — Sorveu um gole e passou o copo a Dorcas.

Apesar dos precedentes já estabelecidos, Dorcas hesitou.

— Dr. Mahmoud? Você sabe como isto é sério para Mike.

— Eu sei, senhorita.

— Bem... é igualmente sério para nós. Você entende? Você... groka?

— Eu groko sua plenitude... ou eu teria me recusado a beber.

— Tudo bem. Que você sempre beba profundamente. Que nossos ovos compartilhem um ninho. — Lágrimas lhe escorriam pelo rosto; ela bebeu e passou o copo apressadamente a Miriam, que sussurrou:

— Controle-se, garota. — Falando em seguida a Mike: — Com água recebemos nosso irmão. — Acrescentando por fim a Mahmoud: — Ninho, água, vida. — Bebeu. — Nosso irmão. — Ofereceu o copo a ele.

Mahmoud tomou o que restava e falou, só que em arábico:

– *E se tu misturares vossos assuntos com os deles, então eles são como vossos irmãos.*
– Amém – concordou Jubal.

Dr. Mahmoud deu uma olhada rápida para ele e decidiu não inquirir se Harshaw tinha entendido; aquele não era o lugar para se dizer nada que pudesse libertar suas próprias preocupações e dúvidas. Apesar disso, ele sentia a alma acalentada, como sempre, pelo ritual da água... mesmo que ele fedesse a heresia.

Seus pensamentos foram interrompidos pela chegada alvoroçada do chefe assistente de protocolo.

– Você é o dr. Mahmoud. Seu lugar é do lado oposto, doutor. Siga-me.

Mahmoud sorriu.

– Não, meu lugar é aqui. Dorcas, posso puxar uma cadeira e sentar entre você e Valentine Michael?

– Certamente, doutor, eu chego para o lado.

O chefe assistente de protocolo estava quase batendo o pé.

– Dr. Mahmoud, *por favor*! O gráfico coloca o senhor do outro lado do salão! O secretário-geral vai chegar a qualquer momento, e o lugar ainda está *infestado* de *repórteres* e Deus sabe mais o quê... e eu não sei *o que* eu vou fazer!

– Então faça em algum outro lugar, camarada – sugeriu Jubal.

– O quê? Quem é você? Você está na lista? – O homem consultou apressado um gráfico de lugares.

– Quem é *você*? – retrucou Jubal. – O maître? Sou Jubal Harshaw. Se o meu nome não estiver nessa lista, pode rasgá-la. Olha, parceiro, se o Homem de Marte quer o dr. Mahmoud ao lado dele, o assunto está encerrado.

– Mas ele *não pode* sentar aqui! Assentos à mesa de conferência são reservados para altos ministros, chefes de delegação, juízes do Supremo Tribunal e postos equivalentes; e eu não sei *como* posso espremer mais deles se continuarem aparecendo; além do Homem de Marte, é claro.

– É claro – concordou Jubal.

– E é claro que o dr. Mahmoud precisa estar perto do secretário-geral, logo atrás dele, de prontidão para servir de intérprete. Preciso dizer que você não está sendo de grande ajuda.

– Eu vou ajudar. – Jubal pegou o papel da mão do oficial. – Humm... deixe-me ver agora. O Homem de Marte vai se sentar diante do secretário-geral, perto de onde ele está agora. Então – Jubal pegou um lápis e atacou o gráfico –, esta metade, *daqui* até *aqui*, pertence ao Homem de Marte. – Jubal riscou cruzes e as juntou com um grosso arco negro, em seguida começou a riscar nomes designados àquele lado da mesa. – Isso cuida de metade do seu trabalho... porque eu colocarei qualquer um do nosso lado.

O oficial de protocolo estava chocado demais para falar. Sua boca se movia, mas só barulhos saíram. Jubal o contemplou gentilmente.

– Algum problema? Ah, eu esqueci de oficializar. – Ele rabiscou sob as emendas: *J. Harshaw para V. M. Smith.* – Volte trotando para o seu chefão e lhe mostre o gráfico. Mande que ele verifique no livro de regulamentos as regras para visitas oficiais de líderes de planetas amistosos.

O homem abriu a boca e foi embora sem parar para fechá-la. Voltou no rastro de um sujeito mais velho.

– Dr. Harshaw? Sou LaRue, chefe de protocolo – apresentou-se o recém-chegado sem perda de tempo. – O senhor realmente precisa de metade da mesa principal? Entendo que a sua delegação é bem pequena.

– Isso não vem ao caso.

LaRue sorriu brevemente.

– Temo que venha ao caso sim. Estou com um problema gravíssimo de espaço. Praticamente todos os oficiais de primeiro escalão decidiram estar presentes. Se você estiver esperando mais pessoas, colocarei uma mesa detrás destes dois assentos reservados para o sr. Smith e o senhor, mesmo que eu desejasse que o senhor tivesse me avisado.

– Não.

– Temo que precise ser assim. Lamento.

– Eu também lamento, por você. Porque, se metade da mesa não for reservada a Marte, nós vamos embora. Diga ao secretário-geral que você acabou com a conferência dele porque foi rude com o Homem de Marte.

– Certamente o senhor não fala sério.

– Você não recebeu minha mensagem?

– Hã, bem, tomei-a como um chiste.

– Não posso me dar ao luxo de fazer chistes, filho. Smith ou é o mandachuva de outro planeta prestando uma visita oficial ao mandachuva deste planeta, em cujo caso ele tem direito a todos os figurantes e dançarinas que você puder desencavar; ou ele é só um turista e não recebe cortesia oficial de nenhum tipo. Você não pode querer as duas coisas. Olhe ao seu redor, conte os "oficiais do primeiro escalão", como você os chamou, e tente adivinhar quantos deles estariam aqui se, na cabeça *deles*, Smith fosse apenas um turista.

— Não há precedente — respondeu LaRue lentamente.

Jubal fungou.

— Vi o chefe de delegação da República Lunar chegando; vá dizer a *ele* que não há precedente. E depois se abaixe! Ouvi falar que ele tem pavio curto. Só que, meu filho, sou um homem idoso que não dormiu muito na noite passada, e não é problema meu lhe ensinar seu trabalho. Diga ao sr. Douglas que nós o veremos outro dia... quando ele estiver pronto para nos receber adequadamente. Vamos, Mike. — E começou a se levantar dolorosamente da cadeira.

— Não, não, dr. Harshaw! — exclamou LaRue apressadamente. — Vamos esvaziar este lado da mesa. Eu vou... Bem, vou dar um jeito. É todo seu.

— Assim está melhor. — Harshaw continuou na mesma posição intermediária. — Mas cadê a bandeira de Marte? E quanto às honrarias?

— Temo que eu não entenda.

— Nunca vi um dia em que tive tanto problema com inglês básico. Olha, está vendo aquele estandarte da Federação lá onde o secretário-geral vai se sentar? Cadê o outro do lado de cá, para Marte?

LaRue piscou.

— Tenho que admitir que você me pegou de surpresa. Não sabia que os marcianos usavam bandeiras.

— Eles não usam. Mas você não poderia improvisar o que *eles* usam para ocasiões importantes? — (Nem eu poderia, garoto, mas isso não vem ao caso!) — Então vamos facilitar as coisas para você e considerar a tentativa como um feito. Um pedaço de papel, Miriam, agora. — Harshaw desenhou um retângulo, esboçou o tradicional símbolo humano para Marte, um círculo com uma seta apontando para o canto superior direito. — Faça o campo em branco e o símbolo de Marte em vermelho. Deveria ser costurado em seda, é claro, mas com um lençol e um pouco de tinta, qualquer escoteiro poderia dar um jeito. Você foi escoteiro?

— Hã, faz algum tempo.

— Ótimo. Você conhece o lema dos escoteiros. Agora, quanto às honrarias... Você espera tocar "Salve a paz soberana" quando o secretário chegar?

— Ah, é obrigatório.

— Então você precisa tocar o hino de Marte logo em seguida.

— Não vejo como isso seria possível. Mesmo que *exista* um... Nós não o temos. Dr. Harshaw, seja razoável!

— Olha, meu filho, eu *estou* sendo razoável. Viemos aqui para uma pequena reunião informal. Descobrimos que vocês transformaram tudo num circo. Bem, se vocês vão montar um circo, vocês precisam de elefantes. Agora eu entendo que você não pode tocar música marciana, assim como um menininho com um apito não poderia tocar uma sinfonia. Mas você *pode* tocar uma sinfonia, a "Sinfonia dos nove planetas". Grokou? Quer dizer, captou a minha mensagem? Toque a fita a partir do começo do movimento de Marte... e toque pelo menos compassos suficientes para que o tema seja reconhecido.

LaRue parecia pensativo.

— Sim, acredito que seja possível; mas, dr. Harshaw, não vejo como eu poderia prometer honrarias soberanas mesmo nesta escala improvisada. Eu, eu não acho que tenho autoridade.

— Nem coragem — retrucou Harshaw amargamente. — Bem, *nós* não queríamos um circo, então diga ao sr. Douglas que voltaremos quando ele não estiver tão ocupado. Foi bom bater papo com você, filho. Passe no escritório do secretário para dar um oi quando nós voltarmos, se você ainda estiver trabalhando aqui. — Novamente ele passou pelo ato lento e aparentemente doloroso de ser velho e frágil demais para se levantar de uma cadeira com facilidade.

— Dr. Harshaw, *por favor*, não vá! — pediu LaRue. — Hã... O secretário-geral não virá até eu mandar avisar que estamos prontos, então deixe-me ver o que posso fazer. Pode ser?

Harshaw relaxou com um grunhido.

— Faça como achar melhor. Porém, só mais uma coisa, antes que você saia. Ouvi uma confusão um momento atrás. Pelo que pude entender, alguns tripulantes da *Champion* queriam entrar. Eles são amigos de Smith, então deixe. Vamos acomodá-los. Ajudar a encher este lado da mesa. — Harshaw suspirou e esfregou um dos rins.

— Muito bem, senhor — concordou LaRue rigidamente, saindo em seguida.

— Chefe — sussurrou Miriam —, você machucou as costas assim plantando bananeira na noite de anteontem?

— Quieta, menina, ou lhe dou umas palmadas. — Com satisfação, Jubal esquadrinhou o aposento, que continuava a se encher com altos oficiais. Tinha dito a Douglas que desejava uma conversa "pequena e informal", sabendo que o anúncio traria os poderosos e sedentos de poder como a luz atrai as mariposas. E, agora (ele tinha certeza), Mike estava prestes a ser tratado como um soberano por esses nababos, com o mundo inteiro de testemunha. *Deixe que eles tentem intimidar o rapaz depois dessa!*

Sanforth estava expulsando repórteres, e o pobre chefe assistente de protocolo tremia como uma babá nervosa em sua tentativa de brincar de dança das cadeiras com cadeiras de menos e notáveis de mais.. Eles continuavam chegando, e Jubal concluiu que Douglas jamais pretendera se reunir antes das onze, como todo mundo fora informado; a hora dada a Jubal tinha a função de permitir o encontro privado pré-conferência que ele tinha recusado. Bem, o atraso servia a Jubal.

O líder da Coalizão Oriental chegou. O sr. Kung tinha escolhido não vir como chefe de delegação do seu país; seu status sob protocolo estrito era de um mero membro da Assembleia. Mas Jubal não estava surpreso ao ver que o chefe assistente de protocolo largou tudo e correu para acomodar o principal inimigo político de Douglas na mesa principal, perto do lugar reservado ao secretário-geral, reforçando a opinião de Jubal de que Douglas não era nenhum tolo.

Dr. Nelson, médico da *Champion*, e o capitão Van Tromp, seu comandante, chegaram juntos e foram saudados com alegria por Mike. Jubal ficou satisfeito, pois isso deu ao rapaz alguma coisa para fazer diante das câmeras, em vez de só ficar sentado como um boneco. Jubal aproveitou a perturbação para reorganizar os assentos. Colocou Mike diante da cadeira do secretário-geral e escolheu para si mesmo o lugar à esquerda de Mike, onde poderia tocá-lo. Como Mike tinha noções nebulosas das maneiras humanas, Jubal tinha combinado sinais tão imperceptíveis quanto aqueles usados para adestrar um cavalo escolar: levante-se, sente-se, faça uma mesura, aperte a mão dele; só que Mike não era um cavalo, e seu treinamento levara apenas cinco minutos para alcançar a perfeição.

Mahmoud se separou dos colegas e veio falar com Jubal.

– Doutor, o capitão e o cirurgião também são irmãos de água do nosso irmão, e Valentine Michael gostaria de confirmá-lo usando novamente o ritual, todos nós. Eu lhe disse para esperar. Você aprova?

– Hein? Sim, certamente. Não nesta multidão. – *Diabos, quantos irmãos de água Mike tinha, afinal?* – Talvez vocês três possam vir conosco quando formos embora? E assim comer alguma coisa e bater um papo em particular.

– Ficarei honrado. Tenho certeza de que os outros dois também virão.

– Ótimo. Dr. Mahmoud, você sabe de mais algum irmão do nosso jovem irmão que possa aparecer?

— Não. Não da *Champion*, não há mais nenhum. — Mahmoud decidiu não fazer a pergunta complementar, pois daria indicação de como ele tinha ficado desconcertado (inicialmente) em descobrir seus próprios compromissos conjugacionais. — Vou falar com Sven e o Velho.

Harshaw viu o núncio papal chegar e se sentar à mesa principal, e sorriu por dentro. Se aquele orelhudo do LaRue ainda tinha alguma dúvida quanto à natureza oficial daquele evento, faria muito bem em esquecê-la!

Um homem cutucou o ombro de Harshaw.

— É aqui que o Homem de Marte tá curtindo?

— Sim — concordou Harshaw.

— Sou Tom Boone; isto é, senador Boone, e tenho uma mensagem pra ele do supremo bispo Digby.

Jubal engatou o córtex na velocidade máxima de emergência.

— Eu sou Jubal Harshaw, senador. — Fez um sinal para que Mike se levantasse e apertasse a mão do recém-chegado. — E este é o sr. Smith. Mike, este é o senador Boone.

— Como vai o senhor, senador Boone? — saudou-o Mike com maneiras perfeitas de curso de etiqueta. Ele contemplou Boone com interesse. Tinham lhe explicado que "senador" não queria dizer "Ancião", como as palavras pareciam moldar; mesmo assim, estava interessado em ver um "senador". Decidiu que não grokava a questão.

— Muito bem, obrigado, sr. Smith. Não vou tomar seu tempo, parece que eles já vão começar com este baile. Sr. Smith, o supremo bispo Digby me enviou para lhe fazer um convite pessoal de comparecimento aos serviços religiosos no Tabernáculo da Nova Revelação do Arcanjo Foster.

— Com licença?

Jubal interveio.

— Senador, como o senhor sabe, muita coisa aqui, basicamente tudo, é novidade para o Homem de Marte. Porém, o sr. Smith calhou de assistir a um dos seus serviços na estereovisão...

— Não é a mesma coisa.

— Eu sei. Ele expressou grande interesse e fez muitas perguntas, muitas das quais eu não consegui responder.

Boone o encarou com um olhar penetrante.

— Você não é um dos fiéis?

— Tenho que admitir que não.

– Então venha você também. Sempre há esperança para o pecador.

– Muito obrigado, eu vou sim. – (Certamente que vou, meu amigo! Não vou deixar Mike cair na sua armadilha sozinho.)

– Domingo que vem, então, vou avisar ao bispo Digby.

– Domingo que vem se for possível – corrigiu Jubal. – Pode ser que nós estejamos presos.

Boone sorriu.

– Tem sempre isso, né? Mande chamar a mim ou ao supremo bispo e vocês não ficarão muito tempo enjaulados. – Ele olhou para o aposento à volta. – Acho que tá faltando cadeira. Um mero senador como eu não tem muita chance no meio de todos esses figurões se acotovelando.

– Talvez o senhor queira nos honrar com sua presença, senador – respondeu Jubal espertamente –, nesta mesa.

– Hein? Ora, muito obrigado! Vou aceitar... lugar no camarote.

– Isto é – acrescentou Harshaw –, se o senhor não se incomodar com as implicações de ser visto sentado com a delegação marciana. Não estamos tentando colocá-lo numa situação embaraçosa.

Boone mal hesitou.

– De forma alguma! Pra falar a verdade, cá entre nós, o bispo está muito, *muito* interessado nesse jovem camarada.

– Certo. Tem uma cadeira ao lado do capitão Van Tromp; provavelmente o senhor o conhece.

– Van Tromp? Claro, claro, velhos amigos, conheço bem... fomos apresentados na recepção. – O senador Boone acenou para Smith com a cabeça, foi todo gabola até a cadeira e se sentou.

Cada vez menos pessoas conseguiam passar pelos guardas. Jubal assistiu a uma discussão exaltada sobre uma questão de lugares e, quanto mais assistia, mais se remexia. Finalmente, não aguentou mais ficar parado vendo aquela indecência continuar. Então falou com Mike e se assegurou de que, mesmo que Mike não entendesse o motivo, ele pelo menos saberia o que Jubal queria.

– Jubal, eu vou fazer.

– Obrigado, filho. – Jubal se levantou e se aproximou do trio: o chefe assistente de protocolo, o chefe da delegação uruguaia e um homem que parecia estar irritado e espantado. O uruguaio dizia:

– Se você der um lugar a ele, então terá que achar assentos para todos os chefes de estado locais; pelo menos oitenta. Estamos em território da Federação, e nenhum chefe de estado tem precedência sobre o outro. Se alguma exceção for feita...

Jubal o interrompeu ao se dirigir ao terceiro homem:

– Senhor... – Esperou tempo suficiente para ganhar atenção, e então mergulhou de cabeça – O Homem de Marte me instruiu a pedir que o senhor lhe concedesse a grande honra de se sentar ao lado dele, se a sua presença não for necessária em algum outro lugar.

O homem pareceu espantado e então sorriu largamente.

– Ora, é claro, isso seria satisfatório.

Os outros dois, oficial palaciano e dignitário do Uruguai, começaram a levantar objeções; Jubal lhes deu as costas.

– Vamos logo, senhor, temos muito pouco tempo. – Tinha visto homens entrando com o que parecia ser uma base de árvore de natal e um lençol ensanguentado; o que só podia ser a "bandeira marciana". Enquanto se apressaram em voltar, Mike se levantou e aguardou.

– Senhor, permita-me apresentar-lhe Valentine Michael Smith. Michael; este é o presidente dos Estados Unidos!

Mike se curvou bastante.

Mal houve tempo de acomodá-lo à direita de Mike enquanto a bandeira improvisada era montada. Uma música soou, todos se levantaram e uma voz proclamou:

– *O secretário-geral!*

CAPÍTULO XX

Jubal havia pensado em manter Mike sentado enquanto Douglas entrava, mas acabou rejeitando a ideia; sua intenção não era colocar Mike acima de Douglas, mas meramente estabelecer que aquela era uma reunião entre iguais. Então, ao se levantar, sinalizou para que Mike fizesse o mesmo. Grandes portas nos fundos do salão se abriram e tocaram os primeiros acordes de "Salve a paz soberana" quando Douglas entrou. Ele caminhou até seu lugar e começou a se sentar.

Instantaneamente, Jubal sinalizou que Mike se sentasse também, e como consequência, Mike e o secretário-geral se assentaram simultaneamente, com uma pausa respeitável antes que qualquer outra pessoa fizesse o mesmo.

Jubal prendeu o fôlego. Será que LaRue havia feito o que ele pediu? Não tinha exatamente prometido…

O fortíssimo toque de sirene do movimento "Marte" preencheu o salão; o tema de "O arauto da guerra" assusta até mesmo uma audiência que o aguarda. Com os olhos em Douglas e este o encarando de volta, Jubal estava de pé, fora da cadeira como um recruta assumindo posição de sentido.

Douglas se levantou, sem tanta rapidez, mas prontamente.

Porém, Mike não fez o mesmo; Jubal não tinha sinalizado. Continuou sentado, nem um pouco constrangido com o fato de que todos os outros ficaram de pé novamente seguindo o gesto do secretário-geral. Mike não entendia nada do que estava acontecendo e se contentava em fazer o que seu irmão de água queria.

Jubal tinha quebrado a cabeça com a questão, depois de ter exigido o "hino marciano". Se a exigência fosse atendida, o que Mike deveria fazer? A resposta dependia de qual papel Mike desempenhava naquela comédia...

A música parou. A um sinal de Jubal, Mike se levantou, curvou-se rapidamente e se sentou de novo, ao mesmo tempo em que o secretário-geral e os outros se sentavam. Todos se sentaram mais rapidamente desta vez, pois ninguém deixou de notar a claríssima mensagem representada pelo fato de Mike ter ficado no lugar durante o "hino".

Jubal suspirou de alívio. Tinha se safado com aquilo. Muitos anos antes, tinha visto uma integrante da tribo em extinção da realeza (uma rainha reinante) receber uma parada; e notara que a dama real se curvara *depois* que o hino tinha sido tocado, ou seja, tinha reconhecido uma saudação oferecida à sua pessoa soberana.

Porém, o líder de uma democracia fica de pé ao ouvir o hino de sua nação, como qualquer cidadão; ele não é um soberano.

Como Jubal tinha argumentado, não se pode ter as duas coisas. Ou Mike era um cidadão particular, e nesse caso aquele teatrinho jamais poderia ter acontecido; ou, pela teoria inerente à Decisão Larkin, o garoto era soberano totalmente sozinho.

Jubal se sentiu tentado a oferecer uma pitada de rapé a LaRue. Bem, a mensagem não tinha sido ignorada por ninguém; o núncio papal manteve o rosto neutro, mas seus olhos cintilavam.

Douglas começou a falar.

– Sr. Smith, estamos honrados e felizes em ter o senhor aqui como nosso convidado. Esperamos que o senhor passe a considerar a Terra seu lar tanto quanto já considera seu planeta natal, nosso vizinho, nosso bom vizinho, Marte... – Ele seguiu em frente em frases redondas e agradáveis. Mike era bem-vindo; mas se o seria como soberano, como turista ou como um cidadão voltando para casa, era difícil de dizer.

Jubal observou Douglas, procurando algum sinal que demonstrasse como o secretário havia recebido a carta que ele lhe mandara. Mas Douglas não olhou para ele em momento algum. O secretário-geral encerrou seu discurso tendo dito absolutamente nada com grande habilidade.

– Agora, Mike – disse Jubal.

Smith se dirigiu ao secretário-geral – em marciano.

Cortou a fala e então continuou, gravemente:

– Senhor secretário-geral da Federação de Nações Livres do Planeta Terra... – e a partir daí saiu falando novamente em marciano.

Agora em inglês:

– Nós lhe agradecemos pelas suas boas-vindas aqui hoje. Trazemos saudações aos povos da terra dos Seres Ancestrais de Marte – e passou outra vez ao marciano.

Jubal achava que "Seres Ancestrais" era um bom toque; soava mais digno que os Anciãos, e Mike não tinha se incomodado. Tinha sido ideia de Jill alternar uma versão marciana com uma em inglês; e Jubal admitiu com prazer que o truque tinha inflado um discursinho formal tão desprovido de conteúdo quanto uma promessa de campanha em algo tão retumbantemente impressionante quanto uma ópera de Wagner. (E igualmente difícil de decifrar!)

Para Mike não importava. Ele poderia inserir o marciano com a mesma facilidade que decorava e recitava o inglês. Se estivesse agradando seus irmãos de água ao dizer aquele discurso, ficava feliz.

Alguém tocou o ombro de Jubal, meteu um envelope na mão dele e sussurrou:

– Do secretário-geral.

Jubal virou-se e viu que era Bradley, que se afastava rápida e silenciosamente. Jubal abriu o envelope e deu uma olhada dentro.

O bilhete trazia apenas uma palavra: "Sim", e fora assinado com "J. E. D." na famosa tinta verde.

Jubal ergueu os olhos e se deparou com Douglas o encarando; Jubal assentiu com a cabeça e Douglas afastou o olhar. A conferência tinha acabado; agora só restava deixar que o mundo soubesse disso.

Mike concluiu as nulidades sonoras; Jubal ouviu as próprias palavras:

– ...nos aproximando e trazendo benefícios mútuos para ambos os mundos... cada raça de acordo com sua própria natureza... – Douglas então agradeceu ao Homem de Marte, breve mas calorosamente.

Jubal se levantou.

– Senhor secretário-geral...

– Sim, dr. Harshaw?

– O sr. Smith está aqui num papel duplo. Como algum príncipe visitante na história de nossa própria grande raça, numa jornada por caravana e vela através da vastidão inexplorada até um reino distante, ele traz os bons votos dos Seres Ancestrais de Marte. Porém, ele também é um ser humano, um cidadão da Federação dos Estados Unidos da América. Assim sendo, ele tem direitos, propriedades e obrigações. – Jubal balançou a cabeça. – E das mais incômodas. Como representante legal de suas capacidades como cidadão e ser humano, eu andei quebrando a cabeça com os assuntos dele, e não consegui nem completar uma lista de suas posses... muito menos decidir o que contar aos cobradores de impostos.

Jubal fez uma pausa para recuperar o fôlego.

– Sou um homem idoso, posso não viver o bastante para completar a tarefa. O senhor sabe que o meu cliente não tem nenhuma experiência em negócios no sentido humano; marcianos cuidam dessas coisas de forma diferente. Só que ele é um rapaz de grande inteligência; o mundo inteiro sabe como os pais dele eram gênios, e o sangue fala mais forte. Não há dúvida de que, em alguns anos, ele poderá, se assim quiser, se virar muito bem sozinho sem a ajuda de um velho advogado gagá. Mas os assuntos dele precisam de atenção *hoje*; os negócios não vão esperar. Porém – continuou Jubal –, ele está mais ansioso para aprender a história e as artes e os costumes do povo deste planeta, que é seu segundo lar, do que se enterrar em debêntures e emissões de ações e royalties... E eu acredito que, nisso, ele é sábio. O sr. Smith possui uma sabedoria direta que continua a me impressionar... e impressiona a todos que o conhecem. Quando eu lhe expliquei o problema, ele me fitou com um olhar cristalino e me respondeu: "Não há problema, Jubal, vamos falar com o sr. Douglas".

Jubal fez outra pausa e continuou, ansioso:

– O resto é assunto pessoal, sr. secretário. Seria o caso de conversarmos em particular? E deixar essas senhoras e cavalheiros irem para casa?

– Vá em frente, dr. Harshaw. – Douglas então acrescentou: – O protocolo está dispensado. Qualquer um que quiser ir embora, por favor, sinta-se livre para fazê-lo.

Ninguém saiu.

– Muito bem – Jubal seguiu em frente –, posso resumir o assunto em uma frase. O sr. Smith deseja nomeá-lo procurador, com poder absoluto para cuidar de todos os seus assuntos de negócios.

Douglas conseguiu parecer convincentemente espantado.

— Essa é uma grande responsabilidade, doutor.

— Sei que é, senhor. Eu comentei com ele que o senhor é o homem mais ocupado do mundo e não teria *tempo* para os assuntos dele. — Jubal balançou a cabeça e sorriu. — Temo que não tenha convencido o rapaz; parece que, em Marte, quanto mais ocupado alguém está, mas se espera dele. O sr. Smith simplesmente respondeu: "Nós podemos perguntar a ele". Então estou perguntando ao senhor. É claro que não esperamos uma resposta de pronto; esta é outra característica marciana, eles nunca estão com pressa. Nem têm a inclinação de complicar as coisas. Nada de contrato, auditoria, nada dessas besteiras; apenas uma procuração por escrito, se o senhor assim quiser. De qualquer forma, nenhuma dessas coisas importam para ele; eis aqui mais um traço marciano: quando um marciano confia em alguém, ele confia absolutamente. Ah, eu preciso acrescentar: o sr. Smith não está fazendo esta solicitação ao secretário-geral; ele pede um favor de Joseph Edgerton Douglas, ao senhor pessoalmente. Caso o senhor se retire da vida pública, este acordo não será afetado. Seu sucessor no gabinete não será considerado no arranjo. É no *senhor* que ele confia... não simplesmente em qualquer pessoa que calhe de ocupar o Salão Octogonal neste Palácio.

Douglas assentiu com a cabeça.

— Qualquer que seja minha resposta, sinto-me honrado... e humilde.

— Porque, se o senhor declinar da tarefa, ou não puder assumi-la, ou aceitá-la e depois quiser abandoná-la, ou seja lá o que for, o sr. Smith tem sua segunda opção; Ben Caxton é a pessoa. Levante-se, Ben, deixe que as pessoas o vejam. E se tanto o senhor quanto Caxton não puderem ou não quiserem, a escolha seguinte é... Bem, acho que vou guardar essa informação por enquanto; que fique claro que há escolhas sucessivas. Hum, deixe-me ver agora... — Jubal parecia atrapalhado. — Não estou mais acostumado a falar assim de improviso. Miriam, cadê aquele papel onde nós listamos as coisas?

Jubal aceitou uma folha da assistente e acrescentou.

— Melhor me dar as outras cópias também. — Ela lhe passou uma grossa resma de papéis. — Este é um memorando que preparamos para o senhor, ou para Caxton, se for o caso. Humm... deixe-me ver... Ah, sim, o administrador pagará a si mesmo o que ele considerar que o serviço valha, mas não menos que... Bem, uma soma considerável, não é assunto de ninguém mais, na verdade. O administrador terá que depositar valores numa conta corrente para despesas cotidianas do contratante... Hum, ah sim, achei que você talvez gostaria de usar o Banco de Xangai, digamos, como depositário, e, digamos, o Lloyd como seu agente de negócios; ou vice-versa, só para proteger seu nome e fama. Entretanto, o sr. Smith aqui não quer saber de instruções fixas; apenas uma designação ilimitada de poder, revogável por qualquer das partes. Enfim, não vou ler tudo isto, foi por esse motivo que escrevemos a coisa toda. – Jubal olhou em volta distraidamente. – Hã, Miriam, dê a volta e leve isto ao secretário-geral, isso, boa menina. Hum, estas outras cópias, vou deixá-las aqui. Sr. Douglas pode passá-las aos outros presentes... ou pode precisar delas para si mesmo. Ah, melhor eu dar uma ao sr. Caxton. Aqui, Ben.

Jubal olhou em volta de novo, desta vez ansiosamente.

– Hã, acho que é tudo, sr. secretário. O senhor tem alguma coisa a nos dizer?

– Só um momento. Sr. Smith?

– Sim, sr. Douglas?

– É isto mesmo que o senhor quer? O *senhor* quer que *eu* faça o que está escrito neste papel?

Jubal prendeu a respiração e evitou olhar para o cliente. Mike tinha sido instruído a esperar esta pergunta... Mas eles não tiveram como prever qual a forma que ela tomaria, nem como imaginar como as interpretações literais de Mike poderiam atrapalhá-los.

– Sim, sr. Douglas. – A voz de Mike soou no salão, e em mais 1 bilhão de salas mundo afora.

– Você quer que eu cuide dos seus assuntos de negócios?

– Por favor, sr. Douglas. Seria uma bondade. Eu agradeço.

Douglas piscou.

– Bem, isso foi claro o bastante. Doutor, eu reservarei minha resposta, mas você a terá muito em breve.

– Muito obrigado, senhor. Tanto em meu nome quanto no do meu cliente.

Douglas começou a se levantar. O deputado Kung o interrompeu.

– Um momento! E quanto à Decisão Larkin?

Jubal aproveitou o momento.

– Ah, sim, a Decisão Larkin. Ouvi muitas bobagens sobre a Decisão Larkin; em sua grande maioria da parte de pessoas irresponsáveis. Sr. Kung, e quanto à Decisão Larkin o quê?

– Estou perguntando a *você*. Ou ao seu... cliente. Ou ao secretário-geral.

— Posso responder, sr. secretário? — indagou Jubal gentilmente.

— Por favor.

— Muito bem. — Jubal pegou um lenço e assoou o nariz num trombetear prolongado, um acorde menor três oitavas abaixo do dó central. Fitou Kung e declarou solenemente: — Sr. deputado, vou me dirigir ao *senhor*, pois sei que é desnecessário me dirigir ao governo na pessoa do secretário. Há muito, muito tempo, quando eu era um garotinho, outro menino e eu formamos um clube. Já que tínhamos um clube, era necessário ter regras... e a primeira regra que aprovamos, de forma unânime, era que, dali em diante, chamaríamos nossas mães de *Ranzinzas*. Uma bobagem, é claro... mas nós éramos muito jovens. Sr. Kung, o senhor consegue deduzir o resultado?

— Prefiro não adivinhar, dr. Harshaw.

— Eu implementei nossa decisão "Ranzinza" apenas uma vez. Uma vez bastou, e salvou meu camarada do mesmo erro. Tudo que *eu* consegui dela foi ter meu traseiro aquecido com uma vara de pessegueiro. E esse foi o fim da decisão "Ranzinza".

Jubal pigarreou.

— Como eu sabia que certamente alguém viria a levantar essa questão inexistente, eu tentei explicar a Decisão Larkin ao meu cliente. Ele teve dificuldades em compreender que alguém poderia considerar que tal ficção legal se aplicaria a Marte. Afinal de contas, Marte é habitado, e por uma raça antiga e sábia; muito mais antiga que a sua, senhor, e possivelmente mais sábia. Porém, quando ele finalmente entendeu, achou divertido. Apenas isso; tolerantemente divertido. Uma vez, e uma vez apenas, eu subestimei o poder de minha mãe na punição do atrevimento. Aquela lição foi barata. Mas este mundo não pode arcar com tal lição numa escala planetária. Antes que passemos a distribuir terras que não nos pertencem, seria sábio que tomássemos muito cuidado em verificar quais varas de pessegueiro estão penduradas na cozinha marciana.

Kung parecia não estar convencido.

— Dr. Harshaw, se a Decisão Larkin não é mais que a tolice de um garotinho... *por que então honrarias soberanas foram prestadas ao sr. Smith?*

Jubal encolheu os ombros.

— Isso deveria ser indagado ao governo, não a mim. Mas posso dizer ao senhor como *eu* as interpretei; como cortesia elementar... aos Seres Ancestrais de Marte.

— Como assim?

— Sr. Kung, essas honrarias não foram meros ecos vazios da Decisão Larkin. De uma forma que vai além da experiência humana, o sr. Smith é o Planeta Marte.

Kung não piscou.

— Continue.

— Ou melhor, a raça marciana. Na pessoa de Smith, os Seres Ancestrais de Marte estão nos visitando. Honrarias a ele são honrarias a eles; e dano causado a ele é dano causado a eles. Isso tudo é verdade num senso literal, mas absolutamente inumano. Foi prudente da nossa parte render honrarias aos nossos vizinhos hoje, mas tal sabedoria não tem nada a ver com a Decisão Larkin. Nenhuma pessoa responsável argumentou que o precedente Larkin se aplicaria a um planeta habitado; eu ousaria dizer que nenhuma pessoa jamais o fará. — Jubal ergueu o olhar, como se pedisse ajuda aos céus. — Porém, sr. Kung, fique sabendo que os governantes ancestrais de Marte percebem como nós tratamos seu embaixador. Render-lhes honrarias por meio dele foi um sinal gracioso. Estou certo de que o governo deste planeta demonstrou sabedoria com o gesto. Com o tempo, *o senhor* compreenderá também que foi um ato prudente.

— Doutor, se o senhor está tentando me assustar, não obteve sucesso — respondeu Kung sem emoção.

— Não esperava obtê-lo. Entretanto, felizmente para o bem-estar deste planeta, a *sua* opinião não está no controle. — Jubal se virou para Douglas. — Sr. secretário, esta foi a aparição pública mais longa que fiz em anos... e estou fatigado. Poderíamos fazer um recesso? Enquanto aguardamos a sua decisão?

CAPÍTULO XXI

A reunião foi suspensa. O plano de Jubal de levar seu rebanho embora rapidamente foi frustrado pelo presidente americano e o senador Boone ambos perceberam as vantagens de serem vistos como íntimos do Homem de Marte, e ambos estavam cientes de que os olhos do mundo os contemplavam.

Outros políticos famintos estavam se aproximando.

– Sr. presidente, senador – exclamou Jubal rapidamente –, estamos partindo imediatamente para almoçar. Gostariam de nos acompanhar? – Ele refletiu que seria mais fácil lidar com os dois em privado do que com duas dúzias em público, e precisava tirar Mike dali antes que alguma coisa desse errado.

Para seu alívio, os dois tinham compromissos em outros lugares. Jubal acabou prometendo não apenas levar Mike àquele obsceno serviço fosterita, mas também levá-lo à Casa Branca; bem, o rapaz poderia ficar doente, se necessário.

– Vamos, meninas!

Mike foi escoltado ao telhado – Anne criava uma onda de proa com sua altura, beleza Valquíria e manto impressionante. Jubal, Ben e os oficiais da *Champion* cobriam a retaguarda. Larry e o ônibus aguardavam; minutos depois o motorista os deixou no telhado do New Mayflower. Os jornalistas alcançaram o grupo ali, mas as garotas protegeram Mike na descida até uma suíte que Duke tinha reservado. Elas gostavam da tarefa; Miriam e Dorcas demonstraram uma ferocidade que lembrava Jubal de uma gata defendendo a ninhada. Qualquer repórter que se aproximasse a menos de um metro corria o risco de levar um chute com espinhos.

O grupo se deparou com o corredor do quarto patrulhado por tropas da S. S. e um oficial diante da suíte.

Jubal ficou com as costas arrepiadas, mas logo percebeu que a presença deles significava que Douglas estava cumprindo seu lado da barganha. A carta que Jubal mandara antes da conferência tinha incluído um pedido para que Douglas usasse seus poderes para proteger a privacidade de Mike, de modo que o pobre rapaz pudesse levar uma vida normal.

Assim sendo, Jubal gritou:

– Jill! Mantenha Mike sob controle. Está tudo bem.

– Certo, chefe.

O oficial à porta bateu continência, e Jubal lhe deu uma olhada.

– Ora! Olá, major. Andou derrubando alguma porta ultimamente?

O major Bloch ficou vermelho e não respondeu. Jubal se perguntou se a missão não seria um castigo. Duke os aguardava do lado de dentro.

– Sentem-se, cavalheiros. Como vão as coisas, Duke?

O homem encolheu os ombros.

– Ninguém botou escuta nesta suíte desde que eu a peguei. Só que, chefe, *qualquer* pardieiro pode ser grampeado de um jeito que não dá para achar.

– Sim, sim, não estava falando disso. Queria dizer: como vamos de suprimentos? Estou com fome, rapaz, e com sede; e temos mais três convidados para o almoço.

– Ah, isso. As coisas todas foram descarregadas à minha vista; guardei tudo na despensa. Você tem uma natureza desconfiada, chefe.

– É melhor você também arranjar uma, se quiser viver tanto quanto eu.

– Não faço muita questão.

– Questão de gosto. Eu me diverti muito, no geral. Mãos à obra, garotas. A primeira que voltar com um drinque para mim pode pular sua próxima vez "à frente". Depois dos nossos convidados, é claro. Por favor, sentem-se, cavalheiros. Sven, qual é o seu veneno preferido? Aquavit? Larry, dê um pulinho na loja e compre umas duas garrafas. E gin Bols para o capitão.

— Espere, Jubal – disse Nelson. – Prefiro tomar scotch.

— Eu também – concordou Van Tromp.

— Tenho o suficiente para afogar um cavalo. Dr. Mahmoud? Se você preferir refrigerantes, tenho certeza que as meninas devem ter trazido algum.

Mahmoud parecia desejoso.

— Eu não deveria me sentir tentado pelas bebidas fortes.

— Permita-me – Jubal o encarou. – Filho, você andou sob muito estresse. Como não tenho nenhum calmante comigo, serei obrigado a substituir por uma dose de sessenta mililitros de etanol a 45%, que deve ser repetida conforme necessário. Algum sabor em particular?

Mahmoud sorriu.

— Obrigado, doutor, mas vou cometer meus próprios pecados. Gin, por favor, com um copo de água ao lado. Ou vodca. Ou o que quer que você tenha aí.

— Ou álcool medicinal – acrescentou Nelson. – Não deixe o garoto enganar você, Jubal. O Fedido aqui bebe de tudo; e depois se arrepende.

— Eu realmente me arrependo – confirmou Mahmoud com sinceridade. – É pecado.

— Não o chateie, Sven – exclamou Jubal bruscamente. – Se o Fedido aproveita melhor seus pecados com o arrependimento, isso é problema dele. Cada um peca como preferir. E quanto aos acepipes, Fedido? Anne meteu um pernil numa dessas cestas, e talvez haja mais outros itens impuros. Quer que eu verifique?

Mahmoud balançou a cabeça.

— Não sou um tradicionalista, Jubal. Esse regulamento foi passado há muito tempo, para atender às necessidades daquele momento. Os tempos são diferentes agora.

Jubal subitamente pareceu entristecido.

— De fato. Mas será que mudaram para melhor? Deixem para lá, isto também passará. Coma o que bem quiser, meu irmão... Deus perdoa a necessidade.

— Muito obrigado. Mas eu frequentemente não como no meio do dia.

— É melhor você comer, ou esse etanol fará muito mais do que relaxá-lo. Além disso, essa garotada que trabalha para mim pode ser meio ruim de ortografia às vezes... mas são todas cozinheiras excelentes.

Miriam estava entrando com uma bandeja de bebidas, atendendo aos pedidos enquanto Jubal discursava.

— Chefe – intrometeu-se ela. – Você pode deixar isso por escrito?

– *O quê?* – Ele girou. – *Bisbilhoteira!* Você vai ficar depois da aula e escrever mil vezes: "Não vou abanar minhas orelhas em conversas particulares".

– Certo, chefe. Este aqui é para você, capitão... e você, dr. Nelson... e o seu, dr. Mahmoud. Com um copo d'água, você disse?

– Sim, Miriam. Muito obrigado.

– O serviço Harshaw de sempre... desleixado, mas rápido. Aqui está o seu, chefe.

– Você botou água nele!

– Ordens de Anne. Você está cansado demais para tomar *on the rocks*. Jubal fez cara de sofredor.

– Vocês veem só o que que eu tenho de aturar, cavalheiros? Jamais deveríamos ter posto sapatos nelas. Miriam, agora você vai ter que escrever aquelas mil vezes em sânscrito.

– Sim, chefe. – Ela lhe deu tapinhas amistosos na cabeça. – Vá em frente com seu porre, querido, você merece. Estamos orgulhosas de você.

– Volte à cozinha, mulher. Todo mundo recebeu um drinque? Cadê o Ben?

– Sim, já está todo mundo equipado. Ben está mandando a coluna por telefone, com o drinque ao lado.

– Muito bem, você pode se retirar silenciosamente, e mande Mike para cá. Cavalheiros! *Me ke aloha pau ole!* – Ele bebeu e os outros o imitaram.

– Mike está ajudando. Acho que ele vai ser um mordomo quando crescer.

– Achei que você já tinha ido embora. Mande-o para cá, de qualquer maneira; o dr. Nelson quer examiná-lo.

– Não tem pressa – comentou o médico da nave. – Jubal, este scotch é excelente... mas o que foi o brinde?

– Desculpa. Foi polinésio. "Que nossa amizade seja eterna." Considere uma nota de rodapé à cerimônia da água. Aliás, cavalheiros, Larry e Duke são irmãos de água de Mike também, mas não deixem que isso lhes incomode. Eles não sabem cozinhar... Mas são do tipo que você gostaria de ter ao lado num beco escuro.

– Se você atesta o caráter deles, Jubal... – assegurou-lhe Van Tromp. – Chame-os para dentro e bote um guarda na porta. Mas vamos beber às garotas. Sven, qual é aquele brinde às *flickas*?

– Aquele às moças bonitas de todas as partes? Que tal bebermos às quatro que estão aqui? *Skaal!* – Eles beberam às "irmãos de água" mulheres e Nelson continuou. – Jubal, onde é que você as *encontra*?

– Eu crio no meu próprio porão. Então, quando elas estão bem treinadas, vem algum cafajeste da cidade e casa com elas. Não tenho como ganhar.

– Vejo como você sofre – comentou Nelson, solidário.

– E sofro mesmo. Imagino que todos vocês cavalheiros sejam casados? Dois eram, Mahmoud, não. Jubal o encarou desolado.

– Você poderia fazer o favor de desencarnar? Depois do almoço; não gostaria que você o fizesse de estômago vazio.

– Não represento nenhuma ameaça, sou um solteirão permanente.

– Seja honesto, meu senhor! Vi Dorcas lançando olhares doces para você... e você estava ronronando.

– Não sou perigoso, eu lhe garanto. – Mahmoud pensou em contar a Jubal que ele jamais se casaria fora da própria fé, e decidiu que um gentio levaria isso a mal. – Mas, Jubal, não faça uma sugestão como essas a Mike. Ele não entenderia que você estava brincando; e você poderia acabar com um cadáver nas mãos. Não *sei* se Mike é capaz de se matar com um pensamento. Mas ele tentaria.

– Eu tenho certeza que ele pode – afirmou Nelson com firmeza. – Doutor, ou melhor, Jubal, você notou alguma coisa estranha no metabolismo de Mike?

– Há, deixe-me colocar nos seguintes termos: não notei nada no metabolismo dele que *não* fosse estranho.

– Exatamente.

Jubal se virou para Mahmoud.

– Não se preocupe com a possibilidade de eu convidar Mike ao suicídio. Eu groko que ele não groka piadas. – Jubal piscou os olhos. – Só que *eu* não groko "grokar". Fedido, você fala marciano.

– Um pouco.

– Você fala fluentemente, eu já ouvi você falando. Mas *você* groka "grokar"?

Mahmoud parecia pensativo.

– Não. "Grokar" é a palavra mais importante da língua, e eu espero passar vários anos tentando entendê-la. Mas não espero ter sucesso. É necessário *pensar* em marciano para grokar a palavra "grokar". Talvez você tenha notado que Mike assume uma abordagem enviesada em relação a algumas ideias?

– E como! Que dor de cabeça me dão!

– A mim também.

* * *

– Comida – anunciou Jubal. – Almoço, e já não era sem tempo! Garotas, o coloquem onde a gente possa alcançar e mantenham um silêncio respeitoso. Vá em frente, doutor. Ou a presença de Mike faz que seja melhor adiarmos a conversa?

– De forma alguma. – Mahmoud falou com Mike em marciano. Mike respondeu e sorriu luminosamente; depois, sua expressão se tornou vazia novamente, e o rapaz se concentrou na comida. – Disse a ele o que estava tentando fazer, e ele me disse que eu falaria corretamente; não era uma opinião, mas um fato, uma necessidade. Espero que, se eu fracassar, ele note e me diga. Mas duvido que ele o faça. Mike pensa em marciano... e isso lhe dá um "mapa" diferente. Você entende o que eu quero dizer?

– Eu groko – concordou Jubal. – A linguagem em si molda as ideias básicas de um homem.

– Sim, só que... doutor, você fala árabe?

– Hein? Muito mal – admitiu Jubal. – Estudei alguma coisa enquanto era médico do exército no norte da África. Eu ainda leio em árabe porque prefiro as palavras do Profeta no original.

– Apropriado. O Alcorão não pode ser traduzido; o "mapa" muda não importando o que se tenta. Você entende, então, como *eu* achei o inglês difícil. Não era o mero fato da minha língua natal ter inflexões mais simples; o "mapa" tinha mudado. O inglês é a mais vasta língua humana; sua variedade, sutileza e complexidade idiomática irracional possibilitam dizer coisas que não podem ser ditas em qualquer outra língua. Isso quase me enlouqueceu... até que eu aprendi a pensar; e isso colocou um novo "mapa" do mundo em cima daquele com que eu tinha crescido. Um mapa melhor, talvez... certamente mais detalhado. Só que há coisas que podem ser ditas em árabe que *não podem* ser ditas em inglês.

Jubal concordou com a cabeça.

– É por isso que eu continuei lendo.

– Sim. Só que marciano é tão *mais* complexo que inglês, e tão incrivelmente diferente na forma como constrói sua abstração do universo, que é como se inglês e árabe fossem o mesmo idioma. Um cidadão britânico e um árabe podem aprender a pensar nas respectivas línguas. Mas não sei bem se algum dia será possível para nós aprendermos a *pensar* em marciano (além da forma como Mike aprendeu); ah, podemos aprender um marciano híbrido, que é o que eu falo. – Ele continuou. – Considere esta palavra: "grokar". Seu significado literal, aquele que eu suspeito, pode ser rastreado de volta à origem da raça marciana como criaturas pensantes, e que ilumina todo o "mapa" deles, é muito simples. "Grokar" quer dizer "beber".

– Hein? – exclamou Jubal. – Mike nunca diz "grokar" quando está só falando em beber. Ele...

– Espere um momento. – Mahmoud falou com Mike em marciano.

Mike pareceu levemente surpreso.

– "Grokar" é beber.

– Só que Mike teria concordado – continuou Mahmoud –, se eu tivesse citado uma centena de outras palavras do inglês, palavras que pensamos como sendo conceitos diferentes, até antitéticos. "Grokar" significa *todas* elas. Quer dizer "temer", quer dizer "amar", quer dizer "odiar"; ódio de verdade, pois, de acordo com o "mapa" marciano, você não pode odiar alguma coisa a não ser que você a groke, a compreenda tão completamente que você se funde a ela e ela a você; só então você pode odiá-la. Ao odiar a si mesmo. Mas isso implica que você a ama também, e a aprecia e não aceitaria que as coisas fossem diferentes. Aí você pode *odiar*; e (eu acho que) o ódio marciano é uma emoção tão sombria que o equivalente humano mais próximo pode ser chamado apenas de leve desagrado.

Mahmoud contraiu o rosto.

– "Grokar" significa "ser identicamente igual". O clichê humano que diz "isso vai doer mais em mim do que em você" tem sabor marciano. Os marcianos parecem saber instintivamente o que nós aprendemos dolorosamente com a física moderna, que o observador interage com o observado por meio do processo de observação. "Grokar" significa entender tão completamente que o observador se torna parte do observado; fundir-se, misturar-se, casar-se, perder a identidade numa experiência de grupo. Significa praticamente tudo que queremos dizer por religião, filosofia e ciência; e significa tão pouco para nós quanto as cores para um cego. – Mahmoud fez uma pausa. – Jubal, se eu te fizesse em picadinho e cozinhasse num guisado, você e o guisado, o que quer que houvesse nele, grokariam; e, quando eu te comesse, nós grokaríamos juntos e nada seria perdido, não importando qual de nós comeu e foi comido.

– Importaria para mim! – retrucou Jubal com firmeza.

– Você não é marciano. – Mahmoud parou para falar com Mike em marciano.

Mike concordou com a cabeça.

– Você falou direitamente, meu irmão. Dr. Mahmoud. Eu sou dizendo isso. Tu és Deus.

Mahmoud encolheu os ombros, sem recurso.

– Você viu como é complicado? Tudo que eu consegui foi uma blasfêmia. Nós não pensamos em marciano. Nós não *podemos*.

– Tu és Deus – repetiu Mike agradavelmente. – Deus groka.

– Vamos mudar de assunto! Jubal, posso abusar da nossa irmandade por um pouco mais de gin?

– Deixa que eu pego! – respondeu Dorcas.

* * *

Era um piquenique em família, agradável por causa da informalidade de Jubal, além do fato dos recém-chegados serem do mesmo tipo; cada um deles era culto, reconhecido, sem necessidade de se pavonear. Até o dr. Mahmoud, raramente flagrado com a guarda baixada por aqueles que não compartilhavam da única fé verdadeira em submissão à Vontade de Deus, sempre benéfico e piedoso, percebeu que estava relaxado. Tinha ficado muito feliz em saber que Jubal lia as palavras do Profeta... e, agora que tinha parado para notar, as mulheres da casa de Jubal eram mais carnudas do que ele tinha pensado. Aquela morena... Ele afastou tais pensamentos da mente; era um hóspede.

De qualquer forma, ele se agradava com o fato de que aquelas mulheres não tagarelavam, não se intrometiam na conversa sóbria dos homens, mas eram rápidas com comida e bebida em hospitalidade calorosa. Tinha ficado chocado com o desrespeito de Miriam em relação ao mestre; mas depois reconhecera o motivo: era uma liberdade permitida aos gatos e filhos favoritos na privacidade do lar.

Jubal explicou que eles estavam simplesmente esperando pelo secretário-geral.

– Se ele estava falando sério, vamos receber notícias em breve. Se tivéssemos ficado no Palácio, ele poderia ter se sentido tentado a regatear. Aqui, nós podemos nos negar a negociar.

— Regatear pelo quê? — indagou o capitão Van Tromp. — Você lhe deu o que ele queria.

— Não tudo. Douglas teria preferido que o acordo fosse irrevogável... em vez de atrelado ao seu bom comportamento, com a possibilidade de o poder ser colocado nas mãos de um homem que ele detesta; no caso aquele patife com o sorriso inocente, nosso irmão Ben. Mas há outros que poderiam querer barganhar também. Aquele buda insosso do Kung; ele me odeia profundamente, agora que puxei o tapete debaixo dos pés dele. Porém, se ele conseguisse maquinar algum acordo que pudesse nos tentar, então nos ofereceria. Então, vamos ficar fora do caminho *dele* também. Kung é um dos motivos pelos quais não estamos comendo nem bebendo nada que não trouxemos.

— Você acha mesmo que isso é motivo de preocupação? — perguntou Nelson. — Jubal, eu presumi que você fosse um gourmet que exigia a própria cozinha. Não posso imaginar ser envenenado num hotel como este.

Jubal balançou a cabeça entristecido.

— Sven, ninguém quer envenenar *você*; mas sua esposa pode acabar recebendo o seu seguro de vida por você não ter compartilhado de um prato com Mike.

— Você realmente pensa assim?

— Sven, eu ligo para o serviço de quarto e peço qualquer coisa que você quiser. Mas não vou tocar essa comida, nem vou deixar que Mike a toque. Eles sabem onde estamos, e tiveram algumas horas para agir; então tenho que presumir que qualquer garçom esteja na folha de pagamento de Kung... além de mais uns dois ou três outros. Minha preocupação principal é manter este rapaz vivo enquanto esterilizamos o poder que ele representa.

Jubal franziu o cenho.

— Considerem a aranha viúva-negra. Uma criaturinha tímida, útil e a mais bela dos aracnídeos, com seu acabamento de couro envernizado e a marca registrada em forma de ampulheta. Mas a pobrezinha tem a infelicidade de ser poderosa demais para o seu tamanho. Então todo mundo a mata. A viúva-negra não tem como evitar, ela não tem como se livrar de seu próprio poder venenoso. Mike sofre o mesmo dilema. Ele não é tão belo quanto uma viúva-negra...

— Ora, Jubal! — exclamou Dorcas, indignada. — Que coisa horrível de se dizer! E que *mentira*!

— Minha filha, não tenho o seu viés glandular. Bonitinho ou não, Mike não tem como se livrar daquele dinheiro, e não é seguro que ele o tenha. Não é só Kung... O Supremo Tribunal não é tão "apolítico" quanto parece... embora seus métodos possam acabar fazendo de Mike um prisioneiro, em vez de matá-lo; um destino que, na minha opinião, é pior que a morte. Sem falar em outros grupos de interesse, dentro e fora dos governos, que já maquinaram em suas mentes como suas fortunas seriam afetadas se Mike fosse o convidado de honra num funeral. Eu...

– Chefe, telefone.

– Anne, você veio de Porlock*?

– Não, Dallas.

– Eu não vou atender o telefone.

– Ela mandou lhe dizer que era Becky.

– Por que você não disse isso antes? – Jubal saiu correndo da sala e se deparou com a cara de Madame Vesant na tela. – Becky! Estou feliz em te ver, garota!

– Oi, Doc. Eu vi seu teatro.

– E o que você achou?

– Nunca vi um golpe aplicado com tanta habilidade. Doc, a profissão perdeu um grande falastrão quando você não nasceu com um gêmeo.

– Isso é um grande elogio, Becky. – Jubal pensou rápido. – Mas você preparou o terreno, eu só recolhi a grana, e tem muita grana. Então me diga sua comissão, Becky.

Madame Vesant franziu o cenho.

– Assim você fere meus sentimentos.

– Becky! Qualquer um pode bater palmas e dar vivas; mas o verdadeiro aplauso digno do seu tempo será encontrado numa pilha de grana verde e macia. O Homem de Marte que vai pagar essa conta e, acredite em mim, ele pode pagar com folga. – Ele sorriu. – Tudo que você vai ganhar de mim é um beijo e um abraço que vai rachar suas costelas.

Ela relaxou e sorriu também.

– Lembro como você costumava dar tapinhas no meu bumbum enquanto me garantia que o professor ia ficar bem; você sempre soube como fazer alguém se sentir melhor.

– Certamente que eu nunca fiz nada assim tão impróprio.

---

* Referência a Samuel Taylor Coleridge e a um suposto "visitante de Porlock" que o incomodou durante seu trabalho de escrita do poema *Kubla Khan*. [N. do E.]

— Você sabe que fez. E não era nem um pouco paternal ao fazê-lo, também.

— Talvez isso fosse o tratamento de que você precisava. Abandonei os tapinhas em bumbuns, mas farei uma exceção no seu caso.

— Acho bom.

— E eu acho bom você calcular aquela comissão. Não esqueça os zeros.

— Doc, tem outros jeitos de se recolher uma comissão do que fazer uma contagem torta do troco. Você andou acompanhando o mercado de ações hoje?

— Não, e não me conte. Por que você não vem tomar um drinque?

— Hum, melhor não. Eu prometi, bem, a uma cliente muito importante que eu ficaria disponível.

— Entendi. Becky, não seria o caso das estrelas mostrarem que essa questão se resolveria do melhor jeito para todos os envolvidos se fosse assinada e selada hoje mesmo? Talvez logo depois do fechamento do mercado?

Ela pareceu pensativa.

— Vou verificar.

— Verifique. E venha nos visitar. Você vai gostar do menino. Ele é esquisito como um suspensório de cobra, mas doce como um beijo roubado.

— Hum... Eu vou. Obrigada, Doc.

Eles se despediram. Jubal descobriu que o dr. Nelson tinha levado Mike a um dos quartos para examiná-lo. O médico parecia espantado.

— Doutor — disse Nelson. — Vi este paciente há apenas dez dias. Diga-me onde ele arranjou esses músculos?

— Ora, ele mandou um cupom da *Músculos: A Revista do Homem Macho.* Você sabe, aquele anúncio que fala como um magrelo de quarenta quilos pode...

— Doutor, por favor!

— Por que você não pergunta *a ele?*

Nelson o fez.

— Eu pensou eles — respondeu Mike.

— Isso mesmo — concordou Jubal. — Ele "pensou eles". Quando eu o recebi na semana passada, era um desastre magricelo, flácido e pálido. Parecia que tinha sido criado numa caverna; pelo que soube, foi isso mesmo. Então eu o mandei ficar forte. E ele ficou.

— Exercícios? — indagou Nelson duvidoso.

— Um pouco de natação.

— Alguns dias nadando não fazem um homem ficar com a aparência de quem passou anos suando sobre halteres! — Nelson franziu o cenho. — Sei que

Mike tem controle sobre o que chamamos de "músculo involuntário". Mas isso tem precedente. Isto aqui, porém, exige que eu presuma que...

– Doutor – interrompeu-o Jubal com gentileza. – Por que você não admite que não groka?

Nelson suspirou.

– Melhor, mesmo. Vista suas roupas, Michael.

* * *

Mais tarde, Jubal desabafou em particular aos três oficiais da *Champion*.

– O lado financeiro foi simples: bastou amarrar todo o dinheiro de Mike para evitar que uma briga acontecesse. Nem mesmo se ele morrer, porque eu disse a Douglas que a morte de Mike encerra o papel dele como administrador, enquanto um rumor de uma fonte geralmente confiável, eu mesmo; chegou aos ouvidos de Kung e os outros dizendo que a morte de Mike transfere o controle permanente a Douglas. É claro, se eu tivesse poderes mágicos, eu teria livrado o rapaz de cada centavo. Isso...

– Por quê, Jubal? – interrompeu-o o capitão.

Harshaw o encarou.

– Você tem dinheiro, capitão? Quer dizer, você é *rico*?

– *Eu*? – Van Tromp fungou. – Tenho meu salário, minha pensão um dia, uma casa hipotecada... e duas filhas na universidade. Eu bem que queria ser rico!

– Você não ia gostar.

– *Huh*! Você não diria isso se tivesse filhas na faculdade.

– Eu paguei a faculdade de quatro filhas e fiquei com dívidas até os sovacos. Uma delas é uma estrela na própria profissão... com o sobrenome do marido, porque eu sou um velho vagabundo em vez de uma memória a ser reverenciada. As outras se lembram do meu aniversário e não me incomodam; a educação não lhes fez mal. Menciono minha prole apenas para provar que eu sei que um pai às vezes precisa de mais do que ele tem. Mas você pode fechar acordo com alguma firma que lhe pagaria várias vezes o que você está ganhando apenas para ter seu nome associado ao deles. Você recebeu ofertas?

– Isso não vem ao caso – retrucou o capitão Van Tromp rigidamente. – Sou um profissional sério.

– Ou seja, o dinheiro não pode tentá-lo a desistir de comandar naves espaciais.

– Eu não me incomodaria em ter dinheiro também.

– Um pouco de dinheiro não adianta. Filhas são capazes de gastar dez por cento mais do que qualquer homem pode ganhar em qualquer emprego normal. É uma lei da natureza, a ser conhecida de agora em diante como "Lei de Harshaw". Mas, capitão, riqueza *real*, numa escala que exige uma bateria de canalhas só para conter os impostos, prenderia você ao solo com tanta certeza quanto se você pedisse demissão.

– Bobagem! Eu botaria a grana toda em títulos e simplesmente recortaria cupons.

– Não se você fosse do tipo que adquire uma grande fortuna, em primeiro lugar. Grana alta não é difícil de se arranjar. Custa apenas uma vida inteira de devoção. Mas nem uma bailarina trabalha mais que eles. Capitão, este não é seu estilo; você não quer ganhar dinheiro, você simplesmente quer *gastar* dinheiro.

– Correto, senhor! Portanto não consigo entender por que você poderia querer tirar a riqueza de Mike.

– Porque uma grande fortuna é uma maldição, a não ser que você goste de ganhar dinheiro por ganhar dinheiro. E mesmo isso tem suas desvantagens.

– Ah, tolice! Jubal, você parece um guarda de harém tentando convencer um homem inteiro das vantagens de ser eunuco.

– É possível – concordou Jubal. – A habilidade da mente de racionalizar suas próprias limitações é ilimitada; eu não sou exceção. Já que, como o senhor mesmo, eu não tenho o menor interesse em dinheiro a não ser para gastá-lo, é impossível para mim ficar rico. Por outro lado, nunca corri o risco de não ser capaz de juntar os modestos caraminguás necessários para alimentar meus vícios, já que qualquer um esperto o bastante para não apostar num par de dois consegue fazê-lo. Só que, grande riqueza? Você viu aquela farsa na conferência. Será que eu teria conseguido reescrever tudo de forma que eu adquirisse o butim, me tornando seu administrador e dono na prática, recolhendo qualquer renda que eu desejasse, e ainda assim armar o contrato de um jeito que Douglas tivesse apoiado o resultado? Mike confia em mim; sou seu irmão de água. Será que eu poderia ter roubado sua fortuna?

– Hã... Droga, Jubal, imagino que sim.

– É uma certeza. Porque nosso secretário-geral não é nenhum mercenário. A ambição *dele* é o poder; um tambor cuja batida eu não escuto. Se eu tivesse garantido (ah, graciosamente!) que a fortuna Smith continuaria a sustentar o governo dele, então eu teria me safado com a grana.

Jubal estremeceu.

— Eu achei que teria que fazer isso para proteger Mike dos abutres, e entrei em pânico. Capitão, você não *sabe* o quanto a grande riqueza é um peso como o é para o Velho do Mar. Seu dono é assediado por todos os lados, como por mendigos em Mumbai, cada um deles exigindo que ele invista ou doe parte de sua fortuna. O rico então fica desconfiado; amizade honesta raramente lhe é oferecida; aqueles que teriam sido amigos são fastidiosos demais para aguentar os empurrões dos pedintes, muito orgulhosos para serem confundidos com estes. E o pior de tudo, sua família está sempre em perigo. Capitão, suas filhas alguma vez foram ameaçadas com sequestro?

— O quê? Deus me livre, não!

— Se você possuísse a fortuna que foi empurrada a Mike, você teria que manter suas meninas guardadas noite e dia; e nem assim você dormiria tranquilo, porque jamais poderia confiar completamente nos guardas. Pesquise os cem sequestros mais recentes e note quantos envolveram um empregado de confiança... e quão poucas vítimas escaparam com vida. Tem alguma coisa que o dinheiro possa comprar que valha ter o pescoço de suas filhas numa forca?

Van Tromp parecia pensativo.

— Vou ficar com minha casa hipotecada, Jubal.

— Amém. Quero viver minha própria vida, dormir na minha própria cama... e não ser *incomodado*! Porém, eu achei que seria obrigado a passar meus últimos anos num escritório, barricado atrás de aspones, trabalhando longas horas como homem de negócios de Mike. – Jubal continuou. – Então tive uma inspiração. Douglas já vive detrás de tais barricadas, já tem essa equipe. Já que estamos entregando poder para assegurar a liberdade de Mike, por que não fazer Douglas pagar assumindo as dores de cabeça? Não tive medo que ele roubasse; apenas políticos de segunda classe são famintos por dinheiro, e Douglas não é nenhum zé ruela... Pare de fazer caretas, Ben, e espere que ele nunca passe o pepino para *você*. – Ele prosseguiu. – Portanto larguei esse pepino no colo de Douglas; e agora posso voltar ao meu jardim. Só que essa parte foi fácil, uma vez que saquei a solução. Foi a Decisão Larkin que me preocupou.

— Acho que você vacilou nessa, Jubal – afirmou Caxton. – Aquela bobagem toda de deixar que rendessem a Mike "honras" soberanas. Você deveria simplesmente ter deixado Mike assinar a papelada e ceder qualquer posse que ele possa ter, sob aquela teoria Larkin ridícula.

— Ben, meu menino — respondeu Jubal gentilmente. — Como repórter, você às vezes é legível.

— Puxa, obrigado! Meu fã.

— Mas seus conceitos de estratégia são neandertais.

Caxton suspirou.

— Agora sim, por um momento achei que você tivesse ficado mole.

— Quando eu ficar, por favor me mate. Capitão, quantos homens vocês deixaram em Marte?

— Vinte e três.

— E qual é o status deles sob a Decisão Larkin?

Van Tromp franziu o cenho.

— Não tenho permissão de falar.

— Então não fale — aconselhou Jubal. — Nós podemos deduzir.

— Capitão, Fedido e eu somos civis de novo — afirmou o dr. Nelson. — Eu posso falar como bem quiser.

— E eu também.

— E eles sabem o que podem fazer com minha comissão de reservista. O que o governo pensa que é, nos dizendo o que *nós* não podemos falar? Aqueles esquentadores de cadeira não foram a Marte.

— Sossega, Sven. Eu pretendo falar; estes são nossos irmãos de água. Mas, Ben, eu preferiria não ver estas coisas no jornal.

— Capitão, se o senhor se sentir mais confortável, eu posso me juntar a Mike e às garotas.

— Por favor, não saia. O governo está metido numa confusão com aquela colônia. Todos os homens cederam seus direitos Larkin ao governo. A presença de Mike em Marte complicou as coisas. Não sou advogado, mas entendi que, se Mike renunciasse aos seus direitos, isso colocaria o governo da Federação no banco do motorista quando chegasse a hora de distribuir as coisas valiosas.

— *Que* coisas valiosas? — inquiriu Caxton. — Olha, capitão, não estou querendo diminuir o seu feito, mas, por tudo que eu ouvi, Marte não é terreno valioso para seres humanos. Ou será que ainda há ativos classificados como "morra antes de ler"?

Van Tromp balançou a cabeça.

— Não, os relatórios técnicos estão todos liberados. De qualquer maneira, Ben, a Lua não passava de um pedaço inútil de pedra quando nós chegamos lá.

— *Touché* – admitiu Caxton. – Eu queria que meu vovô tivesse comprado a Lunar Enterprises. – Ele acrescentou: – Só que Marte é habitado.

Van Tromp parecia infeliz.

– Sim, mas... Fedido, você explique a ele.

– Ben, tem espaço de sobra em Marte para a colonização humana – disse Mahmoud. – Até onde eu pude descobrir, os marcianos não interfeririam. Estamos fincando nossa bandeira e reivindicando extraterritorialidade agora mesmo. Mas nosso status pode ser parecido ao daqueles formigueiros num tanque de vidro que nós vemos nas salas de aula. Não sei em que pé estamos.

Jubal concordou com a cabeça.

– Nem eu. Não fazia ideia da situação... exceto que o governo estava ansioso para obter esses tais direitos. Por isso presumi que o governo estava na mesma situação de ignorância e foi em frente. "Audácia, sempre audácia."

Jubal sorriu e continuou.

– Quando eu estava no ensino médio, eu venci um debate citando uma argumentação da Diretoria de Marinha Mercante Colonial Britânica. A oposição foi incapaz de me refutar... por que nunca houve uma "Diretoria de Marinha Mercante Colonial Britânica". – Prosseguiu. – Eu fui igualmente sem-vergonha hoje de manhã. O governo queria os "Direitos Larkin" de Mike e estava apavorado que nós pudéssemos fazer acordo com alguém mais. Então usei a ganância e a preocupação deles para forçar aquele absurdo lógico absoluto da teoria legal fantasiosa deles, reconhecimento protocolar inconfundível de que Mike era um soberano e que deveria ser tratado de acordo! – Jubal parecia satisfeito.

– Dessa forma – acrescentou Ben secamente –, indo parar no proverbial mato sem cachorro.

– Ben, Ben – repreendeu Jubal. – Pela própria lógica deles, eles estavam coroando Mike. Será que eu preciso mesmo apontar que, apesar do que se dizia sobre cabeças e coroas, é mais seguro ser um rei publicamente do que um pretendente escondido? A posição de Mike melhorou muito com alguns acordes e um lençol velho. Só que ainda não era uma posição fácil. Mike era, até então, o soberano reconhecido de Marte sob a palhaçada legal do precedente Larkin... habilitado a distribuir concessões, direitos comerciais, enclaves, *ad nauseam*. Ou ele tem que fazer tais coisas e ser submetido a pressões ainda piores do que aquelas que acompanham grande riqueza... Ou ele tem que abdicar e admitir que seus direitos Larkin recaiam sobre aqueles homens que estão em Marte agora, ou seja, a Douglas.

Jubal parecia atormentado.

– Detestei as duas alternativas. Cavalheiros, não poderia permitir que meu cliente ficasse preso numa farsa dessas. A própria Decisão Larkin teria de ser anulada no que diz respeito a Marte; sem dar uma chance ao Supremo Tribunal de tomar uma decisão.

Jubal sorriu.

– Então eu menti até ficar sem fôlego, para criar uma teoria. Honrarias soberanas foram prestadas a Mike; o mundo inteiro viu. Porém, essas honrarias soberanas podem ser rendidas ao alter ego de um soberano, seu embaixador. Então eu determinei que Mike não era um rei de papelão sob um precedente que não poderia ser aplicado, mas o embaixador da grande nação marciana!

Jubal encolheu os ombros.

– Puro blefe. Mas eu estava baseando meu blefe na crença de que os outros, Douglas e Kung, não teriam mais certeza dos fatos do que *eu*. – Jubal olhou em volta. – Eu arrisquei o blefe porque vocês três estavam conosco, os irmãos de água de Mike. Se vocês não me desafiassem, então Mike *tinha* que ser aceito como o embaixador marciano; e assim a Decisão Larkin estava morta.

– Espero que sim – comentou o capitão Van Tromp sobriamente. – Mas eu não considerei suas declarações como sendo mentiras, Jubal.

– Hein? Eu estava tecendo palavras bonitas, improvisando.

– Não importa. Acho que você falou a verdade. – O capitão da *Champion* hesitou. – Exceto que eu não chamaria Mike exatamente de embaixador... força de invasão provavelmente seria mais apropriado.

O queixo de Caxton caiu.

– De que maneira, senhor? – indagou Harshaw.

– Bom, deixe-me corrigir. Acho que ele é um batedor, fazendo reconhecimento para seus mestres marcianos. Não me leve a mal; gosto tanto do rapaz quanto você. Mas não há motivo para ele ser fiel a nós; à Terra, quero dizer. – O capitão franziu o cenho. – Todo mundo presume que um homem encontrado em Marte correria atrás da oportunidade de ir para "casa". Só que não foi assim, né, Sven?

– Mike odiou a ideia – concordou Nelson. – Não conseguíamos nos aproximar dele; o rapaz estava com medo. Então os marcianos mandaram ele vir com a gente… e ele se comportou como um soldado cumprindo ordens que o aterrorizavam.

— Só um instante — protestou Caxton. — Capitão, Marte nos invadir? *Marte?* Não seria a mesma coisa que a gente atacando Júpiter? Nossa gravidade é 2,5 vezes mais forte que a deles; Jupiter é 2,5 vezes mais forte que a nossa. Diferenças análogas em pressão, temperatura, atmosfera, e assim por diante. *Nós* não poderíamos viver em Júpiter… e não vejo como os marcianos poderiam aguentar nossas condições. Não é verdade?

— Perto o bastante — admitiu Van Tromp.

— Por que deveríamos atacar Júpiter, ou Marte nos atacar?

— Ben, você viu as propostas para uma cabeça de ponte em Júpiter?

— Nada que tenha passado do estágio de sonho. Não é praticável.

— O voo espacial não era praticável poucos anos atrás. Engenheiros calculam que, se usarmos tudo que aprendemos com a exploração oceânica, além de equiparmos nossos homens com exoesqueletos, seria possível enfrentarmos as condições jupterianas. Não pense que os marcianos são menos espertos que a gente. Você tinha que ver as cidades deles.

— Hum… — respondeu Caxton. — Certo, ainda não vejo por que eles se dariam o trabalho.

— Capitão?

— Sim, Jubal.

— Vejo outra objeção. Você conhece a classificação de culturas em apolíneas e dionisíacas?

— Conheço em termos gerais.

— Bem, a mim me parece que até a cultura Zuni seria chamada de dionisíaca em Marte. Você esteve lá, mas eu andei conversando com Mike. Aquele menino foi criado numa cultura apolínea, e tais culturas não são agressivas.

— Humm… eu não contaria com isso.

Mahmoud exclamou de repente.

— Capitão, há evidência para apoiar Jubal. Você pode analisar uma cultura a partir de sua língua, e não existe nenhuma palavra marciana para "guerra". Pelo menos, não acho que exista. Nem para "arma"… nem "lutar". Se uma palavra não existe num idioma, então sua cultura nunca teve o referente.

— Ah, tolice, Fedido! Animais brigam, formigas conduzem guerras. E elas têm *palavras* para isso?

— Elas teriam — insistiu Mahmoud —, em qualquer raça verbalizante. Uma raça verbalizante tem palavras para todos os conceitos e cria novas palavras ou novas definições sempre que um novo conceito evolui. Um sistema nervoso capaz de verbalizar não pode deixar de verbalizar. Se os marcianos sabem o que é "guerra", então eles têm uma palavra para isso.

— Tem um jeito de resolver a questão — sugeriu Jubal. — Chamem Mike.

— Só um momento — objetou Van Tromp. — Aprendi há muitos anos que não se discute nunca com um especialista. Só que eu também aprendi que a história é uma longa lista de especialistas que estavam gravemente enganados. Lamento, Fedido.

— Você tem razão, capitão. Só que eu não estou errado desta vez.

— Tudo que Mike pode dizer é se ele *conhece* uma determinada palavra... o que pode ser como pedir a uma criança de dois anos para definir "cálculo". Vamos nos ater aos fatos. Sven? A história de Agnew?

— Você que sabe, capitão — respondeu Nelson.

— Bem.. estamos entre irmãos de água, cavalheiros. O tenente Agnew era nosso oficial médico júnior. Brilhante, pelo que Sven me conta. Mas ele detestava os marcianos. Eu dei ordens de que ninguém andasse armado, uma vez que nos pareceu que os marcianos eram pacíficos. Agnew me desobedeceu; pelo menos nunca conseguimos achar sua arma, e os homens que o viram vivo dizem que ele a tinha consigo. Porém, tudo que o registro diz é: desaparecido, presumido morto.

Van Tromp continuou.

— Dois tripulantes viram Agnew entrar numa passagem entre duas grandes rochas. Então viram um marciano entrar pelo mesmo caminho, ao que eles se apressaram, pois a peculiaridade do dr. Agnew era bem conhecida. Os dois ouviram um tiro. Um deles diz que chegou à abertura a tempo de ter um vislumbre de Agnew além do marciano. E, então, ele não viu mais Agnew. O segundo homem afirma que, quando chegou lá, o marciano estava acabando de sair, passou velejando pelos dois e foi embora. Com o marciano fora do caminho, eles puderam ver o espaço entre as rochas... e era um beco sem saída, vazio.

O capitão prosseguiu.

— Isso é tudo, cavalheiros. Agnew poderia ter saltado aquela parede rochosa, sob a gravidade mais fraca de Marte e o ímpeto do medo. Só que eu não consegui, e eu tentei; e preciso mencionar que os tripulantes tinham equipamento de respiração, algo necessário, em Marte, e a hipóxia torna os sentidos de um homem menos confiáveis. Não sei se o primeiro tripulante estava bêbado pela falta de oxigênio; menciono isso porque é mais fácil de acreditar do que o que ele relatou; ou seja, que Agnew desapareceu num piscar de olhos. Sugeri que ele tinha sofrido hipóxia e mandei que ele verificasse seu equipamento de respiração.

Van Tromp concluiu.

– Achei que Agnew iria aparecer e estava ansioso para lhe dar um esporro por ter saído armado. Entretanto, nós nunca o encontramos. Meus temores em relação aos marcianos começaram com esse incidente. Eles nunca mais pareceram ser apenas criaturas grandes, gentis, inofensivas e muito cômicas, mesmo que nunca tenhamos enfrentado nenhum problema com eles e eles sempre tenham nos dado tudo que queríamos, uma vez que Fedido desvendou como pedir. Minimizei o incidente, não se pode deixar os homens entrarem em pânico quando se está a 100 milhões de quilômetros de casa. Não tinha como minimizar o fato do dr. Agnew ter sumido; a companhia da nave procurou por ele. Mas eu esmaguei qualquer sugestão de qualquer coisa misteriosa. Agnew tinha se perdido em meio àquelas rochas, morreu quando o oxigênio acabou... foi enterrado por uma tempestade de areia. Usei o evento para obrigar todos a sempre andarem em grupo, manterem o contato por rádio, verificarem equipamento de respiração. Não mandei o tripulante ficar com a boca fechada; simplesmente insinuei que a história dele era ridícula, já que o colega dele não a confirmou. Acho que a versão oficial prevaleceu.

– Capitão – comentou Mahmoud lentamente –, esta foi a primeira vez que ouvi que havia qualquer mistério. E eu prefiro sua versão "oficial"; não sou supersticioso.

Van Tromp concordou com a cabeça.

– Era isso que eu queria. Apenas Sven e eu ouvimos a versão misteriosa. Enfim, de qualquer maneira... – o capitão subitamente pareceu velho –...eu acordo no meio da noite e me pergunto: *O que aconteceu com Agnew?*

Jubal escutava sem comentar. Será que Jill tinha contado a Ben sobre Berquist e aquele outro camarada... Johnson? Será que alguém tinha falado com Ben a respeito da batalha na piscina? Parecia improvável; as meninas sabiam que a versão "oficial" era que a primeira força-tarefa nunca tinha aparecido, todas elas tinham ouvido o telefonema com Douglas.

Droga, a única opção era ficar quieto e continuar tentando deixar bem claro ao menino que ele *não* podia fazer estranhos desagradáveis desaparecer!

Jubal foi resgatado de mais ponderação pela chegada de Anne.

– Chefe, o sr. Bradley está à porta. Aquele que se identificou como assistente executivo sênior do secretário-geral.

– Você não o deixou entrar?

– Não. Nós nos falamos pelo interfone. Ele disse que trouxe documentos para lhe entregar e que vai esperar pela resposta.

– Mande ele passar pela fenda de correio. Esta ainda é a Embaixada Marciana.

– E simplesmente deixo ele esperando lá fora?

– Anne, sei que você foi educada para ser gentil, mas esta é uma situação em que a grosseria compensa. Não cederemos um centímetro até conseguirmos o que queremos.

– Sim, chefe.

O pacote estava volumoso com cópias; havia apenas um documento. Jubal chamou todo mundo e distribuiu as vias.

– Estou oferecendo um pirulito para cada brecha, armadilha ou ambiguidade.

Por fim, Jubal rompeu o silêncio.

– Ele é um político honesto; ele continua comprado.

– Parece que sim – admitiu Caxton.

– Alguém? – Ninguém reivindicou um prêmio; Douglas tinha apenas implementado o acordo. – Certo, todo mundo testemunhe todas as cópias. Pegue seu selo, Miriam. Droga, deixe Bradley entrar e faça ele assinar como testemunha, também; e depois lhe dê um drinque. Duke, avise à recepção que estamos fazendo check out. Ligue pra empresa de ônibus e chame nossa carroça. Sven, Capitão, Fedido; estamos partindo do jeito que Lot fugiu de Sodoma... Por que vocês não vêm conosco ao campo para relaxar? Não faltam camas, comida caseira e não há preocupações.

Os homens casados deixaram para uma outra vez; dr. Mahmoud aceitou o convite. O processo de assinatura foi demorado porque Mike gostava de escrever o próprio nome, desenhando cada letra com satisfação artística. Os restos do piquenique já tinham sido empacotados quando todas as cópias finalmente estavam assinadas e seladas, e então a conta do hotel chegou.

Jubal deu uma olhada no gordo total e escreveu: "Aprovado para pagamento – J. Harshaw por V. M. Smith" e a entregou a Bradley.

– Isso é problema do seu chefe.

– Senhor? – Bradley piscou.

– Ah, o sr. Douglas certamente vai entregar ao chefe de protocolo. Sou meio inexperiente com essas coisas.

Bradley aceitou a conta.

– Sim – respondeu ele lentamente. – LaRue vai cuidar disso; eu entregarei a ele.

– Muito obrigado, sr. Bradley; por tudo!

Parte três
Sua educação excêntrica

CAPÍTULO XXII

Em um braço de uma galáxia espiral, perto de uma estrela conhecida como Sol por alguns, outra estrela se tornou nova. Sua glória seria vista em Marte durante três-repreenchidos anos (729), ou 1370 anos terrestres. Os Anciãos a registraram como sendo útil, por um breve período, para a instrução dos jovens, ao mesmo tempo em que continuavam a empolgante discussão dos problemas estéticos que cercavam o novo épico tecido ao redor da morte do Quinto Planeta.

A partida da *Champion* foi registrada sem comentários. Uma vigília foi mantida sobre o estranho filhote mandado de volta, mas nada mais, já que teriam que esperar antes que fosse proveitoso grokar o resultado. Os humanos deixados em Marte lutavam contra o ambiente letal a humanos nus, porém menos difícil que aquele no Estado Livre da Antártida. Um deles desencarnou devido a uma doença às vezes chamada de "saudades de casa". Os Anciãos apreciaram o espírito ferido e o mandaram ao lugar onde pertencia para se curar mais. Afora isso, os marcianos deixaram os terráqueos em paz.

Na Terra, a explosão da estrela não foi percebida, pois então os astrônomos humanos eram limitados pela velocidade da luz. O Homem de Marte apareceu brevemente nas notícias. O líder minoritário do Senado Federativo exigiu uma "nova e ousada abordagem" ao problema de população e malnutrição no sudeste asiático, começando com aumentos nos benefícios sociais às famílias com mais de cinco filhos. A sra. Percy B. Souchek processou os supervisores do município de Los Angeles pela morte de Pipi, seu poodle de estimação, que aconteceu durante uma inversão estacionária de cinco dias. Cynthia Duchess anunciou que ia ter o Bebê Perfeito a partir de um doador selecionado cientificamente e uma mãe de aluguel igualmente perfeita assim que os especialistas completassem os cálculos do momento exato para a concepção de forma a garantir que a criança-prodígio seria igualmente genial em música, arte e estadismo; e declarou também que ela iria (com a ajuda de tratamentos hormonais) amamentar a criança ela mesma. Deu uma entrevista sobre os benefícios psicológicos da alimentação natural e permitiu (insistiu) que a imprensa tirasse fotos para provar que ela era suficientemente dotada para tanto.

O supremo bispo Digby a denunciou como sendo a Meretriz da Babilônia e proibiu qualquer fosterita de aceitar as tarefas, tanto de doador quanto de mãe de aluguel. Alice Douglas declarou: "Por mais que não conheça a srta. Duchess, não posso deixar de admirá-la. Seu exemplo corajoso deveria ser uma inspiração às mães do mundo inteiro".

Jubal Harshaw viu uma das fotos numa revista. Ele a pendurou na cozinha, depois notou que a imagem não ficou lá por muito tempo, o que o fez rir.

Jubal não deu muitas risadas naquela semana; o mundo estava presente demais em sua vida. A imprensa parou de aborrecer Mike quando a história se resolveu; mas milhares de pessoas não o haviam esquecido. Douglas tentou garantir a privacidade de Mike; soldados do S. S. patrulhavam a cerca de Jubal e um carro do S. S. circulava acima e interpelava qualquer carro que tentasse pousar. Harshaw havia ficado ressentido com a necessidade de guardas.

O telefone foi redirecionado a um serviço de atendimento que recebeu uma lista muito curta das pessoas de quem Harshaw aceitaria telefonemas; ele mantinha o aparelho em casa na secretária eletrônica a maior parte do tempo.

Mas o correio sempre chega.

Harshaw disse a Jill que Mike tinha que crescer; poderia começar cuidando da própria correspondência. Ela poderia ajudá-lo.

– Mas não *me* incomode; já recebo cartas malucas suficientes.

Jubal não conseguiu manter as ordens; tinha correspondência demais e Jill não sabia o que fazer.

A simples classificação e seleção já era uma dor de cabeça. Jubal ligou para o responsável da agência de correio local (o que não deu em nada), depois ligou para Bradley, que fez uma "sugestão" de ser pela hierarquia; a partir daí, a correspondência de Mike começou a chegar ensacada de acordo com as classes: primeira (cartas), segunda (revistas e publicações), terceira (propagandas e malas diretas) e quarta (pacotes e objetos), com as correspondências dos outros moradores em outro saco. A segunda e terceira classe foram usadas como isolamento numa despensa subterrânea. Uma vez que a despensa ficou isolada demais, Jubal mandou Duke usar esses papéis para controlar a erosão nos canais.

O correio de quarta classe era um problema. Um dos pacotes explodiu na agência de correio da cidadezinha próxima, destruindo vários anos de cartazes de "Procurado" e uma plaquinha de "Use o guichê ao lado". Por sorte, o responsável tinha saído para tomar um café, e sua assistente, uma senhora idosa com rins fracos, estava no banheiro. Jubal considerou a ideia de fazer com que os pacotes fossem avaliados por especialistas em bombas.

Isso acabou não sendo necessário; Mike podia detectar a "erroneidade" num embrulho sem abri-lo. Daí em diante, o correio de quarta classe era deixado no portão; Mike espiava tudo de longe, fazendo sumir qualquer pacote nocivo; Larry trazia o resto de caminhonete até a casa.

Mike adorava abrir pacotes mesmo que o conteúdo pudesse não interessá-lo. Qualquer coisa que ninguém quisesse acabava numa vala; isso incluía presentes comestíveis, pois Jubal não tinha certeza se o faro de Mike para "erroneidade" se aplicava aos venenos; Mike tinha bebido uma solução tóxica usada em fotografia que Duke tinha deixado na geladeira. Mike comentou distraído que não sabia bem se tinha gostado do sabor daquele "chá gelado".

Jubal disse a Jill que não havia problemas em ficar com qualquer coisa, desde que nada fosse (a) pago, (b) pedisse confirmação de recebimento, nem (c) devolvido, não importando como estivesse marcado. Alguns itens eram presentes; outros mais eram mercadorias não encomendadas. De um jeito ou de outro, Jubal partia do princípio de que os bens não solicitados representavam esforços de usar o Homem de Marte, e não mereciam agradecimentos.

Uma exceção eram animais vivos, que Jubal aconselhava Jill a devolver; a não ser que ela se comprometesse a cuidar deles e alimentá-los, e evitar que eles caíssem na piscina.

Correspondências de primeira classe eram a maior dor de cabeça. Depois de avaliar um ou dois alqueires, Jubal organizou as seguintes categorias:

a) Cartas pedindo dinheiro – vão para aterro antierosão.
b) Cartas ameaçadoras – arquivar sem resposta. Cartas repetidas da mesma origem – entregar ao S. S.
c) "Oportunidades" de negócios – encaminhar a Douglas.
d) Cartas malucas – passar as engraçadas para os outros lerem; o resto para a vala.
e) Cartas amistosas – responder se acompanhadas de envelope autoendereçado e selado, usando respostas padrão assinadas por Jill. (Jubal apontou que cartas assinadas pelo Homem de Marte eram valiosas, e um convite a mais correspondência inútil.)
f) Cartas escatológicas – passar a Jubal (que tinha uma aposta consigo mesmo que nenhuma delas traria a menor originalidade literária).
g) Propostas de casamento e outras propostas menos formais – arquivar.
h) Cartas de instituições científicas e educacionais – tratar como as da categoria "e". Se respondidas, usar resposta padrão explicando que o Homem de Marte não estava disponível para *nada*; se Jill considerasse que uma recusa não seria suficiente, passar a Jubal.
i) Cartas de pessoas que conheciam Mike, tais como a tripulação da *Champion*, o presidente dos Estados Unidos, entre outros – deixar Mike responder como quiser; seria bom ele exercitar a caligrafia, e seria melhor ainda ele exercitar as relações humanas (se ele quiser conselhos, deixe que peça).

Isso reduzia as respostas a algumas para Jill, ocasionalmente só uma para Mike. Jill descobriu que levava uma hora por dia para passar os olhos e classificar as cartas. As primeiras quatro categorias continuaram grandes; a categoria "g" ficou bem grande depois da transmissão estéreo do Palácio, e depois diminuiu a quase nada. Jubal avisou a Jill que, mesmo que Mike só devesse responder às cartas dos conhecidos, a correspondência endereçada a ele era dele.

Na terceira manhã depois da instalação do sistema, Jill trouxe uma carta da categoria "g" a Jubal. As damas e outras mulheres (além de alguns homens equivocados) que compunham esse grupo geralmente incluíam fotos supostamente delas mesmas; algumas deixavam muito pouco à imaginação.

Esta carta incluía uma imagem que não deixava nada à imaginação, depois estimulava fantasias novas.

— Olha só isso, chefe! — exclamou Jill. — Como pode?

Jubal leu a carta.

— Ela sabe o que quer. O que Mike achou?

— Ele ainda não viu.

Jubal deu uma olhada na foto.

— Um tipo que, na minha juventude, nós chamávamos de "bem fornida". Bem, o sexo dela não está em dúvida, nem sua agilidade. Por que mostrar a *mim*? Já vi melhores.

— O que que eu *faço*? A carta já é terrível o bastante... mas essa fotografia *nojenta*; será que eu rasgo?

— O está escrito no envelope?

— Só a remetente e o destinatário.

— E quem é o destinatário?

— Hã? Sr. Valentine Michael Smith, o Homem de...

— *Ah!* Então não foi endereçada a *você*.

— Ora, claro que não...

— Vamos deixar uma coisa bem clara. Você não é a mãe de Mike, nem sua guardiã. Se Mike quiser ler tudo que foi endereçado a ele, incluindo as malas diretas, isso é um direito dele.

— Ele realmente lê a maioria dos anúncios. Mas você não quer que ele veja pouca-vergonha! Ele é *inocente*.

— E daí? Quantos homens ele matou?

Jill parecia infeliz.

— Se você quiser ajudá-lo — continuou Jubal —, você deve se concentrar em ensiná-lo que matar é malvisto nesta sociedade. Caso contrário, ele ficará exposto quando sair pelo mundo.

— Hum, não acho que ele queira "sair pelo mundo".

— Vou botá-lo para fora do ninho assim que ele puder voar. Não vou oferecer a ele a possibilidade de viver a vida como uma criança eterna. Para começar, eu *não posso*... Mike vai viver muitos anos a mais que eu. Mas você tem razão, Mike é inocente. Enfermeira, você já viu aquele laboratório estéril em Notre Dame?

— Já li sobre ele.

— São os animais mais saudáveis do mundo; só que não podem sair do laboratório. Minha filha, Mike precisa ser apresentado à "pouca-vergonha", e se imunizar. Algum dia ele se encontrará com a moça que escreveu isto, ou suas irmãs espirituais; droga, com a fama e a beleza dele, Mike poderia passar o resto da vida pulando de cama em cama. Você não pode impedi-lo, eu não posso impedi-lo; depende de Mike. Além disso, *eu* não gostaria de impedir, por mais que seja um jeito ridículo de se passar uma vida; são os mesmos exercícios repetidos sempre, afinal. O que *você* acha?

– Eu... – Jill corou.

– Talvez você não os ache monótonos; não é problema meu, de um jeito ou de outro. Mas se você não quiser que Mike leve uma rasteira das primeiras quinhentas mulheres que ficarem sozinhas com ele, então não intercepte as cartas dele. Cartas como esta podem deixá-lo mais reservado. Basta passá-la adiante com o resto da pilha, responda às perguntas dele, e tente não corar.

– Chefe, você é incrivelmente irritante quando está sendo lógico!

– Uma forma muito rude de se argumentar.

– Vou rasgar aquela foto depois que Mike a tiver visto!

– Ah, não faça isso!

– Por quê? *Você* a quer?

– Deus me livre! Mas Duke coleciona essas imagens. Se Mike não quiser, dê a foto a Duke.

– *Duke* coleciona esse lixo? Ele parece ser um cara tão legal.

– E ele é.

– Mas... Eu não entendo.

Jubal suspirou.

– Eu poderia passar o dia inteiro explicando e você ainda não entenderia. Minha cara, há aspectos do sexo que são impossíveis de comunicar entre os dois sexos da nossa espécie. Às vezes essas coisas são grokadas intuitivamente através do oceano que nos separa, por indivíduos excepcionalmente dotados. Só que as palavras são inúteis. Basta você acreditar em mim: Duke é um perfeito cavalheiro e vai gostar daquela foto.

– Não vou entregá-la a Duke pessoalmente; ele pode ter ideias.

– Fresca. Alguma coisa espantosa no correio?

– Não. A leva de sempre de gente querendo que Mike endosse produtos, ou querendo vender porcarias "oficiais do Homem de Marte"; um engraçadinho pediu um monopólio de cinco anos livre de royalties e quer que Mike pague por tudo também.

— Admiro um ladrão descarado. Diga a ele que Mike precisa de perdas para os impostos; então quanta garantia ele gostaria?

— Você está falando sério, chefe?

— Não, o patife apareceria aqui com a família inteira. Mas você me deu uma ideia para uma história. *À frente*!

Mike ficou interessado pela foto "nojenta". Ele grokava (teoricamente) o que a carta e a imagem simbolizavam e estudou a foto com o mesmo deleite com que estudava cada borboleta. Ele achava borboletas e mulheres tremendamente interessantes; todo grokar do mundo era encantador, e ele queria beber profundamente para que seu próprio grokar fosse perfeito.

Ele compreendia o processo mecânico e biológico que era oferecido naquelas cartas, mas tentava entender por que estranhas queriam a ajuda dele para fertilizar ovos. Mike sabia (sem grokar) que as pessoas faziam um ritual daquela necessidade, uma "aproximação" um tanto parecida com a cerimônia da água. Ele estava ansioso para grokar.

Porém, Mike não tinha pressa, "pressa" ele não conseguia grokar. Era sensível ao timing correto, mas com a abordagem marciana: o timing era alcançado pela espera. Notou que faltava aos irmãos humanos sua discriminação do tempo, e frequentemente eram forçados a esperar mais rápido que um marciano teria, mas ele não os condenava por serem tão desengonçados; aprendeu a esperar mais rápido para compensar a falta deles. Às vezes, Mike esperava mais rápido com tanta eficiência que um humano concluiria que ele estava se apressando numa velocidade incrível.

O Homem de Marte aceitou o decreto de Jill de que ele não deveria responder a essas ofertas fraternais de mulheres humanas, mas aceitou como uma espera; provavelmente dali um século seria melhor. De qualquer maneira, aquele não era o momento certo, já que seu irmão Jill falava corretamente.

Mike concordou quando Jill sugeriu que ele desse a foto a Duke. Ele o teria feito de qualquer maneira; já tinha visto a coleção de Duke, conferido cada imagem com interesse, tentando grokar por que Duke dissera:

— A cara daquela ali não é grande coisa, mas olhe só essas pernas, *irmão*!

Mike se sentiu bem ao ser chamado de "irmão" por um dos seus, mas pernas eram pernas, exceto que seu povo tinha três pernas cada, enquanto os humanos tinham só duas; sem serem aleijados, ele recordou a si mesmo.

Quanto aos rostos, Jubal tinha o rosto mais belo que Mike jamais vira, tão distintamente dele. Aquelas mulheres humanas na coleção de fotos de

Duke mal pareciam ter rostos. Todas as jovens mulheres humanas tinham o mesmo rosto; como poderia ser diferente?

Nunca teve dificuldade em reconhecer o rosto de Jill; ela havia sido a primeira mulher que ele jamais vira, e a primeira irmão de água mulher dele; Mike conhecia cada poro em seu nariz, cada ruga nascente em seu rosto, e tinha apreciado cada uma dessas coisas em sua meditação feliz. Porém, mesmo que agora distinguisse Anne de Dorcas e Dorcas de Miriam pelos rostos, não tinha sido assim inicialmente. Mike as diferenciava por tamanho e coloração; e pelas vozes, já que as vozes nunca eram iguais. Quando, como às vezes *de fato* acontecia, todas as três mulheres ficavam caladas ao mesmo tempo, era bom que Anne fosse tão maior, Dorcas tão pequena, e que Miriam, maior que Dorcas porém menor que Anne, mesmo assim não precisassem ser confundidas no caso de Anne ou Dorcas estarem ausentes, porque Miriam tinha cabelos que eram chamados de "ruivos", mesmo que nenhuma coisa da mesma cor que não era cabelo fosse chamada de "ruivo" também.

Mike sabia que todas as palavras do inglês continham mais de um significado. Era um fato ao qual se acostumar, assim como os rostos das garotas serem iguais era algo com que se acostumar... E, depois de esperar, não eram mais iguais. Mike agora podia recordar o rosto de Anne e contar os poros em seu nariz com tanta facilidade quanto o de Jill. Em essência, até mesmo um ovo era unicamente si, diferente de todos os outros ovos em qualquer onde e quando. Então cada garota potencialmente tinha seu próprio rosto, não importando quão pequena fosse a diferença.

Mike deu a figura à Duke e ficou comovido com o prazer do irmão. Mike não estava se privando; ele podia vê-la na mente quando quisesse; até mesmo o rosto que brilhava com uma expressão incomum de bela dor.

Aceitou os agradecimentos de Duke e voltou feliz à correspondência.

Mike não compartilhava da irritação de Jubal com a avalanche de cartas; deleitava-se nela, propagandas de seguro e propostas de casamento. A viagem até o palácio tinha lhe aberto os olhos para a enorme variedade deste mundo, e ele resolveu grokar tudo. Levaria séculos e ele teria que crescer e crescer e crescer, mas não havia pressa; ele grokava que eternidade e o sempre-belamente-em-estado-de-mutação agora eram idênticos.

Decidiu não reler a *Enciclopédia Britânica*; o correio lhe trazia vislumbres mais luminosos do mundo. Ele lia, grokava o que podia, recordava o resto para contemplação enquanto todos os outros dormiam. Estava começando, pensou, a grokar "negócios", "comprar", "vender" e atividades antimarcianas relacionadas. A enciclopédia o deixara insatisfeito, pois cada artigo (ele agora grokava) tinha presumido que o leitor saberia coisas que Mike não sabia.

Chegaram pelo correio, mandados pelo sr. secretário-geral Joseph Edgerton Douglas, um talão de cheques e papéis; seu irmão Jubal esforçou-se em explicar o que era dinheiro e como era usado. Mike não conseguiu entender, mesmo que Jubal tenha lhe mostrado como preencher um cheque, lhe dado "dinheiro" em troca, e ensinado a contá-lo.

Então, de repente, com um grokar tão ofuscante que Mike chegou a tremer, ele entendeu dinheiro. Aquelas figuras bonitas e medalhões brilhantes não eram "dinheiro", eram símbolos para uma ideia que se espalhava por aquelas pessoas, pelo mundo inteiro. Mas *coisas* não eram dinheiro, não mais do que água compartilhada era aproximação. Dinheiro era uma *ideia*, tão abstrata quanto os pensamentos de um Ancião; dinheiro era um grande símbolo estruturado de equilíbrio e cura e aproximação.

Mike estava fascinado com a beleza magnificente do dinheiro.

O fluxo e mudança e contramarcha de símbolos eram belos nos detalhes, lembrando-o de brincadeiras ensinadas aos filhotes para encorajá-los a raciocinar e crescer; mas era a totalidade que o deslumbrava – um mundo inteiro refletido numa estrutura simbólica dinâmica. Mike então grokou que os Anciãos desta espécie eram muito antigos, de fato, para terem composto tal beleza; desejava humildemente ter permissão de conhecer um.

Jubal o encorajou a gastar dinheiro e Mike o fez, com a empolgação tímida de uma noiva sendo levada ao leito nupcial. Jubal sugeriu que ele "comprasse presentes para os amigos" e Jill ajudou, começando por estabelecer limites: um por amigo e um custo total que chegaria a um três-cheio recíproco da soma em sua conta; Mike tinha pretendido gastar *tudo*.

Ele aprendeu como era difícil gastar dinheiro. Havia tantas coisas, todas maravilhosas e incompreensíveis. Cercados por catálogos de lojas em lugares como Marshall Fields, Ginza, Mumbai e Copenhague, ele se sentiu soterrado por riquezas. Até mesmo o catálogo Sears&Montgomery era demais.

Jill ajudou.

– Não, Duke não ia querer um trator.

– Duke gosta de tratores.

– Ele já tem um, ou Jubal tem, o que dá no mesmo. Pode gostar de um daqueles monociclos belgas fofinhos, aí ele poderia desmontar e montar o dia todo. Mas até isso é caro demais. Mike, querido, um presente não deve ser caro, a não ser que você esteja tentando convencer uma garota a se casar com você, ou coisa assim. Um presente precisa demonstrar que você considerou os gostos da pessoa. Algo que ela vá gostar, mas que não compraria.

– Como?

– Esse que é o problema. Espere, acabei de me lembrar de algo que veio no correio de hoje. – Ela voltou rapidamente. – Achei! Escute isso: "Afrodite Viva: Um Álbum Deluxe de Beleza Feminina em Linda Estéreo-Cor pelos Maiores Artistas da Câmera. Nota: Este item não pode ser despachado por correio. Pedidos não serão aceitos de endereços dos seguintes estados...", hum, a Pensilvânia está na lista. Mas a gente dá um jeito, pois, se eu conheço o gosto de Duke, é disso que ele vai gostar.

Foi entregue por viatura do S. S., e o anúncio seguinte proclamou: "Conforme fornecido ao Homem de Marte, por indicação especial", o que agradou Mike e irritou Jill.

Escolher um presente para Jubal atrapalhou Jill. O que se pode comprar para um homem que tem tudo o que pode ser comprado? Três desejos? A fonte que Ponce de León não conseguiu encontrar? Óleo para seus velhos ossos, ou um dia dourado de juventude? Jubal há muito tinha desistido dos bichos de estimação, porque ele vivia mais que eles, ou (pior ainda) agora era provável que um animal sobrevivesse a ele, ficando órfão.

Eles consultaram os outros.

– Puxa – exclamou Duke. – Vocês não sabiam? O chefe gosta de estátuas.

– É mesmo? – respondeu Jill. Não vejo nenhuma escultura por aqui.

– As coisas que ele gosta geralmente não estão à venda. Ele diz que as porcarias que são feitas hoje em dia parecem um desastre num ferro-velho, e que qualquer idiota com um maçarico e astigmatismo pode se chamar de escultor.

Anne concordou com a cabeça.

– Duke tem razão. Dá para ver pelos livros no escritório de Jubal.

Anne escolheu os três livros que, de acordo com seus olhos, demonstravam ter sido folheados mais frequentemente.

– Hum... – disse ela. – O chefe gosta de qualquer coisa do Rodin. Mike, se você pudesse comprar uma dessas, qual você escolheria? Aqui está uma bonita: *Primavera eterna*.

Mike deu uma olhada e virou páginas.

— Esta aqui.

— O quê? – Jill estremeceu. – Mike, essa é *horrível*! Espero morrer muito antes de ficar assim.

— Isso é beleza – declarou Mike com firmeza.

— Mike! – protestou Jill. – Você tem um gosto depravado. Você é pior que Duke.

Ordinariamente, uma repreensão tão severa, especialmente da parte de Jill, calaria Mike, forçando-o a passar a noite tentando grokar seu erro. Porém, naquele caso, ele estava seguro de si. A figura retratada parecia um sopro de lar. Mesmo que representasse uma mulher humana, lhe dava a sensação de que um Ancião marciano deveria estar perto, responsável por sua criação.

— É beleza – insistiu ele. – Ela tem seu próprio rosto. Eu groko.

— Jill – disse Anne lentamente –, Mike tem razão.

— Hã? Anne! Certamente que você não *gosta* disso?

— Ela me assusta. Mas o livro se abre sozinho em três lugares; esta página foi mais manuseada que as outras duas. Essa outra aqui, *A Cariátide caída carregando sua pedra*, Jubal olha quase com a mesma frequência. Mas a escolha de Mike é a favorita de Jubal.

— Eu compro ela – decidiu Mike.

Anne telefonou para o Museu Rodin em Paris, e só o cavalheirismo gaulês evitou que eles rissem. *Vender* uma das obras do mestre? Minha cara dama, elas não só não estão à venda, como jamais poderão ser reproduzidas. *Non, non, non! Quelle idée!*

Porém, para o Homem de Marte, coisas improváveis são possíveis. Anne ligou para Bradley, dois dias depois ele ligou de volta. Como um cumprimento do governo francês, acompanhado de um pedido que o presente jamais fosse exibido, Mike receberia um fotopantograma de bronze em tamanho real, microscopicamente exato, de *Aquela que foi a bela Heaulmière*.

Jill ajudou a escolher presentes às garotas, mas, quando Mike lhe perguntou o que deveria comprar para *ela*, a enfermeira insistiu que ele não precisava comprar nada.

Mike estava começando a perceber que, mesmo que irmãos de água falem certamente, às vezes eles falam mais certamente que outros. Ele consultou Anne.

— Ela tem que lhe dizer isso, querido, mas você lhe dá um presente do mesmo jeito. Hum... — Anne selecionou um que o confundiu; Jill já tinha o cheiro que Jill deveria ter.

Quando o presente chegou, seu tamanho e insignificância aparente aumentaram a confusão de Mike; e quando Anne o fez dar uma cafungada antes de dar o presente a Jill, Mike ficou mais em dúvida do que nunca; o odor era muito forte e nem um pouco Jill.

Jill ficou deleitada com o perfume e insistiu em beijar Mike imediatamente. Ao beijá-la, ele grokou que aquele presente era o que ela queria, e que ele os aproximou.

Quando Jill usou o perfume no jantar àquela noite, Mike descobriu que de alguma forma indefinida, ele deixava Jill com um cheiro mais deliciosamente Jill do que nunca. Ainda mais estranho, fez que Dorcas o beijasse e sussurrasse:

— Mike, querido... o *négligé* é simplesmente lindo... mas talvez um dia você possa *me* dar perfume?

Mike não conseguia grokar por que Dorcas queria aquilo; Dorcas não tinha o cheiro de Jill, então perfume não seria apropriado para ela... nem ele iria querer que Dorcas tivesse o cheiro de Jill; ele queria que Dorcas tivesse o cheiro de Dorcas.

Jubal interrompeu.

— Pare de se esfregar no menino e deixe ele comer! Dorcas, você fede como uma casa de gatas francesas; não seduza Mike para ganhar mais.

— Chefe, cuide da sua própria vida.

Era tudo intrigante, que Jill pudesse ter ainda mais cheiro de Jill... Mas que Dorcas queria ter o cheiro de Jill quando ela cheirava como ela mesma... Que Jubal dissesse que Dorcas cheirava como um gato. Havia um gato na propriedade (não um bicho de estimação, mas um coproprietário); ocasionalmente, ele vinha até a casa e se dignava a aceitar um agrado. O gato e Mike se grokavam mutuamente; Mike achava seus pensamentos carnívoros muito agradáveis e bastante marcianos. Descobriu que o nome do gato (Friedrich Wilhelm Nietzsche) não era o nome do gato, mas não contou a ninguém porque não conseguia pronunciar o nome real do bicho; apenas ouvi-lo em sua cabeça.

O gato não tinha o mesmo cheiro que Dorcas.

Dar presentes era uma grande bondade e ensinou a Mike o verdadeiro valor do dinheiro. Mas ele não esqueceu as outras coisas que estava ansioso em grokar. Jubal adiou o compromisso com o senador Boone duas vezes sem mencionar, e Mike não percebeu. O conceito dele de tempo fazia que "domingo que vem" não fosse nenhuma data em particular. Mas o convite seguinte veio endereçado a Mike; Boone estava sob muita pressão do supremo bispo Digby e sentiu que Harshaw estava enrolando.

Mike levou o convite a Jubal.

– Bem? – grunhiu Harshaw. – Você quer ir? Não é obrigado. Podemos mandá-los ao inferno.

Um táxi com piloto humano (Harshaw se recusava a confiar num táxi-robô) apareceu na manhã do domingo seguinte para levar Mike, Jill e Jubal ao Tabernáculo Arcanjo Foster da Igreja da Nova Revelação.

CAPÍTULO XXIII

Ao longo de todo o caminho até a igreja Jubal tentou acautelar Mike; contra o quê, Mike não tinha certeza. Ele ouvia, mas a paisagem seduzia sua atenção; ele compensou armazenando tudo que Jubal dizia.

– Olha, rapaz – alertou Jubal. – Esses fosteritas estão atrás da sua grana. E do prestígio de ter o Homem de Marte na igreja deles. Eles vão dar duro em você... você precisa ser firme.

– Com licença?

– Diabos, você não está escutando.

– Desculpe-me, Jubal.

– Bem... considere dessa forma. Religião é um consolo para muitos e é concebível que alguma delas, em algum lugar, seja a Verdade Absoluta. Só que ser religioso muitas vezes é uma forma de presunção. A fé na qual fui criado me assegurava de que eu era melhor que as outras pessoas; eu estava "salvo", eles estavam "condenados". Nós estávamos num estado de graça, e todos os outros eram "pagãos". Por "pagão" eles querem dizer gente como o nosso irmão Mahmoud. Caipiras ignorantes que raramente tomavam banho e plantavam milho sob a lua afirmavam conhecer as respostas finais do universo. Isso lhes dava o direito de tratar os forasteiros com prepotência. Nossos hinos eram todos carregados de arrogância, nos parabenizando a nós mesmos por sermos grandes parceiros do Todo Poderoso e pela opinião elevada que ele tinha de nós, e dizendo que todo mundo mais ia comer o pão que o diabo amassou no Apocalipse. Vendíamos a única marca autêntica de tônicos...

– Jubal! – protestou Jill. – Ele não groka.

– Hã? Desculpa. Meus pais tentaram fazer um pregador de mim; acho que dá para perceber.

– Se dá.

– Não zombe, garota. Eu teria sido um ótimo pastor se não tivesse cometido a tolice fatal de ler. Com mais uma pitada de autoconfiança e uma dose liberal de ignorância, eu teria sido um evangelista famoso. Caramba, esse lugar aonde vamos teria sido conhecido como "Tabernáculo do Arcanjo Jubal".

Jill estremeceu.

– Jubal, por favor! Acabei de tomar o café da manhã.

– Eu estou falando sério. Um vigarista profissional sabe que está mentindo; isso limita seu alcance. Mas um xamã bem-sucedido acredita no que diz, e a crença é contagiosa; não há limite para o *seu* alcance. Só que eu não tinha a confiança necessária na minha própria infalibilidade; nunca poderia me tornar um profeta... só um crítico, um tipo de profeta de quarta categoria com ilusões de gênero. – Jubal franziu o cenho. – É isso que me preocupa nos fosteritas, Jill. Eu acho que eles são sinceros. Mike é um pato por sinceridade.

– O que você acha que eles vão tentar fazer?

– Convertê-lo. Depois botar as mãos na fortuna dele.

– Achei que você tinha armado tudo para que ninguém pudesse fazer isso.

– Não, só impedi que ninguém levasse a grana contra a vontade de Mike. Ordinariamente, ele não poderia dar tudo sem que o governo interferisse. Porém, doar o dinheiro a uma igreja politicamente poderosa é outra história.

– Não vejo por quê.

Jubal fez uma careta.

– Minha querida, religião é uma área nula da lei. Uma igreja pode fazer tudo que qualquer outra organização pode fazer; só que sem restrições. Igrejas não pagam impostos, não precisam publicar registros, são efetivamente imunes a buscas, inspeções ou controle... e uma igreja consiste em *qualquer coisa* que se chamar de igreja. Foram feitas tentativas de distinguir religiões "reais", com direito às imunidades, e "cultos". Não é possível fazer isso, a não ser que se estabeleça uma religião oficial estatal... uma cura pior que a doença. Tanto sob o que resta da Constituição dos Estados Unidos quanto sob o Tratado da Federação, todas as igrejas são igualmente imunes, especialmente se controlam um bloco de votos. Se Mike for convertido ao fosterismo... e fizer um testamento favorecendo sua igreja... e então "for para o Céu" nalguma aurora, isso será, na tautologia correta, "tão legal quanto igreja no domingo".

– Ah, puxa, achei que ele estivesse finalmente seguro.

– Não existe segurança deste lado do túmulo.

– Bem... o que nós vamos fazer, Jubal?

– Nada. Só ficar preocupados.

Mike armazenou a conversa sem tentar grokar. Ele reconhecia o assunto como sendo de simplicidade absoluta em seu próprio idioma, mas incrivelmente escorregadio em inglês. Depois do fracasso em alcançar um grokar mútuo até mesmo com seu irmão Mahmoud, através da tradução imperfeita do conceito marciano de inclusão total como "tu és Deus", ele estava esperando. Esperar daria frutos com o tempo certo; seu irmão Jill estava aprendendo a língua e ele lhe explicaria. Eles grokariam juntos.

* * *

O senador Boone os recebeu na plataforma de pouso do Tabernáculo.

– Olá, companheiros! Que o Bom Senhor os abençoe neste belo shabat. Sr. Smith, fico feliz em vê-lo de novo. E o senhor também, doutor – ele tirou o charuto da boca e olhou para Jill. – E esta mocinha... eu não a vi no Palácio?

– Sim, senador. Sou Gillian Boardman.

– Achei que fosse, querida. Você já foi salva?

– Hã, acho que não, senador.

– Nunca é tarde demais. Ficaremos felizes em recebê-la no serviço aos suplicantes no Tabernáculo Exterior, vou achar um Guardião para guiá-la. Sr. Smith e o Doc vão ao Santuário.

– Senador...

– Hã, que foi, Doc?

– Se a srta. Boardman não puder entrar no Santuário, então seria melhor nós todos participarmos do serviço aos suplicantes. Ela é a enfermeira dele.

Boone parecia perturbado.

— Ele está doente?

Jubal encolheu os ombros.

— Como médico dele, prefiro ter uma enfermeira conosco. O sr. Smith não está aclimatado a este planeta. Por que o senhor não pergunta a *ele*? Mike, você quer que Jill fique com você?

— Sim, Jubal.

— Mas... muito bem, sr. Smith — Boone tirou o charuto de novo, meteu os dedos nos lábios e assoviou. — Querubim, aqui!

Um rapaz adolescente veio correndo. Vestia um robe curto, calças colantes e asas de pombo. Tinha cachos dourados e um sorriso ensolarado. Jill pensou que ele era fofo como um anúncio de refrigerante.

— Voe até o escritório do Sanctum e diga ao Sentinela de serviço que eu quero mais um crachá de peregrino no portão do Santuário imediatamente — ordenou Boone. — A palavra é Marte.

— Marte — repetiu o menino, depois ofereceu uma saudação de escoteiro a Boone e deu um salto de dezoito metros sobre a multidão. Jill percebeu por que o robe parecia volumoso, ele escondia um arreio de salto.

— Temos que tomar cuidado com esses crachás — comentou Boone. — Vocês ficariam surpresos com quantos pecadores gostariam de experimentar a Alegria de Deus sem ter lavado seus pecados. Vamos dar uma voltinha e fazer um tour enquanto esperamos pelo terceiro crachá.

Eles abriram caminho pela multidão e entraram no Tabernáculo, num longo e alto salão. Boone parou.

— Quero que vocês prestem atenção. A arte de vender está em tudo, até mesmo no trabalho do Senhor. Qualquer turista, quer ele participe do serviço para os suplicantes ou não; e esses serviços acontecem 24 horas por dia; tem que passar por aqui. O que ele vê? Toda esta sorte feliz. — Boone acenou para os caça-níqueis que forravam as duas paredes. — O bar e a lanchonete ficam lá no fundo, ele não pode nem tomar um drinque sem passar por este corredor de tentações. Eu lhes digo, é um pecador espantoso quem consegue chegar tão longe sem derramar seus trocados. Só que nós não tomamos seu dinheiro sem lhe dar algo em troca. Olhem só... — Boone abriu caminho até uma das máquinas, tocou o ombro da mulher que jogava.

— Com licença, filha.

Ela ergueu o olhar. A irritação em seus olhos se transformou em sorriso.

— Certamente, bispo.

— Abençoada seja. Vocês vão notar — continuou Boone, enquanto inseria uma moeda de 25 centavos na máquina —, que, quer ele seja premiado em bens terrenos ou não, um pecador é recompensado com uma bênção e um texto de lembrança.

A máquina parou; alinhada na janelinha estava a mensagem: DEUS – VIGIA – VOCÊ.

— Essa paga três para um — explicou Boone enquanto pescava o prêmio da bandeja. — E aqui está seu texto. — Ele rasgou uma fita de papel e a entregou a Jill. — Fique com ela, mocinha, e pondere.

Jill deu uma olhadela antes de guardar na bolsa: *"Mas a barriga do pecador está cheia de imundice – N.R. XXII 17"*.

— Vocês vão notar — continuou Boone — que a premiação vem em fichas, não dinheiro, e que o guichê de troca fica depois do bar... não faltam oportunidades aqui para fazer oferendas de amor para a caridade e outros trabalhos beneficentes. Então o pecador provavelmente deposita as fichas de volta... com uma bênção cada vez, e mais um texto. O efeito cumulativo é tremendo! Ora, algumas de nossas ovelhas mais fiéis começam aqui mesmo neste salão.

— Não duvido nada — concordou Jubal.

— Especialmente se eles levarem a grande bolada. Entendam, toda combinação é uma bênção. Mas a bolada, os três Olhos Sagrados, vou te falar, quando eles veem aqueles olhos alinhados e encarando, e todo aquele maná do Paraíso caindo, eles realmente começam a pensar. Às vezes eles desmaiam. Aqui, sr. Smith. — Boone ofereceu uma das fichas a Mike. — Jogue uma vez.

Mike hesitou. Jubal pegou a ficha ele mesmo; droga, ele não queria que o menino fosse seduzido por uma bandida de um braço!

— Eu vou experimentar, senador. — Ele alimentou a máquina.

Mike tinha estendido sua percepção de tempo um pouco e estava tateando com os sentidos dentro da máquina, tentando descobrir o que ela fazia. Era tímido demais para jogar ele mesmo.

Porém, quando foi Jubal que o fez, Mike observou os cilindros girando, notou o olho desenhado em cada um, e se perguntou o que seria essa tal "bolada". A palavra tinha vários significados, até onde ele sabia; nenhum deles parecia se aplicar ali. Sem a intenção de provocar um evento, ele desacelerou e parou cada roda de modo que os olhos contemplassem o visor.

Um sino tocou, um coro cantou hosanas, a máquina se acendeu e começou a cuspir fichas. Boone parecia deleitado.

– Ora, abençoado seja! Doc, hoje é o seu dia! Aqui, ponha uma ficha para retirar a bolada. – Ele pegou uma da inundação e a inseriu de volta.

Mike estava se perguntando por que aquilo estava acontecendo, então ele alinhou os olhos de novo. Os eventos se repetiram, exceto que a inundação virou um filete. Boone olhava a máquina.

– Ora, que... Deus me carregue! Não deveria sair a bolada duas vezes seguidas. Mas vou cuidar para que você seja pago nas duas.

Ele rapidamente colocou mais uma ficha.

Mike ainda queria ver por que aquilo seria uma "bolada". Os olhos se alinharam de novo.

Boone encarou a máquina. Jill apertou a mão de Mike e sussurrou:

– Mike, pare com isso!

– Mas, Jill, eu estava vendo...

– Não fale. Apenas pare. Ah, espere só até a gente chegar em casa!

Boone comentou lentamente:

– Eu hesitaria em chamar isto de milagre. Provavelmente precisa de manutenção. – Ele gritou: – Querubim, aqui! – E acrescentou: – Melhor tirarmos esse último, de qualquer maneira. – E alimentou mais uma ficha.

Sem a intermediação de Mike, as rodas se desaceleraram e anunciaram: "FOSTER – AMA – VOCÊ". Um querubim apareceu e disse:

– Feliz dia. Você precisa de ajuda?

– Três boladas – disse Boone.

– *Três*?

– Você não escutou a música? Tá surdo? Vamos esperar no bar, leve o dinheiro até lá. E mande alguém verificar esta máquina.

– Sim, bispo.

Boone os conduziu apressado até o bar.

– Tenho que tirar você daqui – exclamou ele jovialmente –, antes que você leve a Igreja à falência. Doc, você é sempre tão sortudo?

– Sempre – declarou Harshaw com solenidade. Dizia a si mesmo que não *sabia* que o menino tinha alguma coisa a ver com aquilo... Mas queria que aquela provação terminasse logo.

Boone os levou a um balcão marcado "reservado".

– Aqui está bom, ou a mocinha gostaria de se sentar?

– Aqui está bom. – (Se você me chamar de mocinha mais uma vez eu atiço Mike contra você!)

Um barman se aproximou.

– Feliz dia. O de sempre, bispo?

– Duplo. O que vai ser, Doc? E sr. Smith? Não fiquem acanhados, vocês são convidados do supremo bispo.

– Conhaque, por favor. Com um copo de água.

– Conhaque, por favor – repetiu Mike. E acrescentou: – Sem água para mim, por favor. – Água não era a essência; mesmo assim, ele não queria beber água ali.

– Eis o espírito! – comentou Boone animado. – Esse é o espírito com este estado de espírito! Só álcool, nada de água! Entenderam? Foi uma piada. – Ele deu uma cotovelada nas costelas de Jubal. – E o que vai ser para a mocinha? Refrigerante? Leite, para suas bochechas rosadas? Ou um drinque Feliz Dia de verdade com a gente grande?

– Senador – disse Jill cuidadosamente. – Será que sua hospitalidade se estenderia a um martíni?

– E como! Temos os melhores martínis do mundo, nós não usamos vermute. Abençoamos os drinques em vez disso. Martíni duplo para a mocinha. Abençoado seja, filho, e seja veloz. Temos tempo para uma bebidinha rápida, depois vamos prestar nossos respeitos ao Arcanjo Foster então rumamos ao Santuário para ouvir o supremo bispo.

Os drinques chegaram ao mesmo tempo que o dinheiro. Eles beberam com a bênção de Boone, e então debateram sobre os trezentos dólares, pois o bispo insistia que todo o dinheiro pertencia a Jubal. Este resolveu a questão depositando tudo numa tigela de oferenda de amor.

Boone assentiu com a cabeça, aprovando.

Eis um sinal de graça, Doc. Ainda vamos salvá-lo. Mais uma rodada, amigos?

Jill torceu para que alguém dissesse sim; o gin estava aguado, mas tinha acendido uma chama de tolerância na barriga dela. Ninguém falou nada, então Boone os levou dali, subindo uma escadaria, passando por uma placa que dizia: POSITIVAMENTE NENHUM SUPLICANTE OU PECADOR – ISSO SIGNIFICA *VOCÊ!*

Além havia um portão.

– Bispo Boone e três peregrinos, convidados do supremo bispo – anunciou Boone ao portão, que se abriu.

O bispo os levou por uma passagem curva até uma sala. Era grande e luxuosa num estilo que lembrava os salões de uma casa funerária, só que estava cheia de música animada. O tema era *Jingle Bells* com uma batida do Congo; Jill percebeu que lhe dava vontade de dançar.

A parede oposta era de vidro, mas parecia não ser nem isso. Boone começou a falar vivamente:

– Aqui estamos, amigos, diante da Presença. Vocês não precisam se ajoelhar, mas podem fazê-lo se isso lhes ajudar a se sentirem melhor. A maioria dos peregrinos se ajoelha. E lá está *ele*... exatamente como quando foi chamado ao Paraíso.

Boone gesticulou com o charuto.

– Não parece natural? Preservado por um milagre, carne incorruptível. Era naquela exata cadeira que ele costumava escrever suas Mensagens... e era naquela pose que ele estava quando foi ao Paraíso. Nunca foi movido, construímos o Tabernáculo bem ao redor dele... removemos a velha igreja, naturalmente, e preservamos suas pedras sagradas.

Encarando o grupo a uns seis metros de distância, sentado numa cadeira que era incrivelmente parecida com um trono, estava um velho. Ele parecia estar vivo... e lembrava Jill de um velho bode na fazenda onde ela passava os verões da infância; beiço inferior projetado à frente, as suíças, os olhos ferozes e taciturnos. Jill sentiu a pele se arrepiar; o Arcanjo Foster lhe era perturbador.

– *Meu irmão, este é um Ancião?* – perguntou Mike em marciano.

– Não sei, Mike. Eles dizem que sim.

– *Não groko um Ancião* – respondeu Mike.

– Eu não sei, só isso.

– *Eu groko erroneidade.*

– Mike! Lembre-se!

– Sim, Jill.

– O que ele estava dizendo, mocinha? – indagou Boone. – Qual foi sua pergunta, sr. Smith?

Jill respondeu rapidamente.

– Não foi nada. Senador, podemos sair daqui? Eu me sinto meio fraca. – Ela espiou o cadáver. Nuvens ondulavam acima dele; um feixe de luz as atravessava e buscava o rosto. Conforme a luz mudava, o rosto parecia mudar, os olhos ficando luminosos e vivos.

– Ele tem esse efeito, da primeira vez – afirmou Boone tranquilizadoramente. – Você deveria experimentar a galeria dos suplicantes abaixo de nós, olhando para cima, com uma música diferente. Música pesada, com efeitos subsônicos, acredito... isso os faz lembrar dos pecados cometidos. Agora, *esta* sala é uma câmara de meditação de Pensamentos Felizes para altos oficiais da Igreja; venho aqui e fumo um charuto quando estou meio chateado.

– Por favor, senador!

– Ah, certamente. Espere do lado de fora, minha querida. Sr. Smith, o senhor pode ficar aqui o tempo que quiser.

– Senador, não seria melhor se já fôssemos ao serviço? – perguntou Jubal.

Eles saíram. Jill estava tremendo; ela tinha ficado apavorada com a possibilidade de Mike fazer alguma coisa àquela exposição grotesca, e todos eles acabassem linchados.

Dois guardas posicionaram lanças cruzadas no caminho deles à entrada do Santuário.

– Ora, ora! – exclamou Boone em tom de reprovação. – Estes peregrinos são convidados pessoais do supremo bispo. Onde estão seus crachás?

Crachás surgiram, e com eles, números premiados das portas. Um respeitoso pajem convidou:

– Por aqui, bispo – e os guiou por uma larga escadaria até um camarote central com vista para o palco.

Boone deu um passo atrás.

– Você primeiro, mocinha. – Boone queria se sentar ao lado de Mike: Harshaw venceu e Mike se sentou entre Jill e Jubal, com Boone na cadeira do corredor.

O camarote era luxuoso; poltronas que se ajustavam sozinhas, cinzeiros, mesinhas dobráveis para comes e bebes. Eles estavam acima da congregação e a menos de trinta metros do altar. Na frente do palco, um jovem sacerdote aquecia a multidão, oscilando no ritmo da música e balançando os braços musculosos para frente e para trás, com punhos cerrados. Sua forte voz de barítono se juntava ao coro de vez em quando, e então se erguia em exortação:

– Levantem seus traseiros! Vão deixar o Diabo pegar vocês dormindo?

Uma dança serpenteante descia pela nave da direita, passando pela frente e voltando pela nave central, pés pisando no tempo dos socos de pistão do pastor e o canto sincopado do coro. Tum, tum, *gemido*!... Tum, tum, *gemido*! Jill sentia a batida e percebeu humildemente que seria divertido entrar naquela dança; conforme mais e mais pessoas faziam isso sob as provocações do musculoso jovem pastor.

– Esse menino vai longe – comentou Boone com aprovação. – Eu já preguei com ele e posso testemunhar que ele lhe entrega a multidão fervendo. Reverendo "Gigante" Jackerman; era lateral esquerdo nos Rams. Você deve ter visto.

– Temo que não – admitiu Jubal. – Não acompanho futebol.

– É mesmo? Ora, durante a temporada, a maioria dos fiéis fica depois dos serviços, almoça no banco mesmo, e depois assiste ao jogo. A parede atrás do altar se abre e revela o maior tanque estéreo jamais construído. Coloca as jogadas bem no seu colo. A recepção é melhor do que em casa; e é muito mais emocionante com uma multidão em volta. – Ele assoviou. – Querubim! Aqui!

O pajem correu até eles.

– Sim, bispo?

– Filho, você saiu correndo tão rápido que eu não tive tempo de fazer meu pedido.

– Peço desculpas, bispo.

– Pedir desculpas não vai levar você ao Paraíso. Fique feliz, filho. Bote aquele balanço nos seus passos e fique esperto. Mesma coisa para todo mundo, amigos? – Ele fez os pedidos e acrescentou. – Traga-me um punhado dos meus charutos; fale com o barman chefe.

– Imediatamente, bispo.

– Abençoado seja, filho. Espere aí... – A dança serpenteante estava prestes a passar debaixo deles; Boone se debruçou, fez um cone com as mãos diante da boca e gritou mais alto que o barulho. – Aurora! Ei, *Aurora*! – Uma mulher olhou para cima, e ele acenou para que subisse. Ela sorriu. – Acrescente um uísque sour à lista. Agora voe.

A mulher chegou rapidamente, assim como os drinques. Boone puxou um assento da fileira de trás para ela.

– Amigos, conheçam a srta. Aurora Ardente. Minha querida, aquela é a srta. Boardman, a mocinha lá no canto; e este é o famoso dr. Jubal Harshaw aqui ao meu lado...

– É mesmo? Doutor, acho suas histórias simplesmente divinas!

– Obrigado.

– Ah, acho mesmo! Coloco uma das suas fitas para tocar e deixo que me ninem para dormir quase toda noite.

– Um escritor não poderia esperar melhor elogio – respondeu Jubal com cara séria.

— Já chega, Aurora – disse Boone. – O jovem entre eles é... sr. Valentine Smith, o Homem de Marte.

Os olhos dela se arregalaram.

— Ah, minha nossa!

Boone rugiu.

— Abençoada seja, filha! Eu realmente peguei você de surpresa.

— Você é *mesmo* o Homem de Marte? – perguntou ela.

— Sim, srta. Aurora Ardente.

— Me chame de Aurora. Minha nossa!

Boone deu tapinhas na mão dela.

— Você não sabe que é pecado duvidar da palavra de um bispo? Querida, você gostaria de ajudar a guiar o Homem de Marte até a luz?

— Ah, eu adoraria!

(Claro que adoraria, sua biscate!, disse Jill para si mesma.) Ela tinha começado a ficar irritada desde que a srta. Ardente tinha se juntado ao grupo. O vestido da mulher tinha mangas longas, gola alta e era opaco, mas não cobria nada. Era um tecido tricotado no tom da pele bronzeada dela, e Jill tinha certeza que só haveria pele debaixo dele... além da srta. Ardente, que já era mais que suficiente. O vestido era ostentosamente recatado comparado às roupas da maioria das mulheres na congregação, sendo que algumas pareciam estar prestes a saltar para fora dos trajes.

Jill achava que a srta. Ardente parecia ter acabado de sair da cama, e estava ansiosa para voltar. Com Mike. Pare de contorcer sua carcaça para ele, sua vadia barata!

— Vou falar com o supremo bispo, querida. Agora desça e vá liderar aquela parada. Gigante precisa de você.

— Sim, bispo. Prazer em conhecê-los, doutor e srta. Broad. Espero ver você de novo, sr. Smith. Vou rezar por sua alma. – Ela se afastou ondulante.

— Uma boa garota, ela – comentou Boone alegremente. – Já viu o show dela, Doc?

— Acho que não. O que ela faz?

— Você não *sabe*?

— Não.

— Você não ouviu o *nome* dela? Aquela é Aurora Ardente, é a stripper mais cara de toda Baja Califórnia. Trabalha sob um holofote irisado, e, quando chega ao ponto em que só está de sapatos, a luz ilumina apenas seu rosto, e você não consegue ver mais nada. Muito eficaz. Altamente espiritual. Você acreditaria, olhando para aquele rostinho doce, que ela costumava ser uma mulher muito imoral?

— Não posso acreditar.

— Bem, ela era. Pode perguntar. Ela vai lhe contar. Melhor ainda, venha a uma sessão de purificação para suplicantes; eu aviso quando ela for participar. Quando Aurora confessa, ela dá coragem a todas as outras mulheres para contarem *seus* pecados. Ela não esconde nada, pois se sente bem também, em saber que está ajudando pessoas. É muito dedicada, pega um voo todo sábado à noite, depois do último show, para ensinar na escola dominical. Ela ministra a aula de Felicidade para Rapazes, e a presença triplicou desde que ela assumiu.

— *Nisso* eu posso acreditar — concordou Jubal. — Qual é a idade desses "rapazes" sortudos?

Boone riu.

— Você não me engana, seu velho diabo; alguém lhe contou o lema da turma de Aurora: "Nunca velho demais para ser jovem".

— Não, juro que não.

— Você não pode participar até que tenha visto a luz e passado pela purificação. Esta é a Única Igreja Verdadeira, peregrino, não é como aquelas armadilhas do Satanás, aqueles covis imundos de iniquidade que se chamam de "igrejas" para atrair os incautos à adoração e outras abominações. Você não pode entrar aqui para matar umas duas horas fora da chuva; você precisa ser *salvo* primeiro. De fato... ah, ah, aviso de câmera. — Luzes piscaram em cada canto do enorme salão. — Gigante deixou o povo bem no ponto. Agora você vai ver ação!

A dança serpenteante ganhou novos recrutas enquanto os poucos que restavam sentados batiam palmas na cadência e quicavam. Pajens se apressavam em recolher os caídos, alguns dos quais, a maioria mulheres, espumavam e se contorciam. Estes eram despejados no altar e deixados para se debater como peixes. Boone apontou o charuto a uma ruiva magra de mais ou menos quarenta anos de vestido esfarrapado.

— Estão vendo aquela mulher? Já faz um ano completo desde que ela passou por um serviço inteiro sem ser possuída pelo Espírito. Às vezes, o Arcanjo Foster usa sua boca para falar conosco... quando isso acontece, são necessários quatro acólitos grandalhões para segurá-la. Ela pode ir para o Paraíso a qualquer momento. Já está pronta. Alguém precisa de um refil? O serviço de bar fica lento depois que as câmeras são ligadas e as coisas ficam animadas.

Mike deixou seu copo ser reabastecido. Ele não compartilhava de nada do nojo de Jill pela cena. Tinha ficado profundamente perturbado quando descobriu que o "Ancião" não passava de comida estragada, mas tinha arquivado aquele problema e bebia profundamente do frenesi abaixo. Era tão marciano em sabor que Mike se sentia tanto com saudade quanto calorosamente em casa. Nenhum detalhe era marciano, tudo era incrivelmente diferente, porém ele grokava uma aproximação tão real quanto na cerimônia de água, em números e intensidade que jamais tinha encontrado fora do próprio ninho. Desejou desconsolado que alguém o convidasse a se juntar àquela pulação. Seus pés formigavam com uma vontade de se misturar a eles.

Localizou a srta. Aurora Ardente, talvez ela o convidasse. Não teve que reconhecê-la pelo seu tamanho e proporções mesmo que fosse exatamente da mesma altura que seu irmão Jill, com quase os mesmos formatos. Só que a srta. Aurora Ardente tinha seu próprio rosto, suas dores e tristezas e crescimentos gravados nela sob seu sorriso caloroso. Ele se perguntou se a srta. Aurora Ardente gostaria de um dia compartilhar da água. O senador bispo Boone fazia Mike se sentir cauteloso, e ele ficou feliz que Jubal não tivesse deixado que se sentasse ao lado dele. Mas estava triste que a srta. Aurora Ardente tivesse sido mandada embora.

A srta. Aurora Ardente não olhou para cima. A procissão a levou para longe.

O homem na plataforma ergueu os dois braços; a grande caverna ficou mais silenciosa. Subitamente, ele baixou os braços.

– Quem está *feliz*?

– NÓS ESTAMOS FELIZES!

– Por quê?

– Deus... NOS AMA!

– Como que vocês *sabem*?

– FOSTER NOS CONTOU!

Ele caiu de joelhos e ergueu um punho.

– Vamos ouvir aquele Leão *RUGIR!*

Eles rugiram e berraram e gritaram enquanto o pastor usava o punho como batuta, erguendo o volume, baixando, levando-o a um grunhido subvocal, então elevando num crescendo que estremeceu a sacada. Mike chafurdou naquilo, com êxtase tão doloroso que temeu ter que se retirar. Mas Jill lhe dissera que ele não deveria fazê-lo, exceto no próprio quarto. Controlou a reação e deixou que as ondas corressem sobre si.

O homem se levantou.

– Nosso primeiro hino – declarou ele vivamente. – É patrocinado pelas Padarias Maná, produtores do Pão de Anjo, o filão de amor com o rosto sorridente do nosso supremo bispo em cada embalagem, contendo um valioso cupom premium resgatável na Igreja da Nova Revelação mais próxima de sua casa. Irmãos e irmãs, amanhã as Padarias Maná, com filiais em todas as regiões, lançarão uma gigantesca liquidação de produtos pré-equinócio com preços muito descontados. Mandem seus filhos para a escola com uma caixa lotada de biscoitos Arcanjo Foster, cada um 'abençoado e embrulhado em texto apropriado; e rezem para que cada presente que eles distribuírem leve um filho de pecador para perto da luz. – Ele continuou. – E agora vamos animar as coisas com as palavras sagradas daquele velho favorito: "Adiante, filhos de Foster!". Todo mundo junto…

"Adiante, Filhos de Fos-*ter!*
Esmaguem seus inimigos…
Fé nosso Escudo e Arma-*dura!*
Façam-nos tombar em fileiras!"
Segundo verso!
"Não façam paz com peca-*dores!*
Deus *está* do nosso lado!"

Mike estava tão feliz que não tentou grokar a letra. Grokou que as palavras não eram a essência, aquilo era uma aproximação. A dança começou a se mover de novo, caminhantes entoando sons potentes com o coro.

Depois do hino houve anúncios, mensagens do Paraíso, outro comercial e o sorteio de prêmios. Um segundo hino. "Rostos felizes elevados" foi patrocinado pelas lojas de departamentos Dattelbaum's, onde os "fiéis compravam em segurança", pois eles não ofereciam nenhuma mercadoria que competisse com uma marca patrocinadora; e um "cantinho feliz" para as crianças em todas as filiais, supervisionados por uma irmã fiel.

O pastor foi até a frente da plataforma e levou a mão em concha à orelha.

– Nós… queremos… *Digby!*
– Quem?
– Nós - queremos - DIG - BY!
– Mais alto! Façam ele ouvir vocês!

– Nós - queremos - dig - by! – Clap, clap, pisão, pisão! – nós - queremos - dig - by! – Clap, clap, pisão, pisão...

Isso continuou e continuou até o prédio tremer. Jubal se inclinou para perto de Boone.

– Se isso piorar, vocês vão fazer o que Sansão fez.

– Nada tema – garantiu Boone, com o charuto na boca. – É reforçado, sustentado pela fé. Foi construído para balançar, desenhado assim. Ajuda.

As luzes se apagaram, cortinas se abriram. Uma luminosidade ofuscante destacou o supremo bispo, acenando com mãos unidas sobre a cabeça e sorrindo para o público.

Os fiéis responderam com um rugido de leão, e ele lhes jogou beijos. A caminho do púlpito ele parou, ergueu uma das mulheres que ainda se contorcia devagar, a beijou, baixou-a gentilmente, voltou a andar; parou e se ajoelhou ao lado da ruiva magricela. Estendeu a mão para trás e lhe entregou um microfone.

Passou um braço pelos ombros dela, colocou o microfone perto dos lábios da mulher.

Mike não conseguia entender as palavras dela. Não achou que estivessem em inglês.

O supremo bispo traduzia, inserindo sua fala em cada pausa no jorro espumante.

– Arcanjo Foster está conosco...

"Ele está satisfeito com vocês. Beije a irmã à sua direita...

Arcanjo Foster te ama. Beije a irmã à sua esquerda...

Ele tem uma mensagem para um de vocês."

A mulher falou de novo; Digby hesitou.

– O que foi? Mais alto, eu lhe rogo. – Ela murmurava e gritava.

Digby ergueu o olhar e sorriu.

– A mensagem dele é para um peregrino de outro planeta: Valentine Michael Smith, o Homem de Marte! Onde está você, Valentine Michael? Levante-se!

Jill tentou detê-lo, mas Jubal grunhiu:

– É mais fácil não lutar. Deixe que ele se levante. Acene, Mike. Agora sente-se. – Mike obedeceu, espantado que agora estivessem entoando: "Homem de *Marte*! Homem de *Marte*!".

O sermão parecia ser direcionado a ele também, mas Mike não conseguia entender. As palavras estavam em inglês, mas pareciam ser organizadas erradamente, e havia tanto barulho, tantas palmas, tantos gritos de "Aleluia!" e "Feliz dia!" que ele ficou bem confuso.

O sermão então terminou, Digby devolveu o serviço ao jovem pastor e foi embora; Boone se levantou.

– Venham, amigos. Vamos discretamente nos adiantar à multidão.

Mike o seguiu, de mãos dadas com Jill. Eles acabaram passando por um túnel elaboradamente arqueado.

– Este caminho leva ao estacionamento? – perguntou Jubal. – Pedi para meu motorista esperar.

– Hein? – exclamou Boone. – Sim, é só seguir direto em frente. Mas nós vamos ver o supremo bispo.

– O quê? Não, está na hora de irmos.

Boone o encarou.

– Doutor, o supremo bispo está esperando. Vocês não podem fazer tal desfeita. São convidados dele.

Jubal cedeu.

– Bem, não vai ter um monte de gente? O rapaz aqui já teve emoções demais.

– Só o supremo bispo. – Boone os conduziu até um elevador; momentos depois, eles estavam numa sala de estar do apartamento de Digby.

Uma porta se abriu, e Digby entrou apressado. Tinha removido os paramentos e vestia robes esvoaçantes. Ele sorriu.

– Me desculpem por fazê-los esperar, amigos; tenho que tomar uma ducha assim que saio. Vocês não têm ideia de como socar Satã faz você suar. Então este é o Homem de Marte? Deus te abençoe, filho. Seja bem-vindo à casa do Senhor. O Arcanjo Foster quer que você se sinta em casa. Ele está vigiando.

Mike não respondeu. Jubal ficou surpreso ao ver como Digby era baixo. Sapatos elevados no palco? Ou seria a luz? Afora o cavanhaque que ele usava em uma imitação de Foster, o homem lembrava Jubal de um vendedor de carros usados; o mesmo sorriso e modos calorosos. Só que ele também lembrava alguém em particular. Já sei! O "professor" Simon Magus, marido há muito falecido de Becky Vesey. Jubal se sentiu mais amistoso em relação ao clérigo. Simon tinha sido o vigarista mais simpático que Jubal conhecera...

Digby voltou seu charme a Jill.

– Não se ajoelhe, minha filha; somos apenas amigos aqui privativamente.

– Ele falou com ela, deixando Jill espantada com seu conhecimento de seu histórico e acrescentando, com sinceridade: – Tenho profundo respeito por sua vocação, minha filha. Nas palavras abençoadas do Arcanjo Foster, Deus nos comanda ministrar o corpo de forma que a alma possa buscar a luz sem o fardo da carne. Sei que você ainda não é uma de nós... mas seu serviço é abençoado pelo Senhor. Somos companheiros de jornada pela estrada até o Paraíso.

Ele se virou a Jubal.

– Você também, doutor. O Arcanjo Foster nos diz que Deus ordena que sejamos felizes... e muitas foram as vezes que pousei meu cajado, morto de cansaço, e desfrutei de uma hora feliz com uma de suas histórias... Me levantando renovado, pronto para lutar mais uma vez.

– Hum, obrigado, bispo.

– Falo do fundo do meu coração. Tive seu registro buscado no Paraíso; ora, ora, não se incomode, sei que você não é um crente. Até mesmo Satanás tem um propósito no Grande Plano de Deus. Não está na hora de você crer. A partir de sua tristeza, mágoa e dor você tece felicidade para os outros. Isso é creditado na sua página do Grande Livro-Razão. Agora, por favor! Não os trouxe aqui para debater teologia. Jamais discutiremos, vamos esperar até que você veja a luz e então lhe daremos as boas-vindas. Hoje vamos apenas desfrutar de uma happy hour juntos.

Jubal admitiu que aquele vigarista volúvel era um bom anfitrião. Seu café, drinques e comida eram excelentes. Mike parecia assustadiço, especialmente quando Digby o levou para um canto e falou com ele sozinho. Mas, com os diabos, o garoto tinha que se acostumar a conhecer pessoas.

Boone estava mostrando a Jill relíquias de Foster num mostruário do outro lado da sala; Jubal observava divertido enquanto passava patê de foie gras numa torrada. Ouviu um clique na porta e olhou em volta. Digby e Mike tinham sumido.

– Aonde eles foram, senador?

– Hein? O que foi, doutor?

– O bispo Digby e o sr. Smith. Cadê eles?

Boone pareceu notar a porta fechada.

– Ah, eles entraram ali por um momento. É uma sala de retiro para audiências privadas. Você não foi lá dentro? Quando o supremo bispo estava fazendo o tour?

– Hum, sim. – Era uma sala com uma poltrona numa plataforma; um "Trono", Jubal se corrigiu com um sorriso; e um genuflexório. Jubal se perguntou qual deles usaria o trono e quem teria que se contentar com o genuflexório; se aquele bispo de cartolina tentasse debater religião com Mike, teria uma bela surpresa. – Espero que eles não demorem muito.

– Duvido que levem muito tempo. Provavelmente o sr. Smith só queria uma palavrinha em particular. Olha, posso pedir para o seu táxi esperar no fim daquela passagem onde pegamos o elevador; aquela é a entrada particular do supremo bispo. Vai lhe economizar uns bons dez minutos.

– Seria muito gentil.

– Então, se o sr. Smith tiver alguma coisa em sua alma que ele gostaria de confessar, nós não teremos que apressá-lo. Vou ali fora para telefonar. – Boone saiu.

– Jubal, não gosto nada disso – comentou Jill. – Acho que fomos manobrados para que Digby pudesse ficar sozinho com Mike.

– Obviamente.

– Eles não têm o menor direito de fazer uma coisa dessas! Vou entrar lá e dizer a Mike que está na hora de irmos.

– Fique à vontade – respondeu Jubal. – Mas você está agindo como uma galinha mãe. Se Digby tentar converter Mike, vai acabar sendo convertido pelo menino. As ideias de Mike são difíceis de abalar.

– Não gosto disso mesmo assim.

– Relaxe. Aproveite para comer.

– Não estou com fome.

– Se eu rejeitar um rango grátis, eles vão me expulsar do Sindicato dos Autores. – Jubal empilhou presunto num pão com manteiga, acrescentou outros itens num zigurate instável, e mastigou tudo.

Dez minutos depois, Boone ainda não tinha voltado.

– Jubal – declarou Jill rispidamente. – Vou tirar Mike dali.

– Vá em frente.

Ela andou até a porta.

– Está trancada!

– Achei que poderia estar.

– O que a gente faz? Derrubamos a porta?

Jubal deu uma boa olhada.

– Humm, com um aríete e vinte homens parrudos eu poderia tentar. Jill, aquela porta não ficaria mal num cofre de banco.

– O que a gente faz?

— Você pode bater nela, se quiser. Eu vou ver por que Boone está demorando.

Quando Jubal espiou o corredor, viu Boone voltando.

— Desculpa — disse Boone —, tive que mandar os querubins encontrarem seu motorista. Ele estava no Salão da Felicidade, almoçando.

— Senador — disse Jubal —, temos que ir. Você poderia fazer a gentileza de avisar ao bispo Digby?

Boone parecia perturbado.

— Eu poderia telefonar, se vocês insistirem. Mas não posso entrar no meio de uma audiência privada.

— Então telefone.

Boone foi poupado do embaraço; a porta se abriu e Mike saiu. Jill olhou para o rosto do rapaz e trilou:

— Mike! Está tudo bem?

— Sim, Jill.

— Vou avisar ao supremo bispo que vocês estão indo — declarou Boone e entrou na saleta. Ele reapareceu imediatamente. — Ele já foi — anunciou. — Tem uma porta dos fundos para o escritório. — Boone sorriu. — Como gatos e cozinheiros, o supremo bispo sai de mansinho. Essa foi uma piada. Ele diz que "adeuses" não somam nada à felicidade. Não se ofendam.

— Não nos ofendemos. Obrigado por uma experiência *muito* interessante. Não, não se incomode, podemos encontrar a saída sozinhos.

CAPÍTULO XXIV

Uma vez no ar, Jubal perguntou:
– Mike, o que você achou daquilo tudo?
Mike franziu o cenho.
– Eu não groko.
– Você não está sozinho, filho. O que o bispo tinha a dizer?
Mike hesitou por um longo tempo.
– Meu irmão Jubal, eu preciso ponderar até que grokar seja.
– Podere à vontade, filho.
– Jubal? – falou Jill. – Como é que eles se safam?
– Se safam com o quê?
– Com tudo. Aquilo não é uma igreja… é um asilo de loucos.
– Não, Jill… *É* sim uma igreja… e o ecletismo lógico dos nossos tempos.
– Hein?
– A Nova Revelação é coisa antiga. Nem Foster nem Digby jamais tiveram um pensamento original. Eles costuraram um monte de truques velhíssimos, passaram uma mão de tinta fresca e abriram o negócio. Um

negócio muito próspero. A coisa que me incomoda é que talvez eu viva para ver aquilo se tornar compulsório para todos.

– Ah, não!

– Ah, sim. Hitler começou com menos, e tudo que ele vendia era ódio. Para um comércio de longo prazo, a felicidade é uma mercadoria muito melhor. Eu sei bem, vivo da mesma trapaça. Como o próprio Digby me lembrou. – Jubal fez uma careta. – Eu deveria ter dado um soco nele. Só que ele me fez gostar de tudo. É por isso que tenho medo dele, ele é esperto. Sabe o que as pessoas querem. Felicidade. O mundo sofreu por um longo século de culpa e medo, e agora Digby lhes diz que não têm nada a perder, nesta vida ou na próxima, e que Deus manda que sejam felizes. Dia após dia, ele continua insistindo: Não tenha medo, tenha *felicidade*.

– Bem, isso é legal – admitiu Jill. – E ele realmente trabalha muito. Mas...

– Bobagem! Ele *se diverte* muito.

– Não, ele me deu a impressão de ser realmente devotado, de que sacrificou tudo para...

– Bobagem! Jill, de todas as asneiras que distorcem o mundo, o conceito de altruísmo é a pior. As pessoas fazem o que querem, todas as vezes. Se elas sofrem ao fazer uma escolha, se essa escolha parece ser um "sacrifício"; você pode ter certeza de que não é nobreza maior que o desconforto causado pela ganância... a necessidade de escolher entre duas coisas quando você não pode ter ambas. O sujeito comum sofre toda vez que escolhe entre gastar um tostão em cerveja ou guardar a grana para os filhos, entre se levantar para ir trabalhar ou perder o emprego. Só que ele sempre escolhe o que machuca menos ou delicia mais. O vigarista e o santo tomam as mesmas decisões numa escala maior. Como Digby faz. Santo ou vigarista, ele não é um dos zés atormentados.

– O que você acha que ele é, Jubal?

– Tem diferença?

– Ah, Jubal, esse seu cinismo é só pose! Claro que tem uma diferença.

– Humm... sim, tem. Espero que ele seja um vigarista... porque um santo pode motivar dez vezes mais confusão. Ignore isso; você classificaria como "cinismo", como se classificar como tal provasse que eu estava errado. Jill, o que incomodou você naquele serviço?

– Bem... *tudo*. Você não pode *me* dizer que *aquilo* é adoração.

— Ou seja, eles não faziam as coisas desse jeito na Igrejinha Marrom que você frequentava quando era criança? Prepare-se, Jill... Eles também não fazem do seu jeito na Basílica de São Pedro. Ou em Meca.

— Sim, mas... Bem, nenhum deles faz as coisas *daquele* jeito! Danças serpenteantes... caça-níqueis... até um bar! Isso não tem nenhuma dignidade!

— Não acho que a prostituição nos templos tivesse dignidade também.

— *Hein?*

— Imagino que uma "besta de duas costas" seja tão cômica a serviço de um deus quanto já é em quaisquer outras circunstâncias. Quanto às danças, bem, você já foi a um serviço shaker? Nem eu; uma igreja que se opõe ao ato sexual não dura. Mas dançar à glória de Deus tem uma longa história. Não precisa ser artístico, os shakers jamais conseguiriam entrar para o Bolshoi, basta que se tenha entusiasmo. Você acha as danças da chuva indígenas irreverentes?

— Isso é diferente.

— Tudo sempre é; e quanto mais se muda, mais se é a mesma coisa. Agora, quanto aos caça-níqueis... Já viu um bingo na igreja?

— Bem... sim. Nossa paróquia usava o bingo para pagar a hipoteca. Mas só nas noites de sexta; não fazíamos essas coisas durante cerimônias *religiosas*.

— E daí? Isso me lembra de uma esposa orgulhosa de sua virtude. Só dormia com outros homens quando o marido estava fora.

— Jubal, os dois casos estão a quilômetros de distância!

— Provavelmente. Analogias são ainda mais escorregadias que lógica. Só que, "mocinha"...

— Sorria enquanto diz isso!

— "É uma piada." Jill, se uma coisa é pecado no domingo, é pecado na sexta-feira; pelo menos é assim que eu groko e talvez um homem de Marte também. A única diferença que eu vejo é que os fosteritas dão de presente, absolutamente grátis, um texto da escritura mesmo se você perder. Os seus bingos poderiam afirmar que faziam o mesmo?

— Escritura falsa! Um texto da Nova Revelação. Chefe, você leu a coisa?

— Eu li.

— Então você sabe. Está só fantasiado em linguagem bíblica. Parte é platitude cafona, uma parte maior é nonsense... e algumas coisas são simplesmente odiosas.

Jubal ficou calado por um longo tempo. Finalmente, falou:

— Jill, você está familiarizada com os textos sagrados do hinduísmo?

– Temo que não.

– O Alcorão? Alguma outra escritura importante? Eu poderia ilustrar meu argumento a partir da Bíblia, mas não gostaria de ferir seus sentimentos.

– Você não vai ferir meus sentimentos.

– Bem, vou usar o Velho Testamento, destruí-lo com lógica não incomoda tanto as pessoas. Você sabe sobre Sodoma e Gomorra? Como Lot foi salvo daquelas cidades pecaminosas quando Jeová as destruiu?

– Ah, é claro. A mulher dele foi transformada num pilar de sal.

– Sempre me pareceu um castigo severo demais. Mas estávamos falando de Lot. Pedro o descreve como um homem justo, devoto e íntegro, atormentado pelas conversas imundas dos ímpios. São Pedro deve ser uma autoridade em virtude, pois a ele foram dadas as chaves ao Reino dos Céus. Só que é difícil ver o que fazia de Lot tamanho paladino. Ele dividiu o pasto do gado por sugestão do irmão. Foi capturado em batalha. Deu no pé da cidade para salvar a pele. Alimentou e acolheu dois estranhos, porém sua conduta demonstra que ele sabia que se tratavam de VIPs; e, pelo Alcorão e minhas próprias luzes, sua hospitalidade contaria mais se ele tivesse pensado que fossem meros mendigos. Além desses itens e do testemunho de caráter de São Pedro, resta apenas uma coisa na Bíblia pela qual podemos julgar a virtude de Lot; uma virtude tão grande que sua vida foi salva por intervenção divina. Veja Gênesis 19, versículo oito.

– O que ele diz?

– Olhe você mesma. Não espero que você acredite em *mim*.

– Jubal! Você é o homem mais irritante que eu já conheci!

– E você é uma garotinha muito linda, então não me incomodo com sua ignorância. Tudo bem; mas olhe você depois. Os vizinhos de Lot bateram à porta dele e queriam conhecer esses sujeitos de outra cidade. Lot não discutiu; ele ofereceu um acordo. Tinha duas filhas, virgens, segundo ele; Lot disse à essa multidão que ele lhes daria as duas meninas e eles poderiam usá-las da forma que quisessem; um estupro coletivo. Ele lhes *implorou* que fizessem com elas qualquer droga de coisa que bem entendessem... desde que parassem de bater à porta dele.

– Jubal... é isso *mesmo* que está escrito?

– Modernizei a linguagem, mas o significado é tão inconfundível quanto uma piscadela de puta. Lot ofereceu deixar que uma gangue de homens; "desde o moço até ao velho", a Bíblia diz, abusasse de duas jovens virgens se ao menos eles não derrubassem sua porta. Ora! – Jubal estava radiante. – Eu deveria ter tentado isso quando o S. S. estava derrubando a *minha* porta! Talvez isso teria *me* garantido um lugar no Céu. – Ele franziu o cenho. – Não, a receita pede "virginis intactae"; e eu não saberia qual de vocês garotas oferecer.

– *Hmmph!* Você não vai descobrir de *mim*.

– Bem, até mesmo Lot poderia estar enganado. Mas foi isso que ele prometeu; suas filhas virgens, jovens e gentis e assustadas, incentivou essa gangue a estuprá-las, se ao menos eles o deixassem em paz! – Jubal fungou. – A Bíblia cita esse verme como sendo um homem *"justo"*.

– Não acho que era assim que aprendíamos na Escola Dominical – respondeu Jill lentamente.

– Diabos, olhe você mesma! Esse não é o único choque que aguarda alguém que *ler* a Bíblia. Considere Eliseu. Era tão ardentemente santo que tocar seus ossos restaurou a vida em um homem morto. Ele era um velho careca, que nem eu. Um dia, algumas crianças fizeram troça da sua calvície, que nem vocês meninas fazem. Então Deus mandou duas ursas para despedaçar 42 crianças. É isso que está escrito, capítulo 2 de II Reis.

– Chefe, eu nunca faço troça da sua cabeça careca.

– Quem foi que mandou meu nome para aqueles charlatões restauradores de cabelos? Quem quer que seja, *Deus* sabe, e ela fará bem em ficar de olho nos ursos. A Bíblia está cheia dessas coisas. Crimes de revirar o estômago são declarados como tendo sido ordenados ou apoiados por Deus... além de, precisa acrescentar, sólido senso comum e regras praticáveis de comportamento social. Não estou condenando a Bíblia; não é o amontoado de lixo pornográfico que serve de escritura sagrada aos hindus. Ou uma dúzia de outras religiões. Mas não estou condenando *eles* também; é concebível que uma dessas mitologias seja a palavra de Deus... que Deus seja realmente o tipo de paranoico que despedaça 42 crianças por zombarem de seu pastor. Não *me* pergunte sobre a sala da diretoria, eu só trabalho aqui. Meu ponto é que a Nova Revelação de Foster é tão paz e amor quanto uma escritura pode ser. O padroeiro do bispo Digby é um cara legal; quer que as pessoas sejam felizes; felizes na Terra mais êxtase eterno no Paraíso. Ele não espera que você castigue a carne. Ah, não! Este é o pacote econômico tamanho família! Se você gosta de beber e jogar e dançar e beijar, venha à igreja e o faça sob os auspícios divinos. Faça com a consciência livre. Divirta-se ao fazê-lo. Viva para valer! Seja feliz!

Jubal não conseguiu parecer feliz.

– É claro que tem um custo; o Deus de Digby espera ser reconhecido. Qualquer um que seja burro o bastante para se recusar a ser feliz nos termos dEle é um pecador e merece qualquer coisa ruim que lhe aconteça. Mas esta regra é comum a todos os deuses, não culpe Foster e Digby. O tônico milagroso deles é ortodoxo em todos os aspectos.

– Chefe, você já parece meio convertido.

– Eu não! Não gosto de danças serpenteantes, desprezo multidões e não deixo que vagabundos me digam aonde ir nos domingos. Simplesmente me oponho a você criticá-los pelos motivos errados. Como literatura, a Nova Revelação se qualifica bem mediana; como deveria, foi composta pelo plágio de outras escrituras. Quanto à lógica interna, as regras mundanas não se aplicam a escritos sagrados; só que aqui a Nova Revelação é bem superior, ela raramente morde o próprio rabo. Tenta reconciliar o Velho e o Novo Testamentos, ou a doutrina budista com a apócrifa budista. Quanto à moral, o fosterismo é a ética freudiana açucarada para pessoas que não conseguem engolir psicologia pura, mesmo que eu duvide que o velho tarado que a escreveu, perdão, "foi inspirado a escrevê-la", soubesse disso, não era nenhum erudito. Porém, ele *estava* em sintonia com seus tempos, ele bebeu do Zeitgeist. Medo e culpa e perda da fé; como ele poderia ter *deixado passar*? Agora cale-se, eu vou tirar uma soneca.

– E quem está falando?

– "A mulher me tentou." – Jubal fechou os olhos.

Ao chegar em casa, eles descobriram que Caxton e Mahmoud tinham vindo passar o dia. Ben tinha ficado decepcionado ao saber que Jill saíra, mas conseguiu aguentar a mágoa na companhia de Anne, Miriam e Dorcas. Mahmoud sempre visitava com o propósito declarado de ver Mike e o dr. Harshaw, porém, ele também tinha demonstrado bravura ao se contentar apenas com a comida, a bebida, o jardim (e as odaliscas) de Jubal para se entreter. Miriam lhe massageava as costas enquanto Dorcas esfregava-lhe a cabeça.

Jubal o contemplou.

– Não se levante.

– Não posso mesmo, ela está sentada em mim. Oi, Mike.

– Oi, meu irmão Fedido, dr. Mahmoud. – Mike então saudou Ben com muita seriedade e pediu licença para se retirar.

– Vá em frente, filho – respondeu Jubal.

– Mike, você almoçou? – indagou Anne.

– Anne, não estou com fome – respondeu ele solenemente, em seguida entrando em casa.

Mahmoud se virou, quase derrubando Miriam.

– Jubal? O que está incomodando nosso filho?

– É mesmo – concordou Ben. – Ele parece mareado.

– Deixem ele. Uma overdose de religião. – Jubal delineou os eventos daquela manhã. Mahmoud franziu o cenho.

– Era mesmo necessário deixar Mike sozinho com Digby? Isso me parece... perdoe-me, irmão, nada sábio.

– Fedido, ele tem que lidar com essas coisas sem se desestabilizar. Você pregou teologia para ele, como Mike me contou. Você pode me dar um motivo pelo qual Digby não deveria ter sua chance? Responda como um cientista, não como muçulmano.

– Sou incapaz de responder a qualquer coisa sem ser como muçulmano – respondeu o dr. Mahmoud em voz baixa.

– Desculpa. Reconheço sua necessidade, mesmo que discorde.

– Jubal, usei a palavra "muçulmano" no seu sentido exato, não como um sectário que Maryam chama incorretamente de "maometano".

– Coisa que eu vou continuar lhe chamando até que você aprenda a pronunciar "Miriam"! Pare de se contorcer.

– Sim, Maryam. *Ai!* Mulheres não deveriam ser musculosas. Jubal, como cientista, encontrei em Michael o prêmio da minha carreira. Como muçulmano, encontro nele uma disposição a se submeter à vontade de Deus... e isso me deixa feliz por ele, mesmo que haja dificuldades, e que ele ainda não groke o que a palavra inglesa para "Deus" quer dizer. – Ele encolheu os ombros. – Nem a palavra árabe para "Alá". Mas, como homem, e sempre como um Escravo de Deus, eu amo este rapaz, nosso filho adotivo e irmão de água, e não gostaria que ele fosse exposto a más influências. Independentemente de suas crenças, esse Digby me parece uma má influência. O que *você* acha?

– *Olé!* – aplaudiu Ben. – Ele é um canalha escorregadio; só não expus sua fraude na minha coluna porque a agência tem medo de publicar. Fedido, continue falando e logo você me verá estudando árabe e comprando um tapete.

– Espero que sim. O tapete não é necessário.

Jubal suspirou.

– Concordo com você. Prefiro ver Mike fumando maconha que convertido por Digby. Mas não acho que exista o menor perigo de Mike ser levado por aquela bagunça sincrética... e ele tem que aprender a resistir contra as más influências. Considero *você* uma boa influência... mas não acho que tenha uma chance muito melhor. O garoto tem uma mente incrivelmente forte. Maomé pode ter que abrir caminho para um novo profeta.

– Se Deus assim desejar – respondeu Mahmoud.

– Isso não deixa espaço para argumentação – concordou Jubal.

– Nós estávamos discutindo religião antes que vocês chegassem – contou Dorcas suavemente. – Chefe, você sabia que as mulheres têm almas?

– Elas *têm*?

– É o que diz Fedido.

– Maryam – explicou Mahmoud –, queria saber por que nós "maometanos" achávamos que só os homens tinham almas.

– Miriam, essa é uma concepção errônea tão absurda quanto a noção de que os judeus sacrificam bebês cristãos. O Alcorão afirma que famílias inteiras entrarão no Paraíso, homens e mulheres juntos. Como exemplo, veja Ornamentos, verso setenta, não é, Fedido?

–"Entrai, jubilosos, no Paraíso, juntamente com as vossas esposas!", isso é tão bem traduzido quanto possível – concordou Mahmoud.

– Bem – respondeu Miriam. – Eu tinha ouvido falar nas belas huris que os homens maometanos usam para brincar no Paraíso, e isso não parecia deixar espaço para esposas.

– Huris – disse Jubal – são criações separadas, como djins e anjos. Elas não precisam de almas, já são espíritos desde o começo, eternos, imutáveis e belos. Também há huris homens, ou o equivalente. Huris não conquistam seu lugar no Paraíso, elas são parte da equipe. Servem comidas deliciosas, distribuem drinques que nunca dão ressaca e entretêm conforme pedidos. Mas as almas das esposas não precisam trabalhar. Correto, Fedido?

– Suficientemente próximo, exceto pela sua escolha irreverente de palavras. As huris... – Ele se sentou tão rapidamente que quase derrubou Miriam. – Digam! Talvez vocês garotas *não* tenham almas!

– Ora, seu cão infiel ingrato! – exclamou Miriam amargamente. – Retire o que disse!

– Paz, Maryam. Se você não tem alma, então é imortal de qualquer maneira. Jubal... será que é possível um homem morrer e não perceber?

— Não poderia dizer, nunca tentei.

— Será que eu morri em Marte e simplesmente sonhei que tinha voltado para casa? Olhem ao seu redor! Um jardim que o próprio Profeta invejaria. Quatro belas huris, servindo comidas maravilhosas e bebidas deliciosas a qualquer hora. Até os correspondentes masculinos estão presentes, se você não for muito exigente. Será que aqui é o Paraíso?

— Garanto que não – asseverou Jubal. – Está na hora de declarar meus impostos.

— Ainda assim, isso não *me* afeta.

— E vamos considerar essas huris. Mesmo que seja estipulado que elas sejam apropriadamente belas; afinal de contas, quem ama o feio bonito lhe parece...

— Elas dão para o gasto.

— E você vai pagar por isso, chefe – acrescentou Miriam.

— Então ainda resta – apontou Jubal – um atributo requerido das huris.

— Hummm... – comentou Mahmoud. – Não precisamos entrar nesse mérito. No Paraíso, em vez de uma condição física temporária, isso seria um atributo espiritual permanente, correto?

— Nesse caso – concluiu Jubal enfaticamente –, eu tenho *certeza* de que estas não são huris.

Mahmoud suspirou.

— Então eu terei que converter uma.

— Por que só uma? Há lugares em que você poderia ter a cota inteira.

— Não, meu irmão. Nas sábias palavras do Profeta, por mais que as Leis permitam quatro, é impossível lidar de forma justa com mais de uma.

— Isso é um alívio. Qual delas?

— Bem, vamos ver. Maryam, você está se sentindo espiritual?

— Vá pro inferno! Me chamar de "huri"!

— Jill?

— Quebra meu galho – protestou Ben. – Estou investindo em Jill.

— Mais tarde, então, Jill. Anne?

— Desculpa, tenho um encontro.

— Dorcas? Você é a minha última chance.

— Fedido – disse ela suavemente. – Quão espiritual você quer que eu me sinta?

* * *

Mike foi para o quarto no segundo andar, fechou a porta, deitou-se na cama em posição fetal, revirou os olhos, engoliu a língua e desacelerou o coração. Jill não gostava que ele fizesse isso durante o dia, mas não se opunha, desde que ele não fizesse em público; *tantas* coisas que ele não podia fazer em público, mas somente esta provocava a ira dela. Estivera esperando desde que saiu daquela sala de erroneidade terrível; tinha precisado muito se retirar e tentar grokar.

Ele fizera algo que Jill tinha lhe mandado não fazer...

Sentiu uma necessidade humana de dizer a si mesmo que fora obrigado, mas seu treinamento marciano não permitia essa fuga. Mike alcançara um ponto crítico, a ação correta fora escolhida, a escolha fora dele. Grokava que tinha escolhido corretamente. Mas seu irmão de água Jill tinha lhe proibido essa escolha...

Só que isso o teria deixado *sem* escolha. Era contradição; num ponto crítico, escolha há. Pela escolha, o espírito cresce.

Teria Jill aprovado caso ele tivesse tomado a outra ação, sem desperdiçar comida?

Não, ele grokava que a injunção de Jill incluía aquela variante.

Naquele momento, o ser gerado por genes humanos e moldado por pensamento marciano, que jamais poderia ser nenhum dos dois, completou um estágio do seu crescimento, irrompeu e deixou de ser um filhote de ninho. A solidão isolada do livre arbítrio predestinado foi então dele e com ela a serenidade marciana para abraçar, apreciar, saborear sua amargura, aceitar suas consequências. Com trágico deleite, ele sabia que este ponto crítico era dele, não de Jill. Seu irmão de água poderia ensinar, acautelar, guiar; mas a decisão no ponto crítico não era compartilhada. Aqui estava a "posse" além da venda, presente, hipoteca; possuidor e possuído grokavam inseparáveis. Ele eternamente *era* a ação que tinha tomado no ponto crítico.

Agora que sabia ele mesmo ser ele, estava livre para grokar ainda mais próximo de seus irmãos, fundir sem deixar. A integridade do eu era e é e sempre foi. Mike parou para apreciar todos seus eus irmãos, os muitos três-cheios em Marte, encarnados e desencarnados, os preciosos poucos na Terra; as desconhecidas potências de três na Terra que seria dele para se fundirem e apreciarem agora que finalmente ele grokava a longa espera e apreciava a si mesmo.

Mike permaneceu em transe; havia muito a grokar, pontas soltas a considerar e encaixar neste crescimento; tudo que ele tinha visto e ouvido e sido no Tabernáculo Arcanjo Foster (não só o ponto crítico quando ele e Digby tinham ficado cara a cara sozinhos)... Por que o bispo senador Boone o tinha deixado cautelosamente inquieto, como a srta. Aurora Ardente tinha gosto de irmão de água quando não era, o cheiro de bondade que ele tinha grokado incompletamente no pular e uivar...

As conversas de Jubal indo e vindo... as palavras de Jubal o incomodavam mais; ele as estudou, comparou com o que lhe tinha sido ensinado quando filhote de ninho, se esforçando em estabelecer uma ponte entre as línguas, aquela com a qual ele pensava e aquela em que ele aprendia a pensar. A palavra "igreja" que aparecia de novo e de novo dentre as palavras de Jubal lhe criavam uma dificuldade complexa; não havia conceito marciano correspondente, a não ser que se pegasse "igreja" e "adoração" e "Deus" e "congregação" e tantas outras palavras e as equalizassem à totalidade da única palavra que ele tinha conhecido durante o crescimento-espera... então forçasse o conceito de volta em inglês numa frase que tinha sido rejeitada (diferentemente por cada um) por Jubal, por Mahmoud, por Digby.

"*Tu és Deus.*" Ele estava mais perto de entendê-la em inglês agora, mesmo que jamais pudesse ter a inevitabilidade do conceito marciano que representava. Na própria mente, Mike falava simultaneamente a frase em inglês e a palavra marciana e se sentiu mais próximo do grokar. Repetindo aquilo como um estudante dizendo a si mesmo que a joia está no lótus, ele afundou no nirvana.

Logo antes da meia-noite Mike acelerou o coração, voltou a respirar normalmente, repassou a lista de checagem, desenrolou-se e se sentou. Antes estivera cansado, agora se sentia leve e alegre e com a mente limpa, pronto para as muitas ações que via se estendendo diante de si.

Sentia uma necessidade de companhia como a de um cachorrinho, tão forte quanto a necessidade anterior por quietude. Saiu para o corredor e se deleitou em encontrar um irmão de água.

– *Oi!*

– Ah, oi, Mike. Nossa, você parece animado.

– Eu me sinto ótimo! Cadê todo mundo?

– Dormindo. Ben e Fedido foram para casa há uma hora, e as pessoas começaram a ir para a cama.

– Ah. – Mike se sentiu desapontado que Mahmoud tivesse partido; ele queria explicar seu novo grokar.

– Eu deveria estar dormindo também, mas fiquei com vontade de comer alguma coisa. Você está com fome?

– Claro, estou com fome!

– Venha, tem um pouco de salada de frango, e vamos ver o que mais. – Eles desceram e carregaram uma bandeja cheia de coisas. – Vamos lá pra fora, está gostoso.

– Uma ótima ideia – concordou Mike.

– Quente o bastante para se nadar. Um verdadeiro veranico. Vou ligar os holofotes.

– Não precisa – respondeu Mike. – Deixa que eu levo a bandeja. – Ele conseguia ver na escuridão quase total. Jubal disse que a visão noturna provavelmente vinha das condições em que ele fora criado, e Mike grokou que era verdade, mas também grokou que não era só isso; seus pais adotivos o tinham ensinado a ver. Quanto à noite estar quente, ele teria ficado confortavelmente nu no monte Evereste, mas os irmãos de água dele tinham pouca tolerância para mudanças de temperatura e pressão; ele demonstrava consideração pela fraqueza deles, depois que ficou sabendo. Porém, esperava ansiosamente pela neve, ver pessoalmente que cada minúsculo cristal da água da vida era um indivíduo único, como tinha lido, andar descalço, rolar nela.

Enquanto isso, ele se deliciava com a noite morna e com a companhia ainda mais deliciosa do irmão de água.

– Certo, pegue a bandeja. Vou ligar as luzes subaquáticas, vai ser suficiente para comer.

– Ótimo. – Mike gostava de ver a luz subindo pelas ondulações da água, era algo muito bom e belo. Eles fizeram um piquenique junto à piscina, depois se deitaram na grama e contemplaram as estrelas.

– Mike, ali está Marte. É Marte, né? Ou seria Antares?

– É Marte.

– Mike? O que eles estão fazendo em Marte?

Ele hesitou; a pergunta era vasta demais para a esparsa língua inglesa.

– No lado próximo ao horizonte, o hemisfério sul, é primavera; estão ensinando as plantas a crescer.

– Ensinando as plantas a crescer?

Ele hesitou de novo.

– Larry ensina as plantas a crescer. Eu o ajudei. Mas meu povo, quer dizer, os marcianos; eu groko agora que *vocês* são meu povo; ensinam as plantas de outro jeito. No outro hemisfério está ficando frio, e as ninfas, aquelas que ficaram vivas até o fim do verão, estão sendo trazidas aos ninhos para o despertar e mais crescimento. – Ele pensou. – Dois humanos que deixamos no equador, um desencarnou, e os outros estão tristes.

– Sim, eu ouvi nas notícias.

Mike não tinha ouvido; ele não soubera até que lhe perguntaram.

– Eles não deveriam estar tristes. O sr. Booker T. W. Jones Técnico de Alimentação de Primeira Classe não está triste; os Anciãos o apreciaram.

– Você conhecia ele?

– Sim. Ele tinha o próprio rosto, escuro e bonito. Mas ele sentia saudades de casa.

– Ah, céus! Mike... você fica com saudades de casa? De Marte?

– No começo eu ficava sim – respondeu ele. – Estava sempre sozinho. – Mike rolou na direção dela e a tomou nos braços. – Mas agora não estou sozinho. Groko que jamais ficarei sozinho de novo.

– Mike, querido. – Eles se beijaram, e continuaram se beijando.

Depois de um tempo, seu irmão de água comentou sem fôlego:

– Ah, nossa! Foi quase pior que da primeira vez.

– Você está bem, meu irmão?

– Sim. Mil vezes sim. Me beije de novo.

Muito tempo depois, pelo relógio cósmico, ela disse:

– Mike? Isso aí é... Quer dizer, "você sabe"...

– Eu sei. É para se aproximar. Agora nós nos aproximamos.

– Bem... eu já estou pronta há muito tempo; céus, *todas* nós estamos, mas... deixa para lá, querido, é só você se virar um pouco. Eu vou ajudar.

Conforme eles se uniram, grokando juntos, Mike sussurrou, triunfante:

– Tu és Deus.

A resposta dela não veio em palavras. Então, quando o grokar dos dois os deixou ainda mais próximos e Mike se sentiu quase pronto para desencarnar, a voz dela o chamou de volta:

– Ah!... *Ah! Tu* és Deus!

– Nós grokamos Deus.

CAPÍTULO XXV

Em Marte os humanos estavam construindo domos pressurizados para o grupo de homens e mulheres que chegaria na nave seguinte. Isso aconteceu mais rápido que o planejado porque os marcianos ajudaram. Parte do tempo economizado foi empregado numa estimativa preliminar de um plano de longa distância para libertar o oxigênio preso nas areias de Marte, assim tornando o planeta mais amistoso às futuras gerações humanas.

Os Anciãos nem ajudaram nem atrapalharam tal plano; não era ainda tempo. Suas meditações estavam se aproximando de um ponto crítico violento que ia moldar a arte marciana pelos próximos milênios. Na Terra, as eleições continuavam, e um poeta muito avançado publicou uma edição limitada de versos consistindo apenas em sinais de pontuação e espaços. A revista *Time* fez uma resenha e sugeriu que o Diário Oficial da Assembleia da Federação fosse traduzido para tal meio.

Foi iniciada uma campanha colossal para vender mais órgãos sexuais de plantas, e a sra. Joseph ("Sombra da Grandeza") Douglas afirmou o seguinte: "Não me sentaria a uma mesa sem flores tanto quanto não me sentaria a uma mesa sem guardanapos". Um swami tibetano de Palermo, Sicília, anunciou em Beverly Hills uma recém-descoberta disciplina ancestral de yoga de respiração que amplificava tanto o prana quanto a atração cósmica entre os sexos. Seus discípulos tinham que assumir a postura matsyendra vestindo fraldas feitas à mão enquanto ele lia o Rigveda em voz alta e um guru assistente examinava suas bolsas numa outra sala... nada era roubado; os propósitos eram menos imediatos.

O presidente dos Estados Unidos proclamou o primeiro domingo de novembro como sendo o "Dia Nacional das Avós" e encorajou a América a comemorar com flores. Uma cadeia de funerárias foi indiciada por práticas irregulares de preços. Os bispos fosteritas, depois de um conclave secreto, anunciaram o segundo Grande Milagre da Igreja: o supremo bispo Digby tinha feito o translado corporal ao Paraíso e fora promovido a Arcanjo, em posto igual, mas posterior, ao Arcanjo Foster. A divulgação da notícia gloriosa tinha sido adiada até a confirmação celestial da elevação do novo supremo bispo, Huey Short, um candidato aceito pela facção de Boone apenas depois dos votos serem lançados repetidamente.

L'Unita e *Hoy* publicaram condenações idênticas da ascensão de Short, *l'Osservatore Romano* e *Christian Science Monitor* a ignoraram, *Times of India* riram dela e o *Guardian* de Manchester simplesmente deu a notícia; os fosteritas ingleses eram poucos, mas muito militantes.

Digby não ficou feliz com a promoção. O Homem de Marte o tinha interrompido com o trabalho inacabado, e aquele idiota imbecil do Short com certeza estragaria tudo. Foster ouviu com paciência angelical até que Digby terminou, e então respondeu:

— Escute aqui, Júnior, você agora é um anjo, então esqueça essas coisas. A eternidade não é lugar para recriminações. Você também era um idiota imbecil até me envenenar. Depois você foi muito bem. Agora que Short é o supremo bispo, ele vai servir muito bem, não tem como evitar. A mesma coisa vale para os papas. Alguns deles foram bestas até serem promovidos. Pode perguntar a um deles, vá em frente; não temos inveja profissional por aqui.

Digby se acalmou, mas fez um pedido.

Foster balançou o halo.

— Você não pode tocá-lo. Não deveria nem ter tentado. Ah, você pode entrar com uma solicitação de milagre, se quiser fazer papel de palhaço. Mas eu já vou avisando, vai ser rejeitado; você ainda não entende o sistema. Os marcianos têm lá o esquema deles, diferente do nosso e, enquanto precisarem dele, nós não podemos tocá-lo. Eles tocam o show do jeito deles; o universo é variado, tem alguma coisa para todo mundo; um fato que vocês, trabalhadores em campo, frequentemente deixam de perceber.

– Você quer dizer que esse moleque pode me tocar para escanteio e eu tenho que ficar quieto?

– Eu fiquei quieto do mesmo jeito, não fiquei? Estou ajudando você agora, não estou? Agora olha, tem trabalho a ser feito, e muito. O chefe quer desempenho, não reclamação. Se você precisar de um dia de folga para se acalmar, dá um pulo no Paraíso Muçulmano e relaxa. Caso contrário, ajeite seu halo, endireite suas asas e ponha mãos à obra. Quanto antes você agir como um anjo, mais rápido você se sentirá angelical. Fique feliz, Júnior!

Digby suspirou profunda e etereamente.

– Certo, estou feliz. Por onde começo?

Jubal não tinha ouvido falar no desaparecimento de Digby quando foi anunciado e, ao ficar sabendo, sentiu uma leve desconfiança, que logo desconsiderou; se Mike tivesse alguma coisa a ver com aquilo, tinha escapado; e o que acontecia aos supremos bispos não preocupava Jubal em nada, desde que não viessem incomodá-lo.

Seu lar estava passando por um tumulto. Jubal deduziu o que tinha acontecido, mas não descobriu com quem; e não queria investigar. Mike era de idade legal e presumivelmente capaz de se defender num aperto. De qualquer maneira, já estava na hora do rapaz ser iniciado.

Jubal não conseguiu reconstituir o crime com base na forma como as garotas se comportavam porque os padrões continuavam se alterando; ABC versus D, depois BCD versus A... ou AB versus CD, ou AD versus CB, passando por todas as formas como quatro mulheres poderiam brigar entre si.

Isso continuou pela maior parte da semana que se seguiu àquela infeliz visita à igreja, e nesse período Mike ficou no seu quarto, geralmente num transe tão profundo que Jubal o teria pronunciado morto se já não o tivesse visto antes. Jubal não teria se incomodado se a qualidade do serviço não tivesse ido para o inferno. As garotas pareciam passar metade do tempo entrando no quarto na ponta dos pés para "ver se estava tudo bem com Mike", e se elas estavam preocupadas demais para cozinhar, quanto mais para serem secretárias. Até mesmo Anne, que era sólida como uma rocha... Diabos, Anne era a pior! Distraída, dada a lágrimas inexplicáveis... Jubal teria apostado a própria vida que, se Anne testemunhasse o Segundo Advento, ela memorizaria data, hora, participantes, eventos e pressão barométrica sem piscar os calmos olhos azuis.

Na tarde de quinta-feira, Mike acordou, e de repente era ABCD a serviço de Mike, "menos que a poeira sob as rodas de sua carruagem". As garotas voltaram a trabalhar para Jubal, então ele se considerou sortudo e deixou tudo quieto... exceto por um pensamento irônico que, se ele exigisse uma confrontação, Mike poderia quintuplicar os salários delas simplesmente mandando um cartão-postal a Douglas; mas as garotas de qualquer forma apoiariam Mike.

Com a tranquilidade doméstica restaurada, Jubal não se incomodou que seu reino fosse governado por um mordomo do Palácio. As refeições eram pontuais e estavam mais gostosas do que nunca; quando ele gritava "À frente!", a garota que aparecia estava feliz, com olhos brilhantes e eficiente. Assim sendo, Jubal não dava a mínima para quem dos dois tinha o maior cortejo de garotinhos. Ou garotinhas.

Além disso, a mudança em Mike era interessante. Antes daquela semana, Mike tinha sido dócil de uma forma que Jubal classificava como neurótica; agora ele tinha tanta autoconfiança que Jubal o teria descrito como metido se Mike não tivesse continuado a ser infalivelmente polido e atencioso.

O rapaz aceitava a reverência das meninas como se fosse um direito natural; parecia mais velho que a idade que tinha, ao invés de mais novo; sua voz ficou mais grave, ele falava de forma enérgica em vez de tímida. Jubal decidiu que Mike tinha se juntado à raça humana; podia dar alta ao paciente.

Exceto (Jubal se lembrou) por um detalhe: Mike ainda não ria. Ele era capaz de rir de uma piada e às vezes não pedia que as explicassem. Mike era animado, até mesmo alegre; mas nunca ria.

Jubal decidiu que isso não era importante. O paciente estava são, saudável e humano. Poucas semanas antes Jubal teria achado uma cura implausível. Era humilde o bastante para não reivindicar o crédito; as garotas tinham mais a ver com o resultado. Ou deveria ele dizer "a garota"?

Desde a primeira semana de sua estada, Jubal tinha dito a Mike quase diariamente que ele era bem-vindo... mas que deveria botar o pé na estrada e ver o mundo assim que se sentisse capaz. Assim sendo, não deveria ter ficado surpreso quando Mike anunciou, num café da manhã, que estava partindo. Só que ele ficou surpreso; mais espantoso ainda, magoado.

Ocultou o sentimento usando o guardanapo sem necessidade.

— E então? Quando?

— Estamos indo hoje.

— Hum. Plural. Será que Larry, Duke e eu vamos ter que aguentar nossa própria culinária?

— Conversamos sobre isso – respondeu Mike. – Preciso de alguém, Jubal; ainda não sei como as pessoas fazem as coisas, cometo erros. Deveria ser Jill, porque ela quer continuar aprendendo marciano. Mas pode ser Duke ou Larry, se você não puder dispensar uma das meninas.

— Eu tenho direito a voto?

— Jubal, é você quem decide. Sabemos disso.

(Filho, você provavelmente contou sua primeira mentira. Duvido que eu poderia segurar até mesmo Duke se você estivesse determinado.)

— Acho que deveria ser Jill. Mas, vejam bem, crianças; este é seu lar.

— Sabemos disso; vamos voltar. Novamente vamos compartilhar água.

— Nós vamos, filho.

— Sim, pai.

— *Hã!*

— Jubal, não existe palavra em marciano para "pai". Mas ultimamente eu grokei que você é meu pai. E de Jill.

Jubal deu uma olhada em Jill.

— Humm, eu groko. Cuidem-se.

— Sim. Venha, Jill. – Eles se foram antes que Jubal se levantasse da mesa.

CAPÍTULO XXVI

Era um parque de diversões itinerante como qualquer outro; brinquedos, algodão doce, os mesmos pequenos golpes de sempre para separar os otários de seus dólares. A palestra sobre sexo se rendeu às opiniões locais sobre Darwin, as dançarinas vestiam o que os policiais locais decretavam, Fenton, o Destemido, realizou seu Salto Desafiador antes do último chamado. O show de variedades não tinha um mentalista, mas um mágico; não tinha mulher barbada, mas um meio-homem, meio-mulher; nenhum engolidor de espadas, mas um engolidor de fogo; nenhum homem tatuado, mas uma mulher tatuada que também era encantadora de serpentes, e que, para o grand finale, aparecia "completamente *nua!...* vestida apenas em carne viva nua e desenhos exóticos!". Qualquer pato que achasse um centímetro quadrado de pele não tatuada abaixo do pescoço ganharia vinte dólares.

O prêmio continuava à disposição. A sra. Paiwonski posava em "carne viva nua"; a dela mesma e de uma jiboia com mais de quatro metros chamada Docinho de Coco; com a cobra envolvendo seu corpo tão estrategicamente que a Aliança dos Pastores não poderia reclamar. Como proteção adicional (para a jiboia), ela ficava num banquinho num tanque de lona contendo uma dúzia de serpentes.

Ainda por cima, a iluminação era ruim.

Só que a propaganda da sra. Paiwonski era honesta. Até morrer, seu marido tivera um estúdio de tatuagem em San Pedro; quando o movimento ficava devagar, eles se decoravam mutuamente. No fim, as ilustrações em seu corpo ficaram tão completas do pescoço para baixo, que não havia mais espaço para uma reprise. Ela tinha orgulho de ser a mulher mais ilustrada do mundo, pela mão do melhor artista do mundo; era essa a opinião que ela tinha do marido.

Patricia Paiwonski convivia com vigaristas e pecadores ilesa; ela e o marido tinham sido convertidos pelo próprio Foster, ela frequentava a Igreja da Nova Revelação mais próxima onde quer que estivesse. Teria dispensado alegremente qualquer cobertura no grand finale porque estava vestida com a convicção de que era uma tela para arte religiosa superior a qualquer coisa encontrada em museus ou catedrais. Quando ela e George viram a luz, ainda havia mais ou menos 0,3 m² da pele de Patricia intocados; antes dele morrer, ela passou a carregar uma narrativa ilustrada da vida de Foster, de seu berço cercado de anjos ao dia de glória quando ele foi levado ao seu lugar designado.

Infelizmente, muito dessa história sagrada tinha que ficar coberto. Mas ela podia mostrar em reuniões de Felicidade fechadas nas igrejas que ela visitava, se o pastor assim pedisse, o que quase sempre acontecia. Patricia não sabia pregar, não sabia cantar, nunca foi inspirada a falar em línguas; mas ela era uma testemunha viva da luz.

Seu número era o penúltimo; isso lhe dava tempo de guardar as fotografias e depois se esgueirar detrás da lona de fundo para o grand finale. Enquanto isso, o mágico se apresentava.

Dr. Apolo distribuiu anéis de aço e pediu à audiência que verificasse que cada um deles era sólido; então solicitou que segurassem os anéis de forma que ficassem sobrepostos; e tocou cada um deles com a varinha. Os elos formaram uma corrente. Ele pousou a varinha no ar, aceitou uma tigela de ovos da assistente e fez malabarismo com meia dúzia. O malabarismo não atraiu muitos olhos, a assistente recebia muito mais olhares. Ela vestia mais que as moças no show de mulheres; mesmo assim, a chance de ela ter tatuagens em algum lugar parecia muito pequena. Os otários mal perceberam quando os seis ovos se tornaram cinco, depois quatro... três, dois; finalmente o dr. Apolo jogava apenas um ovo ao ar.

– Os ovos estão cada vez mais escassos! – comentou ele, jogando o último ovo para a plateia. Deu as costas e ninguém pareceu notar que o ovo nunca chegou ao seu destino.

Dr. Apolo chamou um garotinho à plataforma.

– Filho, sei o que você está pensando. Você acha que eu não sou um mágico de verdade. Por isso, você vai ganhar um dólar. – Ele entregou ao menino uma nota de um dólar, que desapareceu.

– Ah, nossa! Vamos lhe dar mais uma chance. Pegou? Agora pode cair fora daqui, você já deveria estar em casa dormindo. – O menino saiu correndo com o dinheiro. O mágico franziu o cenho. – Madame Merlin, o que nós deveríamos fazer agora?

A assistente sussurrou algo para ele, que balançou a cabeça.

– Não na frente dessa gente toda?

Ela sussurrou de novo, ele suspirou.

– Amigos, Madame Merlin quer ir para a cama. Será que algum de vocês, cavalheiros, poderia ajudar?

Ele piscou diante da multidão que se ofereceu.

– Ah, é gente demais! Quais de vocês estiveram no exército?

Ainda havia voluntários demais; dr. Apolo escolheu dois e disse:

– Tem um catre do exército debaixo da plataforma, basta levantar a lona; agora, vocês poderiam montá-lo na plataforma? Madame Merlin, vire-se para este lado, por favor.

Enquanto os homens montavam o catre, o dr. Apolo fazia passes no ar.

– Durma... durma... você está dormindo. Amigos, ela está em transe profundo. Os cavalheiros que prepararam a cama poderiam por favor colocar a madame nela? Com cuidado... – Com rigidez cadavérica, a garota foi transferida para o catre.

– Obrigado, cavalheiros. – O mágico recuperou a varinha do ar, apontou para uma mesa no fim de sua plataforma; um lençol se ergueu dos outros apetrechos e veio até ele. – Abram isto em cima dela. Cubram-lhe a cabeça, não é educado espiar uma dama adormecida. Obrigado. Agora, se vocês puderem descer... Ótimo! Madame Merlin, você pode me ouvir?

– Sim, dr. Apolo.

– Você estava dormindo pesado. Agora se sente mais leve. Está dormindo nas nuvens. Está flutuando... – A forma coberta por um lençol se ergueu uns trinta centímetros. – Opa! Não fique leve demais.

– Quando eles puseram o lençol sobre ela – explicou um garoto num sussurro –, ela desceu por um alçapão. Aquilo é só uma armação de arame. Ele vai tirar o lençol, aí a armação se desmonta e desaparece. Qualquer um poderia fazer.

O dr. Apolo o ignorou.

– Mais alto, Madame Merlin. Mais alto. Aí... – A silhueta oculta flutuou dois metros acima da plataforma.

– Tem uma haste de aço que não dá para ver – sussurrou o jovem. – Fica ali onde o canto do lençol fica pendurado e toca o catre.

Dr. Apollo solicitou voluntários para remover o catre.

– Ela não precisa dele, está dormindo nas nuvens – Virou-se para a forma flutuante e pareceu prestar atenção. – Mais alto, por favor. Ah? Ela diz que não quer mais o lençol.

(– É agora que a armação desaparece.)

O mágico arrancou o lençol, a audiência mal percebeu que este sumiu. Estavam olhando para Madame Merlin, dormindo dois metros acima da plataforma. Um companheiro do menino que sabia tudo sobre mágica perguntou:

– Cadê a haste de aço?

– Você tem que olhar onde eles não querem que você olhe – respondeu o menino. – É o jeito que eles montam as luzes para brilhar nos nossos olhos.

– Já chega, bela princesa – disse o dr. Apolo. – Me dê sua mão. Acorde! – Ele a puxou para que ficasse ereta e a ajudou a descer até a plataforma.

(– Está vendo onde ela botou o pé? *Ali* que a haste foi parar. – O menino acrescentou com satisfação: – É só um truque.)

– E agora, amigos – continuou o mágico –, por favor, assistam ao nosso erudito palestrante, professor Timoshenko...

O apresentador o interrompeu.

– Não vão embora! Para esta apresentação exclusivamente em conjunto com o Conselho Universitário e o Departamento de Segurança desta maravilhosa cidade, oferecemos esta nota de vinte dólares absolutamente de graça para qualquer um de vocês que...

A plateia foi convertida ao grand finale; os *carnies* começaram a empacotar as outras atrações. Eles embarcariam num trem na manhã seguinte, as tendas de habitação ficariam de pé para que que os *carnies* dormissem, mas os garotos das lonas já afrouxavam as estacas da tenda principal.

O apresentador/dono/gerente voltou à tenda, tendo apressado o grand finale e despejado os otários pela saída dos fundos.

– Smitty, não vá embora. – Entregou um envelope ao mágico e acrescentou: – Garoto, odeio lhe dizer isso, mas você e sua esposa não vão pra Paducah.

– Eu sei.

– Olha, não é nada pessoal; eu tenho que pensar no show. Arranjamos uma equipe de mentalistas, eles fazem um número de leitura de mentes dos bons, e então ela cuida de uma barraca de cartomante e frenologia enquanto ele lê a bola de cristal. Você sabia que não tinha garantia de temporada.

– Eu sei – concordou o mágico. – Sem mágoas, Tim.

– Bem, fico feliz de você pensar assim. – O apresentador hesitou. – Smitty, quer um conselho?

– Eu gostaria de receber seu conselho – respondeu o mágico.

– Certo. Smitty, seus truques são bons. Mas os truques não fazem o mágico. Você não manja das malandragens. Se comporta como um *carnie*, cuida da sua vida, não atrapalha o número de ninguém e é prestativo. Só que você não é um *carnie*. Você não tem o instinto para sacar o que faz um pato ser um pato. Um mágico de verdade consegue fazer os otários ficarem de boca aberta simplesmente tirando uma moeda do ar. Aquela levitação que você faz; nunca vi melhor, mas os otários não se empolgam. Não tem psicologia. Agora, eu mesmo, por exemplo, não consigo nem tirar uma moeda do ar. Não tenho nenhum truque, exceto aquele que conta. Eu conheço os otários. Sei o que eles querem, mesmo quando eles não sabem. Isso é o dom do espetáculo, filho, quer você seja um político, um pastor socando um púlpito, ou um mágico. Descubra o que os patos querem, e você pode deixar metade dos seus apetrechos no baú.

– Tenho certeza de que você está certo.

– Eu sei que estou. O pato quer sexo e sangue e dinheiro. Nós não lhe damos sangue; mas deixamos que tenha a esperança de que um engolidor de fogo ou um atirador de facas cometa um erro. Não lhe damos dinheiro; encorajamos sua ganância enquanto lhe tomamos um pouco. Não lhe damos sexo. Mas por que sete em cada dez compram o grand finale? Para ver uma mina peladona. Então ele não vê nada e nós *ainda* o mandamos pra casa feliz.
– Ele continuou: – O que mais um pato quer? Mistério! Ele quer achar que o mundo é um lugar romântico quando não é nada disso. Esse é o *seu* trabalho... só que você ainda não aprendeu como. Droga, filho, os otários sabem

que seus truques são falsos... só que gostariam de acreditar que são reais, e é você quem tem que ajudar. É isso que lhe falta.

— E como eu consigo isso, Tim?

— Droga, você tem que aprender sozinho. Mas, bem, essa ideia que você tinha de se chamar de "Homem de Marte". Você *não pode* oferecer aos patos aquilo que eles não vão engolir. Eles já *viram* o Homem de Marte, nas fotos ou no estéreo. Você parece um pouco com ele... mas, mesmo que você fosse irmão gêmeo do cara, os otários *sabem* que não vão encontrá-lo num show de variedades. É como anunciar um engolidor de espadas como o "presidente dos Estados Unidos". Um pato *quer* acreditar... mas não vai deixar que você insulte a pouca inteligência dele. Até um pato tem um tantinho de cérebro.

— Vou me lembrar.

— Eu falo demais, hábito de apresentador. Vocês, meninos, vão ficar bem? Como vai a carteira? Diabos, eu não deveria... mas vocês precisam de um empréstimo?

— Obrigado, Tim. Não está nos faltando.

— Bem, se cuidem. Tchau, Jill. — Ele saiu apressado.

Patricia Paiwonski veio pelos fundos, vestindo um robe.

— Crianças? Tim cortou seu número.

— Estamos saindo de qualquer jeito, Pat.

— Tô tão fula que tô com vontade de pular fora.

— Ora, Pat...

— Deixar ele sem um grand finale! Ele pode arranjar números... Mas um grand finale que os palhaços não reclamem é difícil de achar.

— Pat, Tim tem razão. Eu não tenho o dom do espetáculo.

— Bem... Vou ficar com saudades. Ah, nossa! Olha, o show não vai embora até o amanhecer... venham para minha tenda e fiquem um pouco.

— Melhor ainda, Patty, venha com a gente — disse Jill. — Que tal mergulhar numa banheirona de água quente?

— Hum, vou levar uma garrafa.

— Não precisa — respondeu Mike. — Eu sei o que você bebe, e a gente tem lá.

— Bem... vocês estão no Imperial, não é? Vou verificar se meus bebês estão bem e avisar a Docinho de Coco que vou sair. Depois pego um táxi. Meia hora, no máximo!

Eles saíram de carro, com Mike nos controles. Era uma cidade pequena, sem sistema de controle robô; Mike dirigia exatamente na velocidade máxima permitida, se enfiando em espaços que Jill não via até que eles já tivessem passado. Mike o fazia sem esforço. Jill estava aprendendo como; Mike estendia sua percepção de tempo até que fazer malabarismo com ovos ou correr em meio ao tráfego fosse fácil, tudo em câmera lenta. Ela refletiu que isso era curioso num homem que, apenas meses antes, tinha ficado confuso com cadarços de sapato.

Eles não se falavam; era difícil conversar com mentes em tempos diferentes. Em vez disso, Jill pensou na vida que eles levavam, contemplando-a e apreciando-a, em conceitos de marciano e inglês. Toda vida dela, até conhecer Mike, Jill vivera sob a tirania do relógio, primeiro como uma garota na escola, depois como uma garota grande numa escola mais difícil, por fim no hospital lidando com as pressões da rotina.

A vida no parque de diversões não era nada parecida. Tirando ficar parada sendo bonita várias vezes por dia, ela nunca tinha que fazer nada num horário específico. Mike não se importava se eles comiam uma ou seis vezes por dia, e qualquer arrumação que ela fizesse na casa estava boa para ele. Eles tinham uma barraca própria; em muitas cidades, não saíam do terreno desde a chegada até a partida. O parque era um ninho onde os problemas do mundo exterior não entravam.

Claro, todo terreno ficava cheio de otários; mas ela tinha aprendido o ponto de vista dos *carnies*: otários não eram gente, eram bolhas cuja única função era cuspir a grana.

O parque de diversões tinha sido um lar feliz. As coisas não haviam sido assim no começo, quando eles saíram ao mundo para melhorar a educação de Mike. Eram reconhecidos repetidamente e às vezes tinham dificuldades em escapar, não apenas da imprensa, mas de infinitas pessoas que pareciam acreditar que tinham direito de exigir coisas de Mike.

No fim, Mike pensou seus traços em linhas mais maduras e fez outras mudanças. Isso, mais o fato de eles frequentarem lugares onde o Homem de Marte jamais seria esperado, lhes conquistou privacidade. Por volta dessa época, quando Jill ligou para casa para passar um novo endereço de correspondência, Jubal sugeriu uma história de fachada e, alguns dias depois, Jill leu que o Homem de Marte tinha entrado em retiro num monastério tibetano.

O retiro tinha acontecido na "Lanchonete do Hank", numa cidade no meio do nada, com Jill trabalhando de garçonete e Mike de lavador de pratos. Mike tinha um jeito rápido de limpar os pratos quando o chefe não estava olhando. Eles ficaram nesse emprego uma semana, e seguiram adiante, às vezes trabalhando, às vezes não. Visitavam bibliotecas públicas quase diariamente depois que Mike descobriu a existência delas; ele tinha pensado que a coleção de Jubal continha uma cópia de todos os livros do planeta. Depois que ficou sabendo da maravilhosa verdade, eles ficaram em Akron quase um mês; Jill fez muitas compras – quando Mike estava com um livro, era quase como se ele não estivesse por perto.

Mas os Shows Combinados e Explosões de Diversão de Baxter tinham sido a melhor parte da peregrinação sem destino deles. Jill lembrou com uma risada a vez quando – em que cidade? – o show de mulheres foi todo preso. Não tinha sido justo; elas sempre trabalhavam com tudo combinado previamente: sutiãs ou não, luzes azuis ou luzes fortes, qualquer que fossem as condições. Mesmo assim, o xerife levou todo mundo e o juiz de paz parecia disposto a engaiolar as meninas. O parque fechou, e os *carnies* foram à audiência, além de um monte de patos que babavam pela chance de olhar algumas "mulheres sem-vergonha". Mike e Jill tinham ficado no fundo do tribunal.

Jill tinha deixado bem claro a Mike que ele nunca deveria fazer nada extraordinário onde pudesse ser percebido. Só que Mike grokou um ponto crítico...

O xerife estava testemunhando sobre "atentado ao pudor" (e gostando muito) quando subitamente o xerife e o juiz ficaram completamente nus.

Jill e Mike escaparam durante a confusão; todas as rés foram embora também. O parque foi desmontado e partiu para uma cidade mais honesta. Ninguém conectou o milagre a Mike.

Jill para sempre guardaria com carinho a lembrança da expressão na cara do xerife. Começou a falar com Mike em sua mente, para lembrá-lo como aquele caipira tinha ficado engraçado. Mas o idioma marciano não incluía nenhum conceito para engraçado; ela não tinha como dizer. Eles compartilhavam de uma ligação telepática crescente, mas só em marciano.

(– *Sim, Jill?*) – a mente dele respondeu.

(– *Mais tarde.*)

Chegaram ao hotel, ela sentiu a mente dele desacelerando ao estacionar. Jill preferia acampar no parque; exceto por uma coisa: banheiras. Chuveiros eram legais, mas nada se comparava a uma enorme banheira de água quente, entrar nela e *relaxar*! Por isso às vezes eles se hospedavam em hotéis e alugavam um carro. Mike não compartilhava do ódio de Jill por sujeira no começo do treinamento. Agora era tão limpo quanto ela, mas só porque ela o treinou de novo. Mike conseguia se manter imaculado sem se lavar, assim como nunca visitou um barbeiro depois que soube como Jill queria que seu cabelo crescesse. Só que Mike continuava gostando de se afundar na água da vida como sempre gostou.

O Imperial era antigo e gasto, mas a banheira da "suíte nupcial" era grande. Jill foi até ela, e ao entrarem, quando a banheira começou a encher, não ficou surpresa ao se perceber nua para o banho. Mike, querido! Ele sabia que Jill gostava de fazer compras, e a forçava a ceder à fraqueza mandando à terra do nunca qualquer roupa que ele sentisse que não a deleitava mais. Teria feito isso diariamente se ela não tivesse avisado que um excesso de roupas novas chamaria a atenção no parque de diversões.

– Obrigada, querido! – ela exclamou. – Vamos entrar.

Mike tinha se despido ou sumido com as roupas – a segunda opção, Jill decidiu. Mike não se interessava nem um pouco em comprar roupas. Não via sentido nelas além da proteção contra o tempo, uma fraqueza que ele não compartilhava. Eles entraram de frente um para o outro. Jill pegou água com a mão em concha, tocou os lábios, ofereceu a Mike. O ritual não era necessário; ela simplesmente gostava de lembrar a eles dois algo que jamais seria esquecido, por toda eternidade.

– Eu estava pensando em como aquele xerife horrível ficou engraçado quando ficou pelado – disse ela.

– Ele ficou engraçado?

– Ah, sim, se ficou!

– Explique por que ele ficou engraçado. Não vejo a piada.

– Hã... Não acho que consigo. Não foi uma piada, não foi como trocadilhos e coisas que podem ser explicadas.

– Não grokei que ele era engraçado – disse Mike. – Nos dois homens, o juiz e o policial, eu grokei erroneidade. Se eu não soubesse que isso iria desagradar você, eu os teria mandado embora.

– Mike, querido. – Ela tocou o rosto dele. – Bom Mike. Foi melhor ter feito o que você fez. Eles nunca vão se livrar disso, não vai ter mais nenhuma prisão por atentado ao pudor naquela cidade pelos próximos cinquenta anos. Vamos falar de outra coisa. Eu queria comentar que lamento que nosso número tenha fracassado. Fiz o melhor que pude ao escrever a arenga, mas também não sou nenhuma *showman*.

— Foi culpa minha, Jill. Tim fala direitamente, eu não groko patos. Mas isso me ajudou a estar com o parque... Grokei mais perto de patos a cada dia.

— Você não pode mais chamá-los de patos ou otários agora que saímos do parque. Só pessoas; nada de "patos".

— Eu groko que eles são patos.

— Sim, querido. Mas não é educado.

— Eu vou me lembrar.

— Você já decidiu aonde vamos?

— Não. Quando a hora chegar, eu saberei.

Era verdade, Mike sempre sabia. Desde sua mudança inicial da docilidade à dominância, tinha se tornado cada vez mais forte e seguro. O garoto que tinha se cansado mantendo um cinzeiro no ar agora podia não só erguer Jill enquanto fazia outras coisas, mas também era capaz de exercer qualquer força necessária; Jill recordava um terreno enlameado onde um caminhão tinha atolado. Vinte homens tentavam libertá-lo, quando Mike acrescentou seu ombro; a roda traseira afundada se levantou. Mike, mais sofisticado agora, não deixou que ninguém desconfiasse.

Ela se lembrou de quando ele finalmente grokou que o pré-requisito da "erroneidade" para mandar coisas embora se aplicava apenas a itens vivos e grokantes; o vestido dela não precisava ter "erroneidade". A regra era para filhotes de ninho; um adulto era livre para fazer conforme grokasse.

Jill se perguntou qual seria a próxima mudança nele. Mas ela não se preocupou; Mike era bom e sábio.

— Mike, não seria legal ter Dorcas e Anne e Miriam aqui na banheira também? E Pai Jubal e os rapazes... Ah, nossa família inteira!

— Precisa de uma banheira maior.

— Quem se importa com o aperto? Quando vamos fazer outra visita em casa, Mike?

— Groko que será logo.

— "Logo" marciano? Ou "logo" terráqueo? Tanto faz, querido, será quando a espera for preenchida. Isso me lembra que tia Patty vai chegar logo logo, e eu estou falando "logo" da Terra. Me lave?

Jill se levantou, o sabonete decolou da saboneteira e viajou por todo o corpo dela, voltou ao seu lugar e a camada aplicada se agitou em espuma.

— Aaah! Faz cosquinha.

— Enxaguar?

– Eu mergulho. – Ela se agachou, chapinhou e se levantou. – Bem na hora também.

Alguém batia à porta.

– Querida, você está decente?

– Já vou, Pat! – gritou Jill, e acrescentou, ao sair da banheira: – Me seque, por favor?

Imediatamente, ela estava seca, sem deixar nem pegadas molhadas.

– Querido? Você vai se lembrar de vestir roupas? Patty é uma dama, não é que nem eu.

– Eu vou lembrar.

CAPÍTULO XXVII

Jill pegou um *négligé* e se apressou até a sala de estar.

– Entre, querida, estávamos tomando banho; Mike logo vai sair. Vou lhe servir um drinque, depois você pode tomar o segundo na banheira. Não falta água quente.

– Tomei uma ducha depois de botar Docinho de Coco para dormir, mas... sim, eu adoraria um banho de banheira. Só que Jill, minha linda, não vim aqui para usar sua banheira; vim porque estou chateadíssima que vocês estejam nos deixando.

– Não vamos perder o contato com você. – Jill se ocupou dos copos. – Tim tinha razão. Mike e eu precisamos dar uma guaribada no nosso número.

– O número de vocês não é ruim. Precisa de algumas risadas, talvez, mas... Oi, Smitty. – Ela lhe ofereceu uma mão enluvada. Fora do parque, a sra. Paiwonski sempre vestia luvas, vestidos de gola alta e meia-calça. Ela parecia ser (e era) uma viúva respeitável de meia-idade que tinha mantido a silhueta esbelta.

– Estava dizendo a Jill – continuou ela – que vocês têm um bom número.

Mike sorriu.

— Pat, não brinque com a gente. É uma porcaria.

— Não é não, querido. Ah, poderia ter um pouco mais de energia. Algumas piadas. Ou vocês poderiam diminuir um pouco a fantasia de Jill. Você tem um belo corpo, meu bem.

Jill balançou a cabeça.

— Não adiantaria.

— Bem, eu conheci um mágico que vestia a assistente à moda dos anos 90... 1890, quer dizer, não mostrava nem as pernas. Então ele fazia uma peça de roupa desaparecer de cada vez. Os otários amavam. Não me leve a mal, querida, não era nada de grosseiro. Ela terminava tão vestida quanto você está agora.

— Patty, eu faria nosso número nua em pele se os palhaços não fossem fechar o show.

— Você não poderia, meu bem. Os otários começariam uma revolta. Só que, se você tem o corpo, por que não usá-lo? Até onde eu iria como mulher tatuada se não despisse tudo que eles me deixam despir?

— Falando em roupas — comentou Mike —, você não parece muito confortável, Pat. O ar-condicionado deste pardieiro está ruim, deve estar fazendo quase uns 35°C. — Ele vestia um robe leve, suficiente para os modos relaxados dos *carnies*. O calor o afetava muito pouco; às vezes precisava ajustar o metabolismo. Só que a amiga deles estava acostumada ao conforto de quase nada, e adotava as roupas para esconder as tatuagens quando saía em meio aos otários. — Por que não ficar confortável? "Não tem ninguém aqui exceto por nós, galinhas." — Era uma piada, apropriada para enfatizar que os amigos tinham privacidade; Jubal tinha lhe explicado.

— Claro, Patty — concordou Jill. — Se você estiver sem nada por baixo, posso emprestar alguma coisa.

— Hum... bem, eu realmente vesti uma das minhas fantasias.

— Então não seja formal com os amigos. Eu ajudo com seus zíperes.

— Deixe-me tirar essas meias e sapatos — Patricia continuou falando enquanto tentava pensar em como abordar o assunto da religião. Abençoados sejam, esses meninos estavam prontos para se tornarem suplicantes, disso ela tinha certeza; só que ela contara com a temporada inteira para levá-los à luz. — A questão do show business, Smitty, é que você precisa entender os otários. Se você fosse um mágico de *verdade*; ah, não quero dizer que você não seja habilidoso, meu bem, você *é*. — Ela guardou as meias nos sapatos e deixou que

Jill lhe abrisse os zíperes. – Eu quero dizer, como se você tivesse um pacto com o Diabo. Mas os otários sabem que é prestidigitação. Então você precisa de uma apresentação leve, animada. Você já viu algum engolidor de fogo com uma assistente bonita? Céus, uma garota bonita serviria apenas para atrapalhar o número *dele*; os otários estão esperando que ele se incendeie.

Patricia tirou o vestido por cima da cabeça; Jill o pegou e a beijou.

– Agora você está mais natural, tia Patty. Sente-se e tome seu drinque.

– Só um segundo, querida. – A sra. Paiwonski rezou por orientação. Bem, as imagens falariam por si mesmas; foi por isso que George as colocou ali. – Agora, é *isto* que eu tenho a oferecer para os otários. Vocês alguma vez já olharam, *olharam* mesmo para minhas imagens?

– Não – admitiu Jill. – Não queríamos ficar encarando, como um par de otários.

– Então encarem agora, queridos, foi por isso que George, abençoada seja sua alma no Paraíso, as colocou em mim. Para serem encaradas e estudadas. Aqui, debaixo do meu queixo, está o nascimento do nosso profeta, o santo Arcanjo Foster; só um bebê inocente que não sabia o que o Céu guardava para ele. Mas os anjos já sabiam; estão vendo eles em volta do neném? A cena seguinte é o primeiro milagre dele, quando um jovem pecador na escolinha onde ele estudava atirou num pobre passarinho… e aí Foster pegou o bichinho, fez carinho e ele saiu voando ileso. Agora tenho que lhes virar minhas costas. – Explicou que George não tinha mais uma tela em branco quando sua obra-prima foi iniciada; como, com gênio inspirado, George tinha transformado "Ataque a Pearl Harbor" em "Armagedom", e "Paisagem de Nova York" em "A Cidade Sagrada". – Só que – ela admitiu –, mesmo que agora cada centímetro seja de imagens sagradas, isso forçou George a registrar cada momento chave na vida terrena de nosso profeta fora de ordem. Aqui vocês o veem pregando nos degraus do seminário teológico ímpio que o rejeitou, foi a primeira vez que ele foi preso, o começo da Perseguição. E em volta, na minha espinha, está ele esmagando imagens idólatras… e depois na cadeia, com a luz sagrada descendo do céu. Então os Poucos Fiéis invadiram aquela cadeia…

(O Reverendo Foster tinha percebido que, na defesa da liberdade religiosa, os socos-ingleses, cassetetes e uma disposição em sair na porrada com os policiais era mais importante que a resistência passiva. Aquela seria uma igreja militante desde o princípio. Mas ele fora um estrategista; batalhas aconteciam onde a artilharia pesada estava do lado do Senhor.)

— ...o resgataram e cobriram o falso juiz que o colocou ali com piche e penas. Aqui na frente... hã, não dá para ver muito, meu sutiã está cobrindo. Pena.

(— *Michael, o que ela quer?*)

(— *Tu sabes. Diga-lhe.*)

— Tia Patty — disse Jill gentilmente. — Você quer que a gente veja todas as imagens, não quer?

— Bem... é como Tim diz ao anunciar meu número: George usou toda a minha pele para deixar a história completa.

— Se George teve tanto trabalho, ele queria que elas fossem vistas. Tire sua fantasia. Eu lhe falei que não me importaria em trabalhar no nosso número nua em pelo; e o nosso é só diversão. *O seu* tem um propósito... um propósito sagrado.

— Bem... Se vocês quiserem. — Ela cantou um aleluia em silêncio. Foster a sustentava; com sorte abençoada e as imagens de George, ela faria essas crianças queridas verem a luz.

— Eu abro para você.

(— *Jill...*)

(— *Não, Michael?*)

(— *Espere.*)

Com espanto atordoado, a sra. Paiwonski percebeu que suas calçolas e sutiã de lantejoulas tinham desaparecido! Jill não ficou surpresa quando seu *négligé* sumiu e só um tanto surpresa quando o robe de Michael evaporou; ela atribuiu aquilo aos bons modos felinos dele.

A sra. Paiwonski arfou. Jill a abraçou.

— Calma, querida, está tudo bem. Mike, você precisa explicar.

— Sim, Jill. Pat...

— Sim, Smitty?

— Você disse que meus truques eram prestidigitação. Estava prestes a tirar sua fantasia... então eu o fiz para você.

— Mas *como?* E onde foi parar?

— No mesmo lugar que a roupa de Jill e o meu robe. Foram-se.

— Não se preocupe, Patty — contribuiu Jill. — A gente paga uma nova. Mike, você não deveria ter feito isso.

— Desculpa, Jill. Eu grokei que estava tudo bem.

— Bem, talvez esteja. — Tia Patty não estava muito aborrecida; e jamais o demonstraria, ela era *carnie*.

Sra. Paiwonski não se preocupava com dois trapos, nem com a nudez, dela ou deles. Mas ela se incomodava muito com um problema teológico.

— Smitty? Aquilo foi mágica *de verdade?*

— Acho que você chamaria assim — concordou ele, usando as palavras com exatidão.

— Eu prefiro chamar de milagre — retrucou ela com franqueza.

— Chame assim, se preferir. Não foi prestidigitação.

— Eu sei disso. — Ela não estava com medo, Patricia Paiwonski não tinha medo de nada, sendo sustentada pela fé. Mas estava preocupada com os amigos. — Smitty... olhe nos meus olhos. Você fez um pacto com o Diabo?

— Não, Pat, eu não fiz.

Ela continuou vasculhando seus olhos.

— Você não está mentindo...

— Ele não sabe como mentir, tia Patty.

— ...então é um milagre. Smitty... você *é* um homem santo!

— Eu não sei, Pat.

— Arcanjo Foster não soube até a adolescência... Mesmo que já tivesse feito milagres antes disso. Você é um homem santo, eu sinto. Acho que já senti quando conheci vocês.

— Eu não sei, Pat.

— Acho que ele pode ser — admitiu Jill. — Só que ele não sabe. Michael... já contamos demais agora para não contar o resto.

— Michael! — Patty repetiu de repente. — Arcanjo Michael, mandado a nós em forma humana.

— Patty, por favor! Se ele é isso mesmo, ele não sabe...

— Ele não saberia necessariamente. Deus realiza suas maravilhas do seu próprio jeito.

— Tia Patty, você poderia *por favor* me deixar falar?

Logo a sra. Paiwonski ficou sabendo que Mike era o Homem de Marte. Ela concordou em tratá-lo como homem, ao mesmo tempo em que declarou que manteria sua própria opinião quanto à natureza dele e o motivo de estar na Terra; Foster tinha sido um homem de verdade mas tinha sido também e *sempre* um arcanjo. Se Jill e Michael insistiam que não eram salvos, ela os trataria conforme eles pediam; Deus escreve certo por linhas tortas.

— Acho que você poderia nos chamar de "suplicantes" — disse-lhe Mike.

– Já chega, meus queridos! Tenho certeza de que vocês já estão salvos; mas o próprio Foster foi um suplicante nos seus primeiros anos. Eu vou ajudar.

Ela participou de mais um milagre. Eles se sentaram no tapete; Jill se deitou e fez a sugestão a Mike mentalmente. Sem arenga ou apetrechos, Mike a ergueu. Patricia observou com felicidade serena.

– Pat – disse Mike então. – Deite-se bem reta.

Ela obedeceu com tanta presteza quanto se fosse o próprio Foster pedindo. Jill virou a cabeça.

– Não era melhor você me baixar, Mike?

– Não, eu consigo.

A sra. Paiwonski se sentiu ser gentilmente erguida. Não estava assustada, sentia um êxtase religioso irresistível como calor iluminando suas entranhas, fazendo lágrimas lhe subirem aos olhos; não sentia tamanho poder desde que o santo Foster a tocara. Mike aproximou as duas e Jill a abraçou; suas lágrimas cresceram com soluços gentis de alegria.

Mike baixou as duas ao chão e não estava cansado; não conseguia se lembrar da última vez que se cansou.

– Mike... precisamos de água – disse Jill.

(– ????)

(– *Sim*) – a mente dela respondeu.

(– *E?*)

(– *De necessidade elegante. Por que você acha que ela veio aqui?*)

(– *Eu sabia. Não tinha certeza se você sabia... ou aprovaria. Meu irmão. Meu eu.*)

(– *Meu irmão.*)

Mike mandou um copo até o banheiro, fez que a torneira da pia o enchesse, veio de volta até Jill. A sra. Paiwonski observou com interesse, estava além do espanto.

– Tia Patty, isso é como ser batizada... e como se casar. É... uma coisa marciana. Significa que você confia na gente, e nós confiamos em você... podemos contar qualquer coisa a você, e você pode nos contar qualquer coisa... e que somos parceiros, agora e para sempre. Só que, uma vez feito, não pode ser rompido jamais. Se você romper, nós morreremos imediatamente. Salvos ou não. Se nós rompermos... Mas não vamos romper. Não compartilhe da água conosco se não quiser, vamos continuar sendo amigos. Se isso interferir com sua fé, não faça. Não pertencemos à sua igreja. Talvez jamais pertenceremos. "Suplicantes" é o máximo que você poderá nos chamar. Mike?

– Nós grokamos – concordou Mike. – Pat, Jill fala direitamente. Eu queria poder lhe dizer isso em marciano, ficaria mais claro. Mas isto é tudo que o casamento é, e muito mais. Somos livres para oferecer água... porém, se houver qualquer motivo em sua religião ou coração para não aceitar, então *não beba*!

Patricia Paiwonski respirou fundo. Ela já tinha tomado uma decisão assim antes... com o marido assistindo... e não tinha fugido. Quem era ela para recusar um homem santo? E sua noiva abençoada?

– Eu quero – decidiu ela com firmeza.

Jill deu um golinho.

– Nos aproximamos mais e mais. – Passou o copo a Mike.

– Agradeço-lhe a água, meu irmão. – Ele deu um golinho. – Pat, eu lhe dou a água da vida. Que você sempre beba profundamente. – Passou o copo a ela. Patricia o aceitou.

– Obrigada. Obrigada, ah meus queridos! A "água da vida"; eu amo vocês dois! – Ela bebeu sedenta.

Jill aceitou o copo e terminou.

– Agora nós nos aproximamos, meus irmãos.

(– *Jill?*)

(– *Agora!!!*)

Michael ergueu seu novo irmão, levou-a pelo ar e a pousou gentilmente na cama.

Valentine Michael Smith grokava que o amor físico humano (tão físico e tão humano) não era simplesmente uma fertilização de ovos, nem era um ritual pelo qual se aproximava; o ato *em si* era uma aproximação. Ele ainda estava grokando, tentando a cada oportunidade grokar sua completude. Tinha há muito tempo desistido de afastar-se da forte suspeita de que nem mesmo os Anciãos tinham conhecido *este* êxtase; grokava que seu novo povo continha profundidades espirituais únicas. Com felicidade tentou auscultá-las, sem inibições infantis que lhe causassem culpa ou relutância de qualquer tipo.

Seus professores humanos, gentis e generosos, tinham instruído a inocência dele sem feri-la. O resultado era tão único quanto Mike.

Jill não ficou surpresa ao notar que Patty aceitava com completude direta que compartilhar água com Mike numa cerimônia marciana muito antiga levava imediatamente a compartilhar do próprio Mike num ritual humano antigo. Jill estava um tanto surpresa com a calma aceitação de Pat quando Mike se provou capaz de milagres ali também. Só que Jill não sabia que Patricia já tinha encontrado um homem santo antes; ela *esperava* mais de homens santos. Jill ficou serenamente feliz que um ponto crítico tivesse sido recebido com uma ação correta... depois ficou entusiasticamente feliz em se aproximar também.

Na hora de descansarem, Jill fez Mike regalar Patty com um banho por telecinese, dando gritinhos e risadinhas enquanto a outra mulher fazia o mesmo. Aquilo havia sido uma brincadeira de Mike para Jill da primeira vez; mas agora tinha se tornado um costume de família, um que Jill sabia que Patty iria gostar. Jill se divertiu ao ver o rosto de Patty quando ela percebeu que estava sendo lavada por mãos invisíveis, depois secada sem toalha ou sopro de ar.

– Depois disso, preciso de um drinque. – Patricia piscou.

– Com certeza, querida.

– E eu *ainda* quero mostrar a vocês, meninos, minhas imagens. – Os três foram até a sala de estar, e Patty se sentou no meio do tapete. – Primeiro, olhem para mim. Para *mim*, não minhas figuras. O que vocês veem?

Mike removeu as tatuagens em sua mente e olhou para seu novo irmão sem suas decorações. Ele gostava das tatuagens; elas a individualizavam e faziam dela um eu. Davam a Patty um sabor levemente marciano; ela não tinha a mesma uniformidade insossa da maioria dos humanos. Pensou em se tatuar todo, quando grokasse o que deveria ser desenhado. A vida de seu pai, irmão de água Jubal? Mike ponderaria a questão. Jill poderia querer ser tatuada também. Quais desenhos fariam Jill mais belamente Jill?

O que Mike viu quando olhou para Pat sem tatuagens não o agradou tanto; ela parecia como uma mulher precisava parecer para ser mulher. Mike ainda não grokava a coleção de fotos de Duke; elas lhe ensinaram que havia variedade em tamanhos, formas e cores de mulheres e alguma variedade nas acrobacias do amor; mas, além dessas coisas ele não conseguia grokar nada que pudesse aprender das amadas fotos de Duke. O treinamento de Mike tinha feito dele um observador preciso, mas o mesmo treinamento o deixara sem sensibilidade aos sutis prazeres do voyeurismo. Não era que ele não achasse mulheres (incluindo, enfaticamente, Patricia Paiwonski) sexualmente estimulantes, mas o estímulo não acontecia ao vê-las. Olfato e toque contavam mais; no que ele era semi-humano, semimarciano. O reflexo marciano paralelo (tão escandaloso quanto um espirro) era ativado por esses sentidos, mas só poderia ser ativado no cio; "sexo" em Marte era tão romântico quanto alimentação intravenosa.

Sem as imagens, Mike notou nitidamente mais uma coisa: Patricia tinha seu próprio rosto, marcado em beleza por sua vida. Ele percebeu maravilhado que ela tinha seu próprio rosto ainda mais que Jill. Sentiu por Pat mais de uma emoção que ainda não chamava de amor.

Ela tinha seu cheiro também, e sua própria voz. Era rouca, e Mike gostava de escutar mesmo quando não grokava o que ela queria dizer; seu odor era misturado a um traço de almíscar amargo do trato com as cobras. Mike gostava das serpentes e conseguia cuidar das venenosas; não apenas estendendo o tempo para evitar os botes. Elas grokavam com ele, que saboreava os pensamentos inocentes e impiedosos delas; as cobras o lembravam de casa. Mike era a única outra pessoa que podia cuidar de Docinho de Coco com prazer para a jiboia. O torpor dela era tal que outros poderiam tratá-la, porém somente Mike ela aceitava como substituto de Pat.

Mike deixou as imagens reaparecerem.

Jill se perguntou por que tia Patty tinha se deixado tatuar. Ela seria muito bonita, se não fosse uma revista em quadrinhos ambulante. Só que ela amava Patty em si, não sua aparência, e aquilo lhe provia um sustento constante... até que ficasse tão velha que os otários não pagariam para vê-la nem que as figuras tivessem sido feitas por Rembrandt. Jill torceu para que Patty estivesse guardando um bom dinheiro debaixo do colchão, depois lembrou que tia Patty agora era um irmão de água, e compartilhava da fortuna infinita de Mike. Jill se sentiu acalentada por isso.

— Bem? — repetiu a sra. Paiwonski. — O que vocês veem? Quantos anos eu tenho, Michael?

— Eu não sei.

— Adivinhe.

— Não consigo, Pat.

— Ah, vá em frente!

— Patty — intercedeu Jill. — Ele realmente não consegue. Mike não aprendeu a estimar idades; você sabe quão pouco tempo ele esteve na Terra. E Mike pensa em anos marcianos e aritmética marciana. Quando é questão de tempo ou números, eu faço para ele.

— Bem... você adivinhe então, meu bem. Seja sincera.

Jill deu uma boa olhada em Patty toda, notando sua silhueta esbelta, mas também mãos, garganta e olhos, depois descontou cinco anos apesar da honestidade devida a um irmão de água.

— Humm, uns trinta, mais ou menos um ano.

A sra. Paiwonski riu.

— Esse é um dos bônus da Verdadeira Fé, meus queridos! Jill, meu bem, estou batendo na casa dos cinquenta.

— Mas não parece!

— É isso que a Felicidade faz, querida. Depois do meu primeiro filho, deixei minha silhueta ir para o saco; fiquei completamente desleixada. Minha barriga parecia de grávida de seis meses. Meus seios estavam caídos, e eu nunca fiz operação. Vocês podem ver por si mesmos. Claro, um bom cirurgião não deixa cicatriz... Mas em *mim* ficaria *evidente*, meu bem; abriria buracos em duas imagens. — Ela prosseguiu. — Então eu vi a luz! Não, nada de exercício ou dieta... eu como que nem um porco. Felicidade, meu doce. Felicidade perfeita no Senhor por meio da ajuda do abençoado Foster.

— É incrível — comentou Jill. Tia Patty certamente não tinha feito dieta ou exercícios durante todo tempo que elas conviveram, e Jill sabia o que era cortado numa mamoplastia; aquelas tatuagens nunca tinham visto uma faca.

Mike presumiu que Pat tinha aprendido a pensar seu corpo como ela queria que ele fosse, quer ela acreditasse que era por causa de Foster ou não. Ele estava ensinando aquele controle a Jill, mas ela teria que aperfeiçoar seu conhecimento de marciano antes que fosse perfeito. Não havia pressa, esperar resolveria. Pat continuou:

— Eu queria que vocês *vissem* o que a fé pode fazer. Só que a verdadeira mudança é por dentro. Felicidade. O bom Senhor sabe que não sou dotada com línguas, mas tentarei explicar. Primeiro você precisa perceber que todas as outras supostas igrejas são armadilhas do Diabo. Nosso querido Jesus pregou a Verdadeira Fé, assim disse Foster, e eu realmente acredito. Mas na Idade das Trevas as palavras dEle foram tão distorcidas e mudadas que até Jesus não as reconheceria mais. Então Foster foi enviado para proclamar uma Nova Revelação e deixar as palavras claras de novo.

Patricia Paiwonski apontou com o dedo e subitamente era uma sacerdotisa trajada em dignidade santa e símbolos místicos.

— Deus quer que sejamos felizes. Ele encheu o mundo de coisas para nos fazer felizes. Deus deixaria o suco de uva virar vinho se Ele não quisesse que a gente bebesse e ficasse alegre? Poderia deixar continuar suco, ou então transformar num vinagre que não faria ninguém rir. Não é a *verdade?* É claro que Ele não quer que a gente fique completamente embriagado e bata na mulher e negligencie os filhos... Ele deu coisas boas para a gente *usar*, não abusar. Se você tem vontade de tomar uma bebida ou seis, dentre amigos que já viram a luz, e isso faz você querer dançar e agradecer a Deus por sua bondade... por que não? Deus fez o álcool e Deus fez os pés; ele os fez de modo que você possa juntar as duas coisas e ser feliz!

Ela fez uma pausa.

– Encha o copo de novo, meu doce; pregar dá muita sede. Pouco refrigerante, esse uísque é do bom. E não é só isso. Se Deus não quisesse que as pessoas olhassem para as mulheres, Ele as teria feito feias; é razoável, não é? Deus não é trapaceiro, Ele montou o jogo Ele mesmo. Não ia armar para que os otários não pudessem ganhar, como alguma roleta armada num parque de diversões. Ele não mandaria ninguém ao inferno por ter perdido um jogo sabotado.

Patty tomou um gole e continuou:

– Muito bem! Deus quer que a gente seja feliz e ele nos disse como: "Amai-vos uns aos outros!". Ame uma serpente se a pobre criatura precisar de amor. Amai o próximo... e castigue apenas os corruptores de Satanás que querem levá-lo para longe do caminho certo, pelo abismo abaixo. E por "amor" Ele não quis dizer aquelas breguices de velha virgem que tem medo de levantar os olhos do hinário por medo de ver alguma tentação da carne. Se Deus odeia a carne, *por que então Ele fez tanta dela?* Deus não é fresco. Ele fez o Grande Cânion e os cometas riscando o céu e ciclones e garanhões e terremotos; pode um Deus que é capaz de fazer tudo isso dar meia-volta e praticamente molhar as calças só porque uma gatinha se inclinou um pouco e um cara viu um peitinho? Vocês sabem que não é assim, queridos, e eu também! Quando Deus nos mandou amar, Ele não estava aplicando um golpe na gente, estava *falando sério*. Amem bebezinhos que sempre precisam de novas fraldas e amem homens fortes e fedidos para que haja mais bebês para se amar... e entre um e outro, continue sempre amando porque é tão *bom* amar!

Ela fez mais uma pausa.

– É claro que isso não significa vender esse amor, assim como uma garrafa de uísque não significa que eu tenho que encher a cara, sair brigando e espancar um policial. Você não pode vender amor e não pode comprar felicidade, nenhum dos dois têm etiqueta de preço... e, se você achar que tem, o caminho para o Inferno está sempre aberto. Porém, se você der com um coração aberto e receber aquilo de que Deus tem um suprimento ilimitado, o Diabo não pode lhe tocar. Dinheiro? – Ela olhou para Jill. – Querida, você faria aquela coisa de compartilhar água com alguém, digamos, por 1 milhão de dólares? Melhor, 10 milhões, isentos de impostos.

– Claro que não. (– *Michael, você groka isto?*)

(– *Quase em completude, Jill. A espera é.*)

– Então você vê, meu bem? Eu sabia que havia amor na água. Vocês são suplicantes, muito próximos da luz. Mas, já que vocês dois, a partir do amor que há em vocês, "compartilharam da água e se aproximaram", como Mike diz, eu posso lhes contar coisas que não poderia dizer a um suplicante...

* * *

O reverendo Foster – ordenado por si mesmo ou ordenado por Deus, dependendo da autoridade citada – havia tido um instinto mais forte para tomar o espírito de seu tempo do que o de um *carnie* habilidoso avaliando um otário. A cultura conhecida como "América" sofria de dupla personalidade ao longo da sua existência. Suas leis eram puritanas; seu comportamento oculto tendia a ser rabelaisiano; suas religiões majoritárias eram apolíneas; suas renovações religiosas quase dionisíacas. Durante o século 20 (Era Cristã Terráquea) não havia lugar na Terra onde o sexo fosse tão vigorosamente suprimido, e nenhum lugar onde houvesse um interesse tão profundo por ele.

Foster tinha duas características em comum com todos os grandes líderes religiosos do planeta: uma personalidade extremamente magnética, e sua conduta sexual não se encaixava na norma humana. Na Terra, grandes líderes religiosos eram sempre ou celibatários, ou a antítese disso. Foster não era celibatário.

Assim como suas esposas e sacerdotisas também não eram; a conclusão de um renascimento sob a Nova Revelação incluía um ritual singularmente adequado à aproximação.

Na história terráquea, muitos cultos usaram a mesma técnica, mas não numa escala tão grande na América antes do tempo de Foster. O reverendo foi expulso de mais de uma cidade antes de aperfeiçoar um método que lhe permitiria expandir seu culto caprídeo. Pegou emprestado partes da maçonaria, do catolicismo, do partido comunista e da avenida Madison, assim como também se apropriou de escrituras anteriores ao compor sua Nova Revelação.

Dourou a pílula como um retorno ao cristianismo primitivo. Organizou uma igreja exterior aberta a todos. Em seguida havia uma igreja intermediária, que vista de fora era a "Igreja da Nova Revelação", os salvos felizes que pagavam dízimo gozavam de todos os benefícios dos negócios anexos cada vez mais vastos da igreja e celebravam num carnaval sem fim de *alegria, alegria, alegria*! Seus pecados eram perdoados, e muito pouca coisa era pecaminosa desde que eles contribuíssem com a igreja, lidassem honestamente com irmãos fosteritas, condenassem pecadores e continuassem felizes. A Nova Revelação não encorajava especificamente a luxúria, mas ficava bem mística ao discutir a conduta sexual.

A igreja intermediária fornecia as tropas de choque. Foster pegou emprestado um truque dos sindicalistas radicais do começo do século 20; se uma comunidade tentasse suprimir um movimento fosterita, os fosteritas convergiriam àquela cidade até que nem cadeias nem policiais pudessem mais aguentá-los. Os policiais eram surrados e as cadeias, derrubadas.

Se um promotor fosse precipitado o bastante para forçar um indiciamento, era impossível fazer que colasse. Foster (depois de aprender na própria carne) cuidava para que processos judiciais fossem considerados perseguição sob a letra da lei; nenhuma condenação de um fosterita enquanto fosterita jamais foi mantida pela Suprema Corte; nem, mais tarde, pelo Supremo Tribunal.

Dentro da igreja visível havia a igreja interior, um núcleo sólido de gente exclusivamente dedicada que compunha o sacerdócio, os líderes leigos, todos os guardiões de chaves e mentores políticos. Estes eram "renascidos", além do pecado, com o paraíso garantido, e únicos celebrantes dos mistérios internos.

Foster os selecionava com muito cuidado, pessoalmente, até que a operação ficou grande demais. Procurava por homens como ele mesmo, e por mulheres como suas esposas-sacerdotisas: dinâmicos, completamente convictos, teimosos e livres (ou capazes de serem libertos, uma vez que a culpa e a insegurança fossem purgadas) de ciúmes no seu sentido mais humano; e todos eles potenciais sátiros e ninfas, pois a igreja secreta era aquele culto dionisíaco que faltava à América, e para o qual havia um enorme potencial de mercado.

Ele era muito cauteloso; se um candidato ou candidata fosse casado, então marido e mulher precisavam ser escolhidos. Candidatos solteiros precisavam ser sexualmente atraentes e agressivos; e ele deixava bem claro aos seus pastores que o número de homens precisava ser igual ou maior que o número de mulheres. Em lugar nenhum estava registrado que Foster tivesse estudado cultos semelhantes anteriores na América, mas ele sabia ou sentia que a maioria deles tinha fracassado porque a concupiscência possessiva de seus pastores levava ao ciúme. Foster nunca cometeu tal erro; nem uma vez ele guardou uma mulher para si mesmo, nem mesmo aquelas com quem se casava.

Foster também não tinha muita pressa em expandir seu grupo central; a igreja intermediária era mais que suficiente para saciar as necessidades mais leves das massas. Se uma cerimônia de renovação resultasse em dois casais capazes de "Casamento Celestial", Foster ficava contente. Se não resultasse em nenhum, ele deixava que as sementes germinassem e mandava um pastor e pastora experientes para nutri-las.

Sempre que possível, testava os casais candidatos pessoalmente, com uma sacerdotisa. Já que esses casais já estavam "salvos" pelo que constava à igreja intermediária, ele corria pouco risco: nenhum com a mulher, e ele sempre avaliava o homem antes de deixar a sacerdotisa ir adiante.

Antes de ser salva, Patricia Paiwonski era jovem, casada e "muito feliz". Ela tinha um filho, respeitava e admirava seu marido muito mais velho. George Paiwonski era um homem generoso e afetuoso com apenas uma fraqueza; só que essa fraqueza às vezes o deixava bêbado demais para demonstrar esse afeto depois de um longo dia. Patty se considerava uma mulher de sorte; era verdade que George ocasionalmente ficava afetuoso com uma cliente... bem afetuoso, se fosse de manhã; e, é claro, tatuar exigia privacidade, especialmente com mulheres. Patty era tolerante, às vezes tinha encontros com clientes homens, depois que George começou a beber cada vez mais.

Só que havia um vazio na vida dela, que não foi preenchido nem quando um cliente agradecido lhe deu uma cobra; seria despachada para longe, ele disse, e não poderia ficar com ela. Patty gostava de animais e não tinha fobia de cobras; fez um lar para a serpente na vitrine e George fez uma bela imagem em quatro cores como fundo: "Não pise em mim!". Isso virou uma tatuagem bem popular.

Patty comprou mais cobras, e elas foram um conforto. Só que ela era filha de um sujeito da Irlanda do Norte e de uma mulher de Cork; a trégua armada entre os pais dela a deixou sem religião.

Ela já era uma "suplicante" quando Foster pregou em San Pedro; tinha conseguido fazer George frequentar alguns domingos, mas ele não tinha visto a luz.

Foster os trouxe à luz, eles fizeram suas confissões juntos. Quando Foster voltou seis meses depois, os Paiwonski eram tão dedicados que ele lhes deu atenção pessoal.

— Nunca tive um minuto de dúvida desde o dia que George viu a luz — contou ela a Mike e Jill. — Ele ainda bebia... mas só na igreja, e nunca demais. Quando nosso líder santo voltou, George já tinha iniciado seu Grande Projeto. Naturalmente, queríamos mostrá-lo a Foster... — A sra. Paiwonski hesitou. — Meninos, eu não deveria lhes contar isso.

— Então não conte — declarou Jill enfaticamente. — Patty, minha querida, não queremos que você *jamais* faça nada que não te deixe confortável. "Compartilhar água" tem que ser confortável.

— Hã... na verdade *eu quero*! Mas lembre que isto é assunto da Igreja, então vocês não podem contar a ninguém... assim como eu não contaria a ninguém sobre *vocês*.

Mike concordou com a cabeça.

— Aqui na Terra nós chamamos de assunto de "irmão de água". Em Marte não há problema... mas aqui eu groko que às vezes há. Assunto de "irmão de água" você não repete.

— Eu... eu "groko". É uma palavra engraçada, mas eu estou aprendendo. Muito bem, meus queridos, este é assunto de "irmão de água". Vocês sabiam que *todos* os fosteritas são tatuados? Os *verdadeiros* membros da Igreja, quer dizer, aqueles que são eternamente salvos para sempre e mais um dia... que nem eu? Ah, não, não quero dizer tatuados no corpo inteiro, mas... está vendo isso aqui? Bem em cima do meu coração? É o beijo santo de Foster. George deu um jeito de deixar parecendo parte da figura... para que ninguém pudesse adivinhar. Mas é o beijo dele; e Foster *o colocou ali pessoalmente!* — Ela parecia orgulhosa ao ponto do êxtase.

Eles a examinaram.

— É uma marca de beijo — comentou Jill admirada. — Como se alguém tivesse beijado você aí usando batom. Achei que fizesse parte daquele pôr do sol.

— Sim, isso mesmo, foi como George resolveu. Por que você não pode mostrar o beijo de Foster a ninguém que não tiver um beijo de Foster... e eu nunca tinha feito isso, até agora. Só que — insistiu ela — vocês vão ter um também, algum dia, e quando vocês tiverem, quero ser eu tatuando vocês.

— Não entendi, Patty — comentou Jill. — Como que ele poderia *nos* beijar? Afinal, ele está... lá no Céu.

— Sim, querida, ele está. Deixe-me explicar. Qualquer pastor ou pastora pode lhe dar o beijo de Foster. Ele significa que Deus está no seu coração, que Deus é parte de você... para sempre.

Mike ficou atento de repente.

— Tu és Deus!

— Hã, Michael? Bem, nunca ouvi dito assim. Mas realmente expressa essa ideia... Deus está em você e por você e com você, e o Diabo não pode alcançá-lo.

— Sim — concordou Mike. — Você groka Deus. — Ele pensou feliz que estava mais perto de conseguir transmitir o conceito do que nunca... exceto que Jill estava aprendendo, em marciano. O que era inevitável.

— Essa é a ideia, Michael. Deus... groka você; e você está casado em santo amor e eterna felicidade com sua Igreja. O pastor ou pastora beija você, e a marca é tatuada para mostrar que é para sempre. Não precisa ser tão grande assim, a minha é do tamanho e formato exatos dos lábios abençoados de Foster, e pode ser colocado em qualquer lugar para escondê-lo de olhos pecadores. Qualquer lugar onde não será notado. E aí você mostra quando vai a um encontro de Felicidade dos eternamente salvos.

— Ouvi falar desses encontros de Felicidade — comentou Jill. — Mas nunca soube muito bem o que eles são.

— Bem — começou a sra. Paiwonski judicialmente —, há encontros de Felicidade e encontros de Felicidade. Aqueles para membros comuns, que são salvos mas podem ter recaídas, são divertidos. Grandes festas onde só há o tanto de reza que vier com felicidade, e muito da energia que faz uma festa ser boa. Talvez um pouco de amor para valer, mas é melhor tomar cuidado com quem e como, porque você não pode nunca ser uma semente da discórdia entre a irmandade. A Igreja é *muito* estrita quanto a manter as coisas nos seus devidos lugares. — E continuou: — Mas um encontro de Felicidade para os eternamente salvos, bem, você não precisa tomar cuidado porque não haverá *ninguém* ali capaz de pecar; tudo será resolvido e deixado para trás. Se você quiser beber até desmaiar... tudo bem, é a vontade de Deus, ou você não iria querer. Você tem vontade de se ajoelhar e rezar, ou sair cantando, ou rasgar suas roupas e dançar; é o que Deus quer. Ninguém lá poderia de alguma forma ver algum problema com essas coisas.

— Parece uma baita de uma festa — comentou Jill.

— Ah, se é... Sempre! E você fica cheio de êxtase celestial. Se acordar na manhã seguinte com um dos irmãos eternamente salvos, ele estará lá porque

Deus assim desejou, para deixar você toda abençoadamente feliz. Todos eles têm o beijo de Foster; eles são *seus*. – Ela franziu o cenho. – Parece um pouco com "compartilhar água". Você entende?

– Eu groko – concordou Mike.

(– *Mike?????*)

(– *Espere, Jill. Espere pela plenitude.*)

– Só que eu não acho – continuou Patricia com sinceridade – que uma pessoa pode entrar num encontro de Felicidade do Templo Interior só com uma tatuagem da marca. Um irmão ou irmã de passagem... Bem, vejam o meu caso. Assim que sei para onde o parque está indo, escrevo para as igrejas locais e mando minhas impressões digitais para que eles possam verificar no arquivo de eternamente salvos do Tabernáculo do Arcanjo Foster. Eu lhes passo meu endereço aos cuidados da revista dos parques de diversões. Então, quando eu apareço; e eu sempre vou aos domingos e *nunca* perco um encontro de Felicidade, mesmo que Tim tenha que descartar o grand finale; eu sou identificada. Eles ficam felizes em me ver, sou uma atração adicional, com minhas imagens sacras únicas e insuperáveis. Frequentemente passo a noite inteira só deixando as pessoas me examinarem... cada minuto é êxtase. Às vezes o pastor me pede para levar Docinho de Coco para fazermos Eva e a Serpente. Isso exige maquiagem de corpo inteiro, claro. Algum dos irmãos interpreta Adão e nós somos expulsos do Jardim do Éden, e o pastor explica o *verdadeiro* significado, não as mentiras distorcidas. No fim a gente recupera nossa inocência abençoada e isso dá o pontapé inicial na festa. Alegria!

Ela acrescentou:

– Mas todo mundo está interessado no meu beijo de Foster. Afinal, já que ele voltou para o Céu há vinte anos, não são muitos que têm um beijo de Foster que não tenha sido dado por um representante... O Tabernáculo também confirma *isso*. E eu lhes conto tudo sobre o beijo. Há...

A sra. Paiwonski hesitou, depois lhes contou em detalhes explícitos, e Jill se perguntou aonde sua habilidade limitada de corar tinha ido parar. Então grokou que Mike e Patty eram almas gêmeas, inocentes de Deus, incapazes de pecar não importando o que fizessem. Ela desejou, pelo bem de Patty, que Foster realmente fosse um profeta santo que a tinha salvado para o êxtase eterno.

Mas *Foster*! Pelas chagas de Cristo, que farsa!

Subitamente, por meio de sua memória muito melhorada, Jill estava de volta numa sala com parede de vidro, encarando os olhos mortos de Foster. Só que ele parecia vivo... e ela sentiu um arrepio nas entranhas e se perguntou o que *ela* teria feito se Foster lhe tivesse oferecido seu beijo sagrado... e seu corpo santo?

Afastou aquilo tudo da mente, mas não antes que Mike percebesse. Ela sentiu que ele sorria, com sábia inocência.

Jill se levantou.

– Pattycake, minha linda, que horas você precisa estar de volta ao parque?

– Ah, céus! Tinha que voltar agorinha mesmo!

– Por quê? O show não embarca antes das nove e meia.

– Bem... Docinho de Coco fica com saudades. Ela tem ciúmes se eu fico fora até tarde.

– Você não pode lhe dizer que é um encontro de Felicidade?

– Hã... – A mulher mais velha abraçou Jill. – É sim, é isso mesmo!

– Ótimo. Eu vou dormir, Jill está exausta. Que horas você precisa acordar?

– Hum, se eu estiver de volta às oito, posso pedir para Sam desmontar minha barraca e ainda ter tempo de verificar que meus bebês sejam carregados com segurança.

– E o café da manhã?

– Vou tomar no trem. Geralmente só tomo um café quando acordo.

– Eu faço um para você aqui. Vocês fiquem acordados o tempo que quiserem. Não vou deixar você perder a hora, isso se você dormir. Mike não dorme.

– Nem um pouco?

– Nunca. Ele se enrodilha e fica um tempo pensando, geralmente. Mas não dorme.

A sra. Paiwonski assentiu solenemente.

– Mais um sinal. Eu sei. E, Michael, um dia você também saberá, seu chamado vai chegar.

– Talvez – concordou Jill. – Mike, estou caindo pelas tabelas. Me bote na cama, por favor? – Ela foi erguida, levada pelo ar até o quarto, as cobertas se afastaram... ela dormiu.

Jill acordou às sete, saiu da cama, espiou a sala ao lado. As luzes estavam apagadas e as persianas bem fechadas, mas os dois não dormiam. Jill ouviu Mike dizer com certeza suave:

– Tu és Deus.

– Tu és Deus. – Patricia sussurrou com voz pesada como se estivesse drogada.

– Sim. Jill é Deus.

– Jill… é Deus. Sim, Michael.

– E tu és Deus.

– *Tu…* és Deus! Agora, Michael, *agora*!

Jill saiu silenciosamente e escovou os dentes. Por fim, avisou a Mike que estava acordada e descobriu que ele já sabia. Quando voltou à sala de estar, a luz do sol entrava radiante.

– Bom dia, queridos! – Ela os beijou.

– Tu és Deus – disse Patty simplesmente.

– Sim, Patty. E tu és Deus. Deus está em todos nós. – Ela fitou Patty à luz áspera da manhã e notou que não parecia cansada. Bem, Jill conhecia esse efeito, quando Mike queria que ela ficasse acordada a noite toda, Jill nunca tinha dificuldades. Suspeitou que sua sonolência na noite anterior tivesse sido ideia de Mike… e ouviu Mike concordando na mente dele.

– Agora, café, queridos. E eu também tenho aqui guardada uma caixa de suco de laranja.

Eles tomaram um café da manhã leve, repleto de felicidade. Jill notou que Patty parecia pensativa.

– O que foi, meu bem?

– Hã, eu odeio falar nisso, mas como é que vocês meninos vão se sustentar? A tia Patty tem um colchão muito bem recheado e eu pensei…

Jill riu.

– Ah, querida, eu não deveria rir. Só que o Homem de Marte é *rico*! Certamente você sabia?

A sra. Paiwonski parecia embaraçada.

– Bem, acho que sabia. Mas você não pode confiar em nada que escuta nas notícias.

– Patty, você é uma querida. Acredite, agora que somos irmãos de água, não hesitaríamos em aceitar… "compartilhar o ninho" não é só poesia. Porém, é o contrário; se *algum dia* você precisar de dinheiro, é só falar. Qualquer quantidade. A qualquer momento. Escreva… melhor ainda, me ligue. Mike não faz a menor ideia de como lidar com dinheiro. Ora, meu bem, tenho uns 200 mil no meu nome agora mesmo. Quer um pouco?

A sra. Paiwonski parecia espantada.

– Deus me livre! Não preciso de dinheiro.

— Se você alguma hora precisar, é só gritar. Se quiser um iate, Mike adoraria lhe presentear com um.

Jill deu de ombros.

— Eu certamente gostaria, Pat. Nunca vi um iate.

A sra. Paiwonski balançou a cabeça.

— Não me coloque num pedestal, minha linda... tudo que eu quero de vocês é o seu amor...

— E você o tem — afirmou Jill.

— Eu não groko "amor" – disse Mike. — Mas Jill sempre fala direitamente. Se nós o temos, ele é seu.

— ...e saber que vocês estão salvos. Mas não estou mais preocupada com isso. Mike me contou sobre esperar, e por que esperar é. Você entende, Jill?

— Eu groko. Não fico mais impaciente com nada.

— Mas eu tenho algo para vocês dois. — A mulher tatuada pegou a bolsa e tirou um livro. — Meus queridos, esta é a exata cópia da Nova Revelação que o abençoado Foster me deu... na noite que ele plantou o beijo em mim. Quero que vocês a tenham.

Os olhos de Jill se encheram de lágrimas.

— Mas, tia Patty... Patty, nosso irmão! Não *podemos* aceitar. Vamos comprar outra.

— Não. É... é "água" que compartilho com vocês. Para aproximar.

— Ah... – Jill se levantou num pulo. – Vamos compartilhar. É nossa agora. De todos nós. — Ela a beijou. Mike lhe cutucou o ombro.

— Irmãozinho guloso. Minha vez.

— Eu sempre serei gulosa assim.

O Homem de Marte primeiro beijou seu irmão na boca, depois no lugar onde Foster tinha beijado. Ele ponderou brevemente (pelo tempo da Terra), escolheu um lugar correspondente do outro lado onde o design de George poderia ser repetido, e a beijou ali enquanto pensava em tempo esticado e em grande detalhe. Era necessário grokar os capilares...

Para as outras duas marcas, ele tocou rapidamente os lábios na pele dela. Porém, Jill captou um indício de seu esforço.

— Patty! *Veja!*

A sra. Paiwonski olhou para baixo. Marcados nela, um par de estigmas em vermelho sangue, estavam os lábios de Mike. Ela começou a desmaiar, e então demonstrou sua fé convicta.

– Sim. *Sim!* Michael...

Logo a mulher tatuada foi substituída por uma dona de casa discreta com gola alta, mangas compridas e luvas.

– Não vou chorar – afirmou ela sobriamente. – E não há adeus na eternidade. Eu estarei esperando. – Ela os beijou e foi embora sem olhar para trás.

CAPÍTULO XXVIII

– *BLASFÊMIA!*

Foster ergueu o olhar.

– Alguma coisa te mordeu, Júnior? – Este anexo tinha sido erguido com pressa, e coisas realmente entravam... enxames de diabretes quase impossíveis, geralmente... inofensivos, mas uma mordida deles deixava uma coceira no ego.

– Hã... você teria que ver para crer. Aqui, vou rebobinar o omniscio um pouco.

– Você ficaria surpreso com as coisas em que eu consigo crer, Júnior. – Mesmo assim, o supervisor de Digby deslocou parte de sua atenção. Três temporais; humanos, viu que eles eram; um homem e duas mulheres, especulando sobre o eterno. Nada de mais ali. – E daí?

– Você ouviu o que ela disse! "Arcanjo Michael" é demais!

– E o que que tem?

– O que que tem? Ah, pelo amor de Deus!

– Muito possivelmente.

O halo de Digby estremeceu.

— Foster, você não deve ter dado uma boa olhada! Ela estava se referindo ao delinquente juvenil supercrescido que me mandou para o vestiário. Olhe de novo.

Foster deixou o volume aumentar, notou que o aprendiz de anjo tinha falado corretamente... e notou mais alguma coisa, abrindo seu sorriso angelical.

— E como você sabe que ele não é, Júnior?

— Hein?

— Não tenho visto Miguel pelo clube ultimamente, e o nome dele foi cortado do Torneio Milenar de Solipsismo; isso é um sinal de que ele provavelmente está em missão destacada; Miguel é um dos jogadores de solipsismo mais empolgados deste setor.

— Mas é uma noção obscena!

— Você ficaria surpreso ao saber quantas das melhores ideias do chefe foram chamadas de "obscenas" por aí... Ou melhor, *você* não deveria ficar surpreso, considerando seu campo de trabalho. Entretanto, "obsceno" é um conceito nulo; não tem significado teológico. "Ao puro todas as coisas são puras."

— Mas...

— Eu ainda estou testemunhando, Júnior. Além do fato de nosso irmão Miguel estar fora neste microinstante; eu não fico de olho nele, não estamos na mesma lista de vigília; aquela senhora tatuada que fez o pronunciamento oracular dificilmente estaria errada; ela mesmo é uma temporal muito santa.

— Quem disse?

— Eu disse. Eu sei — Foster sorriu novamente com doçura angelical. Querida Patricia! Já está ficando meio passada, mas ainda é bem desejável em termos terráqueos; e fulgura com uma luz interior que faz que ela pareça um vitral. Notou com orgulho temporal que George tinha completado sua grande consagração desde a última vez que Foster deu uma olhada nela. Aquela imagem dele sendo chamado ao Céu não estava má, não estava nada má, no sentido mais elevado. Precisava lembrar de procurar George e elogiá-lo, e lhe contar que tinha visto Patricia. Hum, onde estava George? Um artista criativo na seção de design de universos, trabalhando logo abaixo do Arquiteto, pelo que ele lembrava. Tanto faz, o arquivo mestre o descobriria numa fração de milênio.

Que coisinha deliciosa Patricia tinha sido, e que santo frenesi! Se ela fosse um pouquinho mais assertiva e um pouquinho menos humilde, ele teria feito dela uma pastora. Mas tamanha era a necessidade de Patricia de aceitar Deus de acordo com a própria natureza que ela só poderia ter se qualificado dentre os Lingayats... onde ela não era necessária. Foster considerou rebobinar mais e vê-la como ela tinha sido, mas desistiu com autocontrole angelical, havia trabalho a fazer...

– Esqueça o ominscio, Júnior. Quero ter uma palavra com você. – Digby obedeceu e esperou. Foster deu um peteleco no próprio halo, um hábito irritante que ele tinha quando estava meditando. – Júnior, você não anda evoluindo de forma muito angelical.

– Lamento.

– Lamentações não são da eternidade. Mas a verdade é que você anda muito preocupado com aquele jovem camarada que pode ser nosso irmão Miguel. Agora, preste atenção; em primeiro lugar, não lhe cabe julgar o instrumento usado para convocá-lo da pradaria. Em segundo lugar, não é ele que lhe atormenta, você mal o conhecia, o que está incomodando você é aquela sua secretariazinha morena. Ela já tinha conquistado meu beijo há um bom período temporal antes de você ter sido chamado, não foi?

– Eu ainda a estava testando.

– Assim sendo, sem dúvida você ficará angelicalmente feliz em saber que o supremo bispo Short, em pessoa, depois de examiná-la completamente; ah, e profundamente, eu lhe disse que ele estaria à altura; a aprovou e ela agora goza de uma Felicidade tão vasta quanto ela merece. Humm, um pastor deve sempre ter alegria em seu trabalho... Mas, quando ele é promovido, deveria ter alegria nisso também. Agora acontece que há uma vaga aberta para aprendiz de guardião num novo setor que está sendo aberto, um cargo abaixo da sua patente nominal, admito, mas é boa experiência angelical. Esse planeta; bem, pense nele como um planeta, você vai ver; é ocupado por uma raça de tripolaridade em vez de bipolaridade, e eu soube de suprema autoridade que o próprio Don Juan não conseguiu ter interesse terreno em *nenhuma* das três polaridades... isso não é opinião, ele foi pego emprestado como teste. Gritou e rezou para ser devolvido ao inferno solitário que criou para si mesmo.

– Vai me mandar para o fim do mundo, é? Para que eu não possa interferir!

– Tsc, tsc! Você *não* pode interferir. A impossibilidade que permite que tudo mais seja possível. Tentei explicar quando você chegou. Mas não se aborreça, você tem permissão eterna de tentar. Suas ordens incluirão uma brecha para que você possa dar um pulo de volta aqui-agora sem perda de temporalidade. Agora vá voando e mãos à obra, tenho trabalho a fazer. –

Foster voltou para onde estava quando fora interrompido. Ah, sim, a pobre alma temporariamente designada como "Alice Douglas". Ser uma boa incitadora era uma missão difícil, e ela a tinha cumprido sem vacilar. Mas seu trabalho estava completo, e agora ela precisaria de descanso e reabilitação da inevitável fadiga de batalha... Ela chutaria e gritaria e espumaria ectoplasma de todos os orifícios.

Ah, ela ia precisar de exorcismo depois de um serviço tão duro! Mas eles eram todos duros, não poderiam ser diferentes. E "Alice Douglas" era uma agente de campo absolutamente confiável, ela aceitaria qualquer missão complicada desde que fosse essencialmente virginal... Queimem-na na fogueira ou ponham-na num convento; ela sempre executa o serviço.

Não que ele gostasse muito de virgens, não tinha nada além do respeito profissional por um trabalho bem-feito. Foster deu uma última espiada na sra. Paiwonski. *Ali* estava uma colega de trabalho que ele poderia apreciar. A querida Patricia! Que coisinha mais danada e abençoada...

CAPÍTULO XXIX

No que a porta se fechou atrás de Patricia, Jill perguntou.

– E agora, Mike?

– Vamos embora. Jill, você leu alguma coisa sobre psicologia anormal?

– Sim, mas não tanto quanto você.

– Conhece o simbolismo das tatuagens? E cobras?

– É claro. Sabia disso sobre Patty assim que nós a conhecemos. Estava torcendo que você encontrasse algum jeito.

– Não tinha como, até que fôssemos irmãos de água. Sexo é uma bonda de útil, mas só se for para compartilhar e aproximar. Groko que, se eu fizesse sem aproximar... Bem, não tenho certeza.

– Groko que você não poderia, Mike. Essa é uma razão, uma das muitas razões, por que eu te amo.

– Eu ainda não groko "amor". Jill, eu não groko "gente". Mas não queria deixar que Pat fosse embora.

– Então pare ela. Faça que ela fique com a gente.

(– *Esperar é, Jill.*)

(– *Eu sei.*)

– Duvido que nós pudéssemos lhe dar tudo que ela precisa – acrescentou ele. – Pat quer se dar o tempo todo para todo mundo. Encontros de Felicidade e cobras e otários não são suficientes para Pat. Ela quer se oferecer num altar para todas as pessoas do mundo, sempre... e fazê-los felizes. Essa Nova Revelação... Groko que é outras coisas para outras pessoas. Mas é isso o que significa para Pat.

– Sim, Mike. Mike querido.

– Hora de ir embora. Escolha um vestido e pegue sua bolsa. Vou cuidar do lixo.

Jill pensou desejosa que gostaria de levar uma ou duas coisas. Mike sempre seguia adiante só com as roupas do corpo; e parecia grokar que ela preferia que fosse assim.

– Vou vestir aquele azul bonitinho.

O vestido flutuou para fora do guarda-roupa, posou sobre Jill, insinuou-se nela enquanto ela erguia as mãos ao alto, o zíper se fechou. Os sapatos vieram andando até ela, que os calçou.

– Estou pronta.

Michael tinha captado o sabor do pensamento dela, mas não o conceito; era alienígena demais a ideias marcianas.

– Jill? Você quer parar e casar comigo?

Ela pensou na proposta.

– Hoje é domingo, não vamos ter como arranjar uma licença.

– Amanhã, então. Eu groko que você gostaria.

– Não, Mike.

– Por que não, Jill?

– Não ficaríamos nem um pouco mais próximos, já compartilhamos água. Isso é verdade tanto em inglês quanto em marciano. – Ela continuou. – E uma razão só em inglês. Eu não gostaria que Dorcas e Anne e Miriam e Patty achassem que eu estava tentando excluí-las.

– Jill, nenhuma delas pensaria assim.

– Eu prefiro não correr o risco, porque é desnecessário. Porque você se casou comigo num quarto de hospital há muito tempo atrás. – Ela hesitou. – Mas tem uma coisa que você poderia fazer por mim.

– O quê, Jill?

– Bem, você poderia me chamar por apelidos fofos! Que nem *eu* faço com *você*.

– Sim, Jill. Quais apelidos fofos?

– *Ah!* – Ela o beijou rapidamente. – Mike, você é o homem mais doce e amável que eu já conheci... E a criatura mais irritante em dois planetas! Deixa pra lá. É só você me chamar de "irmãozinho" de vez em quando... me deixa toda trêmula por dentro.

– Sim, Irmãozinho.

– Ai, nossa! Vamos sair daqui, antes que eu leve você de volta pra cama. Me encontre na recepção, vou pagar a conta. – Ela saiu de repente.

Eles pegaram o primeiro ônibus para qualquer lugar. Uma semana depois pararam em casa, compartilharam água por alguns dias, partiram sem se despedir. Despedidas eram um dos costumes humanos a que Mike resistia; usava apenas com estranhos.

Logo depois eles estavam em Las Vegas, hospedados num hotel fora da Strip. Mike experimentou os jogos enquanto Jill matava o tempo como corista. Ela não sabia cantar ou dançar, então perambular com um chapéu improvavelmente alto, um sorriso e um fiapo de ouropel era o trabalho certo para ela na Babilônia do Oeste. Ela preferia trabalhar quando Mike ficava ocupado e, de alguma forma, Mike sempre lhe conseguia o emprego que ela escolhia. Já que os cassinos nunca fechavam, Mike estava ocupado quase o tempo todo.

Mike tomava cuidado de não ganhar demais, respeitando limites determinados por Jill. Depois de ter tirado alguns milhares de cada cassino, ele colocou tudo de volta, nunca se deixando ser o jogador da grana alta. Depois ele arranjou um emprego de crupiê, deixando a bolinha rolar sem interferência enquanto estudava as pessoas, tentando grokar por que elas jogavam. Grokou um impulso que passava uma sensação intensamente sexual; mas pareceu grokar erroneidade nisso.

Jill presumia que os clientes no suntuoso teatro-restaurante onde ela trabalhava eram apenas otários e, assim sendo, não importavam. Porém, para sua surpresa, Jill gostava ativamente de se exibir diante deles. Sempre tinha curtido ser olhada com admiração por homens que considerasse atrativos o bastante para querer tocá-los; ficava irritada por que a visão de seu corpo não significava nada para Mike, mesmo que ele fosse tão devotado ao corpo dela quanto uma mulher poderia sonhar...

...isso se ele não estivesse ocupado. E ele era generoso mesmo nesses momentos; deixando que Jill o despertasse do transe, trocava de marcha sem reclamar e logo se punha ao seu lado sorridente, disposto e amoroso.

Mesmo assim, sempre havia algo ali; uma de suas esquisitices, como sua inabilidade em dar risadas. Jill decidiu, depois de sua iniciação como corista, que gostava de ser visualmente admirada por estranhos porque essa era a única coisa que Mike não lhe dava.

Mas sua honestidade para consigo, que ela vinha aperfeiçoando, logo descartou essa teoria. Os homens na audiência eram quase todos velhos demais, gordos demais, carecas demais para que Jill os achasse atraentes; e Jill sempre tinha desprezado os "lobos velhos tarados", mas não necessariamente os homens mais velhos, ela se lembrou. Jubal poderia olhar para ela, e até mesmo usar linguagem grosseira, sem lhe passar a impressão de que queria ficar sozinho com ela para apalpá-la.

Só que agora ela percebia que aqueles "lobos velhos tarados" não lhe causavam asco. Quando sentia seus olhares de admiração ou mesmo a cobiça nua; e ela realmente sentia, podia identificar as fontes; ela não se ressentia, aquilo a acalentava, a deixava presunçosamente satisfeita.

"Exibicionismo" tinha sido apenas um termo técnico para ela, uma fraqueza a ser desprezada. Agora, ao desenterrar aquilo de dentro de si para examiná-lo, decidiu que ou aquela forma de narcisismo era normal, ou a própria Jill era anormal. Só que ela não se *sentia* anormal, sentia-se mais saudável do que nunca. Sempre teve saúde robusta, como toda enfermeira que se preze, mas não sofria de resfriados ou dores de barriga já há tanto tempo que nem lembrava mais... ora, nem mesmo cólicas.

Certo, se uma mulher saudável gostava de ser olhada, então a consequência lógica era que homens saudáveis gostassem de olhar, caso contrário não faria sentido nenhum! Nesse ponto ela finalmente entendeu, intelectualmente, Duke e suas imagens.

Jill discutiu a questão com Mike, mas ele não conseguia entender por que Jill algum dia se incomodara em ser olhada. Ele entendia não querer ser tocado; Mike evitava apertos de mão, queria ser tocado apenas por irmãos de água. (Jill não tinha certeza até onde isso iria; tinha lhe explicado a homossexualidade, depois que Mike lera sobre o assunto e fracassara em grokar, e tinha lhe passado regras para evitar cantadas. Jill sabia que Mike, bonito como era, atrairia essas coisas. Ele seguiu os conselhos e tornou o próprio rosto mais másculo, em vez da beleza andrógina que tinha. Só que Jill não sabia bem se Mike recusaria um convite, digamos, de Duke; felizmente os irmãos de água homens de Mike eram decididamente masculinos, assim como suas outras eram mulheres muito femininas. Jill suspeitava que Mike grokaria uma "erroneidade" nos pobres transviados, de qualquer maneira, a eles a água nunca seria oferecida.)

Mike também não conseguia entender por que ela agora sentia prazer em ser contemplada. As únicas vezes em que as atitudes dos dois tinham sido mais ou menos parecidas foi quando eles deixaram o parque de diversões, e Jill havia se tornado indiferente aos olhares. Ela entendia agora como seu autoconhecimento atual estava apenas nascendo então; ela não era realmente indiferente aos olhares masculinos. Sob as pressões de se adaptar ao Homem de Marte, ela tinha descartado parte de seu condicionamento cultural, aquele grau de pudores que uma enfermeira poderia manter apesar da profissão sem frescura.

Só que Jill não sabia que tinha *qualquer* pudor até perdê-lo. Finalmente foi capaz de admitir a si mesma que havia algo dentro dela tão alegremente sem-vergonha quanto uma gatinha no cio.

Tentou explicar tudo isso a Mike, oferecendo-lhe a teoria das funções complementares da exibição narcisista e do voyeurismo.

— A verdade, Mike, é que eu curto quando os homens ficam me olhando... muitos homens, e quase qualquer homem. Então agora groko por que Duke gosta de figuras de mulheres, quanto mais sexy melhor. Não quer dizer que eu queira ir para a cama com eles, assim como Duke não quer dormir com uma fotografia. Só que quando eles olham para mim e me dizem, pensam, que sou desejável, eu fico com um formigamento quentinho bem na minha barriga. — Ela franziu o cenho um pouco. — Eu deveria tirar uma foto bem safada de mim mesma e mandar para Duke... para dizer a ele que lamento não ter grokado o que eu achava ser uma fraqueza nele. Se for uma fraqueza, eu a tenho também, no estilo menina. Isso *se* for uma fraqueza... groko que não é.

— Tudo bem. Vamos achar um fotógrafo.

Ela balançou a cabeça.

— Acho melhor eu só pedir desculpas. Não vou mandar uma foto dessas; Duke nunca me passou uma cantada, e eu não quero que ele fique com ideias.

— Jill, você não iria querer Duke?

Jill ouviu um eco de "irmão de água" na cabeça dele.

— Humm... Nunca tinha pensado nisso. Acho que estava "sendo fiel" a você. Mas groko que você fala direitamente; eu não recusaria Duke, e eu *aproveitaria* também! O que você acha *disso*, meu querido?

– Eu groko uma bondade – respondeu Mike com seriedade.

– Humm, meu marciano galante, há momentos em que as mulheres humanas apreciam uma aparência de ciúmes; mas não acho que exista a chance de você algum dia grokar "ciúmes". Querido, o que você grokaria se um desses otários me passasse uma cantada?

Mike mal sorriu.

– Eu groko que ele desapareceria.

– Eu groko que sim. Mas Mike, escute, querido. Você prometeu que não faria nada do tipo exceto em emergências absolutas. Se você me ouvir gritar, e tocar minha mente e eu estiver numa encrenca de verdade, é diferente. Só que eu já lidava com lobos quando você ainda estava em Marte. Nove em cada dez vezes, se uma garota é estuprada, é parcialmente culpa dela. Então não seja apressado.

– Eu vou lembrar. Eu queria que você mandasse aquela foto safada para Duke.

– O quê, meu bem? Se eu passar uma cantada em Duke, e talvez eu o faça, agora que você botou a ideia na minha cabeça, eu ia simplesmente segurar os ombros dele e dizer: "E aí, Duke, que tal? Eu tô a fim". Não quero fazer uma coisa dessas mandando uma foto, que nem aquelas mulheres nojentas costumavam lhe mandar. Mas, se você quiser que eu mande, tudo bem.

Mike franziu o cenho.

– Se você quiser mandar uma foto safada a Duke, mande. Se você não quiser, então não mande. Mas eu tinha esperanças de ver uma foto safada sendo tirada. Jill, o que é uma foto "safada"?

Mike ficou perplexo com a inversão na atitude de Jill, além de sua já antiga perplexidade quanto à coleção de "arte" de Duke. Porém, o pálido ato marciano que espelhava a tumultuosa sexualidade não lhe oferecia nenhuma fundação para grokar tanto narcisismo quanto voyeurismo, pudor ou exibição.

–"Safado" significa uma pequena erroneidade – acrescentou Mike. – Só que eu groko que você não quis dizer uma erroneidade, mas uma bondade.

– Há, uma foto safada poderia ser as duas coisas, eu acho, dependendo de quem está recebendo, agora que superei meu preconceito. Só que, Mike, eu preciso mostrar, não posso explicar. Feche aquelas venezianas, por favor?

As venezianas se fecharam sozinhas.

– Muito bem – disse ela. – Esta pose é só um pouco safada... qualquer corista usaria como foto profissional... e esta é mais um pouco, algumas garotas usariam. Mas esta aqui é indiscutivelmente safada... e esta é *bem* safada... e *esta* é tão extremamente safada que eu não posaria assim nem com minha cara enrolada numa toalha, a não ser que você quisesse.

— Se sua cara estivesse coberta, por que eu iria querer?

— Pergunte a Duke. É só o que eu posso dizer.

— Eu groko não erroneidade, eu groko não bondade. Eu groko... — usou uma palavra marciana que indicava um estado nulo de todas as emoções.

Como Mike estava perplexo, eles seguiram debatendo o assunto, em marciano quando possível por causa de suas diferenciações extremamente exatas de emoções e valores; e em inglês porque marciano não dava conta dos conceitos. Para perseguir o mistério, Mike reservou uma mesa à beira do palco naquela noite, depois que Jill lhe ensinou como subornar o maître. Jill chegou desfilando no primeiro número, seu sorriso para todos, mas uma piscadela para Mike. Descobriu que, com Mike presente, o sentimento caloroso de satisfação com que se deleitava todas as noites era muito amplificado. Suspeitava que brilharia no escuro.

Quando as garotas formaram um tableau, Mike estava a mais ou menos três metros de Jill; ela tinha sido promovida a uma posição dianteira. O diretor a colocara ali no seu quarto dia, e disse:

— Não sei qual é o segredo, garota... Temos moças com o dobro do seu físico, mas você tem aquilo que os clientes gostam de olhar.

Ela posou e falou com Mike mentalmente.

(— *Sente alguma coisa?*)

(— *Groko, mas não em plenitude.*)

(— *Olhe para onde estou olhando, meu irmão. O pequenino. Ele treme. Está sedento por mim.*)

(— *Groko sua sede.*)

(— *Você consegue vê-lo?*)

Jill encarou o olhar do cliente tanto para aumentar o interesse quanto para permitir que Mike usasse os olhos dela. Conforme seu grokar de pensamento marciano crescia e eles se aproximavam cada vez mais, tinham começado a usar desta conveniência comum marciana. Jill tinha pouco controle ainda; para que Mike visse pelos olhos dela, precisava apenas chamá-la; já Jill conseguia ver pelos olhos dele apenas se Mike lhe desse sua atenção.

(— *Nós o grokamos junto*) — concordou Mike. (— *Grande sede por Irmãozinho.*)

(— *!!!!*)

(– *Sim. Bela agonia...*)

Uma deixa musical sinalizou que Jill deveria voltar ao seu lento caminhar. Ela o fez, movendo-se com sensualidade orgulhosa e sentindo o desejo entrar em ebulição em reação a sentimentos tanto de Mike quanto do estranho. A coreografia a fez caminhar de volta na direção do homenzinho no cio; ela continuou olhando nos olhos dele.

Aconteceu algo que foi totalmente inesperado para Jill porque Mike nunca tinha explicado que era possível. Ela estava se deixando receber as emoções do estranho, provocando-o com olhos e corpo, e retransmitindo o que sentia a Mike, quando, subitamente, viu a si mesma pelos olhos do estranho, sentindo todo o desejo primitivo com o qual o estranho a via.

Ela tropeçou e teria caído se Mike não a tivesse pegado, erguido e estabilizado até que ela pudesse andar sem ajuda, sem ter mais aquela segunda visão.

A parada de belezas foi saindo do palco. Nos bastidores, a garota atrás dela comentou:

– O que aconteceu, Jill?

– Prendi meu salto.

– Essa foi a recuperação mais estranha que eu já vi. Você parecia uma marionete.

(... e eu era mesmo, minha querida!) – Vou pedir ao diretor de palco para dar uma olhada naquele lugar. Acho que tem uma tábua solta.

Pelo resto do show, Mike lhe deu espiadelas de como ela parecia para vários homens, tomando cuidado para que ela não fosse pega de surpresa. Jill se espantou com a variedade imensa das imagens: um sujeito percebia suas pernas, outro estava fascinado com as ondulações do seu torso, um terceiro via apenas seu busto orgulhoso. Então Mike deixou que ela visse as outras moças na coreografia. Jill ficou aliviada ao descobrir que Mike as via como ela via; só que de forma mais aguda.

Entretanto, ela se maravilhou ao perceber que a própria excitação aumentava ao olhar as outras garotas pelos olhos dele.

Mike foi embora durante o finale, antes da multidão. Jill não esperava encontrá-lo de novo naquela noite, já que ele tinha pedido uma folga só para ver o show. Porém, ao voltar ao hotel onde estavam hospedados, ela o sentiu antes de chegar no quarto. A porta se abriu e depois se fechou quando ela entrou.

– Olá, querido – ela chamou. – Que bom que você veio para casa!

Ele sorriu gentilmente.

— Agora eu groko imagens safadas. — As roupas dela desapareceram. — Faça imagens safadas.

— Hein? Sim, meu bem, é claro. — Repetiu as poses que tinha feito antes. E a cada uma, Mike deixava que Jill usasse os olhos dele para ver a si mesma. Ela se contemplou, e sentiu as emoções dele... e sentiu as próprias emoções crescerem numa reverberação mutuamente amplificada. Finalmente, se colocou numa pose tão obscena quanto sua imaginação poderia criar.

— Imagens safadas são uma grande bondade — afirmou Mike gravemente.

— *Sim!* E agora *eu* as groko também! *O que você está esperando?*

Os dois se demitiram de seus empregos e viram cada show na Strip. Jill descobriu que "grokava imagens safadas" apenas pelos olhos de um homem. Se Mike assistisse, ela compartilharia do sentimento dele, do prazer sensual à excitação sexual extrema; porém, se Mike se distraísse, a modelo, dançarina ou stripper virava apenas uma mulher qualquer. Ela decidiu que isso era bom; descobrir tendências lésbicas em si mesma teria sido demais.

Mas era divertido, era uma "grande bondade" ver garotas pelos olhos dele, e bondade extasiante saber que, finalmente, ele a olhava do mesmo jeito.

* * *

A dupla seguiu adiante para Palo Alto, onde Mike tentou engolir a biblioteca Hoover. Só que as máquinas de leitura não conseguiam funcionar tão rápido, nem Mike virar páginas com velocidade suficiente para ler todos os livros. Finalmente ele admitiu que estava absorvendo dados mais rápido do que poderia grokar, mesmo que passasse em contemplação todas as horas que a biblioteca estava fechada. Aliviada, Jill os levou para São Francisco, onde Mike embarcou numa pesquisa sistemática.

Um dia ela chegou em casa e se deparou com Mike não fazendo nada, cercado por livros, muitos livros: o Talmude, o Kama-Sutra, várias versões da Bíblia, o Livro dos Mortos, o Livro de Mórmon, a preciosa cópia da Nova Revelação de Patty, várias Apócrifas, o Alcorão, a edição completa de O Ramo de Ouro, o Caminho do Opus Dei, Ciência e Saúde com a Chave das Escrituras, textos sagrados de uma dúzia de outras religiões maiores e menores; até mesmo coisas exóticas como O Livro da Lei de Crowley.

— Problemas, querido?

— Jill, eu não groko.

(– *A espera, Michael. Esperar por plenitude é.*)

– Não acho que esperar vá preencher. Sei o que está errado; não sou um homem, sou um marciano, um marciano num corpo com a forma errada.

– Você é mais do que suficientemente homem para mim, querido, e eu adoro a forma do seu corpo.

– Ah, você groka o que eu estou dizendo. Eu não groko *gente*. Não entendo essa multiplicidade de religiões. Agora, dentre o meu povo...

– *Seu* povo, Mike?

– Desculpa. Eu deveria ter dito que, dentre os marcianos, existe apenas uma religião, e não é uma fé, é uma certeza. Você groka. "Tu és Deus!"

– Realmente – concordou ela. – Eu de fato groko... em marciano. Mas, meu bem, não quer dizer a mesma coisa em inglês. Eu não sei por quê.

– Humm... em Marte, quando precisávamos saber alguma coisa, perguntávamos aos Anciãos e a resposta nunca estava errada. Jill, é possível que nós humanos não tenhamos "Anciãos"? Nada de almas, quero dizer. Quando nós desencarnamos, *morremos*, será que nós ficamos *mortos*... morremos completamente e não resta nada? Será que vivemos em ignorância porque não faz diferença? Por que vamos embora sem deixar nem sombra para trás, num tempo tão curto que um marciano o usaria apenas para uma longa contemplação? Diga-me, Jill, você é humana.

Ela sorriu com serenidade sóbria.

– Você mesmo *me* disse. Me ensinou a conhecer eternidade e não pode tirar isso de mim. Você não pode morrer, Mike; pode apenas desencarnar. – Ela indicou a si mesma com as duas mãos. – Este corpo que você me ensinou a ver pelos seus olhos, e que você amou tão bem, um dia irá embora. Só que *eu* não vou... *Eu sou o que eu sou!* Tu és Deus e eu sou Deus e nós somos Deus, eternamente. Eu não sei bem onde estarei, ou se vou me lembrar que um dia fui Jill Boardman, que trocava comadres com alegria e dançava nua sob holofotes com igual alegria. Eu gostei deste corpo...

Com um gesto nada característico de impaciência, Mike fez as roupas dela desaparecerem.

– Obrigada, querido – agradeceu ela. – Este tem sido um bom corpo para mim, e para você, para nós dois que pensamos nele. Mas não espere que eu sinta falta dele quando não for mais necessário. Espero que você o coma quando eu desencarnar.

– Ah, eu comerei você, com certeza. A não ser que eu desencarne antes.

— Não acho que isso vá acontecer. Com seu controle muito maior sobre seu corpinho delícia, suspeito que possa viver vários séculos, pelo menos. A não ser que escolha desencarnar mais cedo.

— Talvez eu desencarne. Mas não agora. Jill, eu tentei e tentei. Quantas igrejas eu já frequentei?

— Todos os tipos em São Francisco, acho. Não lembro quantas vezes fomos aos serviços para suplicantes.

— Isso foi só para reconfortar Pat. Eu jamais iria novamente se você não tivesse tanta certeza de que ela precisa saber que não desistimos.

— Ela realmente precisa. Nós não podemos mentir; você não sabe como e eu não seria capaz, não para Patty.

— Na verdade – admitiu ele –, os fosteritas têm muita coisa, só que tudo distorcido, é claro. Estão tateando, que nem eu quando era mágico. Eles nunca vão corrigir seus erros, porque isto – ele fez o livro de Patty flutuar – é quase tudo porcaria!

— Pois é. Só que Patty não vê essas partes. Ela está envolta em inocência. Ela é Deus e se comporta como tal... só que Ela ainda não sabe que Ela é.

— Aham – concordou ele. – Essa é nossa Pat. Ela só acredita quando eu lhe digo com a ênfase apropriada. Só que Jill, existem apenas três lugares onde procurar. A ciência é a primeira, e eu aprendi mais sobre o funcionamento do universo quando ainda estava no ninho do que todos os cientistas humanos poderiam entender. É uma diferença tão grande que eu não posso falar com eles, nem mesmo sobre um truque tão elementar quanto a levitação. Não estou depreciando os cientistas. O que eles fazem é como deveria ser, groko isso completamente. Porém, o que eles buscam *não* é aquilo que *eu* procuro, você não groka um deserto contando seus grãos de areia. Depois temos a filosofia, que supostamente deveria tratar de todas as questões. Será que trata mesmo? No fim de sua jornada, os filósofos só trazem consigo aquilo com que entraram; a não ser que você seja um autoiludido do tipo que prova suas suposições com as próprias conclusões. Como Kant. Como outros que perseguem o próprio rabo. Então a resposta deveria estar *aqui*. – Indicou a pilha de livros com um aceno. – Só que *não* está. Alguns pedaços grokam corretamente, mas nunca há um padrão; ou, se existe um, eles pedem que você aceite a parte difícil com *fé!* Fé! Que monossílabo imundo. Jill, por que você não mencionou essa quando estava me ensinando quais palavras curtas eu não deveria usar em companhia educada?

Ela sorriu.

— Mike, você fez uma piada.

— Não quis dizer isso como piada... e não entendo a graça. Jill, eu não consegui nem ser bom para *você*... você costumava rir. Eu não aprendi a rir; em vez disso, você esqueceu. Em vez de eu me tornar humano... você está virando marciana.

— Eu estou feliz, querido. Você provavelmente só não notou quando eu ri.

— Se você risse lá embaixo na Market Street, eu escutaria. Eu groko. Depois que parei de me assustar com risadas, eu sempre as notei, especialmente as suas. Se eu grokasse isso, eu grokaria gente, eu acho. Assim eu poderia ajudar alguém como Pat... ensinar-lhe o que eu sei e aprender o que ela sabe. Poderíamos nos entender.

— Mike, tudo que você precisa fazer para Patty é ir vê-la de vez em quando. Por que não vamos então, querido? Sair desse nevoeiro horrível. Ela está em casa agora, o parque fechou pela temporada. Vamos para o sul visitá-la... E eu sempre quis conhecer a Baja Califórnia; poderíamos ir para um clima mais quente e levar Patty conosco, seria divertido!

— Tudo bem.

Jill se levantou.

— Deixe-me pegar um vestido. Você quer ficar com esses livros? Eu poderia enviá-los a Jubal.

Mike mexeu os dedos e todos sumiram exceto o presente de Patricia.

— Vamos levar este, Pat notaria. Só que Jill, neste instante eu preciso ir ao zoo.

— Tudo bem.

— Quero cuspir de volta num camelo e perguntar por que ele está tão aborrecido. Talvez os camelos sejam os "Anciãos" deste planeta... e é isso que está errado com ele.

— Duas piadas num só dia, Mike.

— Eu não estou rindo, nem você. Nem o camelo. Talvez ele saiba por quê. Este vestido está bom? Você quer roupas de baixo?

— Por favor, querido, está frio.

— Para cima. — Ele a levitou uns sessenta centímetros. — Calcinha. Meias. Cinta-liga. Sapatos. Agora para baixo, e levante os braços. Sutiã? Você não precisa. Agora o vestido... e você está decente. E bonita, seja lá o que isso quer dizer. Está com boa aparência. Talvez eu consiga arranjar um emprego como dama de companhia se não prestar para mais nada. Banhos, lavagem de cabelo, massagens, penteados, maquiagem, visuais para todas as ocasiões. Aprendi até a fazer suas unhas. Isso é tudo, madame?

– Você é uma perfeita dama de companhia, meu querido.

– Sim, groko que eu sou. Você está tão bonita que eu acho que vou jogar tudo fora e lhe fazer uma massagem, do tipo que aproxima.

– Sim, Michael!

– Achei que você tinha aprendido a esperar. Primeiro você tem que me levar ao zoológico e comprar amendoins.

– Sim, Mike.

Soprava um vento frio no parque Golden Gate, só que Mike não percebeu e Jill aprendera a não sentir frio. Mas era agradável relaxar o controle na cálida casa dos macacos. Tirando o calor, Jill não gostava daquela parte, macacos e símios eram depressivamente humanos. Ela achava que se livrara para sempre dos pudores; tinha passado a apreciar uma alegria ascética e quase marciana em todas as coisas físicas. As copulações e evacuações públicas daqueles símios não a ofendiam; aquela pobre gente cativa não tinha nenhuma privacidade, não era culpa deles. Jill assistia sem repugnância, seu próprio melindre intocado. Não, o problema era que eles eram "humanos, demasiadamente humanos"; cada ação, expressão e olhar confuso a lembrava do que ela menos gostava na própria espécie.

Jill preferia a casa dos leões. Os grandes machos, arrogantes mesmo no cativeiro; a maternidade plácida das grandes fêmeas; a beleza nobre dos tigres-de-bengala com a selva espreitando nos olhos; os pequenos leopardos ágeis e mortais; o fedor almiscarado que o ar-condicionado não conseguia purgar. Mike compartilhava dos gostos dela; eles passavam horas ali ou no aviário ou na casa dos répteis ou observando as focas; uma vez Mike dissera a Jill que, se ele tivesse que ser chocado neste planeta, nascer leão-marinho seria uma grande bondade.

Quando viu um zoológico pela primeira vez, Mike ficou muito aflito; Jill foi forçada a mandar que ele esperasse e grokasse, pois o Homem de Marte estivera a ponto de libertar os animais. Ele acabou admitindo que a maioria dos animais não poderia sobreviver onde ele se propôs a soltá-los; um zoológico era um tipo de ninho. A isso se seguiram horas de retirada, depois das quais Mike nunca mais ameaçou remover barras, vidros ou grades. Explicou a Jill que as barras estavam lá mais para manter as pessoas fora que os animais dentro, coisa que ele falhara em grokar inicialmente. Depois disso, Mike nunca mais deixou de visitar um zoológico, onde quer que eles fossem.

Porém, hoje, nem a misantropia dos camelos conseguiu dissipar o mau humor de Mike. Nem os macacos e símios o animaram. Ficaram parados diante de uma jaula que continha uma família de macacos-prego, assistindo enquanto os bichos comiam, dormiam, faziam a corte, amamentavam, se limpavam e perambulavam sem rumo, e Jill lhes jogava amendoins.

Ela jogou a um macho; antes que ele pudesse comer, um macho maior não só lhe roubou o amendoim, mas lhe deu uma surra. O camaradinha não fez nenhuma tentativa de perseguir o algoz; bateu os punhos no chão e chilreou raiva impotente. Mike assistia solenemente.

De súbito, o macaco vitimado atravessou a jaula correndo, pegou um colega ainda menor, derrubou-o no chão e lhe aplicou uma sova ainda pior do que a que tinha recebido. O terceiro macaco se arrastou choramingando, enquanto nenhum dos outros lhe dava atenção.

Mike jogou a cabeça para trás e riu; e continuou rindo descontroladamente. Arfou sem fôlego, começou a tremer e desceu para o chão, ainda gargalhando.

– Pare com isso, Mike!

Ele parou de se dobrar em dois mas a gargalhada seguiu. Um funcionário se aproximou apressado.

– Moça, você precisa de ajuda?

– Você poderia nos chamar um táxi? Terrestre, aéreo, qualquer coisa... Tenho que tirá-lo daqui. Ele não está bem.

– Ambulância, talvez? Parece que ele tá tendo um treco.

– Qualquer coisa! – Alguns minutos depois, ela guiou Mike até um táxi aéreo pilotado. Deu o endereço deles e então urgiu: – Mike, me escuta! Sossega.

Ele se acalmou um pouco, mas continuou dando risadinhas, gargalhando, dando risadinhas de novo, enquanto Jill lhe limpava os olhos, durante todos os minutos que levaram para chegar em casa. Ela o conduziu para dentro, tirou suas roupas e o fez se deitar.

– Tudo bem, querido. Retire-se se for necessário.

– Eu estou bem. Finalmente estou bem.

– Espero que sim. – Ela suspirou. – Você me assustou, Mike.

– Desculpa, Irmãozinho. Eu também fiquei assustado da primeira vez que ouvi risadas.

– Mike, o que acontece?

– Jill... eu groko gente!

– Hein? (– *????*)

(– *Eu falo direitamente, Irmãozinho. Eu groko.*) – Eu groko gente agora, Jill... Irmãozinho... minha preciosa... minha amada moçoila com perfeitas pernas e linda, luxuriante, lúbrica, licenciosa e lasciva libido... sublimes seios e belo bumbum... voz viçosa e mãos macias. Minha belezura.

– Ora, Michael!

– Ah, eu conhecia as palavras; simplesmente não sabia quando ou por que dizê-las... nem por que você queria que eu as dissesse. Eu te amo, minha querida... E agora groko "amor" também.

– Você sempre grokou. E eu te amo... seu macaco pelado. Meu querido.

– "Macaco", sim. Venha aqui, macaca, ponha sua cabeça no meu ombro e me conte uma piada.

– Só contar uma piada?

– Bem, nada além de ficar de juntinho. Conte-me uma piada que nunca ouvi e veja se eu vou rir no lugar certo. Eu vou, tenho certeza disso; e vou lhe dizer *por que* é engraçada. Jill... *eu groko gente!*

– Mas como, meu bem? Você pode me explicar? Precisa de marciano? Ou telepatia?

– Não, essa é a questão. Eu groko gente. Eu *sou* gente... então agora consigo dizer em fala de gente. Eu descobri por que a gente ri. Rimos porque dói... porque é a única coisa que faz a dor passar.

Jill parecia confusa.

– Talvez eu seja quem não é gente. Não entendi.

– Ah, mas você *é* gente, minha macaquinha. Você groka tão automaticamente que não tem que pensar nisso. Porque você cresceu com gente. Só que eu não. Eu era como um cachorrinho criado longe dos cachorros, que não poderia ser igual aos donos, nem nunca aprendeu a ser cão. Então eu tive que ser ensinado. Irmão Mahmoud me ensinou, Jubal me ensinou, muita gente me ensinou... e você me ensinou mais que todo mundo. Hoje recebi meu diploma... e ri. Aquele pobre macaquinho.

– Qual deles, meu querido? Eu achei o grandão simplesmente malvado... e aquele para quem eu joguei o amendoim acabou sendo tão malvado quanto. Com certeza não tinha nada de engraçado.

– Jill, Jill, minha querida! Você está ficando marciana demais. É claro que não foi engraçado; foi trágico. Por isso que eu tive que rir. Contemplei uma jaula cheia de macacos e de repente vi todas as coisas malvadas e cruéis e absolutamente inexplicáveis que tinha visto e ouvido e lido neste tempo em que convivi com minha própria gente; e de repente doeu tanto que eu me peguei rindo.

– Só que, Mike, querido, rir é o que você faz quando alguma coisa é boa... não quando é horrível.

– Tem certeza? Pense em Las Vegas, quando vocês meninas apareciam no palco, tinha alguém rindo?

– Bem... não.

– Mas vocês garotas eram a melhor parte do show. Eu groko agora que, se eles tivessem rido, vocês ficariam magoadas. Não, eles riram quando o cômico tropeçou e caiu... ou de alguma outra coisa que não é uma bondade.

– Só que não é *só* disso que as pessoas riem.

– Não é? Talvez eu não groke sua plenitude ainda. Mas me conte alguma coisa que lhe faça rir, querida... uma piada, qualquer coisa; mas tem que ser algo que lhe faça rir, não apenas sorrir. Então vamos ver se não há uma erroneidade em algum lugar e se você riria se a erroneidade não estivesse lá. – Ele pensou. – Groko que, quando os símios aprenderem a rir, eles serão gente.

– Talvez. – Duvidosa mas com boa vontade, Jill começou a vasculhar sua memória em busca de piadas que lhe parecessem irresistivelmente engraçadas, aquelas que tinham lhe arrancado risadas: "...o clube de baralho inteiro.", "é para eu me curvar?", "nenhum dos dois, seu idiota, *ao invés!*", "...o china aqui discorda", "...ela quebrou a perna", "...crie problemas para *mim!*", "...mas vai estragar o passeio para mim", "...alguma coisa aconteceu a Ole", "... assim como você, sua besta desajeitada!".

Jill desistiu das "anedotas", argumentando que eram apenas fantasia, e tentou se lembrar de incidentes reais. Trotes? Todos os trotes e peças apoiavam a tese de Mike, até os mais leves como o copo que vaza. E, levando em conta o senso de humor dos residentes... médicos residentes deveriam ser mantidos em jaulas. O que mais? Aquela vez que Elsa Mae perdeu as calcinhas? Não tinha sido engraçado para Elsa Mae... Ou o...

– Aparentemente, a torta na cara é o ápice de todo humor – comentou Jill com seriedade. – Não é um retrato muito bonito da raça humana, Mike.

– Ah, só que é sim!

– Hein?

– Eu pensava, por que assim me disseram, que uma coisa "engraçada" era uma coisa de bondade. Só que não é. Nunca é engraçado à pessoa com quem acontece. Como aquele xerife sem calças. A bondade está no riso. Eu groko que é uma coragem... e um compartilhamento... contra a dor e a tristeza e a derrota.

— Mas, Mike, não é uma bondade rir *das* pessoas.

— Não. Mas eu não estava rindo do macaquinho. Eu estava rindo de *nós*. Gente. E de repente eu soube que eu era gente e não consegui parar de rir. — Ele fez uma pausa. — É difícil de explicar, porque você nunca viveu como marciana, mesmo com tudo que eu lhe contei. Em Marte *nunca* há nada do que se rir. Todas as coisas que são engraçadas para nós humanos ou são impossíveis de acontecer em Marte, ou não têm permissão de acontecer. Minha amada, o que vocês chamam de "liberdade" não existe em Marte; tudo é planejado pelos Anciãos. Por fim, aquelas *poucas* coisas que acontecem em Marte e que merecem risadas na Terra não são engraçadas lá porque não há erroneidade nelas. A morte, por exemplo.

— A morte não é engraçada.

— Então por que existem tantas piadas sobre a morte? Jill, para nós, nós, humanos, a morte é tão triste que *precisamos* rir dela. Todas essas religiões; elas se contradizem em todos os detalhes, mas cada uma delas está lotada de formas de ajudar as pessoas a serem corajosas o bastante para rir, mesmo que saibam que estão morrendo. — Ele parou e Jill notou que ele tinha quase entrado em transe. — Jill? Será que é possível que eu as estivesse estudando da forma errada? Será que *absolutamente todas* as religiões são verdadeiras?

— Hein? Como poderia ser? Mike, se uma delas for verdadeira, então todas as outras estão erradas.

— E daí? Aponte a direção mais curta ao redor do universo. Não importa para onde você apontar, é a mais curta... e você está apontando de volta a si mesmo.

— Bem, e o que isso prova? Você me ensinou a verdadeira resposta, Mike. "Tu és Deus."

— E tu és Deus, minha querida. Mas esse fato primário que não depende da fé pode significar que *todas* as fés são verdadeiras.

— Bem... se todas elas são verdadeiras, então neste instante eu quero adorar Shiva — Jill mudou de assunto com ação enfática.

— Minha pequena pagã — respondeu Mike baixinho. — Eles vão botar você para correr de São Francisco.

— Mas a gente vai para Los Angeles... onde ninguém vai notar. *Ah!* Tu és Shiva!

– Dance, Kali, dance!

Durante a noite, Jill acordou e viu Mike parado junto à janela, contemplando a cidade.

(– *O que o incomoda, meu irmão?*)

Mike se virou.

– Não há *necessidade* para que eles sejam tão infelizes.

– Querido, querido! Melhor eu levar você para casa. A cidade não lhe faz bem.

– Só que eu ainda saberia. Dor e doença e fome e conflito; não há necessidade para *nada* disso. É tão ridículo quanto aqueles macaquinhos.

– Sim, meu bem, só que não é culpa sua...

– Ah, só que *é* sim!

– Bem... por esse ponto de vista, sim. Mas não é só esta cidade; são mais de 5 bilhões de pessoas. Você não pode ajudar 5 bilhões de pessoas.

– Será que não?

Mike veio e se sentou ao lado de Jill.

– Eu os groko agora, posso falar com eles. Jill, eu poderia montar nosso número e fazer os otários rirem o tempo todo. Tenho certeza.

– Então por que não? Patty ficaria feliz, e eu também. Gostava de viajar com o parque... e, agora que compartilhamos água com Patty, seria como estar em casa.

Mike não respondeu. Jill sentiu a mente dele e soube que ele estava contemplando, tentando grokar. Ela esperou.

– Jill? O que eu preciso fazer para ser ordenado sacerdote?

Parte quatro
Sua carreira escandalosa

CAPITULO XXX

A primeira leva mista de colonos chegou a Marte. Seis dos dezessete sobreviventes dos 23 originais voltaram à Terra. Candidatos a colonos treinaram no Peru, numa altitude de 5 mil metros. O presidente da Argentina se mudou à noite para Montevideo, levando duas maletas. Seu sucessor abriu um processo de extradição perante o Supremo Tribunal para trazê-lo de volta, ou pelo menos as maletas. Cerimônias fúnebres para Alice Douglas foram realizadas discretamente na Catedral Nacional com a presença de 2 mil pessoas; os comentaristas elogiaram a coragem com que o secretário-geral lidou com a perda. Uma égua de três anos chamada Inflação, com um jóquei de 57 quilos, venceu o Kentucky Derby pagando 54 para 1. Dois hóspedes do Colony Airotel de Louisville desencarnaram, um voluntariamente, o outro por falha cardíaca.

Uma edição pirata da biografia não autorizada *O diabo e o reverendo Foster* apareceu por todos os Estados Unidos; ao anoitecer, todas as cópias tinham sido queimadas e as matrizes destroçadas, além de danos causados a bens e imóveis, além de tumultos, mutilação e mera agressão. Rumores afirmavam que o Museu Britânico tinha uma cópia da primeira edição (mentira), além da biblioteca do Vaticano (verdade, mas disponível apenas aos acadêmicos da igreja).

Na Assembleia Estadual do Tennessee, foi apresentado um projeto de lei para tornar pi igual a três; foi relatado pelo comitê de educação e moral pública, passando sem objeção pela câmara inferior e morrendo na superior. Um grupo fundamentalista interreligioso abriu um escritório em Van Buren, Arkansas, para solicitar fundos a fim de mandar missionários aos marcianos. O dr. Jubal Harshaw fez uma doação, mas a mandou em nome (e com o endereço) do editor do *Novo Humanista*, um ateu raivoso e seu amigo próximo.

Afora isso, Jubal teve muito pouco para alegrá-lo; havia notícias demais sobre Mike. Ele apreciava muito as visitas de Jill e Mike e estava muito interessado no progresso do rapaz, especialmente depois que ele desenvolveu um senso de humor. Porém, eles raramente voltavam para casa agora, e Jubal não estava feliz com as últimas novidades.

Jubal não tinha ficado muito preocupado quando Mike foi expulso do Seminário Teológico da União, perseguido por uma matilha de teólogos enfurecidos – alguns furiosos por acreditarem em Deus, outros por não acreditarem, mas todos odiando o Homem de Marte. Jubal achava que qualquer coisa que acontecesse a um teólogo que fosse mais leve que o suplício da roda seria muito merecido; e a experiência seria boa ao rapaz, ele ficaria mais esperto da próxima vez.

Também não tinha se aborrecido quando Mike (com ajuda de Douglas) se alistou com nome falso nas forças armadas da Federação. Sabia bem que nenhum sargento poderia causar traumas permanentes em Mike, e não se importava com o que poderia acontecer aos soldados da Federação; como um velho reacionário mal resolvido, Jubal tinha queimado sua baixa honrosa e tudo que a acompanhava no dia que os Estados Unidos deixaram de ter as próprias forças.

Jubal ficou surpreso com o pouco caos que Mike criou como "soldado Jones" e pelo longo tempo que durou, quase três semanas. Mike coroou sua carreira militar aproveitando o período de perguntas no final de uma aula para pregar a inutilidade da força (com um comentário sobre as vantagens de se reduzir o excesso de população por meio do canibalismo), depois se oferecendo como cobaia para qualquer arma de qualquer tipo, de modo a provar que a aplicação da força não apenas era desnecessária como também *impossível* quando executada contra uma pessoa autodisciplinada.

Eles não aceitaram sua oferta, preferindo expulsá-lo.

Douglas permitiu que Jubal visse um relatório supersecreto apenas-para-seus-olhos numerado-um-de-três depois de acautelar Jubal que ninguém, nem mesmo o supremo chefe do Estado Maior, sabia que o "soldado Jones" era o Homem de Marte. Jubal folheou os documentos, em sua maior parte relatórios conflitantes sobre o que tinha acontecido quando "Jones" fora "treinado" no uso de armas; a coisa mais surpreendente a Jubal era que algumas testemunhas tiveram a coragem de declarar, sob juramento, que tinham visto as armas desaparecendo.

Jubal leu o último parágrafo cuidadosamente: "Conclusão: o indivíduo supracitado é um hipnotista nato e poderia possivelmente ser útil em coleta de inteligência, mas é inapto a qualquer ramo de combate. Entretanto, seu baixo quociente de inteligência (retardamento mental), sua nota de classificação geral extremamente baixa e suas tendências paranoicas (ilusões de grandeza) fazem que seja desaconselhável explorar seu talento *idiot savant*. Recomendação: baixa por inaptidão; sem crédito de pensão ou benefícios".

Mike tinha conseguido se divertir. Durante uma parada no seu último dia, enquanto seu pelotão passava em revista, o general comandante e seu estado maior foram enterrados até a cintura em um bucólico subproduto bovino com valor simbólico a todos os soldados, mas já incomum em campos de exercícios. Essa massa desapareceu, não deixando nada além de odor e uma crença em hipnotismo em massa. Jubal decidiu que Mike tinha um gosto atroz nas peças que pregava. Depois se lembrou de um incidente na faculdade de medicina envolvendo um cadáver e o reitor... Jubal tinha usado luvas de borracha, felizmente!

Jubal curtiu a inglória carreira militar de Mike porque Jill passou esse tempo em casa. Quando Mike voltou, depois do fim daquilo tudo, não parecia magoado; gabou-se a Jubal que tinha obedecido aos desejos de Jill e não tinha feito *ninguém* sumir, somente algumas coisas mortas... se bem que, conforme Mike grokava, houve momentos em que a Terra teria se tornado um lugar melhor se Jill não tivesse essa fraqueza. Jubal não discordou, ele mesmo tinha uma longa lista de "melhor morto".

Os métodos únicos de Mike para crescer não eram problemáticos, afinal, Mike era único. Mas esta última invenção..."O reverendo dr. Valentine M. Smith, A.B., D.D., Ph.D., fundador e pastor da Igreja de Todos os Mundos, Inc." Céus! Já era ruim o bastante que o garoto tivesse decidido ser um capelão em vez de deixar as almas das pessoas em paz, como seria do feitio de um cavalheiro. Mas esses títulos de fábricas de diplomas faziam com que Jubal ficasse com vontade de vomitar.

O pior de tudo era que Mike afirmava ter sido inspirado em algo que Jubal dissera, sobre o que uma igreja era e o que ela poderia fazer. Jubal admitia que era algo que poderia ter dito, mesmo que não lembrasse.

Mike tinha sido muito astuto com a operação toda. Alguns meses de residência numa pequena faculdade sectária muito pobre, um título de bacharel conferido após uma prova de habilitação, uma dissertação de doutorado em religião comparativa que era uma maravilha acadêmica e não chegava a nenhuma conclusão, a aprovação desse doutorado "conquistado" coincidindo com uma doação (anônima) a essa instituição tão faminta; um segundo doutorado (*honoris causa*) por "contribuições ao conhecimento interplanetário" conferido por uma universidade que deveria estar acima dessas coisas, quando Mike informou que esse seria o preço de sua participação numa conferência de estudos do sistema solar. O Homem de Marte tinha rejeitado todo mundo desde Cal-Tech até o Instituto Kaiser Wilhelm no passado; Harvard não conseguiu resistir à isca.

Bem, agora eles deveriam estar tão vermelhos quanto o próprio brasão, pensou Jubal cinicamente. Mike trabalhou algumas semanas como capelão-assistente na sua humilde alma mater, depois rompeu com a seita numa cisma e fundou a própria igreja. Completamente kosher, legalmente hermético, de precedentes tão veneráveis quanto Martinho Lutero, e tão nauseabundos quanto o lixo da semana passada.

Jubal foi acordado de sua divagação azeda por Miriam.

– Chefe! Companhia!

Jubal olhou para o alto e viu um carro prestes a pousar.

– Larry, traga minha espingarda; jurei que ia atirar no próximo palerma que pousasse nas roseiras.

– Ele está pousando na grama, chefe.

– Então mande que tente de novo. Pegamos ele da próxima vez.

– Parece que é Ben Caxton.

– E é ele mesmo. Oi, Ben! O que você vai beber?

– Nada, sua má influência profissional. Preciso conversar com você, Jubal.

– Já está conversando. Dorcas, traga um copo de leitinho quente para Ben; ele está doentinho.

– Com pouca soda – acrescentou Ben. – E ordenhe aquela garrafa de 21 anos. Conversa em particular, Jubal.

— Tudo bem, vamos para o meu escritório; se bem que, se você conseguir esconder qualquer coisa das meninas por aqui, me conte qual é seu método. — Depois que Ben terminou de cumprimentar apropriadamente (e nada sanitariamente, em três casos) os membros da família, os dois subiram as escadas.

— Mas que diabo? Estou perdido! — exclamou Ben.

— Ah, você não viu a nova ala. Dois quartos e mais um banheiro no térreo, e a minha galeria aqui em cima.

— Estátuas suficientes para encher um cemitério!

— Por favor, Ben. "Estátuas" são políticos mortos. Isto é "escultura". Por favor fale em tom respeitoso, ou eu ficarei violento. Aqui temos réplicas de algumas das mais importantes esculturas que este globo safado já produziu.

— Bem, *aquela* coisa horrível eu já tinha visto antes... Mas onde foi que você arranjou o resto desse lastro?

Jubal falou com a réplica da *Belle Heaulmière*.

— Não dê ouvidos a ele, *ma petite chérie*; é um bárbaro que não sabe de nada. — Levou a mão ao belo rosto devastado, depois tocou gentilmente um seio vazio e murcho. — Sei como você se sente... não vai mais demorar muito. Paciência, minha querida.

Ele se virou para Ben e afirmou com vivacidade.

— Ben, você vai ter que esperar enquanto eu lhe dou uma lição sobe como apreciar esculturas. Você foi rude com uma dama. Não tolero isso.

— Hein? Não seja ridículo, Jubal, você é rude com damas, *damas vivas*, uma dúzia de vezes por dia.

— *Anne!* — gritou Jubal. — Suba aqui! Venha com seu manto!

— Você sabe que eu jamais seria rude com a idosa que posou para isso. O que eu não entendo é como um suposto artista teve a coragem de botar a bisavó de alguém para posar pelada... e como você tem o mal gosto de querer isso por perto.

Anne chegou trajando seu manto.

— Anne, eu alguma vez fui rude com você? — perguntou Jubal. — Ou com alguma das meninas?

— Isso pede uma opinião.

— É o que eu estou pedindo. Você não está num tribunal.

— Você nunca foi rude com nenhuma de nós, Jubal.

— Você já soube de alguma vez em que eu tenha sido rude com uma dama?

– Já vi você sendo intencionalmente rude com uma mulher. Nunca vi você sendo rude com uma dama.

– Mais uma opinião. O que você acha deste bronze?

Anne contemplou a obra-prima de Rodin e declarou lentamente:

– Quando eu a vi pela primeira vez, achei que era horrível. Mas cheguei à conclusão de que se trata de uma das coisas mais bonitas que eu já vi.

– Obrigado. Isso é tudo. – Anne foi embora. – Quer discutir, Ben?

– Hein? O dia que eu discutir com Anne será o dia em que eu me aposentarei. Mas eu não groko.

– Preste atenção, Ben. Qualquer um pode ver uma garota bonita. Um artista pode contemplar uma garota bonita e ver a mulher idosa que ela se tornará. Um artista melhor é capaz de olhar uma mulher idosa e ver a garota bonita que ela costumava ser. Um *grande* artista consegue olhar uma mulher idosa, retratá-la *exatamente* como ela é... e forçar o espectador a ver a garota bonita que ela costumava ser... e, além disso, ele faz com que qualquer um com a sensibilidade de um tatu veja que aquela linda jovem ainda está viva, aprisionada dentro do corpo arruinado. Ele faz você sentir a tragédia silenciosa e sem fim no fato de que nunca nasceu uma garota que tenha envelhecido além dos dezoito anos no próprio coração... não importando o que as horas cruéis tenham lhe feito. Olhe para ela, Ben. Envelhecer não importa para você ou para mim; mas importa *sim* para elas. *Olhe para ela!*

Ben olhou para ela. Depois de algum tempo, Jubal comentou roufenho:

– Muito bem, assoe o nariz. Vamos sentar.

– Não – respondeu Caxton. – E quanto a esta aqui? Vejo que é uma garota. Mas por que amarrá-la como um pretzel?

Jubal contemplou a réplica de *A cariátide caída carregando sua pedra*.

– Não espero que você aprecie as massas que tornam essa imagem algo muito mais que um "pretzel", mas você é capaz de apreciar o que Rodin queria dizer. O que as pessoas recebem ao olhar um crucifixo?

– Você sabe que eu não frequento a igreja.

– Ainda assim, você tem que saber que as representações da crucificação em geral são atrozes... e aquelas nas igrejas são as piores. Sangue como ketchup e aquele ex-carpinteiro retratado como se fosse um frouxo, coisa que certamente *não* era. Ele era um homem rústico, musculoso e saudável. Só que um retrato pobre é tão eficaz quanto um bom para a maioria das pessoas.

Elas não veem defeitos, veem um símbolo que inspira suas emoções mais profundas, faz que relembrem a agonia e o sacrifício de Deus.

– Jubal, achei que você não fosse cristão.

– E isso me deixa cego à emoção humana? O crucifixo de gesso mais tosco é capaz de evocar emoções tão fortes no coração humano que muitos morreram delas. A habilidade artística com que tal símbolo é criado é irrelevante. Aqui temos outro símbolo emocional, só que criado com sublime habilidade artística. Ben, por 3 mil anos os arquitetos desenharam prédios com colunas no formato de silhuetas femininas. Finalmente, Rodin apontou que era trabalho pesado demais para uma garota. Ele não virou e disse: "Vejam, seus idiotas, se isso é mesmo necessário, use uma figura masculina e forte". Não, ele *mostrou*. Esta pobrezinha cariátide caiu sob o peso. Ela é uma boa menina, olhe seu rosto. Sério, infeliz diante do fracasso, sem culpar ninguém, nem mesmo os deuses... e ainda tentando sustentar sua carga, depois de ter desmoronado debaixo dela.

Jubal fez uma pausa, e então continuou:

– Só que ela é mais do que boa arte denunciando a arte ruim; ela é um símbolo de todas as mulheres que já sustentaram uma carga pesada demais. Não só mulheres, este símbolo significa todo homem e mulher que suou uma vida difícil corajosamente sem reclamar. É coragem, Ben, e vitória.

– Vitória?

– Vitória na derrota, não há tipo mais elevado. Ela não desistiu, Ben, ainda está tentando erguer a pedra depois de ser esmagada por ela. É um pai trabalhando enquanto o câncer devora suas entranhas, a fim de levar para casa mais um contracheque. É uma menina de doze anos tentando criar os irmãos e irmãs porque a mamãe foi para o Céu. Ela é uma telefonista que se mantém no seu posto enquanto a fumaça a sufoca e o fogo corta sua rota de fuga. Ela é todos os heróis esquecidos que não conseguiram, mas nunca desistiram. Venha. Preste continência ao passar e venha ver minha Pequena Sereia.

Ben o interpretou literalmente; Jubal não disse nada.

– Agora esta – anunciou ele – é uma que Mike não me deu de presente. Não contei a ele por que a comprei... já que é óbvio que se trata de uma das composições mais encantadoras jamais criadas por olhos e mãos de um homem.

– Essa não precisa de explicação – concordou Ben. – Ela é *bonita!*

– O que já é motivo suficiente, como acontece com gatinhos e borboletas. Só que tem mais. Ela não é exatamente uma sereia, vê? Nem é humana.

Senta-se na terra, onde escolheu ficar... e contempla eternamente o mar, para sempre solitária pelo que deixou. Você conhece a história?

— Hans Christian Andersen.

— Isso. Ela fica sentada na enseada de Copenhague, e é todo mundo que algum dia tomou uma decisão difícil. Não se arrepende, mas paga caro por ela; cada escolha precisa ser quitada. O custo não é só a saudade infinita. Ela jamais será exatamente humana; toda vez que usa os pés pelos quais pagou tão caro, cada passo é como em facas afiadas. Ben, acho que Mike sempre anda em pontas de facas... Mas não conte a ele que eu disse isso.

— Não vou contar. Prefiro olhar para ela e não pensar em facas.

— Ela é uma coisinha linda, não é? Que tal convencê-la a ir para a cama? Seria tão animada quanto uma foca, e igualmente escorregadia.

— Caramba! Você é um velho vil, Jubal.

— E fico mais vil a cada ano que se passa. Não vamos olhar nenhuma outra. Eu geralmente me raciono a uma por dia.

— Justo. Eu me sinto como se tivesse entornado três drinques um atrás do outro. Jubal, por que não há coisas assim em lugares onde uma pessoa poderia vê-las?

— Porque o mundo ficou doido e a arte sempre pinta o espírito do seu tempo. Rodin morreu mais ou menos na época que o mundo começou a pirar. Seus sucessores notaram as coisas incríveis que ele fez com luz e sombra e massa e composição, e copiaram essa parte. O que fracassaram em ver foi que o mestre contava histórias que desnudavam o coração humano. Passaram a desprezar pinturas e esculturas que contavam histórias, chamando tais obras de "literárias". Partiram com tudo para a abstração.

Jubal encolheu os ombros e seguiu com o discurso.

— O design abstrato é bacana, para papel de parede ou linóleo. Só que a *arte* é o processo de evocar pena e terror. O que os artistas modernos fazem é masturbação pseudointelectual. A arte criativa é como uma relação sexual, na qual o artista deixa seu público emocional. Esses moleques que não se dignam a fazê-lo, ou não são capazes, perderam a audiência. O sujeito comum não vai comprar "arte" que não o afete emocionalmente. Se ele acabar pagando, é porque o dinheiro foi tomado dele por enganação, impostos ou coisas assim.

— Jubal, eu sempre me perguntei por que não dava a mínima para arte. Achei que faltava alguma coisa em *mim*.

— É, realmente é necessário aprender a ver arte. Mas é trabalho do artista usar uma linguagem que pode ser compreendida. A maioria desses palhaços não *quer* usar uma linguagem que eu e você poderíamos aprender; preferem zombar porque nós "fracassamos" em ver o que eles querem dizer. Se é que querem dizer alguma coisa. Obscuridade é o refúgio da incompetência. Ben, você *me* chamaria de artista?

— Hein? Você escreve direitinho.

— Obrigado. "Artista" é uma palavra que eu evito pelo mesmo motivo que odeio ser chamado de "doutor". Só que eu *sou* um artista. A maior parte do que escrevo só merece ser lido uma vez... e, no caso de alguém que saiba o quão pouco eu tenho a dizer, nem mesmo uma vez. Só que eu sou um artista *honesto*. Os meus escritos têm a intenção de alcançar o cliente; e afetá-lo, se possível, com pena e terror... ou pelo menos afastar o tédio das horas. Eu *nunca* me escondo dele numa linguagem privada, nem busco o louvor da parte dos outros escritores por conta da minha "técnica" ou outra bobagem. Quero elogios do cliente, em forma de dinheiro por que eu os toquei; ou não quero nada. Apoio às artes, que *merda*! Um artista apoiado pelo governo é uma puta incompetente! Diabo, você tocou num dos meus assuntos polêmicos. Encha seu copo e me diga o que você tem em mente.

— Jubal, estou infeliz.

— E isso é novidade?

— Tenho um novo conjunto de problemas. — Ben franziu o cenho. — Não sei bem se quero falar neles.

— Então escute os meus problemas.

— *Você* tem problemas? Jubal, achei que você fosse o único cara que tinha conseguido vencer o jogo da vida.

— Ah, eu tinha que lhe contar da minha vida conjugal. Sim, eu tenho problemas. Duke foi embora, ou você já sabia?

— Eu já sabia.

— Larry é um ótimo jardineiro, mas as trapizongas que fazem esta cabana funcionar estão caindo aos pedaços. Bons mecânicos são escassos. Bons mecânicos que se encaixariam nesta casa são quase inexistentes. Estou me virando mal e mal com técnicos; cada visita é um aborrecimento, todos eles com o roubo no coração, e a maioria não consegue nem usar uma chave de fenda sem se cortar. Eu também não, então estou à mercê deles.

— Meu coração chora por você, Jubal.

— Deixe o sarcasmo para lá. Mecânicos e jardineiros são convenientes. Secretárias são essenciais. Duas das minhas estão grávidas, e uma vai se casar.

Caxton parecia pasmo.

— Ah, eu não estou inventando histórias. Elas estão chateadas porque eu lhe trouxe aqui em cima sem dar a elas tempo para se gabarem. Então fique surpreso quando elas contarem.

— Hã, qual está se casando?

— Não é óbvio? O feliz noivo é aquele refugiado de fala mansa, nosso estimado irmão de água Fedido Mahmoud. Eu disse a ele que os dois teriam que vir morar *aqui* sempre que estivessem no país. O bastardo riu e apontou que eu já o tinha convidado há muito tempo. — Jubal fungou. — Não seria tão mal se eles ficassem. Eu poderia botar *a noiva* para trabalhar um pouco.

— Provavelmente. Ela gosta de trabalhar. As outras duas estão grávidas?

— Grávidas como balões. Estou me reciclando em obstetrícia porque elas me disseram que vão parir em casa. Mas que estorvo os bebês vão ser para os meus hábitos de trabalho! Mas por que você presume que nenhuma das barriguinhas crescentes pertence à noiva?

— Ora, eu achei que Fedido fosse mais convencional que isso... ou mais cuidadoso.

— Fedido não teria opinião no assunto. Ben, em todos os anos que eu estudei o tema, tentando rastrear todos os meandros das cabecinhas sinuosas delas, a única coisa que eu aprendi é que, quando uma garota quer, ela quer. Tudo que o homem pode fazer é cooperar com o inevitável.

— Enfim, qual delas não vai casar nem nada assim? Miriam? Ou Anne?

— Peraí, eu não disse que a noiva estava grávida. E você parece pensar que a noiva é Dorcas. Só que é Miriam quem está estudando árabe.

— Macacos me mordam!

— Obviamente.

— Mas Miriam estava sempre discutindo com Fedido...

— E eles lhe deram uma coluna de jornal... Você já viu um bando de crianças no parquinho?

— Tudo bem, mas... Dorcas só faltou fazer a dança dos sete véus.

— É o comportamento natural de Dorcas. Quando Miriam lhe mostrar o anel de noivado; do tamanho de um ovo de pássaro roca, e tão raro quanto; não deixe de parecer espantado. Lembre-se de que elas estão felizes... e foi por isso que eu já lhe contei, para que você não achasse que *elas* achavam que foi por acidente. Não acham. Não foi. Elas estão metidas. – Jubal suspirou. – Estou velho demais para curtir o barulho dos pezinhos, mas *não vou* perder secretárias perfeitas e meninas que eu amo por motivo *nenhum* se eu tiver como induzi-las a ficar. Esta casa vem ficando cada vez mais desorganizada desde que Jill abriu os olhos de Mike para os prazeres da vida. Não que eu a condene... e acho que você também não.

– Não, mas... Jubal, você está com a impressão de que foi *Jill* quem iniciou Mike?

– Hein? – Jubal parecia espantado. – Então quem foi?

– "Não seja intrometido, parceiro." De qualquer maneira, Jill me botou no meu lugar quando eu me precipitei com a mesma conclusão. Pelo que eu sei, qual delas foi a primeira foi mais ou menos uma questão de sorte.

– Humm... sim. Acredito que sim.

– Jill pensa assim. Ela acredita que Mike deu sorte em calhar de seduzir, ou ser seduzido por, aquela mais bem preparada para começar bem. O que serve de dica, se você souber como funciona a cabeça de Jill.

– Droga, não sei nem como funciona a *minha*. Quanto a Jill, eu jamais iria esperar que ela virasse pregadora, não importando quão apaixonada estivesse. Então não sei como a mente *dela* funciona.

– Ela não prega muito; já vamos chegar lá. Jubal, o que você interpreta pelo calendário?

– Hein?

– Você acha que foi Mike, nos dois casos, se as visitas dele se encaixarem.

– Ben – respondeu Jubal cuidadosamente –, não disse nada que levasse você a pensar assim.

– Claro que falou, caramba. Disse que elas estavam metidas. Conheço o efeito que um maldito super-homem tem sobre as mulheres.

– Calma, filho, ele é nosso irmão de água.

– Eu sei disso – concordou Ben com tranquilidade. – E eu o amo também. Mas isso é mais um motivo para eu entender por que elas estão metidas.

Jubal fitou o copo.

– Ben, parece-me que o *seu* nome poderia estar na lista mais facilmente que o de Mike.

– Jubal, você está maluco!

– Calma lá. Por mais que realmente acredite, com a ajuda de todos os bilhões de nomes de Deus, em não meter meu nariz nos assuntos dos outros, mesmo assim tenho visão e audição normais. Se uma banda passar tocando pela minha casa, eu percebo. Você dormiu debaixo deste teto dúzias de vezes. Você alguma vez dormiu sozinho?

– Ora, seu ordinário! Hum, eu dormi sozinho na primeira noite que passei aqui.

– Dorcas deveria estar sem apetite. Ah, não, você tomou um sedativo naquela noite, então não conta. Alguma outra noite então?

– Sua pergunta é irrelevante, insignificante e indigna da minha atenção.

– Essa foi uma resposta. Note que os novos quartos ficam tão longe do meu quanto é possível. Isolamento acústico nunca é perfeito.

– Jubal, será que o *seu* nome não estaria mais alto na lista do que o meu?

– O quê?

– Sem falar em Larry e Duke. Jubal, todo mundo presume que você mantém o harém mais suntuoso desde o sultão. Não me leve a mal, eles lhe *invejam*. Só que acham que você é um bode velho libidinoso.

Jubal tamborilou o braço da poltrona.

– Ben, não me importo de ser tratado com irreverência pelos mais jovens. Porém, neste assunto eu insisto que meus anos sejam tratados com respeito.

– Desculpa – respondeu Ben sem jeito. – Já que não tem problema você ficar esculhambando a *minha* vida sexual, achei que você não se importaria se eu fosse igualmente franco.

– Não, não, Ben! Você me entendeu mal. Eu exijo que as *meninas* me tratem com respeito... nessa questão.

– Ah...

– Eu sou, como você apontou, velho, muito velho. Cá entre nós, fico feliz em dizer que ainda sou libidinoso. Mas a libido não me controla. Prefiro a dignidade do que me entregar a um passatempo com que, acredite em mim, já me deleitei fartamente e não preciso repetir. Ben, um homem da minha idade, que parece um trem virado que rolou barranco abaixo, pode dormir com uma garota jovem (e provavelmente engravidá-la, obrigado pelo elogio, talvez não seja indevido) através destes três meios: dinheiro... ou o equivalente em termos de herança, propriedades comunais e coisas assim. E, pausa para uma pergunta: você consegue imaginar qualquer uma dessas quatro dormindo com um homem por *esses* motivos?

– Não. Nenhuma delas.

– Obrigado, senhor. Eu só me associo a damas e fico feliz que você saiba disso. O terceiro incentivo é em sua maior parte feminino. Uma doce moça às vezes leva um velho desastre para a cama porque gosta dele, tem pena dele e quer fazê-lo feliz. Isso se aplicaria?

– Hum, Jubal, acho que sim. Com qualquer uma delas.

– Também acho. Só que esse motivo, que qualquer uma dessas moças poderia considerar suficiente, *não* é suficiente para *mim*. Tenho minha dignidade, senhor, então por favor tire meu nome dessa lista.

Caxton sorriu.

– Tudo bem, seu velho cabeçudo. Espero que, quando eu tiver sua idade, eu não seja tão difícil de tentar.

Jubal sorriu.

– Melhor ser tentado e resistir do que se desapontar. Agora, quanto a Duke e Larry, não sei, nem me importo. Sempre que alguém vem morar aqui, deixo claro que esta casa não é nem senzala nem bordel, mas um lar... e, como tal, combina anarquia e tirania sem o menor rastro de democracia, como em qualquer família bem administrada. Ou seja, todo mundo faz o que quiser até que eu dê uma ordem, e minhas ordens não estão sujeitas a debate. Minha tirania nunca se estende à vida amorosa. As crianças sempre mantiveram seus assuntos pessoais razoavelmente pessoais. Pelo menos – Jubal sorriu com melancolia –, até a influência marciana sair de controle. Talvez Duke e Larry arrastassem as meninas para trás dos arbustos. Mas nunca ninguém gritou.

– Então você acha que foi Mike.

Jubal fez uma careta.

– Sim. E isso não é problema. Eu disse que as meninas estavam orgulhosamente felizes. E eu não estou quebrado, além do fato de que poderia extrair qualquer quantia de Mike. Os bebês não passarão dificuldades. Só que, Ben, estou preocupado com o próprio Mike.

– Eu também, Jubal.

– E com Jill.

– Hã, Jubal, Jill não é o problema. É Mike.

– Diabos, por que o garoto não pode voltar para casa e acabar com essa pregação obscena?

– Olha, Jubal, não é bem isso que ele anda fazendo. – Ben acrescentou: – Acabei de voltar de lá.

– *O quê?* Por que você não me *contou?*

Ben suspirou.

– Primeiro você falou de arte, aí você chorou miséria, depois quis fofocar.

– Hã... o microfone é seu.

– Na volta da conferência da Cidade do Cabo, eu os visitei. O que eu vi me deixou preocupado pra caramba, então passei no meu escritório e vim para cá. Jubal, você não poderia armar alguma coisa com Douglas para encerrar essa operação?

Jubal balançou a cabeça.

– O que Mike faz da vida dele é assunto dele.

– Você faria isso se tivesse visto o que eu vi.

– Eu não! Só que, em segundo lugar, eu não *posso*. Nem Douglas.

– Jubal, Mike aceitaria qualquer decisão que você tomasse quanto ao dinheiro dele. Provavelmente nem entenderia.

– Aí é que está, ele entenderia, *sim*! Ben, há pouco tempo Mike fez seu testamento e me mandou para que eu criticasse. Foi um dos documentos mais astutos que eu já vi. Reconheceu que tinha mais riqueza do que seus herdeiros poderiam usar, então empregou parte do dinheiro para guardar o resto. Contém armadilhas contra não apenas pretendentes a herdeiros não só de seus pais legítimos *e* naturais; ele está ciente de que é bastardo, mesmo que eu não saiba como o descobriu; mas também de cada membro da tripulação da *Envoy*. Ele forneceu um método para fechar acordos extrajudiciais com qualquer herdeiro que tenha uma reivindicação à primeira vista e montou de tal forma que eles teriam praticamente que derrubar o governo para invalidar o testamento. O documento provou que Mike conhecia cada título e ativo. Não consegui encontrar *nada* que pudesse criticar. – (Incluindo, pensou Jubal, as provisões que ele fez para você, meu irmão!) – Não venha me dizer que eu poderia armar com o dinheiro dele!

Ben parecia melancólico.

– Bem que eu queria que fosse possível.

– *Eu* não. Só que não ajudaria nem se nós pudéssemos. Mike não saca um dólar de sua conta há mais de um ano. Douglas me ligou para falar disso; Mike não respondeu às cartas dele.

– Nenhum saque? Jubal, ele está gastando os tubos.

– Talvez esse golpe da igreja pague muito bem.

– Essa é a parte estranha. Não é exatamente uma igreja.

– Então o que é?

– Bom, primariamente uma escola de idioma.

— Como assim?

— Para ensinar a língua marciana.

— Ora, se é assim, eu preferia que ele não chamasse de igreja.

— Talvez seja uma igreja, dentro da definição legal.

— Olha, Ben, um rinque de patinação é uma igreja, desde que alguma seita afirme que patinar é essencial à adoração, ou mesmo que a atividade serve a alguma função desejável. Já que se pode cantar à glória de Deus, também se pode patinar para o mesmo fim. Há templos na Malásia que, para um forasteiro, não são nada além de um viveiro de cobras... Mas o mesmo Supremo Tribunal que os julga como sendo "igrejas" protege nossas próprias seitas.

— Bom, Mike cria cobras também. Jubal, não tem *nada* que possa ser excluído?

— Humm... um ponto irrelevante. Uma igreja em geral não pode cobrar por previsões do futuro ou sessões espíritas, mas pode aceitar doações e deixar que estas sejam tarifas de fato. O sacrifício humano é ilegal, mas acontece em vários pontos ao redor do globo... provavelmente até aqui mesmo nesta outrora terra da liberdade. O jeito de se fazer qualquer coisa que seria de outra forma suprimida é fazê-lo no santuário interno e manter os gentios fora. Por quê, Ben? Mike está fazendo alguma coisa que possa botá-lo na cadeia?

— Acho que provavelmente não.

— Enfim, se ele for cuidadoso... os fosteritas já mostraram como se safar com praticamente qualquer coisa. Por muito menos, Joseph Smith, dos mórmons, foi linchado.

— Mike copiou muita coisa dos fosteritas. Isso é parte do que me preocupa.

— Mas o que *exatamente* preocupa você?

— Há, Jubal, isso é um assunto de irmão de água.

— Quer que eu ande com veneno num dente falso?

— Ah, o círculo interno deveria ser capaz de desencarnar voluntariamente, sem precisar de veneno.

— Nunca cheguei tão longe, Ben. Mas conheço jeitos de erguer a única defesa final. Vamos logo com isso.

— Eu falei que Mike cria cobras. Quis dizer figurativa e literalmente; o lugar é um poço de serpentes. Insalubre. O templo de Mike é bem grande. Um auditório para eventos públicos, outros menores para reuniões com convidados, muitas salas menores e alojamentos. Jill me mandou um radiograma me dizendo aonde ir, então eu fui deixado na entrada privativa na rua de trás. Os alojamentos ficam acima do auditório, tão privados quanto possível dentro da cidade.

Jubal assentiu com a cabeça.

— Sejam seus atos legais ou não, vizinhos bisbilhoteiros são sempre ruins.

— Neste caso, é uma ótima ideia. Portas exteriores me deixaram entrar. Suponho que eu tenha sido escaneado, mesmo que não tenha visto o scanner. Passei por mais duas portas automáticas, depois subi um tubo de salto. Jubal, não se tratava de um tubo normal. Não era controlado pelo passageiro, mas por alguém fora de vista. Não dava a mesma sensação de um tubo de salto normal, também.

— Nunca usei um deles, nem jamais usarei – declarou Jubal com firmeza.

— Você não teria se incomodado com esse. Flutuei leve como uma pena.

— Ben, eu não confio em maquinarias. Elas mordem. – Jubal acrescentou: — Entretanto, a mãe de Mike era dos grandes nomes da engenharia e o pai, o verdadeiro pai, era no mínimo um engenheiro competente. Não deveríamos ficar surpresos se Mike melhorou os tubos de salto até que sejam dignos de humanos.

— Como pode muito bem ser. Cheguei no topo e aterrissei sem precisar me agarrar, ou depender de redes de segurança. Não vi nenhuma, para ser sincero. Passei por mais portas automáticas e entrei numa imensa sala de estar. Estranhamente mobiliada e bem austera. Jubal, as pessoas acham que você vive numa casa estranha.

— Bobagem! É simples e confortável.

— Bem, seu cafofo é o Curso de Etiqueta e Boas Maneiras da Tia Jane perto da casa de Mike. Eu tinha acabado de entrar no apê e não consegui acreditar na primeira coisa que vi. Uma gata, tatuada do queixo aos dedos dos pés, e sem um trapinho que fosse cobrindo o corpo. Droga, ela estava tatuada *em todos os lugares*. Fantástico!

— Você é um caipira da cidade grande, Ben. Conheci uma mulher tatuada um dia. Muito boa moça.

— Bem... – admitiu Ben. – Essa gata era boa também, uma vez que você se acostumasse ao suplemento ilustrado dela, e com o fato de ela geralmente andar com uma cobra.

— Eu estava me perguntando se era a mesma mulher. Damas completamente tatuadas são escassas. Só que a mulher que eu conheci, trinta anos atrás, tinha o costumeiro medo vulgar de serpentes. Todavia, eu gosto de cobras... Ficarei feliz em conhecer sua amiga.

– Você a conhecerá quando for visitar Mike. Ela é tipo uma governanta dele. Patricia, mas a chamam de Pat ou Patty.

– Ah, sim! Jill gosta muito dela. Nunca mencionou as tatuagens, porém.

– Só que ela tem quase idade suficiente para ser essa sua amiga. Quando eu falei "gata", estava me referindo à primeira impressão. Ela parecia ter vinte e tantos anos; mas afirma que essa é a idade do seu filho mais velho. Enfim, ela veio até mim, toda sorridente, me abraçou e me beijou. "Você é Ben. Seja bem-vindo, irmão! Eu lhe dou água!"

Ben suspirou e continuou.

– Jubal, eu estou nesse ramo do jornalismo há anos, já rodei muito. Mas nunca fui beijado por uma gata estranha vestida apenas com tatuagens. Eu fiquei *constrangido*.

– Tadinho do Ben.

– Droga, você teria se sentido do mesmo jeito!

– Não. Lembre-se, já conheci uma mulher tatuada. Elas se sentem vestidas naquelas imagens. Ou, pelo menos, isso era verdade para minha amiga Sadako. Japonesa, ela era. Só que os japoneses não são tão pudicos quanto nós.

– Olha – respondeu Ben –, Pat não era pudica com o próprio corpo, mas dava muito valor às tatuagens. Ela quer ser empalhada e montada, nua, depois que morrer, como tributo a George.

– George?

– Desculpa. O marido. Está no Céu, para meu alívio... apesar de ela falar nele como se tivesse apenas saído para uma cervejinha. Só que, essencialmente, Pat é uma dama... e ela não me deixou ficar constrangido...

CAPÍTULO XXXI

Patricia Paiwonski recebeu Ben Caxton com o beijo total da irmandade antes que ele soubesse o que o atingira. Ela sentiu o constrangimento dele e ficou surpresa. Michael tinha lhe dito para esperá-lo, e colocou a imagem do rosto de Ben na mente dela. Pat sabia que Ben era um irmão em toda plenitude, do Ninho Interior, e Jill tinha uma proximidade com Ben que só ficava atrás da que tinha com Michael.

Só que a natureza de Patricia era um desejo infinito de tornar as outras pessoas tão felizes quanto ela; Pat desacelerou. Convidou Ben a retirar as roupas, mas não pressionou a questão, exceto para lhe pedir que tirasse os sapatos; o Ninho era macio, e limpo de um jeito que apenas os poderes de Michael poderiam limpar.

Pat mostrou a ele onde pendurar as roupas e se apressou em buscar uma bebida. Jill tinha lhe contado as preferências de Ben, e ela decidiu por um martíni duplo; o pobre coitado parecia cansado. Quando Pat voltou com os drinques, Ben estava descalço e tinha tirado o paletó.

– Irmão, que você nunca tenha sede.

– Compartilhamos água – concordou Ben e bebeu. – Não tem quase água nenhuma aí.

— Suficiente — respondeu ela. — Michael diz que a água poderia estar no pensamento; ela é o compartilhamento. Eu groko que ele fala direitamente.

— Eu groko. E era bem o que eu precisava. Obrigado, Patty.

— O nosso é seu, e você é nosso. Estamos felizes por você estar em casa. Os outros estão ministrando ou dando aula. Não há pressa, eles virão quando a espera estiver preenchida. Você gostaria de dar uma volta pelo Ninho?

Ben deixou que ela o levasse num tour. Uma imensa cozinha com um bar num dos extremos, uma biblioteca ainda mais carregada que a de Jubal, banheiros amplos e luxuosos, quartos de dormir; Ben decidiu que deveriam ser quartos mesmo, ainda que não contivessem camas, apenas pisos que eram ainda mais macios que nos outros lugares. Patty os chamava de "pequenos ninhos" e mostrou a ele aquele onde ela geralmente dormia.

Tinha sido adaptado para as cobras num dos lados. Ben suprimiu sua aversão até chegar às najas.

— É tranquilo — ela assegurou. — Nós tínhamos um vidro para isolá-las. Só que Michael as ensinou a não passar nunca desta linha.

— Eu preferiria confiar no vidro.

— Não tem problema. — Ela baixou a barreira transparente. Ben se sentiu aliviado e conseguiu acariciar Docinho de Coco quando solicitado. Então Pat lhe mostrou mais um aposento. Era muito grande, circular, tinha um piso tão acolchoado quanto os quartos; no centro havia uma piscina redonda.

— Este — anunciou Pat — é o Templo Íntimo, onde recebemos os novos irmãos no Ninho. — Ela tocou o pé na água. — Você quer compartilhar água e se aproximar? Ou talvez só nadar?

— Hum, não neste momento.

— A espera é — concordou ela. Os dois voltaram à imensa sala de estar, e Patricia foi buscar outra bebida. Ben instalou-se num grande sofá, depois se levantou. O lugar era quente, o drinque o fazia suar e um sofá que se ajustava ao contorno dele só o deixava com mais calor. Decidiu que era bobagem se vestir como o faria em Washington, enquanto Patty trajava nada além de uma cobra que tinha deixado pendurada nos ombros.

Ben decidiu que cuecas samba-canção seriam suficientes e pendurou o resto no *foyer*. Lá ele notou uma placa na porta de entrada: *"Você lembrou de se vestir?"*.

Concluiu que, naquele lar, o aviso poderia ser necessário. Viu mais uma coisa que não tinha percebido ao entrar. De cada lado da porta havia uma enorme tigela de latão, ambas cheias de dinheiro.

Mais que cheias; notas da Federação de vários valores se derramavam pelo chão.

Ele estava encarando aquilo quando Patricia voltou.

– Eis aqui sua bebida, irmão Ben. Que nossa proximidade cresça em felicidade.

– Hã, obrigado. – Os olhos dele voltaram ao dinheiro.

Ela seguiu o olhar.

– Sou uma dona de casa muito desleixada, Ben. Michael facilita tanto as coisas, a limpeza e tal, que eu acabo esquecendo. – Ela pegou o dinheiro caído e o entulhou na bacia menos cheia.

– Patty, por que diabos?

– Ah. Mantemos isso aqui porque essa porta leva à rua. Se um de nós deixa o Ninho; coisa que eu mesma faço, todo dia, para comprar comida; talvez precise de dinheiro. Mantemos ele aqui para não esquecermos de levar.

– É só pegar um punhado e sair?

– Ora, é claro, querido. Ah, entendo o que você quer dizer. Nunca há ninguém aqui além de nós. Se tivermos amigos de fora, e todos nós temos, há salas mais embaixo, do tipo que eles estão acostumados, onde somos visitados. O dinheiro não fica onde possa tentar uma pessoa fraca.

– Há! Eu sou bem fraco, pessoalmente!

Pat riu.

– Como algo que é seu poderia tentá-lo?

– Hã, e quanto a ladrões? – Ben tentou calcular quanto dinheiro aquelas tigelas *continham*. A maioria das notas parecia ser de valores múltiplos. Droga, dava para ver uma com três zeros no chão, Patty não tinha visto.

– Um deles conseguiu entrar, na semana passada.

– E aí? Quanto ele roubou?

– Ah, ele não levou nada. Michael o mandou embora.

– Chamou a polícia?

– Ah, não! Michael nunca entregaria ninguém à polícia. Michael simplesmente – ela encolheu os ombros – fez ele ir embora. Depois Duke consertou o buraco na claraboia do jardim. Eu já lhe mostrei o jardim de inverno? É uma delícia, tem um chão de grama. Você tem um chão de grama, Jill me contou. Foi lá que Michael viu um pela primeira vez. É grama na casa toda?

– Só na minha sala de estar.

– Se algum dia eu for a Washington, posso andar nele? Deitar nele? Por favor?

– É claro, Patty. Hã... é seu.

– Eu sei, querido. Mas é bom perguntar. Eu vou deitar nele e sentir a grama contra mim e ficar cheia de felicidade em estar no pequeno ninho do meu irmão.

– Você é muito bem-vinda, Patty. – Ben esperava que ela deixasse as cobras em casa! – Quando você estará por lá?

– Não sei. Quando a espera for plena. Talvez Michael saiba.

– Bom, me avise se possível, para que eu esteja na cidade. Caso contrário, Jill sempre sabe meu código da porta. Patty, ninguém controla esse dinheiro?

– Para quê, Ben?

– Hum, as pessoas geralmente fazem isso.

– Nós não fazemos. Pegue o quanto quiser, depois ponha de volta a quantia que você ainda tiver quando voltar para casa, se lembrar. Michael me disse para manter os potes cheios. Se acabar, eu pego mais com ele.

Ben desistiu do assunto, atônito com sua simplicidade. Já fazia alguma ideia do comunismo sem dinheiro da cultura marciana, e percebia que Mike tinha montado um enclave ali. Aquelas tigelas marcavam a transição da economia marciana à terráquea. Ele se perguntou se Patty sabia que era uma farsa, sustentada pela riqueza de Mike.

– Patty, quantos vivem no Ninho? – Ele se sentiu um pouco preocupado, depois afastou o pensamento. Por que eles o sugariam? *Ele* não tinha potes de ouro ao lado da porta.

– Deixe-me ver... quase vinte, contando irmãos noviços que ainda não pensam em marciano, e não foram ordenados.

– Você foi ordenada, Patty?

– Ah, sim. O que eu mais faço é ensinar. Aulas de marciano para iniciantes, e eu ajudo noviços e coisas assim. E Aurora e eu; Aurora e Jill são altas sacerdotisas; Aurora e eu somos fosteritas bem conhecidas, então trabalhamos juntas para mostrar aos outros fosteritas que a Igreja de Todos os Mundos não entra em conflito com a fé, assim como ser batista não impede que alguém se junte aos maçons. – Ela mostrou a Ben o beijo de Foster, explicou o que era e apontou o par milagroso plantado por Mike. – Eles sabem o que o beijo de Foster significa e como é difícil de conquistá-lo. Também já viram alguns dos milagres de Mike e estão quase no ponto de ceder e ascender a um círculo mais elevado.

– É um esforço?

— Claro que é, Ben, para eles. No seu caso e no meu, e Jill e mais alguns outros, Michael nos convocou direto à irmandade. Só que, para os outros, primeiro Mike lhes ensina um método, não é uma fé, mas uma forma de materializar a fé em trabalhos. Isso quer dizer que eles precisam aprender marciano. Não é fácil; eu ainda não sou fluente. Só que é felicidade trabalhar e aprender. Você perguntou sobre o Ninho; deixe-me ver, Duke e Jill e Michael... dois fosteritas, Aurora e eu... um judeu circuncisado, sua mulher e quatro filhos...

— Crianças no Ninho?

— Ah, um monte delas. No ninho de filhotes logo ali adiante; ninguém poderia meditar com crianças gritando e fazendo confusão. Quer ver?

— Há, mais tarde.

— Um casal católico com um garotinho... excomungados, lamento dizer, o padre deles descobriu. Michael teve que lhes prestar ajuda especial, foi um grande choque, e completamente desnecessário. Uma família mórmon do novo cisma; com eles são mais três, e seus filhos. O resto é de protestantes e um ateu. Isto é, ele pensou que fosse até que Michael lhe abriu os olhos. Veio aqui para zombar; ficou para aprender... logo será um sacerdote. Hum, dezenove adultos, mas raramente estamos todos no Ninho ao mesmo tempo, exceto pelas nossas próprias cerimônias no Templo Íntimo. O Ninho foi construído para receber 81, ou "três preenchido", só que Michael groka muita espera antes que seja necessário um ninho maior e, até lá, nós construiremos outros ninhos. Ben? Você gostaria de ver um serviço externo, ver como Michael faz o sermão? Ele está pregando agora.

— Ora, com certeza, se não for um incômodo.

— Ótimo. Espere só um segundo, meu bem, enquanto eu fico decente.

* * *

— Jubal, ela voltou num manto como a veste de testemunha de Anne, só que com mangas de asa de anjo, uma gola alta e a marca registrada de Mike, nove círculos concêntricos e um sol estilizado, sobre o coração. Isso era o paramento, Jill e as outras sacerdotisas vestiam a mesma coisa, só que a de Patty tinha gola alta para esconder seus rabiscos. Ela vestia meias e trazia sandálias.

Ben tomou mais um gole.

— Ela mudou completamente, Jubal. As roupas lhe conferiram grande dignidade. Dava para ver que ela era mais velha do que eu tinha adivinhado, mas ainda não chegava perto da idade que dizia ter. A tez dela era incrível, uma pena tatuar uma pele dessas. – Ele prosseguiu. – Eu tinha me vestido de novo. Ela pediu que eu carregasse meus sapatos nas mãos e me levou de volta através do Ninho até o corredor; paramos para nos calçarmos e descemos por uma rampa que girava num declive por dois andares. Chegamos numa galeria com vista para o auditório principal. Mike estava na plataforma. Nada de púlpito, só um anfiteatro com um enorme símbolo de Todos os Mundos na parede do fundo. Havia uma sacerdotisa com ele e, de longe, achei que fosse Jill, só que era a outra alta sacerdotisa, Aurora, Aurora Ardente.

– Que nome é esse?

– Aurora Ardente, nascida Higgins, se você quiser ser detalhista.

– Já conhecia ela.

– Eu sei que já, seu bode supostamente aposentado. Ela tem uma paixonite por você.

Jubal balançou a cabeça.

– A "Aurora Ardente" de quem falo só conheci por alguns minutos, dois anos atrás. Ela não se lembraria de mim.

– Ela lembra, sim. Compra cada uma das suas porcarias comerciais, em áudio, sob cada pseudônimo que conseguiu rastrear. Adormece com elas tocando, pois lhe dão belos sonhos. É o que ela diz. Só que todos eles conhecem você, Jubal; aquela sala de estar tem exatamente *um* ornamento: uma réplica colorida em tamanho real da sua cabeça. Parece que você foi decapitado, com seu rosto num sorriso horrendo. Uma foto sua que Duke tirou escondido.

– Ora, mas que moleque!

– Foi Jill quem pediu.

– Dois moleques!

– Mike quem botou ela para fazer isso. Prepare-se, Jubal, você é o santo padroeiro da Igreja de Todos os Mundos.

Jubal parecia horrorizado.

– Eles não podem fazer isso!

– Já fizeram. Mike lhe dá o crédito de ter começado o espetáculo todo ao explicar as coisas tão bem que ele foi capaz de resolver como transpor a teologia marciana aos humanos.

Jubal grunhiu. Ben continuou.

– Além disso, Aurora acha você bonito. Apesar dessa esquisitice, Aurora é inteligente e absolutamente charmosa. Mas eu digressiono. Mike nos viu e chamou: "Oi Ben! Nos falamos mais tarde", e continuou com o discurso. Jubal, você precisa ouvir o rapaz. Ele não soava como se passasse um sermão nem vestia robes, só um terno branco elegante e bem feito. Soava como um maldito vendedor de carros de primeira. Fazia piadas e contava parábolas. Em essência, é um tipo de panteísmo... Uma parábola era aquela velha história da minhoca que está escavando a terra até encontrar outra minhoca, e lhe diz: "Ah, você é linda! Quer casar comigo?". E a outra responde: "Não seja ridícula, eu sou sua outra ponta". Você já ouviu essa?

– Se eu ouvi? Eu a *escrevi*!

– Não tinha percebido que ela era *tão* velha. Mike a usa muito bem. A ideia é que, sempre que você encontra outra coisa grokante, homem, mulher, gato vira-lata... você está encontrando sua "outra ponta". O universo é algo que nós inventamos entre nós e concordamos em esquecer a piada.

Jubal parecia azedo.

– Solipsismo e panteísmo. Juntos, eles explicam *qualquer* coisa. Neutralizam qualquer fato inconveniente, reconciliam todas as teorias, incluem quaisquer fatos e ilusões que você quiser. Porém, não passa de algodão-doce, só sabor e nenhuma substância, tão insatisfatório quanto resolver uma história dizendo "então o menininho caiu da cama e acordou".

– Não brigue comigo, vá discutir com Mike. Acredite em mim, ele deixa tudo convincente. Uma hora ele parou e disse: "Vocês já devem estar cansados de tanta falação", e eles gritaram de volta: "*Não!*". Mike realmente estava com eles na palma da mão. Reclamou que a voz estava cansada e que, de qualquer maneira, era hora de milagres. Então ele fez uns truques incríveis de prestidigitação. Você sabia que ele tinha sido mágico num parque itinerante?

– Eu sabia que ele tinha viajado com o parque, mas ele nunca me contou a natureza da sua vergonha.

– O garoto é formidável, algumas das façanhas dele me enganaram legal. Mas também teria sido ok se ele tivesse feito só truques infantis, era a arenga dele que os hipnotizava. Finalmente, Mike parou e disse: "Espera-se que o Homem de Marte faça coisas maravilhosas... então eu faço alguns milagres em cada reunião. Não tenho como deixar de ser o Homem de Marte; é apenas algo que me aconteceu. Os milagres podem acontecer para *você*, se você os quiser. Entretanto, para qualquer coisa além destes pequenos milagres, você precisa entrar para o Círculo. Verei aqueles que assim desejarem mais tarde. Estamos distribuindo cartões".

Ele fez uma pausa e continuou.

— Patty me explicou: "Essa plateia é só de otários, querido; pessoas que compareceram por curiosidade ou talvez incitadas por alguém que já tenha alcançado algum dos círculos interiores". Jubal, Mike montou a coisa em nove círculos, como graus de loja maçônica, e ninguém fica sabendo que há círculos mais profundos até que estejam prontos para tal. "Este é o pregão de Mike", ela me disse, "que ele faz com a mesma facilidade com que respira, enquanto sente o grupo e decide quem é possível. É por isso que ele se estende tanto, Duke está ali atrás daquela grade, e Michael lhe diz quem poderia ser digno, onde está sentado e tudo mais. Michael está prestes a converter a audiência… e descartar aqueles que não quer. Então Aurora assume o controle, depois que recebe o diagrama de assentos de Duke."

— E como eles fazem isso na prática? — indagou Jubal.

— Eu não vi. Tem uma dúzia de jeitos que eles poderiam dividir o rebanho desde que Mike soubesse quais eram e tivesse algum jeito de sinalizar para Duke. Patty diz que Mike é clarividente, não vou negar a possibilidade. Então eles recolheram o dízimo. Mike não faz nem isso no estilo tradicional; você sabe, música suave e assistentes cheios de dignidade. Ele disse que ninguém ia acreditar que aquilo era uma igreja se ele não fizesse uma coleta. Então, Deus me ajude, eles passaram cestas de coleta já cheias de dinheiro e Mike lhes disse que era o que a última plateia tinha dado, então que eles se servissem à vontade; se estivessem falidos ou com fome e precisassem. Mas, se eles tivessem vontade de dar, que dessem. Faça um ou o outro, ponha alguma coisa ou tire alguma coisa. Concluí que ele descobriu outro jeito de se livrar do excesso de dinheiro.

Jubal comentou, pensativo:

— Aquele discurso de vendas, se bem dado, deve resultar em gente dando *mais*… enquanto só alguns poucos tiram pequenas quantidades. Provavelmente *muito* poucos.

— Não sei, Jubal. Patty me levou embora quando Mike entregou o serviço a Aurora. Ela me conduziu a um auditório privado onde estava começando um serviço para o Sétimo Círculo, composto por pessoas que já participavam há meses e haviam feito algum progresso. Se é que dá para chamar de progresso. — Ben continuou. — Jubal, fomos direto de um ao outro, e foi difícil me ajustar. Aquela reunião para gente de fora era meio palestra, meio entretenimento. Esta outra era quase um ritual vodu. Mike vestia robes agora, parecia mais alto, ascético e intenso; seus olhos reluziam. O lugar estava obscurecido, tocava música assustadora que, mesmo assim, dava vontade de dançar. Patty e eu nos sentamos num sofá que era praticamente uma cama. No que o serviço consistia, eu não poderia dizer. Mike cantaria em marciano, eles responderiam em marciano; exceto pelos cantos de "Tu és Deus! Tu és Deus!" que eram ecoados por alguma palavra marciana que deixaria minha garganta dolorida de pronunciar.

Jubal fez um som de coaxo.

– Era essa?

– Hein? Acho que sim. Jubal... *você* foi fisgado? Está me enrolando?

– Não. Fedido me ensinou, disse que era heresia do tipo mais profundo. Do ponto de vista da religião dele, quero dizer. É a palavra que Mike traduz como "Tu és Deus". Mahmoud diz que isso não chega nem perto de uma tradução. É o universo proclamando sua autoconsciência, ou proclamando ter pecado com uma ausência absoluta de contrição, ou uma dúzia de outras coisas. Fedido diz que não entende a palavra nem em marciano, exceto que se trata de um palavrão, o pior possível na opinião dele, e mais próximo da rebeldia de Satanás do que da bênção de Deus. Continue. Isso era tudo? Só um bando de fanáticos gritando em marciano?

– Hã, Jubal, eles não gritavam nem era fanatismo. Às vezes, mal sussurravam. Depois podiam falar um pouco mais alto. Faziam isso num ritmo, num padrão, como uma cantata... só que não parecia ensaiado; passava mais uma sensação de que eram todos uma só pessoa, cantarolando o que tivesse vontade. Jubal, você já viu fosteritas se agitando...

– Vezes demais, lamento dizer.

– Bem, isso não era esse tipo de frenesi, era mais quieto e fácil, como um adormecer. Não deixava de ser intenso, e ficava cada vez mais, só que... Jubal, você já participou de uma sessão espírita?

– Já. Eu experimentei tudo que pude, Ben.

– Então você sabe como a tensão pode crescer sem que ninguém se mexa ou diga uma palavra. Isso era mais assim do que uma renovação, ou mesmo a missa mais tranquila. Só que não era brando, tinha um impacto incrível.

– A palavra é "apolíneo".

– Hein?

– Em oposição a "dionisíaco". As pessoas simplificam apolíneo em brando, calmo, e frio. Só que apolíneo e dionisíaco são dois lados da mesma moeda. Uma freira ajoelhada em sua cela, perfeitamente imóvel, pode estar num êxtase mais frenético que qualquer sacerdotisa de Pã Príapo celebrando o equinócio primaveril. O êxtase está na cabeça, não nos exercícios preparatórios. – Jubal franziu o cenho. – Outro erro é confundir apolíneo com bom, só porque nossas seitas mais respeitáveis são apolíneas em ritual e preceitos. Mero preconceito. Continue.

– Bem... as coisas não eram tão calmas quanto a devoção de uma freira. Eles perambulavam, trocavam de lugar, e trocavam carícias; nada mais, creio, mas a luz era fraca. Uma garota veio se juntar a nós dois, mas Patty lhe fez algum sinal, então ela só nos beijou e partiu. – Ben sorriu. – Beijou muito bem, por sinal. Eu era a única pessoa que não estava de robe, me sentia conspícuo. Mas ela não pareceu notar. – Prosseguiu. – A coisa toda era casual... e, ao mesmo tempo, coordenada como os músculos de uma bailarina. Mike se mantinha ocupado, às vezes à frente, às vezes vagueando em meio aos outros; uma vez ele apertou meu ombro e beijou Patty, sem pressa, mas com rapidez. Não falou. Atrás de onde ele ficava quando parecia liderar havia um treco como um grande tanque estéreo; ele o usava para "milagres", só que nunca usou palavras, pelo menos não em inglês. Jubal, toda igreja promete milagres. Mas sempre acaba ficando para amanhã.

– Exceção – interrompeu Jubal. – Muitas delas cumprem o prometido. Dois exemplos dentre muitos: Ciência Cristã e Catolicismo.

– Catolicismo? Você está falando de Lurdes?

– Estava pensando no milagre da transubstanciação.

– Humm, não posso julgar um milagre tão sutil. Quanto à Ciência Cristã... se eu quebrar a perna, quero um médico.

– Então cuidado onde bota o pé – grunhiu Jubal. – Não venha me incomodar.

– Nunca me ocorreria lhe pedir ajuda. Não quero ser socorrido por um aluno de Hipócrates.

– Hipócrates sabia reduzir uma fratura.

– É, mas e quanto aos alunos dele? Jubal, esses casos que você citou podem até ser milagres, só que Mike oferece exemplos mais extravagantes. Ou é um expert em ilusionismo, ou um hipnotista incrível...

– Pode ser ambos.

– ... ou melhorou a tecnologia de estereovisão em circuito interno de modo que não seja mais distinguível da realidade.

— Como você pode excluir os milagres *verdadeiros*, Ben?
— Não é minha teoria favorita. Seja lá qual seja o método, era bom teatro. Uma hora as luzes se acenderam e havia um leão de juba negra, tão majestoso quanto o guardião dos degraus de uma biblioteca, com ovelhinhas saltando ao seu redor. O leão apenas piscou e bocejou. Claro, Hollywood pode filmar tais efeitos, mas eu senti cheiro de leão. Porém, isso pode ser falsificado também.
— Por que insistir em falsificação?
— Diabos, eu estou *tentando* ser imparcial!
— Então não passe do ponto. Tente emular Anne.
— Não sou Anne. Não estava sendo imparcial lá, no momento. Simplesmente aproveitei, num ardor caloroso. Mike fez um monte de ilusões empolgantes. Levitação e coisas assim. Patty saiu de fininho perto do fim depois de me sussurrar que eu deveria ficar: "Michael acabou de lhes dizer que qualquer um que não se sinta pronto para o próximo Círculo deveria sair agora", ela me explicou. Eu disse: "Melhor eu sair então". Aí ela falou: "Ah, não, querido! Você é do Nono Círculo. Fique sentado, eu já volto". E foi embora.
— Ele continuou. — Não acho que ninguém desistiu. Esse grupo era gente do Sétimo Círculo escolhida para ser promovida. Só que eu não notei quando as luzes se acenderam de novo... E lá estava Jill! — Ben prosseguiu. — Jubal, não parecia estereovisão. Jill me achou e sorriu para mim. Ah, se um ator olhar diretamente para a câmera, seus olhos encontrarão os seus não importa onde você sentar. Só que, se Mike resolveu isso também, ele deveria patentear. Jill vestia uma fantasia exótica. Mike começou a entoar alguma coisa, parcialmente em inglês... coisas sobre a Mãe de Todos, a unidade dos muitos, e começou a chamá-la por uma série de nomes. Com cada nome, a fantasia dela mudava...

* * *

Ben Caxton ficou imediatamente atento ao ver Jill. Não foi enganado pela iluminação e distância, aquela era Jill! Ela olhou para ele e sorriu. Ben escutou a invocação sem prestar muita atenção enquanto pensava que tinha se convencido de que o espaço atrás do Homem de Marte só podia ser um tanque estéreo. Mas poderia jurar que dava para subir aqueles degraus e beliscar Jill.

Sentiu vontade, mas seria um truque mesquinho estragar o show de Mike. Ia esperar até que Jill estivesse livre...

– *Cibele!*

A fantasia de Jill se transformou de repente.

– *Isis!*

E de novo.

– *Frigg!... Ge!... Diabo!... Ishtar!... Maryam! Mãe Eva!* Mater Deum Magna! Amorosa e amada, Vida imortal...

Caxton parou de prestar atenção. Jill era Mãe Eva, vestida em glória. A luz se espalhou, e Ben viu que Jill estava num jardim, ao lado de uma árvore na qual havia uma grande serpente entrelaçada.

Jill sorriu, estendeu a mão e acariciou a cabeça da serpente. Virou-se de volta e abriu os braços.

Os candidatos avançaram para entrar no jardim.

Patty voltou e tocou Caxton no ombro.

– Ben, venha, querido.

Caxton queria ficar e devorar a gloriosa visão de Jill... queria se juntar àquela procissão. Mas se levantou e saiu. Olhou para trás e viu Mike abraçar a primeira mulher na fila, e se virou para seguir Patricia, sem ver que o robe da candidata sumiu quando Mike a beijou, nem viu Jill beijar o primeiro candidato homem, cujo robe também desapareceu.

– Vamos dar uma volta – explicou Patty –, para lhes dar tempo de entrar no Templo. Ah, poderíamos entrar direto, mas aí Mike teria que perder tempo, colocando-os de volta no clima... e ele trabalha tanto.

– Aonde vamos?

– Buscar Docinho de Coco, depois voltar ao Ninho. A não ser que você queria participar da iniciação. Mas você ainda não aprendeu marciano, então acharia confuso.

– Bem, eu queria ver Jill.

– Ah, ela me pediu para lhe dizer que vai dar um pulo no andar de cima para ver você. É por aqui, Ben.

Uma porta se abriu, e Ben se deparou com o jardim. A serpente ergueu a cabeça quando os dois entraram.

– Oi, meu amor! – exclamou Patricia. – Você foi a menininha bonita da mamãe! – Ela desenrolou a jiboia e a colocou numa cesta. – Duke a trouxe para cá, mas eu tive que arrumá-la naquela árvore e lhe dizer que não saísse dali. Você teve sorte, Ben, uma transição ao Oitavo acontece muito raramente.

Ben carregou Docinho de Coco e aprendeu que uma cobra de quatro metros era pesada; a cesta tinha reforços de aço. Quando chegaram ao topo, Patricia parou.

– Coloque-a no chão, Ben. – Pat tirou o robe e entregou a Caxton, depois enrolou a cobra em si mesma. – Esta é a recompensa a Docinho de Coco por ter sido uma boa menina; ela espera ficar abraçada com a mamãe. Tenho uma aula daqui a pouquinho, então vou carregá-la até o último momento. Não é uma bondade desapontar uma cobra; elas são como bebês, não conseguem grokar em plenitude.

Eles andaram cinquenta metros até a entrada do Ninho propriamente dito. Ben tirou as sandálias e meias dela depois de descalçar os sapatos. Os dois entraram e Patty ficou com ele enquanto Caxton se despia até a samba-canção, enrolando, tentando decidir se descartaria os shorts também. Tinha agora quase certeza de que vestir roupas dentro do Ninho era tão incomum (e possivelmente tão rude) quanto botas com pregos numa pista de dança. O aviso ao lado da porta, a ausência de janelas, o conforto uterino do Ninho, a falta de vestimentas de Patricia mais o fato de que ela tinha sugerido que ele poderia fazer o mesmo; tudo isso indicava a nudez doméstica.

Caxton tinha descontado o comportamento de Patricia devido à impressão de que uma mulher tatuada poderia ter hábitos estranhos quanto às roupas. Porém, ao chegar na sala de estar, eles passaram por um homem que seguia em direção aos banheiros e "pequenos ninhos", vestindo ainda menos que Patricia com sua cobra e muitas ilustrações. Cumprimentou os dois com "Tu és Deus" e continuou no seu caminho. Havia mais evidências na sala de estar: um corpo esparramado num sofá, uma mulher.

Caxton sabia que muitas famílias ficavam casualmente nuas em casa, e esta era uma "família", todos eram irmãos de água. Mas Caxton não conseguia se decidir entre a civilidade de tirar sua folha de figueira simbólica... e a certeza de que, se ele o fizesse e chegassem estranhos vestidos, ele se sentiria ridículo! Diabos, poderia até corar!

* * *

– O que *você* teria feito, Jubal?

Harshaw ergueu as sobrancelhas.

– Você está esperando que eu fique chocado, Ben? O corpo humano é muitas vezes agradável, com frequência deprimente, e nunca significativo em si. Então Mike administra seu lar com uma mentalidade nudista. Devo dar vivas? Ou preciso chorar?

– Droga, Jubal, é fácil ser olímpico. Mas eu nunca vi *você* tirar suas calças na frente das visitas.

– Nem verá. Mas eu groko que você não foi motivado pelo pudor. Estava sofrendo de um medo mórbido de parecer ridículo, uma neurose com um longo nome pseudogrego.

– Bobagem! Eu só não sabia se seria educado.

– Bobagem você, meu senhor. Você sabia muito bem o que era educado, mas estava com medo de parecer ridículo, ou temia ser surpreendido pelo reflexo masculino. Mas eu groko que Mike deva ter seus motivos para o costume... Mike sempre tem motivos.

– Ah, sim. Jill me explicou.

* * *

Ben estava no foyer, de costas para a sala de estar e com as mãos nos shorts, tendo decidido mergulhar de cabeça, quando alguém abraçou sua cintura com força.

– Ben, meu querido! Que *maravilhoso!*

Então Jill estava em seus braços, a boca quente e gulosa contra a dele, e Caxton ficou feliz em não ter terminado de se despir. Ela não era mais a "Mãe Eva"; vestia o robe de sacerdotisa. Mesmo assim, ele estava alegremente ciente de que estava com os braços cheios com uma garota viva, quente e sinuosa.

– Puxa! – exclamou ela, separando-se do beijo. – Fiquei com saudades suas, seu monstro. Tu és Deus.

– Tu és Deus – concedeu ele. – Jill, você está mais bonita do que nunca.

– Estou mesmo – concordou ela. – Isso acontece. Que alegria ver você no grand finale!

– Grand finale?

– Jill quer dizer – contribuiu Patricia – o fim da cerimônia, quando ela é a Mãe de Todos, Mater Deum Magna. Crianças, preciso correr.

— Nunca se apresse, Patizinha.

— Eu preciso correr para não ter que me apressar. Ben, vou botar Docinho de Coco na cama e depois vou descer para minha aula, então me dê um beijo de boa-noite, por favor.

E então Ben estava beijando uma mulher embrulhada numa cobra imensa. Tentou ignorar Docinho de Coco e tratar Patty como ela merece.

Pat então beijou Jill.

— Boa noite, queridos. — Ela saiu sem pressa.

— Ben, ela não é uma querida?

— É sim. Apesar de ter me deixado meio desconcertado no começo.

— Eu groko. Patty deixa todo mundo desconcertado, por que ela nunca tem dúvidas; automaticamente faz a coisa certa. É muito parecida com Mike. É a mais avançada de todos nós, deveria ser alta sacerdotisa. Mas não aceitou, porque suas tatuagens dificultariam alguns dos deveres; seriam uma distração; e ela não quer tirá-las.

— Como você tira tantas tatuagens assim? Com uma faca de esfolamento? Ela morreria.

— De forma alguma, querido. Mike poderia removê-las sem deixar rastro, sem machucá-la. Só que Pat não pensa nelas como sendo sua propriedade, ela é apenas sua guardiã. Venha, vamos sentar. Aurora vai trazer a janta. Preciso comer enquanto conversamos, ou não terei uma chance até amanhã. Conte-me o que você acha? Aurora me contou que você viu um serviço para forasteiros.

— Vi.

— E então?

— Mike poderia vender sapatos às cobras — comentou Caxton devagar.

— Ben, groko que alguma coisa está te incomodando.

— Não — respondeu ele. — Nada que eu possa identificar exatamente.

— Perguntarei de novo daqui uma ou duas semanas. Sem pressa.

— Não ficarei aqui uma semana.

— Você tem colunas de reserva?

— Três. Mas não deveria ficar aqui tanto tempo.

— Acho que vai ficar... depois vai passar algumas colunas por telefone, provavelmente sobre a igreja. A essa altura, você vai grokar ficar muito mais tempo.

— Acho que não.

— A espera é, até plenitude. Você sabe que essa não é uma igreja?

— Patty me disse alguma coisa do gênero.

— Digamos que não seja uma religião. É uma igreja, em todos os sentidos legais e morais. Só que não tentamos trazer as pessoas a Deus, isso é uma contradição, não pode ser dito em marciano. Não estamos tentando salvar almas, pois almas não podem ser perdidas. Não estamos tentando fazer que as pessoas tenham fé, o que oferecemos não é fé, mas verdade, e verdade pode ser verificada. Verdade para o aqui e agora, verdade tão objetiva quanto uma tábua de passar roupa e tão útil quanto pão... tão prática que pode tornar guerra e fome e violência e ódio tão desnecessários quanto... bem, quanto roupas no Ninho. Só que eles precisam aprender marciano. Esse é o obstáculo, encontrar gente honesta o bastante para acreditar no que vê, disposta a dar duro, pois *é* duro aprender a linguagem em que essa verdade tem que ser ensinada. A verdade não pode ser dita em inglês, assim como a *Quinta Sinfonia* de Beethoven também não. – Ela sorriu. – Só que Mike nunca tem pressa. Ele filtra milhares... encontra uns poucos, e alguns deles alcançam o Ninho e ele os treina ainda mais. Algum dia Mike nos terá treinado tão completamente que nós vamos poder abrir outros ninhos e, a partir daí, a avalanche começará. Só que não há pressa. Nenhum de nós está realmente treinado. Está, querida?

Ben olhou para cima após as últimas palavras de Jill, e ficou surpreso ao se deparar com uma mulher curvada para lhe oferecer um prato. Reconheceu-a como sendo a outra alta sacerdotisa, Aurora, sim, isso mesmo. Sua surpresa não foi reduzida pelo fato de ela se vestir à moda de Patricia, só que sem as tatuagens.

Aurora sorriu.

— Seu jantar, meu irmão Ben. Tu és Deus.

— Hã, tu és Deus. Obrigado. – Ela o beijou, pegou pratos para si e Jill, sentou-se à direita dele e começou a comer. Ben ficou triste por ela não ter se sentado onde ele poderia vê-la melhor; ela tinha os melhores atributos associados às deusas.

— Não – concordou Aurora. – Ainda não. Mas a espera preencherá.

— Por exemplo, Ben – continuou Jill –, eu fiz uma pausa para comer. Só que Mike não come desde anteontem, e não comerá até que sua presença não seja mais necessária. Então ele comerá como um porco e isso o manterá por quanto tempo for necessário. Além disso, Aurora e eu ficamos cansadas, não é, querida?

— Certamente que ficamos. Só que eu não estou cansada, Gillian. Deixe-me cuidar desse serviço e você fica com Ben. Me dá esse robe.

— Você está maluca nessa sua cabecinha pontuda, meu amor. Ben, ela está trabalhando quase há tanto tempo quanto Mike. Podemos aguentar um longo tempo, mas comemos quando temos fome, e às vezes precisamos dormir. Falando em robes, Aurora, este era o último no Sétimo Templo. Preciso dizer a Patty que ela precisa pedir mais uma grosa ou duas.

— Ela já pediu.

— Eu deveria ter adivinhado. Este aqui parece apertado. — Jill rebolou de um jeito que perturbou Ben. — Nós estamos engordando?

— Um pouco.

— Ótimo. Estávamos magras demais. Ben, você percebeu que Aurora e eu temos o mesmo corpo? Altura, busto, cintura, quadris, peso, tudo... sem falar na coloração. Nós éramos quase iguais quando nos conhecemos. Depois, com a ajuda de Mike, ficamos exatamente idênticas. Até nossos rostos estão mais parecidos, mas isso vem de fazer e pensar as mesmas coisas. Levante-se e deixe que Ben nos olhe, querida.

Aurora pousou o prato e se levantou, numa pose que lembrou Ben de Jill além do que a semelhança justificaria. Por fim ele percebeu que era a pose em que Jill ficou ao se revelar como Mãe Eva.

— Viu, Ben? Sou eu — comentou Jill, de boca cheia.

Aurora sorriu.

— Um fio de navalha de diferença, Gillian.

— Bah, estou quase lamentando que a gente não tenha o mesmo rosto. É prático, Ben, que a gente seja parecida. Precisamos ter duas altas sacerdotisas; duas mal dão conta de acompanhar Mike. E, além disso — acrescentou —, Aurora pode comprar um vestido que caiba em mim, também. Me poupa do aborrecimento de fazer compras.

— Não sabia direito — comentou Ben devagar — se vocês vestiam roupas. Exceto por essas coisas de sacerdotisa.

Jill parecia surpresa.

— E como a gente poderia sair para dançar com *isso*? É o nosso jeito favorito de não dormir. Sente-se e termine seu jantar, Ben já nos encarou por tempo suficiente. Ben, tem um homem naquele grupo em transição que é um dançarino perfeitamente maravilhoso, e esta cidade está lotada de boates. Aurora e eu mantivemos o pobre coitado acordado tantas noites que ele precisou de ajuda para não dormir nas aulas de marciano. Só que ele vai ficar bem. Depois que você chega ao Oitavo Círculo, não precisa mais dormir muito. O que fez você pensar que a gente nunca se veste, querido?

— Hã... — Ben confessou seu dilema.

Jill ficou de olhos arregalados, mal riu, parando imediatamente.

– Entendo. Meu bem, eu só estou vestindo este robe porque preciso engolir o jantar e voltar ao trabalho. Se eu tivesse grokado que *isso* o estava incomodando, teria jogado esta coisa fora antes de dizer oi. Estamos tão acostumados a nos vestir ou não de acordo com o que teremos que fazer, que esqueci que poderia não ser educado. Meu amor, vista essa samba-canção ou não, do jeito que lhe convier.

– Hã...

– É só não se preocupar. – Jill sorriu e ficou com covinhas. – Isso me lembra daquela vez que Mike tentou ir à praia, lembra, Aurora?

– Jamais esquecerei!

– Ben, você sabe como o Mike é. Eu tive que ensinar tudo para ele. Mike não conseguia ver utilidade para as roupas, até que grokou, para sua grande surpresa, que não somos invulneráveis ao clima. O pudor corporal não é um conceito marciano, nem poderia ser. Mike só grokou roupas como ornamentos depois que começamos a experimentar com fantasias para nossos números.

Jill continuou.

– Só que, por mais que Mike sempre tenha feito o que eu dizia, quer grokasse ou não, você não pode imaginar quantas *coisinhas* estão envolvidas em ser um humano. Levamos mais ou menos vinte anos para aprendê-las, Mike teve que se virar da noite para o dia. Ainda restam lacunas. Ele faz certas coisas sem saber que não é assim que um humano se comporta. Todos nós lhe ensinamos, exceto por Patty, que acha que qualquer coisa que Michael faça é perfeita. Ele ainda está grokando roupas. Groka que são uma erroneidade que separa as pessoas, impede que o amor lhes aproxime. Ultimamente, vem grokando que uma barreira é necessária, contra a gente de fora. Porém, por um longo tempo, Mike só se vestia quando eu mandava. Até que um belo dia eu não mandei. Estávamos em Baja Califórnia, foi quando encontramos, ou reencontramos, Aurora. Mike e eu fizemos check-in à noite num hotel à beira-mar, e ele estava tão ansioso para grokar o oceano que me deixou dormindo na manhã seguinte e foi sozinho se encontrar com o mar pela primeira vez. – Ela prosseguiu. – Pobre Mike! Chegou na areia, tirou o robe e foi à água, parecendo um deus grego e igualmente ignorante das convenções. E aí o tumulto começou, eu acordei rápido e corri até a água para mantê-lo fora da cadeia.

Jill ficou com um olhar distante.

– Ele precisa de mim agora. Quero um beijo de boa-noite, Ben. Vejo você amanhã de manhã.

– Vai ficar tudo bem?

– Provavelmente. É uma turma de transição bem grande. – Jill se levantou, ergueu Ben e o abraçou.

Depois do beijo, ela murmurou:

– Ben, querido, você andou treinando. *Nossa*!

– Eu? Tenho sido absolutamente fiel a você, do meu próprio jeito.

– Assim como eu venho sendo a você. Não estava reclamando, só acho que Dorcas andou ajudando você a praticar o beijo.

– Talvez, quem sabe. Intrometida.

– A turma pode esperar enquanto você me beija de novo. Tentarei ser Dorcas.

– Seja você mesma.

– Eu seria de qualquer maneira. Mesma. Mike diz que Dorcas beija mais completamente, "groka um beijo" mais que qualquer outra pessoa.

– Pare de tagarelar.

Ela parou, depois suspirou.

– Turma de transição, aqui vou eu, brilhando como um vaga-lume. Cuide bem dele, Aurora.

– Vou cuidar.

– E beije-o agora mesmo para ver o que quero dizer!

– Pretendo beijar.

– Ben, seja um bom menino e faça o que Aurora mandar. – Jill foi embora, sem pressa, só que correndo.

Aurora fluiu até ele e ergueu os braços.

* * *

Jubal ergueu uma sobrancelha.

– Você vai me dizer que, *neste* instante, você arregou?

– Não tive como escolher nada. Eu, hã, "cooperei com o inevitável".

Jubal assentiu com a cabeça.

– Você ficou encurralado. Nessa situação, o melhor que um homem pode fazer é tentar uma paz negociada.

CAPÍTULO XXXII

— Jubal — disse Ben com sinceridade —, eu não diria uma palavra sobre Aurora, não lhe contaria nada disso, se não fosse necessário para explicar por que eu estou preocupado com eles... *todos* eles. Duke e Mike e Aurora assim como Jill, e as outras vítimas de Mike. Ele os encantou. Sua nova personalidade é poderosa. Arrogante e supervendedora demais, só que muito convincente. E Aurora é convincente do seu próprio jeito. Pela manhã eu tinha sido tranquilizado a ponto de pensar que estava tudo bem. Estranho, mas feliz...

* * *

Ben Caxton acordou sem saber onde se encontrava. Estava escuro; ele estava deitado em algo macio. Não era uma cama...

A noite voltou de supetão. A última coisa que lembrava calmamente era estar deitado no chão macio do Templo Íntimo, falando baixinho e intimamente com Aurora. Ela o tinha levado até ali, e os dois mergulharam, compartilharam água, se aproximaram...

Tateou em volta freneticamente, não encontrou nada.
– *Aurora!*
A luz aumentou até se tornar penumbra.
– Aqui, Ben.
– Ah! Pensei que você tinha ido embora!
– Não quis te acordar. – Ela vestia, para decepção dele, o robe de ofício. – Preciso iniciar o serviço externo da alvorada. Gillian ainda não voltou. Como você sabe, era uma turma grande.

Essas palavras trouxeram de volta coisas que ela tinha lhe dito na noite passada... coisas que aborreceram Caxton apesar das explicações gentis, e ela o tinha acalmado até que ele se percebeu concordando. Ben ainda não grokava de forma alguma, mas, sim, Jill estava ocupada com rituais de alta sacerdotisa, uma tarefa, ou dever feliz, que Aurora tinha se oferecido para assumir por ela. Ben sentiu que deveria ficar triste porque Jill tinha recusado.

Só que ele não se sentiu triste.

– Aurora... você *precisa* mesmo ir? – Ele se levantou apressado e a abraçou.

– Preciso, Ben querido... querido Ben. – Ela derreteu contra ele.

– *Agora* mesmo?

– Não há nunca – disse ela baixinho – tanta pressa assim. – O robe não mais os separava. Ben estava distraído demais para se perguntar o que tinha acontecido com ele.

Acordou uma segunda vez, se deparou com o "pequeno ninho" iluminado ao se levantar. Espreguiçou-se e descobriu que se sentia maravilhoso, olhou em volta procurando a cueca samba-canção. Tentou recordar onde a tinha deixado, e não se lembrava de ter tirado. Não tinha entrado na água vestido. Provavelmente ao lado da piscina. Saiu do quarto e encontrou um banheiro.

Alguns minutos depois, barbeado, banhado e refrescado, procurou no Templo Íntimo e não conseguiu achar os shorts, e decidiu que alguém os tinha colocado no foyer, onde todo mundo deixava as roupas de rua... mandou a cueca ao inferno e sorriu consigo mesmo por ter criado um caso tão grande sobre a questão de usá-la ou não. Precisava dela, aqui no Ninho, tanto quanto precisava de outra cabeça.

Não tinha nem resquício de ressaca, apesar de ter tomado muitos outros drinques com Aurora. Ela não parecia ser afetada pela bebida, o que provavelmente foi o motivo de Ben ter passado de sua cota. Aurora... que garota!

Não pareceu nem ficar chateada quando, num momento de emoção, ele a chamou de Jill; ela pareceu feliz.

Não encontrou ninguém no salão principal e se perguntou que horas seriam. Não que ele desse a mínima, mas estava com fome. Entrou na cozinha para ver o que poderia arrumar.

Um homem olhou em volta.

– Ben!

– Ora! Oi, Duke!

Duke lhe deu um abraço de urso.

– Puxa, como é bom ver você. Tu és Deus. Como você gosta de ovos?

– Tu és Deus. Você que é o cozinheiro?

– Só quando não consigo evitar. Geralmente é o Tony quem cozinha. Todo mundo ajuda um pouco. Até mesmo Mike, a não ser que Tony o pegue no flagra. Mike é o pior cozinheiro do mundo. – Duke continuou quebrando ovos.

Ben chegou mais perto.

– Você cuida das torradas e café. Tem molho inglês?

– O que você quiser, Pat arranjou. Aqui. – Duke acrescentou: – Fui ver você agora há pouco, e você estava roncando. Desde que você chegou aqui, ou eu estava ocupado, ou era você.

– E o que você faz, Duke?

– Bem, sou um diácono. Serei um sacerdote algum dia. Sou devagar... não que faça diferença. Eu estudo marciano... que nem todo mundo. E sou o faz-tudo, que nem era para o Jubal.

– Deve precisar de uma tropa para manter este lugar.

– Ben, você ficaria surpreso com quão pouco esforço é necessário. Você precisa ver o método único de Mike de lidar com privadas entupidas; quase nunca brinco de encanador. Além dos canos, nove décimos do maquinário estão nesta cozinha, e é tudo menos complicado do que na casa de Jubal.

– Achei que vocês tinham aparelhos complicados para os templos.

– Controle de iluminação, e só isso. Na verdade – Duke sorriu –, meu trabalho mais importante não é trabalho. Brigada de incêndio.

– Hein?

– Sou inspetor da brigada de incêndio, passei na prova e tudo. Mesma coisa para inspetor sanitário e de segurança. Assim nunca temos que deixar ninguém de fora entrar em casa. Eles podem participar dos serviços externos, mas nunca passam além desse ponto a não ser que Mike os autorize.

Passaram a comida aos pratos e se sentaram.

– Você vai ficar, Ben? – perguntou Duke.

– Não posso, Duke.

– E daí? Eu vim só visitar, também... voltei para casa e fiquei chateado pelos cantos por um mês até dizer a Jubal que estava indo embora. Deixe para lá, você voltará. Não tome nenhuma decisão antes da sua Partilha de Água esta noite.

– "Partilha de Água"?

– Aurora não lhe explicou?

– Hã... acho que não.

– Eu deveria deixar Mike explicar. Não, as pessoas vão mencionar o dia todo. Compartilhar água você groka, você é Primeiro Convocado.

– "Primeiro Convocado"? Aurora usou essa expressão.

– Aqueles que se tornaram irmãos de água de Mike sem aprender marciano. Os outros geralmente só compartilham de água e se aproximam depois de passar ao Oitavo Círculo... A essa altura, estão começando a pensar em marciano. Caramba, alguns deles sabem mais marciano do que eu. Não é proibido; *nada* é proibido; compartilhar água com alguém que não esteja pronto para o Oitavo Círculo. Droga, eu poderia pegar uma gata num bar, compartilhar água, levá-la para a cama... e *só aí* trazê-la ao Templo. Só que eu não faria isso. Essa é a questão; eu nunca teria vontade. Ben, vou fazer uma previsão infalível. Você já dormiu com algumas gatas incríveis.

– Hã... algumas.

– Eu sei muito bem que sim. Só que você nunca mais vai se deitar com uma que não seja seu irmão de água.

– Hum...

– Daqui um ano, *você* venha me dizer. Enfim, Mike pode decidir que alguém está pronto antes de alcançar até mesmo o Sétimo Círculo. Ele ofereceu água a um casal quando eles entraram no Terceiro Círculo, e agora ele é sacerdote, e ela sacerdotisa. Sam e Ruth.

– Não os conheci.

– Vai conhecer. Só que Mike é o único que pode ter certeza tão cedo. Muito de vez em quando, Aurora ou Patty encontram alguém... mas nunca tão precocemente quanto no Terceiro Círculo, e elas sempre consultam Mike. Não que seja obrigatório. De qualquer maneira, é no Oitavo Círculo que se começa a compartilhar água e crescer em aproximação. Aí chega o Nono

Círculo e o Ninho em si, e é a essa cerimônia de transição que nos referimos quando falamos em "Partilha de Água", mesmo que a gente compartilhe água o dia inteiro. O Ninho inteiro participa, e o novo irmão se torna parte do Ninho para sempre. No seu caso, você já é parte do Ninho... mas nunca fizemos a cerimônia, então esta noite tudo será posto de lado para recebê-lo. Eles fizeram o mesmo por mim. Ben, é a sensação mais maravilhosa do mundo.

– Eu ainda não sei do que se trata, Duke.

– Hã, é um monte de coisas. Você já participou de um luau de verdade, daqueles que a polícia interrompe e que geralmente resulta em um ou dois divórcios?

– Bem... sim.

– Irmão, você só foi a um piquenique da escola dominical! Esse é um aspecto. Você já se casou alguma vez?

– Não.

– Você *está* casado. Depois de hoje à noite, não restará mais dúvida na sua cabeça. – Duke parecia alegremente pensativo. – Ben, eu já fui casado antes... No começo foi ótimo, depois virou um inferno constante. Desta vez eu gosto o tempo todo. Droga, eu *amo* estar casado! Não quero só dizer que é divertido dar uns pegas num bando de gatas gostosas. Eu os *amo*; todos meus irmãos, de ambos os sexos. Veja Patty, por exemplo; Patty toma conta de nós como uma mãe. Não acho que ninguém deixe de precisar disso. Ela me lembra de Jubal... e aquele velho bastardo tinha era que vir logo ouvir umas poucas e boas! O que eu quero dizer é que não se trata só de uma questão de Patty ser mulher. Ah, não estou abandonando as mulheres...

– Quem está abandonando as mulheres? – interrompeu uma voz de contralto.

Duke deu meia-volta.

– Eu não, sua puta levantina flexível! Venha cá, meu bem, e beije seu irmão Ben.

– Nunca cobrei por isso na minha vida – negou a mulher enquanto se aproximava flutuante. – Comecei a dar de graça antes que alguém me mandasse. – Ela beijou Ben cuidadosa e completamente. – Tu és Deus, irmão.

– Tu és Deus. Compartilhe água.

– Nunca tenha sede. Não ligue para Duke, pelo comportamento dele, deve ter sido um bebê de mamadeira. – Ela beijou Duke ainda mais demoradamente enquanto ele dava tapinhas no amplo bumbum dela. A mulher era baixa, rechonchuda, morena quase de pele escura, e tinha uma juba de cabelos negros pesados que chegavam quase à cintura. – Duke, você viu uma edição da *Ladies' Home Journal* quando acordou? – Ela pegou o garfo dele e começou a comer os ovos mexidos. – Humm, que delícia. Você não fez isso, Duke.

– Foi o Ben. Pra que eu ia querer uma *Ladies' Home Journal*?

– Ben, prepare mais umas duas dúzias, e eu mexo em levas. Tem um artigo que eu queria mostrar a Patty, querido.

– Tudo bem – concordou Ben.

– Não me venha com ideias de redecorar este pardieiro! E me deixe um pouco disso aí! Você acha que nós homens conseguimos trabalhar e viver de mingau?

– Tsc, tsc, Duke querido. Água dividida é água multiplicada. Ben, as reclamações de Duke nunca significam nada. Desde que ele tenha mulheres suficientes para dois homens e comida para três, é um perfeito carneirinho. – Ela enfiou uma garfada na boca de Duke. – Pare de fazer caretas, irmão; vou lhe cozinhar um segundo café da manhã. Ou seria o seu terceiro?

– Nem o primeiro, ainda. Você acabou de comê-lo. Ruth, eu estava contando a Ben como você e Sam deram um salto até o Nono. Ele está apreensivo com a Partilha de Água esta noite.

Ruth perseguiu as últimas garfadas no prato de Duke, foi até o balcão e começou a fazer preparativos para cozinhar.

– Duke, mais tarde eu mando alguma coisa melhor que mingau para você comer. Leve seu café e dê o fora. Ben, eu estava apreensiva também, mas não se preocupe, querido, Michael não comete erros. Você pertence a este lugar, ou não estaria aqui. Você vai ficar?

– Hã... não posso. Pronta para a primeira leva?

– Pode servir. Você vai voltar. Algum dia, você ficará. Duke tem razão; Sam e eu saltamos. Foi rápido demais para uma dona de casa certinha e careta de meia-idade.

– Meia-idade?

– Ben, um bônus do método é que, conforme ele endireita sua alma, endireita seu corpo também. É uma questão em que a Ciência Cristã está correta. Percebeu algum vidro de remédio nos banheiros?

– Hã, não.

– Por que não tem nenhum. Quantas pessoas beijaram você?

– Várias.

– Como sacerdotisa, eu beijo mais do que "várias", mas nunca temos nem um espirro no Ninho. Eu costumava ser o tipo de mulher choraminguenta que nunca está muito bem, e é dada a "reclamações femininas". – Ela sorriu. – Agora sou mais mulher do que nunca, estou dez quilos mais magra e não tenho nada do que reclamar. Como Duke me elogiou, "uma puta levantina" e indiscutivelmente mais flexível. Sento-me na posição de lótus quando dou aula, quando antes mal conseguia me abaixar.

Ruth continuou falando enquanto cozinhava.

– Só que realmente foi muito rápido. Sam era professor de idiomas orientais, começou a vir aqui porque era o único jeito de aprender marciano. Estritamente profissional, ele não estava interessado na igreja. Eu vinha junto para ficar de olho nele. Era ciumenta, ainda mais possessiva que a média. Então fomos subindo até o Terceiro Círculo, Sam aprendendo rapidamente e eu estudando com dedicação para não o perder de vista. Então *boom!* O milagre aconteceu. Começamos a *pensar* em marciano, um pouco... e Michael sentiu, e pediu para ficarmos depois do serviço, uma noite... e Michael e Gillian nos deram água. Depois, eu soube que eu era todas as coisas que desprezava em outras mulheres, desprezei meu marido por me deixar ser assim e o odiei pelo que tinha feito. Tudo isso em inglês, com as piores partes em hebraico. Então eu chorei e reclamei e me tornei uma chateação horrível para Sam... e mal podia *esperar* para compartilhar e me aproximar de novo.

Ruth continuou.

– Depois disso as coisas ficaram mais fáceis, mas não completamente, conforme fomos empurrados pelos Círculos o mais rápido possível. Michael sabia que nós precisávamos de ajuda e queria nos trazer à segurança do Ninho. Quando chegou a hora da nossa Partilha de Água, eu ainda era incapaz de aplicar o método sem ajuda. Queria entrar no Ninho, mas não tinha certeza de que conseguiria me fundir a sete outras pessoas. Fiquei apavorada, no caminho quase implorei a Sam para dar meia-volta e ir para casa.

Ela ergueu o olhar, sem sorrir mas beatífica, um anjo gorducho com uma colherzona na mão.

– Entramos no Templo Íntimo, um holofote me iluminou, nossos robes sumiram... e eles estavam na piscina nos chamando em marciano para ir compartilhar a água da vida. Eu entrei cambaleando, submergi e nunca mais voltei! – Continuou: – Nem quero voltar. Não se preocupe, Ben, você vai aprender a língua e adquirir o método e receberá ajuda carinhosa o tempo todo. Você pule naquela piscina esta noite; eu estarei de braços abertos para pegá-lo. Todos nós estaremos, dando-lhe as boas-vindas à sua casa. Leve isto a Duke e diga-lhe que eu falei que ele é um porco... só que um porco charmoso. E leve isto para você; ah, você consegue comer tudo isso sim! Me dê um beijo e vá embora; a Ruthie aqui tem trabalho a fazer.

Ben entregou o beijo, a mensagem e o prato. Encontrou Jill, aparentemente adormecida, num dos sofás. Sentou-se virado para ela, se deleitando com a bela visão e pensando que Aurora e Jill eram mais parecidas do que ele tinha percebido. O bronzeado de Jill não tinha marcas e era do tom exato de Aurora; as proporções eram idênticas, de resto, até as feições eram mais semelhantes.

Ergueu o olhar de uma garfada e viu que os olhos dela tinham se aberto, e ela sorria.

– Tu és Deus, querido... e isso está com um cheiro ótimo.

– Você está linda. Não quis te acordar. – Ele foi se sentar ao lado dela e colocou uma garfada em sua boca. – Eu que fiz, com ajuda da Ruth.

– E está muito bom, por sinal. Você não me acordou. Eu estava só de bobeira até você aparecer. Não dormi a noite inteira.

– Nadinha?

– Nadinha de nada. Mas me sinto ótima. Só estou com fome. Isso foi uma indireta.

Então Ben a alimentou. Ela o deixou fazê-lo, sem se mexer.

– Você dormiu alguma coisa? – perguntou ela no fim.

– Hã, um pouco.

– E quanto você acha que Aurora dormiu? Chegou a duas horas?

– Ah, mais do que isso.

– Então ela está ótima. Duas horas têm o mesmo efeito que oito horas costumavam ter. Eu sabia que noite maravilhosa vocês iam ter, maravilhosa para os dois, mas fiquei preocupada de ela não descansar.

– Bem, foi mesmo uma noite maravilhosa – admitiu Ben. – Se bem que eu fiquei, hum, surpreso com a forma que você me empurrou para cima dela.

– Chocado, você quer dizer. Eu conheço você, Ben. Fiquei tentada a passar a noite com você pessoalmente, queria muito, meu amor! Só que você chegou aqui com o ciúme escorrendo em torrões. Acho que já passou agora, né?

— Acho que sim.

— Tu és Deus. Eu tive uma noite maravilhosa também, livre de preocupação ao saber que você estava em boas mãos. As melhores mãos. Melhores que as minhas?

— Ah, nunca, Jill.

— É mesmo? Groko que ainda restam alguns torrões, mas vamos extraí-los todos. – Jill se sentou, tocou o rosto de Caxton e disse com seriedade: – Antes desta noite, querido. Porque, dentre todos os meus amados irmãos, eu não quero que a *sua* Partilha de Água seja menos que perfeita.

— Hã... – Ben parou.

— Esperar é – disse Jill, estendendo a mão para o fim do sofá. Pareceu a Caxton que um maço de cigarros saltou até a mão dela.

Feliz em mudar de assunto, Ben comentou:

— Você aprendeu alguns truques de mágica também.

Jill sorriu.

— Nada de mais. "Sou apenas um ovo", como diria meu professor.

— Como que você fez isso?

— Ora, assoviei para ele em marciano. Primeiro você groka uma coisa, depois você groka o que você quer que ela faça... *Mike!* – Ela acenou. – Estamos aqui, querido!

— Já vou! – O Homem de Marte foi direto até Ben, e o fez levantar-se. – Deixe-me olhar você, Ben! Puxa vida, como é bom te ver!

— É bom te ver. E estar aqui.

— Que história é essa de três dias? É sério isso?

— Sou um homem trabalhador, Mike.

— Vamos ver. As meninas estão todas empolgadas, se preparando para suas boas-vindas hoje à noite. Acho que seria melhor fechar o Templo, pois elas não vão se concentrar em mais nada.

— Patty remarcou tudo – Jill contou a Mike. – Aurora, Ruth e Sam estão cuidando do que for necessário. Patty cancelou a matinê, então você está livre pelo resto dia.

— Que ótima notícia! – Mike se sentou, colocou a cabeça de Jill no seu colo, puxou Ben para baixo, passou um braço sobre o ombro dele e suspirou. Estava vestido como Ben o vira no encontro externo, com um elegante terno tropical de negócios. – Ben, não vire pregador. Eu passo a noite e o dia inteiros correndo de um lado para o outro, dizendo às pessoas que elas não podem nunca se apressar. Eu devo a você, além de Jill e Jubal, mais do que devo a qualquer outra pessoa neste planeta; porém, este foi o primeiro momento em que pude lhe dizer oi. Como vai você? Parece estar em forma. Aurora me diz que você *está* em forma.

Ben percebeu que estava corado.

– Estou bem.

– Que ótimo. As carnívoras vão sair à caça esta noite. Grokarei de perto e o sustentarei. Você vai terminar mais descansado do que quando começou, não vai, Irmãozinho?

– Se vai – concordou Jill. – Ben, Mike pode lhe dar forças, força física, não só apoio moral. Eu consigo doar um pouco. Mike doa para valer.

– Jill consegue doar muito. – Mike a acariciou. – Irmãozinho é uma torre de vitalidade para todos. Noite passada, ela certamente o foi. – Ele sorriu para ela e depois cantou:

Não existe na Terra garota como Jill,
Nem em todo este vasto mundão.
De todas as vadias de beleza juvenil
A mais dada é meu pequeno irmão!

– Não é mesmo, Irmãozinho?

– Bah! – respondeu Jill, obviamente feliz, apertando a mão dele. – Aurora é exatamente como eu, e igualmente dada.

– Só que Aurora está lá embaixo entrevistando os potenciais candidatos da massa. Ela está ocupada, e você não. É uma diferença importante, não é, Ben?

– Pode ser. – Caxton achava o comportamento deles constrangedor, mesmo naquela atmosfera relaxada; queria que eles parassem de se acariciar ou lhe dessem uma desculpa para ir embora.

Mike continuou se aconchegando com Jill enquanto mantinha um braço na cintura de Ben... e Ben foi forçado a admitir que Jill o encorajava.

– Ben, depois de uma noite como a de ontem – disse Mike muito sério –, em que ajudamos um grupo a fazer o grande pulo ao Oitavo Círculo, eu fico muito ligado. Deixe-me explicar uma coisa que ensinamos ao Sexto. Nós, humanos, temos uma coisa com que meu antigo povo não pode nem sonhar. Preciso lhe contar como ela é preciosa... quão preciosa *eu* sei que é, porque sei como é a vida sem ela. A bênção de homem e mulher. Homem e Mulher criaram Ele, o maior tesouro que Nós-que-Somos-Deus jamais inventamos. Jill?

– Lindo e correto, Mike, e Ben sabe que é Verdade. Mas faça uma música para Aurora também, querido.

– Tudo bem.

Ardente é nossa amada Aurora
Ben a grokou tão lindinha.
Ela compra vestidos toda hora,
Mas nunca compra calcinha!

– Muito bem...

Jill deu uma risadinha.

– Você deixou ela ouvir também?

– Sim, e ela me deu a língua, com um beijo em seguida para Ben. Diga, não tem ninguém na cozinha? Acabei de lembrar que já faz um par de dias que eu não como. Ou um par de anos, quem sabe.

– Acho que Ruth está lá – respondeu Ben, tentando se levantar.

Mike puxou Ben de volta para baixo.

– Ei, Duke! Veja se você encontra alguém que poderia me trazer uma pilha de panquecas da sua altura e um galão de *maple syrup*.

– Claro – respondeu Duke. – Deixa que eu mesmo faço.

– Não estou com *tanta* fome assim! Encontre Tony, ou Ruth. – Mike puxou Ben mais para perto e disse: – Ben, groko que você não está inteiramente feliz?

– Hein? Ah, estou bem!

Mike olhou nos olhos dele.

– Eu queria que você soubesse o idioma, Ben. Posso sentir a sua inquietação, mas não consigo ver seus pensamentos.

– Mike... – começou Jill.

O Homem de Marte olhou para ela, depois olhou de volta para Ben e falou lentamente:

– Jill acabou de me contar seu problema, Ben, e trata-se de algo que eu nunca consegui grokar em plenitude. – Ele parecia preocupado e hesitou quase tanto quanto fazia quando estava aprendendo inglês. – Só que eu groko que não podemos celebrar sua Partilha de Água esta noite. Esperar é. – Mike balançou a cabeça. – Lamento, mas esperar preencherá.

Jill se sentou.

– Não, Mike! Não *podemos* deixar Ben partir sem ela. Não o *Ben*!

– Eu não groko, Irmãozinho – admitiu Mike com relutância. Uma longa pausa se seguiu, o silêncio mais tenso que a fala. Finalmente Mike disse duvidoso a Jill: – Você fala direitamente?

– Você vai ver! – Jill se levantou e se sentou do outro lado de Ben, abraçando-o. – Ben, me beije e pare de se preocupar.

Ela não esperou e o beijou. Ben realmente parou de se preocupar, foi apaziguado numa luz sensual que não deixou espaço para temores. Então Mike apertou o braço que ainda estava na cintura de Ben com mais força e disse baixinho.

– Grokamos mais próximos. Agora, Jill?

– Agora! Aqui mesmo, imediatamente... ah. Partilhem Água, meus queridos!

Ben virou a cabeça e foi arrancado da euforia pela surpresa absoluta. De alguma forma, o Homem de Marte tinha se livrado de todas as peças de roupa.

CAPÍTULO XXXIII

– Ben! – exclamou Jubal. – Você aceitou o convite deles?
– *Hein*? Eu dei no pé o mais rápido que pude! Agarrei minhas roupas, ignorei a placa, pulei no tubo de salto com os braços cheios.
– O *quê*? Acho que, se eu fosse Jill, teria ficado ofendido.
Caxton ficou vermelho.
– Eu tive que ir embora, Jubal.
– Humm... E depois?
– Ora, eu me vesti, descobri que tinha esquecido minha bolsa e não voltei. Na verdade, saí com tanta pressa que quase me matei. Você sabe como o tubo de salto comum...
– Eu não sei.
– Hein? Bem, se você não ajustar para subir, você afunda lentamente, como em melado frio. Só que eu não afundei, eu *caí* seis andares. Quando estava prestes a me esborrachar, alguma coisa me pegou. Não era uma rede de segurança, era algum tipo de campo de força. Fiquei apavorado, além de tudo mais.
– Não ponde vossa fé em maquinetas. Eu prefiro ficar com escadas e, quando inevitável, elevadores.

— Bem, aquela maquineta dele ainda tem alguns defeitos. Duke é o inspetor de segurança, mas qualquer coisa que Mike disser é a Palavra de Deus para Duke; Mike o hipnotizou. Droga, ele hipnotizou todo mundo. Quando eles acordarem desse sonho, vai ser pior que qualquer tubo de salto defeituoso. Jubal, o que podemos fazer? Estou preocupadíssimo.

Harshaw fez bico.

— Quais aspectos você achou inquietantes?

— Hein? Todos eles.

— É mesmo? Você me fez pensar que estava gostando da visita, até o ponto em que saiu correndo como um coelhinho assustado.

— Hã, realmente. Mike *me* hipnotizou também. — Caxton parecia confuso. — Acho que não teria saído do transe se não fosse aquela coisa estranha que aconteceu no fim. Jubal, Mike estava sentado ao meu lado, com o braço na minha cintura, não tinha como ele ter tirado as roupas.

Jubal deu de ombros.

— Você estava ocupado. Provavelmente não teria notado um terremoto.

— Ah, bobagem! Eu não fecho os olhos como uma garotinha. Como foi que ele fez?

— Não consigo ver a relevância. Ou você está sugerindo que a nudez de Mike o chocou?

— Eu fiquei chocado, pode acreditar.

— Quando a sua própria bunda ficou de fora? Fale sério, meu senhor!

— Não, não! Jubal, eu preciso desenhar? Simplesmente não tenho estômago para orgias. Quase botei o café da manhã para fora. — Caxton estremeceu. — Como *você* se sentiria se as pessoas começassem a se comportar como macacos numa jaula, no meio da sua sala de estar?

Jubal entrelaçou os dedos.

— Esse é o ponto, Ben; não era a *minha* sala de estar. Você vai à casa de um homem, você aceita as regras do lar dele. É uma lei universal do comportamento civilizado.

— Você não acha esse comportamento chocante?

— Ah, agora você toca outra questão. Exibições públicas de trepadas me parecem de mau gosto, mas isso reflete minha doutrinação inicial. Uma grande parte da humanidade não compartilha do meu gosto; as orgias têm uma vasta história. Mas "chocante"? Meu caro senhor, eu fico chocado apenas por aquilo que me ofende eticamente.

— Você acha que *isto* é só uma questão de gosto.

— Nada mais que uma questão de gosto. E meu gosto não é mais sagrado que aquele muito diferente de Nero. Menos, até; Nero era um deus, eu não sou.

— Bem, que o diabo me carregue.

— Possivelmente, se o diabo existir. Só que, Ben, aquilo não foi público.

— Hein?

— Você me disse que este grupo era um casamento plural, uma teogamia grupal, tecnicamente. Assim sendo, o que quer que tivesse acontecido ou estivesse para acontecer, você não foi claro; não era público, mas privado. "Não tem ninguém aqui além de nós, deuses." Então como é que alguém poderia se ofender?

— *Eu* me ofendi!

— Sua apoteose foi incompleta. Você os iludiu. Você provocou.

— Eu? Jubal, não fiz nada disso.

— Ah, droga! A hora certa de dar para trás foi quando você chegou lá; você viu imediatamente que os costumes deles eram diferentes dos seus. Mas você ficou, gozou dos favores de uma deusa, comportou-se como um deus para com ela. Sabia como a coisa funcionava, e eles sabiam que você sabia; o erro deles foi aceitar sua hipocrisia como moeda verdadeira. Não, Ben, Mike e Jill se comportaram de forma apropriada, a ofensa está no *seu* comportamento.

— Caramba, Jubal, como você distorce tudo! Eu realmente me envolvi demais, só que eu fui embora por que era necessário. Estava prestes a vomitar!

— Então você alega reflexo? Qualquer um acima da idade emocional de doze anos poderia ter travado as mandíbulas e caminhado até o banheiro, em seguida retornado com alguma desculpa aceitável depois que as coisas esfriassem. Não foi reflexo. Reflexo pode esvaziar o estômago; não pode escolher um caminho para os pés, recuperar posses, levá-lo através de portas e fazer você pular num buraco. Pânico, Ben. *Por que* você entrou em pânico?

Caxton demorou a responder. Ele suspirou e disse:

— Acho que, no fim das contas, eu não passo de um puritano.

Jubal balançou a cabeça.

— Um puritano pensa que suas próprias regras de decência são leis naturais. Isso não o descreve. Você se ajustou a muitas coisas que não se encaixavam no seu código de decência, enquanto um puritano autêntico teria afrontado aquela encantadora mulher tatuada e sairia batendo os pés. Vamos cavar mais fundo.

— Só sei que eu estou muito infeliz com a coisa toda.

— Sei que está, Ben, e lamento. Vamos tentar uma pergunta hipotética. Você mencionou uma mulher chamada Ruth. Suponha que Gillian não estivesse presente; assuma que os outros eram Mike e Ruth; e eles lhe oferecessem a mesma intimidade compartilhada: você ficaria chocado?

— Hein? Ora, claro, é uma situação chocante. *Acho* que seria, mesmo que você diga que é uma questão de gosto.

— Quão chocante? Náusea? Fuga em pânico?

Caxton parecia embaraçado.

— Maldito seja, Jubal. Tudo bem, eu poderia ter arranjado uma desculpa para ir à cozinha ou algo assim... e então ido embora assim que possível.

— Muito bem, você descobriu que foi seu o problema.

— Descobri?

— Qual foi o elemento que mudou?

Caxton parecia infeliz.

— Você tem razão, Jubal — respondeu finalmente. — Foi porque era Jill. Porque eu amo ela.

— Perto, Ben, mas não na mosca.

— Hein?

— *Amor* não foi o sentimento que o fez fugir. O que é amor, Ben?

— Como assim? Ah, fala sério, todo mundo desde Shakespeare até Freud tentou responder, e ninguém conseguiu até hoje. Só sei que dói.

Jubal balançou a cabeça.

— Eu vou lhe dar uma definição exata. *Amor* é a condição na qual a felicidade de outra pessoa é essencial para a sua.

— Vou comprar essa... — respondeu Ben lentamente. — Porque é assim que eu me sinto quanto a Jill.

— Ótimo. Então você está declarando que seu estômago virou e você fugiu em pânico por causa de uma necessidade de fazer Jill feliz.

— Ei, espera um minuto! Eu não disse...

— Ou será que foi alguma outra emoção?

— Eu só disse que... — Caxton parou. — Certo, eu estava com ciúmes! Só que, Jubal, eu teria jurado que não era o caso. Eu sabia que tinha perdido, já aceitara há muito tempo, droga, eu nem passei a gostar menos de Mike por conta disso. O ciúme não leva a lugar nenhum.

— A lugar nenhum que alguém gostaria de estar, certamente. Ciúme é uma doença, amor é uma condição saudável. A mente imatura com frequência confunde uma coisa com a outra, ou presume que, quanto maior o amor, maior o ciúme. De fato, os dois são quase incompatíveis; uma emoção quase não deixa espaço à outra. As duas ao mesmo tempo podem gerar um turbilhão quase insuportável, e eu groko que esse foi o seu problema, Ben. Quando seu ciúme latiu, você não conseguiu olhar nos olhos dele, e então fugiu.

— Foram as *circunstâncias*, Jubal! Esse harém ninguém-é-de-ninguém me aborrece muito. Não me leve a mal, eu amaria Jill mesmo que ela fosse uma puta de dois pesos. Coisa que ela não é. Do ponto de vista *dela*, Jill é moral.

Jubal assentiu com a cabeça.

— Eu sei. Gillian tem uma inocência invencível que a impossibilita de ser imoral. — Jubal franziu o cenho. — Ben, temo que você, e eu também, não tenhamos a inocência angelical para praticar a moralidade perfeita pela qual aquelas pessoas vivem.

Ben parecia espantado.

— Você acha que aquela coisa toda é *moral?* Eu quis dizer que Jill não *sabe* que o que ela faz é errado, Mike a enrolou completamente, e Mike não sabe que é errado também. É o Homem de Marte, não teve um começo justo.

Jubal franziu o cenho.

— Sim, eu acho que aquilo que aquelas pessoas fazem; o Ninho inteiro, não só os nossos amigos; é moral. Não examinei os detalhes, mas, sim, tudo aquilo. Bacanais, trocas desavergonhadas de parceiros, vida comunitária, código anarquista, tudo.

— Jubal, você me espanta. Se pensa assim, por que não se junta a eles? Eles o querem. Vão promover um festival, Aurora está esperando para beijar seus pés e servi-lo. Eu não estou exagerando.

Jubal suspirou.

— Não. Cinquenta anos atrás, quem sabe. Mas, agora? Ben, meu irmão, a capacidade para tamanha inocência não existe mais em mim. Eu já estou casado há muito tempo com minha própria variedade de maldade e desesperança para ser purificado na água da vida e me tornar inocente de novo. Se é que já fui um dia.

— Mike acredita que você tem essa "inocência" (ele não chama assim) em plena medida agora mesmo. Aurora me contou, falando por conhecimento de ofício.

— Então não vou desiludi-lo. Mike vê o próprio reflexo. Eu sou, por profissão, um espelho.

— Jubal, você é um covarde.

— Precisamente, senhor! Só que minha preocupação não é em relação à moral deles, mas aos perigos que habitam aqui fora.

— Ah, eles não correm nenhum perigo desse tipo.

— Você acha? Se você pintar um macaco de rosa e o jogar numa jaula de macacos castanhos, eles o farão em pedaços. Esses inocentes estão cortejando o martírio.

— Será que você não está sendo um pouco melodramático, Jubal?

Jubal olhou feio.

— Se eu estiver, senhor, isso faz minhas palavras serem menos relevantes? Santos foram queimados na fogueira antes disso. Você desprezaria sua agonia santa como "melodrama"?

— Não quis te aborrecer. Só quis dizer que eles não correm esse tipo de perigo, afinal, não estamos mais na Idade Média.

Jubal piscou os olhos.

— É mesmo? Não tinha percebido a mudança. Ben, este padrão já foi oferecido a um mundo perverso muitas vezes, e o mundo sempre o esmagou. A colônia Oneida era bem parecida com o Ninho de Mike. Durou algum tempo, mas foi lá no campo, sem muitos vizinhos. Considere também os primeiros cristãos, anarquia, comunismo, casamento grupal, até o beijo da irmandade... Mike se inspirou muito neles. Hum... Se ele copiou aquele beijo de irmandade deles, eu esperaria que homens beijassem homens.

Ben parecia envergonhado.

— Eu omiti essa parte. Mas não era um gesto aviadado.

— Assim como não o era com os cristãos originais. Você me acha um idiota?

— Sem comentários.

— Obrigado. Eu não aconselharia ninguém a oferecer o beijo da irmandade ao pastor de alguma igreja na rua principal, o cristianismo primitivo não existe mais. Repetidas vezes foi a mesma história triste: um plano para compartilhamento perfeito e amor perfeito, esperanças gloriosas e ideais elevados; seguidos de perseguição e fracasso. — Jubal suspirou de novo. — Eu andava preocupado com Mike, agora temo por todos eles.

— Como você acha que *eu* me sinto? Jubal, eu não posso aceitar sua teoria de doçura e luz. O que eles estão fazendo é *errado*!

— É esse último incidente que está entalado na sua garganta.

— Hã, não inteiramente.

— Principalmente. Ben, a ética do sexo é um problema espinhoso. Cada um de nós é forçado a tatear em busca de uma solução com a qual se consiga viver, diante de um código absurdo, impraticável e *maléfico* que chamamos de "moral". A maioria de nós sabe que o código está errado e quase todo mundo desobedece. Mas pagamos nossa multa quando nos sentimos culpados e o defendemos da boca para fora. Contra nossa vontade, o código nos controla, morto e fétido, um albatroz no nosso pescoço. — Jubal continuou. — Você também, Ben. Você se considera um espírito livre, e desobedece o código malvado. Porém, ao se deparar com um problema de ética pessoal que lhe é novo, você o testa contra aquele velho código judaico-cristão. Aí, automaticamente seu estômago dá cambalhotas, e você acha que isso prova que você está certo e eles estão errados. *Bah!* Eu de bom grado aceitaria um ordálio. Tudo que seu estômago pode sinalizar é o preconceito que lhe incutiram antes que você adquirisse a razão.

— E quanto ao *seu* estômago?

— O meu é burro também, mas não deixo que comande meu cérebro. Vejo a beleza da tentativa de Mike de desenvolver um ideal ético e aplaudo seu reconhecimento de que é preciso começar descartando o presente código sexual e criar um novo do zero. A maioria dos filósofos não teve a mesma coragem; eles engolem o básico do código atual: monogamia, padrão familiar, abstinência, tabus do corpo, restrições convencionais à relação sexual, e daí em diante... E então mexem nos detalhes... até mesmo bobagens como discutir se o seio feminino é uma visão obscena! Só que em sua maior parte eles discutem se podemos ser forçados a *obedecer* este código; ignorando a evidência de que a maioria das tragédias que veem ao seu redor se originam no próprio código, e não na incapacidade de segui-lo. — Ele prosseguiu. — Eis que chega o Homem de Marte, contempla o código sacrossanto por um ponto de vista original e o rejeita. Não conheço os detalhes do código de Mike, mas ele claramente viola leis de todas as nações importantes e ultrajaria as "pessoas direitas" de todas as grandes religiões, além dos agnósticos e ateus também. Porém, esse pobre menino...

— Jubal, ele *não* é um menino, é um homem.

— Será que é? Esse pobre marciano de imitação está dizendo que sexo é um caminho para a felicidade. Sexo *deveria* ser uma forma de ser feliz. Ben, a pior coisa quanto ao sexo é que nós o usamos para magoar uns aos outros. Não deveria *nunca* magoar, mas trazer felicidade ou, pelo menos, prazer. O código diz: "Não cobiçarás a mulher do teu próximo". O resultado? Castidade relutante, adultério, ciúmes, amargura, agressões e, às vezes, assassinato, lares partidos e crianças traumatizadas... e pequenas cantadas furtivas, degradantes a homens e mulheres. Esse mandamento é obedecido por alguém? Se um homem jurasse na própria Bíblia que se abstém de cobiçar a mulher do próximo *porque* o código o proíbe, eu suspeitaria de autoilusão ou sexualidade subnormal. Qualquer homem viril o bastante para gerar filhos já cobiçou muitas mulheres, queira ou não queira. – Jubal continuou. – Eis que Mike chega e diz: "Não há necessidade de cobiçar minha mulher... *ame-a*! Não há limite ao amor dela, temos tudo a ganhar, e nada a perder exceto medo e culpa e ódio e ciúme". A proposta é incrível. Até onde eu me lembro, apenas os esquimós pré-civilização eram tão ingênuos, e eles viviam tão isolados que eram quase homens de Marte também. Só que nós demos a eles nossas "virtudes" e agora eles têm castidade e adultério que nem o resto de nós. Ben, o que eles ganharam com isso?

– Eu não gostaria de ser esquimó.

– Nem eu, peixe estragado me deixa bilioso.

– Estava pensando em água e sabão. Acho que sou fresco.

– Eu também. Nasci com uma casa que tinha tanto encanamento quanto um iglu, prefiro o presente. Mesmo assim, os esquimós eram invariavelmente descritos como o povo mais feliz do planeta. Qualquer infelicidade que sofressem não acontecia por causa do ciúme, eles não tinham uma palavra para isso. Tomavam cônjuges emprestados por conveniência e diversão, e não ficavam infelizes. Então, quem é o maluco? Contemple este mundo tristonho ao seu redor, e me diga, os discípulos de Mike lhe pareciam mais felizes ou mais infelizes que as outras pessoas?

– Não falei com todos eles, Jubal. Mas sim, eles são felizes. Tão felizes que parecem estar embriagados. Deve ter alguma cilada lá em algum lugar.

– Talvez você seja a cilada.

– Como assim?

– É uma pena que os seus gostos tenham se canalizado tão cedo. Até mesmo três dias do que lhe ofereceram seriam um tesouro para alguém na minha idade. E você, seu jovem idiota, deixou que o ciúme o botasse para correr! Na sua idade, eu teria virado esquimó. Ora, estou com tanta vergonha alheia que minha única consolação é a certeza amarga de que você se arrependerá. A idade não traz sabedoria, Ben, mas concede perspectiva... e a vista mais triste de todas é contemplar, bem longe no passado, todas as tentações a que você resistiu. Tenho arrependimentos assim, mas nada se compara ao tamanho do que *você* sofrerá!

— Pare de esfregar na minha cara!

— Deus do Céu, homem! Ou você é um rato? Estou tentando incitá-lo. Por que você está aqui choramingando para um velho? Quando deveria estar rumando ao Ninho como um pombo-correio! Diabo, se eu fosse até mesmo *vinte* anos mais novo, eu me juntaria à igreja de Mike.

— Para com isso, Jubal. O que você realmente acha da igreja de Mike?

— Você falou que era apenas um método.

— Sim e não. Supostamente trata-se de uma verdade com "V" maiúsculo, conforme Mike recebeu dos "Anciãos" marcianos.

— Os "Anciãos", é? Para mim, não passam de baboseira.

— Mike acredita neles.

— Ben, um dia eu conheci um dono de fábrica que acreditava consultar o fantasma do próprio Alexander Hamilton. Entretanto... Droga, por que *eu* tenho que ser o advogado do diabo?

— O que é que está chateando você agora?

— Ben, o pregador mais imundo de todos é o hipócrita que transforma a religião num golpe. Só que precisamos dar crédito ao Diabo. Mike realmente acredita e ensina a verdade conforme o ponto de vista dele. Quanto a esses "Anciãos", eu não *sei* se eles não existem, simplesmente acho o conceito difícil de engolir. Quanto a esse credo de "Tu és Deus", não é mais nem menos crível que qualquer outro. Quando chegar o dia do Juízo Final, se algum dia ele chegar, talvez a gente descubra que Mumbo Jumbo, o Deus do Congo, era o chefão desde o começo.

— Ah, pelo amor de Deus, Jubal!

— Qualquer um dos nomes pode ser sorteado, Ben. O ser humano é construído de forma a não conseguir imaginar a própria morte. Isso leva à invenção sem fim de religiões. Por mais que essa convicção de forma alguma comprove que a imortalidade é um fato, as questões geradas por ela são fundamentalmente importantes. A natureza da vida, como o ego se conecta ao corpo, o problema do próprio ego em si e por que cada ego *parece* ser o centro do universo, o propósito da vida, o propósito do universo; todas essas perguntas são essenciais, Ben; não podem nunca ser triviais. A ciência não as resolveu, e quem sou eu para torcer o nariz contra as religiões por *tentarem*, mesmo que não me sejam nada convincentes? O velho Mumbo Jumbo ainda pode me devorar, não tenho como descartá-lo só porque ele não tem catedrais chiques. Nem posso descartar um garoto embevecido que lidera um culto sexual num sótão estofado; ele pode bem ser o Messias. A única opinião religiosa que posso oferecer com segurança é a seguinte: a autoconsciência *não* é só um bando de aminoácidos batendo uns nos outros!

– Ufa, Jubal, você deveria ter sido um pregador.

– Perdi essa vocação por sorte. Se Mike puder nos mostrar uma forma melhor de tocar este planeta estragado, sua vida sexual não carece de justificativa. Gênios são merecidamente desdenhosos das opiniões menores, e sempre indiferentes aos costumes sexuais da tribo. Fazem suas próprias regras. Mike *é* um gênio. Então ele ignora a Dona Cotinha e transa com quem bem quiser. – Ele prosseguiu. – Só que, de um ponto de vista teológico, o comportamento sexual de Mike é tão ortodoxo quanto o Papai Noel. Ele prega que todas as criaturas vivas são coletivamente Deus... o que faz de Mike e seus discípulos os únicos deuses autoconscientes neste planeta... o que lhes confere um crachá do sindicato de acordo com todas as regras de deificação. Essas regras *sempre* permitem aos deuses liberdade sexual limitada apenas pelo próprio julgamento.

Jubal continuou.

– Quer prova? Leda e o Cisne? Europa e o Touro? Osíris, Isis e Hórus? Os incestos incríveis dos deuses nórdicos? Não vou citar as religiões orientais, os deuses delas fazem coisas que um criador de visons não toleraria. Porém, veja as relações Trindade-em-Um da religião ocidental mais largamente respeitada. A única forma que os preceitos dessa religião podem ser reconciliados com as interrelações daquilo que se diz ser um monoteos é concluir que as regras reprodutivas de uma deidade não são as mesmas dos mortais. Só que a maioria das pessoas nunca pensa nisso; elas o selam num cofre e marcam "Sagrado – Não perturbar". – Ele prosseguiu. – Devemos conceder a Mike qualquer dispensa cedida aos outros deuses. Um deus sozinho se divide em pelo menos duas partes e se reproduz, não só Jeová; todos eles o fazem. Um grupo de deuses vai dar crias como coelhos, e com igual indiferença às propriedades humanas. Uma vez que Mike adentrou o negócio da deidade, orgias se tornaram tão previsíveis quanto alvoradas; então esqueça os padrões de caixa prego e os julgue pela moral olímpica.

Jubal fez cara feia.

— Ben, para entender isto, você precisa começar admitindo a sinceridade deles.

— Ah, eu admito! É só que...

— Admite *mesmo*? *Você* começou presumindo que eles tinham que estar errados, julgando-os por aquele exato código que você rejeita. Tente usar a lógica, para variar. Ben, esse "aproximar" por meio de relação sexual, essa pluralidade na unidade, logicamente não tem espaço para a monogamia. Já que o congresso sexual compartilhado por todos é básico para esse credo, um fato que seu relato deixa cristalino, então por que esperar que fosse escondido? Só se esconde aquilo de que se tem vergonha, mas *eles* não têm vergonha nenhuma, eles se glorificam nisso. Acovardar-se detrás de portas fechadas seria apaziguar o próprio código que eles rejeitaram... ou seria um grito de que *você* era um forasteiro que não deveria jamais ter sido aceito em primeiro lugar.

— Talvez eu não deveria mesmo.

— Obviamente você não deveria ter sido aceito. Mike claramente teve suas dúvidas. Só que Gillian insistiu. Né?

— Isso só piora as coisas!

— Como? Ela queria que você fosse um deles "em toda plenitude", como Mike diria. Ela ama você e não tem ciúme. Só que você tem ciúme dela, e, por mais que declare amá-la, seu comportamento não o demonstra.

— Diabos, eu amo Jill para valer!

— E daí? Mesmo que a ame, você claramente não entendeu a honra olímpica que lhe oferecem.

— Acho que não mesmo — admitiu Ben chateado.

— Eu vou lhe oferecer uma saída. Você se perguntou como Mike se livrou das roupas. Eu vou lhe contar.

— Como?

— Um milagre.

— Ah, pelo amor de Deus!

— Pode ser. Mil dólares dizem que foi um milagre. Vá perguntar a Mike. Peça para ele mostrar. Depois me mande o dinheiro.

— Diabo, Jubal, não quero tomar seu dinheiro.

— Você não vai. Apostado?

— Jubal, *você* vá lá ver qual é o lance. Eu não posso voltar.

— Eles o receberão de braços abertos e nunca perguntarão por que você partiu. Mil dólares nessa previsão também. Você ficou lá menos de 24 horas.

Ofereceu a eles a investigação cuidadosa que promove quando há alguma coisa fedendo na vida pública antes de espinafrar?

— Mas...

— Ofereceu?

— Não, mas...

— Ah, pelo amor de Deus, Ben, você afirma *amar* Jill... só que não dá a ela nem o tratamento justo que dá aos políticos corruptos. Nem um décimo do esforço que *ela* fez para ajudar *você* quando você estava com problemas. Onde você estaria se ela tivesse feito uma tentativa tão frouxa? Assando no inferno, provavelmente. Você está me pentelhando por causa de uma fornicação amistosa; sabe com o que *eu* estou preocupado?

— O quê?

— Cristo foi crucificado por pregar sem autorização da polícia. Por que você não se estressa com *isso*, companheiro!

Caxton mastigou um polegar e não disse nada. Por fim, levantou-se de repente.

— Estou indo.

— Depois do almoço.

— Agora.

Vinte e quatro horas mais tarde, Ben transferiu 2 mil dólares para Jubal. Quando, depois de uma semana, Jubal não recebeu mais mensagem alguma, ele mandou um telegrama aos cuidados do escritório de Ben: "*O que diabos você está fazendo?*".

A resposta demorou um pouco para chegar:

"*Estudando marciano; aquafraternalmente seu, Ben.*"

Parte cinco
Seu destino feliz

CAPÍTULO XXXIV

Foster ergueu o olhar do trabalho que fazia.
— Júnior!
— Sim, senhor.
— Aquele jovem que você queria, ele está disponível agora. Os marcianos o liberaram.

Digby parecia confuso.
— Desculpa. Havia alguma jovem criatura a quem eu devia algum dever?

Foster sorriu angelicalmente. Milagres *nunca* eram necessários; na verdade, o pseudoconceito de milagre era autocontraditório. Mas esses camaradas jovens tinham sempre que aprender por conta própria.

— Deixe para lá — respondeu ele gentilmente. — É um martírio menor, e eu o guardarei pessoalmente. E, Júnior?
— Senhor?
— Pode me chamar de Fos, por favor. Cerimônia fica bem em campo, mas não precisamos disso aqui no estúdio. E lembre-me de não o chamar mais de Júnior, você teve um ótimo desempenho naquele serviço temporário. Por qual nome *você* gosta de ser chamado?

O assistente piscou os olhos.

– Eu tenho outro nome?

– Milhares. Você tem alguma preferência?

– Ora, realmente não me lembro mais a esta altura do eon.

– Bem... que tal chamá-lo de "Digby"?

– Hã, sim. É um ótimo nome, obrigado.

– Não me agradeça, você merece. – O Arcanjo Foster voltou ao trabalho, sem se esquecer da tarefa menor que tinha assumido. Brevemente considerou como aquele cálice poderia ser tomado da pequena Patricia... e então se censurou por ter um pensamento tão pouco profissional, quase humano. A misericórdia não era possível num anjo, a compaixão angelical não lhe deixava espaço.

Os Anciãos marcianos alcançaram uma elegante solução experimental para seu problema estético principal e a puseram de lado por alguns três-preenchidos de anos para deixar que gerasse mais problemas. Neste momento, sem pressa alguma e quase distraidamente, contataram o filhote alienígena que eles tinham devolvido ao mundo correto e recolheram tudo que ele aprendera sobre seu povo. Em seguida o abandonaram, depois de apreciá-lo, já que não seria de mais nenhum interesse aos propósitos deles.

Pegaram os dados que ele tinha acumulado e, com a intenção de testar aquela solução experimental, começaram a trabalhar a fim de considerar um inquérito levando a uma investigação dos parâmetros estéticos envolvidos na possibilidade da necessidade artística de destruir a Terra. Mas muita espera haveria, antes que a plenitude grokasse a decisão.

O Buda gigante de Kamakura foi novamente inundado por um tsunami causado por uma perturbação sísmica a 280 quilômetros de Honshu. A onda matou 13 mil pessoas e depositou um bebê menino no alto do interior da estátua de Buda, onde ele foi encontrado e socorrido pelos monges sobreviventes. Este bebê viveu 97 anos terráqueos depois do desastre que eliminou sua família, sem produzir herdeiros ou mais nada digno de nota além de uma reputação de longos arrotos. Cynthia Duchess entrou para um convento com todos os benefícios da publicidade moderna e saiu sem estardalhaço três dias depois. O ex-secretário-geral Douglas sofreu um derrame que prejudicou o uso da mão esquerda, mas não a habilidade de conservar os ativos que lhe foram confiados. A Lunar Enterprises Ltda. publicou um prospecto sobre uma emissão de letras de câmbio para sua subsidiária Corporação Ares

Chandler. A nave exploratória a propulsor *Lyle Mary Jane Smith* aterrissou em Plutão. A cidade de Fraser, Colorado, registrou o fevereiro mais frio de sua história.

O bispo Oxtongue, no Novo Templo da Grand Avenue, fez um sermão baseado em Mateus 24:24: "Pois aparecerão falsos cristos e falsos profetas que realizarão grandes sinais e maravilhas para, se possível, enganar até os eleitos". Deixou bem claro que sua diatribe não se referia aos mórmons, cientistas cristãos, católicos nem fosteritas (especialmente não a esses últimos), nem a nenhum outro companheiro peregrino cujos trabalhos beneficentes contavam mais que diferenças inconsequentes de credo ou ritual... mas apenas àqueles hereges arrogantes que seduziam contribuintes fiéis para longe das fés de seus pais. Num balneário subtropical daquela mesma nação três pleiteantes testemunharam em juízo oferecendo informações comprometedoras sobre atentado ao pudor da parte de um pastor, três de seus assistentes, e outros indivíduos, além de acusações de perturbação a paz pública e corrupção de menores. O promotor do condado não tinha interesse em indiciar, pois tinha uma dúzia de depoimentos assim arquivados, as testemunhas reclamantes sempre faltavam à audiência de acusação.

Ele apontou essa questão.

– Você terá apoio de sobra desta vez – afirmou o porta-voz do grupo. – O supremo bispo Short está determinado a impedir que esse anticristo floresça mais.

O promotor não estava interessado em anticristos, mas havia uma eleição chegando.

– Bem, lembrem-se que eu não poderei fazer muita coisa sem apoio.

– Você o terá.

O dr. Jubal Harshaw não ficou ciente desse incidente, mas soube de demasiados outros para que pudesse continuar tranquilo. Tinha sucumbido àquele vício tão insidioso: as notícias. Até agora ele tinha apenas assinado um serviço de clipping instruído a recolher notícias sobre "Homem de Marte", "V. M. Smith", "Igreja de Todos os Mundos" e "Ben Caxton". Só que ele ainda ficava com a pulga atrás da orelha. Já duas vezes teve que sufocar o impulso de pedir a Larry que montasse a caixa de fazer malucos.

Diabos, por que aquela garotada não podia lhe mandar uma carta ocasional, em vez de deixá-lo preocupado?

– *À frente!*

Anne chegou, mas ele continuou fitando a neve e uma piscina vazia.

– Anne – disse ele –, alugue um atol tropical para nós e bote este mausoléu à venda.

– Sim, chefe.

– Mas feche o contrato de aluguel antes de entregar a terra de volta aos índios, não vou aguentar hotéis. Quanto tempo faz que escrevi um texto pago?

– Quarenta e três dias.

– Que isso lhe sirva de lição. Comece "Canção de morte de um bastardo".

A profundeza do desejo de inverno é gelo em meu coração
Os cacos das promessas rompidas cortam minh'alma afiados
Os espectros de êxtase perdido marcam nossa separação
Os ventos melancólicos da amargura ainda uivam gelados.

As cicatrizes e tendões torcidos, os tocos de membros que se foram
O vazio doloroso da fome e o latejar do osso deslocado
Órbitas queimadas de areia enquanto as luzes dentro delas morrem
Nada somam ao tormento de jazer aqui abandonado...

As chamas tremeluzentes de febre traçam seu rosto abençoado
Meus tímpanos rompidos ainda ecoam sua voz em meu corpo
Não temo as trevas que se aproximam correndo
Só tenho medo da perda de você que virá quando estiver morto.

– Pronto. – Ele acrescentou apressado: – Assine "Louisa M. Alcott" e mande para a revista *Togetherness*.

– Chefe, essa é sua ideia de "texto pago"?

– Hein? Vai valer alguma coisa mais tarde, arquive e meu executor literário pode usar para ajudar a pagar custos funerários. Essa é a questão das atividades artísticas; os melhores trabalhos só valem alguma coisa depois que o trabalhador não pode mais ser pago. A vida literária... *Lixo!* Consiste em acariciar o gato até ele ronronar.

– Pobre Jubal! Ninguém tem pena dele, então ele precisa ter pena de si mesmo.

– E agora sarcasmo. Não me espanta que ninguém mais consiga trabalhar.

– Não é sarcasmo, chefe. Só o pé sabe onde o sapato aperta.
– Minhas desculpas. Tudo bem, eis aqui o texto pago. Título: "A saideira".

Há amnésia no laço da forca
E conforto no machado
Mas o mais simples veneno deixa seu peito relaxado.

Há finalidade num tiro
E o sono que vem da tortura
Mas um gole de veneno evita a taxa mais dura.

É fácil descansar na cadeira elétrica
O gás pode lhe trazer tranquilidade
Mas a farmácia mais próxima tem paz em quantidade.

Há refúgio no cemitério
Quando se cansa de viver cansado
E a rota mais simples é veneno receitado.

– Refrão:

Com um ai e um gemido, um esticar de canelas,
A morte vem silenciosa, entra pelas janelas
Mas o melhor jeito do fim encontrar
É uma xícara de alívio alegre tomar.

– Jubal – comentou Anne, preocupada. – Você está com indigestão?
– Sempre.
– Essa é para o arquivo também?
– Hein? É para a *New Yorker*.
– Eles vão devolver.
– Eles vão comprar. É mórbido, eles vão comprar.
– E, além disso, a métrica tá toda errada.
– É claro! Você precisa dar ao editor *alguma* coisa para mudar, senão ele fica frustrado. Depois que ele mijar no texto, vai gostar mais do sabor? Minha querida, eu já estava evitando trabalho honesto antes de você nascer, não

ensine o padre a rezar missa. Ou você prefere que eu dê de mamar a Abby enquanto você escreve? Ei! Está na hora de Abigail comer! Você não estava "à frente", Dorcas está "à frente".

– Abigail não vai sofrer se esperar. Dorcas está deitada. Enjoo matinal.

– Bobagem. Anne, eu consigo detectar uma gravidez duas semanas antes do que um coelho poderia, e você sabe muito bem disso.

– Jubal, deixe ela em paz! Ela está com medo de não ter ficado grávida... E quer pensar que ficou, pelo máximo de tempo possível. Você não entende *nada* de mulheres?

– Humm... é, pensando bem, não entendo não. Tudo bem, não vou incomodá-la. Por que você não trouxe nossa anjinha e deu de mamar aqui?

– Ainda bem que não trouxe. Ela poderia ter entendido o que você estava dizendo...

– Então eu corrompo bebês, é?

– Ela é jovem demais para conseguir ver seu recheio de marshmallow, chefe. Mas você não consegue trabalhar nada quando eu a trago, só fica brincando com ela.

– Você consegue pensar em algum jeito melhor de enriquecer horas vazias?

– Jubal, eu aprecio o fato de você ficar todo coruja com a minha filha, também acho que ela é bem legal. Só que você tem passado todo seu tempo ou brincando com Abby... ou ficando deprimido.

– Quanto tempo falta para recebermos auxílio do governo?

– Essa não é a questão. Se você não produzir histórias, fica espiritualmente constipado. Chegou a um ponto em que eu, Dorcas e Larry ficamos roendo as unhas; quando você grita "à frente", nós trememos de alívio. Só que é sempre um alarme falso.

– Se nós temos dinheiro para pagar as contas, então com o que você se preocupa?

– Com o que *você* se preocupa, chefe?

Jubal considerou a questão. Será que ele deveria contar? Qualquer dúvida quanto a paternidade de Abigail tinha se resolvido, na mente dele, com os nomes. Anne tinha balançado entre "Abigail" e "Zenóbia", e por fim despejou os dois na criança. Anne nunca mencionou os significados dos dois nomes, talvez ela não achasse que Jubal sabia...

Anne continuou com firmeza.

— Você não está enganando ninguém, Jubal. Dorcas e Larry e eu, todos sabemos que Mike pode tomar conta de si mesmo. Mas você anda tão frenético com isso...

— Frenético! *Eu?*

— ...Larry montou o tanque no quarto dele e um de nós sempre assiste às notícias, todos os estereojornais. Não que nós estejamos preocupados, exceto com você. Mas quando Mike aparece nas notícias, e ele sempre aparece, nós ficamos sabendo antes que aqueles clippings ridículos cheguem para você. Eu queria que você parasse de ler.

— Como é que você sabe dos clippings? Tive um trabalhão para que vocês não soubessem.

— Chefe — disse ela numa voz cansada —, alguém tem que jogar o lixo fora. Você acha que Larry é analfabeto?

— Então. Aquela porcaria de triturador não funciona mais desde que Duke foi embora. Droga, nada mais funciona!

— É só falar com Mike, e Duke aparece aqui na hora.

— Você sabe que eu não posso fazer isso. — Jubal se irritou ao pensar que o que ela tinha dito era quase certamente verdade... e tal pensamento foi seguido por uma suspeita amarga. — Anne! Você ainda está aqui só porque Mike mandou?

— Estou aqui porque quero estar — respondeu ela imediatamente.

— Hum, não sei bem se isso é uma resposta.

— Jubal, às vezes queria que você fosse pequeno o bastante para lhe dar umas palmadas. Posso terminar o que eu estava dizendo?

— O microfone é seu. — Será que *algum* deles estaria ali? Teria Maryam se casado com Fedido e ido embora para Beirute se Mike não tivesse aprovado? O nome "Fátima Michele" poderia ser um reconhecimento de sua fé adotada mais o desejo do marido de homenagear seu amigo mais próximo... ou poderia ser um código tão explícito como o nome duplo da bebê Abby. Se era esse o caso, então Fedido vestia seus chifres sem saber? Ou com orgulho sereno, tal como José teoricamente fez? Hã... era de se concluir que Fedido sabia das atividades de sua huri, a irmandade de água não permitia uma omissão tão importante. Isso se fosse mesmo importante, coisa que Jubal, como médico e agnóstico, duvidava. Só que para *eles* ela seria...

— Você não está me ouvindo.

— Desculpa. Estou distraído. — (E pare com isso, seu velho horroroso... lendo significados nos nomes que as mães dão às suas filhas! Assim você vai acabar estudando numerologia... depois astrologia... depois espiritismo... até que a senilidade terá progredido tanto que só restará internar uma carcaça senil demais para desencarnar com dignidade. Melhor ir até a gaveta nove na clínica, código "Lethe", e usar dois grãos, mesmo que um já seja mais que suficiente...)

— Não há necessidade desses clippings, porque nós conferimos as notícias sobre Mike... e Ben nos fez uma promessa de água que nos avisará imediatamente de quaisquer notícias particulares que precisarmos saber. Só que, Jubal, Mike *não pode* ser ferido. Se você visitasse o Ninho, como nós todos fizemos, você saberia disso.

— Nunca fui convidado.

— Nós não tínhamos convites também. Ninguém precisa ser convidado a ir à própria casa. Você está inventando desculpas, Jubal. Ben urgiu que você fosse, e tanto Aurora quanto Duke mandaram recados.

— Mike não me convidou.

— Chefe, o Ninho pertence a mim e a você tanto quanto a Mike. Mike é o primeiro dentre iguais... como você é aqui. Este é o lar de Abby?

— Acontece — respondeu ele —, que aquele título a nomeia como proprietária... com usufruto vitalício em meu favor. — Jubal tinha mudado o documento, pois sabia que o testamento de Mike tornava desnecessário prover a qualquer irmão de água de Mike. Só que, como ele não estava seguro do status de "água" desta filhotinha, exceto que ela geralmente estava molhada, reorganizou as coisas em favor dela e de descendentes de alguns outros. — Não tinha a intenção de lhe contar, mas não há mal nenhum que você saiba.

— Jubal... você me fez chorar. E quase me fez esquecer o que eu estava dizendo. E eu preciso dizer. Mike jamais te apressaria, e você sabe disso. Groko que ele está esperando por plenitude. E groko que você também.

— Humm... Groko que você fala direitamente.

— Tudo bem. Acho que você está especialmente chateado hoje porque Mike foi preso de novo. Mas isso já aconteceu muitas...

— Preso? Não estava sabendo disso! — Ele acrescentou: — Diabos, garota...

— Jubal, Jubal! Ben não ligou para cá; isso é tudo que precisamos saber. Você sabe quantas vezes Mike foi preso; no exército, como *carnie*, em outros lugares... e meia dúzia de vezes como pregador. Ele nunca machuca ninguém, deixa que o levem. Nunca conseguem condená-lo, e ele sempre sai assim que o deseja.

— O que foi desta vez?

— Ah, as bobagens de sempre: atentado ao pudor, estupro estatutário, conspiração para fraude, perturbação à paz pública, contribuir com a delinquência de menores, conspiração para escapar de leis contra o absenteísmo escolar...

— Hein?

— A licença deles para operar uma escola paroquial foi cancelada, e as crianças não voltaram ao sistema público escolar. Não importa, Jubal, nada disso importa. A única coisa de que eles são tecnicamente culpados não pode ser provada. Jubal, se você visse o Ninho, saberia que nem o F.D.S poderia infiltrar um olho-espião lá dentro. Então relaxe. Depois de muita publicidade, as acusações serão retiradas, e as multidões ficarão maiores do que nunca.

— Humm! Anne, será que Mike arma essas perseguições ele mesmo?

Ela pareceu espantada.

— Ora, nunca nem considerei a possibilidade, Jubal. Mike não consegue mentir, você sabe.

— Será que envolve mentira? Suponha que ele tenha plantado rumores verdadeiros? Mas que não possam ser provados em tribunal?

— Você acha que Mike seria capaz disso?

— Não sei. Só sei que a maneira mais esperta de mentir é contar a quantidade certa de verdade, e então se calar. Não seria a primeira vez que a perseguição seria cortejada em busca das manchetes. Muito bem, vou esquecer do assunto a não ser que chegue a um ponto que ele não consiga lidar. Você ainda está "à frente"?

— Se você conseguir se controlar e não ficar fazendo cosquinhas no queixo de Abby e dizendo coisas como gugu-dadá e outros barulhos não comerciais, eu vou buscá-la. Caso contrário, é melhor mandar que Dorcas se levante.

— Traga Abby. Vou fazer um esforço honesto para produzir barulhos comerciais... uma trama novinha em folha, conhecida como "garota conhece garoto".

— Ora, essa é uma *boa*, chefe! Eu me pergunto por que é que ninguém nunca pensou nela antes? Só um segundo... — Ela saiu apressada.

Jubal realmente se controlou, gastou menos de um minuto em atividades não comerciais, só o suficiente para provocar o sorriso celestial de Abigail, depois Anne se reclinou e deixou a bebezinha mamar.

– Título – começou ele. – "Garotas são como garotos, só que mais ainda." Comece. Henry M. Haversham IV tinha sido criado cuidadosamente. Ele acreditava que só havia dois tipos de garotas: aquelas que estavam em sua presença, e aquelas que não estavam. Dava larga preferência ao segundo tipo, especialmente quando elas continuavam assim. Parágrafo. Ele não fora apresentado à senhorita que tinha caído no seu colo, e não considerou um desastre comum equivalente a uma apresentação formal... O que diabos *você* quer?

– Chefe... – começou Larry.

– Vá embora, feche a porta e...

– *Chefe!* Eles queimaram a igreja de Mike!

Saíram correndo desordenadamente para o quarto de Larry, Jubal meio corpo atrás na curva, Anne com 4,5 quilos de jóquei se aproximando rapidamente. Dorcas vinha na retaguarda, pois tinha largado com atraso. Fora acordada pelo estardalhaço.

– ...à meia-noite de ontem. Vocês estão vendo o que era a entrada principal do templo do culto, como ficou imediatamente depois da explosão. Este é o seu Repórter da Vizinhança, para a Rede Novo Mundo, com sua rodada matinal de notícias. Fiquem ligados para saberem das últimas. E agora um momento para seu patrocinador... – A cena tremeluziu e foi trocada por um plano médio de uma bela dona de casa, fechando num close.

– Droga! Larry, desconecte essa geringonça e empurre até o escritório. Anne, não, Dorcas, ligue para Ben.

Anne protestou:

– Você sabe que o Templo nunca teve um telefone. Como ela poderia?

– Então mande alguém até lá e... não, não vai ter ninguém no Templo... hã, ligue para o chefe de polícia de lá. Não, para o promotor público. A última notícia que você teve era de que Mike estava preso?

– Isso mesmo.

– Espero que ainda esteja... e os outros também.

– Também espero. Dorcas, tome Abby. Eu cuido disso.

No que eles voltaram ao escritório, o telefone estava piscando, exigindo silenciamento e codificação. Jubal praguejou e digitou o código, pronto para gritar até que a pessoa saísse da linha.

Era Ben Caxton.

– Oi, Jubal.

– Ben! O que diabos está acontecendo?

— Percebo que você já viu as notícias. Foi por isso que eu liguei. Está tudo sob controle.

— E quanto ao fogo? Alguém se machucou?

— Nenhum estrago. Mike mandou dizer que...

— Nenhum *estrago?* Eu acabei de ver uma imagem, parecia perda...

— Ah, isso... — Ben deu de ombros. — Jubal, por favor escute, eu tenho outras ligações a fazer. Você não é a única pessoa que precisa de notícias tranquilizantes. Só que Mike mandou ligar para você primeiro.

— Hã... Muito bem, senhor.

— Ninguém se machucou, ninguém nem se queimou de leve. Ah, sofremos alguns milhões de danos a propriedade. O lugar estava atulhado de experiências, Mike estava pensando em abandoná-lo em breve. Sim, era à prova de fogo, mas qualquer coisa queima com gasolina e dinamite suficientes.

— Ataque incendiário, foi?

— Por favor, Jubal. Eles prenderam oito de nós, todos que conseguiram pegar do Nono Círculo. Mandados de prisão sem nomes, na sua maioria. Mike libertou todo mundo em algumas horas, exceto ele mesmo. Está na cadeia...

— Vou correndo para lá!

— Fique tranquilo. Mike disse que você pode vir, se quiser, mas não há a menor necessidade. Eu concordo. O fogo foi iniciado ontem à noite enquanto o Templo estava vazio, tudo tinha sido cancelado por causa das prisões; vazio, isto é, com exceção do Ninho. Todos nós na cidade, exceto Mike, estávamos no Templo Íntimo, celebrando uma Partilha de Água em nome dele, quando a explosão e o fogo começaram. Então nos transferimos a um Ninho de emergência.

— Ao que parece, vocês tiveram sorte de conseguir sair.

— Nós ficamos encurralados, Jubal. Estamos todos mortos...

— *O quê?*

— Estamos listados como mortos ou desaparecidos. Veja bem, ninguém saiu do prédio depois que o desastre começou... por nenhuma saída conhecida.

— Hã... um túnel secreto?

— Jubal, Mike tem métodos para tais coisas, e não vou discuti-los pelo telefone.

— Você disse que ele estava preso?

— Eu disse. Ele está.

— Mas...

— Já falamos o bastante. Se você vier, não vá ao Templo. Ele já era. Não vou lhe contar onde estamos... e não estou ligando de lá. Se você vier; e eu não vejo motivo para isso, não há nada que você possa fazer; simplesmente venha como você o faria normalmente, e nós o encontraremos.

— Mas...

— Isso é tudo. Adeus. Anne, Dorcas, Larry... e você também Jubal, e o bebê. Compartilhem água. Tu és Deus. — A tela se apagou.

Jubal praguejou.

— Eu sabia! É isso que acontece quando você se mete com religião. Dorcas, chame um táxi. Anne... não, termine de alimentar sua filha. Larry, prepare minha mala. Anne, quero quase todo o dinheiro vivo, e Larry pode sair amanhã para repor o suprimento.

— Chefe — protestou Larry. — Nós *todos* vamos.

— Certamente que vamos — concordou Anne rispidamente.

— Cale-se, Anne. Feche a boca, Dorcas. Este não é um momento para as mulheres votarem. A cidade é uma linha de fogo, e qualquer coisa pode acontecer. Larry, você fica aqui e protege as duas mulheres e a bebê. Esqueçam o banco, não vão precisar de grana porque nenhum de vocês vai botar o pé para fora daqui até eu voltar. Alguém está pegando pesado, e há conexões suficientes entre esta casa e aquela igreja para que eles pensem em pegar pesado aqui também. Larry, holofotes acesos a noite toda, a cerca ligada, não hesite em atirar. E não demore em botar todo mundo no cofre, se necessário; ponha o berço de Abby lá dentro, logo. Agora, mãos à obra; eu tenho que mudar de roupa.

Trinta minutos depois, Jubal estava sozinho na suíte.

— Chefe! — gritou Larry. — Táxi aterrissando.

— Já vou descer — gritou ele de volta, e se virou à *Cariátide caída*. Seus olhos se encheram de lágrimas. Ele disse suavemente: — Você tentou, não foi, minha querida? Mas essa pedra foi sempre pesada demais... pesada demais para qualquer um.

Ele tocou gentilmente a mão da figura desmoronada, virou-se e saiu.

CAPÍTULO XXXV

O táxi fez o que Jubal esperava das máquinas, deu defeito e precisou de manutenção. Jubal acabou em Nova York, mais longe do seu objetivo do que nunca. Descobriu que chegaria mais rápido por voo comercial do que por qualquer charter disponível. Chegou com horas de atraso, depois de passar o tempo enclausurado com estranhos vendo estéreo.

Viu uma matéria sobre o supremo bispo Short proclamando uma guerra santa contra o anticristo, ou seja, Mike, e viu várias imagens de um prédio completamente arruinado. Não conseguiu entender como que alguém escapou com vida. Augustus Greaves contemplou tudo aquilo com alarme... mas comentou que, em toda briga entre vizinhos, um dos dois oferece as incitações e que, na opinião mau-caráter dele, o chamado Homem de Marte era o culpado.

Finalmente ele se viu numa plataforma de pouso municipal; assando em roupas de inverno, ele notou que as palmeiras ainda pareciam um espanador vagabundo e contemplou sombrio o mar além, pensando que ele não passava de massa instável e suja contaminada com cascas de laranja e excremento humano, e se perguntou o que fazer.

Um homem vestindo uniforme se aproximou.

– Táxi, senhor?

– Hã, sim. – Ele poderia rumar para um hotel, ligar para a imprensa e dar uma entrevista que tornaria sua localização pública.

– Por aqui, senhor. – O motorista o levou até um táxi comum bem surrado. Enquanto guardava a mala depois de Jubal entrar, disse baixinho: – Eu lhe ofereço água.

– Hein? Nunca tenha sede.

– Tu és Deus. – o motorista bateu a porta e entrou no próprio compartimento.

Eles acabaram numa ala de um grande hotel de praia, num espaço privado com quatro vagas, sendo que a plataforma de pouso do hotel ficava em outra ala. O piloto colocou o táxi para ir embora sozinho, pegou as malas de Jubal e o escoltou para dentro.

– Você não poderia ter entrado pelo lobby – comentou ele –, porque o foyer deste andar está cheio de serpentes venenosas. Então, se você descer para a rua, não deixe de pedir ajuda a alguém, para mim ou qualquer outro. Meu nome é Tim.

– Sou Jubal Harshaw.

– Eu sei, irmão Jubal. Por aqui. Cuidado com o degrau. – Eles entraram numa suíte do tipo enorme e extremamente luxuosa, e depois num quarto com banheiro.

– Este aqui é seu – disse Tim, que depois colocou a bolsa de Jubal no chão e foi embora. Numa mesa, Jubal encontrou água, copos, cubos de gelo e conhaque; sua marca preferida. Ele preparou um drinque rápido, bebericou e suspirou; depois tirou o casaco de inverno.

Uma mulher chegou com uma bandeja de sanduíches. Jubal deduziu que sua roupa era o uniforme de uma camareira de hotel, já que era diferente dos shorts, camisetas, sarongues e outras formas de exibir em vez de esconder que caracterizavam aquele resort. Mas ela sorriu e disse:

– Beba profundamente e nunca sinta sede, nosso irmão. – Ela pousou a bandeja, foi até o banheiro e ligou a torneira da banheira. Depois verificou tudo no quarto e banheiro. – Você precisa de alguma coisa, Jubal?

– Eu? Ah, não, está tudo bem. Ben Caxton está por perto?

– Sim. Ele disse que você ia querer tomar banho e ficar confortável primeiro. Se você quiser alguma coisa, é só falar. Peça a qualquer um. Ou peça para me chamarem. Sou Patty.

– *Ah!* A vida do Arcanjo Foster.

Ela formou covinhas e subitamente pareceu muito mais jovem que os trinta e poucos que Jubal tinha calculado.

– Sim.

– Gostaria muito de ver. Tenho interesse em arte sacra.

– Agora? Não, eu groko que você quer seu banho. A não ser que você queira ajuda?

Jubal lembrou que sua amiga japonesa tatuada tinha feito o mesmo convite várias vezes. Só que ele queria apenas lavar o ranço e vestir roupas de verão.

– Não, obrigado, Patty. Mas eu realmente quero vê-las, assim que você puder.

– Qualquer hora. Não há pressa. – Ela foi embora, sem pressa, mas se movendo muito rápido.

Jubal não se deixou descansar. Logo estava verificando a bagagem que Larry preparara e grunhiu ao notar que não havia calças de verão. Contentou-se com sandálias, shorts e uma camisa colorida, que o fizeram parecer uma ema suja de tinta e acentuaram as pernas cabeludas e cada vez mais finas. Porém, Jubal tinha parado de se preocupar com isso havia décadas; aquelas roupas bastariam, até que ele precisasse sair à rua... ou comparecer ao tribunal. Será que a Ordem dos Advogados dali tinha convênio com a Ordem da Pensilvânia?

Foi até uma grande sala de estar que tinha a qualidade impessoal das acomodações de hotel. Várias pessoas assistiam ao maior tanque de estereovisão que Jubal já vira fora de um auditório. Uma dessas pessoas lhe deu uma olhada, disse oi e veio falar com ele.

– Oi, Ben. Qual é a situação? Mike ainda está na cadeia?

– Ah, não. Ele saiu logo depois que falei com você.

– A audiência preliminar já foi marcada?

Ben sorriu.

– Não foi assim, Jubal. Mike não foi solto, ele escapou.

Jubal parecia enojado.

– Mas que coisa ridícula a se fazer. Agora o caso vai ser oito vezes mais difícil.

– Jubal, falei para você não se preocupar. O resto de nós está sendo considerado mortos, e Mike está desaparecido. Já terminamos com esta cidade, não faz diferença. Vamos embora para outro lugar.

– Eles vão extraditá-lo.

— Nada tema. Não vão não.

— Ben, onde ele está? Preciso falar com ele.

— Ele está uns dois quartos depois do seu. Mas está retraído em meditação. Deixou um recado para dizer a você que não tome nenhuma atitude. Você pode falar com ele se insistir; Jill o chamará de volta. Mas eu não recomendo. Não há pressa.

Jubal estava incrivelmente ansioso para falar com Mike, e lhe dar uma bronca por ter se metido numa encrenca daquelas, mas perturbar Mike num transe era pior que perturbar o próprio Jubal quando ele estava ditando uma história. O menino sempre saía da auto-hipnose quando tinha "grokado a plenitude", o que quer que fosse isso; ou, se não tivesse, então ele precisava voltar. Tão inútil quanto chatear um urso que hibernava.

— Tudo bem, mas eu quero vê-lo quando ele acordar.

— Você verá. Agora relaxe e tire essa viagem do seu sistema. — Ben o urgiu na direção do grupo que cercava o tanque.

Anne ergueu o olhar.

— Oi, chefe — ela chegou para o lado. — Sente-se.

Jubal se juntou a ela.

— Posso perguntar o que diabos *você* está fazendo aqui?

— A mesma coisa que você... nada. Jubal, por favor não se exalte. Nós temos o direito de estar aqui tanto quanto você. Só que você estava aborrecido demais para conversarmos. Então relaxe e veja o que estão dizendo sobre nós. O xerife anunciou que vai expulsar todas nós, putas, da cidade. — Ela sorriu. — Eu nunca fui expulsa de uma cidade antes. Uma puta é expulsa de trem? Ou eu terei que andar?

— Não acho que exista um protocolo. Vocês todos vieram?

— Sim, mas não se preocupe. Larry e eu combinamos tudo com os rapazes McClintock há um ano, por via das dúvidas. Eles sabem como a caldeira funciona, e como operar todos os botões e coisas. Está tudo bem.

— Humm! Estou começando a achar que sou só um hóspede por lá.

— Você espera que a gente tome conta de tudo sem chateá-lo. Mas é uma pena que você não tenha deixado que todos nós viajássemos juntos. Chegamos aqui há horas, você deve ter tido problemas.

— Tive mesmo. Anne, depois que eu chegar em casa, não pretendo mais botar os pés fora de lá nunca mais em minha vida... e vou arrancar o fio do telefone e usar uma marreta na caixa de fazer idiotas.

— Sim, chefe.

— Desta vez estou falando sério. — Ele deu uma olhada na gigantesca caixa de fazer idiotas. — Esses comerciais vão ficar passando para sempre? Cadê minha afilhada? Não me diga que você a deixou com os filhos idiotas do McClintock!

— Claro que não, ela está aqui. Tem até uma babá, graças a Deus.

— Quero vê-la.

— Patty vai mostrar. Estou irritada com ela, foi um monstrinho na viagem inteira. Patty, querida! Jubal quer ver Abby.

A mulher tatuada atravessou a sala numa corrida sem pressa.

— Certamente, Jubal. Não estou ocupada. É por aqui.

Enquanto eles caminhavam, e Jubal se esforçava para acompanhá-la, Patty explicou:

— Coloquei as crianças no meu quarto, para que Docinho de Coco pudesse vigiá-las.

Jubal ficou um tanto espantado ao ver o que Patricia queria dizer. A jiboia estava arrumada na cama em voltas quadradas que formavam um ninho; um ninho duplo, pois uma das voltas tinha sido passada no meio para dividir o quadrado em dois, criando dois espaços do tamanho de ninhos, cada um forrado com um cobertorzinho e contendo um bebê.

A babá ofídia ergueu a cabeça inquisitivamente quando eles chegaram. Patty a acariciou e disse:

— Está tudo bem, querida. Pai Jubal quer ver as crianças. Faça um pouco de carinho nela, e deixe que ela groke você, para que assim o reconheça da próxima vez.

Jubal fez gugu-dadá para sua garotinha favorita enquanto ela gorgolejava para o padrinho e chutava, e depois acariciava a cobra. Era o mais belo espécimen de *Boidae* que ele já vira, mais longa, na estimativa dele, que qualquer outra jiboia em cativeiro. Suas listras eram bem distintas, e as cores mais brilhantes da cauda eram bastante decorativas. Invejou o animal de estimação de primeiríssima qualidade de Patty e lamentou que não teria tempo de fazer amizade com ele.

A cobra esfregou a cabeça na mão dele como um gato. Patty pegou Abby e falou:

— Docinho de Coco, por que você não me contou? Ela me avisa imediatamente quando uma delas fica enrolada, ou precisa de ajuda, já que não pode fazer muito além de empurrá-las de volta se tentarem fugir. Só que ela não groka que um bebê molhado precisa ser trocado; Docinho de Coco não vê nada de errado nisso. E Abby também não.

— Eu sei. Nós a chamamos de "Velho Fiel". Quem é a outra coisinha fofa?

— Essa é Fátima Michele. Achei que você sabia.

— *Eles* estão aqui? Pensei que estivessem em Beirute!

— Ora, realmente vieram de algum desses lugares estrangeiros. Maryam me contou, mas não quer dizer nada para mim; nunca fui a lugar algum. Groko que todos os lugares são iguais, só há gente. Pronto, você quer segurar Abigail enquanto eu verifico Fátima?

Jubal quis, e garantiu à Abby que ela era a menina mais linda do mundo, depois garantiu a mesma coisa à Fátima. Ele foi sincero das duas vezes, e as garotas acreditaram nele. Jubal tinha dito a mesma coisa incontáveis vezes desde o governo Harding, mais ou menos em 1923, sempre sendo sincero, e sempre acreditaram nele.

Infelizmente ele teve que sair, depois de fazer carinho em Docinho de Coco e lhe dizer a mesma coisa.

Eles se depararam com a mãe de Fátima.

— Chefe querido! — Ela o beijou e lhe deu tapinhas na barriga. — Vejo que o mantiveram alimentado.

— Um pouco. Estava dando uns beijos na sua filha. Ela é uma bonequinha, Miriam.

— Um bebê muito bom, né? Vamos vendê-la lá no Rio.

— Achei que o mercado fosse melhor no Iêmen?

— Fedido diz que não. Preciso vendê-la para abrir espaço. — Ela colocou a mão dele na barriga dela. — Sentiu? Fedido e eu estamos fazendo um menino, não tenho mais tempo para filhas.

— Maryam — ralhou Patricia. — Isso não é jeito de se falar.

— Desculpa, Patty. Não vou falar assim da sua bebê. A tia Patty é uma dama e groka que eu não sou.

— Também groko que você não é, sua diabinha. Só que, se Fátima estiver à venda, eu lhe darei o dobro que a sua melhor oferta comercial.

— Converse com tia Patty, eu só tenho permissão de vê-la de vez em quando.

— E você não fica barriguda, então pode querer ficar com ela para você. Deixe-me ver seus olhos. Humm... Pode ser.

— E é. Mike grokou muito cuidadosamente, e disse a Fedido que ele fez um menino.

— Mas como Mike pode grokar uma coisa dessas? Eu nem tenho certeza se você está grávida.

— Ah, ela está, Jubal — confirmou Patricia.

Miriam o fitou serena.

— Ainda está cético, chefe? Mike grokou quando ainda estávamos em Beirute, antes que Fedido e eu tivéssemos certeza de que tínhamos conseguido. Então Mike nos telefonou. Aí Fedido disse à universidade que íamos tirar um sabático. E agora estamos aqui.

— Fazendo o quê?

— Trabalhando. Mais do que você me fazia trabalhar, chefe. Meu marido é um feitor de escravos.

— Fazendo o quê?

— Eles estão escrevendo um dicionário de marciano — explicou Patty.

— Marciano-inglês? Deve ser difícil.

— Ah, não! — Miriam parecia quase chocada. — Isso seria impossível. Um dicionário de marciano em marciano. Nunca houve um, os marcianos não precisam de uma coisa dessas. Minha parte é secretarial, eu digito o que eles fazem. Mike e Fedido, principalmente Fedido, desenvolveram um alfabeto fonético para marciano, 81 caracteres. Então adaptamos uma máquina de escrever IBM, usando caixa-alta e baixa... Chefe querido, estou *arruinada* como secretária; eu datilografo em marciano agora. Você vai continuar me amando mesmo assim? Quando você gritar "à frente" e eu não servir para nada? Eu ainda sei cozinhar... e me dizem que tenho outros talentos.

— Deixe que eu dito em marciano.

— E você o fará, depois que Mike e Fedido terminarem o trabalho deles com você. É o que eu groko, né, Patty?

— Você fala direitamente, meu irmão.

Eles voltaram à sala de estar. Caxton se juntou a eles e sugeriu que encontrassem um lugar mais quieto, levou Jubal por um corredor até outra sala de estar.

— Vocês parecem ter a maior parte do andar à disposição.

— O andar inteiro — concordou Ben. — Quatro suítes: secretarial, presidencial, real e cabana do dono, todas abertas numa coisa só e inacessíveis além da nossa própria plataforma de pouso... exceto por um foyer que não é muito seguro. Você foi avisado disso?

— Sim.

— Bem, não precisamos de muito espaço agora, mas talvez vamos precisar; as pessoas estão chegando aos poucos.

— Ben, como vocês podem se esconder tão abertamente? Os funcionários do hotel vão entregar vocês.

— Os funcionários não sobem até aqui. Veja bem, Mike é o dono do hotel.

— Pior ainda, eu imaginaria.

— Só se o nosso corajoso chefe de polícia tiver o sr. Douglas na sua folha de pagamento. A conexão de Mike com este lugar passa por quatro graus de companhias fantasmas, e Douglas não se mete nos motivos pelos quais Mike dá alguma ordem. Douglas não me odeia mais desde que os Kilgallen assumiram minha coluna, eu acho, mas ele não quer entregar o controle. O dono oficial é um de nossos membros clandestinos do Nono Círculo. Então o dono solicita este andar pela temporada e o gerente não pergunta por quê; ele gosta do próprio emprego. É um ótimo esconderijo. Até que Mike groke aonde vamos.

— Parece que Mike tinha antecipado uma necessidade.

— Tenho certeza que sim. Há duas semanas, Mike esvaziou o ninho dos filhotinhos, exceto por Maryam e seu bebê, Maryam é necessária. Mike mandou os pais com filhos para outras cidades, lugares onde ele pretende abrir templos, acho; e, quando a hora chegou, só havia uma dúzia de nós para transportar. Moleza.

— Só que vocês mal saíram com suas vidas. Perderam todas as posses pessoais?

— Ah, tudo de importante foi salvo. Coisas como as fitas de idioma de Fedido e a máquina de escrever guaribada que Maryam usa… até aquela Madame-Tussaud horrível da sua cara. E Mike pegou algumas roupas e dinheiro.

— Você diz que *Mike* fez isso? – Jubal objetou. – Achei que Mike estivesse na prisão, então?

— O corpo estava na cadeia, encolhido em retirada. Só que ele estava conosco. Você entende?

— Eu não groko.

— Telepatia. Ele estava dentro da mente de Jill, em sua maior parte, mas todos nós estávamos bem juntos. Jubal, eu não tenho como explicar, você precisa *participar*. Quando a explosão aconteceu, ele nos moveu para cá. Então voltou e salvou as coisinhas úteis.

Jubal franziu o cenho.

— Teleportação, é claro – disse Caxton impaciente. – O que é tão difícil de grokar, Jubal? Você me disse para abrir meus olhos e reconhecer um milagre quando eu visse um. Então eu abri e os vi. Só que não são milagres, tanto quanto o rádio não é. Você groka rádio? Ou estereovisão? Ou computadores eletrônicos?

— Eu? Não.

— Nem eu. Mas poderia se dedicasse o tempo e o suor para aprender a linguagem dos eletrônicos. Não é milagroso, só é complexo. Teleportação é simples, uma vez que você aprende a linguagem. É essa linguagem que é difícil.

— Ben, você pode teleportar coisas?

— Eu? Eles não ensinam isso no jardim de infância. Sou um diácono por cortesia, só porque sou Primeiro Convocado, mas meu progresso corresponde mais ou menos ao Quarto Círculo. Estou apenas começando a controlar meu próprio corpo. Patty é a única que usa teleportação regularmente... e não sei se ela jamais o faz sem o apoio de Mike. Ah, Mike diz que ela consegue, mas Patty é curiosamente ingênua e humilde para o gênio que realmente é, e se sente dependente de Mike. Coisa que ela não precisa ser. Jubal, eu groko isto: não precisamos de Mike, na verdade. *Você* poderia ser o Homem de Marte. Ou eu. Mike foi o primeiro homem a descobrir o fogo. O fogo estava lá o tempo todo... depois que ele mostrou como, qualquer um pode usar... qualquer um com bom-senso suficiente para não se queimar. Está me acompanhando?

— Eu groko, um pouco.

— Mike é o nosso Prometeu; mas é só isso. Mike fica enfatizando isso. Tu és Deus, eu sou Deus, ele é Deus; tudo que groka. Mike é um homem como o resto de nós. Um homem superior, admitidamente; um homem menor, se aprendesse as coisas que os marcianos sabem, poderia ter se arvorado como um deus nanico. Mike está acima dessa tentação. Prometeu... mas é só isso.

— Prometeu pagou um alto preço por ter trazido o fogo à humanidade – comentou Jubal devagar.

— Não pense que Mike não paga! Ele paga com 24 horas de trabalho todos os dias, sete dias por semana, tentando nos ensinar como brincar com fósforos sem nos queimarmos. Patty e Jill deram um esporro nele, e o obrigaram a tirar uma noite de folga por semana, muito antes de eu entrar para o Ninho. – Caxton sorriu. – Mas você não pode parar Mike. Esta cidade está lotada de cassinos, a maioria desonesta, já que é contra a lei aqui. Então Mike passou sua noite de folga apostando em jogos roubados... e ganhando. Eles tentaram assaltá-lo, eles tentaram matá-lo, eles tentaram apagá-lo com drogas na bebida e caras fortões; Mike simplesmente conquistou a reputação de homem mais sortudo da cidade... O que trouxe mais gente para o Templo. Então eles tentaram proibi-lo de entrar, um grande erro. Baralhos adulterados ficaram congelados, roletas não giravam, dados só rolavam seis. Finalmente eles o aceitaram... pedindo que seguisse adiante depois que ganhasse alguns milhares. Mike o faria, se pedissem educadamente.

Caxton acrescentou:

– Então esse é mais um bloco de poder que nos odeia. Não só os fosteritas e outras igrejas, mas agora a máfia e a máquina municipal. Acho que aquele serviço no Templo foi feito por profissionais, duvido que a tropa de choque fosterita tenha se metido com isso.

Enquanto eles conversavam, pessoas entravam, saíam, formavam grupos. Jubal percebeu nelas uma sensação muito incomum, um relaxamento sem pressa que também era tensão dinâmica. Ninguém parecia excitado, nem apressado... Porém, tudo que faziam parecia ter propósito, até gestos aparentemente não premeditados como encontrar-se uns aos outros e marcar o momento com um beijo ou cumprimento. Parecia a Jubal que cada movimento tinha sido planejado por um coreógrafo.

A tensão silenciosa e crescente – ou expectativa, decidiu ele, essas pessoas não estavam tensas de nenhuma forma mórbida – lembrava Jubal de alguma coisa. De uma cirurgia? Com um mestre trabalhando, sem barulho, e nenhum movimento desperdiçado?

Então ele lembrou. Muitos anos antes, quando os foguetes a reação química eram usados nas primeiras explorações espaciais pelos humanos, ele assistira a uma contagem regressiva numa base. Lembrava-se das mesmas vozes baixas, as ações relaxadas, muito diferentes, mas coordenadas, a mesma expectativa exultante e crescente. Eles estavam "esperando pela plenitude", isso era certo. Mas pelo quê? Por que estavam tão felizes? Seu Templo e tudo que tinham construído havia sido destruído... porém, eles pareciam crianças na véspera de Natal.

Jubal notara ao chegar que a nudez que perturbara Ben em sua primeira visita ao Ninho não parecia ser a prática ali, mesmo que houvesse privacidade suficiente. Não percebeu quando ela começou a aparecer, tinha entrado tanto naquele clima único de família muito unida, que estar vestido ou não se tornara irrelevante.

Quando ele finalmente percebeu, não foi pele, mas a cascata de cabelo negro mais linda que ele já vira, agraciando uma jovem mulher que entrou, falou com alguém, jogou um beijo a Ben, deu uma olhada solene a Jubal, e foi embora. Jubal a seguiu com os olhos, apreciando aquela massa fluida de plumagem noturna. Só depois que ela foi embora ele se tocou que ela não estivera vestida em nada além de glória majestosa... e daí entendeu que ela não fora a primeira dos irmãos a aparecer assim.

Ben notou o olhar.

– Aquela é Ruth – explicou. – A nova alta sacerdotisa. Ela e seu marido estavam na outra costa, para preparar uma filial, acho. Fico feliz que eles tenham voltado, parece que a família toda vai ficar em casa.

– Que linda cabeleira. Queria que ela tivesse ficado.

– Então por que você não a chamou?

– Hein?

– Ruth certamente entrou aqui para dar uma olhada em você, eles devem ter acabado de chegar. Você não notou que fomos deixados bem sozinhos?

– Bem... sim. – Jubal tinha se preparado para a intimidade indevida, e descobriu que tinha pisado um degrau inexistente. Tinha sido tratado com hospitalidade, mas fora mais a educação de um gato do que um cão amistoso demais.

– Eles estão todos terrivelmente interessados na sua presença e muito ansiosos em vê-lo... mas se sentem intimidados por você.

– Por *mim*?

– Ah, eu lhe contei verão passado. Você é um mito, não exatamente real, e maior que a vida. Mike lhes disse que você é o único humano que ele conhece capaz de "grokar em plenitude" sem aprender marciano. A maioria deles suspeita que você lê mentes tão perfeitamente quanto Mike.

– Que baboseira! Espero que você tenha desmentido isso tudo?

– E quem sou eu para destruir um mito? Se você lesse, não admitiria. Eles têm um pouco de medo de você; você devora bebês no café da manhã e, quando você ruge, o chão treme. Qualquer um deles ficaria deleitado em ser chamado por você, mas não vão se impor a você. Sabem que até mesmo Mike fica quieto quando você fala.

Jubal repudiou a ideia com uma palavra explosiva.

– Certamente – concordou Caxton. – Mike tem pontos cegos, eu lhe disse que ele era humano. Só que você é o santo padroeiro, e não tem como se livrar disso.

— Bem... lá está alguém que eu conheço, acabou de entrar. Jill! *Jill!* Vire-se, minha querida!

A mulher se virou hesitante.

— Sou Aurora, mas obrigada. — Ela veio até eles, e Jubal achou que ela ia beijá-lo. Porém, ela se ajoelhou, tomou a mão dele e beijou. — Pai Jubal. Nós damos boas-vindas e bebemos profundamente de ti.

Jubal arrancou a mão.

— Ah, pelo amor de Deus, minha filha. Levante-se e sente-se. Compartilhe água.

— Sim, Pai Jubal.

— Hein? Me chame de Jubal, e avise a todo mundo que não gosto de ser tratado como leproso. Estou no seio da minha família, espero.

— Você está... Jubal.

— Então espero ser chamado de Jubal e tratado como irmão de água; nada mais, nada menos. O primeiro que me tratar com respeito vai ficar na escola depois da aula. Grokou?

— Sim, Jubal — concordou ela. — Já avisei.

— Hein?

— Aurora quer dizer — explicou Ben — que ela disse a Patty, provavelmente, e que Patty avisou a todos que podem escutar com o ouvido interior, e eles estão passando a informação àqueles que ainda são meio surdos, que nem eu.

— Isso mesmo — concordou Aurora. — Só que eu contei a Jill. Patty saiu para cuidar de algo para Mike. Jubal, você está vendo o estéreo? É muito empolgante.

— Hein? Não.

— Você está falando da fuga da prisão, Aurora?

— Sim, Ben.

— Ainda não conversamos sobre isso. Jubal, Mike não saiu e voltou para casa, simplesmente; ele lhes deu alguns milagres para mastigar. Fez sumir cada barra e porta na cadeia do condado ao partir; fez o mesmo com a prisão estadual aqui perto, e desarmou a polícia inteira. Em parte para mantê-los ocupados, e em parte porque Mike despreza profundamente o ato de trancar um homem por qualquer motivo. Ele groka que é uma grande erroneidade.

— Faz sentido — concordou Jubal. — Mike é gentil. Ficaria magoado em ver qualquer um trancado. Estou de acordo.

Ben balançou a cabeça.

— Mike não é gentil, Jubal. Matar um homem não o preocuparia. Mas ele é o maior dos anarquistas; trancar um homem é uma erroneidade. Liberdade do eu, e responsabilidade pessoal absoluta para o eu. Tu és Deus.

— E onde jaz o conflito, senhor? Matar um homem pode ser necessário. Mas confiná-lo é uma ofensa contra a integridade dele, e à sua também.

Ben fitou Jubal.

— Mike tem razão. Você groka em completude; da forma dele. Eu ainda não... ainda estou aprendendo. — Ele acrescentou: — E como eles estão lidando com isso, Aurora?

Ela deu uma risadinha.

— Como um ninho cutucado de marimbondos. O prefeito está espumando. Exigiu ajuda do estado e da Federação, e está recebendo; vimos um monte de transportes de tropas pousando. Porém, assim que eles desembarcam, Mike os deixa pelados, das armas às botas. E, assim que o transporte fica vazio, ele some também.

— Groko que ele vai permanecer em meditação até eles desistirem — comentou Ben. — Para lidar com tantos detalhes ele teria quase que ficar em tempo eterno.

Aurora parecia pensativa.

— Acho que não, Ben. Eu teria que fazê-lo, para cuidar até de um décimo. Mas groko que Michael poderia fazer tudo isso andando de bicicleta de ponta cabeça.

— Humm... eu não saberia, ainda estou fazendo tortas de lama. — Ben se levantou. — Às vezes vocês milagreiros me deixam meio doloridos, minha linda. Vou lá ver estereovisão. — Parou para beijá-la. — Você entretenha o velho Papi Jubal, ele gosta de garotinhas. — Caxton foi embora e um maço de cigarros o seguiu, guardando-se num dos bolsos dele.

— Você quem fez isso? Ou foi Ben?

— Ben. Ele está sempre esquecendo os cigarros; eles o perseguem por todo Ninho.

— Humm... mas que belas tortas de lama ele faz.

— Ben está avançando muito mais rápido do que admite. É uma pessoa muito santa.

— Humpf. Aurora, você *é* a Aurora Ardente que eu conheci no Tabernáculo Foster, não é?

— Ah, você se lembra! — Ela estava alegre como se tivesse ganhado um pirulito.

— É claro. Mas você mudou. Parece estar muito mais bonita.

— É porque estou mesmo — respondeu ela com simplicidade. — Você me confundiu com Gillian. E ela está mais bonita também.

— Onde está aquela menina? Esperava vê-la imediatamente.

— Está trabalhando. — Aurora fez uma pausa. — Mas eu a avisei e ela está a caminho. — Fez outra pausa. — Eu tenho que assumir o lugar dela, se você me dá licença

— Vá em frente, criança. — Ela se levantou e partiu no que dr. Mahmoud se sentou.

Jubal o encarou com azedume.

— Você poderia ter tido a cortesia de me avisar que estava no país, em vez de deixar que eu encontrasse minha afilhada pelas boas graças de uma cobra.

— Ah, Jubal, você está sempre tão apressado.

— Meu senhor, quando se é... — Jubal foi interrompido quando alguém cobriu seus olhos com as mãos. Uma voz inquiriu:

— Adivinha quem é?

— Belzebu?

— Tenta de novo.

— Lady Macbeth?

— Quase. Terceira chance, ou desista!

— Gillian, pare com isso, venha até aqui e sente-se ao meu lado.

— Sim, pai. — Ela obedeceu.

— E pare com isso de me chamar de pai em qualquer lugar que não seja em casa. Senhor, eu estava dizendo que, quando se é da minha idade, é necessário se apressar em algumas questões. Cada alvorada é uma joia preciosa... pois pode não ser seguida pelo seu ocaso.

Mahmoud sorriu.

— Jubal, você parece crer que, se parar de resmungar, o mundo para de girar.

— Muito certamente, senhor, do meu ponto de vista. — Miriam se juntou a eles silenciosamente, sentou-se do lado livre de Jubal. Ele passou um braço em volta dela. — Por mais que eu não anseie ver sua cara feia de novo... nem a cara um tanto mais aceitável de minha ex-secretária...

— Chefe — sussurrou Miriam —, você está com vontade de levar um chute na barriga? Sou extraordinariamente linda; tenho isso da mais alta autoridade.

— Calada… afilhadas são outra categoria. Graças ao seu fracasso em me mandar um cartão-postal, eu poderia ter morrido sem ver Fátima Michele. E, nesse caso, eu voltaria para assombrá-lo.

— Nesse caso — apontou Miriam —, você poderia ver Micky ao mesmo tempo… esfregando purê de cenoura no cabelo. Uma visão nojenta.

— Eu estava falando metaforicamente.

— Eu não. Ela é uma comilona desleixada.

— Por que — perguntou Jill em voz baixa —, você estava falando metaforicamente, chefe?

— Hein? Porque "fantasma" é um conceito que não me serve para nada além de figura de linguagem.

— É mais que isso — insistiu Jill.

— Hã, que seja. Prefiro encontrar garotinhas em carne e osso, incluindo a minha carne e o meu osso.

— Mas era disso que eu estava falando, Jubal — argumentou Mahmoud. — Você não está prestes a morrer. Mike grokou você. Disse que você ainda tem muitos anos pela frente.

Jubal balançou a cabeça.

— Determinei um limite de três dígitos muitos anos atrás.

— Quais três dígitos, chefe? — indagou Miriam inocentemente. — Os três que Matusalém usou?

Ele chacoalhou os ombros dela.

— Não seja obscena.

— Fedido diz que as mulheres devem ser obscenas, mas não devem ser ouvidas.

— Seu marido fala direitamente. No dia que meu relógio bater em três dígitos eu desencarno, seja no estilo marciano ou por meus próprios métodos grosseiros. Vocês não podem tirar isso de mim. Ser mandado ao vestiário é a melhor parte do jogo.

— Groko que que você fala direitamente, Jubal — comentou Jill devagar. — Quanto a ser a melhor parte do jogo. Mas não vá contando com isso tão cedo. Sua plenitude ainda não é. Allie fez seu mapa astral semana passada.

— Um mapa astral? Ah, meu Deus! Quem é "Allie"? Como ela ousa! Mostrem-na a mim! Juro por Deus, vou denunciá-la ao Procon!

— Temo que você não possa fazê-lo, Jubal — comentou Mahmoud. — Pois ela está trabalhando no nosso dicionário. E, quanto a quem ela é, trata-se de Madame Alexandra Vesant.

Jubal pareceu deleitado.

— Becky? *Ela* está nesta casa de loucos também?

— Sim, Becky. Nós a chamamos de Allie porque já temos outra Becky. Não zombe dos mapas astrais dela, Jubal. Ela tem a *visão*.

— Ah, baboseira, Fedido. Astrologia é uma bobagem, e você sabe bem disso.

— Certamente. Até Allie sabe. E a maioria dos astrólogos não passa de fraudes desajeitadas. Mesmo assim, Allie a pratica agora mais assiduamente do que antes, usando aritmética e astronomia marcianas; muito mais plenas que as nossas. É o dispositivo que ela usa para grokar. Poderia ser uma fonte de água, bola de cristal ou as entranhas de uma pomba. Os meios não importam. Mike a aconselhou a continuar usando os símbolos aos quais ela estava acostumada. A questão é: ela tem a *visão*.

— O que diabos você quer dizer quando fala em "visão", Fedido?

— A habilidade de grokar mais do universo do que aquele pedaço ao seu redor. Mike a tem por causa dos anos de disciplina marciana; Allie era uma semiadepta destreinada. O fato de ela usar um símbolo tão sem significado quanto a astrologia é irrelevante. Um rosário é de significado também; um rosário muçulmano, não estou criticando nossos competidores. — Mahmoud meteu a mão no bolso, tirou um rosário e começou a manipulá-lo. — Se virar seu chapéu num jogo de pôquer ajuda, então ajuda. É irrelevante que o chapéu não tenha poderes mágicos.

Jubal fitou o dispositivo islâmico e arriscou uma pergunta.

— Você ainda é um dos fiéis? Achei que talvez você tivesse se juntado completamente à igreja de Mike.

Mike guardou as contas.

— Eu fiz ambos.

— Hein? Fedido, elas são incompatíveis.

— Apenas superficialmente. Você poderia dizer que Maryam adotou minha religião e eu adotei a dela. Só que, Jubal, meu amado irmão, eu ainda sou o escravo de Deus, submisso à vontade dele... E, ainda assim, posso dizer: "Tu és Deus, eu sou Deus, tudo que groka é Deus". O profeta nunca afirmou que era o último de todos os profetas, nem declarou que tinha dito tudo que havia para dizer. Submissão à vontade de Deus não significa ser um robô, incapaz de escolha e, assim sendo, de pecar. Submissão pode incluir; *certamente* inclui; responsabilidade absoluta pela forma em que eu, e cada um de nós, molda o universo. Ele é nosso para transformarmos num jardim paradisíaco... ou para devastarmos e destruirmos. – Mahmoud sorriu. – "Com Deus, todas as coisas são possíveis", se eu puder citar, exceto aquela única coisa impossível. Deus não pode escapar de Si mesmo, não pode abdicar. Sua própria responsabilidade total, Ele para sempre precisa permanecer submisso à própria vontade. O Islã permanece, Ele não pode passar o bastão. É dEle: meu... seu... de Mike.

Jubal suspirou.

– Fedido, teologia sempre me deixa deprimido. Cadê Becky? Só a vi duas vezes em vinte e tantos anos; faz tempo demais.

– Você a verá. Mas ela não pode parar agora, está ditando. Deixe-me explicar. Até agora, passei parte de cada dia em conexão mental com Mike; só alguns momentos, mesmo que parecessem um dia de trabalho de oito horas. Em seguida eu imediatamente ditava tudo que ele despejou em mim numa fita. A partir dessas fitas, outras pessoas, treinadas em fonética marciana, faziam transcrições à mão. Então Maryam as datilografava, usando uma máquina especial, e esta cópia-mestre era passada a mim ou Mike; preferencialmente Mike, mas ele quase não tem tempo; para serem corrigidas à mão. Só que agora Mike groka que vai mandar Maryam e eu embora para completarmos o trabalho; ou, mais corretamente, ele grokou que *nós* vamos grokar tal necessidade. Então Mike está adiantando a gravação de meses e anos de fitas para que eu possa levá-las comigo e registrá-las foneticamente. Além disso, temos pilhas de palestras de Mike em marciano que precisam ser transcritas quando o dicionário estiver pronto.

Mahmoud continuou.

– Sou forçado a presumir que Maryam e eu partiremos em breve porque, por mais ocupado que Mike esteja, ele mudou o método. Há oito quartos aqui equipados com gravadores de fita. Aqueles de nós que podem ajudar; Patty, Jill, eu, Maryam, sua amiga Allie e mais alguns; nos revezamos nesses quartos. Mike nos coloca em transe e verte linguagem; definições, expressões, conceitos; e nossas mentes por momentos que parecem horas... Depois nós começamos a ditar *imediatamente* enquanto ainda está fresco. Só que não pode ser qualquer um. São necessários um sotaque preciso, a habilidade de entrar em conexão de transe e de depois despejar os resultados. Sam, por exemplo, tem tudo menos a pronúncia; ele consegue, Deus sabe como, falar marciano com sotaque do Bronx. Não podemos usá-lo, provocaria erratas eternas. É isso que Allie está fazendo, ditando. Ela está no semitranse necessário para a lembrança total e, se você a interromper, ela perderá o que ainda não gravou.

– Eu groko – concordou Jubal. – Ainda que a imagem de Becky Vesey como adepta marciana me balance um pouco. De qualquer maneira, ela era uma das melhores mentalistas no ramo do show business; conseguia fazer uma leitura a frio capaz de fazer um otário se mijar de medo. Fedido, se você vai embora em busca de paz e quietude enquanto toca esse projeto, por que não vai lá para casa? Tem espaço de sobra na nova ala.

– Talvez iremos. A espera é.

– Querido – disse Miriam com sinceridade –, essa é uma solução que eu adoraria, caso Mike nos bote para fora do Ninho.

– Se nós grokarmos que vamos deixar o Ninho, você quer dizer.

– Mesma coisa.

– Você fala direitamente, minha amada. Mas quando nós comemos por aqui? Sinto uma fome nem um pouco marciana. O serviço era melhor no Ninho.

– Você não pode esperar que Patty trabalhe na porcaria do seu dicionário, cuide para que todos fiquem confortáveis, cumpra tarefas para Mike e ainda tenha comida na mesa no instante em que você tiver fome, meu amor. Jubal, Fedido jamais alcançará o sacerdócio, é um escravo do estômago.

– Bom, eu também sou.

– Vocês, meninas, poderiam dar uma mão a Patty – acrescentou o marido.

– Essa é uma dica grosseira. Você sabe que a gente faz tudo que ela deixa, e Tony dificilmente deixa alguém entrar na cozinha dele. – Ela se levantou. – Venha, Jubal, vamos ver o que estão preparando. Tony se sentirá lisonjeado se você visitar a cozinha dele.

Jubal foi com ela, conheceu Tony, que fez cara feia até notar quem estava com Miriam. Depois disso ele passou a exibir sua bancada de trabalho radiantemente orgulhoso, acompanhado de ofensas aos marginais que tinham destruído a cozinha "dele" no Ninho. Enquanto isso, uma colher continuava mexendo sem ajuda uma panela de molho de espaguete.

Logo depois, Jubal se recusou a sentar-se à cabeceira da longa mesa, escolhendo um assento em outro lugar. Patty sentou numa ponta, a cabeceira ficou vazia... exceto por uma sensação que Jubal não conseguia afastar de que o Homem de Marte estava sentado ali, e que todo mundo mais, menos ele, podia vê-lo.

Do outro lado da mesa estava o dr. Nelson.

Jubal descobriu que teria ficado surpreso apenas se o dr. Nelson não estivesse presente. Acenou com a cabeça e cumprimentou.

– Oi, Sven.

– Oi, Doc. Partilhe água.

– Nunca tenha sede. O que você faz por aqui? Médico oficial?

Nelson balançou a cabeça.

– Estudante de medicina.

– Então, aprendeu alguma coisa?

– Aprendi que a medicina não é necessária.

– Se tivesse perguntado, eu já tinha te dito. Viu Van por aí?

– Ele deve chegar mais tarde esta noite ou amanhã de manhã. Sua nave pousou hoje.

– E ele vem sempre aqui? – perguntou Jubal.

– É um aluno de curso à distância, não tem como passar muito tempo aqui.

– Vai ser bom vê-lo. Não boto os olhos em Tromp há um ano.

Jubal iniciou uma conversa com o homem à sua direita enquanto Nelson fala com Dorcas à direita dele. Jubal percebeu à mesa a mesma expectativa formigante que tinha sentido antes, só que reforçada. Não havia nada que ele pudesse identificar exatamente, era um jantar quieto em família com intimidade relaxada. Uma hora, um copo de água foi passado ao redor da mesa. Quando alcançou Jubal, ele deu um golinho e passou à garota à sua esquerda, de olhos arregalados e reverente demais para bater papo com ele.

– Eu lhe ofereço água – disse ele.

– Eu lhe agradeço pela água, Pa... Jubal – ela conseguiu dizer. Quando o copo completou o circuito, alcançando a cadeira vazia à cabeceira da mesa, ainda havia um centímetro de água. Ele se ergueu sozinho, virou e a água desapareceu; o copo se repôs na toalha. Jubal decidiu que tinha participado de uma "Partilha de Água" do Templo Íntimo... Provavelmente em homenagem a ele, entretanto não tinha sido a festança bacanal que ele pensara que acompanhava essa recepção. Seria porque eles se encontravam em ambiente estranho? Ou ele tinha lido em relatórios implícitos o que seu próprio id queria encontrar?

Ou será que eles tinham simplificado a cerimônia em deferência a ele?

Essa parecia uma teoria plausível, e o irritava. Jubal tinha dito a si mesmo que ficava feliz em ser poupado da necessidade de negar um convite que não desejava, e que não teria querido em qualquer idade, considerando seus gostos.

Só que, mesmo assim, diabos… "Ninguém venha falar em patinação no gelo; a Vovó tá muito velha e frágil e não seria educado. Hilda, você sugere dominó, e todo mundo concorda. Vovó *gosta* de dominó. A gente vai patinar outro dia. Tudo bem, crianças?"

Jubal se ressentiu com a ideia; ele certamente preferiria ir patinar, mesmo à custa de uma bacia fraturada. Colocou isso tudo de lado com a ajuda do homem à direita. Seu nome, Jubal descobriu, era Sam.

– Esse contratempo é só aparente – assegurou Sam. – O ovo estava pronto para chocar, e agora nós vamos nos espalhar. É claro que vamos continuar com problemas, porque nenhuma sociedade permitirá que seus conceitos básicos sejam desafiados impunemente. E nós estamos desafiando tudo desde a santidade da propriedade até a santidade do casamento.

– Propriedade também?

– Propriedade da forma que ela existe hoje. Até agora Michael apenas antagonizou alguns apostadores desonestos. Mas o que vai acontecer quando houver milhares, dezenas de milhares, centenas de milhares de pessoas que não podem ser detidas por cofres de bancos e contam apenas com a autodisciplina para evitar que levem o que elas bem quiserem? Claro, essa disciplina é mais forte que qualquer limitação legal, mas nenhum banqueiro poderia entender isso até que ele mesmo trilhe a difícil estrada até a disciplina… e aí ele não será mais um banqueiro. O que acontece ao mercado quando os iluminados sabem para que lado uma ação vai se mover?

– E *você* sabe?

Sam balançou a cabeça.

– Não me interessa. Mas o Saul ali, aquele outro judeuzão, meu primo, lhe dedica grokar com Allie. Michael pediu que fossem cuidadosos, nada de grandes ganhos, e eles usam uma dúzia de contas de fachada, mas qualquer um dos disciplinados pode ganhar qualquer quantidade de dinheiro em qualquer mercado; imóveis, ações, corridas, jogo de azar, pode escolher; ao competir com os não despertos. Não, dinheiro e propriedade não vão desaparecer; Michael diz que ambos conceitos são úteis; mas eles vão ser virados de cabeça para baixo e as pessoas terão que aprender novas regras, do jeito mais difícil como nós fizemos, ou serão deixadas para trás. O que acontece com a Lunar Enterprises quando o meio de transporte mais comum entre aqui e Luna City for a teleportação?

— Devo comprar ou vender?

— Pergunte a Saul. Talvez ele use a corporação atual, talvez a leve à falência. Ou talvez a deixe intocada por mais um século ou dois. Mas considere *qualquer* ocupação. Como pode uma professora lidar com uma criança que sabe mais que ela? O que vai ser feito dos médicos quando ninguém mais ficar doente? O que acontecerá à indústria da moda quando as roupas não forem mais necessárias e as mulheres não se interessarem mais tanto em se arrumar (nunca perderão o interesse completamente), e ninguém mais der a mínima de ficar de bunda de fora? Como que a questão agrícola vai se desenvolver quando for simplesmente possível mandar as ervas daninhas não crescerem e as safras puderem ser colhidas sem a ajuda dos tratores? É só escolher o ramo, a disciplina muda tudo ao ponto de ficar irreconhecível. Considere uma mudança que vai estremecer tanto o casamento em sua forma presente quanto a propriedade. Jubal, você sabe quanto dinheiro é gasto todos os anos neste país em drogas e aparelhos contraceptivos?

— Faço alguma ideia, Sam. Quase 1 bilhão só em pílulas anticoncepcionais, e mais da metade desse valor em placebos inúteis.

— Ah, sim, você é um homem da medicina.

— Só de passagem.

— O que vai acontecer a essa indústria, e à ameaça estridente dos moralistas, quando uma mulher puder conceber apenas como um ato de vontade própria, quando ela for imune às doenças, se importar apenas com a aprovação de gente como ela mesma... e tiver sua orientação tão alterada a ponto de desejar a relação sexual com uma dedicação com que Cleópatra jamais sonhou? E, ainda por cima, se qualquer homem tentar estuprá-la, ele morrerá tão rápido, se ela assim grokar, que nem saberá o que o atingiu! Quando as mulheres forem livres de culpa e medo, só que invulneráveis? Diabos, a indústria farmacêutica vai ser uma das menores baixas, que outras indústrias, leis, instituições, atitudes, preconceitos e bobagens terão que abrir caminho?

— Não groko a plenitude — admitiu Jubal. — Diz respeito a um assunto de pouco interesse pessoal para mim.

— Uma instituição não será danificada. O casamento.

— Sério?

— Muito sério. Em vez disso, será purgado, reforçado e tornado duradouro. Duradouro? Extasiante! Vê aquela moçoila ali com longos cabelos negros?

— Sim, estava me deliciando com sua beleza mais cedo.

— Ela sabe que o cabelo é bonito e ele cresceu 45 centímetros desde que entramos para a igreja. É minha mulher. Há pouco mais de um ano nós vivíamos juntos como cães nervosos. Ela era ciumenta... e eu não lhe dava atenção. Estava entediado. Diabos, nós dois estávamos de saco cheio e só nossos filhos nos mantinham juntos... isso e a possessividade dela. Eu sabia que ela nunca me deixaria ir sem um escândalo... e eu não tinha estômago para tentar montar outro casamento na minha idade, de qualquer maneira. Então eu brincava um pouco quando dava, um professor tem muitas tentações e poucas oportunidades seguras; e Ruth ficava amarga em silêncio. E às vezes não tão em silêncio assim. Enfim, nós entramos para a igreja. — Sam sorriu feliz. — E eu me apaixonei pela minha mulher. Namorada número um!

Sam tinha falado apenas para Jubal, suas palavras emparedadas pelo barulho. A mulher dele estava bem mais abaixo na mesa. Ela ergueu o olhar e disse claramente:

— É um exagero dele, Jubal, devo ser mais ou menos número seis.

— Fique fora da minha mente, lindona! — exclamou o marido de volta. — Estamos conversando conversa de homem. Ofereça sua atenção completa a Larry. — Ele jogou um pãozinho nela.

Ruth deteve o pão no ar e o lançou de volta.

— Estou dando a Larry toda atenção que ele deseja... até mais tarde, talvez. Jubal, esse bruto não me deixou terminar. Sexto lugar é maravilhoso! Porque meu nome não estava nem nessa lista até nós entrarmos para a igreja. Eu não ficava em sexto no ranking de Sam há vinte anos.

— A questão — continuou Sam em voz baixa — é que nós agora somos parceiros, mais do que nunca fomos lá fora; e ficamos assim através do treinamento, culminando na partilha e na aproximação com outros que receberam o mesmo treinamento. Todos nós acabamos em parcerias dentro do grupo, geralmente com os respectivos cônjuges. Às vezes com outras pessoas e, nesse caso, o reajuste acontece sem mágoas e cria uma relação mais calorosa e saudável para o casal "divorciado" do que nunca, na cama e fora dela. Nada a perder, tudo a ganhar. Puxa, essa parceria não precisa nem ser entre homem e mulher. Aurora e Jill, por exemplo, trabalham juntas como uma equipe acrobática.

— Humm... eu tinha pensado nelas como esposas de Mike.

— Não mais do que são para qualquer um de nós, ou que Mike é para o resto. Mike tem andado muito ocupado para fazer mais do que garantir que se compartilhava com todo mundo. — Sam acrescentou. — Se alguém aqui é esposa de Mike, só pode ser a Patty, mesmo que ela se mantenha tão atarefada que a relação é mais espiritual do que física. Tanto Mike quanto Patty estão em desvantagem na quantidade de vezes que castigam o colchão.

Patty estava ainda mais longe que Ruth.

– Sam, querido, eu não me sinto em desvantagem.

– Hã? – Sam anunciou amargurado: – A única coisa errada com esta igreja é que um homem não tem *absolutamente nenhuma privacidade!*

Ele então foi alvo de uma saraivada dos irmãos mulheres. Ele arremessou tudo de volta sem erguer a mão... até que um prato de espaguete o pegou em cheio na cara, atirado, Jubal percebeu, por Dorcas.

Por um momento, Sam pareceu uma vítima de acidente automobilístico. Em seguida seu rosto estava limpo, e até o molho que tinha espirrado na camisa de Jubal tinha sumido.

– Não sirva mais a ela, Tony. Ela desperdiçou, deixe que passe fome.

– Tem de sobra na cozinha – respondeu Tony. – Sam, você fica bonito de espaguete. Que molho bom, hein? – O prato de Dorcas saiu flutuando, voltou cheio.

– O molho está maravilhoso – concordou Sam. – Consegui provar um pouco que me caiu na boca. O que é? Ou seria melhor não perguntar?

– Policial picado – respondeu Tony.

Ninguém riu. Jubal se perguntou se a piada era uma piada. Então lembrou que seus irmãos sorriam muito mas riam muito pouco. E, além disso, policial seria uma boa comida. Só que o molho não poderia ser "tiras de tiras", ou então teria gosto de porco. E o sabor era de carne bovina.

Ele mudou de assunto.

– A coisa que eu mais gosto nessa religião...

– Religião? – interpôs Sam.

– Bem, chame de igreja.

– Sim – concordou Sam –, ela preenche todas as funções de uma igreja, e sua semiteologia se encaixa em algumas religiões reais. Eu entrei nessa porque costumava ser um ateu fanático, e agora sou um alto sacerdote e não sei mais o que sou.

– Entendi que você disse ser judeu.

– De uma longa linhagem de rabinos. Então acabei virando ateu. Agora olhe para mim. Só que Saul e minha mulher Ruth são judeus no sentido religioso, fale com Saul, você verá que não é problema algum. Ruth, depois que rompeu as barreiras, progrediu mais rápido que eu, ela era sacerdotisa muito antes de eu virar sacerdote. Só que ela é do tipo espiritual, pensa com as gônadas. Já eu tenho que fazer do jeito mais difícil, entre as orelhas.

– A disciplina – repetiu Jubal. – É disso que eu gosto. A fé em que eu fui criado não exigia que ninguém soubesse nada. Bastava confessar e ser salvo, e lá estaria você, seguro nos braços de Jesus. Um homem poderia ser burro demais para contar ovelhas... e ainda assim ser presumido conclusivamente como um dos eleitos de Deus, com garantia de uma eternidade de êxtase, porque fora convertido. Poderia não ter nem frequentado a escola dominical e certamente que não precisaria saber nada fora da Bíblia. Esta igreja não aceita "conversão", pelo que eu grokei...

– Você grokou corretamente.

– Uma pessoa precisa começar com uma disposição de aprender e segui-la com estudo longo e árduo. Groko que isso é salutar.

– Mais que salutar – concordou Sam. – Indispensável. Os conceitos não podem ser pensados e ponderados sem o idioma, e a disciplina que resulta nesta cornucópia de benefícios; coisas como viver sem lutar ou como dar prazer à sua mulher; tudo deriva de lógica conceitual... entender quem você é, por que está aqui, como funciona; e se comportar de acordo. A felicidade é funcionar da forma que se é organizado para funcionar, mas as palavras em inglês são uma tautologia, vazias. Em marciano são um conjunto completo de instruções de procedimento. Eu mencionei que tinha câncer quando vim para cá?

– Hein? Não.

– Nem eu sabia. Michael grokou, me mandou tirar um raio-X e essas coisas para que *eu* tivesse certeza. Então pusemos mãos à obra. Cura pela "fé". Um "milagre". O clínico chamou de "remissão espontânea", o que groko que queira dizer que eu fiquei bem.

Jubal assentiu com a cabeça.

– Embromação profissional. Alguns cânceres vão embora, nós não sabemos por quê.

– Eu sei por que este foi embora. Por essa época eu estava começando a controlar meu corpo. Com a ajuda de Mike eu consertei o estrago. Agora, consigo fazer sozinho. Quer sentir um coração parar de bater?

– Obrigado, já observei em Mike. Meu estimado colega, "Chagas" Nelson, não estaria aqui se isso de que você está falando fosse "cura pela fé". É controle voluntário. Eu groko.

— Desculpa. Todos nós sabemos que você groka.

— Humm. Não posso chamar Mike de mentiroso porque ele não é. Mas o rapaz é muito parcial no meu caso.

Sam balançou a cabeça.

— Conversei com você o jantar inteiro. Queria conferir por conta própria, apesar do que Mike tinha dito. Você groka. Estou me perguntando o que você poderia descobrir caso se desse ao trabalho de aprender o idioma.

— Nada. Sou um velho com muito pouco a contribuir.

— Reservo minha opinião. Todos os outros Primeiros Convocados tiveram que enfrentar o idioma para fazer qualquer progresso. Mesmo os três que você manteve consigo tiveram treinamento poderoso, mantidos em transe durante a maior parte das poucas ocasiões em que estiveram conosco. Todos menos você... e você não precisa. A não ser que queira limpar espaguete da cara sem uma toalha, coisa que eu groko que não lhe interessa.

— Só observar.

Quase todo mundo tinha deixado a mesa, sem formalidade, quando quiseram. Ruth se aproximou e parou ao lado deles.

— Vocês dois vão ficar aqui a noite inteira? Ou será que vamos carregá-los com a louça?

— Sou encoleirado. Venha, Jubal. — Sam fez uma pausa para beijar a mulher.

Eles pararam na sala com o tanque estéreo.

— Alguma novidade? — indagou Sam.

— O procurador do condado — disse alguém. — Passou o dia inteiro discursando que todos os desastres de hoje foram culpa nossa... sem admitir que não sabe como foi feito.

— Pobre diabo. Mordeu uma perna de pau, e agora seus dentes doem. — Eles encontraram uma sala mais calma. — Andei dizendo que essas encrencas são de se esperar e vão piorar antes que nós obtenhamos controle suficiente sobre a opinião pública para sermos tolerados. Só que Mike não tem pressa. Vamos fechar a Igreja de Todos os Mundos; ela *está* fechada. Então vamos em frente e abrimos a Congregação da Única Fé, e somos chutados de novo. Daí reabrimos em algum outro lugar como o Templo da Grande Pirâmide, que atrairá um rebanho de mulheres gordas e ignorantes, e algumas acabarão não sendo nem gordas nem burras; e quando o Conselho de Medicina e a Ordem dos Advogados e os jornais e os políticos começarem a morder nossos calcanhares lá, ora, vamos abrir a Irmandade do Batismo em algum outro lugar. Cada uma dessas instituições ganham um núcleo sólido de disciplinados que não podem ser feridos. Mike começou há menos de dois anos, inseguro de si mesmo e apenas com a ajuda de três sacerdotisas sem treinamento. Agora temos um Ninho sólido... além de peregrinos avançados com quem podemos entrar em contato mais tarde. Algum dia seremos fortes demais para perseguições.

– Bem – concordou Jubal –, Jesus fez muito barulho com apenas doze discípulos.

Sam sorriu alegremente.

– Um menino judeu. Obrigado por mencioná-Lo. É a melhor história de sucesso da minha tribo, e todos nós sabemos disso, mesmo que muitos de nós não falemos nEle. Era um menino judeu que venceu na vida e tenho orgulho dEle. Por favor, note que Jesus não tentou resolver tudo até quarta-feira. Ele montou uma organização sólida e a deixou crescer. Mike é paciente também. A paciência é tão parte da disciplina que não é paciência; é automático. Nunca nenhum esforço.

– Uma atitude inteligente em qualquer situação.

– Não é uma atitude. O funcionamento da disciplina. Jubal? Groko que você está cansado. Você quer ficar descansado? Ou prefere ir dormir? Se você não preferir, um de nossos irmãos pode mantê-lo acordado a noite toda, conversando. Nós não dormimos muito, sabe.

Jubal bocejou.

– Prefiro um longo banho quente de banheira e oito horas de sono. Visitarei nossos irmãos amanhã... e outros dias.

– E muitos outros dias – concordou Sam.

Jubal encontrou seu quarto e foi imediatamente visitado por Patty, que encheu sua banheira, puxou as cobertas sem tocá-las, arrumou o kit de drinques ao lado da cama, preparou um e serviu na prateleira da banheira. Jubal não apressou sua saída; ela tinha chegado exibindo todas as imagens. Jubal conhecia o suficiente sobre a síndrome que levava a tatuar o corpo inteiro para saber que, se ele não pedisse para examiná-las, ela ficaria magoada.

Também não sentiu a aflição que atacara Ben numa ocasião semelhante; despiu-se e descobriu com orgulho irônico que não era importante, mesmo que já houvesse vários anos desde que ele deixara alguém vê-lo nu. Parecia não fazer diferença para Patty, que simplesmente se assegurou de que a temperatura da água estava perfeita antes de deixar que ele entrasse.

Então ela ficou e contou a ele o que cada imagem era e em qual sequência deveriam ser vistas.

Jubal ficou adequadamente reverente e apropriadamente elogioso, além de ser completamente um crítico de arte imparcial. Era, ele tinha de admitir consigo mesmo, a habilidade mais incrível com uma agulha que ele *jamais* vira; fazia sua amiga japonesa parecer um carpete barato comparado ao mais fino tapete persa.

– Elas andaram mudando um pouco – contou ela. – Veja a cena do nascimento santo aqui; a parede de trás está começando a ficar curva... e a cama parece quase uma mesa de operações. Tenho certeza que George não liga. Nunca mais uma agulha me tocou depois que ele foi para o Céu... e, se mudanças milagrosas acontecem, sei que elas têm o dedo dele.

Jubal decidiu que Patty era maluquinha, mas legal... ele preferia gente que fosse meio maluca; o "sal da terra" o entediava. Não maluca demais, acrescentou ele; Patty tinha guardado as roupas descartadas no armário sem chegar perto delas. Era provavelmente uma prova clara de que não era necessário ser são, o que quer que isso quisesse dizer, para se beneficiar com aquela disciplina. Aparentemente, o rapaz podia treinar qualquer um.

Sentiu quando ela estava pronta para partir, e sugeriu isso pedindo que ela desse um beijo de boa-noite nas afilhadas dele; Jubal tinha esquecido.

– Eu estava cansado, Patty.

Ela assentiu com a cabeça.

– E eu estou sendo chamada para trabalhar no dicionário. – Patty se inclinou e o beijou, calorosa mas rapidamente. – Vou levar este beijo para nossas bebês.

– E um carinho para Docinho de Coco.

– Sim, é claro. Ela groka você, Jubal. Sabe que você gosta de cobras.

– Ótimo. Partilhe água, irmão.

– Tu és Deus, Jubal. – Ela foi embora. Jubal se reclinou na banheira e ficou surpreso em perceber que não estava cansado e seus ossos não doíam mais. Patty era um tônico... Felicidade improvisada. Ele desejou não ter dúvidas, depois admitiu que não queria ser ninguém além dele mesmo, velho e rabugento e comodista.

Finalmente se ensaboou e se enxaguou e decidiu se barbear para não ter que fazê-lo antes do café da manhã. Por fim, ele trancou a porta, desligou a luz do teto e se deitou.

Olhou em volta procurando alguma coisa para ler e ficou irritado ao não encontrar nada, viciado nessa atividade acima de tudo. Bebericou um pouco e acendeu a luz da cama.

Sua conversa com Patty parecia ter acordado e descansado Jubal. Ele ainda estava desperto quando Aurora chegou.

– Quem está aí? – chamou ele.

– É Aurora, Jubal.

– Não pode ser aurora ainda, era só... Ah.

– Sim, Jubal, eu.

– Diabos, eu achei que tinha trancado a porta. Menina, zarpe direto para fora... *Ei!* Saia já desta cama! Agora!

– Sim, Jubal, mas quero lhe contar uma coisa antes.

– Hein?

– Eu te amo há muito tempo. Quase tanto quanto Jill.

– Ora a simples noção... Pare de falar bobagens e leve essa bundinha linda porta afora.

– Eu vou, Jubal – respondeu ela humildemente. – Mas, por favor, escute uma coisa primeiro. Uma coisa sobre mulheres.

– Agora não. Conte-me pela manhã.

– *Agora*, Jubal.

Ele suspirou.

– Fale. Fique onde está.

– Jubal... meu amado irmão. Homens ligam muito para a aparência de nós, mulheres. Então tentamos ser belas, e isso é uma bondade. Eu costumava ser stripper, como você sabe. Era uma bondade deixar os homens se deleitarem com a beleza que eu era para eles. Era uma bondade para *mim* saber que eles precisavam do que eu dava. – Ela prosseguiu. – Só que, Jubal, mulheres não são homens. *Nós* ligamos para o que um homem *é*. Pode ser uma coisa tão tola quanto: ele é rico? Ou pode ser: ele vai tomar conta dos meus filhos e ser bom para eles? Ou, às vezes, pode ser: ele é bom? Como você é bom, Jubal. Mas a beleza que eu vejo em você não é a beleza que você vê em nós. Você é lindo, Jubal.

– Pelo amor de Deus!

– Eu acho que você fala direitamente. Tu és Deus e eu sou Deus... e eu preciso de você. Eu lhe ofereço água. Você vai me permitir oferecer água e crescer em aproximação?

– Hã, olha, garotinha, se eu entendo bem o que você está oferecendo...

– Você groka, Jubal. Compartilhar de tudo que temos. Nós mesmos. Nós.

– Achei que fosse. Minha querida, você tem muito o que compartilhar. Mas... eu... bem, você chegou com anos de atraso. Lamento sinceramente, pode acreditar. Fico grato. Profundamente. Agora vá embora e deixe um velho dormir.

– Você vai dormir quando a espera for plena. Jubal... eu poderia lhe ceder força. Mas groko claramente que não é necessário.

(Diabos, *não* era mesmo!)

– Não, Aurora, obrigado, querida.

Ela se ajoelhou e se dobrou sobre ele.

– Só mais uma palavra, então. Jill me disse que, se você discutisse, era para eu chorar. Quer que eu derrame minhas lágrimas por todo seu peito? E compartilhe água com você desse jeito?

– Eu vou dar umas palmadas em Jill!

– Sim, Jubal. Estou começando a chorar. – Ela não fez nenhum som, mas em um segundo ou dois, uma lágrima quente e gorda se esparramou no peito dele, seguida por outra, e mais outra... e cada vez mais. Ela soluçava quase silenciosamente.

Jubal praguejou, estendeu a mão para ela... e cooperou com o inevitável.

CAPÍTULO XXXVI

Jubal acordou alerta, descansado e feliz, percebendo que se sentia melhor antes do café da manhã do que se sentira em anos. Por um longo, longo tempo ele tinha atravessado aquele período de trevas entre o acordar e a primeira xícara de café dizendo a si mesmo que amanhã poderia ser um pouco mais fácil.

Naquela manhã, ele percebeu que estava assoviando, parou de assoviar, esqueceu e começou de novo.

Jubal se viu no espelho, deu um sorrisinho irônico, depois sorriu mostrando os dentes.

– Seu velho bode incorrigível. Eles vão mandar a ambulância buscar você a qualquer momento. – Notou um cabelo branco no peito e o arrancou sem se importar com os muitos outros que eram igualmente brancos, e seguiu se preparando para encarar o mundo.

Assim que saiu do quarto, Jill estava lá. Acidentalmente? Ele não acreditava mais em "coincidências" naquele lar; era tão organizado quanto um computador. Ela veio direto para os braços dele.

– Jubal, ah, nós te *amamos* tanto! Tu és Deus.

Ele devolveu o beijo tão calorosamente quanto tinha sido dado, grokando que seria hipócrita não fazê-lo, e descobriu que beijar Jill diferia de beijar Aurora apenas de alguma forma inconfundível mas além de definições.

No fim, ele a segurou com os braços estendidos.

– Sua messalina juvenil... você armou para mim.

– Jubal, meu bem... você foi *maravilhoso!*

– Hã... como diabos você sabia que eu seria *capaz?*

Ela devolveu um olhar de inocência transparente.

– Ora, Jubal, eu tive certeza desde que Mike estava adormecido, em transe, ele podia ver ao redor dele a uma longa distância, e às vezes daria uma olhada em você, uma pergunta a fazer ou coisa assim, para ver se você estava adormecido.

– Mas eu dormi sozinho! Sempre.

– Sim, querido. Não era disso que eu estava falando. Sempre tive que explicar as coisas que ele não entendeu.

– Hrrrmph! – Ele decidiu não insistir. – Mesmo assim, vocês não deveriam ter armado para cima de mim.

– Eu groko que você não quer dizer isso no seu coração, Jubal. Nós tínhamos que ter você no Ninho. Inteiramente. Precisamos de você. Já que você é tímido e humilde em sua bondade, fizemos o que era necessário para lhe dar as boas-vindas sem magoá-lo. E não o magoamos, como você groka.

– O que é essa conversa de "nós"?

– Foi uma Partilha de Água plena com todo o Ninho, como você groka, você estava lá. Mike acordou para ela... e grokou com você e manteve todos nós juntos.

Jubal também abandonou essa questão apressadamente.

– Então Mike acordou, finalmente. Por isso que seus olhos estão brilhando.

– Só em parte. Sempre ficamos deleitados quando Mike não está recolhido, é alegre... Só que ele nunca está realmente longe. Jubal, groko que você ainda não grokou a plenitude de nossa forma de Partilhar Água. Mas a espera preencherá. Nem Mike grokou inicialmente, achou que fosse apenas para a fertilização de ovos, como acontece em Marte.

– Bem... esse é o propósito primário. Bebês. O que faz disso um comportamento ridículo da parte de uma pessoa, especificamente eu, que não tem nenhum desejo na minha idade em causar tal crescimento populacional.

Ela balançou a cabeça.

— Bebês são um resultado... Mas não o propósito primário. Bebês dão sentido ao futuro, e isso é uma grande bondade. Mas somente três ou quatro ou doze vezes na vida de uma mulher um bebê é fertilizado nela... dentre as milhares de vezes que ela pode se compartilhar, e *essa* é a função primária para algo que podemos fazer com tanta frequência, mas que só precisaríamos fazer muito raramente se fosse só para a reprodução. É compartilhar e aproximar, para sempre e eternamente. Jubal, Mike grokou isso porque em Marte as duas coisas, fertilizar ovos e compartilhar-mais-perto, são inteiramente separadas... e ele grokou, também, que a *nossa* maneira é melhor. Que coisa *feliz* é não ter sido nascida um marciano... ser humana... e mulher!

Jubal a olhou de perto.

— Criança, você está grávida?

— Sim, Jubal. Grokei que a espera tinha terminado e que eu estava livre para ficar. A maior parte do Ninho não precisava esperar, mas Aurora e eu andamos ocupadas. Só que grokamos este ponto crítico chegando, e eu grokei que haveria espera após o ponto. E você pode ver que haverá. Mike não vai reconstruir o Templo da noite para o dia, então esta alta sacerdotisa não terá pressa em construir um bebê. Espera sempre preenche.

Dessa mistureba bombástica, Jubal abstraiu o fato central... ou a crença de Jill no que tocava tal possibilidade. Bem, sem dúvida ela tivera oportunidades de sobra. Ele resolveu ficar de olho no assunto e levá-la para casa durante a gravidez. Os métodos de super-homem de Mike eram muito bacanas, mas não faria mal ter equipamentos modernos à mão também. Ele não admitiria perder Jill por causa de eclampsia ou algum outro acidente, mesmo que tivesse que falar grosso com as crianças.

Perguntou-se sobre outra possiblidade, decidiu não mencioná-la.

— Onde está Aurora? E cadê Mike? Este lugar parece silencioso demais.
— Não havia ninguém mais à vista, e ele não ouvia voz alguma... entretanto, aquela sensação estranha de expectativa feliz estava ainda mais forte. Ele teria esperado uma liberação de tensão após a cerimônia na qual ele mesmo aparentemente tinha participado, sem saber, mas a atmosfera estava mais carregada do que nunca. Subitamente, aquilo o lembrou de como ele se sentira, ainda menininho, enquanto esperava pela sua primeira parada de circo... e alguém gritara: "Lá vêm os elefantes!".

Jubal teve a impressão de que se fosse um pouco mais alto, poderia ver os elefantes, logo além da multidão excitada. Mas não havia multidão.

— Aurora me pediu para lhe dar um beijo por ela, que estará ocupada pelas próximas três horas, mais ou menos. E Mike está ocupado também; ele voltou a se retirar.

— Ah.

— Não soe tão decepcionado; ele ficará livre em breve. Está fazendo um esforço especial para ter um tempo livre por sua causa... e para nos liberar a todos. Duke passou a noite inteira revirando a cidade em busca dos gravadores de alta velocidade que usamos para o dicionário e agora temos todo mundo que tem a possibilidade de ajudar sendo entupido de símbolos fonéticos marcianos e então Mike terá terminado e poderá recebê-lo. Aurora acabou de começar a ditar, eu terminei uma sessão, dei um pulinho aqui fora para lhe dar bom dia... e estou prestes a voltar e ser entupida da minha última parte na tarefa, então ficarei fora um pouco mais de tempo que Aurora. E aqui está o beijo dela, o primeiro foi só meu. — Ela passou os braços em volta do pescoço de Jubal e colou a boca esfomeada na boca dele. Por fim, disse: — Meu Deus! Por que esperamos tanto? Até daqui a pouco!

Jubal encontrou algumas pessoas na sala de jantar. Duke ergueu o olhar, sorriu e acenou, voltou a se entupir de comida. Ele não parecia ter ficado uma noite inteira acordado; nem tinha, passara duas noites inteiras acordado.

Becky Vesey olhou em volta quando Duke acenou e exclamou feliz:

— Oi, seu bode velho! — Agarrou a orelha dele, puxou-o para baixo e sussurrou: — Eu sempre soube... Mas por que você não apareceu para me consolar quando o Professor morreu? — Ela acrescentou em voz alta: — Sente-se e nós vamos empanturrá-lo enquanto você me conta que diabrura você anda planejando ultimamente.

— Só um momento, Becky. — Jubal deu a volta na mesa. — Oi, capitão. Fez boa viagem?

— Sem problemas. Virou um trajeto de rotina. Não acho que você tenha conhecido a sra. Van Tromp. Minha querida, eis o fundador deste feito, o primeiro e único Jubal Harshaw... Dois dele seriam demais.

A esposa do capitão era uma mulher alta e simples com os olhos calmos de quem já tinha visto o marido partir numa viagem que poderia ser sem volta. Ela se levantou e beijou Jubal.

— Tu és Deus.

— Hã, tu és Deus. — Seria melhor se conseguisse relaxar diante do ritual, diabos, se repetisse aquilo vezes suficientes, poderia perder o resto dos parafusos e acreditar... E soava bem amistoso com os braços da madame do capitão abraçando-o com força. Ele decidiu que ela poderia ensinar até Jill alguma coisa sobre beijar. Ela... como foi que Anne descrevera? Ela dava ao beijo sua atenção completa; não ia a lugar algum.

– Imagino, Van – comentou ele –, que eu não deveria ficar surpreso em encontrá-lo aqui.

– Bem – respondeu o astronauta –, um homem que visita Marte constantemente deveria ser capaz de papear com os nativos, você não acha?

– Só para conversar, é?

– Há outros aspectos. – Van Tromp estendeu a mão para um pedaço de torrada, que cooperou e veio até ele. – Boa comida, boa companhia.

– Hã, sim.

– Jubal – chamou Madame Vesant –, o rango tá servido!

Jubal voltou ao seu lugar e encontrou hambúrguer a cavalo, suco de laranja e outras iguarias. Becky deu tapinhas na coxa dele.

– Uma bela reza ontem, meu camarada.

– Mulher, volte aos seus horóscopos!

– O que me lembra, querido, quero saber o instante exato do seu nascimento.

– Hum, fui parido em três dias sucessivos. Eles tiveram que cuidar de mim em seções.

Becky deu uma resposta rude.

– Vou descobrir.

– O cartório pegou fogo quando eu tinha três anos. É impossível.

– Sempre há um jeito. Quer apostar?

– Se você continuar me perturbando, vai descobrir que não é grande demais para levar umas palmadas. Como vai você, garota?

– O que você acha? Como lhe pareço?

– Saudável. Traseiro meio grande. Você retocou o cabelo.

– Nada disso. Parei de usar hena há meses. Entre no jogo, parceiro, e nós vamos nos livrar dessa franja branca que você tem aí. Trocá-la por um gramado.

– Becky, eu me recuso a rejuvenescer. Alcancei minha decrepitude do jeito mais difícil e me proponho a curti-la. Pare de matraquear e deixe um homem comer.

– Sim, senhor. Seu bode velho.

Jubal estava saindo quando o Homem de Marte chegou.

— *Pai!* Ah, Jubal! — Mike o beijou e abraçou.

Jubal se liberou gentilmente.

— Aja com a idade que tem, filho. Sente-se e tome seu café. Eu me sentarei com você.

— Não vim aqui tomar café, vim atrás de você. Vamos encontrar algum lugar pra conversar.

— Tudo bem.

Eles acharam uma sala de estar vazia, Mike puxando Jubal pela mão como um garotinho excitado recebendo o avô favorito. Mike escolheu uma poltrona para Jubal e se esparramou num sofá ao lado. Eles estavam no lado da ala virado para a plataforma de pouso, com grandes janelas de batente abertas para ela. Jubal se levantou para ajeitar a poltrona de modo a não ficar de cara para a luz; ficou um pouco irritado ao ver que a poltrona se ajeitou sozinha. Controle remoto sobre objetos certamente poupava trabalho e provavelmente dinheiro também (certamente no caso da lavanderia! A camisa manchada de espaguete tinha ficado tão limpa que ele a vestira de novo), e obviamente preferível sobre a teimosia cega dos aparelhos mecânicos. Mesmo assim, Jubal não estava acostumado ao telecontrole feito sem ondas ou fios; aquilo o espantava como as carruagens sem cavalo tinham perturbado os cavalos decentes e respeitáveis na época que Jubal nasceu.

Duke chegou e serviu conhaque. Mike agradeceu.

— Obrigado, Canibal. Você é o novo mordomo?

— Alguém tinha que fazê-lo, Monstro. Você botou todos os cérebros daqui para ralar com um microfone quente.

— Bem, eles acabarão em umas duas horas, e aí você poderá voltar à sua preguiça lasciva de sempre. O trabalho está feito, Canibal. Encerrado. Completado. Acabado.

— O maldito idioma marciano inteiro de uma só tacada? Monstro, é melhor eu mandar verificar seus capacitores queimados.

— Ah, não! Só o conhecimento de principiante que eu tenho... quero dizer, tinha; meu cérebro é um saco vazio. Cabeçudos como Fedido vão ter que visitar Marte por mais um século para preencher o que eu nunca aprendi. Mas eu realmente ralei para valer, seis semanas de tempo subjetivo desde as cinco desta madrugada, ou que horas fossem quando encerramos a partilha... E agora os tipos estoicos podem terminar o trabalho enquanto eu fico de bobeira. — Mike se espreguiçou e bocejou. — Que gostoso. Terminar um serviço é sempre gostoso.

— Você vai se meter a trabalhar com alguma coisa antes do fim do dia. Chefe, esse monstro marciano não consegue ficar em paz. Esta é a primeira vez que ele relaxa em mais de dois meses. Ele deveria se alistar nos "workaholics anônimos". Ou então você deveria nos visitar mais vezes. É uma boa influência.

— Deus me livre e guarde de jamais ser isso.

— Caia fora daqui, Canibal, e pare de contar mentiras.

— Mentiras o diabo. Você me transformou num contador de verdades compulsivo... uma desvantagem terrível nos buracos que eu frequento. — Duke saiu.

Mike ergueu o copo.

— Compartilhe água, Pai.

— Beba profundamente, filho.

— Tu és Deus.

— Mike, eu aguento essa conversa dos outros. Mas não me venha *você* com esse papo de Deus. Eu já conhecia você quando você era "só um ovo".

— Tudo bem, Jubal.

— Assim é bem melhor. Quando foi que você começou a beber de manhã? Se fizer isso na sua idade, vai acabar arruinando seu estômago. Não vai viver para ser um velho bêbado feliz, que nem eu.

Mike fitou o copo.

— Bebo quando é um compartilhar. Não tem nenhum efeito em mim, nem na maioria de nós, a não ser que nós queiramos. Uma vez deixei que tivesse seu efeito até que eu desmaiei. É uma sensação estranha. Não uma bondade, eu groko. Só uma forma de desencarnar por um tempo, sem desencarnar. Consigo um efeito semelhante, só que muito melhor e sem estrago para consertar depois, ao me retirar.

— Econômico.

— Hã, nossa conta de álcool não é nada. Na verdade, tocar aquele Templo todo não custava o que lhe custa para manter sua casa. Exceto pelo investimento original e a reposição de alguns aparelhos, café e bolo era tudo que gastávamos... Fazíamos nossa própria diversão. Precisávamos de tão pouco que eu costumava me perguntar o que fazer com todo o dinheiro que entrava.

— Então por que você fazia coletas?

— Hein? Ah, você tem que cobrar deles, Jubal. Os otários não prestam atenção se for de graça.

— Eu sabia disso, queria saber se você também.

— Ah, sim, eu groko otários, Jubal. No começo eu pregava de graça. Não funcionou. Nós, humanos, precisamos progredir consideravelmente antes de podermos aceitar um presente de graça, e valorizá-lo. Nunca deixei que recebessem nada de graça até o Sexto Círculo. A essa altura eles já podem aceitar... e aceitar é muito mais difícil que dar.

— Humm... Filho, talvez você devesse escrever um livro sobre psicologia humana.

— Eu escrevi. Só que em marciano. Fedido tem as fitas. — Mike tomou um lento gole sibarítico. — Nós usamos álcool de vez em quando. Alguns de nós; Saul, eu, Sven, alguns outros; gostamos. Aprendi a deixar que tenha só um pouco de efeito, então o mantenho, e ganho uma aproximação muito parecida com um transe sem ter que me retirar. — Deu mais um gole. — É isso que estou fazendo esta manhã, estou me deixando ficar levemente alto e feliz com você.

Jubal o estudou de perto.

— Filho, você tem alguma coisa em mente.

— Sim.

— Quer conversar sobre ela?

— Sim. Pai, é sempre uma grande bondade estar com você, mesmo quando nada me incomoda. Só que você é o único humano com quem posso falar e saber que você vai grokar e não ficar assoberbado. Jill... Jill sempre groka; só que, quando dói em mim, dói nela ainda mais. Aurora é igual. Patty... Bem, Patty sempre consegue tirar minha dor, mas ela o faz guardando a dor para si mesma. Elas se magoam muito facilmente para que eu possa compartilhar inteiramente com elas qualquer coisa que eu não groko e aprecio antes de compartilhar. — Mike parecia muito pensativo. — Confissão é necessária. Católicos sabem disso. Eles têm uma brigada de homens fortes para recebê-la. Fosteritas têm confissões em grupo e a distribuem e diluem. Eu preciso introduzir a confissão na purga inicial; ah, nós a temos, mas é espontânea, depois que o peregrino não precisa mais dela. Precisamos de homens fortes para isso; o "pecado" raramente diz respeito à verdadeira erroneidade, pecado é aquilo que o pecador groka como sendo pecado. E, quando você groka com ele, pode doer. Eu sei.

Mike continuou com sinceridade.

— Bondade não é suficiente, bondade nunca é suficiente. Esse foi um dos meus primeiros erros, porque dentre marcianos bondade e sabedoria são idênticos. Só que não é o caso conosco. Considere Jill. A bondade dela era perfeita quando eu a conheci. Mesmo assim, ela estava toda enrolada por dentro; e eu quase a destruí, e a mim também; pois eu estava igualmente enrolado; antes que nos resolvêssemos. A paciência infinita dela (nada comum neste planeta) foi a única coisa que nos salvou... enquanto eu estava aprendendo a ser humano e ela estava aprendendo o que eu sei. Só que a bondade sozinha *nunca* é suficiente. Uma sabedoria dura e fria é necessária para que a bondade realize o bem. Bondade sem sabedoria sempre realiza o mal.

Mike acrescentou muito sobriamente.

– E é por isso que eu *preciso* de você, Pai, além de amá-lo. Preciso de sua sabedoria e sua força... pois preciso me confessar a você.

Jubal se remexeu.

– Ah, pela mãe do guarda, Mike, não faça tanto teatro com isso. Basta me dizer o que o está aborrecendo. Vamos descobrir uma solução.

– Sim, Pai.

Só que Mike não continuou.

– Você está chateado com a destruição do seu Templo? – indagou Jubal finalmente. – Eu não o culparia. Só que você não está falido, pode construir outro.

– Ah, não, isso não é nada importante.

– Hein?

– Aquele Templo era um diário com as páginas cheias. Hora de um caderno novo, em vez de escrever em folhas já escritas. Fogo não pode destruir experiências... E, do ponto de vista da política prática, ser atacado de maneira tão espetacular vai ser bom no longo prazo. Igrejas prosperam no martírio e perseguição, é a melhor propaganda para elas. No fundo, Jubal, os dois últimos dias foram uma folga gostosa numa rotina agitada. Não perdemos nada. – A expressão dele mudou. – Pai... descobri recentemente que eu era um espião.

– O que você quer dizer, filho?

– Dos Anciãos. Eles me mandaram aqui para espionar nosso povo.

Jubal pensou na questão, e finalmente falou:

– Mike, sei que você é brilhante. Você tem poderes que eu não tenho nem nunca vi antes. Só que um homem pode ser um gênio e ainda assim sofrer delírios.

– Eu sei. Deixe-me explicar, e você decidirá se eu sou maluco ou não. Você sabe como os satélites de vigilância das Forças de Segurança operam.

– Não.

— Não estou falando dos detalhes que interessariam Duke; quero dizer o esquema geral. Eles orbitam o globo, captando dados e os armazenando. Num ponto em particular, o Olho-Celeste é ativado e transmite tudo que viu. Foi isso que eles fizeram comigo. Você sabe que nós, no Ninho, usamos o que é chamado de telepatia.

— Fui forçado a acreditar nisso.

— Usamos sim. Mas esta conversa é privada e, além disso, ninguém tentaria lê-lo, não sei se conseguiríamos. Mesmo noite passada a conexão foi pela mente de Aurora, não a sua.

— Bem, isso é algum conforto.

— Sou "apenas um ovo" nessa arte, os Anciãos são mestres. Eles se conectaram comigo mas me deixaram em paz, me ignoraram; então me ativaram, e tudo que eu tinha visto e feito e sentido e grokado foi transmitido aos registros deles. Não quero dizer que apagaram essas coisas da minha mente, eles simplesmente tocaram a fita, por assim dizer, fizeram uma cópia. Só que a ativação eu senti, e acabou antes que eu pudesse impedir. Então eles cortaram a conexão, eu não pude nem protestar.

— Bem... me parece que eles usaram você de forma mesquinha...

— Não pelos padrões deles. Nem eu teria me oposto, teria ficado feliz em me oferecer, se eu tivesse sabido antes de partir de Marte. Só que eles não queriam que eu soubesse, queriam que eu grokasse sem interferência.

— Eu ia acrescentar — disse Jubal — que agora que você está livre dessa maldita invasão de privacidade, então que mal foi feito? Parece a mim que você poderia ter andado com um marciano no seu ombro esses dois anos e meio inteiros, sem causar mal algum além de atrair olhares.

Mike parecia muito sério.

— Jubal, escute uma história. Escute a coisa inteira. — Mike lhe contou sobre a destruição do Quinto Planeta ausente do Sistema Solar, cujas ruínas são asteroides. — E então, Jubal?

— Isso me lembra dos mitos do Dilúvio.

— Não, Jubal, vocês não têm certeza do Dilúvio. Vocês têm certeza sobre a destruição de Pompeia e Herculano?

— Ah, sim, são fatos estabelecidos.

— Jubal, a destruição do Quinto Planeta pelos Anciãos é tão certa quanto aquela erupção do Vesúvio e foi registrada com muito mais detalhe. Não é mito. Fato.

— Hã, estipule melhor. Se estou entendendo corretamente, você teme que os Anciãos de Marte possam dar a este planeta o mesmo tratamento? Você me perdoaria se eu dissesse que isso é meio difícil de engolir para mim?

— Ora, Jubal, não se precisaria dos Anciãos para fazê-lo. Exige apenas conhecimento de física, sobre como a matéria é formada, e o mesmo controle que você me viu usar tantas vezes. É simplesmente necessário primeiro grokar o que você quer manipular. Eu posso fazer, agora mesmo. Digamos, um pedaço próximo ao núcleo da Terra de uns 150 quilômetros de diâmetro, muito maior que o necessário, só que queremos que isto seja rápido e indolor, para ao menos agradar Jill. Sentir seu tamanho e posição, grokar cuidadosamente como é formado... — O rosto dele perdeu toda expressão e os olhos começaram a se revirar.

— Ei! — interrompeu Jubal. — Pare com isso! Eu não sei se você consegue ou não, mas não quero que tente.

* * *

O rosto do Homem de Marte voltou ao normal.

— Ora, eu nunca *faria* isso. Para mim, seria uma erroneidade; eu sou humano.

— Mas não para eles?

— Ah, não. Os Anciãos poderiam grokar o ato como uma beleza. Eu não sei. Ah, tenho a disciplina para fazê-lo... Mas não a vontade. Jill poderia fazer, isto é, ela poderia contemplar o mesmo método. Mas ela nunca poderia *querer* fazê-lo, ela é humana também, este é seu planeta. A essência da disciplina é, primeiro, autoconsciência, e então, autocontrole. No momento que um humano for capaz de destruir este planeta com esse método; em vez de usando coisas desajeitadas como bombas nucleares; não será possível, eu groko plenamente, para ele contemplar essa volição. Ele desencarnaria. E isso encerraria qualquer ameaça; nossos Anciãos não ficam por perto como fazem em Marte.

— Humm... Filho, já que estamos conferindo se sua cabeça está com todos os parafusos presos, me esclareça mais uma coisa. Você sempre falou desses "Anciãos" tão casualmente quanto eu falo do cachorro do vizinho, só que eu acho fantasmas difíceis de engolir. Como é a aparência de um desses Anciãos?

— Ora, igual a de qualquer outro marciano.

— Então como é que você sabe que não é simplesmente um marciano adulto? Ele atravessa paredes ou coisa assim?

— Qualquer marciano pode fazer isso. Eu mesmo fiz, ontem.

— Hã... ele brilha? Ou alguma coisa?

— Não. Você os vê, ouve, sente, tudo. É como uma imagem num tanque estéreo, só que perfeita e colocada dentro da sua mente. Mas... Olha, Jubal, a coisa toda seria uma questão ridícula em Marte, mas eu entendo que não o é aqui. Se você estivesse presente na desencarnação, na morte, de um amigo, e então ajudasse a comer seu corpo... e *então* visse seu fantasma, falasse com ele, o tocasse, tudo; você aí acreditaria em fantasmas?

— Bem, ou isso, ou eu teria ficado maluco.

— Tudo bem. Aqui poderia ser uma alucinação... se eu groko corretamente que nós não ficamos por perto quando desencarnamos. Só que, no caso de Marte, há um planeta inteiro governado completamente por uma alucinação em massa... ou a explicação mais simples está correta... aquela que me ensinaram, e toda minha experiência me levou a crer. Porque em Marte os fantasmas são a parte mais poderosa e mais numerosa da população. Aqueles que ainda vivem, os encarnados, são lenhadores e aguadeiros, servos dos Anciãos.

Jubal assentiu com a cabeça.

— Certo. Nunca hesitarei em cortar com a navalha de Occam. Por mais que isso vá contra minha experiência, ela está limitada a este planeta, é provinciana. Tudo bem, filho. Você tem medo que eles nos destruam?

Mike balançou a cabeça.

— Não especialmente. Acho; e é uma dedução, não um grokar; que eles podem fazer uma de duas coisas. Ou nos destruir... ou tentar nos conquistar culturalmente, nos fazer à própria imagem.

— Só que você não se preocupa com a possibilidade de sermos destruídos? É um ponto de vista muito desapegado.

— Não. Ah, eles podem tomar essa decisão. Veja bem, pelos padrões deles, nós somos doentios e aleijados; as coisas que fazemos uns aos outros, a forma como fracassamos em nos compreender, nosso fracasso quase absoluto em grokar uns com os outros, nossas guerras e doenças e fomes e crueldades; tudo isso é loucura para eles. Eu *sei*. Então eles vão se decidir por uma execução misericordiosa. Só que isso é uma dedução, não sou um Ancião. Porém, Jubal, se eles decidirem assim, vai levar... — Mike pensou por um longo tempo. – Um mínimo de cinco séculos, mais provavelmente de cinco milênios, antes que qualquer coisa seja feita.

– É um longo tempo para um júri deliberar.

– Jubal, a maior diferença entre as duas raças é que os marcianos nunca têm pressa, e os humanos sempre têm. Eles prefeririam muito mais pensar por mais um século ou seis, para ter certeza de que grokaram toda plenitude.

– Nesse caso, filho, não se preocupe com isso. Se, daqui quinhentos ou mil anos, a raça humana não puder lidar com os vizinhos, nem eu nem você poderemos evitar. Entretanto, suspeito que no futuro poderão.

– Assim eu groko, mas não em plenitude. Eu disse que não estava preocupado com *isso*. A outra possibilidade me incomodou mais, que eles pudessem vir para cá tentar nos mudar. Jubal, eles *não podem*. Uma tentativa de fazer que nos comportemos como marcianos vai nos matar com igual certeza, só que não de forma indolor. Seria uma grande erroneidade.

Jubal demorou a responder.

– Mas, filho, não é isso que *você* vem tentando fazer?

Mike parecia infeliz.

– Era o que eu queria fazer quando comecei. *Não* é o que eu tento fazer agora. Pai, sei que você ficou desapontado comigo quando abri a igreja.

– Assunto seu, filho.

– Sim. O eu. Eu preciso grokar cada ponto crítico sozinho. E você também... e todos os eus. Tu és Deus.

– Não aceito a nomeação.

– Você não pode negá-la. Tu és Deus e eu sou Deus e tudo que groka é Deus, e eu sou tudo que já fui e vi e senti e experimentei. Eu sou tudo que eu groko. Pai, eu vi o estado horrível em que este planeta se encontra e grokei, mesmo que não em plenitude, que poderia mudá-lo. O que eu tinha a ensinar não poderia ser ensinado em escolas; fui forçado a contrabandear como religião, coisa que não é, e enganar os otários a experimentar apelando a curiosidade deles. Em parte, funcionou como eu sabia que funcionaria; a disciplina estava tão disponível a outros quanto estava para mim, que fui criado num ninho marciano. Nossos irmãos todos se dão bem, você mesmo viu e compartilhou, vivem em paz e felicidade, sem amargura, sem ciúme.

Mike continuou.

– Só isso já foi um triunfo. A dicotomia homem-mulher é a nossa maior dádiva, o amor romântico físico pode ser exclusivo a este planeta. Caso seja, o universo é um lugar mais pobre do que poderia ser... e groko vagamente que nós-que-somos-Deus vamos salvar esta preciosa invenção e espalhá-la. A união de corpos com a fusão de almas em êxtase compartilhado, dando, recebendo, se deliciando um no outro; bem, não há nada em Marte que chegue perto, e essa coisa é a fonte, eu groko em plenitude, de tudo que faz esse planeta ser tão rico e maravilhoso. E, Jubal, até que uma pessoa, homem ou mulher, tenha gozado desse tesouro banhado no júbilo mútuo de mentes conectadas tão intimamente quanto os corpos, essa pessoa é tão virgem e solitária como se nunca tivesse copulado. Mas eu groko que você já passou por isso; sua própria relutância em arriscar algo menor é prova... E, de qualquer maneira, eu sei disso diretamente. Você groka. Sempre grokou. Sem precisar da linguagem do grokar. Aurora nos falou que você entrou tão fundo na alma dela quanto no corpo.

— Hã, a dama exagera.

— É impossível para Aurora não falar direitamente sobre isso. E, perdoe-me, nós estávamos lá. Na mente dela, não na sua... e você estava lá conosco, compartilhando.

Jubal decidiu não comentar que as únicas vezes que ele sentira que podia ler mentes foram precisamente naquela situação... só que não eram pensamentos, mas emoções. Lamentava apenas, sem amargura, não ser meio século mais novo, pois nesse caso Aurora iria deixar de ser "srta." e ele teria arriscado corajosamente outro casamento, apesar das cicatrizes. Também não trocaria a noite passada por todos os anos que talvez ainda lhe restassem. Essencialmente, Mike tinha razão.

— Continue, senhor.

— É isso que uma união sexual deveria ser. Mas é isso que eu grokei lentamente que ela raramente é. Em vez disso, era indiferença e atos executados mecanicamente e estupro e sedução como um jogo nada melhor que a roleta, mas menos honesto, e prostituição e celibato voluntário e involuntário e medo e culpa e ódio e violência e crianças sendo educadas para acreditar que sexo era "ruim" e "vergonhoso" e "animalesco" e algo a ser escondido e sempre visto com desconfiança. Esta coisa linda e perfeita, homem-mulher, virada de cabeça para baixo e do avesso e tornada horrível. — Mike prosseguiu. — E cada uma dessas coisas erradas é um corolário do "ciúme". Jubal, eu não podia acreditar. Ainda não groko "ciúme" em plenitude, parece insanidade para mim. Quando descobri o que esse êxtase era, meu primeiro pensamento foi que queria compartilhar, compartilhar imediatamente com meus irmãos de água, de forma direta com as mulheres, de forma indireta com os homens, convidando-os para mais compartilhamento. A ideia de tentar guardar esta fonte infalível só para mim teria me horrorizado se tivesse me ocorrido. Só que eu fui incapaz de pensar nela. E, num perfeito corolário, eu não tinha a menor vontade de tentar o milagre com qualquer mulher que já não apreciasse e confiasse; Jubal, sou fisicamente incapaz até mesmo de tentar sexo com uma mulher que não tenha compartilhado água comigo. E isso acontece em todo o Ninho. Impotência psíquica; a não ser que espíritos se misturem como a carne.

Jubal pensava tristemente que era um belo sistema... para anjos... quando um carro voador pousou na plataforma particular, diagonalmente diante dele. Virou a cabeça para olhar e, quando as sapatas tocaram o solo, ele desapareceu.

– Problemas? – perguntou ele.

– Não – negou Mike. – Estão começando a suspeitar que estamos aqui; que eu estou, na verdade. Acham que o resto morreu. O Templo Íntimo, quero dizer. Os outros círculos não estão sendo incomodados... – Ele sorriu. – Poderíamos ganhar um bom dinheiro com estes quartos, a cidade está ficando lotada com as tropas de choque do bispo Short.

– Já não era hora de mandar a família para outro lugar?

– Jubal, não se preocupe. O carro não teve nem chance de se reportar, mesmo por rádio. Estou guardando a todos nós. Não é difícil, agora que Jill superou suas concepções errôneas sobre a "erroneidade" em desencarnar pessoas que têm erroneidade dentro de si. Eu costumava ter que usar expedientes complicados para nos proteger. Só que agora Jill groka que eu o faço apenas conforme a plenitude é grokada. – O Homem de Marte deu um sorriso moleque. – Ontem à noite ela me ajudou com um servicinho sujo... e também não foi a primeira vez dela.

– Que tipo de servicinho?

– Ah, só uma complementação à fuga da cadeia. Alguns poucos eu não poderia libertar, eles eram malévolos. Então me livrei deles antes de me livrar das barras e portas. Só que eu andei grokando esta cidade inteira por meses... e muitos dos piores não estavam na cadeia. Estive esperando, fazendo uma lista, me assegurando da plenitude em cada caso. Assim, agora que nós estamos deixando a cidade, eles não vivem mais aqui. Foram desencarnados e mandados de volta ao fim da fila para tentar de novo. Incidentalmente, esse foi o grokar que mudou a atitude de Jill de melindre a aprovação genuína: quando ela finalmente grokou em plenitude que é *impossível* matar um homem, tudo que fazemos era muito como um juiz de futebol expulsando um jogador por uma falta feia.

– Você não tem medo de brincar de Deus, rapaz?

Mike sorriu com alegria indisfarçada.

– Eu *sou* Deus. Tu és Deus... e qualquer babaca que eu removo é Deus também. Jubal, dizem que Deus nota cada pardal que cai. E de fato o faz. Só que o mais perto que se pode chegar em inglês é dizer que Deus não pode deixar de notar o pardal porque o pardal *é* Deus. E, quando um gato espreita um pardal, ambos são Deus, executando os pensamentos de Deus.

Outro carro voador começou a pousar e sumiu; Jubal não comentou.

– Quantos você expulsou do jogo ontem à noite?

– Ah, mais ou menos 150, não contei. É uma cidade grande. Só que, por algum tempo, vai ser uma cidade particularmente decente. Não está curada, é claro; não há cura fora da disciplina. – Mike parecia infeliz. – E é disso que eu preciso lhe perguntar, Pai. Temo que eu tenha iludido nossos irmãos.

– Como, Mike?

– Eles são otimistas demais. Veem como a coisa vai bem para nós, sabem como são felizes, como estão fortes e saudáveis e conscientes... quão profundamente amam uns aos outros. E agora acham que grokam que é apenas uma questão de tempo até que a raça humana inteira alcance a mesma beatitude. Ah, não amanhã; alguns deles grokam que 2 mil anos são um mero momento para tal missão. Só que, no fim. E eu pensava assim também, Jubal, inicialmente. Eu os levei a pensar dessa forma. Só que, Jubal, eu deixei passar uma questão chave: humanos não são marcianos. Cometi esse erro repetidamente; me corrigi... e continuei cometendo. O que funciona para os marcianos não necessariamente funciona para humanos. Ah, a lógica conceitual que pode ser declarada apenas em marciano de fato funciona para ambas as espécies. A lógica é invariante... só que os dados são diferentes. Assim sendo, os resultados são diferentes.

O Homem de Marte continuou.

– Não conseguia entender por quê, quando as pessoas tinham fome, ninguém se oferecia para ser abatido de forma a alimentar os outros... Em Marte, isso é óbvio; e uma honra. Eu não conseguia entender por que bebês eram tão valorizados. Em Marte, nossas duas garotinhas seriam despejadas do lado de fora, para viver ou morrer; e nove em cada dez ninfas morrem na primeira temporada. Minha lógica estava correta, mas eu li os dados incorretamente: aqui os bebês não competem, são os adultos; em Marte, os adultos nunca competem, eles já foram selecionados quando bebês. Só que, de uma maneira ou de outra, competição e seleção acontecem... ou a espécie vai para o brejo. Porém, quer eu estivesse errado ou não em tentar remover a competição nos dois extremos, eu comecei a grokar ultimamente que a raça humana não me deixará fazê-lo, de forma alguma.

Duke enfiou a cabeça na sala.

– Mike, você está prestando atenção lá fora? Tem uma multidão se juntando em volta do hotel.

– Eu sei – concordou Mike. – Diga aos outros que a espera não se completou. – Ele continuou falando com Jubal. – "Tu és Deus" não é uma mensagem de alegria e esperança, Jubal. É um desafio e uma aceitação destemida e descarada de responsabilidade pessoal. – Ele parecia triste. – Só que eu raramente consegui deixar claro. Muito poucos, apenas esses poucos aqui conosco, nossos irmãos, me entenderam e aceitaram o amargor com a doçura, se ergueram e beberam, grokaram. Os outros, centenas de milhares de outros, ou insistiram em tratar como um prêmio sem um concurso; uma "conversão"; ou ignoraram. Independentemente do que eu dissesse, eles insistiam em pensar em Deus como algo externo a si mesmos. Alguma coisa que anseia em trazer cada imbecil indolente para Seu abraço e confortá-lo. A noção de que o esforço tem que ser *deles próprios*... e que os problemas que enfrentam foram todos criados por eles mesmo... é algo que eles não podem ou não querem enfrentar.

O Homem de Marte balançou a cabeça.

– Meus fracassos são em número tão maior que meus sucessos, que eu me pergunto se um grokar completo mostrará que estou na trilha errada; que *esta espécie precisa* estar dividida, odiando-se mutuamente, lutando, constantemente infeliz e em guerra até mesmo com seus próprios eus... simplesmente para efetuar aquela seleção que toda espécie precisar enfrentar. Diga-me, Pai? Você tem que me dizer.

– Mike, o que diabos levou você a acreditar que eu era infalível?

– Talvez você não seja. Porém, toda vez que precisei saber alguma coisa, você sempre foi capaz de me dizê-la, e a plenitude sempre demonstrou que você falava direitamente.

— Droga, eu recuso esta apoteose! Mas percebo uma coisa, filho. Você sempre urgiu todo mundo a nunca se apressar; "a espera preencherá", você diz.

— Isso mesmo.

— Agora está violando sua própria regra. Só esperou um pouco, uma fração de instante pelos padrões marcianos, e já quer jogar a toalha. Você provou que seu sistema funciona para um grupo pequeno, e eu fico feliz em confirmar. Nunca vi gente tão feliz, saudável e animada. Isso já deveria ser suficiente para o pouco de tempo que você investiu. Volte aqui quando você tiver mil vezes este número, todos trabalhando e felizes e sem ciúmes, e conversaremos de novo. Parece justo?

— Você fala direitamente, Pai.

— Ainda não acabei. Você está se preocupando com a possibilidade de que, já que falhou em fisgar 99 em cada cem, a espécie não possa seguir adiante sem esses males presentes, eles seriam necessários para a função de seleção. Só que, caramba, menino, você andou *fazendo* a seleção; ou melhor, os refugos o fizeram ao não escutá-lo. Você tinha planejado eliminar dinheiro e propriedade?

— Ah, não! Dentro do Ninho não precisamos disso, mas...

— Tal qual qualquer família saudável. Porém, do lado de fora é necessário para lidar com as outras pessoas. Sam me conta que nossos irmãos, em vez de se tornarem desapegados, estão mais espertos com dinheiro do que nunca, certo?

— Ah, sim. Fazer dinheiro é um truque simples uma vez que você groka.

— Você simplesmente criou uma nova beatitude: "Abençoado é o rico de espírito, pois ele vai faturar uma grana". Como que nossa gente vai nos outros campos? Melhor ou pior que a média?

— Ah, melhor, é claro. Veja bem, Jubal, *não* é uma fé; a disciplina é apenas um método para se funcionar com eficiência em qualquer campo.

— Você acabou de responder à sua pergunta, filho. Se tudo que você diz é verdade; e eu não estou julgando, apenas pergunto, e você responde; então a competição está longe de ter sido eliminada, ela agora está mais brutal do que nunca. Se um décimo de um por cento da população for capaz de receber a notícia, então você só precisa *lhes mostrar*; e numa questão de algumas gerações os burros se extinguirão e aqueles com sua disciplina herdarão a Terra. Seja lá quando for que isso aconteça, em mil ou 10 mil anos, terá chegado a hora de se preocupar em criar algum outro obstáculo que os faça pular mais alto. Só não me venha ficar todo choroso porque só um punhado se transformou em anjos da noite para o dia. Eu nunca esperei que *ninguém* conseguisse. Achei que você estivesse fazendo papel de palhaço ao fingir ser um pregador.

Mike suspirou e sorriu.

– Eu estava começando a temer que era o caso, preocupado em ter deixado meus irmãos na mão.

– Eu ainda queria que você tivesse batizado a coisa de "Halitose Cósmica" ou coisa assim. Mas o nome não importa. Se você tem a verdade, você pode demonstrá-la. Falar não comprova. *Mostre* às pessoas.

Mike não respondeu. Suas pálpebras baixaram, ele ficou perfeitamente imóvel, com o rosto inexpressivo. Jubal se ajeitou irrequieto, temendo que tivesse falado demais, levado o garoto a uma necessidade de se retirar.

Então os olhos de Mike se abriram, e ele sorriu alegremente.

– Você me deixou todo resolvido, Pai. Estou pronto para mostrar a eles agora, groko a plenitude. – O Homem de Marte se levantou. – A espera está encerrada.

CAPÍTULO XXXVII

Jubal e o Homem de Marte foram até a sala com o grande tanque estéreo. O Ninho inteiro estava reunido, assistindo. O tanque mostrava uma multidão densa e turbulenta, parcialmente contida por policiais. Mike deu uma olhada e pareceu serenamente feliz.

– Eles vieram. Agora é a plenitude. – A sensação de expectativa extática que Jubal tinha sentido crescer desde sua chegada tinha inchado, mas ninguém se mexia.

– É uma plateia enorme, querido – concordou Jill.

– E está pronta para a conversão – acrescentou Patty.

– Melhor eu me vestir à altura – comentou Mike. – Eu tenho alguma roupa aqui nesta baiuca? Patty?

– É para já, Michael.

Jubal falou:

– Filho, aquela turma me parece bem feia. Você tem certeza que está na hora de enfrentá-los?

– Ah, com certeza – respondeu Mike. – Eles vieram me ver... então agora vou descer para encontrá-los. – Fez uma pausa enquanto peças de roupa saíam da frente do rosto; estava sendo vestido em altíssima velocidade com a ajuda desnecessária de várias mulheres; cada item parecia saber aonde ir e qual caimento deveria ter. – Este emprego tem obrigações, além de privilégios; a estrela precisa aparecer para o show... grokou? Os otários esperam.

– Mike sabe o que tá fazendo, chefe – comentou Duke.

– Bem... não confio em turbas.

– Essa multidão é quase toda de curiosos, sempre é. Ah, tem alguns fosteritas no meio, e alguns outros com rancores, mas Mike pode dar conta de qualquer multidão. Você vai ver. Né, Mike?

– Podescrê, Canibal. Atrair uma turma, depois lhes dar um show. Cadê meu chapéu? Não posso sair no sol de meio-dia sem chapéu. – Um panamá caro com uma faixa colorida flutuou e se ajeitou na cabeça dele; Mike o inclinou malandramente. – Pronto! Como estou? – Ele vestia seu uniforme de sempre para serviços externos, um terno branco bem cortado e engomado, sapatos combinando, camisa branca e um esplêndido lenço.

– Só lhe falta uma maleta – comentou Ben.

– Você groka que eu preciso de uma? Patty, nós temos uma?

Jill foi até ele.

– Ben estava brincando, querido. Você está perfeito. – Ela endireitou a gravata dele e o beijou, e Jubal se sentiu beijado. – Vá falar com eles.

– Isso. Hora de converter a turma. Anne? Duke?

– Prontos, Mike. – Anne vestia seu manto de testemunha imparcial, que a embrulhava em dignidade. Duke era o exato oposto, malvestido, com um cigarro aceso pendurado na boca, um chapéu velho no cocuruto com um cartão de "IMPRENSA" enfiado na faixa, com câmeras e equipamentos pendurados no pescoço.

Os três seguiram para a porta que levava ao foyer comum às quatro suítes da cobertura. Só Jubal foi junto, todos os outros, trinta ou mais, ficaram em volta do tanque estéreo. Mike parou à porta. Havia uma mesa ao lado, com uma jarra de água, copos, um prato de frutas e uma faca.

– Melhor você não passar daqui – ele aconselhou a Jubal. – Ou Patty teria que escoltá-lo de volta em meio aos bichinhos dela.

Mike se serviu de um copo de água, bebeu parte dele.

– Pregar é um serviço sedento. – Entregou o copo a Anne, depois pegou a faca e cortou uma fatia de maçã.

Pareceu a Jubal que Mike tinha cortado fora um dos dedos... mas sua atenção foi distraída quando Duke lhe passou o copo. A mão de Mike não sangrava, e Jubal tinha se acostumado um pouco com os truques de prestidigitação. Aceitou o copo e deu um gole, percebendo que sua própria garganta estava bem seca.

Mike segurou o braço dele e sorriu.

— Fique tranquilo. Isso só vai levar alguns minutos. Vejo você daqui a pouco, Pai. — Eles saíram em meio às serpentes guardiãs, e a porta se fechou. Jubal voltou à sala onde os outros estavam, ainda segurando o copo. Alguém o tomou de sua mão; ele nem notou, pois prestava atenção nas imagens no grande tanque.

A turba parecia mais densa, investindo e sendo contida pela polícia armada apenas com cassetetes. Houve alguns gritos, mas o barulho era quase todo o burburinho vago da multidão.

— Onde estão eles agora, Patty? — perguntou alguém.

— Desceram pelo tubo. Michael vai um pouco à frente, Duke parou para pegar Anne. Estão entrando no lobby. Michael foi localizado, estão tirando fotos.

A cena no tanque se transformou na enorme cabeça e ombros de um locutor incrivelmente animado.

— Aqui fala seu repórter móvel da RNM Rede Novo Mundo, cobrindo a notícia enquanto ainda está quente, seu locutor, Happy Holiday. Acabamos de ficar sabendo que aquele falso messias, ocasionalmente conhecido como Homem de Marte, se arrastou para fora de seu esconderijo num quarto de hotel aqui na bela St. Petersburg, "a cidade que tem tudo para fazer você cantar". Aparentemente, Smith está prestes a se render às autoridades. Ele fugiu da cadeia ontem, usando explosivos contrabandeados por seus seguidores fanáticos. Porém, o cordão de isolamento montado em volta da cidade toda parece ter sido demais para ele. Não sabemos ainda, eu repito, não sabemos ainda, então prestem atenção no camarada que cobre o mapa... E agora uma palavra do nosso patrocinador local, que lhes ofereceu essa espiadinha pelo buraco da fechadura...

— Muito obrigado, Happy Holiday, e toda essa boa gente acompanhando pela RNM! Qual é o preço do Paraíso? Incrivelmente baixo! Venha ver por si mesmo nos Campos Elísios, recém-abertos como lares para uma clientela selecionada. Terra recuperada das águas cálidas do glorioso Golfo, e cada terreno garantido de estar pelo menos 45 centímetros acima da alta média da maré, por uma pequena entrada num alegre... Ah, ah, mais tarde, amigos; Liguem para Golfo 92828!

— E obrigado a *você*, Jick Morris, e aos criadores dos Campos Elíseos! Acho que temos alguma coisa acontecendo, amigos! Sim, senhor, acho que temos...

(— Eles estão saindo pela porta da frente — informou Patty em voz baixa. — A multidão ainda não viu Michael.)

— Talvez ainda não... mas logo. Vocês estão agora vendo a entrada principal do magnífico Hotel Sans Souci, Joia do Golfo, cuja administração não é de forma alguma responsável por este fugitivo procurado, e que cooperou completamente com as autoridades de acordo com uma declaração feita pelo chefe de polícia Davis. Enquanto esperamos para ver o que vai acontecer, alguns destaques na estranha carreira desse monstro semi-humano criado em Marte...

A imagem ao vivo foi substituída por cortes rápidos de imagens de arquivo: a *Envoy* decolando anos antes, a *Champion* flutuando para o alto silenciosamente e sem esforço usando o propulsor Lyle, marcianos em Marte, o retorno triunfante da *Champion*, um trecho da primeira entrevista falsa com o "Homem de Marte"; "O que você acha das garotas aqui na Terra? ...*Caramba!*"; uma tomada mais curta da conferência no Palácio Executivo e a entrega muito festejada de um doutorado, tudo com uma metralhadora de comentário.

— Está vendo alguma coisa, Patty?

— Michael está no alto dos degraus, a multidão está a pelo menos cem metros, sendo contida fora do terreno do hotel. Duke tirou algumas fotos, e Mike está esperando para deixar que troque a lente. Sem pressa.

Happy Holiday continuou falando, no que o tanque passou a mostrar a multidão, em semiclose e em panorâmica.

— Vocês entendem, amigos, que esta comunidade maravilhosa está numa condição única hoje. Alguma coisa estranha andou acontecendo, e essa gente não está disposta a engolir sapo. Suas leis foram desrespeitadas, suas forças de segurança tratadas com desprezo, eles estão furiosos, e com toda razão. Os seguidores fanáticos desse suposto anticristo não pouparam esforços para criar confusão, numa tentativa fútil de deixar seu líder escapar das garras da justiça. Qualquer coisa pode acontecer, qualquer coisa!

A voz do locutor se animou:

– Sim, ele está saindo, está vindo na direção do povo! – A cena cortou para um contra plano, Mike caminhava direto na direção da câmera. Anne e Duke estavam atrás, ficando cada vez mais para trás. – É agora! É agora! Este é o grand finale!

Mike continuou andando sem pressa rumo à multidão até que se ergueu no estéreo em tamanho real, como se estivesse na sala com os irmãos de água. Parou no gramado diante do hotel, a um ou dois metros da turba.

– Vocês me chamaram?

A resposta veio num grunhido.

O céu tinha nuvens esparsas; naquele instante, o sol surgiu de trás de uma delas e um raio de luz atingiu Mike.

As roupas dele desapareceram. Parou diante de todos, um jovem dourado, vestido apenas em beleza; beleza que fez o coração de Jubal doer, pensando que Michelangelo em seus últimos anos teria descido dos andaimes para registrá-la para as gerações futuras.

– Olhem para mim. Sou um filho do homem – disse Mike gentilmente.

A cena foi cortada para uma propaganda de dez segundos, com uma linha de dançarinas de cancã cantando:

Venham, madames, lavem suas roupas!
Nas espumas mais macias e fofas!
Sabão do amor é o melhor para as lavagens;
Mas não esqueça de guardar as embalagens!

O tanque se encheu de espuma em meio a uma risadinha de menina, e a cena cortou de volta para a transmissão.

– *Maldito seja em nome de Deus!* – um pedaço de tijolo acertou Mike nas costelas. Ele virou o rosto para o atacante.

– Mas você mesmo é Deus. Você pode amaldiçoar apenas a si mesmo... E nunca poderá escapar de você.

– *Blasfemo!* – Uma pedra o atingiu acima do olho esquerdo, e o sangue começou a fluir.

– Ao lutar contra mim, você está lutando contra si mesmo... pois tu és Deus... e eu sou Deus... e tudo que groka é Deus... não existe outro – disse Mike calmamente.

Mais pedras foram atiradas, ele começou a sangrar em vários pontos.

– Ouçam a verdade. Vocês não precisam odiar, não precisam brigar, não precisam temer. Ofereço a vocês a água da vida... – de repente sua mão segurava um copo de água que cintilava à luz do sol. – ... e vocês podem compartilhá-la sempre que assim quiserem e caminhar na paz e no amor e na felicidade juntos.

Uma pedra pegou o copo e o estilhaçou. Outra acertou Mike na boca.

Por entre lábios inchados e ensanguentados ele sorriu para eles, olhando direto para a câmera com uma expressão de ternura no rosto. Alguma ilusão de ótica da luz e do tanque formaram um halo dourado atrás de sua cabeça.

– Ó, meus irmãos, eu os amo tanto! Bebam profundamente. Compartilhem e se aproximem sem fim. Tu és Deus.

Jubal sussurrou a frase de volta para ele. A cena fez um corte de cinco segundos: "*Cahuenga Cave!* A boate com smog *verdadeiro* de Los Angeles, importado fresquinho todos os dias. Seis dançarinas exóticas".

– Linchem ele! Botem uma gravata de crioulo nele! – Uma escopeta de calibre grosso disparou à queima-roupa, e o braço direito de Mike foi atingido no cotovelo e caiu. Flutuou lentamente, pousando na grama fria, a mão aberta em concha num convite.

– Atira com o outro cano nele, Baixinho, e mira direito! – A multidão riu e aplaudiu. Um tijolo esmagou o nariz de Mike, e mais pedras lhe deram uma coroa de sangue.

– A verdade é simples, mas o caminho do homem é difícil. Primeiro você precisa aprender a controlar o *eu*. O resto vem em seguida. Abençoado é aquele que conhece e comanda a si mesmo, pois o mundo é dele, e amor e felicidade e paz caminham com ele aonde ele for. – Outro disparo de escopeta foi seguido por mais dois tiros. Um deles, uma bala de .45, acertou Mike acima do coração, estilhaçando a sexta costela perto do esterno e abrindo uma grande ferida. Os balins de chumbo e o outro projétil atravessaram sua tíbia esquerda doze centímetros abaixo da rótula e fizeram a fíbula ficar espetada para fora num ângulo, quebrada e branca contra o amarelo e vermelho da ferida.

Mike cambaleou um pouco e riu, sem parar de falar, suas palavras claras e sem pressa.

– Tu és Deus. Saiba disso e o caminho estará aberto.

– Pelo amor de Deus, vamos *terminar* com essa coisa de tomar o nome do Senhor em vão!

— Vamos lá, rapazes! Vamos acabar com ele! — A turba investiu, liderada por um valentão com um tacape; eles atacaram com pedras e punhos, e depois com os pés quando Mike caiu. Ele continuou falando enquanto chutavam suas costelas e destruíam seu corpo dourado, quebravam seus ossos e arrancavam uma orelha. Finalmente alguém gritou: — Afastem-se pra gente jogar gasolina nele!

A multidão se abriu um pouco com aquele aviso, e a câmera deu zoom para captar seu rosto e ombros. O Homem de Marte sorriu para os irmãos e disse mais uma vez, suave e claramente:

— Eu amo vocês. — Um gafanhoto incauto veio zumbindo até pousar na grama a alguns centímetros do rosto dele; Mike virou a cabeça e olhou o inseto que o encarava de volta.

— Tu és Deus — disse alegremente e desencarnou.

CAPÍTULO XXXVIII

Chamas e rolos de fumaça apareceram e encheram o tanque.

– Puxa! – exclamou Patty com reverência. – Esse foi o melhor grand finale de todos os tempos.

– Sim – concordou Becky profissionalmente. – Nem o próprio Professor poderia ter sonhado com coisa melhor.

– Em grande estilo. Inteligente e estiloso. O rapaz terminou em grande estilo – comentou Van Tromp baixinho, aparentemente consigo mesmo.

Jubal olhou em volta, para os irmãos. Será que ele era o *único* que sentia alguma coisa? Jill e Aurora estavam sentadas, cada uma com um braço ao redor da outra, mas elas faziam isso sempre que estavam juntas, nenhuma delas parecia perturbada. Até Dorcas estava calma e com olhos secos.

O inferno no tanque cortou para um Happy Holiday sorridente que falou:

– E agora, amigos, alguns momentos para nossos amigos dos Campos Elísios, que gentilmente cederam seu... – Patty o cortou.

– Anne e Duke estão subindo de volta – anunciou. – Vou deixá-los passar pelo foyer e então vamos almoçar. – Ela se virou para sair.

Jubal a segurou.

– Patty? Você sabia o que Mike ia fazer?

Ela parecia confusa.

– Hein? Ora, claro que não, Jubal. Era necessário esperar pela plenitude. Nenhum de nós sabia. – Ela se virou e foi embora.

– Jubal... – Jill olhava para ele. – Jubal, nosso amado Pai... por favor, pare e groke a plenitude. Mike não morreu. Como ele pode estar morto se ninguém pode morrer? Nem pode ele jamais estar longe de nós que já o grokamos. Tu és Deus.

– "Tu és Deus" – repetiu ele pesadamente.

– Melhor assim. Venha se sentar comigo e com Aurora, no meio.

– Não. Não, me deixem em paz. – Foi cegamente até o próprio quarto, entrou, trancou a porta, inclinou-se pesado com as duas mãos agarrando o pé da cama. Meu filho, ah, meu filho! Quem dera eu pudesse ter morrido por ti! Ele tinha tanto para o que viver... e um velho tolo que ele respeitava exageradamente tinha que matraquear e convencê-lo a um martírio inútil e desnecessário. Se Mike tivesse lhes dado alguma coisa *grande*, como a estereovisão ou o bingo... mas ele lhes deu a *verdade*. Ou uma parte da *verdade*. E quem se importa com a *verdade*? Ele riu por entre os soluços.

Depois de algum tempo ele os fez cessar, tanto os soluços de coração partido quanto o riso amargo, e revirou a bolsa de viagem. Ele tinha o que queria consigo; ele sempre mantinha um suprimento na sua nécessaire desde que o derrame de Joe Douglas o relembrara que "toda carne é como relva".

Agora o próprio derrame tinha chegado, e ele não conseguia aguentar. Prescreveu três comprimidos para que fosse rápido e certeiro, engoliu com água e se deitou rapidamente na cama. A dor logo foi embora.

De uma grande distância, uma voz o alcançou.

– Jubal...

– Tô descansando... Não me chateia.

– Jubal! *Por favor*, Pai!

– Hã... sim, Mike? O que foi?

– Acorde! A plenitude ainda não é. Aqui, deixe-me ajudar você.

Jubal suspirou.

– Tudo bem, Mike. – Ele se deixou ser ajudado e levado ao banheiro, deixou que segurasse sua cabeça enquanto vomitava, aceitou um copo de água e enxaguou a boca.

– Tudo bem agora?

— Tudo bem, filho. Obrigado.
— Então eu tenho algumas coisas para resolver. Eu te amo, Pai. Tu és Deus.
— Eu te amo, Mike, Tu és Deus. — Jubal enrolou mais algum tempo, se arrumou para ficar apresentável, trocou de roupa, tomou uma dose pequena de conhaque para tirar o gosto levemente amargo em seu estômago, e por fim foi se juntar aos outros.

Patty estava sozinha na sala com a caixa de falação, que tinha sido desligada. Ela ergueu o olhar.
— Quer almoçar agora, Jubal?
— Sim, por favor.
Ela se aproximou.
— Que bom. Temo que quase todos simplesmente almoçaram e caíram fora. Só que cada um deles deixou um beijo para você. E aqui estão, todos em um só pacote.

Ela conseguiu entregar todo o amor deixado ao seu encargo junto com o dela; Jubal sentiu que o beijo o deixara mais forte, tendo compartilhado da aceitação serena dela, o amargor agora se fora.
— Venha à cozinha — disse ela. — Tony foi embora, então quase todo mundo que ficou está aqui; não que os resmungos dele realmente espantem alguém. — Ela parou e tentou espiar a própria nuca. — A cena final não está mudando um pouco? Ficando meio fumacenta, talvez?

Jubal concordou solenemente que achava que sim. Não conseguiu ver nenhuma mudança, mas não ia discutir com a idiossincrasia de Patty. Ela assentiu com a cabeça.
— Eu sabia. Posso ver ao meu redor muito bem, exceto eu mesma. Ainda preciso de um espelho duplo para ver minhas costas direito. Mike diz que minha *visão* logo vai incluir isso. Não importa.

Na cozinha, talvez uma dúzia do grupo estava sentada à mesa ou parada em algum outro lugar. Duke estava ao fogão, mexendo uma panela.
— Oi, chefe. Contratei um ônibus de vinte lugares. É o maior que pode pousar na nossa plataforma... e vamos precisar da coisa quase toda, praquela turma de fralda e os bichinhos de Patty. Tudo bem?
— Com certeza. Vai todo mundo voltar lá para casa? — Se os quartos acabarem, as meninas poderiam montar camas de campanha que seriam espalhadas pela sala aqui e ali... E essa multidão provavelmente vai dormir junta, mesmo. Pensando bem, provavelmente não iam deixar que ele dormisse so-

zinho também. Decidiu que não ia lutar contra isso. Era amistoso ter um corpo quente do outro lado da cama, mesmo que suas intenções não fossem ativas. Por Deus, ele tinha esquecido o quanto era amistoso! Aproximar-se...

– Nem todo mundo. Tim vai pilotar, depois vai devolver o ônibus e passar um tempo no Texas. O capitão, Beatrix e Sven a gente vai deixar em Nova Jersey.

Sam ergueu o olhar da mesa.

– Ruth e eu precisamos voltar aos nossos filhos. E Saul vem conosco.

– Vocês não podem parar lá em casa por um ou dois dias primeiro?

– Bem, talvez. Vou conversar com Ruth.

– Chefe – comentou Duke –, quando vamos poder encher a piscina?

– Bem, nunca a enchemos antes de abril, só que com as novas caldeiras eu acho que pode ser quando quisermos. – Jubal acrescentou: – Mas ainda estamos com um tempo bem horrível, ainda tinha neve no chão ontem.

– Chefe, deixa eu te falar. Essa galera consegue andar com neve pelas ancas de uma girafa e nem notar; e vão fazer isso mesmo para poder nadar. Além disso, tem jeito mais fácil de evitar que a água congele do que com aquelas caldeiras a óleo.

– Jubal!

– Sim, Ruth?

– Vamos ficar por um dia, talvez mais. As crianças não sentem a minha falta, e eu não estou louca para voltar a ser maternal sem Patty para botá-las na linha, de qualquer maneira. Jubal, você nunca me viu até me vir com o cabelo flutuando ao meu redor na água; parecendo a sra. FaçaAos-OutrosComoQuerQueFaçamContigo.

– Está combinado. Diga, onde estão Cabeção e o Holandês? Beatrix nunca me visitou antes, eles não podem estar com tanta pressa.

– Vou falar com eles, chefe.

– Patty, será que suas cobras se darão bem com um porão limpo e quente por algum tempo? Até que tenhamos coisa melhor? Não me refiro a Docinho de Coco, ela é gente. Mas não acho que as serpentes venenosas deveriam ficar soltas pela casa.

– É claro, Jubal.

– Humm... – Jubal olhou em volta. – Aurora, você sabe taquigrafia?

– Ela não precisa – comentou Anne. – Assim como eu também não.

– Eu já deveria saber. E uma máquina de escrever?

— Posso aprender, se você quiser — respondeu Aurora.

— Considere-se contratada, até que haja uma vaga para alta sacerdotisa em algum lugar. Jill, esquecemos alguém?

— Não, chefe. Todo mundo que foi embora também sabe que pode acampar na sua casa quando quiser. E eles vão fazer isso.

— Presumi que iam. Ninho número dois, sempre que necessário. — Ele foi até o fogão e espiou a panela que Duke mexia. Continha uma pequena quantidade de caldo de carne. — Humm... Mike?

— É. — Duke mergulhou a ponta da colher, provou. — Precisa de mais sal.

— Sim, Mike sempre precisou de um pouco de tempero. — Jubal tomou a colher e provou do caldo. Duke tinha razão, o sabor era doce e precisava de mais sal. — Só que vamos groká-lo como ele é. Quem falta compartilhar?

— Só você. Tony me deixou aqui com instruções estritas de só mexer com a mão, acrescentar água conforme necessário, e esperar por você. Não deixar queimar.

— Então pegue um par de canecas. Vamos compartilhar e grokar juntos.

— Certo, chefe. — Duas canecas vieram voando e pousaram ao lado da panela. — Mike se deu mal; sempre jurou que ia viver mais que eu e me servir na ceia de Ação de Graças. Ou talvez eu tenha me dado mal; porque tínhamos apostado nisso e agora eu não posso cobrar.

— Você só ganhou por WO. Divida igualmente.

Duke o fez. Jubal ergueu a caneca.

— Compartilhem!

— Aproximem-se sempre mais.

Lentamente tomaram o caldo, aproveitando, saboreando, elogiando e apreciando e grokando o doador. Jubal percebeu, para sua própria surpresa, que, mesmo que estivesse transbordando de emoção, era uma felicidade calma que não lhe trazia lágrimas. Que cãozinho exótico e desajeitado o filho era quando Jubal o viu pela primeira vez... Tão ansioso em agradar, tão ingênuo em seus errinhos; e que poder orgulhoso ele se tornara sem nunca perder sua inocência angelical. Eu te groko finalmente, filho; e não mudaria uma linha!

Patty estava com o almoço dele pronto e esperando; Jubal se sentou e caiu matando, faminto e com a sensação que tinham se passado dias desde o café da manhã.

— Eu estava comentando com Saul que groko nenhuma necessidade de mudar os planos — disse Sam. — Podemos continuar como antes. Se você tem a mercadoria certa, o negócio continua crescendo, mesmo que o fundador tenha falecido.

– Não estava discordando – objetou Saul. – Você e Ruth vão abrir outro Templo, e nós fundaremos outros. Só que vamos ter que esperar um tempo agora para acumular capital. Isso aqui não é uma igrejinha de esquina, nem algo que se possa montar numa lojinha vazia; precisa de preparação e equipamento. Isso quer dizer dinheiro; sem falar em coisas como pagar uma estadia de um ano ou dois em Marte para Fedido e Maryam... e isso é só o essencial.

– Tudo *bem*, já chega! Quem está discutindo? Esperamos pela plenitude... e vamos em frente.

Jubal exclamou de repente:

– Dinheiro não é problema!

– Como assim, Jubal?

– Como advogado, não deveria lhes dizer isso... porém, como irmão de água, eu ajo conforme groko. Só um momento; Anne.

– Sim, chefe.

– Compre aquele lugar. Aquele onde apedrejaram Mike. Melhor comprar um raio de uns trinta metros em volta.

– Chefe, o ponto em si é uma alameda pública. Um raio de trinta metros cortaria alguns logradouros públicos e uma parte do terreno do hotel.

– Não discuta.

– Não estou discutindo, estou lhe oferecendo os fatos.

– Desculpa. Eles vão vender. Vão desviar aquela rua. Diabos, se torcermos os braços corretamente, eles vão doar a terra; e o torcedor deveria ser Joe Douglas, na minha opinião. E mande Douglas reivindicar na morgue o que quer que tenha sobrado depois que aquelas bestas acabaram com ele, e vamos enterrá-lo naquele ponto; digamos, daqui um ano... com a cidade inteira de luto e os policiais que não o protegeram hoje batendo continência. – O que colocar em cima dele? A *Cariátide caída*? Não, Mike teria aguentado aquela pedra. *A Pequena sereia* teria sido melhor... mas ninguém entenderia. Talvez uma escultura do próprio Mike, na pose que ele fez quando disse: "Olhem para mim. Sou um filho do homem". Se Duke não tiver tirado uma foto, a Rede Novo Mundo deve ter; e talvez houvesse um irmão, ou haveria um irmão, com a fagulha de Rodin em si para fazer direito e não enfeitar. – Vamos enterrá-lo ali – continuou Jubal. – Desprotegido, e deixar que os vermes e a chuva gentil o grokem. Groko que Mike vai gostar disso. Anne, quero falar com Joe Douglas assim que chegarmos em casa.

– Sim, chefe. Grokamos com você.

– Agora, quanto àquela outra coisa. – Ele contou a eles sobre o testamento de Mike. – Então vejam bem, cada um de vocês agora é pelo menos um milionário; o quanto mais que isso eu não calculei recentemente... mas muito mais, mesmo depois dos impostos. Sem absolutamente nenhuma condição... mas eu groko que vocês vão gastar conforme necessário em templos e coisas assim. Só que não há nada que os impeça de comprar iates, se quiserem. Ah, sim! Joe Douglas continuará administrando para qualquer um de vocês que preferir deixar o dinheiro crescer, mesma remuneração de antes... Só que eu groko que Joe não vai durar muito mais, e então a administração recairá sobre Ben Caxton. Ben?

Caxton deu de ombros.

– Pode ficar no meu nome. Groko que vou contratar um homem de negócios de verdade, chamado Saul.

– Isso encerra o assunto. Algum tempo de espera, mas ninguém ousará questionar o testamento; Mike armou tudo. Vocês vão ver. Quando podemos zarpar daqui? A conta está paga?

– Jubal – disse Ben gentilmente. – O hotel é *nosso*.

Não demorou muito para que estivessem todos no ar, sem estresse com a polícia; a cidade tinha se acalmado tão rápido quanto tinha se inflamado. Jubal se sentou na frente com Fedido Mahmoud e relaxou, descobrindo que não estava cansado, nem infeliz, nem mesmo ansioso para voltar ao seu santuário. Eles discutiram os planos de Mahmoud de passar um tempo em Marte para aprender o idioma mais profundamente... depois, Jubal ficou feliz em saber de terminar o dicionário, coisa que Mahmoud estimava que levaria um ano para sua parte em revisar as notações fonéticas.

Jubal comentou ranzinza:

– Imagino que eu também serei forçado a aprender essa coisa aborrecida, só para poder entender o papo ao meu redor.

– Como grokas, irmão.

– Bem, diabos, não vou aturar dever de casa e horário escolar! Vou trabalhar quando me der na telha, como sempre fiz.

Mahmoud ficou quieto por um tempo.

– Jubal, usávamos turmas e horários no Templo porque estávamos lidando com grupos. Só que algumas pessoas receberam atenção especial.

– E é disso mesmo que vou precisar.

– Anne, por exemplo, está muito mais avançada do que deixou transparecer. Com sua memória absoluta, ela aprendeu marciano em instantes, conectada telepaticamente com Mike.

– Bom, eu não tenho esse tipo de memória... e Mike não está disponível.

– Não, só que Anne está. E, teimoso como você é, ainda assim Aurora pode colocá-lo em conexão com Anne, se você assim deixar. Aí não vai precisar de Aurora para a lição seguinte; Anne poderá cuidar de tudo. Você pensará em marciano dentro de alguns dias, em tempo real; muito mais em tempo subjetivo, mas e daí? – Mahmoud lhe lançou um olhar safado. – Você vai gostar dos exercícios de aquecimento.

Jubal se exaltou.

– Você é um árabe baixo, maligno e lascivo; e, ainda por cima, roubou uma das minhas melhores secretárias!

– Pelo que ficarei eternamente em dívida com você. Só que você não a perdeu completamente; ela vai lhe dar aulas, também. Insistiu nisso.

– Vá embora e ache outro assento. Quero pensar.

Algum tempo mais tarde, Jubal gritou:

– *À frente!*

Dorcas veio até ele e se sentou ao lado, com o equipamento de taquigrafia preparado.

Ele deu uma olhada nela antes de começar a trabalhar.

– Minha filha, você parece mais feliz do que nunca. Luminosa.

– Decidi batizá-lo de Dennis – respondeu ela, sonhadora.

Jubal assentiu com a cabeça.

– Apropriado, muito apropriado. – Um significado apropriado mesmo que ela não soubesse quem era o pai, pensou Jubal consigo mesmo. – Está com vontade de trabalhar?

– Ah, sim! Estou ótima.

– Começo. Estereodrama. Rascunho. Título temporário: "Um marciano chamado Smith". Abertura: zoom de Marte, usando imagens de arquivo ou de telescópio, sequência contínua, se dissolvendo em set miniatura idêntico ao ponto de pouso da *Envoy*. Nave espacial a meia distância. Marcianos animados, típicos, usando imagens de arquivo ou novas. Corte para close: interior da nave. Paciente mulher estendida na...

CAPÍTULO XXXIX

O veredito a ser passado ao terceiro planeta orbitando o Sol nunca esteve em dúvida. Os Anciãos do quarto planeta não eram oniscientes e, ao seu modo, eram tão provincianos quanto os humanos. Grokando pelos próprios valores locais, mesmo com a ajuda de lógica vastamente superior, eles certamente com o tempo perceberiam uma "erroneidade" incurável naqueles seres agitados, inquietos e briguentos do terceiro planeta, uma erroneidade que necessitaria de extirpação, uma vez que fosse grokada e apreciada e odiada.

Porém, conforme eles fossem lentamente se aproximando desse ponto, seria altamente improvável, beirando o impossível, que os Anciãos pudessem destruir essa espécie estranhamente complexa. O perigo era tão pequeno que aqueles responsáveis pelo terceiro planeta não desperdiçaram uma fração de era com ele.

Certamente Foster não se esquentou.

– Digby!

O assistente olhou para cima.

– Sim, Foster.

– Vou sair algumas eras para uma tarefa especial. Quero que você conheça seu novo supervisor. – Foster se virou e disse. – Mike, este é o Arcanjo Digby, seu assistente. Ele sabe onde fica tudo aqui no escritório, e você verá que ele é um ótimo capataz para qualquer coisa que você possa conceber.

– Ah, vamos nos dar bem – garantiu o Arcanjo Michael, e disse a Digby: – Já nos conhecemos antes?

– Não que eu me lembre – respondeu Digby. – Claro, dentre tantos ondes-e-quandos... – ele deu de ombros.

– Não importa. Tu és Deus.

– Tu és Deus – respondeu Digby.

– Vamos pular as formalidades, por favor – comentou Foster. – Deixei uma montanha de trabalho, e você não têm toda a eternidade para dar conta. Certamente "Tu és Deus", mas quem não é?

Ele foi embora. Mike empurrou o halo para trás e começou a trabalhar. Via muitas mudanças que queria fazer...

EXTRA

O HERÉTICO
Ugo Bellagamba e Eric Picholle

Por certo, não é somente a água que liberta,
mas também o conhecimento:
Quem somos? O que nos tornamos?
Onde fomos morar?
Para que direção nós nos apressamos?
O que nos foi passado?
O que é o nascimento?
O que é o renascimento?

Teodoro, excerto 78.2

* * *

Não poderíamos restringir os anos 1960 aos imperialismos e à guerra, seja ela fria ou declarada. Trata-se também da década da "contracultura", de uma profunda reforma da moral e dos costumes. Mas se hoje os herdeiros dos Beatles e de 1968 podem facilmente identificar as tensões que a atormentaram, a América de J. F. Kennedy não parecia ter a menor dúvida de si mesma, nem de seus valores tradicionais. Só alguns grandes autores se arriscam a criticar esses valores, e um pequeno punhado de livros constituem as raras referências a uma nova geração desnorteada: Jack Kerouac, com *Pé da estrada* (*On The Road*, 1957). *Almoço nu*, de William Burroughs (*Naked Lunch*, 1959). E, claro, Heinlein, com *Um estranho em uma terra estranha* (1960).

O texto teria amadurecido durante mais de dez anos antes de ser publicado; não há nada parecido com isso na obra de Heinlein. A ideia inicial veio de sua esposa Virginia, que, desde 1948, apresentava-lhe como tema de um romance algo como "Mogli da ficção científica". Assim como o personagem de Kipling – ou como o Rica das *Cartas persas* –, um filho de homens criado por marcianos traria um olhar novo e audacioso sobre a sociedade, sobre seus valores e suas hipocrisias. Seria também a oportunidade de dar vazão à civilização marciana esboçada em *O planeta vermelho*, cujo gênero infantojuvenil não lhe permitiu explorar a profundeza filosófica do assunto.

Nascia então o projeto de *Um marciano chamado Smith*. A explicação desse título pode ser encontrada em um breve artigo escrito por Heinlein em 1952, chamado "Armas de raio e foguetes" ("Ray guns and rocket ships"):

"Certo dia, ouvi uma bibliotecária dizer que não suportava os nomes impronunciáveis que os autores de ficção científica costumam dar aos extraterrestres. Um pouco de coração, amiga! Essas sequências de consoantes são honestas tentativas de atribuir nomes do além a criaturas do além. Como Shaw observou, os costumes de nossa tribo não correspondem às leis do universo. Você não imagina o que esperar de um marciano chamado simplesmente 'Smith'. (Bem, por que não escrever uma história a respeito de um marciano chamado "Smith"? Isso poderia dar uma boa história. Hmmm.)" (*EU*, p. 304).

Os principais eixos dessa crítica da sociedade seriam a religião e o sexo, dois temas explosivos sempre que se fazem presentes. "Eu não tinha pressa em finalizar essa história", conta o autor, "pois algo assim não poderia ser

---

* Ainda que bastante disseminado nos EUA, o nome Smith não era de todo banal. Em primeiro lugar, trata-se do sobrenome de um dos primeiros heróis americanos, John Smith (1580-1631), que se tornou popular especialmente devido a suas relações com a índia Pocahontas. Ao procurar um nome "genérico", Heinlein poderia ser mais explícito, elegendo, por exemplo, um "Joe Public". Kate Gladstone vê na escolha desse patronímico uma referência à Semântica Geral de A. Korzybski, que "repetia que o homem não existe, o homem é apenas uma abstração, uma palavra, o mundo é composto de indivíduos, SMITH1, SMITH2, etc.". (KG, "Words, Words, Words: Robert Heinlein e General Semantics", Heinlein Journal 11, julho de 2002.)

publicado comercialmente enquanto os *mores* não tivessem evoluído" (p. 330). Especialmente considerando as leis Comstock, que sempre poderiam ser aplicadas e que ainda autorizavam a retirada imediata e sem indenização de todo e qualquer livro considerado licencioso ou obsceno.*

A Gnose

A descoberta da biblioteca de Nag Hammadi, no Alto Egito, virou capa dos jornais em 1945-46. Entre outros manuscritos coptas do século 2, ela compreende vários evangelhos esquecidos e de grande importância para a heresia gnóstica, como o atribuído a São Tomé. Já conhecíamos o de Maria Madalena, de mesma origem, que foi rejeitado pelas igrejas conservadoras em boa parte por causa da sensualidade** que ele atribui a Jesus. Nessa ocasião, a heresia gnóstica, uma escola teológico-filosófica neoplatoniana, voltou a ser objeto de estudo ativo na história das ideias*** e mesmo da análise política.****

Um dos principais teóricos dessa Gnose é Valentino de Alexandria*****. Nosso marciano vai se chamar Valentine Smith; ou melhor, para ser mais exato, Valentine Michael Smith – o Mike adicional (o nome pelo qual ele é usual-

---

* Em 1872, Anthony Comstock fundou, em Nova York, a Sociedade para a Supressão do Vício. Em 1873, o Comstock Act visava a interrupção definitiva "do comércio e da circulação dos objetos e dos textos obscenos destinados a práticas imorais". Toda menção relativa à pornografia, ao aborto ou mesmo à contracepção caia nas malhas da lei federal. Toda obra julgada "obscena" era retirada de venda, recebendo o comunicado por correspondência, sem indenização. Algumas vozes se organizaram contra essas leis, sobretudo as de Heywood, que pregavam o amor livre em seus escritos e foram condenadas a trabalhos forçados.

** Inversamente, um movimento ocultista como o Ordo Templi Orientis (OTO) invocava antigos gnósticos, desde o fim do século 19. Sua aquisição por Aleister Crowley reforça os aspectos sensuais, e até mesmo sexuais, de sua "missa gnóstica". É provável que Heinlein tenha ouvido falar dessa reaparição por intermédio de Jack Parsons.

*** De todo modo, não se deve confundir a pesquisa com o que se convencionou chamar de Gnose de Princeton, que só vai aparecer no final dos anos 1960.

**** Em consequência disso, o filósofo Eric Voegelin vê uma influência gnóstica na inclinação das formas políticas tradicionais do mundo cristão em direção às aventuras fascistas ou comunistas (*The New Science of Politics: An Introduction* 1952 [*La Nouvelle science du politique*, Paris, Seuil 2000]; *Wissenschaft, Politik und Gnosis*, 1959 [*Science, politique et Gnose*, Paris, Bayard, 2004]).

***** Nascido no ano 100 da era cristã, excomungado em 143 e morto em 161.

mente tratado) fazendo referência ao arcanjo São Miguel. O título passa a ser *O herético*. O procedimento é de uma habilidade diabólica. Ao transformar seu protagonista em um valentiniano que se desconhece, Heinlein constrói sua Igreja de Todos os Mundos sobre fundações teóricas perturbadoras*, mas inexpugnáveis, que resistiram por séculos aos ataques da teologia ortodoxa.

JUBAL, O ANTI-HEINLEIN?

Deixado de lado e retomado várias vezes, o projeto avançou lentamente. O autor só conseguiu escrever a primeira parte, talvez até a descoberta do amor por Mike**. Esse primeiro jorro é o equivalente a um bom *juvenil*, mas sem grande originalidade literária. Ele, sobretudo, não leva o projeto muito a frente. Valentine Michael Smith "não passa de um ovo".

O personagem de Jubal Harshaw é sem dúvida um dos elementos mais interessantes dessa introdução. O homem é paradoxal. Rico, sedutor, insuportável, irresistível, ele faz de tudo um pouco. É médico, advogado, escritor, filósofo, está à vontade em todos os ambientes. É um avô, um sibarita, contando com amigos fiéis entre os poderosos do mundo, assim como entre os *marchands*... De certa forma, Jubal é o mais realizado dos personagens heinleinianos, aquele cuja competência*** mais se aproxima da universalidade.

---

*   Nesse caso, os rumores de participação de Heinlein na OTO avançam rapidamente, pois apenas os "magos" de alto escalão tinham a permissão de acesso às sutilezas dos filósofos gnósticos.

**   É preciso mencionar a declaração perspicaz e cheia de humor de Heinlein: "Ele não foi escrito em duas partes, mas em quatro. Ninguém nunca vai perceber as pausas e as retomadas reais, porque *Um estranho numa terra estranha* é uma dessas histórias muito raras, da qual eu havia previsto cada um dos detalhes antes de escrever; além disso, detive-me precisamente à sinopse. O que os leitores pensam se tratar de passagens em que eu "tive que" romper a escrita são, na verdade, pontos de ruptura previstos por motivos de narração dramática" (EU, p. 330).

***   "O indivíduo heinleiniano tem três características centrais: sua força, sua singularidade e sua capacidade de aprender por conta própria", elas formam a armadura de sua competência. Alexei Panshin distingue três estados: o jovem ignorante e o ingênuo, "o homem que sabe em que acreditar", e um terceiro, "mais cínico, que tenha perdido sua energia ou que simplesmente viveu por mais tempo", que serve de mentor aos dois primeiros e para o qual ele toma Jubal como arquétipo (*Heinlein in Dimension*, 1969, pp. 169-71).

Ele, no entanto, tem um lado capaz de despertar piedade. Sob o conforto aparente, sua existência é um inferno pessoal*, tão limitada e vã como a do fantasma adolescente do "self-made man". Da mesma forma que Diktor, Jubal tem à sua volta um harém que ele nem mesmo sabe desejar. Nós já o encontramos na leitura como um escritor brilhante, mas vazio e *blasé*. Desiludido, ele também recusa ser chamado de "doutor", "depois que eles começaram a distribuir doutorados para dança folclórica comparativa e pescaria com caniço avançada" (*ETE*, p. 122), e, com "a humildade arrogante de um homem que aprendera tanto a ponto de se tornar ciente da própria ignorância; não via sentido em 'medidas' quando não sabia o que estaria medindo" (p. 134). De certa forma, sua trajetória é o contrário da do autor, que, sim, conheceu uma sucessão de fracassos profissionais, mas apenas antes de se tornar um escritor rigoroso.

Mesmo nesse estado precoce da construção da obra que viria a se tornar *Um estranho numa terra estranha*, Heinlein se satisfaz, pela primeira vez – e não será a última! – em multiplicar as camadas interpretativas. Nessa primeira leitura do personagem, inevitável na América protestante dos anos 1950, é natural tentar sobrepor uma visão mais valentiniana. Para os gnósticos, a narração bíblica é subentendida, em todos os níveis, por uma dinâmica em três tempos**:

- plenitude original;
- ausência subsequente;
- última realização.

Essa estruturação será encontrada tanto nos marcianos (ninfa/adulto/Ancião)*** quanto na jornada de Mike (feliz em se acreditar marciano/descobrindo de modo penoso sua verdadeira natureza/assumindo-a, por fim). Dentro dessa lógica, Jubal é o único homem a ter espontaneamente atingido o segundo estado; seu sofrimento não passa de um sintoma por ter ultrapassado

---

* Sem seguir completamente a análise um pouco sistemática em termos de influência de ideias calvinistas sobre a construção de personagens heinleinianos, chegamos a isso na noção de inferno pessoal daqueles que perderam o sentido de suas vidas, de tão confortável que elas lhe parecem.

** Alastair H. B. Logam, Gnostoc Truth and Chstian Heresy: A Study in the History of Gnosticism, Edimburgo, T. & T. Clarl, 1996; David Dawson, "Valentinus: The Apocalypse of the Mind", in Allegorical Readers and Cultural Revisions in Ancient Alexandria, Univ. California Press, 1992.

*** Mike, todavia, distingue, em uma ocasião, "ovo, ninfa, filhote, adulto e, por fim, Ancião, que não tinha forma. Porém, a essência de um Ancião estava configurada no ovo" (p. 251).

sua condição humana. Ele não tem mais nada a esperar, e sua própria conquista, não importando quão plena ela seja, parece-lhe vã diante de um ideal humanamente impossível. É nesse sentido que ele pode ser considerado um santo pela Igreja de Todos os Mundos, e que ele se liberta da muleta da língua marciana, como o mais comum dos terráqueos.

O problema de Ben Caxton, "promovido" ao primeiro círculo, mas incapaz de dele participar de fato, ilustra a impossibilidade de se pular a etapa intermediária. Apenas as obras mais mordazes de Auguste Rodin[*], sensibilizando-o para a "falta" trágica da condição humana, irão permitir sua realização.

Outro elemento fundamental da exegese valentiniana é a atenção aos nomes e às associações de ideias a que eles induzem. O que pode então significar "Jubal Harshaw"? Jubal é um nome bíblico; significa "o pai de todos aqueles que tocam a cítara e os instrumentos de sopro" (Gênesis 4:21). O sobrenome não permite interpretação imediata, senão, talvez, sua ressonância com o inglês *harsh*: duro, severo. Em seu prefácio à edição póstuma de *Um estranho numa terra estranha*, Virginia confirma: "Os nomes atribuídos aos personagens principais têm grande importância para a história. Eles foram cuidadosamente escolhidos. Jubal significa 'o pai de todos', Michael tem a ver com 'Quem é como Deus?'. Eu deixarei o leitor descobrir por conta própria o significado dos outros nomes".[**]

Não é preciso muita imaginação para identificar os "tocadores de cítara" do imaginário cristão, tradicional[***], e daí então seu Pai. Também podemos nos lembrar que Mike – São Miguel Arcanjo? –, em seu último instante de dúvida a respeito de seu percurso cristão, chama Jubal de "Pai". Ora, Heinlein não hesita em colocar em cena personificações irreverentes de Jeová, Lúcifer

---

[*] Principalmente *Celle qui fut la belle heaulmière* [*Aquela que foi a bela Heaulmière*], velha mulher na qual Mike reconhecia a beleza de quem "tem seu próprio rosto" e *La Cariatide à la pierre* [*A Cariátide caída carregando sua pedra*], que ainda luta para se recompor enquanto o peso absurdo que carrega está prestes a esmagá-la (p. 391).

[**] Virginia Heinlein, In: Prefácio à edição estendida de *Um estranho numa terra estranha*, p. XI. Robert, por sua vez, preferiu a sóbria ironia de uma "nota" de caráter quase legal: "Todos os homens, os deuses e os planetas dessa história são imaginários. Toda coincidência do nome é por engano".

[***] Ele mesmo muito posterior. Mas uma transferência como essa não parece ilegítima em um contexto de exegese valentiniana, que não hesitava em abusar dos símbolos e das alegorias para contestar, e até mesmo tentar esconder, a temporalidade clássica sugerida pela estrutura narrativa dos textos sagrados.

e alguns outros, como em *Jó*. Também podemos associar esse "severo" colecionador de esculturas a outras figuras heinleinianas que não têm quase nada de cristã, como as do demiurgo artista de *A desagradável profissão de Jonathan Hoag*, do "Glaroon", ou dos implacáveis anagramas do *O número da Besta*.

Ainda poderíamos multiplicar as leituras[*], ressaltar as ressonâncias cristãs, mosaicas e islâmicas, e até mesmo as budistas ou ocultistas[**], de um nome ou de outro. Apresentamos uma última leitura, pelo prazer da polêmica: "Deus está morto". Ela será legitimada pelo nome do codefensor da propriedade de Jubal, o gato Friedrich Wilhelm Nitzsche, e reforçada pela importância, aqui – assim como de forma geral na obra de Robert Heinlein –, da oposição entre civilizações dionisíacas[***] e apolíneas[****].

O ponto principal é que nenhuma leitura é mais legítima que a outra. Ainda que estivesse saturando a obra de referências extremamente agudas, Heinlein se certificou de que o leitor não dispusesse de uma única "chave" de leitura: para toda interpretação por ele sugerida, ele semeava os indícios que permitiam refutá-la. Melhor ainda: os contrários não são necessariamente incompatíveis.

A verdadeira mensagem do livro é que não existe resposta pronta, seja no campo religioso ou em outro qualquer. Em uma sociedade cujas rápidas

---

[*] W. H. Patterson & A. Thornton consagram aos nomes um apêndice inteiro de *The Martian Named Smith* (Nitrosyncretic Press. Califórnia: 2001). A obra é uma mina de ouro para aqueles que se interessam por esse jogo. Para justificar sua importância, ali se evoca sobretudo a influência de James Branch Cabell.

[**] Assim, a loira Aurora, cuja missão é, a princípio, acompanhar a iniciação dos aprendizes fosteritas, e, em seguida, dos aspirantes à Igreja de Todos os Mundos, poderia estar fazendo referência à ordem da Rosa-cruz *Aurora Dourada*.

[***] Nietzsche desenvolve essa ideia em *O nascimento da tragédia*. Para os gregos, Apolo e Dionísio representam dois pólos divinizados de uma mesma humanidade. O primeiro encarna a capacidade do homem à reflexão, à temperança e à aplicação técnica; Dionísio exprime sua potência criadora e seu sentido inato para o exagero. As tendências dionisíacas do homem, que o ligam à natureza, desempenham um papel fundamental em sua evolução. Além da fecundidade, é apenas no êxtase que a arte é possível. A tragédia grega não pode residir somente na reprodução do heróis que se debate diante de uma situação inextricável. O lirismo que emana do coro dos servidores é um eco do drama primitivo que permite que a imaginação se espalhe, protegida do real. O poeta e o cientista são opostos, mesmo se, às vezes, eles se complementam.

[****] Durante sua experiência de mágico de circo, Mike deseja ser chamado de dr. Apolo. Isso será um engano, já que ele ainda não sabe compartilhar o prazer dionisíaco da multidão. Podemos opor a ele a experiência do conto "Man Who Traveled in Elephants", também de Heinlein, que faz da felicidade da feira um veículo místico.

mutações colocam em questão as mais seguras convicções, é dever de cada um examinar seus próprios preconceitos (as sistemáticas provocações do livro obrigam o leitor a isso) e, tendo-o feito, formar suas próprias crenças, em plena consciência de que estas também são relativas. Podemos imaginar o sofrimento do autor quando camadas inteiras do movimento hippie acabaram por erigi-lo como guru, fazendo de *Um estranho numa terra estranha* um modelo de vida e de "ninhos" bem concretos.*

SÁTIRA CABELLESQUE

Após a publicação americana em 1959 de *O amante de Lady Chatterley*, de D. H. Lawrence, pela corajosa editora Grove Press, várias decisões judiciais inverteram a jurisprudência a respeito do sexo na literatura. Robert Heinlein vai retomar, com um entusiasmo renovado, o projeto de *O herético*, que logo se tornou *Um estranho numa terra estranha*.

Autor a partir de então requisitado, ele pôde, além disso, impor suas condições, tanto sobre a forma quanto sobre o conteúdo. O livro acabará se tornando uma "sátira *cabellesque* sobre a religião e sobre o sexo" (*Grumbles*, p. 264). *Jurgen: a commedy of justice* (1919), de James Branch Cabell, já havia impressionado o jovem aspirante da academia militar de Annapolis.**

O que seria então uma *sátira*? Em Roma, era (etimologicamente) uma peça dramática repleta de músicas e danças, e, por extensão, segundo o dicio-

---

* A imprensa chegou a associar o assassinato da atriz Sharon Tate, a esposa de Roman Polanski, a um sacrifício ritual "by the book" ("A martian model", *Tome Magazine*, 19 de janeiro de 1970). As referências literárias de Charles Manson se limitavam, na realidade, à Bíblia e aos Beatles, novos profetas; mas umas das garotas de sua "família hippie", Mary Brunner, antiga bibliotecária, havia dado o nome de Valentine Michael a seu filho. Manson substituíra seu segundo nome por "Willis", para fazer o jogo de palavras cristão (*Charles' Will Is Man's Son*).

** O termo "cabellesque" se refere a J. B. Cabell (1879-1958), autor conhecido sobretudo por sua série de fantasia, a *Biografia de Manuel*, situada em uma Provença medieval mítica que constitui ao mesmo tempo uma sátira severa dos Estados Unidos e um jogo literário de duplo sentido erótico. *Jurgen* lhe valeu um processo por obscenidade (vencido por ele) e uma reputação duradoura.

nário em língua francesa *Littré*, uma obra literária feita "para censurar, para tornar ridículos os vícios, as paixões desregradas, as besteiras mundanas". Em sua forma moderna, o exemplo mais célebre continua sendo *Gargântua*, de Rabelais, que só encontrou posteridade literária na França, mas que é claramente um dos modelos de *Um estranho numa terra estranha*.*

A sátira não se confunde com o romance** e não pode ser avaliada conforme os mesmos critérios. Assim, acusar *Um estranho numa terra estranha* de ser repleto de digressões, como o curso de história da arte que Jubal impõe a Ben Caxton, seria menosprezar a cultura e a maestria do autor.

O que está em jogo é o ridículo dos homens. Não se trata da Igreja ou da religião *enquanto tais*, ou de uma religião particular***, que a sátira toma por alvo, mas sim do que disso tudo pode derivar e do que por elas acaba sendo tolerado.

Sexo e religião

O que mudou na fé norte-americana dos anos 1960 foi sua relação com o pecado, principalmente o "de carne". Com a "revolução sexual", o sexo pôde, a partir de então, ser alegre e desenvolto, como apreciava o Rufo de *No caminho por sua glória*, social, e até mesmo diplomático-higiênico, segundo sua vigorosa avó, Star.

Em *Um estranho numa terra estranha*, ele é de essência mítica. E, mesmo assim, é hábil. É difícil, por um lado, desqualificar como pornográfico um ato que depende explicitamente da comunhão, exaltada até a blasfêmia ("Você é Deus!"). Por outro, os arquétipos da obra no imaginário sexual serão contrabalanceados por pulsões religiosas de mesma força. Os preconceitos conti-

---

*   Patterson & Thornton vão até sugerir que *grok* seria um eco das primeiras palavras de Gargântua bebê – "Drink, drink, drink".

**   "História fictícia, escrita em prosa, em que o autor busca estimular o interesse pela descrição das paixões, dos costumes, ou pela singularidade das aventuras", segundo o Littré.

*** A Igreja de Todos os Mundos aparece, ao contrário, como um cadinho onde se juntam todas as religiões e todos os procedimentos espirituais, como evidenciam as várias origens dos membros do primeiro círculo, incluindo o culto fosterita, que não deixa de evocar a Igreja da Cientologia, de L. Ron Hubbard.

nuam sem peso, e é preciso pensar por conta própria, posicionar-se diante das provocações sucessivas do texto – amor livre, voyeurismo, exibicionismo, comunidades, prostituição sagrada, homossexualidade, gerontofilia, sexualidade de grupo, canibalismo etc.

Ao mesmo tempo, a sexualidade assumida dos irmãos de água continua muito banal. Se cada geração acredita reinventar o sexo (a de 1968, talvez mais do que outras...), isso não passa de um elemento da comédia humana do qual Heinlein, então quinquagenário, tem o distanciamento necessário para apreciar o tempero: ele se lembra de que o pudor da América de sua juventude não passava, em grande parte, de uma simples fachada. A principal novidade é editorial: passa a ser possível, por fim, evocar explicitamente o sexo em um livro destinado ao grande público*.

Essa permanência do componente dionisíaco das culturas humanas, que a Igreja de Todos os Mundos tenta reconciliar com seu componente apolínico, não apresenta, no entanto, uma universalidade. O contraponto é fornecido pela cultura marciana, na qual a sexualidade é ausente (pelo menos até que o jovem Mike a descubra).

"Todo comportamento humano, todas as motivações humanas, todos os medos e esperanças do homem eram coloridos e controlados pelo trágico e estranhamente belo padrão de reprodução da humanidade. O mesmo era verdade em Marte, mas num corolário espelhado. Marte tinha o eficiente padrão bipolar tão comum naquela galáxia, mas os marcianos o tinham numa forma tão diferente da terrestre, que aquilo teria sido 'sexo' apenas para um biólogo, e enfaticamente não teria sido 'sexo' para um psiquiatra humano. Ninfas marcianas eram fêmeas, todos os adultos eram machos" (ETE, p. 130).

---

* Apesar das capas atrativas, o tabu parece ter sido mais forte até mesmo na edição de ficção científica de *Um estranho numa terra estranha* do que na destinada ao público geral. De todo modo, ele continua sendo algo de fato muito americano, já que a edição europeia raramente sofreu esse tipo de autocensura.

Robert A. Heinlein

Os marcianos

Conhecemos a primeira fase da existência marciana sobretudo pelo conto "O planeta vermelho" (1949). Mesmo que os terráqueos estejam obstinados em reconhecer nele nada mais que um animal, Willis ("aquele sobre o qual repousam as esperanças de um mundo" e que, como Mike, hesita em se unir a seus semelhantes para crescer) é brincalhão, amigo, fiel, aventureiro, confiante, sensível e corajoso; a propósito, uma boa descrição de um outro jovem marciano chamado Smith.

Na história, os marcianos adultos parecem mais bondosos ao jovem herói humano. Mas seu julgamento é imaturo; ele tem muita dificuldade em distingui-los dos Anciãos, e suas motivações lhe são tão obscuras quanto as dos adultos de sua própria raça. Mas uma coisa é certa: eles perderam sua característica vivaz e preferem se retirar do mundo a enfrentar uma emoção desagradável*. Quando um homem feito tem a ocasião de falar-lhes, ele os achará ainda mais terríveis.

A melhor descrição de sua psicologia talvez esteja em *A história do futuro*: O gentil Knath [...], que poderia passar horas sentado com um amigo, sem nada dizer, sem ter que dizer nada. Os marcianos chamam isso de "crescer juntos", e eles haviam crescido tanto juntos que nunca tiveram qualquer tipo de governo antes da chegada dos terráqueos. Um dia, Sandres perguntara a seu amigo por que ele fazia tão pouco esforço, por que ele se satisfazia com tão pouco. Uma hora depois, Sanders já se arrependia de sua indiscrição, quando Knath respondeu: "Meus pais trabalharam e estou cansado" (*Vertigem espacial*, 1948, p. 227).

O marciano adulto poderia ser um construtor (seus pais, pelo menos, construíram "cidades feéricas e graciosas" (*ETE*, p. 129); um engenheiro (dispõem de um metrô planetário); um combatente poderoso (mesmo Mike, que mal saíra do ovo, é capaz de se livrar de uma agressão com um simples *impulso* de seu espírito). Mas o adulto está muito cansado e, por isso, contenta-se

---

* Os marcianos de *Estrela dupla* (1956) preferem a morte a uma falha protocolar. Eles não pertencem exatamente ao mesmo universo dos seres de *O planeta vermelho* e de *Um estranho numa terra estranha*, por um lado, e, por outro, de *A história do futuro*, mas a proximidade parece suficiente para o que nos interessa.

em pesquisar as ruínas e só se apaixona de verdade pela filosofia da arte*. Seu inferno pessoal não é tão distante de uma versão apolínea do de Jubal. Mas extamente onde este se abre ao contato da dupla herança de Mike, os marcianos só sabem utilizar o jovem rapaz para seus próprios fins.

Mitos ou realidade, espíritos puros em grande parte desconectados de seu mundo, os Anciãos de Marte sublimam esse intelectualismo derradeiro. Apesar disso, "os Anciãos do quarto planeta não eram oniscientes e, ao seu modo, eram tão provincianos quanto os humanos" (p. 557). Sua arte é a quintessência daquela que Jubal admira (assim como Heinlein); mas seu poder também representa tudo o que o autor e seu personagem desprezam e irão combater sistematicamente na política: o totalitarismo cínico, imutável e desesperado – e, por isso, condenado pela evolução natural, como tenta nos provar o penúltimo parágrafo do livro.

Eu groko, você groka, ele gnosa?

Esse conservadorismo explica-se em parte pela grandeza da cultura marciana: para que mudar o que tão bem cumpriu sua missão? De sua potência, o texto sugere apenas a superfície: os marcianos "dizem às plantas quando e onde brotar" (p. 130), assim como os utópicos "homenzinhos" de *Crianças de Matusalém*; eles controlam com muita facilidade seu próprio metabolismo e o meio ambiente; os Anciãos podem estar ao mesmo tempo em dois lugares distintos (p. 202) e possuem os meios de destruir um plane-

---

* "Em Marte, o evento de importância corrente era de natureza diferente. [...] Pouco antes, por volta da época do imperador terráqueo César Augusto, um artista marciano estivera compondo uma obra de arte. [...] A parte importante era que o artista tinha desencarnado acidentalmente antes de terminar sua obra-prima. [...] Por quais padrões deveria esta obra ser julgada? Ela fazia a ponte entre encarnada e desencarnada; sua forma final tinha sido desenvolvida por um Ancião, porém o artista, com o distanciamento de todos os artistas por toda parte, não tinha notado a mudança em seu status e continuara trabalhando como se encarnado. Seria aquele um novo tipo de arte? Seria possível que mais obras assim poderiam ser produzidas pela desencarnação inesperada de artistas enquanto trabalhavam? Os Anciãos vinham discutindo as excitantes possibilidades numa harmonia ruminante há séculos, e todos os marcianos encarnados aguardavam ansiosos pelo veredicto" (*ETE*, p. 157).

ta inteiro. De sua cultura, conhece-se apenas a linguagem, cujo aprendizado é o único meio para um homem acessar os rudimentos de tais técnicas. Essa ideia de uma linguagem ideal ainda é inspirada no *Science and Sanity*, de Alfred Korzybski.

"E [Jubal] – Eu groko que ele não groka piadas... Mas eu não groko 'grokar'. Você fala marciano. [...] Você groka 'grokar'?

[Dr. Mahmoud (especialista em semântica)] "–Não. 'Grokar' é a palavra mais importante da língua, e eu espero passar vários anos tentando entendê-la. Mas não espero ter sucesso. É necessário pensar em marciano para grokar a palavra 'grokar'. Talvez você tenha notado que Mike assume uma abordagem enviesada em relação a algumas ideias?

[Jubal]– E como! Que dor de cabeça me dão!" (ETE, p. 277).

Dessa língua tão precisa e tão pouco ambígua conhece-se apenas uma única palavra, ironicamente polissêmica: *grokar*, que significa "beber" (p. 279), mas que também pode ser traduzida por "conhecer", "compreender", "comunicar", "amar" ou simplesmente "ser" (Você é Deus/eu groko Deus). O neologismo heinleiniano, aliás, pode ter sido formado por uma combinação fonética de *drink* (beber) e do grego *gnôsis* (a ação de conhecer), de onde também deriva o nome da Gnose. É provavelmente essa última ressonância que o tradutor francês, por exemplo. teria escolhido, com suas declinações do verbo "*gnoquer*", em detrimento da simplicidade das monossílabas que, para Heinlein, garantem o vigor do inglês.[*]

O termo, de toda forma, terá grande êxito, e seu criador será o primeiro a se surpreender em vê-lo reaparecendo e ganhando vida nas comunidades hippies, na imprensa, e até mesmo nas publicidades televisivas, ao longo dos anos 1960. "I grok Spock", irão reivindicar os *trekkers*[**]. Junto ao TANSTAAFL de *Revolta na lua*, caro aos cientistas da computação, *to grok* é provavelmente a contribuição mais marcante de Robert Heinlein para o léxico inglês.

---

[*] Em português, perde-se também o caráter monossilábico do termo, pelas características próprias aos verbos nessa língua. Em contrapartida, optou-se por manter uma certa aliteração em relação ao termo original: "*to grok*", "grokar". [N. do T.]

[**] "A reação do público ao Vulcano de sangue verde de *Star Trek* foi surpreendente. Os adesivos com os dizeres *I grok Spock* estão por todo lado". Stephen E. Whutfield & Gene Roddenberry, *The Making of Star Trek*, Nova York, Del Rey, 1968, p. 223.

De uma caverna a outra

A paciência é a virtude cardeal do marciano, seja ele Ancião ou não. Se eles não perdem um segundo para se comunicarem e não têm a necessidade de uma linguagem qualquer para arrancar do Estranho com uma negligente desenvoltura, o que ele aprendeu entre os seus, os marcianos podem consagrar séculos inteiros a grokar uma obra de arte ou "os parâmetros estéticos envolvidos na possibilidade da necessidade artística de destruir a Terra" (p. 480). Um dos representantes de *O planeta vermelho* tem dificuldade "para se lembrar 'em que milênio vive'". "Você vê algum inconveniente", conclui o sábio Dr. MacRae, "quando afirmo que esse ser é um fantasma?".

Isso também poderia ser o equivalente a um anjo no "sistema marciano", que sabemos ser distinto do Paraíso humano (*os* Paraísos, na verdade, pois os mulçumanos têm sua própria divisão). O livro *Um estranho numa terra estranha* comporta várias passagens de humor situadas no Paraíso, onde correm os "profetas" mais ou menos autoproclamados da Igreja Fosterita que se tornaram arcanjos. Aí, não se vê senão um jogo literário, uma forma que o autor encontrou para introduzir elementos de *high fantasy* em um texto já inclassificável, que também possui os atributos mais tradicionais da ficção científica (embarcação interplanetária acidentada, extraterrestres) e do fantástico (com a irrupção no "real" dos prodígios de Mike, sem mesmo contar os fantasmagóricos Anciãos); não há dúvida de que essa dimensão está presente no espírito de Heinlein quando ele escreve seu próximo romance, *No caminho da glória*.

No entanto, um retorno para a leitura valentiniana faz-se aqui necessário. Os gnósticos ampliaram, de fato, o mito platônico da Caverna, em que os homens só percebem as sombras de uma realidade inacessível a eles, no profundo de sua prisão: eles concebem uma sequência de realidades hierarquizadas, assim como os sucessivos círculos da Igreja de Todos os Mundos, cada qual percebendo apenas as sombras de uma realidade imediatamente superior. Os anjos, especialmente, ocupam um lugar fundamental na teogonia valentiniana: foram eles que criaram o homem à imagem de Deus, e não o próprio Deus (trata-se da origem da condenação dessa doutrina como sendo herética). O homem, na realidade, encontra-se na imagem de uma imagem, ela própria imperfeita.

Iremos reencontrar essa ideia de realidades hierarquizadas quase toda vez que Heinlein joga com as divindades, assim como em *Jó*, onde Lúcifer e Jeová não passam de "soldados" diante de uma divindade de ordem superior; mas a mesma estratégia de *mise en abîme* também sustentará o ciclo do *Mundo como mito*. A influência do pensamento valentiniano, sutil e coerente, ultrapassa em muito a obra *Um estranho numa terra estranha*, surgindo novamente em todos os últimos textos, considerados difíceis, de Robert Heinlein.

Os desvios da narrativa por meio dos falatórios angélicos não são gratuitos, mesmo se Heinlein acrescenta aí uma dimensão irônica ao identificar esses anjos a antigas personalidades religiosas mortas, honestas ou não, e, então, por fim, às criações humanas. Para os anjos, o homem não passa de uma patética caricatura, da mesma forma como podem parecer ao homem os chipanzés do zoológico em que Mike vai aprender o riso, encontrando a parte de humanidade que lhe faltava.

Sua escandalosa carreira

Um estranho numa terra estranha, publicado pela primeira vez em 1961, acabou traçando um caminho editorial bastante atípico. O manuscrito final, com 800 páginas, tinha por volta de 220.000 palavras, ou seja, mais de 1 milhão de caracteres, o que era muito raro naquela época. A pedidos do editor de Heinlein, Putnam, o autor o reduziu em um quarto, ou seja, tirando dele 166.000 palavras. Hoje em dia é possível comparar as duas versões, uma vez que Virginia Heinlein autorizou a publicação da versão estendida em 1991. Podemos imaginar o trabalho de ourives realizado pelo autor na época, ao constatar que quase nenhum elemento significativo teria sido retirado da versão mais curta: os 24% a mais foram retirados cortando-se um adjetivo aqui, reduzindo-se uma passagem ali... As duas versões "concorrem" hoje no mercado (o que é praticamente excepcional), e ainda são ambas muito bem vendidas.

Em todo caso, a primeira edição obteve apenas um sucesso moderado, com mais ou menos 5 mil exemplares vendidos no primeiro ano – o que era adequado, mas não excepcional. Putnam se protegeu revendendo imediatamente os direitos de publicação de uma edição do tipo "clube do livro", que saiu, aliás (outro acontecimento muito inabitual), antes da "primeira" edição normal, levando pela primeira vez uma obra de ficção científica à lista dos best-sellers do *The New York Times*. A obra levou o prêmio Hugo de 1962 e ganhou uma edição de bolso comentada a partir de 1963. Mesmo assim, o número de exemplares em circulação quando o "fenômeno" *Um estranho numa terra estranha* começou a ganhar espaço, em meados dos anos 1960, continuava relativamente fraco. Tornando-se *"cult"*, o livro passou de mãos em mãos na comunidade hippie, por não se encontrar disponível em livrarias. Assim que os direitos de publicação passaram a ser da editora Berkeley, em 1969, uma enorme tiragem foi colocada em circulação e vendida em tempo recorde, somando, no total, mais de 6 milhões de exemplares.

Na França, foi preciso esperar até 1970 até o lançamento de *Um estranho numa terra estranha*, com a prestigiosa coleção Ailleurs & Demain[*]. Como Gérard Klein julga "completamente mercadológica" a oportunidade de um texto restaurado, o livro foi reeditado em 1999 ainda em sua versão curta: "Se Heinlein realmente quisesse, teria tido todas as possibilidades de reeditá-lo antes de sua morte" (posfácio da edição francesa, p. 485).

Obra-prima da ficção científica, *Um estranho numa terra estranha* é também um dos textos que mais teria induzido discordância e mal-entendidos devido ao seu status icônico de contracultura. O objeto de sua sátira é claro: trata-se de incitar o leitor a pensar por sua própria conta a respeito de uma sociedade em mutação, identificando os preconceitos (sexuais, morais, religiosos etc.) que o cegavam, permitindo-o construir livremente sua própria opinião.

Ora, vários (ainda que felizmente muito minoritários!) foram os que pretenderam edificar a ficção como doutrina e o autor como guru, e até adotar o modelo a respeito da comunidade da Igreja de Todos os Mundos para a realização de seu próprio "ninho", sem nem mesmo perceberem o absurdo do projeto frente à falta de uma língua "marciana" operatória. Durante anos, visitantes desconhecidos se apresentaram à casa de Robert e Virginia Heinlein, querendo "compartilhar a água" – com a esperança de, em seguida, serem hospedados e alimentados por pura boa vontade –, a ponto de levar o autor e sua esposa a cercarem sua propriedade na Califórnia. Nem o sabor de

---

[*] Coleção criada em novembro de 1969 pela editora Robert Laffont. *Um estranho numa terra estranha* é o segundo volume da coleção, depois de *O vagabundo*, de Fritz Leiber.

ser tratado simultaneamente de fascista e anarquista decadente pela crítica, por *Tropas estelares* e *Um estranho numa terra estranha*, respectivamente – ambos ganhadores de prêmios Hugo –, nem o talento inesperado no desenvolvimento do conceito de uma cama d'água, ideia que aparece no livro e que foi, depois, aproveitada por um industrial, serão capazes de compensar o autor pelo desprazer de ter sido tão mal compreendido ao longo do tempo.

TIPOGRAFIA:
Caslon [texto]
New Baskerville [entretitulos]

PAPEL:
Pólen soft 80 g/m² [miolo]
Cartão Supremo 250 g/m² [capa]

IMPRESSÃO:
Paym Gráfica [setembro de 2020]
1ª Edição: março de 2017 [1 reimpressão]